장송

SOUSOU(1)

by Keiichiro Hirano

Copyright © 2002 Keiichiro Hirano/Cork
Originally published in Japan by Shinchosha Co., Ltd 2002.
Korean Translation Copyright © 2005 by MUNHAKDONGNE Publishing Corp.
All rights reserved.

Korean translation rights is reserved by Munhakdongne
under the license granted by Keiichiro Hirano arranged through Cork, Inc..

이 책의 한국어판 저작권은 Cork Agency를 통해
저자와 독점 계약한 (주)문학동네에 있습니다.
저작권법에 의해 한국 내에서 보호를 받는 저작물이므로
무단 전재 및 무단 복제를 금합니다.

이 도서의 국립중앙도서관 출판예정도서목록(CIP)은
서지정보유통지원시스템 홈페이지(http://seoji.nl.go.kr)와
국가자료공동목록시스템(http://www.nl.go.kr/kolisnet)에서 이용하실 수 있습니다.
(CIP제어번호 : CIP2005002055)

장송 1

히라노 게이치로 장편소설

양윤옥 옮김

문학동네

■ 일러두기
1. 본문의 각주는 모두 옮긴이 주이다.
2. 원문에서 방점으로 강조한 부분은 고딕체로 표시했다.

타락이란 무엇인가.
만일 그것이 일원성이 이원성이 된 것이라면
타락한 것은 신이다.
말을 바꾸면, 창조란 곧 신의 타락이 아닐는지.
                                  ―보들레르

1849년 10월 30일

　마차는 길마다 가득 넘쳐나서 흡사 무도회 직전의 혼잡스러움처럼 빽빽이 밀려 있었다.

　개장 시간인 오전 열한시를 기다리지 못하고 마들렌 사원 계단 앞 광장에는 이미 천여 명의 사람들이 몰려들어 물결을 이루고 있었다. 크고 작은 섬처럼 점재(點在)하는 마차들을 피해가며 일대를 점령한 검은 상복의 사람들 사이로 때때로 고개를 떨구는 이들의 얼굴이 눈에 들어온다. 깊은 감회와 회상에 잠긴 사람. 인생이란, 하는 표정으로 뭔가 막연한 생각에 사로잡힌 사람. 일별을 던지고는 멈칫하며 시선을 금세 거둬들이는 사람. 옆 사람과 이야기를 나누다 문득 고개를 들고 누가 부르기라도 한 듯한 착각에 빠지는 사람…… 시선의 끝에 있는 것은 사원 입구를 덮은 검은 장막에 수놓인 'F C'라는 두 글자다. 입구 기둥 안쪽에 자리잡아 아침 햇빛을 면한 비로드 위에 은은한 은빛으로 반짝이는 그 자수는 절벽 저 너머에 걸린 달처럼 아련하다. 사람들은 파도처럼 술렁거리며 헌화로 뒤덮인 계단 아래로 서서히 밀려간다. 밤바다가 조금씩 차오르듯 앞쪽으로 갈수록 사람들의 물결이 점차 촘촘해진다.

─무슨 말씀이신지는 잘 알겠습니다. 그렇지만 이건 원칙적으로……

─알았으면 어떻게든 해줘야지, 나는 그나마 괜찮지만 여기 우리 집사람은 어쩌란 말이오? 생전에 그가 이 사람을 얼마나 그리워했는데! 당신은 제자라는 사람이 그런 것도 몰라?

─아, 내가 그분께 마지막 이별도 고할 수 없다니, 이게 무슨 일이람! 당신이 어떻게 그런 잔인한 결정을 내릴 수 있죠? 말해봐요! 식장에 내 모습이 보이지 않는다면 그분이 하느님의 품에 들기 전에 얼마나 탄식하실까? 아아, 가엾어라! 어떻게 이런 잔혹한 짓을!

계단 서쪽 끝에서 거의 한 시간 가까이 이런 대화가 이어지고 있다. 소동이라고 할 만한 것은 아니다. 그래서 대부분의 사람들은 깨닫지 못하지만, 가까이 다가가면 자리에 어울리지 않는 생경한 음향이 유리 깨지는 소리처럼 두드러져 단번에 주의를 끈다. 무슨 말을 하는 건지 분명히 들리지는 않는다. 그러나 높고 날카로운 목소리가 유난히 신경에 거슬린다. 비탄에 빠진 나머지 정신없이 부르짖는 것도 아니다. 오히려 극장 앞에서 갑작스레 공연이 중지됐다는 통보를 받은 손님이 해명에 나선 담당자에게 분노의 말을 퍼붓는 듯한 모습이다. 그 주위에는 암초에 부딪친 물결처럼 부자연스럽게 정체된 사람들의 흐름이 소용돌이를 만들고 있다. 목소리의 주인공은 보이지 않는다. 응대하는 이는 한 사람, 그리고 무언가 열심히 설명하는 이가 몇 사람 더 있는 모양이다.

사람들을 헤치고 드디어 계단 앞까지 다다른 그도 그 소리에 순간 발을 멈추었다. 여인은 여전히 증오에 찬 말을 늘어놓고 과장되게 흐느끼며 오열하고 있었다. 남편이라는 사내는, 이번에는 답변하는 태도가 마음에 들지 않는다며 거칠게 소리를 지른다. 사람들의 그늘에 가려 있어 사내는 목소리만 들렸지만, 답변에 나선 키 큰 젊은이의 얼굴은 주변 사람들의 머리 너머로 이따금 드러나 보이곤 했다. 언뜻 그 모습이 눈에 들어왔다. 불쑥 튀어나온 선량해 보이는 동안(童顔)이 불쾌함과 답답함으로 당장이라도 뒤틀릴 듯 딱딱하게 굳어 있었다. 아돌프 구트만이었다. 그대로 지나치려던 그도 다시 한번 확인하듯 그쪽으로 눈길을 던졌다. 역시 구트만이었다. 아무래도 마음에 걸려 소리나는 쪽으로 다가가보니 구트만뿐 아니라 안에 있을 줄 알았던 보이치에흐 그지마와 백작, 카미유 플레옐, 클레징게르 부부, 그리고 오귀스트 프랑솜까지 저마다 슬프다기보다 다소 당혹스러운 표정으로 땅바닥을 내려다보거나 인파를 멀거니 쳐다보며 조금 떨어진 곳에 서 있었다.

가까이 다가온 외젠 들라크루아를 가장 먼저 알아본 것은 프랑솜이었다. 뒤를 이어 나머지 네 사람이 거의 동시에 그를 알아보았다.

"저건?"

모자의 둥근 챙 아래의 짙은 그림자 속에 너무 울어 부어오른 두 눈이 열에 들뜬 것처럼 부풀어 있다. 붉은 기운이 감도는 눈꺼풀이 눈을 깜빡일 때마다 그만큼 더 무거워 보인다. 자신의 말을 뒤쫓듯 그의 눈동자가 손가락 대신 그쪽 방향을 가리켰다.

— 애초에 추도식이라는 게 특권을 가진 몇몇 사람들에게만 허락되는 행사가 아니라고, 알겠어? 우리한테도 마땅히 저 위대한 작곡가의 죽음을 애도할 **권리**가 있단 말야!

— 아니, 이봐, 그건 아니지! **특권을 가진 사람**이니 뭐니 하는 그 말 자체가 잘못되었어. 요즘 세상에 그런 사람은 애초에 존재하지도 않아! 자, 저길 봐, 오늘 이곳에 모인 저 사람들을! 저들은 모조리 망령이야! 7월왕정기에 배가 터지도록 맛본 타락과 퇴폐의 달콤한 꿀물을 아직도 그리워하는, 미처 죽지도 못한 망령들이라고!

다섯 사람은 저마다 그 말에 이끌려 흘끔 그쪽으로 시선을 던졌지만, 누가 먼저랄 것도 없이 한숨을 내쉬었을 뿐 다시 고개를 떨구며 하나같이 입을 다물어버렸다.

잠시 후에 그지마와 백작이 일의 전말을 설명하려고 고개를 들었다. 그러나 화가의 얼굴을 보자마자 아침부터 이상하게 메말라 있던 눈물이 갑자기 솟구치면서 콧등이 시큰해지는 바람에 아무 말도 하지 못했다. 백작은 들라크루아를 바라보았다. 그러나 백작의 눈물을 자아낸 것은 화가의 얼굴에 드러난 초췌함의 흔적이 아니었다. 그랬다면 좀더 섬세한 감정이 그것을 발견하고 또다른 눈물을 자아냈을 터였다. 상대의 흉중을 살피고, 그 고뇌를 짐작하고, 그것을 자신의 비통함과 견주어 동정을 표한다…… 그러나 백작에게 그런 여유는 없었다. 그는 지금 고인이 사랑했던 사람이 눈앞에 서 있다는 그 단순한 사실 때문에 울었다. 그 외의 다른 이유는 없었다.

들라크루아는 그가 진정되기를 말없이 기다렸다. 그러자 보다 못한 프랑솜이 입을 열었다.

"초대장 때문이에요. 당신이 염려하던 대로 장례식 초대자 명부에서 생전의 쇼팽과 친하게 지냈던 몇몇의 이름이 누락되어서요…… 저도 로지에르 양과 몇 차례나 상의를 거듭하며 빈틈없이 처리하려고 무척 애를 썼는데…… 너무 급작스런 일이었고, 때가 때인지라 아무래도……"

"예……" 하고 들라크루아는 이해한다는 듯 그의 이야기에 말을 보탰다. "어쩔 수 없는 일이었어요."

"그래서 어제까지 연락을 준 사람들은 어떻게든 처리를 했는데, 오늘 아침까지도 그런 경우가 너무 많아서…… 이런 말을 하는 건 좀 그렇지만, 정말로 그 사람들 모두가 오늘 장례식에 참석할 자격이 있는지 모르겠습니다. 물론 저 사랑하지 않을 수 없는 영혼에 작별을 고하고 싶어하는 마음이야 충분히 이해합니다. 그러나 식장에 들어갈 수 있는 인원수는 한정되어 있지 않습니까? ……오늘을 위해 일부러 영국에서 찾아왔다는 부인이 있는데, 스털링 양조차도 전혀 모르는 분이었어요. 베를리오즈 씨하고 잘 아는 사이니까 그 사람을 불러달라고, 자꾸 그 말만 하는데…… 그래도 우리는 할 수 있는 최대한의 배려는 해드렸습니다."

"예, 압니다. 당신은 우리의 사랑스러운 친구를 위해 참으로 귀중한 우정으로 번거로운 일들을 마다하지 않고 성실히 장례 준비를 해왔어요."

"……고맙습니다. 그리고 저 부부는 루앙에서 왔다고 하는데……"

그렇게 말을 이으려다 프랑솜은 그만 입을 다물었다. 머릿속에 설명해야 할 일들이 넘쳐서 제대로 정리가 되지 않았다. 말을 할 기력도 없었다.

그 뒤를 이어 이번에는 카미유 플레옐이 입을 열었다.

"아무래도 수상하단 말이죠. 나나 그지마와 백작, 프랑솜 씨도 전혀 모르는 사람들인데. 하긴 그런 사람들이 한둘이 아니지만."

"그렇지만…… 그런 문제로 저렇게 소란을 피우다니……"

"아니, 그게 아녜요!" 갑자기 클레징게르 부인이 목소리를 높였다. "아니에요! 정말 어이없는 일이라구요! 오늘 여기에 도착한 다음부터 우리는 내내 초대 명부에서 빠졌다는 사람들을 처리하느라 정신이 없었어요. 그런데 갑자기 저쪽의 이상한 사람들이 찾아와서 도무지 입에 담을 수 없는 험한 소리들을 하기 시작했어요. 그렇죠, 여보?"

그녀의 재촉에 클레징게르가 말했다.

"어차피 카르티에 라탱의 망나니 학생이거나 아니면 어제 폭동에서 난장을 치던 자들이나, 뭐 그런 치들일 겁니다."

"그러더니 결국 자기들도 장례식에 참석하게 해달라고 떠들어대는 거예요! 상상이나 할 수 있어요? 어떻게 저런 사람들이 오늘 장례식에 참석할 자격이 있죠? 우리는 물론 거절했지요. 그랬더니 저 사람들이 내가 조르주 상드의 딸이라는 것을 알아보고는 어머니에 대해 못된 욕을 하더라구요. 거짓말쟁이라느니 비겁하다느니! 흥, 하긴 그럴 만도 하지요. 저 사람들이 하는 말이 모두 어머니 책에 씌어 있는 얘기니까! 알고 보면 저 사람들도 어머니의 책에 휘둘린 피해자들이에요. ……정말 어떻게 해야 좋을지 모르겠어요……"

흥분된 감정을 수습하지 못하는 그녀의 모습을 보고 플레엘이 나머지 이야기를 이었다.

"그래서 내가 대신 그자들을 쫓아내는 역할을 맡았는데, 이번에는 또 오늘 레퀴엠을 부르기로 했던 가수들의 대리인이라는 사람이 나타나서는, 참으로 파렴치하기 짝이 없는 얘기지만, 보수로 이천 프랑을 주지 않으면 출연하지 않겠다지 뭡니까."

"정말입니까?"

들라크루아는 믿을 수 없다는 듯 이맛살을 찌푸렸다.

"그래요, 쇼팽과 그렇게도 친했던 비아르도 부인까지!"

그지마와 백작이 잠시 고개를 들어 내뱉듯이 말했다.

"그렇습니까……"

"그래서요," 곧바로 플레옐이 말을 이었다. "우선 그 자가 정말 대리인인지 확인할 필요도 있고―혼란스러운 틈을 타서 못된 짓을 하려는 사람들도 있으니까 말이죠―일단 가수들을 찾으러 사원 안으로 들어가봐야 했는데, 그 동안에 그들을 상대해준 게 구트만 씨였던 거지요. 일을 크게 벌이고 싶지 않다고 다른 사람들을 만류하고 혼자 나서서 협상을 했는데……"

그 말에 다시 클레징게르가 끼어들었다.

"하지만, 조금 소란스럽더라도 아예 경찰을 불러서 다 잡아가라고 하는 게 더 낫겠어요. 어제의 사건도 있고 해서 다들 우르르 몰려나온 것 같으니까. 아까부터 내내 저 난리예요. 뭐가 그렇게 좋은지, 참."

"하긴 그것도 한 방법일지 모르겠군요. 도무지 어떻게 해볼 수가 없는 사람들이니. ……정말 요즘 세상은 슬픔까지도 소유권 문제가 된다는 것을 이제야 알겠다니까요. **평등하게 분배해야 한다**, 그거겠지요. 장례식 참석자도 **보통선거** 같은 걸로 뽑아야 만족하겠다는 건지 뭔지." 플레옐이 고개를 저으며 말했다. 그러고는 "아무튼 그런 자들이 소란을 피우고 있으니, 초대장을 못 받았다고 불평하던 사람들까지 자기들을 이런 깡패 같은 젊은이들하고 똑같이 취급하는 건 곤란하다, 진심으로 쇼팽을 사랑하고 흠모했으니 오늘 여기까지 찾아온 것 아니냐고 흥분하기 시작했지요. 그 결과가 보시는 바와 같이 이런 소란이에요. 사람들이 어지간히 많이 모여들었으니 조금 있으면 경찰도 어차피 오기는 오겠지만, 슬슬 우리 쪽에서 부르러 보내야 하지 않을까요?" 하고 양팔을 쳐들며 다시 크게 고개를 저어 보였다.

입을 다문 채 눈물을 훔치는 클레징게르 부인 곁에서 그지마와 백작과 프랑숌은 아무 대꾸도 하지 않고 가만히 서 있었다. 들라크루아는 두 사람이 고의로 만들어낸 듯한 그 침묵 속에서 "그렇군요"라고 한마디 대꾸만 하고는 그 감당할 수 없는 틈을 메우려는 듯 몇 번이나 가만히 고개를 끄덕였다.

사실 그것은 의도적으로, 하나의 대답으로서 내놓은 침묵이었다. 프랑숌은 잠시 플레옐 쪽을 돌아본 후, 고개를 끄덕이던 것도 그만두고 무표정하게 그 수습되지 않는 말씨름을 바라보고 있는 들라크루아 쪽으로 시선을 보냈다. 플레옐을 돌아본 것은 들라크루아에게 보이기 위한 일종의 신호였다. 부디 눈치를 채고 돌아보아 말로 표현할 수 없는 지금의 심정을 알아주었으면 싶었다. 그지마와 백작은 입을 한일자로 꾹 다물고 눈물을 참는 모습이었다. 플레옐은 아직 뭔가 더 하고 싶은 말이 있는 듯한 표정이었다. 그러나 들라크루아만은 알아줄 것 같았다. 잠시 고개를 돌려 자신을 봐주는 것만으로도 좋았다.

―그렇다면 우선 집사람만이라도……

―그렇게 당신 마음대로 될 줄 아슈? 그 여자에게 자리를 줄 거라면 우리에게도 당연히 줘야 해!

클레징게르 부부와 카미유 플레옐의 설명에 잘못은 없었다. 그들의 말투에 알게 모르게 담긴 모멸과 혐오의 감정은 프랑숌으로서도 충분히 이해가 갔다. 그러나 그것을 아무 말 없이 듣고 있기에는 뭔가 견디기 힘들게 불쾌했다. 내용은 말할 것도 없이 타당했다. 그러나 그것은 보다 크게는 말하는 방식과, 아니 오히려 말한다는 행위 자체와 관련된 불쾌감이 아닐까?

쇼팽이 죽은 후로 프랑숌은 줄곧 표현하기 힘든 어떤 심리적인 마비를 느끼고 있었다. 피가 빠져나가버린 듯한 마비였다. 두통처럼 둔중하게 물결치는 그 혼돈의 늪에서 다양한 정념과 의지가 허망하게 일어나고 또 가라앉았다. 언어란 무력하고 쓸모없고 경박하기만 하여, 자신과는 너무도 동떨어진 듯했다. 그 작위적인 질서 속에 자신의 생각을 가지런히 의탁해가는 일이 그야말로 불모(不毛)로만 느껴졌다. 내뱉어진 언어는 모두 금이 가고 바닥이 빠져 있어서 그의 본심을 미처 다 길어올리지 못했다. 내뱉어진 언어는 모두 그 질을 불문하고 시끄럽게만 느껴졌다. 대화하기가 귀찮아 되도록 짧게 끝내버렸고 그나마 가장 피상적인 말들만을 주고받았다. 의미 따위는 생각하지 않았다. 생각하지 않아도 되는 대답밖에는 하지 않았다. 그것은 그에게만 국한된 일은 아니었다. 크든 작든 주변의 모든 이들이 느꼈을 터였다. 그 동일한 마비를 클레징게르 부부와 플레엘은 몰랐거나 혹은 적어도 모르는 것처럼 보인다는 것이 불쾌감을 부른 것이다. 죽은 친구에 대한 그들의 순수한 마음 자체까지 의심하지 않으면 안 될 만큼. 프랑숌은 그런 의심의 불합리성을, 어린애와도 같은 감수성의 과잉을 스스로 반성할 수 없었다. 거기까지 생각이 미치지 못할 만큼 마비되어 있었다. 무턱대고 모든 말들이 싫었다. 누구의 것이든 마찬가지였다. 그가 플레엘이 내놓은 제안에 동의도 반대도 하지 않은 것은 다시 입을 열어 대화에 가담하는 것에 강한 저항감을 느꼈기 때문이었다. 그대로 언어로부터 멀리 벗어나고 싶었다. 무기력에 몸을 맡기고 모든 것과 연락을 두절하고 싶었다.

플레엘은 자신의 말에 아무 대답도 나오지 않는 데 어리둥절해하면서 정말로 경찰을 부르러 가야 할지 말아야 할지 망설이다가, 다시 한번 사람들이 몰려 있는 쪽으로 시선을 돌리고는 크게 한숨을 내쉬었다.

―무엇보다 나는 쇼팽의 음악 자체에 전혀 감동을 받지 못했어. 괴상한 전조(轉調)를 거듭하는데다, 손가락이 마구 엉킬 것 같은 엉터리 선율을 우겨넣어 잔뜩 치장하기만 한 싸구려 음악이야……

장례식에 참석할 권리를 주장하던 자들이 슬슬 지겨워졌는지 조금 조용해지는가 싶더니 이번에는 어디선가 또다른 자들이

나타나 쇼팽의 음악에 대해 비판하기 시작했다. 타락한 부자들을 위해 곡을 쓰고 그 덕분에 생계를 유지한 쇼팽이야말로 타락한 작곡가의 전형이다, 폴란드가 그런 음악가를 칭송하는 한 독립 따위는 영원히 불가능할 것이다, 라는 냉소적인 결론에 이르자 이미 장례식 참석을 포기한 자들까지 다시 기세를 올려 박수갈채를 보냈다. 구트만은 그 작태에 구역질이 날 정도로 분노를 느꼈다. 참다못한 그가 부르르 떨며 막 상대에게 덤벼들려는 순간, 인파 속에서 그보다 먼저 비명과 욕설과 비난의 소리가 터져나왔다. 그 소리의 심상치 않음이 그들 자신을 놀라게 하고 또 흥분시켰다. 그러자 저마다 닥치는 대로 분노를 드러내며 방금 내뱉은 모독적인 말을 즉시 철회하라고 요구했다. 상대도 지지 않고 반론을 폈다. 양쪽에서 침이 튀어 날았다. 너무도 큰 혼란 속에 실신하는 여자까지 있었다. 모두 구트만에게 가세할 작정이었으나 어느새 그런 사실은 잊고 있었다. 쇼팽을 위해서라고 생각하면서도, 오히려 그렇게 생각하는 자신을 위해 부르짖고 있는 것이었다.

소란은 도리어 커졌다.

"……역시 구트만 혼자서는 힘들겠어."

그지마와 백작이 그렇게 말하며 중재에 나섰다.

"내가 갔다 오지요. 아무래도 제정신들이 아니군."

한평생 누구보다 강렬히 고국의 독립을 기원했던 친구를 마치 그 방해물이었다는 듯 몰아붙이는 주장을 듣고 백작의 안색은 일변해 있었다. 그 심정을 재빨리 알아차리고 플레옐이 따라 나섰다. 클레징게르는 가까스로 가라앉은 아내의 흥분이 다시 높아질 것 같아 경찰을 불러온다며 그녀를 데리고 자리를 떴다. 프랑숌은 우두커니 선 채, 그렇게 서 있기만 하는 자신을 변명하는 듯한 눈길로 다시 들라크루아를 쳐다보았다. 그는 여전히 돌아봐주지 않았다. 초점이 애매한 눈으로 멍하니 그 광경을 바라볼 뿐이었다.

그날 아침, 예정보다 빨리 집을 나선 외젠 들라크루아는 대성당으로 향하기 전에 예전에 쇼팽이 살았던 두 곳의 아파르트망에 들렀다. 처음에는 스카르 도를레앙에, 그 다음에는 약간 길을 돌아 방돔 광장에. 두 곳 모두 집 안에는 들어가지 않았다. 겨우 몇 분, 발을 멈추고 건물 앞에 서 있었을 뿐이었다.

그가 두 곳을 찾은 것은 딱히 이유가 있어서는 아니었다. 사람들을 만나고 싶지 않아 노트르담 드 로레트 가에 있는 자신의 집에서 승합마차도 타지 않고 걸어서 사원으로 향하던 도중에 문득 생각이 난 것이었다. 고인의 자취가 깃든 곳을 찾아가 추억을 되새기려는 것이 아니었다. 그저 그 장소가 머릿속에 떠올라 아무 생각 없이 걸음을 옮긴 데 지나지 않았다. 처음에는 스카르 도를레앙에만 가볼 생각이었다. 그곳은 헤아릴 수도 없을 만큼 수없이 오가던 길이었다. 눈에 들어오는 풍경 하나하나가 극심하게 눈물을 자아내 그때마다 멈춰 서서 되돌아가려고도 해보았다. 눈 바로 위까지 깊숙이 모자를 눌러쓰고 고개를 푹 숙이고 걸었다. 그리고 닫힌 문 앞에 이르러 다시 한번 오래 울었다. 눈에 들어온 것은 역시 풍경이었다. 돌담이었고 창문이었고 문이었고 기둥이었다. 그런 것들이 다른 무엇보다 앞서서 눈물을 불렀다. 말은 미처 나오지도 않았다. 기억조차도 훨씬 늦게, 한참 후에야 뒤따라나왔다. 눈동자와 풍경 사이에는 감정조차 스며들 여지가 없었다. 풍경이 눈에 비치고, 눈동자 안에서 풍경 그 자체가 울었다.

스카르 도를레앙을 뒤로하고는 그길로 마들렌 사원으로 향할 생각이었다. 그러나 이탈리아 극장 대로로 나선 순간 어디든 괜찮으니 멀리 돌아서 가고 싶어졌다. 그래서 카퓌신 대로 바로 앞에서 왼쪽으로 돌아 라베 가를 빠져나와 방돔 광장에 있는 쇼팽의 마지막 거처에 가보기로 했다.

자신의 변덕이 무슨 의미가 있는지 이해할 수 없었다. 가본들 다시 눈물만 나올 것이다. 생전의 그를 끝내 찾아가지 못했던 그곳. 거기에 지금 자신의 발길이 향하고 있다. 어째서일까?

……아는 이를 만났고 아는 이가 탄 마차와 스쳤다. 모두 같은 방향으로 가고 있었다. 큰길에서 남쪽으로 건너가려는 그를 이상하게 여겨 말을 걸어온 이도 있었다. 그는 고개를 숙인 채 그 모든 것을 모르는 척 지나쳤다. 혼자 다른 방향으로 걸어가는 것이 어쩐지 떳떳하지 못한 일처럼 느껴졌다. 그런 자신의 마음을 누군가 눈치챌까 두려웠다.

방돔 광장 동쪽 12번지 쇼팽의 아파르트망에 도착해, 중정(中

庭)에 서서 역시 아무것도 하지 않고 건물만 바라보았다. 쇼팽은 이곳에도 없었다. 마치 잠깐 어딘가 외출한 것만 같았다. 위층에 올라가 기다리면 한참 뒤에 돌아와 늘 하던 대로 춥다, 춥다 하며 벽난로로 바짝 다가들 것만 같았다. 쇼팽은 없다, 이곳에는. 부재중인 그가 그렇게 자신이 없다는 사실을 애매하게 만들어놓고 있는 듯한 느낌이 들었다. 그런 착각에라도 매달리고 싶었다. 가능하다면 이 자리에서 그의 귀가를 기다리고 싶었다. 장례식장인 마들렌 사원 지하에는 차갑게 식어버린 그가 있다. 그가 이 세상에 없다는 것을 분명하게 알려주는 그가. ……그 생각을 하니 정신이 이상해지는 것만 같았다. 현관 앞에 놓인 헌화는 고인의 발자취처럼 화려했다. 들라크루아는 모자를 옆구리에 끼고 머리털을 움켜쥐었다. 가슴의 울렁거림이 가라앉지 않고 어깨까지 떨려왔다. 수없이 눈물을 훔치고 그때마다 두 눈을 크게 뜨며 시야를 말끔하게 하려고 애썼다. 단 몇 초도 가지 않았다. 고개를 들고 하늘을 바라보았다. 그렇게 하니 풍경을 바라보지 않고도 지나칠 수 있었다.

포부르 생 토노레까지 이어진 마차 대열 사이를 누비며 루아얄 가로 나서 다시 오른쪽으로 돌아 사원 앞 광장을 내다보았다. 너무도 많은 사람들이 모인 것에 마음이 무거워졌다. 장례식 진행에 대해 상의하기 위해 그는 다른 사람들보다 먼저 사원 안에 들어가 있었어야 옳았다.

광장에 도착하자 곧바로 테오필 고티에가 그를 불러세웠다.

고티에는 오늘 이곳에 참석한 것을 기사로 쓰게 해달라고 간청하는 기자들에게 둘러싸여 있었다.

"그토록 고귀한 예술가가 이리도 일찍 세상을 뜰 줄이야! 이 세계는 위대한 영혼이 오랫동안 머물기에는 너무도 부적당한 곳이라는 사실을 새삼 느꼈습니다. 참으로 애석한 일이에요……"

고티에는 잠시 쇼팽의 음악에 대해, 그리고 그와의 교류에 대해 미리 준비해온 듯 한바탕 이야기를 늘어놓더니, 만난 김에 마지막으로 내년 관전(官展)에 대해 할말이 있다며 짤막하게 몇 마디를 덧붙였다. 들라크루아는 모자를 깊숙이 눌러쓴 채 이따금 예, 예, 라고만 대답했다. 건성으로 들었기 때문에 뭔가 의견을 물었는데 미처 알아차리지 못하고 예, 라고 대답하기도 했다. 앞쪽에는 사람들이 밀려 있었다. 고티에 맞은편에서 낯선 두 부인이 목소리를 높여 쇼팽과의 추억을 이야기하고 있었다. 귀가 저절로 그 소리를 모아들였다. 한 부인이 쇼팽을 만찬에 초대해 마주르카 연주를 들었노라고 자랑하자, 다른 부인은 자신은 인내심 깊게 그의 엄격한 레슨을 네 달씩이나 받았노라고 응수했다. 엄격하기는 했지만 성실하고 애정 어린 지도였다— 특히 나에게는. 끝에 그렇게 덧붙이는 것도 잊지 않았다. 그와 특별히 친밀했다는 것을 강조하기 위해서는 되도록 과장된 탄식과 슬픔의 몸짓이 필요했다. 마주르카 연주를 내세웠던 부인은 애써 쥐어짜낸 눈물을 두 눈에 희미하게 담았다. 그러자 지지 않겠다는 듯 레슨을 내세웠던 부인도 가까스로 시야가 흐려질 정도의 눈물을 만들어냈다. 이제 조금만 더 참으면 되었다. 그러나 이 부인에게는 마주르카 부인 같은 준비성이 없었던 탓에, 설불리 눈을 꾹 감아 무리하게 눈물을 흘리려다 오히려 기껏 맺혔던 눈물까지 모두 속눈썹에 빨려들어가고 말았다. 마주르카 부인은 레이스 너머로 상대의 속눈썹 틈새에서 반짝이는 알량한 눈물을 발견하고 고개를 숙이며 저도 모르게 풋, 웃음을 터뜨렸다. 그러나 그 웃음과 함께 겨우 흘러내리려던 자신의 눈물마저 말라버렸다는 것을 깨닫고 이번에는 상대방의 교활함에 화를 냈다.

우아하게 치켜올린 젖은 속눈썹 틈새에서 죽음은 그렇게 눈의 깜빡임에 의해 천천히 씹어삼켜지듯 소비되었다.

들라크루아는 이 짧은 소극(笑劇)이 가져다준 교훈을 순간적으로 깨닫고, 그것을 거부했다. 그리고 서둘러 그 자리를 떴다. 이런 하잘것없는 값싼 연극이 쇼팽의 죽음이 가진 무언가 큰 의미와 연결되는 것을 그로서는 용서하기 힘들었다. 그것은 결코 가장 경박한 소극이라는 것 이상의 어떤 의미도 가져서는 안 되었다.

잠시 후 주위를 둘러본 그는 그제야 고티에가 곁에 없다는 것을 깨달았다. 자신이 그와 어떻게 헤어졌는지 아무리 생각해도 기억이 나지 않았다.

말다툼이 벌어진 곳에서 카미유 플레옐과 함께 빠져나온 아돌프 구트만은 그제야 비로소 들라크루아를 알아보았다. 그리고 잔뜩 굳은 얼굴로 눈을 감고 고개를 두어 번 가로저었다. 이야기는 이미 결론이 나 있었다. 루앙에서 온 부부에게는 플레옐이 귓속말로 자리를 준비하겠다는 뜻을 전했다. 그 밖에도 몇 사람을 위해 새로 의자를 준비하도록 조치를 취했다. 상대방이 싸움이라도 불사할 듯 강경하게 나오면, 이렇게까지 참석을 거절해야 할 이유가 무엇인지 구트만도 그만 알 수 없는 심정이 되었다. 그는 그저 좌석이 모자란다는 사정을 설명하고 싶었을 뿐이었다. 그 밖의, 분명히 쇼팽과 면식이 없는 자들은 그냥 내버려두었다. 그들 역시 애초에 진심으로 장례식에 참석할 마음 따위는 없었다. 이제 그들은 그저 도중에 구트만 편을 들고 나선 몇몇 사람들과 감정적인 입씨름만 계속하고 있었다.

혼잡은 각오하고 있었지만 이토록 뜻밖의 일들이 터지리라고는 아무도 예상하지 못했다. 가수들의 보수 요구를 비롯해 벌어진 사건들의 천박함이 그 자리에 있던 이들 모두를 무력하게 만들었다.

들라크루아는 계단을 오르다가 몸을 돌려 자신이 막 도착했을 때보다 훨씬 더 불어난 상복의 군중들을 바라보았다. 지금도 그 어딘가에서 소극은 새로운 배역을 얻어 연출되고 있으리라. 아니, 어쩌면 나 또한 그들과 같은 무대 위에서 보다 큰, 그러나 똑같은 희극의 한 역할을 맡고 있는 데 불과한 게 아닐까? 그렇게 생각할 만한 이유는 충분히 있었다. 그리고 그런 생각에 잠긴 그의 마음속은 이미 슬픔이라고 부를 수 없는 희뿌연 어둠으로 가득 찼다.

그 역시 깊은 마비의 늪에 빠져 있었다. 그리고 그 마비를 몰고 온, 지금도 밑바닥에 무력의 중심으로 남아 있는 한 가지 사실을 생각하기 위해 이미 수없이 반복해온, 반복한 만큼 공허해지는 어떤 말을 떠올렸다. 그 순간 곁에 있던 프랑숌이 바로 그 말을 그에게만 들리게 하려는 듯 조그만 소리로 중얼거렸다.

"쇼팽은 죽었군요."

들라크루아는 순간 깜짝 놀라 그제야 그를 돌아보았다. 그리고 잠시 입을 다물고 있다가, 그가 그 말을 굳이 입에 담은 의미를 어렴풋이 이해하고 그에게 대답했다.

"예, 쇼팽은 죽었습니다."

말다툼이 어찌 되었는지 걱정스러워 그들을 찾으러 나왔던 마리 드 로지에르 양이 그들을 발견하고 사원 안으로 불러들였다.

장례식은 이제 곧 시작될 터였다.

1_부

1

　1846년 11월 12일, 프레데리크 쇼팽은 조르주 상드 부인의 가족을 노앙 관(館)에 남겨둔 채 홀로 삼십여 시간을 마차를 달려 파리의 스카르 도를레앙 9번지 자택으로 돌아왔다.

　입시(入市) 세관 수속을 마치고 시문(市門)을 통과한 것은 벌써 정오를 한참 지난 시각이었다. 라피트 에 카야르 사의 원거리승합마차가 생 토노레 가의 정류장에 도착하자 부탁해두었던 자가용 마차가 기다리고 있어서 여행의 피곤에 초췌해진 그의 얼굴에도 저절로 미소가 번졌다. 밤새 울퉁불퉁한 길에 흔들린 탓에 땅바닥에 내려서도 한참 동안 똑바로 설 수가 없었다. 하반신이 얼얼하게 저려왔다. 바퀴의 진동까지 함께 마차에서 내려 엉덩이에 따라붙어온 것 같았다. 주위를 둘러보니 모두들 똑같은 모습으로 몸을 앞으로 숙인 채 엉거주춤 걷고 있었다. 허리의 통증을 참으며 천천히 몸을 일으키는 꼴이 말할 수 없이 우스꽝스러웠다. 자신도 저런 모습일 것이라고 생각하니 저절로 쓴웃음이 비어져나왔다.

"괜찮으세요?"

사용인인 피에르가 짐을 들어올리며 말을 붙여왔다. 쇼팽은 그런 염려의 말에 더더욱 우스워져서 "응, 괜찮아. 인간이란 역시 아픔에는 어쩔 수 없군" 하고 짐짓 허리를 툭툭 두드려 보였다. "이런 한심한 꼴을 사람들이 보면 큰일이니 어서 빨리 마차에 타야겠네. 그런데 자네는 괜찮은 것 같군. 나보다 좌석도 허술했는데 말야."

그 말을 듣자 피에르는 자못 자랑스럽다는 듯,

"예, 저는 그쯤이야 뭐" 하고 대답하고는 건중건중 뛰는 걸음으로 마차 쪽으로 향했다.

길이 한산해서 정류장에서 집까지는 금방이었다. 예정 시각보다 약간 늦게 집에 도착하니 마리 드 로지에르 양이 벽난로에 장작을 잔뜩 넣어 불을 피우고 사용인에게 점심식사를 준비시켜둔 채 기다리고 있었다.

"……에티엔 부인도 오늘은 아침부터 굉장히 신이 나셨어요."

"그런 것 같군요. 저렇게 충실한 관리인이 있으니 나도 그녀에게 전적으로 다 맡기면 좋을 텐데, 아무래도 세세한 일들은 당신에게 부탁하게 되는군요. 이번에도 내가 집에 없는 동안 수고가 많았지요?"

"아뇨, 부디 그런 걱정은 하지 마세요."

현관까지 쇼팽을 마중 나온 로지에르 양은 방으로 들어가며 그렇게 대답했다. 그들이 파리에 없는 동안의 용무는 모두 이 다섯 살 연상의 여인이 맡아서 처리해주었다. 그녀는 원래 쇼팽의 레슨을 받던 학생이었지만 어느새 비서 역할도 하고 친구가 되어주기도 하면서 쇼팽의 사생활에 여러 가지로 관련을 가지게 되었다.

"그보다, 피곤하시지요?"

"네, 좀…… 그래도 이번에는 앞 칸에 나밖에 없어서 좀 나았어요. 덕분에 잠도 좀 자고, 다른 때보다 편했어요."

"노앙이 조금만 더 가까웠으면 좋겠다는 생각이 항상 들어요."

"백 리외나 되니까 멀긴 멀지요. 하지만 멀리 떨어져 있으니까 그렇게 조용한 거예요, 그곳은."

그런 대화를 나누며 살롱으로 걸음을 옮긴 쇼팽은 요즘 대부분의 젊은이들이 앞다투어 따라 끼고 있는 유명한 하얀 산양가죽 장갑을 벗고 장갑 못지않게 하얀 손으로 그것을 아무렇게나 탁자에 내려놓았다. 로지에르 양은 이 사소한 몸짓을 항상 그렇듯 성상(聖像)이라도 우러러보는 듯한 경건한 마음으로 바라보았다. 남녀를 불문하고 누구나 그 손을 동경했다. 동양의 대나무 공예품처럼 나긋나긋한, 마디가 불거진 가늘고 긴 손가락, 살이라고는 거의 없는 손등, 약간 납작한 손가락 끝과 그만큼 더 짧아진 아름다운 손톱, 그 촘촘한 생명의 교차가 때로 잎맥을 떠올리게 하는 혈관들, 얇게 뒤덮인 금빛 솜털, 그리고 아름다운 화음을 누른 건반의 요철과도 같이 물결치는 뼈의 융기…… 사람들은 그가 마치 불안을 위로해주는 듯한 손놀림으로 건반을 만질 때마다 그 광경에 황홀해하곤 했다. 그 모습을 바라보고 있노라면 그의 아름다운 음악은 바로 그의 손에 깃들어 있고 그의 손에서 탄생하는 것인 듯 느껴졌다. 그 손의 아름다움으로 하여 그의 음악도 그처럼 아름다운 것이다. 그러나 피아노에서 벗어난 그의 손을 보고 레가토가 걸린 듯한 그 움직임의 우아함을 깨닫고 나면, 오히려 아름다운 음악이 그의 손으로 형상화된 것이 아닌가 하고 다시 고쳐 생각해보게 되는 것이었다.

쇼팽은 자신이 무심코 내뱉은 '조용함'이라는 말을 생각하며 일부러 그 말에서 벗어나기 위해 말했다.

"당신이 보내준 아이스크림 제조기, 그쪽에서 정말 잘 썼어요. 올 여름은 굉장히 더웠으니까요. 나는 목욕탕에 들어가 있거나 아니면 그 기계로 만든 아이스크림을 먹고 있거나, 둘 중의 하나였지요."

"상드 부인의 편지에도 목욕 얘기가 있었어요. 에테르처럼 맑고 깨끗하신 당신이 평범한 사람들과 마찬가지로 땀을 흘리고 몸에서 냄새가 나서 못 견디겠다고 불평을 하며 목욕하러 들어가는 걸 보면 눈물이 날 만큼 우습다고 하셨지요."

"예, 정말로 그랬어요. ……정말 여름에는 그렇게 더웠는데, 겨울이 되자마자 이렇게 추워지다니…… 물론 당연한 일이기는 하지만, 그래도 어쩐지 이상하네요…… 그러고 보니 올해는 연초에도 무척 추웠지…… 어쨌거나 정류장에서 곧바로 마차를 탈 수 있어서 다행이었어요. 이런 추운 날씨에 오랜 시간 서서 기다려야 했다면 도저히 못 견뎠을 텐데."

마차 수속은 그녀에게 부탁했던 일이었다. 그는 이런 작은 일에 실수가 생기는 것을 무척 싫어했다. 일이 계획대로 진행되지 않는 것에 일일이 안달복달하기 때문은 아니었다. 그에게는 남들이 상상하는 것보다 훨씬 변덕스런 구석이 있어서, 스스로 세운 계획을 그날의 기분에 따라 마음대로 변경하는 일도 드물지 않았다. 단지 그 변경이 어떤 외적인 장애에 의해, 특히 예기치 않은 우연한 장애에 의해 일어나는 것이 불쾌한 것이었다. 이 불쾌는 불안과 닮아 있었다. 그리고 어째서 그것이 화가 아니라 불안으로 이어지는가 하는 점이 상드 부인 같은 이에게는 아무리 생각해도 이해할 수 없는 그만의 신비로 느껴지곤 하는 것이었다.

쇼팽은 외투도 벗지 않고 벽난로 앞으로 다가가 항상 애용하는 의자에 앉았다.

"아유, 겉옷이라도 먼저 벗으세요. 그래도 안에 많이 껴입었잖아요?"

쇼팽은 그녀의 '그래도' 라는 말이 어쩐지 우스워서,

"음, 잔뜩 껴입었지요. 나보다 더 많이 입은 사람은 온 파리를 뒤져도 들라크루아밖에 없을걸요?" 하고 웃으면서 외투 깃을 세우고는, 추운 겨울밤이면 집에 돌아갈 때마다 투덜대곤 하던 들라크루아의 모습을 그대로 흉내내 보였다.

"아유, 저런!"

로지에르 양도 소리내어 웃었다.

"그렇지만 아직 너무 춥군요. 몸을 좀 녹인 다음에 벗지요."

그렇게 말하고 벽난로 쪽으로 얼굴을 돌리는 쇼팽의 모습에는 농담으로 다른 사람을 즐겁게 했을 때마다 언뜻언뜻 엿보이곤 하는 쓸쓸한 분위기가 느껴졌다. 그 때문에 그녀는 그 자리에 그대로 서 있기 어딘지 미안한 마음이 들었다.

예전의 쇼팽이라면 좀더 엄격하게 내면을 감추고 그의 음악과 같은 콜로라투라 풍의 경묘(輕妙)한 화려함을 그 일거수일투족에 아로새겨서 곁에 있는 이들을 매혹시켰을 것이었다. 이야기를 하면서 손을 들어 움직이면 그 손끝에서 음악이 뚝뚝 듣는 것만 같았다. 농담 한마디 한마디가 금실로 수를 놓은 듯이 빛났다. 엉뚱한 두 가지 화제를 단어 하나하나에 서서히 변위(變位)기호를 붙여가며 교묘한 전조의 연속으로 이어붙여 대화를 선도했다. 그 목소리는 마치 털이 긴 특별한 융단 위에 떨구어진 것처럼 소리에 전혀 모가 나지 않아 누구의 귀에나 기분 좋게 들렸다. 그런 그의 아름다움이 이제는 흔적도 없이 사라졌는가 하면 그렇지는 않았다. 그를 접하는 수많은 이들에게 그는 여전히 사교계의 가장 세련된 예절을 가장 자연스럽게 갖춘, 빈틈없는 우아함의 체현자였다. 그러나 아주 가까운 이들은 요즘 그가 마치 바지 뒤쪽으로 흰 셔츠 자락이 살짝 비어져나온 것처럼 이따금 부주의하게 그 내밀한 생활의 편린을 들키곤 한다는 것을 느꼈다. 그런 점들이 그들의 태도에 미묘한 변화를 일으키고 있었다. 그를 사랑한다는 점에는 변함이 없었다. 그러나 그 애정에는 연민의 빛깔이 희미하게 드리워졌고, 또 그 때문에 그의 자존심을 다칠까 두려워, 문득 깨닫고 보면 모두 예전처럼 그를 스스럼없이 대하지 못하고 있었다. 보지 못한 척 입을 다물어버렸다. 그저 눈치를 챈 사람들 사이에서만 암묵의 눈짓이 오고갔다. 그 눈짓이 조금씩 주변으로 퍼져나가 요즘은 로지에르 양처럼 **행복한** 영혼을 가진 이조차 그의 사소한 몸짓의 이면에서 다른 것들을 발견해내고 남들과 똑같은 눈짓을 하게 된 것이다.

로지에르 양은 그대로 말없이 살롱을 나서려고 했다. 그런데 쇼팽이 거울에 비친 그녀의 등을 바라보며 천천히 입을 열었다.

"……세관에서 깨울 때까지 내내 잤어요. 그 사이에 꿈을 꾸었는데…… 좋지 않은 꿈이었지요. 좋지 않은 꿈이었다는 것만 생각나요. 정말 안 좋은 꿈이었어요. 그런데 내용은 하나도 기억나지 않는군요. 하지만 눈이 떠졌을 때 진심으로 안도했을 정도니까 좋지 않은 꿈이었던 건 틀림없어요…… 어째서 그런 꿈을 꾸었는지, 깨고 난 다음에 이리저리 생각해봤는데…… 어쩌면 그 냄새 탓인지도 모르겠어요……"

"냄새요?"

멈춰 서서 돌아보며 그녀가 살짝 고개를 갸웃거렸다.

"예, 티에르가 세운 성벽에서 시벽(市壁)까지 오는 길에 났던 그 고약한 냄새. 뭐랄까…… 공장에서 나는 묘한 약품 냄새와 그 주변에 사는 사람들의…… 평소에는 그곳을 지날 때마다 마차 창문을 닫곤 했는데 오늘은 깜빡 잠이 들어서…… 그 탓인지도 몰라요, 꿈을 꾼 건."

"그런 말씀을 하시다간 또 상드 부인께 꾸지람을 들을걸요?"

"그녀에게? 설마, 그녀도 노앙 관에 마을의 **은총받지 못한** 사람들이 왔다 간 뒤에는 꼭 급하게 모리스에게 창문을 열어놓으라고 하는걸요. 당신도 알고 있죠?"

쇼팽은 거울 속의 로지에르 양에게 눈짓을 보내더니 이번에는 쓴웃음을 짓는 듯한 표정을 지었다. 맨틀피스* 위에 놓인 시계의 그늘에서 벗어난 그의 얼굴은 오른쪽 절반만 거울에 비치고 있었다. 그는 거기서 잠깐 시선을 멈췄다가 천천히 왼쪽으로 눈길을 돌려 벽에 걸린 프레르의 작품 〈사막을 건너가는 캐러밴〉을 지나 플레엘 사(社)의 업라이트피아노 너머로 창 밖을 내

---

* mantlepiece. 거실이나 홀의 벽난로 윗부분을 장식하는 선반.

다보았다.

로지에르 양은 경솔하게 상드 부인의 이름을 입에 담은 것을 후회했다. 이번 여름에 그녀는 노앙에 있는 상드 부인에게서 몇 통의 편지를 받았다. 대부분은 근황을 알리거나 파리에서의 볼일을 부탁하는 것이었지만, 구석구석에는 반드시라고 해도 좋을 만큼 연인인 쇼팽에 대한 불만의 말이 적혀 있었다. 아까 얘기했던 목욕에 관한 편지만 해도 그랬다. 그렇게 재미있게 목욕 이야기를 적어내려간 그 두세 장 뒤에는 사용인의 해고에 반대하는 그의 태도를 냉담하게 비난하는 내용이 적혀 있었다. 이미 주위에서도 두 사람 사이가 이전처럼 다정하지 않은 것 같다는 소문이 조심스럽게 떠돌고 있었다. 그녀는 그럴 때마다 편지 내용을 인용하면서 "그러니 우리 모두 쇼팽 씨 앞에서 경솔하게 상드 부인 얘기를 화제로 삼지 않도록 해요"라고 사람들에게 주의를 주어왔다. 지금 쇼팽의 모습을 바라보며 그녀는 저절로 그 일을 떠올렸던 것이다.

쇼팽은 중정의 분수를 바라보며 멍하니 다시 꿈에 대해 생각하기 시작했다.

'마지막으로 잠이 든 게 몇시였을까……'

샤토루까지 상드 부인의 마차로 배웅을 받고 거기에서 원거리승합마차로 갈아타고부터 쇼팽의 뇌리에는 무슨 까닭인지 칠년 전 가을의 기억이 언뜻언뜻 떠오르기 시작했다. 그것은 연속된 일련의 기억이 아니었다. 몇 가지나 되는 광경의 단편들이 나뭇잎 사이로 비쳐드는 햇살처럼 순간순간 변화하면서 기억 속 순간들을 맥락도 없이 펼쳐 보였다. 파리로 향하는 마차 옆자리에서 자신의 『코지마』 원고를 들여다보던 상드 부인의 모습, 트롱셰 가 5번지의 새 집에서 자신을 맞아주던 그지마와 백작과 폰타나, 그리고 죽어버린 마투신스키…… 그 다음에는 갑자기 난생 처음 방문했던, 그러나 어딘지 고향 폴란드처럼 낯익었던 노앙의 풍경이 튀어나왔다. 그곳에서 두 사람이 대화를 나누며 꿈꾸었던 파리에서의 생활, 정원에서 사생을 하고 다 그린 그림을 자랑스럽게 보여주러 오는 모리스, 떼를 쓰다 꾸지람을 듣는 솔랑주, 부엌 벽에 걸린 프라이팬, 창에서 내다본 노앙 관 앞의 성당, 정원의 꽃들, 벽을 기어오르는 참으아리, 나이팅게일의 날갯짓, 새로 바른 벽지, 군데군데 오자투성이였던 바흐의 악보, 침대에 토했던 피……

역에 정차할 때마다, 혹은 잠에 빠져 자기도 모르는 사이에 시간이 획획 지나가버릴 때마다 기억은 아슬아슬하게 끊길 듯하다가, 다시 마부의 등 너머로 보이는 말의 엉덩이며 창유리가 떨리는 소리 같은 바깥 세계의 실마리에 기대어 더듬거리며 끊어진 부분을 다시 찾아내 갖가지 광경 위를 정처 없이 헤매다녔다.

그 전해인 1838년 11월, 쇼팽과 상드 부인은 그녀의 두 자녀 모리스와 솔랑주, 그리고 사용인 아멜리를 데리고 스페인의 마요르카 섬을 찾았다. 쇼팽이 스물여덟 살, 파리에 도착해 여덟 번째 맞는 가을의 일이었다.

그 여행은 공식적으로는 류머티즘을 앓던 모리스와 이미 결핵 비슷한 증상을 나타내기 시작한 쇼팽의 요양이 목적이었지만, 아무도 단지 그것 때문만이라고는 생각하지 않았다. 여행 계획은 아주 친한 몇몇 친구에게만 밝혔는데, 문득 살펴보니 모두가 다 아는 일이 되어 있었다. 개중에는 "그런 긴 여행은 요양은커녕 자네 병을 더 악화시킬 뿐이야"라고 직접 그에게 충고하는 이도 있었다. 그는 그저 환하게 웃으며 흘려들었다. 뒷전에서는 애인을 여행에 데리고 가는 것은 그 여자가 항상 쓰는 수법이라느니 뭐라느니 하는 말들을 숙덕거렸다. 그것도 역시 애써 못 들은 척했다.

그런 말들은 파리의 사교계에서 이 두 사람 주위에 수없이 피어나던 화려하고도 경박한 꽃 중의 하찮은 한 송이에 지나지 않았다. 쇼팽은 이미 사교계의 총아였다. 모두가 그를 만찬에 초대하려 했고 그의 연주를 듣고 싶어했다. 카롤 미쿨리, 게오르크 마티아스 같은 뛰어난 남자 제자들, 그리고 로스차일드 남작 부인이며 보드몽 대공비, 페르튀 백작 부인, 아포니 백작 부인, 노아유 공작 부인과 같은 저명한 귀족 가문의 부인과 영양(令孃)들이 한 시간에 이십 프랑이라는 값비싼 레슨비를 전혀 아까워하지 않고 그에게 몰려들었다. 쇼팽은 그들 모두에게 비할 바 없이 정중하고도 다정하게 대했고, 그러면서도 항상 매력적인 냉담함을 잃지 않았다. 기포를 품어 희뿌옇게 흐려진 얼음 덩어리처럼 흰 피부 때문에 '아리엘*과도 같은' 이라는 수식어가 —

진심인지 농담인지는 알 수 없지만—그의 이름 앞에 항상 따라 붙었다. 아름답게 빗어내린 금발은 왕관처럼 사람들의 눈길을 끌었다. 굽이치듯 솟아오른 아름다운 코는 그의 천부적인 재질에 대한 사람들의 열등감과 연결되어 범인(凡人)과의 차이를 극명하게 드러내는 뛰어난 상징처럼 여겨졌다. 눈꼬리가 약간 처진 눈은 웃으면 아름다운 주름이 잡혔는데, 어딘지 쓸쓸한 분위기를 담고 있어서 감상적인 여자들은 거기서 그의 고국 폴란드의 비극적인 역사의 그림자를 보고 동정을 보냈다. 옷차림에는 상당히 신경을 썼다. 우비강 샤르댕에서 향수를 사고 라프에서 구두를 맞추고 페도의 모자를 쓰고 도트르몽이 재단해준 금단추 장식의 맞춤 외투를 입었다. 자가용 마차로 카페 앙글레나 카페 드 파리를 향해 시원스럽게 달릴 때면 길을 가던 사람들이 일제히 돌아보며 "저 사람이 쇼팽이야?" 하고 귀엣말을 주고받았다. 그러면서도 연애사건과는 전혀 무연했다. 그는 당시의 청년들 모두가 동경하던 사교계에서의 성공을 거의 자신의 재능에만 의지하여 손에 넣었다. 부명(浮名) 한 번 흘리는 일 없이! 그러던 쇼팽이 뮈세, 메리메는 말할 것도 없고 쥘 상도부터 하다못해 여배우 마리 도르발에 이르기까지 유난히 **그런 쪽의 소문**에 단골손님처럼 등장하던 조르주 상드의 애인이 되었으니 재미있지 않을 리가 없었다. 소문은 살롱에서 살롱으로 들불처럼

* Ariel. 중세 전설 속의 공기의 요정.

번져나갔다. 불길은 번지면 번질수록 당연히 점점 커졌다. 평소 그녀의 행동거지와 주장에 반감을 품었던 자들은 질투심까지 덧붙여 크게 분개하며 여기저기 소문을 퍼뜨렸다. 모두가 아는 사실이 되고 난 뒤에는 두 사람을 둘러싼 다양한 일화가 새로 던져넣은 장작처럼 불길을 더욱 거세게 피워올렸다. 얼마 전까지 상드 부인의 애인이었던 펠리시앵 말피유가 쇼팽의 집 앞에서 기다리고 있다가 문 밖으로 나서던 그녀에게 맹렬히 덤벼들었다는 이야기가 마리 다구 백작 부인에 의해 기막히게 재미있는 이야기로 퍼지기도 했다. 당시 우연히 그 자리에 함께 있었던 그지마와 백작이 끼어들어 일은 조용히 무마되었다. 그러나 이 소문은 입에서 입으로 전해지면서 말피유와 쇼팽이 결투를 했다는 이야기로까지 발전해, 걱정이 되어 병문안을 온 사람까지 있었고, 용감하게 결투를 받아들인 것은 상드 부인 쪽이었다는 농담도 오고갔다. 그런 소문이 그칠 줄 모르고 한창 왁자한 때에 두 사람이 여행에 나선 것은 말하자면 한 건 낙착을 본 남녀의 날갯짓이라는 적잖이 우스꽝스러운 견해까지 떠돌았다.

　소문이 도를 넘자 쇼팽도 결국 신경이 쓰였다. 그는 애인이라는 자신의 입장을 매우 떳떳하지 못하게 생각하고 있었다. 조르주 상드와 그녀의 남편 카지미르 뒤드방 남작 사이에는 1836년에 법적으로 별거 협정이 성립된 상태였지만, 왕정복고기 이래의 이혼 금지령으로 인해 두 사람은 호적상으로는 여전히 부부였다. 그러나 그에게는 그런 사실이 그녀의 애정을 의심할 만한 이유가 되지 않았다. 체면이 망가지는 것도 감내할 수 있었다. 그러나 그런 것보다, 폴란드의 가족에게 아무래도 떳떳하지 못했다. 제아무리 숙련된 군대라도 국경을 넘어 침공하는 신속성에 있어서 소문과는 도저히 비할 바가 못 된다는 것을 그는 잘 알고 있었다. 점령지 곳곳에서 저지르는 극심한 만행 역시 마찬가지였다.

출발을 앞둔 두 사람에게는 이런 은미(隱微)한 소동이 불러일으킨 심적인 고통과는 별도로 정리해두어야 할 실질적인 문제들도 산더미처럼 쌓여 있었다. 여관과 마차 수배에서부터 외국 은행 앞으로 된 추천장의 입수에 이르기까지 그 대부분은 상드 부인이 수완 좋게 처리했다. 그러나 여비 마련 문제에 대해서는 쇼팽도 분주하게 나서지 않으면 안 되었다. 그는 우선 카미유 플레옐에게 아직 완성되지 않은 프렐류드 집(集)의 판권을 이천 프랑에 양도하기로 약속하고 오백 프랑을 미리 받았다. 다음으로 은행가인 오귀스트 레오에게, 또 고리대금업자인 누기라는 사내에게서도 각각 천 프랑씩을 빌렸다.

그런 안정되지 않은 나날이 그는 지겨워서 견딜 수가 없었다. 창작의 고통을 생각하면 떨떠름하게 돈을 내미는 플레옐에게 화가 치밀었다. 고리대금업자에게 고개를 숙이는 것도 그리 유쾌한 일은 아니었다. 어째서 이런 짓을 하고 있는 걸까? 그런 의문에 사로잡힐 때면 머릿속을 여행에 대한 몽상으로 가득 채웠다. 그러면 금세 행복한 기분이 되었다. 모든 번거로움은 여행으로 인한 것이었다. 그러나 그런 번거로움에서 자신을 구원해주는 것 또한 결국 여행밖에 없었다.

……노앙의 침대에서 토했던 피, 그 붉은색의 기억이 점차 환하게 펼쳐지더니, 팔마의 태양이 너무도 눈부셔 저도 모르게 감아버렸던 눈꺼풀 안쪽의 붉은색으로 바뀌었다. 그것이 다시 벌어진 석류 열매의 붉은색으로 바뀌고, 무화과 과육의 분홍빛으로 바뀌고, 오렌지의 울금색으로 바뀌고, 레몬의 노란색으로 바뀌고, 이어서 갑작스럽게 바다의 청보석빛에 휩싸이는가 싶더니, 이내 파도 사이사이로 이어지는 하얀 빛 속으로 사라져갔다.

쇼팽은 마요르카에서의 몇몇 불쾌했던 일들이 떠오르는 것이 두려워 페르피냥으로 기억을 옮겼다. 쇼팽과 상드 부인의 가족은 각각 따로 파리를 떠나 그곳에서 합류하여 일단 바르셀로나로 향할 예정이었다. 나흘이 걸린 우편마차 여행 끝에 만난, 가족과 함께 마중 나온 상드 부인의 웃는 얼굴은 다정했다. 그녀는 쇼팽을 포옹하고 키스하고는 그의 몸 상태가 생각보다 좋은 것을, 긴 여행을 거뜬히 견뎌낸 것을 칭찬하듯이 기뻐해주었다. 그는 적잖이 자랑스러운 마음이 들어 오는 길에 겪은 일들을 평소와는 달리 수다스럽게 늘어놓았다. 낯선 땅에서 남몰래 그녀를 만났다는 행복감이 그를 황홀하게 했다. 남프랑스의 환한 햇빛은 파리에서는 다소 수수해 보였던 그녀의 풍모에 본래의 매력을 되살려주고 있었다. 거리의 사람들은 아무도 그들을 알아보지 못했다. 스페인 입국의 편의를 위해 쇼팽과 동행해주었던 정치가 멘디자발도 이곳에 오기까지 그가 보여준 영웅적인 인내력에 대해 강조했다. 아멜리는 두 사람의 짐을 마차에서 내린다음 곁에 서서 다음 지시를 기다리고 있었다. 모리스와 솔랑주는 부끄러운 듯 조금 떨어져 있었다. 쇼팽은 그녀를 물끄러미 바라보았다. 그녀의 모든 것을 싫증내지 않고 바라보았다. 여행의 미래에 대해 새삼 순수한 희망을 품었다. 곁에는 항상 그녀가 있다. 그녀만이 있다. 방해하는 사람은 아무도 없다. 그 밖에 더 바랄 것이 무엇이겠는가? 마른 공기 속에 그렇게 한참을 서 있었다. 빛을 머금어 금빛으로 빛나는 그의 머리털은 화가가 캔버스 위에 바람을 나타내려고 할 때처럼, 바람 그 자체처럼 조용히 나부꼈다.

이런 기억이, 활짝 열린 창으로 갑자기 들이닥친 바람 때문에 탁자 위의 골패가 뒤집히듯 돌연 음울한 광경으로 바뀌었다. 기억은 바르셀로나에 이르렀다가 참담했던 마요르카 섬에서 돌아오던 길에 다시 들렀던 바르셀로나로 바뀌고, 다시 그 뒤에 찾은 마르세유로 이어졌다.

쇼팽의 뇌리에 순간 오래된 오르간의 그림자가 스쳤다. 이어 호기심에 가득 찬 군중의 눈초리가 그날의 성당 풍경과 함께 곳곳을 가득 메웠다. 그는 원거리승합마차의 차창 밖을 바라보며 단조로운 밤 풍경에 의식을 붙들어매고 그 기억에서 벗어나려 했다. 눈은 금세 어둠에 익숙해졌다. 그러나 오르간의 기억에 이끌려 슈베르트의 〈디 게슈티르네〉가 집요하게 귓속에서 울리면서 그를 다시 그 자리로 되돌려놓고 말았다.

'가엾은 누리……'

마르세유에 체재한 지 한 달쯤 지난 어느 날, 가까스로 목숨을 부지하여 차츰 회복되고 있던 쇼팽에게 파리에서 친하게 지냈던 가수 아돌프 누리의 부고가 날아들었다. 3월 7일 나폴리에서 열린 자선 연주회에서 노래를 부른 다음날 아침, 숙박지 호텔 꼭대기 층에서 추락해 사망했다는 소식이었다. 향년 37세였다.

누리의 죽음은 쇼팽을 큰 슬픔에 빠뜨렸고 크게 동요하게 했다. 그것은 단순히 친구의 죽음 때문이 아니었다. 사고사라고 결론이 내려지기는 했지만, 그는 그것이 자살이라는 것을 알 수 있었기 때문이었다.

아돌프 누리는 쇼팽보다 여덟 살 연상인 테너 가수였다. 쇼팽이 파리에 온 1830년대 초에 그는 베롱 박사의 개혁에 의해 왕정복고기의 재정난을 탈피한 오페라 극장의 이른바 간판 가수 중 한 사람이었다. 쇼팽은 매일같이 오페라 극장을 찾아가 마이어베어의 〈악마 로베르〉나 알레비의 〈유대 여인〉 등에서 그가 들려주는 박진감 넘치는 섬세한 감정 표현과 이탈리아 오페라적인 뛰어난 기예의 아름다운 융합에 감격하곤 했다. 두 사람은 곧 안면을 텄고 이탈리아 극장에서 마를리아니 백작 부인의 살롱에 이르기까지 다양한 기회에 공연을 함께 했다. 쇼팽은 음악가로서뿐만 아니라 인간으로서도 그를 사랑했다. 예술 전반, 특히 그 탁월한 연기력의 밑바탕이 된 문학에 대한 깊은 조예와 금욕적이며 신앙심 깊은 성품에도 매력을 느꼈지만, 동시에 멋들어진 기지와 재치의 대가로서도 크게 경의를 품었다. 그러나 파리에서 누리의 성공은 오래가지 않았다. 질베르 뒤프레가 이탈리아에서 돌아오자 〈기욤 텔〉의 아르놀 역을 시작으로 순식간에 단골 역할 몇 가지를 빼앗겨버렸기 때문이었다. 누리가 가수로서 뒤프레에게 뒤떨어지는 것은 아니었다. 그 둘이 파리 그랑 오페라의 테너 자리를 두고 치열한 경쟁을 벌였더라면 오페라 극장의 관객 수는 더욱 불어났을 것이었다. 그러나 누리는 그것을 참지 못했다. 우선은 그러한 파리 음악계의 공리주의에 혐오감을 느꼈기 때문이고, 또 하나는 변덕스러운 이 도시의 청중들이 보여주는 저속함에 그만 두 손을 들었기 때문이며, 또 하나는 두 사람의 경쟁이 재미있는 구경거리가 되는 꼴이 불쾌했기 때문이었다. 나아가 또 하나, 어쩌면 자신의 노래가 이미 뒤프레에게는 까마득히 미치지 못하는지도 모른다는 두려움도 있었다. 누리의 실망은 컸다. 당시 쇼팽과 리스트는 이 이야기를 자주 화제에 올려 누리의 낙담하는 모습에 동정을 보내곤 했다. 신진 음악가로서 당시 한창 피어나고 있던 두 사람에게 이 일은 남의 일만이 아니었기 때문이다. 그 뒤, 꼭 이 년 전에 누리는 이탈리아로 건너갔고, 이윽고 나폴리에서 대성공을 거두었다는 소문이 들려왔다. 그러나 그 이야기를 전해준 소식통은 파리를 떠나기 전부터 좋지 않았던 그의 목 상태가 여전히 회복되지 않아 재기의 희망을 품고 노력했던 이탈리아에서의 활동이 그의 정신을 중대한 위기에 빠뜨리고 있다는 가련한 사실도 덧붙였다.

"그토록 경건한 가톨릭 교도였던 누리가 자살을 하다니……"

폴린 비아르도 부인의 집에서 마지막으로 그를 만났던 이야기를 하다가 상드 부인과 그런 말을 나누었던 것이 문득 쇼팽의 머릿속에 떠올랐다.

4월 24일, 그의 유체와 함께 파리로 향하던 미망인의 청을 받아 쇼팽은 마르세유의 노트르담 뒤 몽 성당에서 열린 추도예배에서 연주를 하게 되었다. 누리의 미망인은 남편이 자살했다는 것을 공공연히 밝히지는 않았지만 대화 속에서 수없이 그 사실을 내비치며 그의 불운을 가련해했고, 남겨진 여섯 명의 아이들과 자신의 뱃속에 있는 일곱번째 아이의 앞날을 염려했다. 그녀는 또한 자살 소문을 들은 마르세유의 주교가 추도예배를 반대하는 바람에 본의 아니게 작은 규모로 치를 수밖에 없었다는 것, 오는 길에 시시각각 썩어들어가는 그의 유체가 풍기는 냄새에 마부가 계속 비정한 말로 항의를 했다는 것, 그리고 그의 영광을 빼앗은 목의 증상이 다름아닌 이곳 마르세유 공연중에 처음 나타났다는 것 등을 지리멸렬하게 늘어놓았다. 그리고 쇼팽이 "그는 슈베르트를 좋아했으니 추도예배에서 〈디 게슈티르네〉를 연주하지요"라고 하자 미망인은 그 자리에 주저앉아 하염없이 울었다.

쇼팽의 기억에 되살아난 것은 그 추도예배 당일의 광경이었다. 마르세유에 도착한 이래 그들이 숙박하는 호텔에는 파리의 유명인을 한번 보고 싶다며 면회를 청하는 이들이 끊이지 않았지만, 그와 상드 부인은 그중 누구도 만나지 않았다. 그러던 중에 얼마 전에 죽은 모 유명 가수를 위해 프레데리크 쇼팽이 노트르담 뒤 몽 성당에서 오르간을 연주할 것이라는 소문이 온 도시에 퍼진 것이었다. 예배 당일에 오십 상팀의 좌석료를 지불하고 성당에 몰려든 사람들은 누리와는 아무 인연도 없어 보이는 사람들뿐이었다. 쇼팽은 가능한 한 그들 쪽을 보지 않으려 애쓰면서 오르간 앞에 앉았다. 애석한 마음이 건반 하나하나에 스며들어 음관을 통해 허공으로 날아오르는 듯한 연주였다. 참석자들에게 둘러싸이기 싫어서 연주를 마치자마자 베란다에 숨어 있던 상드 부인과 함께 총총히 성당을 떴다. 두 사람을 놓쳐버린 사람들 사이에서 불만의 소리가 일었다. 그의 연주가 지나치게 평범했다고 불평하는 자도 있었다.

누리의 미망인은 나중에 쇼팽에게 이렇게 감사를 표했다.

"당신 덕분에 그이의 영혼은 수많은 사람들의 배웅을 받으며 떠날 수 있었습니다."

그것은 본심이었다. 그러나 그는 그 말에서 그녀의 의도 이상으로 복잡하게 얽힌 수많은 감정의 울림을 알아차리고 허망함과 적막감을 느꼈다. 죽은 누리와 그녀에게 미안한 마음을 금할 수 없었다.

……이런 기억이 그때까지 의식적으로 멀리했던 불행한 기억들을 한꺼번에 불러들였다. 조금 전에 뇌리를 물들였던 피의

붉은색이 램프처럼 다시 켜지더니 두번째로 들렀던 바르셀로나에서 세면기 가득 토했던 핏빛으로 바뀌었다. 피는 극심한 기침 발작과 함께 기관지를 밀어젖히며 미지근한 물고기처럼 솟구쳐 기세 좋게 세면기로 쏟아져나왔다. 쥐어뜯긴 장미꽃잎처럼 황동 세면기 바닥에 어지러운 무늬가 그려졌다. 입을 헹궈 뱉어내자 핏빛은 엷어지면서 더 불어났다. 아주 잠깐 동안 쇠 같은 피냄새를 면한 혀는 곧 다시 불쾌한 붉은색으로 더럽혀졌다. 기관지가 타는 듯 아팠다. 피의 표면이 비말(飛沫)을 튀기며 출렁였다. 잠시 가만히 있으니 창백한 뺨에 핏방울이 얼룩진 자신의 얼굴이 불안한 상을 맺으며 흔들리는 것이 보였다. 타액과 뒤섞인 끈끈한 피 몇 줄기가 아랫입술에서 거미줄처럼 가늘게 흘러 떨어졌다.

이윽고 그 흔들림은 바르셀로나에 도착할 무렵 뱃전에서 피를 토하며 마주했던 지중해의 물결의 여운과 겹쳐졌다. 열여덟 시간에 이르는 항해 끝에 잠시 갑판에 나와 섰을 때의 극심한 어지럼증, 돼지 떼의 악취와 울음소리, 그 돼지들보다 더 불결한 것을 보는 듯한 선원들의 냉담한, 그리고 약간의 공포감마저 섞인 눈초리.

바르셀로나와 마요르카 섬 사이에는 마요르카 호라는 이름의 조그만 증기선 한 척이 운항하고 있을 뿐이었다. 쇼팽 일행은 갈 때와 마찬가지로 돌아올 때도 그 배에 탔다. 그러나 갈 때는 분명 텅 비었던 그 배의 갑판이 돌아올 때는 섬에서 실은 이백여 마리나 되는 돼지 떼로 점령되어 있었다. 그들은 결핵 감염을 두려워한 선장의 지시에 의해, 나중에 곧바로 태워버려도 괜찮을 것 같은 조악한 깔개 한 장을 받아들고 선실에 갇혔다. 갑판에 나오는 것은 엄격히 금지되었다. 돼지를 흥분시키지 않기 위해서라는 이유였다. 게다가 수부들은 기이한 미신에 따라 돼지들이 잠들지 못하도록 운항 내내 십오 분 간격으로 채찍질을 했다. 결국 쇼팽은 파리의 싸구려 아파르트망의 터키식 변소 같은 냄새가 풍기는 선실 안에서 기침 발작을 참으며 하룻밤을 꼬박 한잠도 자지 못하고 채찍에 맞는 돼지들의 요란한 울음소리를 들어야 했다.

바르셀로나 항구에 도착한 뒤 쇼팽 일행은 멜레아그르 호라는 프랑스 군함으로 옮기게 되었고, 그 배에서 정중한 대접을 받았다. 더이상 견딜 수 없다고 판단한 상드 부인이 항구에 정박중이던 이 군함의 함장에게 편지로 사정을 설명하고 보호를 요청했기 때문이었다. 그녀의 부축을 받으며 마요르카 호의 뱃전으로 걸어나온 쇼팽은 그만 참지 못하고 바다를 향해 피를 토했다. 욕설을 퍼붓는 선장을 상드 부인이 날카롭게 노려보았다. 발작은 길게 이어지지는 않았다. 이제 살았다고 생각했다. 상드 부인이 등을 쓸어주는 동안 그는 눈물에 흐려진 시야 끝에서 파도 위로 떨어지는 자신의 피가 수면에 닿음과 동시에 부풀어올라 작은 해파리 같은 모습으로 물결을 따라 떠가는 것을 한참이나 말없이 바라보았다.

……마차 안에서 가만히 눈을 감고 있으려니 그런 광경들이 아주 사소한 맥락을 따라, 때로는 그런 맥락조차 없이 차례차례 나타났다. 그리고 그 광경들이 각각 서로 다른 고통을 마음속에 펼쳐놓았다. 그때마다 그의 의식은 마치 정전기에 흠칫 놀라 손을 거두어들이듯이 무턱대고 뭔가 또다른 광경으로 달아나려 허둥거렸다.

마요르카 호의 뱃전 아래로 떨어진 피의 리듬이 가슴에 울리더니, 그것이 이번에는 마요르카 섬의 발데모사 수도원에서 본 하나의 환영을 이끌어냈다.

그날, 팔마 시내에 외출했던 상드 부인의 가족은 갑작스레 쏟아진 비에 갇혀 밤이 되도록 돌아오지 못했다. 쇼팽은 홀로 적막하고 어두운 수도원의 방 안에 있었다. 촛불의 흔들림에 문득 죽음의 예감이 번뜩였다. 먼 곳의 천둥 소리가 번개보다 조금 늦게 울려퍼지듯이, 불안이 그 예감을 좇아 마음속에 퍼지기 시작했다. 그것은 딱히 상드 부인의 가족에 대한 것만은 아니었다. 피아노 앞에 앉자 그는 기묘하게도 자기 자신이 차디찬 호수에서 익사하는 환상을 보았다. 그리고 해안인지 동굴인지 알 수 없는 축축하고도 컴컴한 곳에 드러누운 시체와도 같은 자신의 가슴 위로 물방울이 규칙적으로 똑똑 떨어지는 소리를 들었다.

그리고 순간 묘지의 십자가가 스쳐 지나간 뒤 그 리듬은 발소리로 바뀌었고, 밤마다 수도원에 숨어들어 "니콜라스, 니콜라스" 하고 외치던 한 불길한 노인의 그림자를 이끌어냈다. 그 노인은 예전에 수도원에서 일하던 인부였는데, 그 무렵에는 반미치광이가 되어 술에 취하기만 하면 옛 습관대로 이미 죽어버린 수도사의 이름을 부르며 온 수도원의 문을 하나하나 두드리고 다니는 것이었다. 쇼팽이 그 노인을 두려워한 것은 '니콜라스'라는 이름이 우연히도 폴란드에 있는 그의 아버지의 이름과 같았기 때문이었다. 그에게는 그것이 아버지의 죽음을 알리는 소리처럼 들려 견딜 수가 없었다. 노인이 부르는 이름이 모두 죽은 이들의 이름이라면, 어떻게 단 한 명 '니콜라스'만이 살아 있는 사람일 수 있을 것인가? 지금 이 순간에 멀리 떨어진 폴란드에서 사랑하는 아버지가 죽지 않았다고 어떻게 단언할 수 있을까? 어쩌면 이 노인이야말로 말을 통해 아버지를 죽은 자들의 명부에 올리려는, 죽음의 세계에서 온 사자가 아닐까? ……이런 불안을 서글프게 되새기고 있으려니, 몇 년 뒤에 실제로 파리에서 아버지의 부고를 들었을 때의 격심한 충격이 더해지면서 기억의 연결고리는 한층 더 복잡하게 얽혀들었다. 갑작스런 틈입자의 외침은 매의 공격을 받은 참새의 울음소리와 수도원 돌담을 내리치던 바람 소리, 빗소리, 그리고 마요르카 섬 사육제의 소란과 하나가 되어 이명과도 같은 울림이 되었다. 노인의 그림자에는 병든 그에게 시종 저주와도 같은 욕설을 퍼붓던 요리실 여인의 얼굴이며 그를 대하던 마을 사람들의 쌀쌀한 몸짓, 하루 온종일 불평을 늘어놓던 아멜리의 모습 등이 일시에 모자이크처럼 복잡하게 뒤섞였다. 이런 모든 것이 한층 암담한 빛깔로 떠오른 것은 그 수도원이 풍기던 어두운 분위기 때문이기도 하고, 또한 많은 시간을 병으로 누워 지내는 동안 이따금 꾸었던 불쾌한 꿈들이 현실과 똑같은 무게를 지니고 거기에 뒤범벅된 탓이기도 했다. 그리고 이러한 기억의 틈새마다 무슨 까닭인지 이번 여름에 노앙에서 보냈던 나날의 별스러울 것도 없는 몇몇 광경들까지 끼어들었다.

……스카르 도를레앙의 자택 살롱에서 그는 마차 안에서의 회상을 약간은 의식적으로 똑같이 더듬어보려 했다. 그러나 기억의 연쇄가 빠르고 대담하게 시간의 전후 연결고리를 강화하면서 처음 그것을 체험했을 때는 분명 포함되어 있었을 수많은 불순물들—이를테면 어린 시절에 피아노 레슨을 받던 때의 풍경이라든가 가수 카탈라니 부인에게 받았던 시계, 앙주 생 토노레 가의 살롱에서 벨조이오소 대공비와 나눴던 대화 몇 마디, 언젠가 탔던 낡은 마차의 금방이라도 빠질 것만 같던 수레바퀴, 바로 앞에서 바라보았던 루이 필리프의 얼굴 등, 나타난 이유를 얼른 이해할 수 없는 종류의 것들을 모두 흘려버렸기 때문에, 기억 전체가 저절로 어떤 특정한 의미로 수렴되는 듯했다. 그것은 그가 의도한 일이 아니었다. 그러나 노앙에 머물 때부터 가슴속에 번뜩였던 어떤 예감이 그렇게 뚝뚝 끊어져 있던 기억들을 은밀하게 꿰어 하나로 엮으려고 한다는 것은 그 스스로도 어렴풋이 깨닫고 있었다. 기억은 마요르카에서 보낸 나날들을 거의 지워버리고 회상의 바깥에 방치해두었던 애초의 혼돈 뒤

편으로 빨려들어갔다. 이러한 회상의 자취가 잠의 뒤편에 스며들어 조금 전에 꾸었던 불쾌한 꿈으로 이어졌던 것임을 그는 쉽게 이해할 수 있었다.

살롱에서 새삼 그런 생각을 하고 있던 그는 곧 이 한 다발의 기억들이야말로 다발로 엮으려고 했던 예감 그 자체의 기묘한 음화(陰畵)라는 것을 깨달았다. 미래에 대해 품었던 막연한 생각이 현재를 중심축으로 과거로 뒤집혀 펼쳐진 것이다. 회상된 나날은 지극히 비참한 일련의 광경 속에서 그 어두움 때문에 이따금 반짝이는 상드 부인의 존재를 유난히 두드러지게 해 오히려 행복에 가까운 신비한 인상을 남기고 있었다. 그것은 어쩌면 평온하다고 해야 할 늘 같은 생활 속에서 단지 그녀의 태도 변화만이 어두운 그림자로 무겁게 걸려 있는 지금의 심정과 정확히 표리(表裏)인 것처럼 느껴졌다.

그런 생각을 하자 마차 안에서 드문드문 노앙의 광경이 어른거렸던 것에 대한 나름의 이해의 길을 찾은 것 같았다. 그러나 그렇게 생각을 계속하다보면 아직 깨닫지 못한 많은 일들을 맞닥뜨릴 것만 같아 두려웠다.

정원에서 눈을 돌려 거울 속의 자신을 새삼스럽게 바라보았다. 그러자 지금까지의 회상은 노앙에서의 예감이 서툴게 암시했던 것보다 훨씬 더 큰 의미를 가진 것은 아닐까 하는 의문이 불쑥 고개를 들었다.

쇼팽은 그제야 비로소 뒤에 서 있는 로지에르 양을 알아보았다.

"언제부터 거기 있었죠?"

"아까부터요. 노크를 했었는데…… 식사 준비가 다 됐어요."

로지에르 양은 모르는 척 웃어 보였다. 쇼팽은 몸을 일으키며 천천히 외투를 벗어 방금 일어선 의자의 등받이에 반으로 접어 걸었다. 이마를 닦으니 땀이 약간 배어 있었다. 살롱을 나가려다 문득 탁자 위로 눈길을 던지니, 하얀 장갑이 피곤한 듯 힘없이 누워 있었다.

2

쇼팽은 그해의 나머지를 파리의 자택에서 홀로 보냈다.

노앙에서 돌아온 날부터 파리는 줄곧 음울하게 흐린 날이 이어졌다. 12월에 들어서자 이따금 눈까지 내려 거리 전체를 물에 젖어 하얗게 번진 수채화 같은 윤곽의 밋밋한 경치로 만들었다.

이런 날씨 때문인지 한창 사교계가 활발할 계절인데도 병으로 드러누운 이들이 많았다. 폴란드 외교관을 지낸, 그의 오랜 친구이자 상드 부인과도 절친한 보이치에흐 그지마와 백작은 이 주일이 넘도록 병상에 누워 불면의 밤에 시달렸다. 달이 바뀌어 가까스로 그가 회복되었을 즈음, 이번에는 악기상 카미유 플레옐이 고열로 쓰러졌다. 외젠 들라크루아는 늘 하던 대로 작업장의 환기가 엉망이라고 투덜거리며 건강이 좋지 않은 것을 농담처럼 화제에 올리곤 했지만, 그런 가운데에도 승합마차를 타고 하원(下院) 도서관 천장화를 그리기 위해 부르봉 궁에 착실히 나가고 있었다.

오히려 쇼팽의 건강은 나쁜 편이 아니었다. 추운 날씨 때문에 집에 틀어박혀 벽난로 곁에서 멍하니 지내는 날도 많았지만, 마를리아니 백작 부인이나 로지에르 양과 함께 식사도 하고 병든 친구들의 병문안도 다니고 들라크루아에게 좌석표를 부탁해 오데옹 극장에 퐁사르의 〈아녜스 드 메라니〉를 보러 가는 등 외출도 자주 했다. 연말에는 그지마와 백작과 함께 아담 차르토리스키 대공이 체재하는 오텔 랑베르에서 해마다 열리는 폴란드인 망명자들을 위한 바자에도 참석했다.

피아노 연주는 습관처럼 했지만 열정적으로 작곡에 뛰어들지는 않았다. 이따금 사단조의 첼로 소나타를 꺼내들고 여기저기 조금씩 손을 봤다가 다음날에는 다시 원래대로 돌려놓기도 했다.

물론 생계를 위해 학생들의 레슨도 보아야 했다. 느슨해지지 않기 위해 기분이 좋지 않을 때는 예의상 열의를 가장할 수도 있었지만, 전체적으로 자신의 지도 태도에 예전처럼 만족하지는 못했다. 지나치게 관대한 지도 방식을 반성하고 때로는 퍽 엄격하게 주의를 주기도 했지만, 가능성이 보이는 학생에게는 바흐의 〈평균율 클라비어 곡집〉을 한 시간이 넘도록 그냥 쳐주기도 했다.

두서없는 공상에 빠지는 일도 있었다. 눈 오는 날이면 창문 너머로 중정을 내다보며 눈 덮인 파리 거리를 상상해보곤 했다. 팔레 루아얄도 샹젤리제도 노트르담 대성당도 뤽상부르 공원도 센 강변의 산더미 같은 쓰레기까지도 두툼한 눈 밑에 파묻혀 있었다. 사물의 형태는 루브르 궁 꼭대기에서 마로니에 나무의 작은 나뭇가지 끝의 굴곡에 이르기까지 뛰어난 솜씨로 윤곽을 그리며 단지 그 모서리만 조금 잃은 채 하얗게 부풀어 있었다. 골목골목 빈틈없이 쌓인 눈은 진흙에 유린된 흔적도 없고 발자국 하나 바퀴 자국 하나 남아 있지 않았다. 어디를 둘러봐도 온통 하얀색뿐…… 그렇게 생각한 순간, 콩코르드 광장의 오벨리스크에 새겨진 히에로글리프가 머릿속에 떠올라, 그제야 사물의 높이가 건축물의 표면을 그대로 드러내어 그 하얀색을 더럽히고 있다는 것을 깨달았다. 그러자 아파르트망 벽의 거뭇거뭇한 방뇨 자국이며 창문 너머로 언뜻언뜻 보이는 빨래 같은 것들이 마음에 걸리기 시작했다. 그래서 이번에는 거리를 위에서 내려다보는 상상을 했다. 경치는 다시 센 강 한 줄기만을 균열처럼 남겨놓고 온통 새하얘졌다. 조그맣게 떠 있는 시테 섬과 생 루이 섬이 찢겨나온 구름 같았다. 파리 전체를 둘로 갈라진 커다란 구름이라고 치고, 하늘을 덮은 구름과 지상의 그 구름을 비교해보았다. 하늘과 파리 사이에 한 장의 커다란 거울과도 같은 것이 끼어든 광경을 떠올렸다. 투명한 호수의 수면에 주위의 풍경이 거꾸로 비치듯이 그 한 장의 거울을 경계로 위와 아래에 완전히 똑같은 풍경이 펼쳐진다. 눈 아래 건축물이 있고 건축물 안에서 사람들이 살아가듯이, 구름 위에도 하늘에 거꾸로 매달리듯 건축물이 늘어서 있고 사람들 또한 그 안에서 다리와 머리가 거꾸로 된 채 살아간다. 하나에서 열까지 모조리 이 세계와는 반대라면 얼마나 멋진 세계일까? 그런 생각들을 하다보니 갑자기 모든 것이 너무도 바보 같은 짓으로 여겨졌다. 자신의 상상력에 어이가 없어 웃었다. 웃고 나니 이번에는 불쾌감이 몰려왔다. 그리고 그 불쾌감을 지워버리기 위해 이전의 공상 모두를 머릿속에서 몰아내고 크게 한숨을 내쉬었다.

그가 불쾌하게 느낀 것은 자조 때문이 아니었다. 그것은 오히려 이런 세상 물정 모르는 공상이 상드 부인이 오래도록 자신에 대해 품어왔던 선입견과 그야말로 꼭 맞아떨어지는 것으로 느껴졌기 때문이었다.

'올해도 심한 흉작이었으니 도시고 시골이고 굶주림에 허덕이는 사람들이 많을 것이다. 오로르*가 귀에 못이 박이도록 얘기했었지…… 지금 이 순간에도 파리의 어느 길거리에서 굶주림과 추위로 죽어가는 사람이 있다, 가엾게 생각하고 은혜를 베풀어야 한다…… 그런 얘기겠지? 그건 나도 잘 알아. 참 안됐다고 생각해. 생각은 하지만…… 나는 냉혹한 인간인 것일까? 우애를 모르는 인간인 것일까? 이런 때에 내가 벽난로 옆에서 생

---

* 조르주 상드의 본명. 정식 이름은 아망틴 오로르 뤼실 뒤팽.

각하는 것이라고는 새하얀 눈의 아름다움과 천상의 세계의 행복…… 나는 정말 그녀가 생각하는 그런 인간일까? 그녀가…… 경멸하는 그런……'

이번에는 분명히 자조 때문에 웃었다. 그러나 거기에는 얼마간 그녀에 대한 엉뚱한 분노도 포함되어 있었고, 그것을 깨닫자 그는 도리어 자신의 인품이 의심스러워 우울해졌다.

상드 부인이 자신에 대해 어떻게 생각하는지 그는 잘 알고 있었다. 두 사람이 만난 지 얼마 되지 않았을 무렵, 그녀는 그를 번번이 '천사 같은' 혹은 '아이 같은' 처럼 순수함을 환기시키는 말로 형용하곤 했다. 그는 이런 말들에 그다지 신경쓰지 않았다. 물론 과장이라고는 생각했지만, 알렉상드르 뒤마나 발자크의 과장에 찬 요설에도 익숙해졌던 터라 작가란 원래 그런 존재라고 이해하고 넘겼다. 살롱에서도 이따금 들어보던 유의 칭찬이었다. 자신이 남들에게 그런 인상을 주는 모양이라고 생각해봐도 그리 기분이 나쁘지는 않았다. 그녀 역시 분명 애정이 넘쳐 해본 말일 것이다. 남들에게 자신의 애인을 자랑하고 싶은 당연한 감정의 표현인지도 모른다. 그렇게 생각하니 부끄러우면서도 묘하게 기뻤다. 그러나 얼마 지나지 않아 그는 그녀가 진심으로 그렇게 믿고 있다는 것을 깨달았다. 이 발견은 반드시 그에게 기분 좋은 것은 아니었다. 그녀의 애정은 의심할 여지가 없었다. 그러나 그 믿음에는 모성적인 자애와 함께 어떤 종류의 경멸이 감추어져 있는 것만 같았다. 그녀가 그의, 그녀의 말을 빌리자면, '섬세함'과 '복잡함'에 대해 강한 이질감을 품고 있다는 것은 그도 깨닫고 있었다. 그리고 그녀가 그것을 그녀 나름의 단락(短絡)적인 방식으로 이해하고 있다는 것도 알고 있었다. 그러나 그는 그녀가 자신이 단지 아름다운 것에만 관심을 가지고, 꽃을 사랑하고 새의 지저귐에 귀를 기울이며, 현실의 추함을 견뎌내기에는 너무도 여리고 순수하다고 말하는 것에서 농담 이상의 의미를 찾아낼 수 없었다. 그러한 믿음이 악의에서 나왔다고는 생각하지 않았다. 그러나 그것은 자칫 악의로 연결되기 쉬운 믿음이었다. 자신은 현실에 대해서는 전혀 무지하고 무능하며 항상 그녀의 헌신이 필요한 존재로 여겨졌다. 연애에 있어서조차 그녀는 자신의 우위를 의심하지 않았다. 어떻게 그런 믿음을 가질 수 있단 말인가? 그는 이따금 자신의 반생을 돌아보면서, 끊임없이 러시아의 위협에 떨고 조국의 독립을 염원하며 스무 살에 사랑하는 조국 폴란드를 등진 이후 이국 땅에서 성공을 거두기 위해 온갖 노력을 해온 자신과, 노앙 같은 평화로운 시골에서 태평하게 소녀 시절을 보낸 그녀 중 대체 어느 쪽이 현실을 더 많이 알고 있단 말인가, 하고 심술궂게 생각해보는 일이 있었다. 누가 봐도 명백한 그런 사실을 그녀는 어째서 전혀 알지 못하는 것일까?

상드 부인이 피에르 르루, 루이 블랑 등과 깊이 교류하면서 사회주의와 공화주의에 빨려들어가자 그는 그녀의 그런 감정을 더욱 민감하게 의식하기 시작했다. 그는 예전에 생 클루 궁에 초대받아 루이 필리프와 그 가족들을 위해 피아노를 연주한 적이 있었다. 마요르카 여행을 마치고 파리로 돌아온 1839년 가을의 일이었다. 그로부터 몇 년이 지나 그 일도 다 잊혀질 즈음에 우연히 이런 소문을 들었다. 쇼팽이 모셸레스와 둘이서 어전 연주를 하던 바로 그 시간, 다른 장소에서 사회주의자들의 모임에 참석한 상드 부인이 동석자들과의 대화중에 "폴란드를 내팽개친 왕의 부름을 받고 선뜻 연주를 하러 가다니, 쇼팽 씨도 어지간히 처세술이 좋으시지요"라는 농담을 해 모두들 다과중에 배를 부여잡고 웃었다는 이야기였다. 그는 격노했다. 고국에 대한 자신의 진정을 모욕하는 행동은 용서할 수 없었다. 그러나 사실이라고 믿기에는 너무나도 난폭한 소문이었기 때문에 애써 믿지 않으려고 했다. 당시 그녀가 보여주었던 헌신적인 애정은 누구보다 자신이 잘 알고 있다. 어전 연주의 성공도 함께 기뻐해주었다. 그런 일은 만에 하나라도 있을 리가 없다. 그렇게 생각하고 그녀에게 다그쳐묻지 않았다. 그러나 그런 소문이 **그야말로 있을 법한 일**인 것처럼 회자된다는 사실만은 무시할 수 없었다. 파리에서는 황당무계한 이야기는 아무도 반기지 않는다는 것을 그는 잘 알고 있었다. 그러나 진짜 같은 이야기라면 반드시 사실이어야 할 필요가 없다는 것 또한 알고 있었다. 처음 그 소문을 들었을 때, 그는 어째서 이제 와서 그 이야기가 나오는지 이상하게 생각했다. 단순히 자신의 귀에 들어오는 것이 늦었던 것뿐일까? 그럴 리는 없었다. 소문의 수명 따위야 뻔한 것이다. 미처 계절이 바뀌기를 기다리지 못하는 나비나 꽃과 마찬가지로, 소문이란 길어야 한 해를 **버티면** 대단한 것이다. 이런 하찮은 이야기가 몇 년 동안이나 나돌았다는 것은 생각도 할 수 없는 일이다. 그렇다면 최근 들어 유포되기 시작한 소문일 터이다. 그런 소문을 어떻게 믿을 수 있단 말인가? 처음에 그는 사건과 소문 사이의 불가해한 시간의 격차를, 사실을 부정하기 위한 근거로 삼으며 만족했었다. 그러나 점점 그 격차가 마음에 걸려서 마침내 이런 생각을 하기에 이르렀다. 그렇다, 소문은 요즘 들어 떠돌기 시작한 것이다. 그리고 어쩌면 **요즘 같은 때이기 때**문에 떠돌기 시작한 것인지도 모른다. 그 당시였다면 누가 이런 이야기를 믿었을 것인가? 바로 지금이기 때문에 모두 그런 소문을 믿는 것이다. ……그는 소문이 만들어지는 데 소요된 시간을 자기들 두 사람의 시간과 겹쳐 생각해보았다. 그리고 세상의 민감함에 놀랐다. 소문이 사실이라고는 믿지 않았다. 그러나 그것이 지금 사실인 것처럼 들린다는 것까지 부정할 수는 없었다.

그녀가 자신에 대해 품고 있는 은밀한 경멸이 이제는 생활의 다양한 부분에까지 투사되고 있다는 것을 그는 눈치채기 시작했다. 자기 마음대로 선입견을 갖고 자신을 경멸하고 있는 그녀를 보면 화도 나고 어처구니가 없기도 했다. 불량배 같은 자들이 쓴 책에 끊임없이 감동하는 모습을 보고 있노라면, 그렇다면 그녀가 해마다 큰 수입을 얻고 있는 노앙 토지의 소작인들은 무엇이냐고 찬물을 끼얹고 싶은 마음이 들기도 했다.

그러나 쇼팽은 그런 모든 것을 그저 가슴속에만 담아두었다. 나는 당신이 생각하는 것보다 훨씬 더 세상 물정을 잘 알고 있노라고 정색하고 이야기한다는 것이 너무 우스꽝스럽게 여겨졌다. 그녀는 그런 항변을 사춘기 소년의 섣부른 반항을 대하듯 다정하게 흘려들으리라. 그렇다면 그것은 결국 속이 빤히 보이는 짓이 될 수밖에 없다. 그러나 그가 그런 불평을 입에 담지 않았던 진짜 이유는 좀더 단순한 것이었다. 어쨌든 그는 그녀를 사랑하고 있었다. 그렇기 때문에 아무리 자존심이 상했더라도 그녀를 사랑한다는 것을 의심할 수 없었고, 그녀 또한 자신을 사랑하고 있을 것이라고 믿을 수밖에 없었다. 만족스러운 것은 아니었다. 그러나 이별을 생각하는 것은 불가능했다. 언젠가 노앙 관의 벽지를 새로 바를 때, 그는 발치에서 재롱을 부리는 두 마리의 강아지에 둘러싸여 그녀와 아이들이 실내 인테리어를 바꾸는 데 천진하게 열중하는 것을 보면서 문득 자신도 지금 벗겨지는 저 벽지처럼 언젠가 이 집과 그녀와 비참한 이별을 해야 하는 게 아닐까 하는 생각을 한 적이 있었다. 그녀는 자신을 만나기 전에 대체 몇 명이나 되는 남자와 염문을 뿌려왔던 것일까. 수없이 머리를 스쳤던, 그때마다 도리어 그런 생각에 휩싸이는 자신의 저열함을 나무라며 애써 생각하지 않으려 했던 그런 의문에 그는 미처 저항하지 못하고 다시 마주했다. 아니, 실제로 지금 그녀가 빈번하게 만나는 저 불량배 같은 자들 중 한 사람이 그녀에게 구애를 했고 그 구애가 받아들여지지 않았다고 어떻게 단언할 수 있는가? 루이 블랑? 말도 안 된다. 그러나 그런 자들 역시 결국 넝마가 된 저 벽지처럼 그녀의 휘하를 떠나갈 것이다. 일단 하나가 된 것이 원래의 모습대로 깨끗하게 다시 둘로 갈라지는 일이 과연 가능할까? 벽 군데군데 엷게 찢겨나간 채 아직도 붙어 있는 옛 벽지의 흔적. 그녀와 헤어짐으로써 잃는 것은 단지 그녀만이 아니다. 살이 벗겨지는 것처럼 자신의 많은 것을 잃어버릴 것이 틀림없다. 그녀의 존재는 가슴 깊은 곳에 파고들어 마치 녹아든 것처럼 뿌리를 내리고 있다. 무리하게 떼어내려면 피를 흘리지 않을 수 없다. 그 뒤에 자신은 어떻게 될 것인가? 그녀는? 아니, 그녀는 과거에 몸에 붙였던 각양각색의 벽지의 흔적들을 모두 조금씩 남겨둔 채 아무 일도 없었던 듯이 새 벽지로 덮어버린 이 노앙 관의 벽과 마찬가지로 금세 다시 매력적인 새 애인을 찾아내리라. 아아, 그때 나는 내가 가장 경멸해마지않는 자들과 전혀 다를 게 없는 인간이 되는 것이다. 뮈세, 보카주, 그리고 말피유! ……그런 자들에 비하면 나는 얼마나 진지하게 그녀를 사랑하는가? 얼마나 성실하게 그녀를 사랑하는가? 그런 내가 말이다! 그런 내가 그녀의 기억 속에서 강제로 그자들과 똑같은 방에 갇히고 마는 것이다. 그리고 이따금 그들을 떠올리며 그녀는 한쪽 구석에 조그맣게 쭈그리고 앉은 나에게도 냉담한 일별을 던지리라. 나는 질투하는 것인가? 그녀의 과거에? 오로르는 분명 그렇게 생각할 것이다. 요즘의 나를 보면 그런 생각도 무리는 아니다. 사회주의를 내세우는 저 천박한 위선자들이 찾아오면 나는 항상 우스꽝스러울 만큼 극도로 화가 나고 만다. 스스로도 그것이 한심한 일이라는 것을 잘 알기 때문에 아무렇지도 않은 척하며 예의 바르고 정중하게 몸이 좋지 않다는 변명을 하고 방 안에 틀어박히는 것이다. 그녀는 그런 나에게 근거 없는 질투는 자신의 정숙함에 대한 모독이라고 불평한다. 물론 나를 안심시키기 위해 잠깐 일부러 화가 난 척하는 것이리라. 그것은 알고 있다. 알고는 있지만…… 나는 정말 질투를 하고 있는 것일까? 그녀가 요즘 만나는 친구들에 대해서는 그런지도 모른다. 그러나 그녀의 과거에 대해서는? 아니, 그렇지 않다. 그건 질투가 아니다. 불행하게도 질투조차 아니다. 상처를 입은 것은 나의 자존심이다. 자신이 그들과 똑같이 취급되는 것에 대한 자존심의 탄식이다. 자존심? 그렇다면 나는 정말로 어리석은 것일까? 그녀와의 별리를 슬퍼하는 척하면서 그녀와는 무관하게 결국 나 자신을 위해 고통스러워하고 있는 어리석은 인간일까……

상드 부인과 관련된 회상은 언제나 기억과 현재의 심경이 미묘하게 녹아들고 뒤엉켜 결국 이런 식의 정처 없는 생각에 이르고 마는 것이었다.

파리에 있는 동안에도 쇼팽의 머릿속은 늘 노앙에서 있었던 일들로 가득 차 있었다. 그는 이번 여름 처음으로 그녀에게 '당신은 이미 나를 사랑하지 않는다'는 말을 했다. 미리 준비했던 말은 아니었다. 사소한 계기에 흥분하여 저도 모르게 튀어나온 말이었다. 그는 그런 말이 자신의 입에서 나온 것에 적잖이 놀랐다. 그리고 그 말이 순식간에 품게 된 돌이킬 수 없는 심각함에 다시 한번 놀랐다. 후회의 마음에 얼굴에서 핏기가 사라졌다. 두 사람 사이에 서서히 번식한 수많은 부정의 감정들이 일시에 굶주린 가축처럼 이 말에 들러붙었다. 말은 그것들을 남김없이 빨아들이고는 그 무게를 견디지 못해 침몰해버렸다. 그녀는 격앙했다. 그 말 자체의 의미보다 그 말이 무신경하게 등에 지고 온 것이 너무도 많다는 것을 새삼 깨달았기 때문이었다.

어째서 그런 말을 했던 것일까? 자문할 때마다 그는 우울해졌다. 그리고 그 불행을 저주했다.

두 사람 사이에 언쟁이 시작된 것은 그럭저럭 이 년 전쯤부터였다. 그것이 점차 빈번해지더니 마침내 이번 여름 노앙에서는 마치 지병처럼 일상생활에 긴장을 강요하게 되었다. 물론 그 이전에도 가벼운 말다툼 정도는 있었고, 입 밖에 내지는 않았어도 서로의 가슴속에 감춰진 불만도 적잖이 있었다. 그러나 최근의 갈등은 그런 자잘한 말다툼과 어느 정도 맥락이 닿아 있기는 해도 본질적으로는 전혀 다른 것이라는 사실을 둘 다 알고 있었다. 그것은 이미 애정이라는 이름으로 쉽사리 극복될 수 있는 문제가 아니었다.

연애관계의 시작이 이따금 상황에 의해 초래되듯이 그 끝도 또한 상황을 그 안내자로 삼는 법이다. 그리고 그것은 도저히 빠져나갈 수 없이, 감정의 역학보다 훨씬 더 신속하게 거기에 휘말려든 인간을 데려가버리는 것이다.

발단은 상드 부인의 두 아이, 모리스와 솔랑주의 싸움이었다. 그것은 끝이 날 수 없는 싸움이었다. 오빠는 누이를 경멸하고 누이는 오빠를 미워했다. 그들은 같은 어머니에게서 태어난 아이들답게 같은 극의 자석처럼 서로 반발하며 밀쳐냈고, 게다가 각자 독자적인 자장을 주위에 구축해놓고 있었다.

오빠인 모리스는 스물세 살, 누이인 솔랑주는 열여덟 살이었다. 그들은 말하자면 같은 모이통의 모이를 쪼는 두 마리의 작은 새였다. 모이통의 내용물에는 한계가 있었다. 한쪽이 많이 먹으면 다른 쪽은 항상 배가 고팠다. 두 사람은 어머니의 애정을 놓고 서로 다투었다. 그리고 오빠가 비만기가 있는 만큼 누이는 항상 빈혈기가 있었다.

모리스냐 솔랑주냐 하고 묻는다면 상드 부인은 망설일 것도 없이 모리스라고 대답했으리라. 그녀의 모리스에 대한 애정에는 아들에 대한 그것과 더불어 그 이름을 물려준, 어려서 사별한 아버지 모리스 뒤팽에 대한 동경이 어렴풋이 있었고, 게다가 얼마간은 이성으로서의 감정까지 포함되어 있었다. 그리고 그 애정에는 카지미르 뒤드방이라는 방탕한 남편과의 결혼생활 동안, 창작에 손을 대지 않았던 무렵의 그녀가 유일한 기쁨으로 삼았던 어린 모리스의 기억이 단단히 들러붙어 있었다. 그러나 솔랑주에 대해서는 그렇지가 않았다. 애정의 조성의 복잡함에 비하면 혐오의 조성은 언제나 훨씬 단순한 것인지도 모른다. 선성(善性)의 결여가 악으로 직결되는 스콜라 철학의 교리처럼, 상드 부인에게는 애정의 결여가 무관심을 넘어 혐오로 직결되었고, 언제부턴가 솔랑주 역시 그것을 알아차리게 되었다. 그리고 오빠가 미워서 어머니까지 미운 것인지 아니면 어머니가 미워서 오빠까지 미운 것인지 스스로도 알 수 없게 되었다.

이러한 어머니와 두 아이의 관계를 한층 복잡하게 만든 것이 오귀스틴 브로라는 양녀의 존재였다. 그녀의 어머니는 상드 부인의 외가 쪽 친척으로, 그 가족은 오래 전부터 상드 부인의 경제적인 원조를 받아왔다. 아버지는 양복점 조수였고, 어머니는 성품은 다정하지만 품행이 좋지 않은 여인이었다. 오귀스틴의 장래를 염려한 상드 부인은 정식으로 법적 수속을 밟아 그녀를 양녀로 받아들였고, 쇼팽까지 포함하여 자신의 네번째 아이라고 주위에 공언하고 다녔다.

오귀스틴은 눈에 띄게 선량하지도 총명하지도 아름답지도 않았다. 그러나 상드 부인은 오귀스틴을 친딸인 솔랑주와 비교하면 소박하고 명랑하고, 머리는 좋지만 교활하지 않고, 얼굴 생김새도 단정하고 매력적이라고 생각했다. 어쩌면 오귀스틴은 가족의 일원이 되기에는 조금 지나치게 매력적이었는지도 모른다.

그녀는, 친척이라고는 해도 자신과는 전혀 다른 세계의 사람이라고 생각하고 예전부터 동경해왔던 저명한 여류작가의 후의에 뛸 듯이 기뻐하며 진심으로 감사를 표하고 상드 부인을 친어머니처럼 사랑했다. 상드 부인도 그런 그녀의 순진한 모습을 사랑스럽게 여겼고, 솔랑주도 그랬으면 좋겠다고 생각하곤 했다. 그녀는 열악한 환경에서 자란 한 불행한 소녀를 돌보는 것을 당연한 일로, 다시 말해 선의로 생각했다. 타산은 일절 없었다. 단지 그녀가 솔랑주의 좋은 이야기 상대가 되어주고 나아가 고민을 상의할 수 있는 언니가 되어준다면 그보다 더 좋은 일은 없을 것이었다. 그런 기대가 전혀 없었던 것은 아니었다.

그러나 그것은 불가능한 일이었다. 얼마 되지 않아 솔랑주는 오귀스틴을 미워하기 시작했다. 모이통에 머릿수가 또 하나 불어난 것이다. 오귀스틴은 정식으로 양녀로 들어온 1845년에 이미 스물한 살이었다. 그녀가 솔랑주보다 연하였더라면 사정은 또 달라졌을지도 모른다. 새롭게 맞아들인 가족이 언니가 아니라 여동생이었다면 솔랑주는 그녀의 어려운 처지에 동정을 보낼 여유를 가질 수도 있었을 것이다. 오귀스틴으로서도 그편이 훨씬 더 스스럼없이 행동할 수 있었을 터였다. 그러나 불행히도 그녀는 언니였고 솔랑주는 동생이었다. 그것도 나이 차가 네 살이나 되었다. 형제가 둘에서 셋으로 늘어난데다 자신이 그 가장 아래에 있다고 생각하자 솔랑주는 가족 내에서 갑자기 혼자만 어린애 취급을 받는 듯한 느낌이 들었다. 우연히 살롱에 들어갔다가 세 사람이 담소하고 있는 모습을 목격하기라도 하면 그 내용에 신경이 쓰여 견딜 수가 없었다. 자신이 없는 때를 틈타 세 사람만의 비밀스런 이야기를 했을지도 모른다고 상상했다. 별다른 얘기가 아니라며 애매하게 웃기만 하고 제대로 대답해주지 않거나 하면 그것을 대단히 모욕적인 것으로 받아들여 화를 냈다. 반대로 모리스는 금방 오귀스틴과 친해졌다. 모리스에게 야말로 오귀스틴은 여동생이었지만, 얼마 지나지 않아 그 이상의 존재가 되었다. 그때까지만 해도 모리스는 가수인 폴린 비아르도 부인에게 마음을 주고 있었다. 마누엘 가르시아를 아버지로 두고 요절한 마리아 말리브란을 언니로 둔 이 재원(才媛)은 1839년에 런던 코번트 가든에서 데스데모나를 연기해 절찬을 받은 이래 신진 가수로서 그 재능을 막 꽃피우고 있었다. 그녀는 상드 부인의 친구이자 소설 『콩쉬엘로』의 모델이었고, 동시에 쇼팽의 제자이기도 했다. 남편은 이탈리아 극장의 지배인이며 상드 부인과는 학생 시절부터 친구였던 루이 비아르도였다. 모리스는 두 살 연상의 기혼자인 그녀에게 섣부르게 속마음을 밝혔고, 그녀는 적당히 기대감을 갖게 한 끝에 정중하게 거절했다. 청년의 사랑이란 언제나 기다릴 줄을 몰라서, 만남 뒤에 사랑이 싹튼다는 간단한 순서를 지키는 법이 없다. 모리스는 그전부터 이미 사랑을 하고 있었다. 누구를? 나중에야 그것이 비아르도 부인이라는 것을 알았다. 그리고 그녀가 떠난 뒤에도 상대도 모르는 채 이미 사랑을 하고 있었다. 그런 때에 어릴 적부터 알고 지내던 오귀스틴이 나타난 것이다. 그녀 또한 마찬가지로 순서를 지킬 줄 모르는 사랑을 품고.

이것은 상드 부인이 예상하지 못한 일이었다. 상황을 알게 된 그녀는 처음에는 놀라워했지만 곧 기뻐했다. 오귀스틴의 아버지는 모리스가 딸을 진실한 마음으로 사랑한다고 믿지 않았고, 상드 부인이 둘의 관계를 획책한 것이 분명하다며 분개했다. 딸이 노리갯감이 되고 있다며 처음부터 그럴 작정이 아니었느냐고 다그쳤다. 그러나 그것은 전혀 근거 없는 트집이었다. 상드 부인은 오히려 그들의 결혼까지 염두에 두었고 그것을 누구보다 축복해줄 작정이었다.

솔랑주는 입장이 좋지 않았다. 모리스와 말다툼을 하면 오귀스틴은 항상 적으로 돌아섰다. 어머니도 중재에 나선다며 자연스럽게 두 사람 편을 들어주었다. 솔랑주가 '나는 사랑받지 못한다'고 호소하면 상드 부인은 번번이 고개를 저으며 어머니로서 자신이 얼마나 공평한가를 웅변적으로 강조했다. 그 웅변이 더욱 화를 돋우었다. 솔랑주는 별것도 아닌 일에 트집을 부리고 걸핏하면 방을 뛰쳐나갔다. 울며 매달릴 곳이라고는 한 군데밖에 없었다.

쇼팽은 이런 소동을 한동안 조용히 바라보고만 있었다. 폴란드에 두고 온 자신의 가족을 생각하며 어째서 똑같은 피를 나눈 사람들끼리 이런 싸움을 해야 하는 걸까 하고 신기해하기까지 했다. 말다툼 하나하나를 지나치게 걱정하기도 했다. 그 원인을 곰곰이 궁리해보고는 분명 너무 살기가 편해서 그런 것이라는, 실소가 터지는 답을 이끌어내기도 했다. 함께 살 수 있는 것만으로도 행복하다고 생각했다. 자신처럼 십오 년이나 사랑하는 가족과 멀리 떨어져 살고 있는 사람이 이런 사치스러운 다툼을 진지하게 받아들일 수 있을지 의문이었다. 한번 '나의 고통에 비하면⋯⋯' 이라는 말을 해볼까 하는 생각도 했었다. 그러나 그런 말도 어딘가 비굴하고 멍청한 것처럼 느껴져서 입에 담지 못했다.

소동이 금방 수그러들었다면 그는 그저 곁에서 지켜보기만 했을지도 모른다. 그러나 시간이 지남에 따라 점차 그도 이 문제에 깊이 관여하지 않을 수 없게 되었다. 상황을 피하기 어려운 자신의 입장 때문이기도, 또 스스로의 의사 때문이기도 했다.

솔랑주는 고립되어 있었다. 그녀가 울면서 방으로 뛰어들면 쇼팽은 항상 말없이 그녀의 하소연을 들어주었다. 가족에게 받은 가혹한 대접을 하나하나 과장되게 고하며 자기가 완전한 피해자라고 호소하는 그녀의 모습은 우스꽝스럽게도 자주 어머니의 모습과 겹쳐 보였다. 자신에게 매달리는 솔랑주의 태도 밑바닥에서 어느 정도 교활한 꾀 같은 것을 느끼지 않은 것은 아니었다. 그녀가 "어머니의 눈에는 항상 오빠밖에 보이지 않아요!" 하고 한숨을 내쉴 때, 그는 그 말이 자신과 상드 부인 사이의 위기를 암암리에 내비치고 있다고 느꼈고, 모리스에 대한 질투심을 공유하기 위해 일부러 그런 말을 하는 게 아닐까 의심하기도 했다. 그러나 그런 계산은 지나치게 음습해서 그녀에게 돌리기에는 너무 가엾은 생각이 들었다. 지나친 생각이라고 반성했다. 가령 그런 의도가 있었다 해도 의식적인 것이라고는 생각되지 않았다. 자기도 모르는 사이에 그런 계산까지 하고 있다면 그것

역시 가엾은 일이 아닐까?

쇼팽은 모순된 두 가지 생각에 고민했다. 한편으로는 이러한 소동으로부터 되도록 멀리 떨어져 있고 싶었다. 그러나 또 한편으로는 그 속에서 자신이 해낼 수 있는 역할이 무엇인지 생각하고 있었다.

그는 보통 사람들과 똑같은 가정생활을 은근히 동경하고 있었다. 이것은 그의 주위에 있는 이들 누구도 이해하지 못하는 것이었다. 프레데리크 쇼팽이라고 하면 모두가 보석이나 유리 세공처럼 아름답지만 생활에는 아무 도움도 되지 않는 존재를 떠올렸다. 근거도 없이 귀족의 후예가 아니냐고 의심하기도 했다. 생계 따위는 누군가 다른 사람에게 전적으로 맡기고 살 거라고 상상했다. '그분도 화장실에 가실까요?' 라는 식의 의문을 저도 모르게 입에 담는 여자도 있었다. 개중에는 '쇼팽은 단순히 과대평가되어 출세한 자의 전형이다' 라고 야유하는 자도 있었다. 혹은 레슨 학생을 구하기 위해 귀족적인 취미를 가장하지 않을 수 없었을 것이라고 옹호하는 이도 있었다.

쇼팽 스스로도 이제는 자신이 천성적으로 사치를 좋아하는지, 아니면 파리라는 대도시에서 음악으로 입신하기 위해 어쩔 수 없이 그래야 했는지 알 수 없었다. 다만 별다른 거부감 없이 그렇게 살아온 것을 보면 애초부터 그런 취향이 있는 모양이라고 짐작하는 정도였다. 아버지는 살아 계셨을 때 편지를 통해 항상 검약을 강조하셨지만, 그 말을 지킨 적은 별로 없었다. 그래도 마음속 어딘가 그런 자신의 일상에 위화감 같은 것을 느끼기도 해서, 자신의 참된 생활은 어딘가 다른 곳에 있는 것이 아닐까 생각해보기도 하는 것이었다.

그런 때 반드시 그의 뇌리를 스치는 것이 폴란드의 가족에 대한 그리움이었다. 오래 쓴 지팡이의 손잡이가 점점 손에 익숙해지듯이, 수없이 회상된 기억은 욕구에 의해 연마되어 모난 부분이 닳으면서 자연스럽게 기분 좋은 추억만을 남기게 마련이다. 나도 사랑하는 사람과 그런 가정을 꾸릴 수 있었을지 모른다. 남들처럼 아이를 낳았을까? 사내아이? 계집아이? 아버지와 어머니 어느 쪽을 닮았을까? 아버지를 꼭 닮아 게으른 아이라면 어쩌지? 음악가로 키웠을까? 바칼로레아에 합격시키기 위해 가정교사를 몇 명씩 붙여주었을까? 나도 아버지처럼 끈기 있게 디드로나 볼테르 이야기를 해줄 수 있을까? 언어는? 폴란드어? 프랑스어? 아니, 둘 다 할 수 있으면 더욱 좋으리라. 그참에 영어도 가르치자. 독일어도, 라틴어도. 그러면 완전히 멘델스존이다! ……기숙학교 여학생과도 같은 이런 공상이 외로움 속에서 머릿속을 가득 채우곤 했다.

상드 부인의 애인이 되기 전에 쇼팽은 한 번 다른 여인에게 청혼한 적이 있었다. 상대는 마리아라는 이름의 아홉 살 연하의 폴란드인 여성이었다. 그녀의 세 오빠가 쇼팽의 아버지가 집 근처에서 운영하는 기숙사의 학생이어서 쇼팽과도 친하게 지냈었기 때문에, 그녀와는 어렸을 때부터 잘 아는 사이였다. 마리아가 나고 자란 보진스키 가는 폴란드 굴지의 대귀족이었다. 그들의 선조 중 한 명은 일찍이 16세기에 폴란드의 노왕(老王) 지그문트 1세와 결혼한 보나 스포르차의 수행원으로 폴란드 땅을 찾은 이탈리아 귀족이었다.

1830년 혁명 이후 주네브에 옮겨 살던 보진스키 백작 일가는 바르샤바로 돌아가는 도중 일 년여 동안 드레스덴에 머물렀고, 그곳에서 이미 파리에서의 활약상에 대한 소문이 파다하던 프레데리크 쇼팽의 방문을 받았다. 보진스키 가의 저택에서 마리아와 재회한 그는 일 주일밖에 안 되는 짧은 체류 기간에 갑작스럽게 그녀를 사랑하게 되었다. 그리고 그 일 년 뒤 마리엔바트에서 다시 한 달 동안 이 가족과 지내게 되었을 때, 과감하게 그녀에게 청혼했다.

혼약은 연기에 연기를 거듭한 끝에 결국 맺어지지 못한 채 끝났다. 보진스키 가에서는 그들의 결혼을 탐탁하게 여기지 않았다. 이유는 여러 가지였다. 우선 가문의 격차가 너무도 컸다. 또한 결핵이 의심되는 기침을 하고, 이따금 **사망했다**는 소문까지 진실인 것처럼 떠도는 그의 건강 상태도 보진스키 가에서 별로 바람직하게 볼 수 없는 부분이었다. 마리아는 자신에게 건네진 호감에 기뻐했고 실제로 그를 사랑했지만, 부모의 반대를 거역할 만큼 열렬하지는 못했다.

쇼팽은 낙담했다. 자신이 사랑받지 못했다고는 생각하지 않았다. 그리고 그녀의 가족들 또한 자신을 미워하지는 않는다는 사실도 알고 있었다. 수년 만에 그녀의 집을 방문했을 때, 그들이 자신을 예전에 놀러오곤 했던 다른 신분의 청년에 대한 예의상의 정중함이 아니라 스스로의 재능과 성공으로 자신들의 사회에 새로이 들어온 한 예술가에 대한 경의로써 맞아주었던 것은 무엇보다 그를 감동시켰다. 그러나 마리아와의 결혼이 이루어질 수 없는 일이 되고 보니, 그들의 그러한 태도 이면에서 지극히 정치하고 세련된 잔혹함을 느끼지 않을 수 없었다. 그는 자신이 단순히 자만했던 데 지나지 않는다고 생각했다. 그리고 그 어리석음을 깨달았다. 그들이 따뜻하게 맞아주었다는 사실은 틀림이 없다. 또한 자신은 거기에 상응하는 태도를 보였다. 그들은 옛날에 친하게 지내던 이에 대한 친애의 정 때문에 자신의 성장을 미덥게 느낀 것이리라. 사랑을 받았다고까지는 할 수 없다. 그러나 미움을 받았던 것은 아니다. 자신은 훌륭한 손님이었다. 다만 그들의 **가족**이 되기에는 조금 어울리지 않았을 뿐이었다.

쇼팽은 귀족 가문에 들어가 성공하기를 바랐던 것이 아니었다. 그러한 사회적 명성은 이미 파리에서도 충분히 향유하고 있었고, 칭호나 훈장 같은 것에도 관심이 없었다. 그가 마리아와의 결혼생활에 대해 마음속으로 그려보았던 것은 좀더 사소한, 별스러울 것도 없는 행복이었다. 돌이켜 생각해본 그는 자신이 바라던 행복의 유치함에 부끄러움을 느꼈다. 그런 행복을 마리아 같은 여인에게 바란 것은 한참 잘못 짚은 일이었다고 생각했다. 그리고 그러한 미래가 자신과는 얼마나 동떨어진 것인지 새삼 깨달았다. 나는 신분의 차이 때문에 괴로워한 것일까, 라고 자문해보기도 했다. 분명 그렇지는 않았다. 그들에게는 그랬을지도 모르지만, 자신이 느끼는 슬픔은 뭔가 다른 것이라고 생각했다.

마리아와의 결혼이 완전히 무산된 후 쇼팽은 그녀와 주고받았던 얼마 안 되는 편지와 함께 보진스키 가에서 보내온 모든 편지를 하나로 묶고는 언젠가 그녀에게 받은 장미꽃과 함께 봉투에 넣어 복숭앗빛 리본으로 봉했다. 겉에는 폴란드어로 '나의 비애'라고 갈겨썼다. 약간 우스꽝스러운 느낌이 들었다. '비애'라는 단어는 조금 이상해 보였다. 그러나 다시 쓸 마음은 없었다. 나 혼자 외에는 아무도 볼 일이 없는 물건이다. 그 단어에 노골적으로 드러난 감정도, 그 단어로는 채울 수 없는 감정도 나 스스로는 다 알고 있다. 나만 알고 있으면 된다. 혹시라도 누군가의 눈에 띄게 된다면 이 단어가 도리어 본질을 감추는 방패막이가 되어주리라. 언어란 의외로 아무것도 전달해주지 못하는 것인지도 모른다. 혹은 진실이 아닌 다른 무엇인가를 전달하고 마는 것인지도 모른다…… 그런 생각을 했다.

쇼팽은 상드 부인의 애인이 되고부터 그녀와의 연애생활에 푹 빠졌던데다 마리아와의 추억으로부터 달아나고 싶은 마음까지 더해 가정생활에 대한 동경을 체념해버리는 데 익숙해져 있었다. 상드 부인은 그에 대한 자신의 애정을 이성에 대한 사랑을 넘어서 모성적인 헌신으로까지 고양된 청정한 것이라고 강조하고 싶어했다. 그것은 말하자면 그녀의 선택이었다. 그녀는 원하기만 하면 좀더 격렬하게 남자를 사랑할 수 있을 터였다. 그러나 쇼팽과의 관계에서 자신이 연출할 역할은 그것밖에 생각할 수 없었다. 그는 그녀의 그런 태도에 위화감을 느끼고 자존심의 고통을 맛보아야 했지만, 한편으로는 성모적인 여자와 장 자크가 묘사한 아이와도 같이 무구한 남자의 아름다운 관계라는, 그녀가 원하는 사랑의 방식에 자신도 모르는 사이에 스스로를 맞추어가는 면이 있었다. 거기에서 그는 자신이 잃어버린 폴란드에서의 가정생활을 마리아 때처럼 남편으로서 새롭게 쌓아올리려는 것이 아니라, 다시금 아이가 되어 새로운 어머니와의 사이에서 회복하려 한다는 것을 느꼈다. 체념했던 욕구가 이제 다른 형식으로 채워지고 있다. 몇 번이나 그런 생각이 들었다. 그러나 그것을 의식하면 당장 극심한 불쾌감이 몰려와 황급히 고개를 돌려버리곤 했다.

쇼팽이 모리스와 솔랑주의 싸움에 개입하게 된 것은 자존심과 그러한 욕구와의 균형이 위기에 처하기 시작한 바로 그 시기의 일이었다.

소동이 오래 계속됨에 따라 쇼팽은 이 일에 대해 그들과 유지해왔던 거리를 좁히면서 자신이 대체 무엇을 해야 하는지 생각해보게 되었다. 사태가 종식된다면 더 바랄 것이 없었다. 그러나 싸움의 뿌리가 깊다는 것은 그도 잘 알고 있었다. 그는 구체적인 해결책도 세우지 않은 채 몇몇 사소한 말다툼에 부주의하게도 솔랑주 편을 들어주는 듯한 중재 태도를 취했다. 모리스는 심하게 반발했다. 그리고 오귀스틴과 함께 점차 쇼팽에 대한 적대감까지 노골적으로 드러내기 시작했다.

쇼팽이 솔랑주에게 가세했던 것은 그녀에 대한 동정은 물론이고 평소에 모리스와 오귀스틴의 관계를 불신하고 있었기 때문이었다. 애초에 그는 오귀스틴을 양녀로 들이는 것에 반대했었다. 피갈에 살던 무렵부터 그는 모리스와의 비밀스러운 놀이에 신이 나 이따금 집에 찾아오는 이 처녀에게 어쩐지 호감을 가질 수 없었다. 잔뜩 화가 난 솔랑주가 오귀스틴이 얼마나 버릇없이 자랐는지 욕을 할 때면 그는 겉으로는 솔랑주를 나무랐지만 내심 그 마음을 이해할 수 있을 듯했다. 솔랑주는 그의 그런 속마음을 알아차렸다. 그리고 분명 모리스에 대해서도 그가 별로 탐탁지 않게 생각하리라는 것도 간파했다.

쇼팽은 모리스와 오귀스틴의 한심한 관계를 심히 경멸하고 있었다. 너무도 흔해빠진, 그 나이 또래의 젊은이들이 저지르는 성적인 방종에 지나지 않는다고 생각했다. 오귀스틴의 아버지가 고함을 지르며 집에 쳐들어왔을 때, 상드 부인의 기대감을 역으로 이용하여 모리스에게 오귀스틴과 반드시 결혼해야 한다고 강력히 주장한 것은 쇼팽이었다. 두 사람이 결혼할 마음이 없다는 것을 처음부터 알고 있었기 때문이었다.

쇼팽은 어머니에 대한 아이의 역할에 만족해야 했던 이 가족과의 생활 속에서, 그녀의 두 아이들을 통해 비로소 아버지의 역할을 맡을 수 있을지도 모른다고 막연하게 의식하고 있었다. 그는 물론 그녀의 남편이 아니라 애인이었다. 법률적으로나 사실적으로나 자신의 처지가 그녀의 남편도, 아이들의 아버지도 아니라는 것은 그도 충분히 알고 있었다. 앞으로도 그 점에 변함은 없었다. 그럼에도 그는 이 사태를 해결하기 위해 자신이 맡아야 하는 역할이 몹시 중요하다는 것을 자각하게 되었다. 상드 부인이 총명하다는 데는 굳은 믿음이 있었지만 자식 문제에 관한 한, 특히 그것이 모리스의 일일 경우에 그녀가 자주 이해하기 힘든 기묘한 판단을 내리는 것을 그는 수없이 경험했다. 나라면 이렇게 말할 텐데, 하고 생각하면서도 입을 다무는 일이 자주 있었다. 그런데 이제 와서 구태여 자기 주장을 밝히는 것은 좋건 싫건 자신이 그런 자리로 끌려들어갔기 때문이고, 또한 스스로도 그것이 필요하다고 판단했기 때문이었다.

그러나 쇼팽의 그런 처신은 받아들여지지 않았다. 그를 당혹스럽게 한 것은 그 반발이 모리스뿐 아니라 상드 부인에게서도 나왔다는 사실이었다. 모리스는 이제 그를 어머니의 애정의 경쟁자뿐 아니라 가장이 되기 위한 경쟁자로도 적대시하게 되었다. 게다가 그는 비아르도 부인이 굳이 리스트의 휘하를 떠나 그의 가르침을 받고 싶어할 만큼 뛰어난 예술가이며, 지금까지도 그녀와 친밀한 교류를 유지하고 있는 매력적인 사내였다. 주위에 이토록 눈에 거슬리는 인간은 없었다. 아버지로 인정한다는 건 어림도 없는 이야기였다. 상드 부인 역시 마찬가지였다.

원래부터 그녀는 여자에게 영원한 미성년이며 노예이기를 강요하는 가부장제도라는 악습에 단호히 반대했다. 그것은 그녀의 사상적 신념이며 정치적인 목표였다. 그런데 어떻게 자신의 집 안에 새삼스럽게 가장의 자리 따위를 마련한단 말인가? 게다가 가정 문제에 관한 한 그녀는 자신의 판단에 절대적인 자신감을 가지고 있었고, 무엇보다 지금까지 두 아이를 키워온 사람이 자신이라는 데 대단한 긍지가 있었다. 이런 문제를 처리하는 데 쇼팽의 능력이 필요할 것이라는 생각은 처음부터 없었다. 괜히 엉뚱한 짓을 한다고만 생각했다. 그와 협력하고 상의해가며 아이를 키우는 일 따위는 상상도 해본 적이 없었다.

그녀는 쇼팽이 솔랑주에게 호의적인 것은 일면 오귀스틴이 모리스 편을 드는 것과 마찬가지라고 생각했다. 그리고 그것을 자신에 대한 배신이라고 느끼고 불쾌해했다. 지금까지 팔 년 동안 그가 아프거나 창작의 고뇌에 빠졌을 때 얼마나 헌신적으로 그를 보살펴주었는지 되짚어보면 화가 나서 견딜 수가 없었다. 지금까지 일방적으로 헌신해왔을 뿐, 아무리 괴로울 때도 그는 결코 힘이 되어주지 않았다. 그런 역할을 맡아준 것은 모리스, 단 한 사람뿐이었다…… 그리고 그녀는 쇼팽의 태도를 자신에 대한 솔랑주의 반항과 얼마간 혼동하기까지 했다.

쇼팽은 결국 자신이 이 가족에게는 타인에 지나지 않는다는 사실에 다시 한번 깊은 실망감을 맛보았다. 점차 화를 참을 수 없게 되었고, 별것도 아닌 일에 번번이 분통을 터뜨렸다. 언젠가 상드 부인이 준비한 식사 때였는데, 모리스에게는 고기가 듬뿍 붙은 닭 가슴 부분이, 그에게는 뼈와 껍질밖에 없는 다리 부분이 나왔다. 그것이 마치 앙갚음처럼 노골적으로 보였다. 평소라면 그다지 신경도 쓰지 않았을 일이었지만 그는 아무래도 참을 수가 없었다. 갑자기 비참함이 북받쳐 분노를 폭발시켰다. 그는 '나는 시혜의 대상으로 취급받는 것에 만족할 수 없다'고 말했다. 그러나 몇 년치의 불만을 모두 쏟아내는 것은 불가능했다. 중언부언하다 말이 막히자 모리스가 이 바보 같은 분노에 분연히 항의했다. 그리고 마침내는 쇼팽과 함께 살 수 없으니 자신이 집을 나가겠다고 어머니를 위협했다. 승부는 여기에서 결정나고 말았다. 상드 부인은 애인의 어린애 같은 질투에 어이없어했다. 나이도 먹을 만큼 먹은 성인이 음식을 놓고 평정심을 잃다니, 라며 분명하게 그를 경멸했다. 한창 식욕이 왕성한 아이에게 자신의 고기를 양보하는 관대함을 보여줄 수는 없느냐고 이맛살을 찌푸렸다. 모리스가 훨씬 더 어른스러워 보였다. 그리고 아들의 입에서 집을 나가겠다는 말까지 나오게 한 그의 횡포에 크게 분개했다.

다툼은 곧 가라앉았지만 그 여운은 길게 꼬리를 끌었다. 쇼팽은 상드 부인이나 모리스의 주장도 물론 타당하다고 생각했다. 그리고 그것을 이해할 수 있다는 사실이 더욱더 그의 괴로움을 부채질했다. 그는 생각했다―그 동안 지나치게 참아왔다. 이제까지 아무 말도 하지 않던 사람이 갑자기 소란을 피웠으니 누구라도 놀라는 게 당연하다. 오로르는 모두 내가 어른스럽지 못한 탓이라고 한다. 그러나 애초에 그런 가혹한 대접을 한 것은 그녀이다. 좀더 일찌감치 말했어야 했다. 하지만 그랬다면 지금까지 이런 관계를 지속할 수 없었으리라. 나는 그것을 알고 있었다. 그리고 두려웠다. 지금도 여전히 두렵다. 어쩌다 그런 바보 같은 소리를 해버렸을까. 아아, 모리스! 내가 그런 어린아이에게 질투를 하고 있다고? 설마! 그애가 직접 말을 하지는 않았지만, 그토록 가슴살 고기가 먹고 싶으시면 내 것을 가져다드시죠, 라는 투의 그 눈빛…… 아아, 이 무슨 비참한 일인가. …… 그러나 나는 그의 교활함을 아무래도 사랑할 수가 없다. 나의 실언을 트집 잡아 사뭇 어른인 척 굴던 그 교활함. 집을 나갈 마음도 없으면서 그런 말을 입에 담아 어머니의 동정을 교묘히 이끌어내는 저 유치한 교활함. 아직 어리다는 것은 안다. 그러나 어리다고 봐주기에는 너무도 순수함이 부족하지 않은가……

이 일이 있은 후 노앙 관은 고요해졌다. 쇼팽도 상드 부인도 다시 한번 그와 유사한 일이 일어난다면 그것은 뭔가 **중대한 결**말을 초래하고 말 것이라는 점을 막연하게 의식하고 있었다. 파멸의 예감이 신경질적이고도 서먹서먹한 평온을 유지해주었다. 얼굴을 마주치게 되면 어색한 농담만 서로 주고받았다.

쇼팽이 파리에 돌아온 뒤에도 이런 상태는 계속되었다. 그는 틈만 나면 노앙에 있는 상드 부인에게 편지를 썼다. 그저 담담하게 파리의 상황을 전하거나 했지만, 화제의 선택에는 세심한 주의를 기울였다. 상드 부인은 편지를 통해 그에게 여러 가지 잡무를 부탁했다. 볼일이 없을 때는 억지로 일을 만들어서라도 부탁했다. 그녀는 **스스럼없이 부탁하는 것**이야말로 서로의 관계가 양호하다는 징표라고 믿고 있었다. 그도 그런 그녀의 의도를 이해했기에 애써 성실하게 의뢰에 응했다. 부탁받는다는 것이 기뻤다. 까다로운 일일수록 기꺼이 받아주었다. 편지를 주고받으면 두 사람 사이에 가로놓인 여러 가지 문제들을 잠시나마 잊을 수 있었다. 불안감이 없는 것은 아니었다. 그러나 이런 시간을 거치고 나면 오히려 이전과 같은 친밀함을 회복할 수 있을지도 모른다고 생각했다. 근거는 없었다. 왠지 그런 느낌이 들었다.

1846년 겨울은 그렇게 흘러갔다.

3

해가 바뀌어서도 파리에는 눈이 자주 내렸다.

쇼팽의 주위에는 여전히 병자들뿐이었다. 그도 감기에 걸릴까봐 되도록이면 집 안에서 얌전하게 지냈지만, 가끔 무료할 때면 훌쩍 마차를 타고 친구들을 병문안하러 나가곤 했다. 입을 수 있는 것은 무엇이든 다 입고 나갔다. 바지 속에 플란넬 속옷을 세 개나 껴입었다. 방문을 받은 사람들은 평소에는 지팡이처럼 가늘던 그의 몸이 술통처럼 퉁퉁해진 것을 보고 저도 모르게 폭소가 터져 인사하는 것도 잊고 웃었다. 그도 그렇게 자리가 흥겨워지는 게 좋아서 지난해에 죽은 퓌낭빌 극장의 드뷔로를 떠올리며 한 꺼풀 한 꺼풀 허풍스런 몸짓으로 겉옷을 벗어 보이곤 했다. 장난을 쳐도 기품 있는 모습이 오히려 더 우스꽝스러웠다. 그도 거울을 보며 점점 홀쭉해져가는 자신의 모습을 확인했다. 한바탕 유쾌하게 웃은 뒤에는 모두가 진심으로 고마워했다. 그때가 되어서야 그들은 비로소 쇼팽이 그토록 옷을 겹겹이 껴입은 의미를 진지하게 생각해보는 것이었다.

파리에 돌아온 뒤 쇼팽은 몇 차례 외젠 들라크루아를 만났다. 두 사람 다 이런 때에 제일 먼저 환자 축에 들 법한 인물들이건만 이상하게도 아직 드러누울 기색을 보이지 않으니 올해는 어쩐지 좋은 일이 많을 것 같다는 농담을 하며 함께 웃기도 했다. 농담 섞인 가벼운 대화가 심각한 양상을 띠지 않도록 서로가 똑같이 마음을 써주었다. 두 사람 모두 각자의 이유로 불안했다. 이런 농담을 진심으로 믿고 싶은 마음이 간절했다. 두 사람 모두 그런 심경을 암암리에 눈치채고 서로 꼬치꼬치 캐묻거나 하지 않았다.

쇼팽이 들라크루아를 알게 된 것은 1833년의 일이었다. 처음에는 그저 얼굴만 아는 수많은 예술가 친구 중의 한 사람이었지만, 삼 년쯤 지나 마를리아니 백작 부인의 살롱에서 자주 만나게 되면서 조금씩 말을 나누기 시작해 그로부터 다시 이 년이 지난 뒤에는 친숙하게 왕래하는 사이가 된 것이었다. 제1공화제 시절인 1798년에 태어나 쇼팽보다 열두 살이 많은 들라크루아는 그 무렵 이미 청년 시절에 매혹되었던 사교계의 화려함을 조금씩 멀리하고 점점 창작의 고독이 주는 행복과 고뇌 속으로 마치 빨려들어가듯 침잠하고 있었다. 사람들을 만나는 일이 예전처럼 즐겁지 않았다. 살롱의 명사들에게는 진작부터 따분함을 느끼고 있었지만, 이제는 시인이나 소설가 같은 사람들과도 소원해졌다. 한때 그토록 자주 만났던 낭만파 예술가들도 이미 관심 밖이었고, 그들과 열띤 논쟁을 벌였던 자신의 과거까지도 낯뜨겁게 느껴졌다. 자연히 교제 범위도 좁아졌다. 신고전파 화가들은 물론이고 낭만파 화가들로부터도 그렇게 조금씩 고립되어갔다. 오래도록 사귀어온 친구들에게는 남들보다 몇 배나 되는 애정을 품었지만, 새롭게 사귄 이들에 대해서는 예의상의 정중함만 유지할 뿐 깊은 관계를 맺으려 들지 않았다. 사람을 싫어하는 것은 아니었다. 그러나 어딘지 견개고루(狷介固陋)하게 느껴지는 분위기가 들라크루아에게는 있었다. 쇼팽은 그런 그가 새롭게 참된 우정을 쌓고 싶어한 몇 안 되는 사람 중의 하나였다.

상드 부인은 남들에게 곧잘 "두 사람은 서로 닮아서 그렇게 죽이 잘 맞는 거예요"라고 말하곤 했다. 하지만 속으로는 깊이 사귀고 보면 들라크루아가 훨씬 더 매력적인 사람이라고 생각했다. 두 사람 모두 지인의 영역을 넘지 않는 동안은 더할 수 없이 예의 바르고 정중하지만, 거기에서 한 발 더 들어가 우정이라는 이름에 값할 만한 관계를 구축하려고 하면 쇼팽은 냉담하게 조금은 겁을 내며 자기 안으로 틀어박히는 데 반해 들라크루아는 아무도 그에게서 기대하지 않던 뜻밖의 다정함을 보여준다는 것이었다.

애초에 이 두 사람이 친해지는 계기를 만들어준 것은 상드 부인이었다. 쇼팽은 1836년에 리스트를 통해 상드 부인을 알았고, 들라크루아는 그 이 년쯤 전에 친구인 프랑수아 뷜로에게 상드 부인을 소개받았다. 뷜로는 당시 소설 『앵디아나』로 일약 주목을 받은 이 신진 여류작가와 일찌감치 정기기고 계약을 맺었던 『르뷔 데 되 몽드』지의 주필이었다. 이 잡지에서는 위고와 발자크를 비롯하여 뒤마, 생트 뵈브, 비니, 뮈세 같은 주요 작가들을 초상화와 함께 소개하는 기획을 진행하고 있었다. 그때 전년도에 게재되었던 『렐리아』로 독자의 호기심을 한 몸에 모은 조르주 상드의 초상화를 의뢰받은 것이 외젠 들라크루아였다. 들라크루아는 이 젊은 여류작가에 대해 많은 것을 알고 있지는 않았다. 남장을 즐기고 사람들 앞에서도 태연히 담배를 피운다는 것, 그리고 메리메나 뮈세 등과 화려한 염문을 뿌렸다는 것 등 모두들 아는 정도만 알고 있었다. 언제였던가, 당시 그가 살았던 볼테르 강변 15번지의 집 근처에서 뮈세와 걷고 있는 여자를 보고 '아, 저 사람이 조르주 상드구나' 라고 생각한 적이 있었는데, 기껏해야 그런 정도였다.

　그런 그가 뷜로의 의뢰를 받아들여 그녀의 초상화를 그리기로 한 것은 경제적인 궁핍 때문이기도 했지만, 뷜로가 "대단히 재능 있는 여성인데 일부에서는 몹시 험한 평을 하지요. 얼마나 평판이 험악한지 당신 그림에 대한 그것과 막상막하라니까요. 시대를 앞서가는 이들은 언제나 그런 맞바람을 정면으로 받는 법이죠"라고 농담 반 진담 반으로 설득하는 바람에 적잖이 흥미를 가지게 된 때문이었다. 『렐리아』는 발표된 이래 가지각색의 훼예포폄(毁譽褒貶)을 받고 있었다. 사람들이 재미있어하는 부분은 언제나 폄하하는 말이게 마련이어서, 그의 귀에도 그런 악평만 들려왔다. 많은 사람들이 그 내용의 부도덕성에 이맛살을 찌푸리고 욕을 퍼부었다. 등장인물의 극단적인 성격과 소설적 구성, 형식 면에서의 졸렬함도 도마 위에 올랐다. 그런 평들은 모두, 소설과 회화라는 차이는 있지만, 아닌게 아니라 〈단테의 조각배〉 이래 그의 작품이 늘 뒤집어쓴 악평과 비슷한 것들이었다.

　들라크루아는 일단 의뢰를 수락한 후 『렐리아』를 읽어본 들라크루아는 악평 그대로 졸작이라고 생각했다. 이런 소설과 자신의 그림은 도저히 비교할 수 없다는 생각에 처음에 품었던 기대를 황급히 접어버렸지만 자신의 아틀리에에서 포즈를 취한 그녀가 틈틈이 얘기해주는 뮈세와의 유명한 연애의 전말 등을 듣다보니 그녀의 인간적인 매력에 점차 흥미를 가지게 되었다. 그리고 초상화가 완성되고 칼라마타가 제작한 판화가 무사히 잡지에 게재된 뒤에도 친밀한 교류를 유지하여, 어느새 그녀와의 편지 왕래는 그에게 다른 무엇과도 바꿀 수 없는 커다란 기쁨 중의 하나가 되어 있었다.

외젠 들라크루아는 쇼팽이 처음 파리에 왔을 때부터 이미 세상에 이름을 날리던 저명한 화가 중의 한 사람이었다. 그러나 그가 사람들에게 널리 알려진 것은 칭찬과 존경 때문이 아니라 화단의 악명 높은 화가라는 지극히 불명예스러운 평판 덕분이었다.

들라크루아를 먼저 만난 후에 그의 작품을 접하는 사람들이 그런 것처럼, 그의 작품만 대하다가 처음으로 직접 그를 만난 사람들 역시 놀라움을 감추지 못했다. 쇼팽은 그를 소개받기 전부터 "그렇게 친절하고 다정한 분이 어째서 그런 끔찍하고 흉한 그림만 그리시는 걸까요?"라는 말을 살롱에서 몇 번이나 들었다. 실제로 쇼팽은 '키오스 섬의 학살'이라는 끔찍한 제목이 붙은 작품을 뤽상부르 미술관에서 직접 보고는 사람들이 끔찍해하는 것도 당연하다고 생각했다. 그리고 그를 깊이 알게 되자 그러한 작품에 대한 인상뿐 아니라 모두가 느끼고 있는 신기함―화가의 인품과 화풍의 기묘한 불일치―에 대해서도 지극히 당연하다고 생각하게 되었다.

1월도 중반을 넘긴 어느 날 아침, 들라크루아는 함께 사는 사용인의 배웅을 받으며 노트르담 드 로레트 가 54번지의 자택 아파르트망을 뒤로했다. 사용인은 제니 르 기유라는 세 살 연하의 여자로, 벌써 십 년 넘게 그의 집에서 일하고 있었다. 오래 전에 친구인 피에레의 집에서 일하던 여자였는데, 일을 시작한 며칠 만에 해고하겠다는 피에레 부인의 말을 듣고 월급 사십 프랑에 데려온 것이었다. 브르타뉴 지방의 시골 출신으로, 소박하기는 하지만 좁은 이마와 거기에서 길게 이어진 Y자형의 두툼한 콧날, 움푹한 턱 등이 어딘지 고집스럽게 보이는, 세련된 구석이 없는 모습이었다. 그런 인상 탓인지 이 여인은 쉽게 사람들에게 미움을 사곤 했다. 딱히 어떤 점이 나쁘다고 지적할 수는 없지만, 몸짓 하나하나가 비위를 거스르는 식이었다. 친절하게 한다고 한 일에 쓸데없는 참견이라고 주의를 받으면 그저 네, 네, 하고 흘려들으면 좋으련만, 그런 융통성이 없었다. 그렇다고 그녀가 하는 말이 틀린 것은 아니어서 섣불리 나무랄 수도, 그렇다고 그대로 받아줄 수도 없었다. 아무래도 함께 지내기 껄끄러운 사람이었다. 그런 탓에 사람 좋은 피에레의 집에서도 별로 좋은 대접을 받지 못한 모양이었다.

하지만 들라크루아는 그런 제니와 이상하게도 마음이 잘 맞았다. 보통은 도무지 남에게 상의 같은 건 하지 않는 성격이지만, 웬일인지 그녀에게만은 무엇이든 다 이야기하고 싶었다. 그것도 집안일이나 식사에 관한 것이라면 또 몰라도 제작중인 작품에 대해서까지 그녀와 상의를 하는지라 그의 친구들은 두 사람의 대화를 어이없다는 듯이 멀거니 쳐다보곤 했다.

간밤에도 들라크루아는 아틀리에로 커피를 내온 그녀에게 관전에 출품할 몇 개의 작품에 대해 의견을 물었다. 제니는 늘 그렇듯이 자신에게는 선생님의 작품을 평할 능력이 없다며 사양했지만, 그래도 괜찮다고 무리하게 채근하자 팔 부분의 중간색이 느낌이 좋다는 둥 제법 예리한 말을 했다. 들라크루아는 자신의 뜻이 통했다는 듯 만족스럽게 웃으며 감사를 표했다.

'중간색의 느낌이 좋단 말이지……'

승합마차 정류장으로 걸어가던 들라크루아는 문득 그 일을 떠올리고 유쾌해했다.

요즘 들어 구름이 잔뜩 끼는 날씨만 이어졌는데 그날은 말끔하게 개어 어느 곳을 바라봐도 구름 한 조각 없었고, 그런 탓인지 지면에는 서리가 내려 있었다.

그날 그는 건축가인 알퐁스 드 지조르의 집에 잠깐 들렀다가 뤽상부르로 갈 예정이었다. 지조르는 페르시에의 제자로 파리 정부 관련 시설의 개축에 관여하고 있는 유능한 사람이었다. 1836년부터 1841년까지 육 년에 걸쳐 시행된 뤽상부르 궁의 정원 쪽 파사드*의 개축은 그의 지휘로 이루어졌다. 마침 그 작업이 진행되던 무렵에 서로 알게 되어, 들라크루아가 아돌프 티에르의 주선으로 국회 상원 도서관 천장의 장식화를 의뢰받았을 때는 위원회 측에 주제를 제시하는 등의 일에서 여러 가지로 편의를 봐주기도 했다. 그날도 실은 뤽상부르 궁 대계단 벽의 장식화 작업을 부탁할 생각으로 들라크루아를 자택으로 부른 것

---

* façade. 건물의 주된 출입구가 있는 정면부.

이었다.

기껏 탄 마차를 금세 내려야 해서 들라크루아는 이럴 줄 알았
으면 걸어올 걸 그랬다고 잠시 후회했다. 하얀 입김을 내쉬며
열시 약속에 삼십 분 늦게 지조르의 집에 들어섰다.

"안녕하십니까? 오늘도 춥네요. 선생도 그 훌륭한 수염이 허
옇게 얼었군요." 지조르는 그렇게 말을 꺼내며 웃더니 외투를
벗을 틈도 주지 않고 그를 벽난로 쪽으로 이끌며 곧장 본론으로
들어갔다. "마침 하원 도서관 일이 곧 끝난다는 얘기를 듣고, 제
일 먼저 선생께 이번 일에 대해 상의하려고요. 그래, 어떻습니
까, 도서관 쪽 일의 진행은?"

그리고 그제야 의자를 권했다. 들라크루아는 외투를 벗고 의
자에 앉았다.

"예, 아직은 좀더 시간이 걸릴 것 같습니다만……"

"정확히 얼마나?"

"정확하게 말할 수는 없지만 연내에는 어떻든 완성될 것 같
습니다."

"그래요? 좀더 빨리 끝낼 수는 없을까요?"

"물론 그럴 수 있으면 좋겠지만…… 아무래도 어려울 거예
요. 저로서도 정말 벅찬 일거립니다. 완성되면 두 개의 반원개
(半圓蓋)와 다섯 개의 큐폴라*로 이루어진 오십오 미터의 천장

---

* cupola. 잔을 엎어놓은 모양의 작은 돔.

전체가 스물두 개의 제재(題材)로 구성된 다양한 작품들로 가득 찰 예정입니다. '그리스에 문명을 전하는 오르페우스' '이탈리아를 유린하는 아틸라', 그리고 소크라테스와 알렉산드로스 대왕, 아르키메데스와 헤로도토스, 아담과 이브, 세례자 성 요한…… 그 정도로 엄청난 규모니까요, 잘 아시겠지만."

"그렇군요…… 듣자하니 요즘 천장에다 직접 그림을 그리신다고요?"

"네, 두 개의 반원개 쪽뿐입니다만."

"그건 뭔가 나름대로 생각이 있어서 그런 건가요?"

"아뇨, 처음에는 캔버스에 그려서 끼워넣으려고 했는데, 완성된 것 하나를 끼워봤더니 열기 때문에 깨지고 말더군요. 그래서 어쩔 수 없이 직접 벽에 대고 그리기로 했지요. 깨져서 못 쓰게 된 그림은 처음부터 다시 그렸습니다."

"저런! 아, 그러고 보니 그곳은 위쪽에 유리창이 있지요. 그게 원인일까요?"

"아마 그럴 겁니다."

"그것 참 뜻밖의 재난이었군요."

"누가 아니랍니까."

들라크루아는 쓴웃음을 지으며 한숨을 내쉬었다. 지조르도 동정하는 표정을 지으며 말했다.

"그렇다면 그만큼의 추가 보수는 분명하게 청구해야지요. 우리 예술가들은 항상 빈곤에 허덕이고 있으니까요."

"예, 부르봉 궁의 '왕의 방' 작업 때도 처음에는 난간 부분 한 쪽만 그리기로 약속하고 시작했는데 도중에 다시 전면을 채워 달라고 부탁받았지요. 당연히 보수 증액을 요구했는데 각하되고 말더군요. 그에 비하면 이번 일은 이유가 이유인지라 아무래도 어렵겠어요. 처음부터 그런 정도는 예상을 했어야 할 거 아니냐는 둥, 잔소리 듣기 딱 좋지요. 일단 교섭은 해보겠지만."

"그래요? 저는 몰랐습니다. 너무 심하군요. 실은 며칠 전에 이번 건도 있고 해서 그 부르봉 궁의 '왕의 방'과 상원 도서관의 장식화를 둘러보고 왔습니다. '왕의 방'도 물론이지만 도서관 큐폴라는 참으로 걸작이라는 평을 들을 만한 멋진 작품이더군요. 새삼 감동했습니다. 일 주일 전이던가, 『콩스티튀시오넬』에 토레의 평론이 실렸는데, 거기서도 르네상스 이후로 이만큼 아름다운 벽화가 제작된 일은 없다고 절찬을 했더군요."

그 말을 듣고 들라크루아는 부끄러움과는 또다른 쓸쓸한 표정으로,

"고맙습니다. 그렇지만 토레의 평론은 제재에 관한 오류가 너무 많아서 참 난처한 평가예요. 특히 반원 부분의 알렉산드로스 대왕에 대해서는요."

"그랬군요. 저도 그런 경험이 있는데, 자기 작품에 대해 호의적인 비평가가 전혀 엉뚱한 칭찬을 하고 나서면, 말씀하시는 대로 정말 난처하지요. 일 년 내내 비난만 하는 사람이라면 나름대로 대처할 수도 있는데 말입니다."

"정말 그래요. 게다가 하원이라면 그나마 낫지만, 상원 도서관 같은 곳은 일반인이 드나드는 데가 아니라서 그 비평을 읽은 사람들은 전혀 의심하지 않고 그대로 믿어버릴 겁니다."

"네, 게다가 기사를 읽지 않은 사람들에게까지 자신이 직접 보고 온 것처럼 떠들고 다니겠지요. 그러나 그건 생각하기에 따라서는 그럭저럭 용서해줄 만한 일입니다. 그렇지 않습니까? 이건 선생이 더 절실히 느끼셨을 일입니다만, 관전에 나온 작품처럼 언제라도 관람할 수 있는 것조차 실제로 가서 보지도 않고 비평가의 기사만 읽고 직접 본 것 같은 기분에 젖는다니까요. 건축가들도 똑같은 피해잡니다. 뤽상부르 궁의 파사드에 대해서도 어지간히 심한 소리들을 합디다만, 직접 가서 보고 그런 말을 하는 사람은 드물어요. 그렇게 큰 건물이니 안 보려고 해도 눈에 들어올 텐데."

"실제로 가서 보더라도 자기 스스로 뭔가 발견하는 게 아니라 미리 읽어둔 비평가의 말을 확인하는 것뿐이죠. 정말 왜 그런지 모르겠습니다. 우리 시대의 어떤 지적인 혼란이 그렇게 만드는 건지도 모르지요. 모두가 가치 판단에 자신감을 가지지 못하는 모양입니다."

"예, 하지만 **지적 혼란**이라는 점에서 보면 선생도 책임이 크지요. 선생 이전에는 누구든지 다비드 같은 그림만 칭찬하면 되었으니까요. 이건 좋은 의미에서 하는 말입니다."

"칭찬이겠지요?"

"물론입니다."

"고마운 말씀입니다. 그런데 다비드 그림에 대한 평가만 보자면 다들 의외로 가치 판단이 경직된 것 같은데……" 그렇게 말하고 들라크루아는 내친김에 그간 쌓여온 비평가에 대한 울분을 이 기회에 조금이라도 풀어보자 싶어서 뒷말을 이었다. "어쨌거나 비평가라는 자들은 특이한 존재입니다. 작품의 질을 판정하려면 그에 상응하는 권위를 갖추어야 할 텐데, 이를테면 모차르트가 동시대 음악가들의 작품을 비판할 수 있었던 것은 그가 그야말로 거기에 값할 만한 실력을 갖춘 작곡가였기 때문이고, 말하자면 그것이 곧 권위일 텐데, 비평가의 경우는 그 반대이니 정말 괴상하죠. 오히려 비평하는 행위 그 자체로—칭찬이건 폄하건 마찬가지죠—있지도 않은 권위를 날조하려 하니까요."

"실소가 터지는 오문(惡文)으로 누구누구의 소설 문장은 끔찍하다고 비난하는 비평들도 실제로 자주 눈에 띄니까요."

"그래요, 그런 비평은 원래 문장가라고 할 만큼 실력이 있는 사람에게나 허용되는 일이잖습니까? 자신에게 그럴 만한 권위가 없다는 사실은 모른 척 덮어두고 무턱대고 비판만 해대면 권위가 서는 것처럼 행동하고 있으니, 정말 질이 나쁘지요."

이런 화제로 담소를 나누면서 들라크루아는 불평이나 남의 험담을 허물없이 나누는 것이 아직까지 약간 어색한 두 사람의 마음을 쉽게 맺어주는 것에 묘한 감동을 느꼈다. 그리고 기껏

싹튼 이런 편안한 분위기를 놓치기 전에 다시 한번 일에 대해
확인했다.

"……맞습니다. 대충 지난번에 말씀드린 대론데, 요는 대계
단 벽의 장식화를 그려주셨으면 하는 겁니다. 제재는 일단 나폴
레옹에 관한 역사화를 염두에 두고 있습니다. 아까와는 또다른
얘기지만, 그로 세대까지만 해도 나름대로 훌륭한 역사화가 있
었는데, 그 이후로는 제대로 그릴 줄 아는 이들이 없어요. 그러
나 결국 역사화의 우위라는 사실에는 변함이 없습니다. 이 분야
에서의 선생의 재능을─그것도 다비드의 그것과는 또다른, 좀
더 청신(淸新)한 정경을 그려내는 재능을 저는 대단히 높이 사
고 있습니다. 특히 장식화 기법에도 뛰어나다는 것은 우리 건축
가들에게는 실로 고맙고 소중한 재능이지요."

"예, 과분한 칭찬 감사드립니다. 대단히 흥미 있는 이야기입
니다. 꼭 그 기대에 부응하도록 하지요."

"그 말씀을 들으니 안심이 됩니다. 아직 정식으로 결정된 것
은 아니지만, 전 꼭 선생께 맡기고 싶어요. 뤽상부르 궁의 그림
을 보고 나니 더욱 그렇습니다."

이야기가 마무리되자 들라크루아는 마지막으로 다시 한번 정
중히 인사를 나누고 굳게 악수를 한 뒤에 벌써 머릿속에 몇 가
지 주제를 떠올리며 지조르의 집을 뒤로했다. 대계단을 장식한
자신의 그림이 궁전을 찾아온 사람들의 주목을 받는 장면을 상
상하자 가슴이 뛰었다. 먼 나라에서 찾아온 빈객(賓客)이 중요

한 정치 문제를 논하면서 계단을 오르다 저도 모르게 발을 멈추고 "호오!" 하고 탄성을 지른다. 그리고 몹시 감동한 눈길로 그림을 바라보다 누구의 그림이냐고 묻는다. "외젠 들라크루아의 그림입니다. 우리나라의 위대한 루벤스, 위대한 티티안이지요!" 저도 모르게 뺨에 웃음이 번졌다. 한시바삐 궁에 도착해서 다시 한번 계단 벽을 바라보고 싶었다. 직접 보면 거기에 어울리는 주제가 떠오를지도 모른다. 자신의 눈은 분명 텅 빈 벽 전체를 순식간에 용장(勇壯)한 나폴레옹의 군대로 가득 채우리라.

'그건 그렇고, 나폴레옹의 인기는 식을 줄을 모르는구나. 그런 곳에까지 끌려나오다니. 아니, 정부가 그 인기를 교묘히 이용하는 거라고 해야겠지? 〈민중을 이끄는 자유의 여신〉이 그곳 미술관에 전시되었을 때는 공연히 문제가 생길 수 있다며 기껏 몇 달 공개하고 말더니. 결국 나폴레옹이란 인간도 이제 역사상의 인물이 되고 말았는가……'

하원 도서관 천장화 작업이 끝나면 그 뒤를 이어 뭔가 큰 일거리를—가능하다면 다시 공관의 장식화 같은 작업을 했으면 하는 마음은 이전부터 있었다. 그것은 극히 현실적인 이유에서였다. 자신의 사후에 작품이 산일(散逸)되지 않게 하기 위해서는 그 방법이 가장 확실하다는 생각과, 생활을 위해 되도록 한번에 큰 보수를 받아 쓸데없는 경제적인 불안에서 해방되었으면 하는 바람 때문이었다. 그러나 그에게는 그런 지극히 현실적인 이유보다 훨씬 더 강한 욕구, 어찌 됐건 **그리고 싶다**는 강한 욕구가 있었다. 되도록 많은 작품을, 되도록 거대한 그림을 그리고 싶었다. 할 수만 있다면 파리의 모든 건물 벽을 하나도 남기지 않고 모조리 자신의 그림으로 채우고 싶기까지 했다. 사람들이 곧잘 우스갯거리로 삼곤 하는 미켈란젤로의 유명한 일화—산 하나를 모조리 조각해버릴 계획을 세웠다는 그 일화가 그에게는 전혀 이상하게 들리지 않았다. 오히려 그 심정을 고스란히 이해할 수 있었다. 자신이 조각가였다면 분명 똑같은 생각을 했을 것이다. 산 하나뿐인가. 섬 하나, 나라 하나까지도 모조리 조각하겠다는 몽상을 했을 것이다. 그러나 그런 생각을 할 때마다 좀체 진척되지 않는 지금의 작업 때문에 우울해졌다. 마음속으로 그려본 장면들이 순식간에 캔버스 위에 나타날 수만 있다면 얼마나 좋을까. 일일이 제작과정을 거쳐야 한다는 것은 얼마나 부자유스러운 일인가! 상상력은 육체가 하는 작업의 느림에 얼마나 애를 태우는가. 좁은 출구 때문에 얼마나 답답하고 화가 나는가. 마치 바닷물을 가느다란 빨대로 빨아올리는 것 같다.

그는 서리에 젖은 자신의 구두가 바닥에 남긴 발자국을 바라보며 지조르가 했던 "좀더 빨리 끝낼 수 없을까요?"라는 말을 다시 떠올렸다. 그러자 유쾌하던 기분이 일시에 깨어지고, 분명한 약속을 받았다고 좋아했던 조금 전의 대화가 정말 그렇게 확실한 것인지 문득 의심스러워졌다.

'그건 무슨 뜻이었을까? 새삼스럽게 그런 말을 하지 않아도 당연히 어서 끝내고 싶은 심정이라고 생각하면서도 그때는 그저 묵묵히 흘려들었는데…… 굳이 그런 얘기를 한 걸 보면 뭔가 마음에 걸리는 게 있다는 뜻이 아니었을까? 천장에 직접 그리는 작업에 퍽 신경을 썼었지. 캔버스에 그려서 나중에 끼워넣는 식으로 하면 좀더 빨리 끝나지 않겠느냐는 얘기를 하고 싶었던 걸까?'

그는 완성까지 필요한 시간을 다시 계산해보았다. 빨리 끝내기는커녕 과연 연말까지 맞출 수 있을지 걱정스러웠다. 일반적으로 생각하면 분명 가능한 일일 터였다. 그러나 지금까지 몇 차례나 그런 식으로 예정을 잡았다가 결국 달성하지 못한 적이 많았다. 이번에는 절대 그렇지 않다고 단언할 자신이 없었다. 그런 생각을 하니 불안하고 막막해서, 오늘까지 이번 작업을 위해 소비해온 나날들이 다시 머리를 스쳤다.

'내무대신 몽탈리베에게서 하원 도서관 장식화를 화료 육만 프랑에 의뢰받은 것이 1838년이었어. 조제핀과 벨기에, 네덜란드를 여행한 뒤에 디에프와 페캉까지 둘러보고 마지막으로 발몽에 머물다가 돌아온 참이었으니까, 그래, 9월의 일이야. 그때부터 누브 귀망 가에 아틀리에를 빌리고 루이 드 플라네와 라살보르드의 도움을 받아 준비를 마친 게 11월이었지. 그후 관전에 내놓을 작품들과 베르사유 궁에 보낼 〈십자군의 콘스탄티노플 입성〉—그건 일만 프랑이었지—작업을 하면서 상원 도서관 장식화 의뢰까지 받아들인 게 1840년이야. 그 일은 티에르 덕분에 맡게 됐고. 지독한 비난만 받은 생 드니 뒤 생 사크르망 성당의 피에타 작업을 맡은 것도 그해였어. 그리고 또 뭐가 있었더라? 돈이 궁해서 〈햄릿〉이니 〈괴츠 폰 베를리힝엔〉 같은 판화 일도 했군. 평론도 몇 편 썼지. 라살 보르드에게 초안을 부탁하고 본격적으로 상원 도서관 작업에 들어갔던 게 1844년, 아니 1845년이었던가? 그 무렵에 하원 쪽 작업은 어땠는가 하면……'

회상이 차츰 현재에 가까워지자 기억이 복잡해지는 바람에 더이상 생각이 정리되지 않았다.

'처음에는 하원 회의장 쪽까지 전부 내가 맡을 작정이었어. 제재를 이것저것 그리다 제출했었던가? ……지금 와서 생각해보면 참 무모한 이야기였지. 내가 할 수 있을지 없을지, 그런 건 생각해보지도 않았어, 한 번도……'

그가 이렇게 순서대로 기억을 더듬을 수 있었던 것은 이즈음 똑같은 일을 몇 번이고 되풀이했기 때문이었다. 한바탕 기억을 더듬어본 다음에는 반드시 그 일에 몇 년, 혹은 몇 달이 걸렸는지 계산해보곤 했다. 전에는 이런 적이 없었다. 막연히 일의 진척 상황을 짚어보며 완성까지 얼마나 걸릴지 대충 짐작해보곤 했을 뿐이었다. 그것은 필요한 계산이었다. 자신이 지목한 미래의 시간은 항상 불확정적이어서, 이제 다 마쳤다고 생각한 그때부터 반드시 여분의 시간이 모습을 드러낸다. 그러나 과거는 다르다. 몇 번을 계산해봐도 변할 리가 없다. 그것을 누구보다 잘 알고 있는데도 문득 깨닫고 보면 과거의 시간을 헤아리고 있었다. 소비된 시간의 길이가 자꾸 마음에 걸리는 것이다.

그는 자신도 모르는 사이에 몸에 밴 이 기묘한 습관의 의미를 이해하지 못하고 있었다. 먼 거리를 걸어온 인간이 천신만고 끝에 보이기 시작한 목적지를 앞두고 저도 모르게 뒤를 돌아보고 싶어지는, 그런 심정일까? 그러나 아무래도 다른 것 같았다. 작품의 완성을 앞두고 자랑스러움과 만족감으로 흐뭇한 감개에 취한 것이라면 다행이련만. 그런 것이라면 얼마든지 좋다. 어느 누가 나무랄 수 있으랴? 하루 종일 창작에 몰두한 날의 이루 말로 다 할 수 없는 충실감, 자신이 뭔가 숭고한 존재를 향해 활짝 열린 듯한 아득한 현기증, 자신이 직접 그것을 접하고 그에 값할 만한 인간이라는 것을 깨닫는 무상의 기쁨, 순교 성인의 주검만이 알고 있을, 온몸을 가득 채우는 경건한 피로…… 그런 것들을 하나하나 돌이켜 생각하며 혼자 은밀히 즐기려는 것이라면 그건 죄 될 일은 아니다. 혹은 그것을 위해 소비한 엄청난 고뇌의 시간 하나하나를 추억하고 그것이 작품의 완성에 의해 고스란히 보답을 받는 순간의 도래를 이제나저제나 하고 기다리는 것이라면, 그것은 수렵의 성공에 환희의 함성을 지르는 미개인의 꿈만큼이나 건전한 정신의 욕구일 것이다. 그날이 지나면, 날마다 전쟁터에서 입은 총상의 흉터를 헤아려보며 희열에 잠기는 전승국의 귀환병처럼, 언제까지나 이 수년간의 나날을 회상할지도 모른다. 그것은 결코 나쁜 기분은 아니리라. 그러나 정말 그럴까? 아무래도 믿어지지 않았다. 그것만은 아닐 듯한 생각이 자꾸 들었다.

'그렇다면…… 만일 정말 그렇다고 한다면, 작품에 들인 세월을 계산해볼 때마다 끓어오르는 가슴 안쪽의 이 고통과도 같은 불쾌감은 대체 어디에서 오는 것인가?'

마차에서 내려 조금 걸어서 낯익은 수위에게 인사를 건네고 건물 안으로 들어섰다. 조금 전까지 그토록 기대에 부풀게 했던 대계단 벽은 이제 아무런 감흥도 주지 않았다. 계단을 오르고 몇 개의 방을 지나 그대로 아무도 없는 도서관으로 향했다.

그가 이날 뤽상부르를 찾은 것은 미술관에서 판화가 알퐁스 마송과 만날 약속을 했기 때문이었다. 그러나 지조르의 집에서 예정보다 일찍 나온 탓에 약속시간까지 잠시 시간을 때워야 했다.

도서관에 들어선 그는 곧장 중앙의 큐폴라로 가서 금테두리 장식 안쪽에 자리잡은 자신의 천장화를 올려다보았다. 제재는 『신곡』의 '지옥편' 제4가에서 따왔다. 그는 그 장대한 시편 가운데서도 '연옥편'이나 '천국편'에서는 지루하다는 느낌만 받았고, 유독 '지옥편'만을 편애했다. 그리고 그중에서도 무명의 피렌체 사람에게 가해지는 고문 품평회 같은 후반부보다 처음 발을 들이민 지옥의 웅혼한 풍경 묘사 부분을 좋아했다. 이 큐폴라를 처음 보았을 때 그는 시인이 비유를 떠올리는 듯한 신속한 연상으로 지옥 권곡(圈谷)의 원(圓)을 떠올렸다. 그 착상이 무척 마음에 들었다. 도서관이라는 점을 감안하면, 그것은 반드시 변옥(邊獄)이어야 했다. 그곳에 모인 찬란한 이교도 천재들이야말로 이 자리에 너무도 잘 어울리지 않는가. 그는 시선을 돌려, 관내 곳곳에서 볼 수 있도록 큐폴라 아래쪽 원주를 따라 배치된 인물들을 차례차례 눈으로 짚어나갔다. 시인의 왕 호메로스의 뒤를 이어 호라티우스, 오이디푸스, 루카누스, 그리고 베르길리우스의 인도를 받아 그들과 해후한 단테. 왼쪽으로 돌아서면 그리스의 위인들—스승 아리스토텔레스의 어깨에 손을 얹고, 마케도네를 그리는 아펠레스를 바라보는 알렉산드로스, 사람들에 둘러싸여 정령이 가져온 종려나무 가지에 손을 내미는 소크라테스, 데모스테네스를 내려다보는 크세노폰, 수금(竪琴)을 든 오르페우스, 그 발치에 길게 누운 헤시오도스, 두 사람에게 시를 헌납하는 사포. 이어서 로마의 위인들—어서 무기를 집으라고 아이들에게 유혹당하는 킨키나투스, 마르쿠스 아우렐리우스 곁에 앉은 포르치아, 월계수 옆의 트라야누스, 갑옷으로 치장한 카이사르, 그리고 그에게 대들듯이 우뚝 선 키케로……화가는 거기에 시인이 그려낸 인물들을 자유자재로, 또한 엄격하게 구성했다. 그들의 머리 위로는 건물 천장을 뚫고 그날의 선명한 하늘도 뚫고 다른 더 높은 곳으로 이어지려는 듯 유원(悠遠)한 푸른 하늘이 펼쳐지고, 거기에 두루마리를 입에 문 독수리 한 마리와 장식 판을 쳐든 두 천사가 그려졌다. 두루마리에는 "이리하여 나는 그 노래, 독수리처럼 타를 능가하며 높은 곳에 오르는 아름다운 시성(詩聖) 일족의 무리를 보았노라"라는 시구가, 장식 판에는 "그들은 그 명성으로 하여 이처럼 고귀한 존경을 받으리라"라는 시구가 기록되어 있다. 그는 지금 이 순간에도 자신이 그린 그 하늘을 향해 솟아오르는 시인들의 목소리가 들리는 것만 같아 가슴이 뭉클했다. 단지 그들의 시뿐만 아니라, 그 목소리와 함께 이 도서관의 책에 기록된 모든 말들이, 그리고 이 지상에 흘러넘치는 모든 종류의 언어들이 송두리째 하늘을 향해 풀려나와 천상의 아득한 존재의 휘하로 승천하는 모습을 상상하며 몸을 떨었다. 그때 세계는 언어를 빼앗겨 침묵할 터였다. 인간은 서로를, 그리고 스스로를 드러낼 방도를 잃고 자연의 단순함과 진솔함을 되살릴 터였다. 잃는 것은 두 개의 말이다. 외부로 내뱉어지는 말과 내부를 향해 내뱉어지는 말…… 이 가슴속에서 말을 잃게 된다면, 얼마나 큰 정적을 얻을 수 있을까? 얼마나 편안하고 평온한 정적을 얻을 수 있을까? 은밀하게 내뱉어지든 소리 높이 내뱉어지든, 말이란 정신에게는 소란스러울 뿐. 그것은 무한히 정신 그 자체인 것 같으면서도 항상 어딘가에서 정신을 배반한다. 자신의 말이 다른 수많은 인간의 말과 함께 연옥에 이르러 그 불길에 정화되어 아득히 희미해지고, 언젠가는 신의 위광에 빨려들어가 눈 녹듯 조용히 사라진다면…… 그때 이 가슴속에는 단지 천진한 순수만이 남게 될까? 고뇌가 무엇인지도 모르는 그런 천진한 순수함만이?

생각의 여운이 그대로 가늘고 길게 뻗어나가 조금 전 마차 안에서 했던 생각으로 이어졌다. 의식은 다시 큐폴라 표면의 물감

위로 돌아왔다.

'너무 오래 끈 거야……'

그는 정원 쪽으로 차례차례 이어진 큰 창문 중의 가운데 창으로 다가가 밖을 내다보았다.

벌거벗은 겨울 정원은 드문드문 인적이 눈에 띌 뿐, 평소의 시끌벅적하던 모습은 자취를 감추었다. 간간이 보이는 사람들도 한곳에 머물지 않고 산책을 위해 혹은 단순히 길을 건너기 위해 언뜻 지나갈 뿐이다. 그 공허를 채워주려는지 기억은 물이 넘치듯 현실의 풍경 위를 덮고, 그와 동시에 지난 사색의 남은 조각들까지 마음속에 흘러들었다. 그는 언젠가 눈이 내려 쌓인 다음 날 이곳에 서서 바깥을 내다보았었다. 그날 정원에는 아무도 없었다. 그저 곳곳에 어지럽게 찍힌 난폭한 발자국이 무심코 시선을 돌린 그의 주의를 끌었다. 놀다 지쳐 돌아간 아이들이 잔뜩 어질러놓은 분전(奮戰)의 흔적이었다. 하얀색이 벗겨져 땅바닥이 을씨년스럽게 드러나 있었다. 아마 눈싸움이라도 한 게지…… 이제는 놀고 싶어도 눈이 얼어붙어 눈덩이가 제대로 뭉쳐지지 않을 것이다. 그때 바라보았던 연못의 수면에 서린 엷은 얼음의, 잘 닦인 투구와도 같은 은빛 반사가 떠올랐다. 그리고 그것이 하얗게 내쉰 숨에 흐려졌다 다시 맑아지곤 하는 눈앞의 유리창과 겹쳐지며 물 속에 갇힌 듯한 답답한 느낌을 자아냈다.

발을 돌려 다시 저 큐폴라 아래 서야 할까? 내가 그린 그림의 휘황함을 다시 한번 이 눈으로 확인하기 위해? 거기에 소비한 긴 시련의 시간이 어떤 보상으로 돌아왔는지 알아보기 위해?

　기억의 범람은 언뜻언뜻 짓밟힌 눈 경치를 섞어가며 언제 어디서 보았는지 알 수 없는 광경들을 펼쳐나갔다. ……토론에 열중해 카르티에 라탱에서 여기까지 걸어온 듯한 두 대학생의 모습이 보인다. 그중 한 사람을, 발치에 달려드는 강아지에 쫓겨 뛰어온 몇 명의 계집아이들이 툭 밀치고 간다. 청년이 얼굴을 찌푸리며 돌아보자 뒤미처 달려온 유모가 사과를 한다. 의외로 아름다운 여인이다. 두 청년은 서로 마주 보며 의미 있는 웃음을 짓는다. 계집아이들은 유모의 재촉에 억지로 사과를 하고는 별로 미안해하는 기색도 없이 곧바로 다시 내달린다. 강아지가 지지 않으려는 듯 그 뒤를 따른다. 그러자 유모도 황급히 그 뒤를 쫓는다. 두 사람은 이번에는 조금 전과는 다른 의미의 웃음을 서로 주고받는다. 역시 대학생인 듯한 청년이 재봉사로 보이는 여자와 함께 지나가다가 그 두 청년의 모습을 발견하고 갑자기 뒤로 돌아선다. 두 청년과 아는 사이인 걸까? 여자와 함께 있는 장면을 들키고 싶지 않았는지 팔을 붙잡고 뭔가 변명을 하며 급히 정원 출구 쪽으로 걸음을 재촉한다. 저 멀리 연못가로 시선을 돌리면, 직업조차 분명치 않은 행색의 중년 남자들이 긴 나무의자에 앉아 있다. 서로 한마디 대화도 없다. 저마다 책을 읽거나 행인의 움직임을 관찰하며 무료함을 달래다, 이따금 오데옹 극장의 여배우라도 지나가면 약속이라도 한 듯 일제히 얼굴을 쳐든다. 그러고는 겸연쩍어하며 다시 시선을 떨군다. 가족과 함께 나온 이들도 있다. 쉴새없이 조잘대는 아들의 말에 부모가 짐짓 진지하게 귀를 기울인다. 아버지의 차림새가 훌륭하다. 어쩌면 변호사 같은 직업을 가진 사람인지도 모른다. 바로 곁에는 거지 노파가 얼씬거리고 있다. 자신이 설정한 국채 액수를 골백번 계산해보지 않고는 속이 시원하지 않다는 듯한 연금 생활자의 모습도 보인다……

그림자 연극 같은 풍경의 환각. 그것을 바라보는 자신의 시선. 자신은 언제나 그들과 너무도 멀리 떨어져 있었다. 한편으로는 그 거리가 좁혀지기를 열렬히 바라면서도 또 한편으로는 애써 거리를 유지하려 했다.

창작은 예술가에게 세속적인 생활에 대한 경멸을 강요하는 것일까? 세속을 거부할 때, 그 매혹에 굳이 등을 돌리는 이유는 무엇일까?

대작의 제작에 관여할 때마다 그는 항상 이십여 년에 걸친 유랑의 나날중에 『신곡』을 써낸 단테의 위대함을, 또한 홀로 시스티나 성당의 천장을 가득 메운 미켈란젤로의 위대함을 애써 되새겨보곤 했다. 그렇게 스스로를 고무하며 태만을 경계하고 자신을 그들의 높이까지 끌어올리려 노력했다. 위인에 대한 강한 동경이 자신의 인생을 얼마간 살 만한 것으로 바꿔주었는지도 모른다고 그는 생각했다. 그러나 그것이 단념해버린 또 하나의 인생의 대가(代價)로서 참으로 충분한 것이었을까?

미켈란젤로는 훌륭한 회화는 신에게 다가가 마침내 신과 일체가 되는 것이라고 했다. 경건과 불손이 뒤섞인 그 기묘하고도 강력한 말. 그러나 이 시대에 남겨진 것은 단지 불손뿐이다. 신에 대한 찬가는 이미 지나간 날의 먼 메아리에 불과하다. 신앙이 화가에게 힘을 부여해주던 행복한 시절은 이미 아득한 과거가 되었다. 자신 같은 인간이 읽는 책이래야 여전히 디드로나 볼테르다. 그것은 무엇을 의미하는 것일까? 이 시대의 인간은 한 명의 예외도 없이 모두 대혁명이 낳은 영원한 망명자이리라. 우리의 선조들은 최초의 인류가 입에 넣었던 저 지혜의 나무의 과실을 마지막 한 방울까지 모조리 마셔버리려 했던 것이다. 그리고 인간은 이번에야말로 완벽하게 낙원으로부터 추방되었다. 현대란, 말하자면 그런 시대 다음에 찾아온 것이다. 이런 시대에 한 인간이 의연히 창작에 정열을 쏟는다면 그것은 물론 신앙에 의한 것일 리 없다. 그것을 설명하자면 그저 이유도 되지 않는 이유를 둘러댈 수밖에 없는 게 아닐까?

시대에 대한 반발이 인간을 예술로 몰아간다는 것은 이해할 수 있다. 그러나 시대가 마련한 생활과 얼마나 거리를 둘 것인가 하는 문제는 한층 더 복잡하다. 불행히도 인간은 과감한 선택을 통해 인생을 잘라내지 않고서는 아무것도 손에 넣을 수 없는 운명이다. 오른손에 그림을 들고 왼손에는 팔레트를 든 채 또다른 무언가를 집어드는 건 애초부터 불가능한 일이다. 이런 결단은 시대에 대한 혐오만으로는 내릴 수 없다. 또한 결단을 내렸다 해도, 그 뒤에 부단히 찾아오는 세속적인 생활에 대한 미련은 금세 예술가를 농락하고 지치게 할 것이다. 그렇기 때문에 의식적으로 경멸이란 것을 품어야만 한다. 창작 의욕에는 굳이 이유가 필요하지 않다. 그러나 불쑥불쑥 고개를 쳐드는 **어떤 불모성의 예감**을 이를 악물고 견디는 데는 분명 이유가 있을 터이다. 예전에는 위대한 것은 모두 하늘로부터 주어졌다. 그것이 인간의 삶에 의미를 주었다. 그러나 지금은 다르다. 위대한 것은 단지 이 지상에만 존재한다. 그리고 그것을 떠안을 수 있는 것은 오직 인간뿐이다. 그 고독을 견디며 무언가를 성취해낸다는 것, 그것이 그대로 행위의 의미가 된다는 것. 인간의 위대함에 대한 존경이란 이 지상에서 출발해 하늘로 이르는 길임에 틀림없다. 지옥을 순례하는 단테처럼……

'대체 왜 이러는 걸까? 어떤 회의에 빠져든 걸까?'

정원에 가득했던 사람들의 환영이 기억 속에서 앞으로 몇 년에 걸쳐 사라져갈 그 모습을 스스로 보여주려는 듯 스르르 사라지더니 결국은 사방이 원래대로 텅 빈 상태가 되었다. 그리하여 다시 눈 쌓였던 날의 발자국이 떠올랐다. 그 발자국도 점차 윤곽을 잃고 이윽고 모조리 진흙으로 가라앉아 사라질 터였다. 들라크루아는 오늘 아침 승합마차 바닥에서 보았던 자신의 발자국을 생각했다. 마차에서 내릴 때 그것은 이미 다른 승객들의 발자국과 뒤섞여 분간할 수 없게 되어 있었다. 지금까지 완전히 잊고 있던 기억이었는데, 한번 생각이 나니 아무래도 떨쳐지지 않았다. 기억 속의 눈 위에도 결코 있을 리 없는 자신의 발자국

이 뒤섞여 있는 듯한 느낌이 들었다. 자신의 발자국도 그렇게 누구의 것인지도 모를 수많은 발자국들과 함께 사라져갈까? 다른 발자국과 아무 차이도 없이?

그는 호주머니를 뒤적이다 자신이 얼마 전에 담배를 끊었다는 것을 새삼 깨달았다. 그가 찾으려던 것은 회중시계였다.

'내게는 분명히 그들을 경멸할 만한 나만의 길이 있었다. 그리고 애써 그 길을 나 자신에게 부과하려 했다……'

건물 안은 귀에 통증이 느껴질 만큼 고요했다. 그는 돌아서서 다시 한번 큐폴라를 올려다보았다. 그러나 일부러 거기까지 가지는 않았다.

'……쓸데없이 시간만 낭비했구나. 아무도 없는 이런 방 한 구석에서 어리석기 짝이 없는 말의 범람으로 머릿속을 번잡하게 하고 있었다니…… 스스로 위대해지고자 할 때, 인간은 끝내 이런 우스꽝스러움을 면할 수 없는 것일까? 이를테면 저 루벤스 같은 사람은 이런 비참한 사색에 빠진 적이 없었을까? 이것은 역시 근대에 특유한 우울인 것일까……? 모든 위대함이 천상 저 너머로 사라지려 하는 시대에, 나는 그 빈 곳에 오르기를 갈망하고 있다. 만약 위대함으로 더욱 새로운 위대함에 도달할 수 있는 자가 존재한다면, 그것은 단지 신뿐이다. 신이 천상에서 내려다보는 한 인간은 아무리 시간이 흘러도 공연장의 원숭이에 불과하다. 인간이 인간의 행동을 흉내내는 원숭이를 보고 재미있어하듯, 신 또한 분명 그 거대한 창조 행위를 흉내내려고 하는 우리에게 비웃음을 퍼붓고 있으리라. 그러나 인간이 원숭이보다 조금 더 지혜롭고 또 그로 인해 더욱 불행하다면, 그것은 인간이 자신의 우스꽝스러움을 알고 있기 때문이다. 같은 인간들끼리도 그것을 깨닫고 서로 마주 보며 웃는 것이다. 인간은 고통을 견디는 방법을 알고 있다. 슬픔을 견디는 방법도 마찬가지다. 그러나 스스로의 우스꽝스러움을 견딜 방법이라는 게 과연 있을까? 신의 비웃음을 사는 것뿐이라면 그나마 낫지만, 같은 인간에게, 또한 자기 자신에게까지 비웃음을 사는 것을 과연 견딜 수 있을까? ……창조란, 악의가 있건 없건 참으로 교묘한 짓이다. 우리 피조물들이 위대함을 향해 나아가는 길목 곳곳에 신이 이러한 장애를 마련해놓은 것은 기막히게도 이치에 맞는 일이다. 이 장애로 인해 수많은 자들이 좌절하여 신의 옥좌는 끝내 위협받지 않을 테니……'

그는 회중시계로 시간을 확인하고 창가를 벗어나 큐폴라 아래에 섰다.

'가만…… 저게 무슨 주제란 말인가. 변옥을 아래에서 올려다보고 있다니…… 그렇다면 우리는 대체 어디에 있다는 것인가? 탄식의 계곡 저 깊은 구렁텅이인가? ……스물세 살의 나는 예술가로서의 첫 출발을 장식할 기념할 만한 작품을 위해 하필 지옥 순례의 첫 광경을 제재로 선택했었다. 어떤 예감이었다고 하기에는 너무도 그럴싸하지 않은가…… 그러나 그 뒤로 이어진 고난의 화업(畫業)을 생각하면 그것은 분명 예감이라고 할

수 있다. ……나는 아직도 단테의 작은 배를 타고 어두운 지옥
의 강을 건너는 중일까? 혹은 이미 강가에 내려섰다고 할 만큼
은 성과를 거두었을까? 그렇다면 지금은 대체 몇 개의 권곡을
거친 지점일까? 이곳을 빠져나갈 방도는? 역시 단테처럼 일단
은 지옥의 끝, 그 가장 밑바닥까지 내려가야 하는 걸까……?'
　문득 그의 뇌리에 『신곡』 어딘가에 있던 몇 줄의 노래가 떠올
랐다.

　　우리는 적막했다
　　햇빛 비치는 즐겁고 아름다운 대기 속에서도
　　마음속에 분노가 들끓었다
　　지금 검은 진흙탕 안에서도 우리는 왠지 우울하다

　'……우스꽝스러움인가. 정말 그렇다, 견딜 수 없을 만큼……
이런 기분을 맛본 인간이 자신의 사념을 태연히 바꾸어낼 수 있
을까? 인간은 때로 신보다 위대하다, 왜냐하면 인간이 참된 위
대함에 도달할 때, 그는 신으로서는 끝내 알 길 없는 비천하고도
처참한 시련을 수없이 극복하고 난 뒤에야 비로소 그곳에 이르
는 것이기 때문이다, 라고……'
　이번에는 의식적으로 '지옥편' 제4가의 마지막 시구를 떠올
랐다.

정적에서 나와 요동치는 대기 속으로 들어선다.

그리고 나는 광명이 없는 장소로 나섰다.

미술관에 들어가자 이미 마송이 〈키오스 섬의 대학살〉 앞에 우두커니 서서 화가의 도착을 기다리고 있었다. 들라크루아가 다가서자 그는 인사도 대충 하고는 새삼스럽게 이 작품의 장점을 치켜세우며 특히 인물 표현은 푸생, 색채는 컨스터블이라는 둥 하나마나한 소리를 했다. 무슨 소리를 하려고 이러는가 싶어서 잠시 말없이 귀를 기울였다. 이윽고 이 작품의 아름다운 색채가 판화에 의해 사라지는 것은 실로 유감스럽다는 얘기를 하는 대목에서야 무슨 말인지 알아들었다. 그는 여러 가지 사정이 있어 이번 계획을 단념하지 않을 수 없다고 대단히 유감스러운 듯 말했다. 그는 오래 전부터 이 그림을 꼭 자신의 손으로 판화로 만들어 『라르티스트』지에 게재하고 싶다고 말해왔었다.

들라크루아는 오늘은 지금껏 미뤄왔던 대답을 할 생각이었던 터라 그의 말에 그만 맥이 빠졌다. 미안하다며 그가 이야기를 길게 끌려는 것을 적당히 둘러대어 마무리하고 혼자 얼른 미술관을 나섰다.

그는 그 근처에 사는 화가 아돌프 르루의 집에 잠깐 들렀다가 다시 제자인 비몽의 집에 가기로 했다.

도중에 팡테옹에 들러 큐폴라에 그려진 그로의 천장화와 제라르의 팡당티프 등을 관람했다. 그로의 생 주느비에브 그림에는 이전과 마찬가지로 적잖이 실망했다. 의도는 대담하고 필치도 나쁘지 않지만 전체적으로 효과가 떨어져 산만하기만 한 실패작이었다. 제라르의 작품은 전에 천장화만 보았을 뿐 팡당티프는 제대로 본 적이 없었는데, 역시 전혀 감동을 느끼지 못했다. '죽음' '영광' '조국' '정의'라는 네 가지 주제의 그림에 대해 각각 구도와 색채 분석을 시도했지만, 집에 돌아가 그것들을 모두 기억해낼 자신은 없었다.

비몽의 집에 들른 그는 더 잊어버리기 전에 말해두는 게 나을 것 같아 막 보고 온 제라르의 그림을 비평하고, 더 많은 동정을 담아 그로에 대해서도 그 화기(畵技)의 쇠퇴를 지적했다. 끝으로 원래의 방문 목적대로 제자의 작품을 봐주고 몇 마디 충고를 남긴 다음 일찌감치 자리를 떴다. 그리고 집으로 향하던 도중 문득 생각이 나서 식물원에 들렀다 가기로 했다.

요즘 작업을 하느라 실내에만 틀어박혀 있었기 때문에 산책이라도 하고 싶어진 것이었다. 식물원은 마침 걸어가기에 적당한 거리에 있었는데 도중에 길을 잘못 들어 고물상이 잔뜩 늘어선 낯선 거리를 헤매고 말았다. 좁은 골목에 밀집한 가게들은 죄다 허름하기 짝이 없어서 가게 앞에서 들여다보면 안쪽 단칸방에 온 가족이 모여 사는 모양이 훤히 다 보였다.

'부엌이고 침실이고 구분도 없구나. 영락없이 중세시대의 집이로군. 파리에 이런 곳이 있었다니……'

생각해보니 팡테옹의 동쪽 구역인 이 거리에는 이제껏 한 번도 와본 적이 없었다. 벌써 사십 년이 넘게 파리에 살았는데 별로 크지도 않은 이 도시에 아직 한 번도 가본 적이 없는 곳이 있다는 것이 신기하기만 했다. 파리가 좁다 좁다 하면서도 기실 그 속에서 살고 있는 우리는 그야말로 한정된 범위 안에서만 생활하는구나, 하고 새삼 생각했다. 자신처럼 속 편한 신분은 이렇게 슬슬 둘러보며 돌아다닐 수도 있다. 그러나 조제핀이나 그 주변 사람들은 평생 이런 구역은 구경 한 번 못 해볼 것이다. 장소만이 아니다. 이곳에 사는 이들과 그들은 죽을 때까지 한 번도 얼굴을 마주치는 일이 없으리라. 그렇다, 혁명이라도 일어나지 않는 한……

식물원에 도착해서는 정원 안쪽으로 들어가 자연사박물관 쪽으로 걸음을 옮겼다. 이날의 목적지는 이곳이었다. 비몽의 집에서 나온 뒤 그대로 집에 돌아갈 생각도 했었다. 그러나 오늘이 화요일이라는 것이 생각나 박제를 보고 가기로 마음먹은 것이었다. 자연사박물관은 화요일과 금요일에만 문을 열었다.

관내에 들어선 지 얼마 되지 않아 일부러 걸음을 한 보람이 느껴졌다. 입구 정면에 자리잡은 아프리카코끼리 두 마리와 인도코끼리 한 마리, 그 주위에 둘러선 코뿔소와 하마. 안쪽으로 더 들어서면 바다사자와 해마, 고래, 상어, 이름도 모르는 수많은 물고기들, 그리고 게와 새우, 뱀과 도마뱀, 카이만이니 가비알 같은 악어류. 사슴, 가젤, 산양, 양, 오로크스, 소, 얼룩말, 낙타, 라마, 비쿠냐, 호랑이, 표범, 재규어, 사자, 고릴라, 원숭이,

비비. 그리고 가장 안쪽에는 불쑥 솟아오른 것 같은 기린 몇 마리…… 걸음을 옮겨 안으로 들어설수록 그는 말할 수 없는 기쁨을 느꼈다. 코끼리와 코뿔소의 박진감 넘치는 묵직한 질량감과 바위로 착각할 법한 살가죽 등이 전율할 듯한 쾌감을 불러일으켰다. 루벤스의 하마 사냥 그림이 떠오르고, 하마의 약동하는 사지에 출렁이는 미지의 탄력과 축축한 살가죽 밑에서 배어나는 체온 등이 끈적끈적한 감촉과 함께 손바닥에 느껴지는 것 같았다. 얼빠진 표정으로 입을 벌린 채 박제가 된 물고기 앞에서는 저도 모르게 멈춰 서서 웃었다. 그 바로 뒤에 놓인 고래는 동체가 그려내는 우아한 곡선이 너무도 마음에 들었다. 사슴과 산양 등 몇몇 동물의 잘린 뿔과 찢겨나간 귀의 흔적들은 특히 주의 깊게 보았다. 오래되어 누렇게 변색된 악어의 이빨에서는 한층 잔혹함이 느껴졌다. 호랑이와 표범의 팽팽히 당겨진 젊은 근육은 날쌔게 땅을 박차는 경쾌한 발소리를 떠올리게 했다. 그 한 귀퉁이에서 앞발을 쳐들고 벌떡 일어선 비비의 모습은 인간과 너무도 흡사해 불쾌감마저 느껴졌다. ……눈에 보이는 모든 것이 순간순간 새로운 감흥을 불러일으켰다. 단순히 진기한 것에 대한 호기심에서 비롯된 것만은 아니었다. 종의 무한한 다양성과 끊이지 않는 변화가 수적인 팽창에 대한 아득한 느낌과 함께 그를 거대한 창조의 현장으로 내던졌다. 차례차례 눈앞에 펼쳐지는 광경들은 생물이 생성되는 바로 그 순간을 목격하는 듯한, 자신 또한 다른 무엇으로 새롭게 생성되는 듯한 착각을 불

러일으켰다. 아름다움과 추악함, 세련됨과 조잡함의 풍요로운
혼돈. 바다로, 하늘로, 대지로 끝도 없이 새롭게 태어나 생생한
신생의 행복으로 찬가와도 같이 신을 향해 이어지는 생물들의
장려한 풍경. 음악과도 같은 율동으로 꿈틀거리는 완벽한 정적.
영원히 시작만이 계속되는 새로운 시간……

그렇게 일상의 번잡한 기억에서 잠시 벗어나 있었는데, 문득
정신을 차려보니 벌써 몇 시간이 지나 있었다. 시간이 가는 것
을 전혀 느끼지 못했다. 참으로 눈 깜빡할 사이였다. 그러나 모
르는 사이에 자신의 몸을 거쳐간 시간의 침전물이 조금씩 허리
에 쌓여 통증으로 나타나기 시작하자, 언제까지나 이곳에 머물
수 없다는 것을 절감해야 했다. 아쉽기는 했지만 너무 오래 있
었던 것 같기도 했다. 마지막에 본 기린의 부자연스럽게 뻗은
목이 흥을 깨면서 그에게 돌아갈 결심을 하게 해주었다.

그러나 그것 때문에 행복감의 여운이 훼손된 것은 아니었다.
박물관 건물을 나서자 저녁 햇살을 받아 긴 그림자를 떨군 보리
수나무 가로수들이 아까보다 더욱 아름답게 보였다. 별뜻 없이
그 나무 그림자를 밟으며 걸었다. 발을 내디딜 때마다 자신의
그림자가 구두 밑으로 잽싸게 기어들었다. 그것이 아라베스크
처럼 서로 엉킨 크고 작은 나뭇가지의 그림자 위에서 재미있게
움직이며 그의 발걸음을 춤추는 듯한 리듬으로 이끌었다.

그는 집에 돌아와 저녁식사를 하면서 제니에게 오늘 있었던
일들을 이야기했다.

"역시 가끔은 밖으로 돌아다니는 게 좋아. 당신도 함께 갔으면 좋았을 텐데. 오늘은 그 동안 미뤄두었던 볼일을 전부 해치우려고 꽤 부지런히 돌아다녔지. 모두 재미없는 일들이었지만 말야. 마지막에 비몽의 집에 들렀다가 식물원까지 산책을 했는데, 그 동안 한 번도 가본 적이 없던 동네를 지나왔어. 혹시 모르나? 여기서 가까운 곳에 고물상만 죽 늘어선 거리인데."

"아뇨, 몰라요."

"그래? 하긴 그렇겠지. 당신도 파리에 온 뒤로 내내 이 근처에서만 생활했으니. 그곳만이 아니라 이 동네만 해도 아마 모르는 곳이 많을 거야. 바꿔 말하자면 우리가 얼마나 좁은 곳에서 살아가고 있느냐 하는 얘기지. 그런데 오늘 박물관에 갔을 때는 그런 일상적인 장소에서 완전히 해방되어 평소의 구질구질한 일도 다 잊어버리고 한층 더 높은 곳을 향해 날아오르는 듯한 느낌을 받았어. 인간이 창조한 문명 같은 것보다 훨씬 더 거대한 창조를 향해서 말야."

그는 열심히 이야기했다. 제니는 그의 박물관 이야기를 기껏해야 그간의 작업으로 쌓인 스트레스를 풀었다는 정도로만 이해했지만, 신이 나서 이야기하는 그의 얼굴을 보는 것은 그녀에게도 기쁨이었다.

"정말 좋으셨겠어요. 걷는 것도 분명 건강에 좋았을 거예요."

들라크루아는 그녀의 말을 듣고 자신의 의사가 제대로 전달되지 않았다는 것을 깨달았다. 그러나 불쾌하게 여기지도 않고,

“맞아. 그래서 식물원에서 나와서도 카르티에 라탱 근처까지 걸어왔지”라고 그녀가 이해한 정도에 맞추어 이야기를 맺었다.

식사를 마치고 제니가 자기 방으로 물러간 뒤 그는 늘 하던 대로 아틀리에에 가는 대신 벽난로 앞에 앉아 펜을 들었다. 오늘은 한 가지 더 할 일이 있었다. 얼마 전부터 일기를 쓰려고 마음먹었던 것을 아까 귀갓길의 유쾌한 기분 덕에 당장 오늘부터 실천하자는 생각으로 수첩을 사왔던 것이다.

그는 이십대에도 한동안 일기를 쓴 적이 있었다. 나날의 생활 속에서 생각했던 것들을 그때그때 기록해두면 나중에 분명 도움이 될 거라고 생각해서였다. 일기는 공개하지 않는 것이 가장 중요한 원칙이라고 생각했다. 남에게 보일 것이라고 생각하면 아는 척하려는 부분이 나오고 거짓말도 나온다. 결국 진실로 쓰고 싶은 것을 쓰기 힘들다. 그래서 항상 나 자신만을 위해 쓰는 것이라는 의식을 가지고, 기록으로 남기기 주저되는 일까지도 정직하게 썼다. 창작의 고뇌에서부터 나날의 가계, 화가 친구들에 대한 험담, 친구와의 다툼, 그리고 여자 모델을 보고 욕정이 치민 일에 이르기까지 모두 정직하게 썼다. 그러나 이 습관은 겨우 몇 년 동안 지속되었을 뿐이었다. 작품 창작이 너무 바쁜 데다 그쪽에 의욕이 높아지면서 일기 쓰는 시간이 아깝게 느껴졌던 것이다. 글씨를 쓰는 것보다는 소묘 연습을 좀더 하고 싶었다. 그러다 며칠 미루고 못 쓰게 되더니 결국 일기 쓰기를 중단해버렸다.

그 뒤로는 이따금 무언가 생각날 때마다 소묘장이나 수첩에 기록해두곤 했다. 그런 메모들은 운이 좋으면 손 가까운 곳에 남았다. 그러나 대부분은 없어진 것도 모른 채 어디론가 사라져버렸다. 그런 일이 자주 있었던 터라 글을 써두려면 따로 수첩 같은 것을 준비해야겠다고 이전부터 생각은 하고 있었지만 일기를 다시 써야겠다고 구체적으로 생각한 것은 상원 도서관 작업을 마치고 자신의 회화 기법에 대한 견해를 좀더 심화시켜야겠다고 느꼈을 무렵부터였다.

일기 쓰기에 들어가기 전에 들라크루아는 옛날 일기를 꺼내와 정직하게 모두 기록한다는 것이 무엇인지 다시금 생각해보았다. 옛날에 썼던 글을 읽어보니 낯이 뜨거워지는 일도 많이 적혀 있어서, 당시 오로지 자신만을 위해 쓰겠다는 결심에 나름대로 성실했다는 것을 알 수 있었다. 시작한 날을 어머니의 기일에 맞춘 점이 그 성실성을 단적으로 보여주었다. 하지만 첫 페이지에 당시 사랑했던 여자 이야기만 가득 적혀 있는 걸 보니 자신이 이것 때문에 일기를 쓰기 시작한 게 아닌가 싶어 무심결에 쓴웃음이 비어져나왔다. 거짓말이라고 여겨지는 부분이 전혀 없는 건 아니었다. 그래도 이 일기를 남에게 보여주는 데는 큰 저항감이 드는 걸 보면 적어도 속마음을 있는 그대로 쓰려고 노력했다는 점은 인정되었다. 역시 내용은 어느 정도 선별되어 있었다. 감추려고 했기 때문이 아니라 중요하다고 생각되는 것만 쓰려고 했기 때문이었다. 하루의 사건을 모조리다 쓴다는 것은 불가능하다. 그러나 생각해보면 수치심이나 허영심 같은 것 때문에 고의적으로 빼버리는 것과 필요를 느끼지 않아 쓰지 않는 것이 얼마나 차이가 있는 것인지 의심스러웠다. 선택은 피할 수 없다. 그렇다면 쓰고 싶지 않은 것은 누락시켜도 되지 않을까? 아니, 그래서는 의미가 없다. 쓰고 싶다, 쓰고 싶지 않다, 라는 심정적인 문제는 우선 제쳐두고, 최종적으로 기록하느냐 마느냐의 판단은 결국 필요한가 아닌가에 따르는 것이다. 필요한 것이라면 쓰고 싶지 않은 일이라도 반드시 기록하겠다는, 말하자면 당연한 방침이다. 그러나 기록하기 싫은 일은 아예 쓰지 않는 것도, 혹은 거짓으로 쓰는 것도 괜찮을지 모른다. 옛날 일기를 다시 읽어봤을 때도 거짓인 듯한 부분은 금방 알아볼 수 있었다. 그런 부분이 전혀 없다면 도리어 그게 문제다. 전혀 거짓이 없다는 건 분명 불가능한 일일 텐데, 그것이 전혀 눈에 띄지 않는다는 것은 자신의 거짓 기록을 그대로 믿어버린다는 말이다. 그러나 자신이 거짓으로 쓴 것에 자신이 속는다는 것은 불가능하다. 오히려 그렇게 **속이고 싶었**던 것 자체가 일종의 진실인지도 모른다. 애초에 완전한 망각 같은 것이 있을 수 있는가? 다시 읽어보았을 때 언제 어떤 일이었는지 알 수 없는 것은 거의 없었다. 오히려 기록되지 않은 부분까지 생각났다. 과거의 일기를 읽는다는 것은 거기에 적힌 문자를 통해 예전의 자신을 이해한다기보다는 그 글의 안내를 받아 일시적으로 예전의 자신으로 돌아가는 일인지도 모른다.

예전의 내가 된다면 그 모든 것을, 그때 언어로 표현할 수 없었던 것까지 모조리 알 수 있을 것이다. 문자가 기껏 그 매개 역할을 하는 정도라면, 차라리 있었던 사건만 조목조목 적어두는 게 나을지도 모른다. ……그러나 그건 재미가 없다. 게다가 충분하지도 않을 것이다. 조금 쓰다보면 요령이 생길까? 어찌 됐건 나 자신을 위해 유익하고 타인의 감상도 견뎌낼 수 있는 그런 일기를 써낼 수 있을지 모른다.

이런 생각을 하면서 첫 장을 펴 당장 그날 아침 일부터 쓰기 시작했다. 도서관에서 했던 생각들은 생략했다. 그것이야말로 기록하고 싶지 않은 이야기였다. 그러고는 팡테옹에서 감상한 제라르의 그림에 대해 쓰려고 했는데, 예상했던 대로 제대로 생각이 나지 않아 자신의 기억력도 그다지 믿을 만한 것이 못 되는구나 싶어 실소했다. 그러나 자연사박물관에서의 일은 놀랄 만큼 낱낱이 기억났다. 차근차근 동물들의 이름을 적어가는 동안 그 순간에 느꼈던 행복감이 다시 다가와 흥분으로 가슴이 두근거렸다. 관내의 광경이 눈앞에 생생히 떠올랐다. 그러나 그 감동을 표현하려고 끙끙대다보니 자신의 문장의 졸렬함에 환멸이 느껴졌다. 내가 시인이라면 얼마나 좋을까 하는, 아까 읽은 옛 일기 중의 한 구절을 떠올리고 진보라는 것이 그리 쉽게 찾아와주지는 않는다는 사실을 새삼 실감했다. 그래도 다 쓰고 나니 그야말로 하루의 마무리에 걸맞은 충실감이 들었다. 그는 크게 만족하며 벽난로의 불을 끄고는 침실에 들어가 차가운 이불 속으로 기어들었다.

4

　다음날, 들라크루아는 낮에는 자택 아틀리에에서 한동안 손을 놓았던 〈발렌틴의 죽음〉의 배경을 공들여 작업해놓고, 저녁이 되기를 기다려 포부르 생 토노레의 마티뇽 가 10번지에 있는 조제핀 드 포르제 남작 부인의 집에 식사를 하러 나갔다.

　들라크루아는 평소 모르는 이들에게 포르제 남작 부인과의 관계에 대한 질문을 받으면 "그녀는 내 사촌뻘 되는 사람입니다" 하고 대답하곤 했다. 시골에서 짐 보퉁이를 짊어지고 파리로 올라와 사교계에 막 발을 들이민 젊은이들 중에는 이 설명을 곧이곧대로 받아들여 "아, 그러시군요" 하고 고개를 끄덕이는 이도 있었다. 그러나 그건 극히 드문 일이었다. 대부분의 사람들은 이 설명을 이상하게 생각했다. 개중에는 그런 속마음을 노골적으로 드러내며 의심스러운 듯 이마를 찌푸리는 사람도 있었다. 사실 들라크루아와 조제핀의 관계는 사촌간이라고 할 만한 것은 아니었다. 나중에야 두 사람이 애인 사이라는 것을 알게 된 이들은 어째서 그런 걸 감췄을까, 혹은 감추더라도 좀더 그럴싸한 거짓말도 있지 않았을까 하고 다시 한번 또다른 의미로 고개를 갸웃거렸다.

그러나 들라크루아가 포르제 부인을 사촌뻘이라고 하는 데는 나름대로 이유가 있었다. 그것을 설명하기 위해서는 두 사람의 가계를 몇 대나 거슬러올라가야 했다.

조제핀 드 포르제 남작 부인은 그 이름이 보나파르티스트들의 마음속에 어떤 향수를 불러일으키는 것처럼 실제로도 그 인물과 그리 멀지 않은 혈통의 사람이었다. 왜냐하면 그녀의 외할아버지인 프랑수아 드 보아르네 후작이 황후가 되기 전의 조제핀 타세 드 라 파제리와 결혼하여 두 아이를 두고 혁명 때 처형된 알렉상드르 드 보아르네 자작의 형이기 때문이었다. 즉 그녀의 어머니 에밀리는 조제핀 황후의 조카딸이었다. 에밀리 드 보아르네는 성인이 되어 제정시대의 우정대신이던 앙투안 드 라 발레트 백작과 결혼했다. 그 두 사람 사이에 태어난 외동딸이 바로 포르제 남작 부인 조제핀이었다.

한편, 외젠 들라크루아의 양친은 둘 다 들라크루아라는 성을 쓰던 집안의 사람이었다. 들라크루아의 외할머니인 프랑수아즈 마르그리트는 플랑드르 출신의 장식 가구사 반 델 크루즈의 딸로 일곱 형제 중 셋째였다. 이 '델 크루즈'가 프랑스어로 바뀌면서 그의 작품에 이따금 '드 라크루아' 혹은 '들라크루아'라는 서명이 보이게 된 것이었다. 프랑수아즈 마르그리트는 두 번 결혼했는데, 처음에 결혼한 사람은 루이 15세 때 왕실에서 일했던 장식 가구사 장 프랑수아 외벤이었다. 들라크루아라는 성은 이때 사라졌다. 프랑수아즈 마르그리트는 그와의 사이에서 세 아이를 얻었다. 그중 장녀가 빅투아르, 즉 나중에 외젠 들라크루아의 어머니가 되는 사람이었다. 두번째 결혼 상대는 장 프랑수아 외벤의 제자로 후에 루이 16세 양식의 가구를 창시했던 장 앙리 리즈네르였는데, 그와의 사이에서는 앙리 프랑수아 한 아이만을 얻었다. 나중에 신고전파 화가가 되어 청년 시절의 외젠 들라크루아에게 게랭의 아틀리에를 소개한 이가 바로 이 사람이었다. 한편 들라크루아의 할아버지는 상파뉴 지방 아르곤의 벨발 백작의 경리관리인이었던 클로드 들라크루아로, 아내 마르그리트와의 사이에 둔 열두 아이 중 장남이 샤를, 즉 외젠 들라크루아의 아버지였다. 샤를은 로데즈에서 오랫동안 교직에 종사하다가 리모주로 진출하여 당시 리무쟁 지역의 지방장관으로 탁월한 수완을 발휘하던 튀르고의 비서가 되었고, 루이 16세가 즉위하면서 튀르고가 파리로 돌아가게 되자 그를 수행하여 그 휘하에서 해군대신 및 재무총감의 제1비서관으로 활약했다. 튀르고가 실각함에 따라 그도 한때 직위를 잃었지만, 혁명이 발발하자 여기에 참가하여 국민공회가 성립되던 당시에는 스스로 마른 지역의 의원이 되어 루이 16세의 처형에 찬성표를 던졌다. 그 뒤 총재정부 시절에는 외무대신으로 임명되었고, 탈레랑에게 그 자리를 물려준 뒤에는 바타비아 공화국 주재 전권공사, 마르세유 주지사, 보르도 주지사 등을 역임했다. 비서관 시절인 1778년에 빅투아르와 결혼하여 네 아이를 얻었으며, 페르디낭 빅토르 외젠 들라크루아는 큰형 샤를 앙리, 누나 앙리에트, 둘째형 앙리에 이어 막내로 태어났다.

외젠 들라크루아가 포르제 남작 부인과 **사촌뻘**이라고 하는 것은 그녀의 아버지 쪽 가계인 라발레트 가가 원래 아르곤 출신으로, 당시 들라크루아의 아버지 쪽 가문 사람과 사촌이었다는 이야기를 들었기 때문이었다. 들라크루아는 이 이야기가 상당히 마음에 들어 주위 사람들에게 자랑스럽게 말하곤 했다. 그리고 친한 친구들이 "우리처럼 자수성가한 집안의 후예들은 어떻게든 그런 식으로 귀족과의 혈연을 찾고 싶어하게 마련이지" 하고 놀리기라도 하면 크게 분개하여 그때마다 그 애매한 가계를 증명하려 고심하는 것이었다.

조제핀 드 라발레트는 열다섯 살이라는 어린 나이에 토니 드 포르제 남작과 결혼하여 외젠과 에밀리앙 두 아이를 낳았지만, 나중에 별거에 들어가 작가 퀴빌리에 플뢰리의 애인이 되어 그와의 사이에서 오르탕스를 얻었다. 1831년부터 수아송 지역의 군수를 지내고 그 다음해인 1832년부터 로드 지역 지사로 근무했던 포르제 남작은 그 사 년 뒤에 익사 직전의 자신의 아들을 구하려고 알리에 강에 뛰어들었다가 목숨을 잃었다. 아이는 살아났다. 외젠 들라크루아가 퀴빌리에 플뢰리의 소개로 포르제 남작 부인을 처음 만난 것이 그 수년 전의 일이었다.

들라크루아는 그녀보다 네 살이 많았다. 처음 상대에게 매료된 것은 들라크루아 쪽이었다. 그리고 한동안 지극히 조심스러운 편지를 주고받은 끝에 마침내 그녀의 마음도 움직여 새로운 애인의 지위를 얻어내기에 이르렀다.

포르제 남작 부인은 그 당시 경제적으로 그다지 부유한 편이 아니었음에도 불구하고 여전히 제정귀족의 유력자들이 많이 모이는 사교계의 여왕이었다. 그 미모와 가문의 확실성에 더하여 그녀에게는 거기에 어울리는 천성적인 재기를 증명하는 한 가지 전설이 있었다. 그녀가 열세 살 때, 충실한 보나파르티스트였던 아버지 앙투안 드 라발레트 백작이 나폴레옹의 백일천하 시절의 협력자로 사형을 선고받게 되었다. 거듭되는 은사(恩赦)의 탄원도 받아들여지지 않아 결국 형 집행이 며칠 남지 않았던 어느 날 저녁, 그녀는 아버지와의 마지막 작별을 위해 수도원 기숙학교에서 외출 허가를 얻어 마음 약한 어머니 에밀리의 손을 잡고 구치소에 면회를 갔다. 그리고 그 안에서 두 시간여를 보낸 끝에 어머니의 옷을 입은 아버지 라발레트 백작의 손을 잡고, 올 때와 마찬가지로 당당히 간수 앞을 지나 탈출에 성공했다. 어머니 에밀리는 따로 도망쳐나왔다. 라발레트 백작은 준비해둔 마차에 올라타고 달렸다. 탈주를 깨달은 자들이 일각을 다투어 그 뒤를 쫓아 마차를 잡았지만, 그 안에는 조제편과 하인이 타고 있을 뿐이었다. 그 뒤 라발레트 백작은 무사히 외젠 왕자의 휘하로 망명했다. 어머니는 잡혀들어가 오래도록 구치소에서 심문을 받았고, 석방된 뒤에는 똑같이 심문을 받고 이 사건으로 인해 작은 포부르 생 제르맹이라고 불리던 기숙학교에서 심한 냉대를 받고 있던 딸을 집으로 거두어들였다. 나중에야

이 사건의 공훈자가 누구인지 알게 된 보나파르티스트들은 쾌재를 부르며 어머니 에밀리의 현처다운 행동을 칭송했다. 라발레트 백작은 육 년의 망명생활 끝에 사면되어 고국으로 돌아왔다. 조제핀이 포르제 남작 같은 시시한 사내와 결혼한 것은 그와 부르봉 가 사이의 적지 않은 인연과 막대한 재산이 라발레트 가의 사회적, 경제적인 곤란을 해결해줄 것이라는 어머니 에밀리의 회유 때문이었는데, 실제로 아버지의 귀향에는 포르제 가문의 지위가 대단히 유리하게 작용했다.

이리하여 조제핀은 갑작스럽게 그 명성이 높아진 어머니 에밀리와 함께 소녀 시절부터 '그 유명한' 이라든가 '그 극적인 탈주를 도운' 같은 말이 이름에 덧붙어 여기저기서 칭찬을 받는 특이한 존재가 되었고, 그 전설이 지금껏 살롱에 모이는 명사들에게 동경과도 같은 감정을 불러일으키는 것이었다.

들라크루아도 그녀의 애인이 되기 전부터 당연히 이 모녀에 대한 소문을 수없이 들었고, 언젠가 그 유명한 라발레트 백작 부인이 가까운 친척집을 방문한다는 얘기를 듣고는 실물을 한번 보려고 부리나케 아틀리에를 뛰쳐나가 내다봤을 정도였다. 그리고 조제핀과 친밀한 사이가 된 후에 그녀의 입을 통해 직접 그 이야기를 들었을 때, 그녀가 아무렇지도 않게 "나도 기숙학교 시절에는 고생을 많이 했지요"라고 말하는 것을 듣고는 평소의 애정에 더하여 나폴레옹 군대의 영웅적 무용담을 접한 듯한 맹목적인 존경심을 느끼기도 했다.

그들 두 사람의 관계는 벌써 십오 년이 넘는 긴 세월 동안 이어져오고 있었다. 애정을 품기 시작한 당초에는 각자의 가슴에 싹튼 하나하나의 감정이 모두 화려하고, 과장되고, 꽃잎 가장자리와도 같이 윤곽이 분명해서 고통과도 같은 기쁨으로 가득하고, 밝은 햇빛을 바라본 뒤의 붉은 잔상처럼, 헤어지고 나서 마음이 진정된 뒤에도 그 여운이 생활 속에 길게 이어지곤 했다. 하지만 그것이 점점 빛이 바래고 복잡한 색채의 뒤편으로 침몰하면서, 이제는 애정이 희박해진 것이라고 해야 할지 아니면 좀 더 성실한 애정으로 심화된 것이라고 해야 할지 두 사람 모두 알 수 없게 되었다.

들라크루아는 그날도 당연하다는 듯이 그녀의 집에서 저녁식사를 마치고 그녀의 아이들과 건강이 좋지 않은 어머니가 각자의 방으로 돌아간 뒤에 거실에서 그녀와 잠시 그저 그런 이야기를 나누었다.

식사를 하는 동안 그는 어제의 자연사박물관 이야기로 라발레트 백작 부인을 즐겁게 해주었다. 이 불운한 부인의 고생담은 조제핀에게도 또한 본인에게도, 그리고 남의 이야기 하기를 좋아하는 다른 사람들에게도 기회가 있을 때마다 들어왔던 터라, 그는 그녀를 만나면 저도 모르게 뭔가 유쾌한 이야기로 그녀를 기쁘게 해주어야 할 것 같은 심정이 되곤 했다. 그것이 그가 라발레트 백작 부인의 마음에 든 까닭이기도 했다. 젊은 사람들이 좋아할 충격적인 화제는 되도록 피했고, 때로 젊음을 시샘하여 그녀 스스로 그런 이야기를 듣고 싶어할 때는 자진하여 품위를 낮추면서 너무 뜨거운 수프를 식혀서 내주듯이 부드럽게 풀어서 들려주었다. 그러면 그녀는 자신이 그런 이야기를 청했다는 것도 까맣게 잊고 "저런!" 하고 눈을 둥그렇게 뜨며 놀라곤 했다. 그리고 나중에 딸에게만 살그머니 "들라크루아 씨처럼 훌륭한 신사분이 어쩌면 남의 이야기를 그렇게 잘 하시니?" 하고 웃으며 이야기하기도 했다. 물론 그도 그런 사실을 조제핀에게 들어 알고 있었다. 그리고 그 말을 하며 미소짓는 라발레트 부인의 얼굴을 상상해보고는, 만족감에 저도 모르게 입가에 미소를 머금는 것이었다.

그러나 식물원 이야기는 라발레트 부인이 좋아할 그런 충격적인 화제라기보다는, 평소대로 그녀의 웃음을 자연스럽게 이끌어낼 화제였다. 그는 제니와의 대화 때처럼 자신의 느낌이 결국 제대로 전달되지 못할 것이라고 아예 단념하고서, 제니가 이해했던 대로 내용을 바꾸어서 들려주었다. 어떤 부끄러움 때문에 말을 생략한 면도 없지 않았다. 그러나 막상 이야기를 풀다 보니 나이 지긋한 성인이 일에서 받은 스트레스를 푼답시고 철없는 아이처럼 박물관에서 신나게 놀다 왔다는 식이 되어서 조금 후회스러웠다. 이럴 줄 알았으면 두 사람이 당황하더라도 그때의 느낌을 길게 늘어놓는 편이 더 나았겠다 싶었다.

'하지만 음식 맛도 모를 만큼 열심히 이야기해본들 과연 무슨 의미가 있단 말인가?'

그런 생각을 하는 사이에 대화는 그저 무난하게, "당신은 매일 작업만 하니까 이따금 그렇게 바람을 쐬는 것도 꼭 필요해요"라는 결론에 이르렀다. 그는 "예, 맞아요"라고 대답하고 이야기가 의도했던 대로 흘러가는 데 안도하면서도 이런 자잘한 일에 쓸데없이 신경을 쓰는 자신이 한심하다는 생각이 들었다.

포르제 부인에게는 일기 이야기를 했다. 이 이야기는 나중에 천천히 그녀와 둘이서만 하려고 식사중에는 말하지 않았었다.

"일기를?"

그녀는 벽난로에서 눈을 떼고 흥미 깊게 그를 돌아보았다. 불을 오래 쬔 탓인지 양 볼이 식탁보 위에 떨궈진 포도주의 흔적처럼 복숭앗빛으로 물들어 있었다. 그 모습이 앵그르 같은 화가가 좋아할 법한 그리스 풍의 단정한 콧날과 사랑스러운 부조화를 이루어 마주 앉은 그를 저절로 미소짓게 했다.

"네, 새 수첩도 샀어요."

"그래요? 그런데 어째서 일기 같은 걸 쓰기 시작한 거죠?"

"이번이 처음은 아니고, 전에도 한동안 썼어요, 스무 살 무렵에. 어머니의 9주기 기념일에 맞춰서 쓰기 시작했죠."

"어머님은 몇살 때 돌아가셨던가요?"

"쉰여섯이었죠."

"어머, 좀더 젊으신 때인 줄 알았는데. 그때 당신은 몇살이었어요?"

"나는 겨우 열여섯 살이었어요. 큰형과 열아홉 살이나 차이가 나니까요."

"그랬군요…… 형님 일은 정말 유감이에요."

"예, 그래도 예순여섯이었으니 어머니보다 오래 사셨어요. 전쟁터로만 돌아다니면서 부상도 많았고 포로로 잡혀간 적도 있었는데 어머니보다 십 년이나 더 사셨으니 생각해보면 신기한 일이지요."

큰형인 샤를 앙리 들라크루아는 꼭 일 년쯤 전인 1845년 12월 30일에 보르도에서 사망했다. 위독하다는 소식을 듣고 급히 달려갔지만 결국 임종을 지키지 못한 들라크루아는 살아남은 유일한 가족으로서 해를 넘겨 그곳에 머물며 장례와 재산 처리 등의 법적 절차를 마치고 돌아왔다. 샤를 앙리 들라크루아는 장군까지 승진했던 제국군대의 저명한 군인으로, 오래도록 외젠 드 보아르네 왕자의 부관으로 종사했기 때문에 그 혈족인 포르제 남작 부인도 이야기로나마 자주 듣던 사람이었다.

"나도 최소한 형 나이까지 살 수 있으면 좋을 텐데, 항상 이렇게 앓고 있으니……"

그는 농담처럼 웃어 보였다. 포르제 부인은 이런 때 그가 평소와 달리 저도 모르게 본심을 내비치곤 한다는 것을 알고 있었기 때문에 역시 농담처럼 웃으며 대답했다.

"그런 걱정 말아요. 당신 같은 분이 오히려 오래 사는 법이에요."

들라크루아는 위로하려는 말인 줄 알면서도 한순간 그녀가 자신의 이야기를 농담으로 받아들이지 않은 것 같아 불안했다. 그러나 굳이 그녀에게 확인해보지는 않았다. 조제핀은 그런 그의 기분을 재빨리 감지했지만, 그의 불안은 미처 알아차리지 못한 채 그저 정말 본심이었구나 하는 생각에,

"그런데 당신 같은 변덕쟁이가 일기 같은 걸 계속 쓸 수 있을지 모르겠네. 예전에는 얼마나 계속하셨어요?"라고 일부러 일기 이야기로 돌아갔다. 들라크루아는 씁쓸히 웃으며,

"삼 년이었어요."

"겨우 삼 년?"

"그래도 모로코 여행중에도 계속 썼어요."

"그래봤자 사 년이 채 못 되잖아요? 이번에는 얼마나 계속할까? 내기라도 해볼까요?"

"좋아요, 내기하죠. 그런데 분명 당신이 질 텐데 어쩌죠? 이번에는 반드시 계속 쓸 겁니다. 어젯밤에는 첫날이라서 제법 많이 썼어요. 아까 식사 때 말했던 제라르의 그림 얘기, 자연사박물관 얘기 같은 거였죠. 오늘은 여기서 이러고 있으니 그리 길게는 못 쓰겠지만."

"흠, 그래요? 그래도 내가 그 어느 때보다 매력적이었다고 한 줄 정도는 써주겠지요?"

두 사람은 함께 웃었다. 그러나 그녀는 오늘의 이 대화가 어떤 식으로 기록될지 상상해보다가 지금 막 입에 담은 자신의 말이 조금 염려스러웠다. 그래서 저도 모르게,

"그 일기는 다른 사람에게 보여주실 건가요?"라고 물어보았다.

그는 전혀 반대의 의미에서 그녀를 안심시키기 위해,

"물론 아무에게도 보여주지 않아요. 나만을 위해 쓰는 거죠"라고 대답했는데,

"그렇다면 내 험담도 마음껏 쓰겠네"라는 말이 돌아오는 바람에 당황해,

"험담이라! 아, 그렇지, 내가 그런 얘기를 쓸 리 없다는 걸 잘 알면서 당신이 심술궂게 나를 놀렸다고 빼곡히 써둬야겠군요"하고 말했다.

그녀는 웃으면서 대답했다.

"그 정도는 용서해드릴게요."

그 뒤 들라크루아는 이곳에 오기 전에 화가 친구 쥘 로베르오귀스트를 만났다는 이야기를 하고, 그에게서 빌린 조르주 뒤발의 『공포시대의 회상』이라는 책을 소개했다. 두 사람 모두 아직 읽지 않은 책이어서, 그저 제목에 이끌려 어렸을 때의 체험담 비슷한 이야기를 생각나는 대로 주고받았다.

밤이 이슥해져 자리에서 일어서자 라발레트 부인이 일부러 계단 아래까지 배웅을 나와 날씨도 추우니 자기 집 마차를 이용하라며 마부에게 지시를 내렸다. 인사를 하고 마차에 오른 들라크루아는 숄을 두른 채 서서 출발하기를 기다리고 있는 노부인에게 "감기라도 걸리시면 큰일이니 어서 안으로 들어가세요"라고 걱정스런 인사를 건넸다.

마차가 출발하기 직전, 로시니가 직접 감독한 니더마이어의 파스티초 작품 〈로베르 브뤼스〉를 조제핀과 들으러 가기로 했던 약속이 퍼뜩 생각났다. 그것을 다시 확인하려고 "내일 모레 오페라 극장은……"이라고 말을 꺼내는 찰나에 마부가 채찍을 내리쳐 마차가 출발하고 말았다. 창문으로 얼굴을 내밀어 뒤를 돌아보니 그녀가 기억하고 있다는 신호로 몇 번이나 고개를 끄덕이고 있었다. 어둠 속에 하얀 물감으로 슬쩍 두 줄을 그어놓은 듯한 두 사람의 모습이 희미하게 떠 있었다.

'정확한 시간은 다시 편지를 통해 알려주겠지.' 그렇게 안심하고 창을 닫았다.

집에 도착하자 제니가 조금 언짢은 표정으로 퐁사르가 찾아와 연극 대본을 놓고 갔다고 전했다. 탁자 위에 〈아네스 드 메라니〉의 대본이 놓여 있었다. 외투를 벗고 두세 장 넘겨보다 연말에 쇼팽을 위해 오데옹 극장에 좌석을 예약해두었던 것이 기억났다. 이즈음 통 만난 적이 없었다는 생각이 들자 갑자기 보고 싶어져 가까운 시일 내에 그의 집을 찾기로 마음먹었다.

며칠 뒤, 들라크루아는 무거운 마음을 억누르며 퐁사르에게 대본에 대한 인사를 써서 그 무거운 기분을 들키지 않도록 곧바로 제니에게 들려 보냈다. 연극이 성공하지 못했다는 소문은 이전부터 들어왔지만, 막상 읽어보니 정말 그럴 만한 작품이었는지라 감상을 어떻게 써야 할지 고민하며 한참이나 펜을 들지 못했다. 의고전주의 비극 〈뤼크레스〉의 초연 때부터 그는 세속적인 성공과 위고나 뒤마 같은 낭만주의 작가들의 혹평 사이에서 일희일비하는 이 작가를 몇 차례나 격려해주었다. 이번에는 세평까지 그리 좋지 않은 것 같아 더욱 딱했다. 이리저리 고민한 끝에 결국 구체적인 감상은 쓰지도 못하고, 그래도 최대한 찬사를 늘어놓으며 평론가의 험담에 귀를 기울일 필요는 없다고 동정 어린 위로의 말을 써넣었다.

편지를 쓴 다음날에는 아돌프 티에르의 집에서 열린 만찬에 참석했다.

들라크루아가 티에르를 만난 것은 이십오 년 전의 일이었다. 1822년에 그의 첫 관전 출품작인 〈단테의 조각배〉가 참담한 악평을 받았을 때, 단 한 사람 결연히 절찬의 기사를 써준 이가 당시 아직 『프랑스 혁명사』도 발표하지 않았던 스물다섯 살의 아돌프 티에르였다. 들라크루아는 『콩스티튀시오넬』에 게재된 이 젊은 저널리스트의 기사를 너무 요란한 칭찬이라고 생각하면서도 고맙게 읽었다. 〈단테의 조각배〉에 대해서는 그로나 제라르처럼 이미 화단에 명성이 높은 몇몇 화가와 게랭 아틀리에의 선배였던 제리코 등이 그 가치를 인정하고 격려해주었다. 그러나 그들조차 공적인 장소에서는 대부분 조소만을 던졌기 때문에 티에르의 격찬은 더욱 고맙게 느껴졌다. 그 이후로 두 사람은 오래도록 친밀한 관계를 유지했다. 티에르는 정치가가 된 뒤에도 일관되게 그의 그림을 칭찬했고, 부르봉 궁의 '왕의 방' 장식이며 상원 도서관 장식 등 큼직한 정부 관련 일거리를 적극적으로 그에게 몰아주었다. 이런 배려는 경제적으로도 또한 화가로서의 경력 면에서도 그에게 큰 도움이 되었다. 그는 그러한 후의에 깊은 감사의 마음을 품고 있었다. 그러나 스스럼없는 우정을 키워나갈 마음은 끝내 생기지 않았다. 티에르가 보여준 후의는 고마웠지만, 그의 인품에 대해서는 별로 신용할 수 없다는 것이 본심이었다. 야심이 강한 것은 괜찮았다. 그것은 자신도 마찬가지였고, 그런 점은 오히려 미덥기까지 했다. 자신은 사별에 의해, 티에르는 버림을 받아서 둘 다 어린 나이에 아버지를 잃었기 때문에 성공에 대한 열정에 대해서는 오히려 크게 공감이 갔다. 그러나 그런 고생 탓인지 어딘가 뒤로 다른 속셈이 있는 듯한 교활한 분위기가 느껴져 아무래도 편안하게 마음을 열수가 없었다. 이따금 그의 우정을 솔직히 믿어보자고, 그런 큰 도움을 받으면서 딴 생각을 품는 자신이야말로 교활하다고 생각하기도 했다. 또 때로는 마음에 들건 안 들건, 자신처럼 화단에서 미움을 받는 화가가 그나마 생계를 이어가려면 그와의 관계는 반드시 원활하게 유지해야 한다고 현실적인 계산을 해보기도 했다. 그래도 들라크루아는 화단에 막 등장해 좌우도 분간하지 못하던 당시의 자신이 그의 열렬한 찬사를 고맙게 여기고 순수하게 감사했었다는 사실만은 지금까지도 아무 의심 없이 굳게 믿고 있었고, 또한 티에르도 그 기사를 썼던 젊은 날의 순수함만은 지금도 간직하고 있을 거라고 생각했기 때문에, 두 사람의 관계가 단순히 타산적인 것이 아니라 분명히 우정이라는 이름에 값할 만한 것이라고 스스로 납득할 수 있었다.

현관에서 안내를 받아 살롱에 들어서다가 들라크루아는 마침 비슷한 시간에 도착한 샤를 드 레뮈자 백작과 마주쳤다. 집 앞에 세워져 있던 기품 있는 마차가 그의 것인 모양이었다. 티에르가 누군가와 대화를 나누느라 그의 도착을 알아차리지 못하는 사이에 들라크루아는 멋쩍게 서 있는 백작에게 다가가 인사를 건넸다. 예전에 이곳에서 몇 번 마주친 적이 있어 레뮈자 백작도 "안녕하십니까?" 하고 웃으며 인사를 받았다. 그러고는 두 사람 모두 말이 막혀 별다른 이야기 없이 헤어졌다. 들라크루아는 티에르의 집에서 만나는 따분한 정치가들 중에서도 그만은 항상 매력적이라고 생각했다. 티에르와 같은 1797년생으로, 유난히 화려하지는 않지만 취미가 세련되고 교양이 풍부한 것은 두말할 것도 없고, 특히 왕궁에서 자란 사람이라 그런지 이곳에 모이는 다른 이들에게서는 찾아보기 힘든 지극히 자연스러운 품성을 갖추고 있는 점이 마음에 들었다. 언제 한번 여유 있게 이야기를 나누었으면 좋겠다고 전부터 생각하고 있었다. 그러나 백작에게는 아무래도 쉽게 말을 붙이기 어려운 분위기가 있었다. 그런 점이 바로 티에르나 자신 같은 사람과는 다른 고귀한 성장환경을 말해주는 것이 아닐까 하고 생각해보기도 했지만, 아무튼 몇 차례나 만났는데도 제대로 된 대화라고는 거의 나눠본 적이 없었고, 그 탓에 더욱 친근하게 말을 붙이기가 힘들었다.

들라크루아는 방금 나눈 귀중한 인사말을 되새겨보며 오늘은 이 인사로 끝이겠다고 생각했다. 그러고는 자신의 그런 명석한 예언에 웃음이 터질 뻔했다. 그때 건너편에서 백작을 소개하던 이의 입에서 요란스럽게 '불멸의'라는 단어가 튀어나오는 것이 들렸다. 레뮈자 백작은 작년에 티에르보다 십삼 년이나 늦게 아카데미 프랑세즈의 회원으로 선출된 바 있었다. 자신은 대체 어느 세월에 그런 존경과 선망의 시선을 받을지, 생각해보니 한심해서 문득 우울해졌다. 그는 마흔 살까지 아카데미 회화 부문에 세 번이나 입후보해 세 번 모두 낙선한 우울한 경험이 있어 그 뒤로는 입후보도 포기해버린 상태였다.

테이블에 앉기 전까지 이름도 기억나지 않는 몇몇 정치가들에게 인사를 하고 있으려니, "어머, 들라크루아 씨, 정말 오랜만이에요" 하고 부르는 소리가 들려 뒤를 돌아보았다. 인사를 건네온 사람은 베스트팔렌 왕 제롬의 딸이었다. 그토록 못마땅해하며 결혼했던 러시아의 아나톨 데미도프 백작과 결국 재작년에 이혼하더니 당장 얼굴빛이 환해졌다는 농담 섞인 소문이 떠도는 마틸드 황녀였다.

"오늘은 티에르 씨에게 당신이 오신다는 말씀을 듣고 무척 고대하고 있었답니다."

"뵙게 되어 영광입니다. 저는 참석하신다는 소식을 미처 듣지 못했습니다. 그저께도 그와 식사를 함께 했는데, 그런 얘기는 해주지 않더군요. 오늘 오시는 줄 알았다면 좀더 정성껏 수염을 손질하고 왔을 텐데요."

"저런."

"비에야르 씨 댁에서 뵌 후로 처음이지요?"

"아, 그런가요?"

이런 인물까지 초대한 점이 티에르의 빈틈없는 면모라고 그는 생각했다.

'수상 시절에 나폴레옹의 유해를 영국에서 되찾아온 후로 티에르를 경계하던 보나파르티스트들의 평판도 퍽 좋아졌다는 얘기는 나도 들었지. ……바로 일당의 일부가 단순히 티에르가 약속해준 **장래의 지위** 때문이 아니라 충성에 별다른 보답을 해주지 못하는 자기들의 우두머리와 비교하며 심정적으로도 그에게 친근감을 느끼는 것은 바로 이런 점 때문이 아닐까? 정말 만만치 않은 사람이야……'

들라크루아는 티에르와 잠시 대화를 나눈 뒤에 식탁에 앉았다. 그런데 그 자리가 티에르와도 레뮈자 백작과도 마틸드 황녀와도 뚝 떨어진 곳이어서, 집을 나설 때부터 미리 각오했던 따분함이 고스란히 현실이 되어 자신을 뒤덮는 것을 힘겹게 견뎌내야 했다. 처음에는 아담 미츠키에비치의 최근 동향이 화제에 올랐다. 점점 더 광신적으로 흘러가는 꼴이 아무래도 제정신이 아니라며, 이 년 전에 정부로부터 중지 명령이 내려진 콜레주 드 프랑스의 '슬라브 역사 및 비교문학 강의' 개설에 관여했던 티에르의 견해를 묻는 등 그나마 제법 재미있는 이야기였는데,

중간쯤부터 레뮈자 백작의 의회개혁안으로 화제가 옮겨가더니 뒤를 이어 선거법 개정에 관한 복잡한 토론이 시작되는 바람에 그는 완전히 흥미를 잃고 말았다. 식사는 지극히 고급스러웠지만 모두 이야기에 정신이 팔려 음식 따위에 신경을 쓸 계제가 아니었다. 그렇게 거의 손도 대지 않은 채 식어버린 음식 접시를 급사들이 차례차례 가져가버리자 그는 서둘러 음식을 먹어야 할 것 같은 분위기에 쫓겨 마음이 편치 않았다. 별수 없이 내내 와인만 마셨다. 그것도 사치스러운 디자인의 길쭉한 잔이 손에 익지 않아 한심하게도 두어 번이나 술을 흘려 식탁보를 더럽히고 말았다. 옆자리에 앉은 남자가 그때마다 그 모습을 딱하다는 듯이 바라보았다. 황급히 달려와 아무렇지도 않은 척 잔을 바꿔주는 급사들도 방을 나서자마자 서로 얼굴을 마주하고 비웃을 것만 같았다. 그것이 너무도 굴욕적으로 느껴져 결국에는 술잔 그 자체에 화가 치솟았다.

그런 마음을 눈치챘는지 맞은편에 앉은 이가 몇 차례 토론에 참가하기를 권하며, "그 점에 대한 당신의 견해를 들려주시겠습니까?" 하고 말을 붙였다. 약간 취하기는 했지만 그것이 친절한 배려에서 건넨 질문이라는 것 정도는 그도 알고 있었다. 그 마음에 보답하기 위해서라도 뭔가 대답을 하고 싶었다. 그러나 정치에 대한 자신의 의견이래야 어차피 어설픈 것이라는 점은 누구보다 자신이 가장 잘 알고 있었다. 그 분야야말로 자신 속에서도 무지가 가장 완벽한 승리를 거두고 있는 장소였다. 게다가 맞장구만 쳤을 뿐 토론 내용은 전혀 듣지도 않았다. 머릿속에서는 아까부터 줄곧 치마로사의 〈비밀결혼〉 서곡이 의미도 없이 반복적으로 흐르고 있었다. 상대도 어차피 진지하게 물어본 것은 아니었다. 그래서 중언부언 어중간한 대답을 했더니, 짐작대로 그는 어른이 아이의 의견을 들어주는 듯한 관대한 표정으로 "그렇군요"라고 반론도 없이 그저 고개를 끄덕이며 들어주었다. 이런 어색하기 짝이 없는 대화에 상대방도 뭔가 껄끄러움을 느꼈는지 이번에는 말머리를 바꾸어 자신의 범재(凡才)를 크게 강조하면서, "저처럼 재주 없는 사람은 도무지 상상도 가지 않습니다만, 당신이 그리는 그림의 주제는 대체 어디서 나오는 것인가요? 역시 찰나에 번쩍 떠오르는 겁니까?"라고 물어왔다.

그는 어떻게 대답해야 할지 알 수 없는 이런 질문을 자주 받았다. 들라크루아는 늘 그렇듯 그저 애매하게 동의해주고는, 이럴 거라면 차라리 혼자 가만히 있는 편이 훨씬 나았겠다는 생각을 했다. 그래도 상대의 친절은 고마웠기 때문에 너무 쌀쌀한 대꾸가 되지 않도록 그럭저럭 이야기를 맞춰주고 있으려니, 상대는 점점 분위기를 타고 아까의 논의를 끌어와서는, "그러니까 당신에게 앵그르라는 존재는 우리에게 기조의 존재와 같은 것이겠군요. **주권은 이성에 있다**, 그런 얘기겠네요"라고 억지로 꿰어맞춘 농담을 했다.

그는 별수 없이 미소를 지으며 "예" 하고 고개를 끄덕였다.

'저 사람이나 나나 똑같아. 둘 다 아무 잘못도 없지……'

그렇게 오로지 어서 빨리 집에 돌아갈 생각만 하고 있었다.

티에르가 소파에서 끄덕끄덕 졸기 시작한 것을 기회로 재빨리 일어나 집에 돌아온 그는 그 일을 제니에게 낱낱이 하소연했다. 제니는 그의 말에 일일이 분개하면서 맞장구를 쳤다.

"선생님의 귀한 시간을 그런 사람들 때문에 허비하다니, 정말 속상해요."

그녀는 진심으로 그렇게 생각했다. 그 자리에 힘겹게 앉아 있었을 들라크루아의 모습을 상상하니 도저히 참을 수가 없어 자신이 유일하게 알고 있는 티에르의 험담을 실컷 늘어놓았다. 들라크루아는 그런 험담이 모두 맞는 말이라고는 생각하지 않았고 또 그녀가 지나치게 심하게 나오는 바람에 티에르가 가엾기도 했지만, 그녀의 소박한 선의에는 큰 위로를 받았다. 한바탕 이야기를 하고 나니 불쾌감도 많이 누그러들었다. 집에 돌아와 속마음을 털어놓지도 못하고 그대로 잠자리에 들었다면 얼마나 무서운 꿈에 시달렸을지 생각하면 오싹 소름이 끼쳤다. 새삼 그녀에게 깊이 감사하며 아직도 덜 풀린 부분은 일기에 적은 다음, 그제야 겨우 만족하여 잠자리에 들었다.

5

다음날은 종일 〈말을 탄 터키인〉과 〈발렌틴의 죽음〉의 제작에 몰두하다 저녁에 친구인 라베의 집에 잠깐 들른 뒤에 오랜 친구인 프레데리크 르블롱의 집을 방문했다.

브레다 가 5번지 르블롱의 집 살롱에는 벌써 몇몇 손님들이 모여 있었다. 그 담소의 중심에 있는 이는 이 살롱의 단골손님인 음악가 마누엘 가르시아였다.

가르시아는 위대한 테너 가수였던 동명(同名)의 부친이 두번째 결혼에서 얻은 첫 아이로, 들라크루아보다 일곱 살 연하였다. 바리톤 가수였던 그는 젊은 시절에는 무대에 섰지만 부친과는 달리 사람들 앞에서 노래하는 것을 그리 좋아하지 않아서 1829년에 파리에 돌아온 뒤로는 전업 성악 교사로 활약하고 있었다. 칠 년 전에 『가창예술개론』이라는 성악 교본을 저술하여 좋은 평판을 얻었고 그 뒤 콩세르바투아르*의 성악 교수가 되었지만, 일반인들에게는 똑같이 가수인 두 여동생이 훨씬 더 유명했다. 세 살 연하인 첫째 여동생은 스물여덟 살이라는 젊은 나이에 낙마 사고로 요절한 마리아 말리브란, 열여섯 살 연하인 둘째 여동생은 칠 년 전에 저명한 비평가이자 이탈리아 극장의 지배인인 루이 비아르도와 결혼한 폴린 비아르도였다.

지난밤과는 달리 그날의 식사는 환담과 함께 즐겁게 끝났는데, 도중에 가르시아와 둘이서 연극에 대한 토론을 시작한 들라크루아는 어제의 울분도 씻을 겸 많은 이야기를 했다.

---

* conservatoire. 프랑스의 음악, 미술, 연극 전문학교.

가르시아는 '탁월한 배우를 만드는 것은 감성의 절대적 결여이다' 라는 디드로의 유명한 역설을 비판하면서, 배우는 그런 식으로 철저히 자기 파악을 하더라도 역시 열정적이지 않으면—열정을 모방하는 것이 아니라 진실로 열정을 지니고 있지 않으면 안 된다는 주장을 예전에 실제 연기자로서 무대에 섰던 경험자의 입장에서, 또한 현재 지도자로 활약하는 교수의 입장에서 개진했다. 그에 대해 들라크루아는 디드로의 설은 대체적으로 옳으며, 단지 그가 배우의 감성을 거부하는 과정에서 상상력이 그것을 보완해준다는 설명을 충분히 하지 않았을 뿐이라고 반론을 펼쳤다.

"나는 만년의 탈마와 교류가 있어서 그의 저택에 장식화를 그려준 적이 있었어. 당시 몇 차례 이런 식으로 토론을 했었지. 그가 항상 주장하는 바로는, 자신은 무대에서 완전히 마음대로 행동하는 것처럼 보이지만 사실은 자신의 영감을 이끌어내고 자신을 판단하는 자유는 완벽하게 장악하고 있고, 또 반드시 그래야 한다는 거야."

"예, 그건 디드로의 말대로지요. 그러나 그래서는 너무……"

"아니, 자네가 무슨 말을 하려는지 알고 있어. 그래서는 너무나 지(知)만 불거지는 생기 없는 연기가 되어서 관객들이 감동하지 않을 거라는 얘기 아닌가?"

"맞습니다. 사실이 그렇지 않습니까?"

"방금 내 설명으로는 그렇게 이해한다고 해도 어쩔 수 없지만, 탈마의 말에는 다른 부분이 더 있어. 그가 이어서 주장한 것은, 그렇지만 자신은 만일 연기하는 중에 집에 불이 났다는 소식을 듣는다 해도 그 역할에 열중하고 있는 상태에서 빠져나올 수 없다는 거야. 나야 물론 그때 제작중이던 벽화의 운명을 생각하며 쓴웃음을 지었지. 그렇지만—농담은 접어두고—이건 상당히 심오한 증언이야. 그런 상태는 자신의 전 능력을 지배하는 작업에 종사하는 다양한 인간에게 일어날 수 있다고 생각하는데, 그렇다고 그런 인간의 영혼이 감정에 휘말려서 완전히 혼란에 빠져버린 것인가 하면 그건 그렇지 않아. 배우에게는 물론 일종의 영감 같은 것이 꼭 필요하겠지. 그러나 자기 자신을 관철하는 지배력도 반드시 필요해. 그것이 번갈아 찾아오는 식이어서는 아무 의미가 없어. 항상 동시에 존재하지 않으면 안 돼. 자네는 그런 것이 가능하겠느냐고 반론하겠지만, 나는 가능하다고 생각해. 그것을 가능하게 해주는 것이 바로 상상력이야. 상상력에는 지성을 빠뜨릴 수 없어. 예를 들어 자네 말대로 감성을 통해서만 극중인물을 이해한다 해도, 그것을 연기로 실현할 때는 반드시 지성의 도움이 필요하지. 그렇게 모든 것은 상상력 안에서 일어나. 탈마는 그 점을 잘 알고 있었어. 그렇지 않고서야 어떻게 감히 라신을 연기할 수 있었겠나?”

가르시아는 어이없다는 표정으로 들라크루아의 이야기를 듣고 있었다. 그리고 천천히 말을 꺼냈다.

“나는 그 말보다 하필이면 당신 같은 사람이—낭만주의 운동의 가장 정통한 실천자인 외젠 들라크루아 씨가 그런 말을 한다는 게 더 놀랍군요. 정직하게 고백하자면, 제가 이 이야기를 꺼낸 것은 식사 자리에서 가볍게 나눌 만한 화제로 적당하기도 하고, 이 이야기라면 당신이 쉽게 동의해줄 거라고 나름대로 계산했기 때문이거든요."

"나는 그림을 그리기 시작한 당초부터 일관되게 고전주의자야. 단, 앵그르 파처럼 형해화된 고전주의자는 아니라는 거지. 물론 위고 일파의 작업과 내 작업은 전혀 다른 것이라고 생각하고 있어."

들라크루아는 자신이 낭만주의자로 일컬어지는 것이 요즘 들어 점점 더 짜증스러웠기 때문에 그런 불쾌감까지 담아 당연한 듯이 강조했다. 가르시아는 다시 눈을 둥그렇게 떴다.

"이거 또 한번 놀랐습니다. 그랬나요? 그 얘기는 일단 제쳐두고서라도, 저는 역시 당신의 주장에 찬성할 수 없습니다."

가르시아는 몸을 앞으로 내밀었다.

"제 집안의 재능을 내세우는 것은 어쭙잖은 짓입니다만, 그 가련한 짧은 생애를 생각해서 내게 여동생 말리브란을 예로 들어 반론할 권리를 주실 수 있을까요?"

들라크루아는 "물론" 하고 고개를 끄덕였다. 아까부터 그가 빈번하게 입에 담았던 '감성'이니 '정열'이니 하는 말이 바로 말리브란을 염두에 두고 한 말이었구나 하고 새삼 이해가 갔다.

"누이 마리아가 생전에 얼마나 큰 성공을 거두었는지는 당신도 잘 아시겠지요. 그것을 생각하면 그 아이에게 너무도 일찍 찾아온 죽음이 지금도 유감스럽지만…… 그러나 어쩔 수 없는 일이지요. 저는 디드로나 당신의 의견에 전적으로 반대하는 것은 아닙니다. 단지 그 아이를 생각하면, 관객에게 깊은 감명을 주는 박진감 넘치는 연기라는 것은 뭔가 특별한 방법이 아니고서는 얻을 수 없는 게 아닌가 하는 생각이 들어요. 어쩌면 방법이라는 말은 정확하지 않을지도 모르겠군요. 제 누이동생이기는 하지만, 저는 그 아이의 연기에 진심으로 감동하곤 했어요. 그 아이가 사람들에게 사랑을 받았던 것은 가수로서의 실력은 물론이고 더불어 관객의 가슴을 후려치는 연기력이 있었기 때문입니다. 이 점은 당신도 인정하시겠지요? 아름다운 용모 때문이라는 사람도 있지만 사실 그건 별로 중요하지 않아요. 아무리 폴린보다 훨씬 큰 하늘의 은총을 받았다고 해도 말이죠. 나는 항상 그 아이 곁에 있었기 때문에 잘 아는데, 마리아는 실제로 무대에 나설 때까지 그날 자신이 어떤 연기를 펼칠지 전혀 몰랐어요! 믿을 수 있으세요? 그러나 사실입니다. 자잘한 몸짓은 말할 것도 없고, 걸음걸이 하나도 미리 준비된 것이라고는 없었어요. 그러면 어떻게 그런 연기가 가능했느냐고 신기하게 생각하실지도 모르지만, 그 아이의 남다른 감성에 의해 가능했던 겁니다. 그 아이는 연기에 대해서는 생각하지 않고 우선 극중인물의 심정을 제일 먼저 생각했습니다. 자신이 연기하는 인물이 슬퍼하면 자기도 슬퍼하고 기뻐하면 자기도 기뻐하는 식으로요. 그럼 어떻게 되겠습니까? 몸짓 같은 것은 자연히 따라오는 거지요. 생각해보십시오. 우리가 평소에 두 손을 쳐들거나 턱을 돌릴 때 그런 몸짓을 당신이 말씀하셨듯이 미리 준비해뒀다 하던가요? 그런 일은 절대 없습니다. 어디까지나 자연히 몸의 내부에서 나오는 것이지요. 누이는 그것을 실천했던 것입니다. 일부러 몸짓에 대한 연구를 하지 않아도 감성에 따라 극중인물의 심정을 이해하기만 하면, 서투른 기법 따위로 그럴싸하게 보이려고 애쓰지 않아도 쉽게 관객을 감동시키는 연기가 가능한 것입니다. 나는 당신이 말씀하신 방법으로도 연기 자체는 가능하다고 생각하지만, 아무래도 진실이 결여된 연기가 되고 말 거라고 봅니다. 어떻습니까?"

가르시아는 만족스러운 듯 입을 다물고 대답을 기다렸다. 그리고 상대가 곧바로 반론에 나서지 않는 것을 보고 자신의 논리가 효과를 거두었다고 생각하고 희열에 잠겼다. 들라크루아는 그것을 놓치지 않았다. 그리고 그것이 적잖이 신경에 거슬렸다. 실제로 그는 가르시아의 말에 전혀 공감하지 못했다. 그것은 디드로가 예의 '대화편'에서 처음부터 끝까지 야유를 퍼부었던 범용한 배우의 주장과 똑같았다. 분명 디드로는 읽지도 않고 남들에게 들은 이야기만으로 떠들어대는 거라는 짐작이 갔다. 미리 동의하긴 했지만, 들라크루아는 처음부터 말리브란을 가수로서도 여배우로서도 그다지 높이 평가하지 않았다. 물론 나름대로 재능은 있었고 젊은 나이에 세상을 떴으니 공평한 비교는 어렵지만, 이를테면 전성기의 파스타 같은 이에 비하면 너무도 뒤떨어진다는 것이 그의 인상이었다. 평소라면 찬물을 끼얹어주고 싶은 대목이었지만, 죽은 누이를 애석해하는 마음에 시간이 흐를수록 장점만 두드러지게 기억하는 심정도 이해할 수 있을 것 같았다. 너무 지나치게 논란을 계속하는 것도 가엾겠다 싶어 일단 접어주었다. 그러나 이쪽의 그러한 적당한 감안을 알아채지 못하고 기고만장하는 모습에는 어처구니가 없었다. 그의 뇌리에 〈로미오와 줄리엣〉의 무대에 선 말리브란의 모습이 떠올랐다. 줄리엣이 묘지를 찾아가는 장면에서, 그녀는 무대 한쪽에서 등장하자마자 갑작스레 극심한 비탄에 빠진 모습으로 기둥을 붙잡고 걸음을 멈추기도 하고 묘 앞에서 흐느껴 울며 주저앉기도 했다. 그 모습에 박진감이 없다고는 할 수 없었다. 그러나 그녀의 무대가 대부분 그런 것처럼, 그 과장에 찬 연기에는 어떤 역겨움마저 느껴졌다. 요컨대 기품이 모자란다고 그는 생각했다. 그녀는 뛰어난 배우가 반드시 갖추어야 할 숭고함과는 너무도 동떨어져 있었다. 기껏해야 변두리 술집 여자가 도달할 만한 숭고함에 간신히 도달한 정도였다. 그녀의 미모가 아무리 뛰어났다고 해도, 한마디로 그녀에게는 이상이라고 할 만한 것이 완벽하게 누락되어 있었던 것이다. 거기까지 생각하고 나서, 들라크루아는 어쨌든 이대로 입을 다무는 것도 별로 좋지 않겠다 싶어 자신의 주장을 펼치기로 했다.

"그렇군, 말리브란의 예는 흥미 깊은 이야기일세. 그렇지만

나는 두 가지 점에서 자네의 의견에 반론을 해보고 싶어. 하나는 예술 표현에 있어서 이상이라는 문제야. 그렇다고 디드로처럼 야박하게 '배우는 시인에게 그 실을 쥐인 꼭두각시 인형'이라고는 하지 않겠네만……"

"이상! 그것이야말로 당신이 앵그르 파 화가들을 경멸하는 이유가 아닙니까?"

"아아, 잠깐, 나는 그자들이 떠들어대는 유일무이의 편협한 이상을 말하려는 게 아냐. 다만 개개의 표현에서 반드시 갖춰야 할 이상은 있다고 생각해. 실제로 나는 볼테르의 뜻을 받들어 무릇 미(美)란 다양한 것이라고 주장할 수도 있어. 이것은 자네도 알고 있는 대로 내가 지금껏 믿고 실천해온 생각이야. 그렇지 않고서는 루벤스나 렘브란트의 작품에 대해 어떤 설명도 할 수 없을 테니까 말야. 그리고 다양함을 인정한다면, 그 다양함만큼의 이상이라는 것이 존재할 거야. 자네는 아까 배우의 몸짓이 미리 준비할 것도 없이 자연스럽게 나와야 하는 것이라고 했지?"

"예, 그랬지요."

"그러나 똑같이 슬픔을 표현한다고 해도 열 사람이 있으면 열 가지 슬픔의 표현이 있을 거야. 그렇지?"

"물론 그렇지요."

"그리고 그 열 가지 표현 중에는 슬픔의 정도가 같음에도 불구하고 한눈에 그 절실함이 느껴지는 몸짓이 있는가 하면, 한

번 봐서는 슬퍼하는 건지 아닌지도 알 수 없는 그런 몸짓도 있을 거야. 그것을 개인의 표현으로 생각한다면 문제가 없겠지만, 무대 표현으로서의 효과라는 관점에서 보면 저절로 우열이라는 것이 매겨지지 않을까?”

“……”

“몸짓이 자연스럽게 따라나오는 경우에, 그것이 항상 최상의 것이라고 단언할 수 있을까?”

“최상의 것은 아니라도, 그런 식으로 표현된 것이 곧 진실이고 그런 진실성이야말로 인간을 감동시키는 게 아닐까요?”

“그럼 이렇게 말해보면 어떨까? 말리브란이 감성에 의해 등장인물의 심정을 고스란히 받아들일 수 있었다는 것은 진실일지도 몰라. 그리고 어떤 몸짓이 거기에 자연히 따라왔다는 것도 아마 진실일 거야. 그러나 그 몸짓이 자연스러우면 자연스러울수록, 그것은 말리브란 본인의 몸짓일 뿐이지 극중인물에 맞는 몸짓이라고는 할 수 없는 게 아닐까?”

“그렇지만……”

“말리브란을 예로 들었기 때문에 자네가 혼란에 빠진 거야. 이를테면 변두리 술집에서 산전수전을 다 겪은 여인이 여배우가 되어 데스데모나를 연기한다고 하세. 마침내 염원하던 일이 이루어져 오셀로와 함께 살게 되는 장면에서 그 여배우가 천박하게 깔깔거린다면 흥이 깨지지 않겠는가? 그녀는 가까스로 연인과 결혼할 수 있게 된 여인의 심정을 그녀 자신의 감성에 따라 그야말로 완벽하게 이해했을 거야. 그러나 거기에서 자연스럽게 표출되는 환희의 표현은 역시 변두리 술집 여자에게 어울릴 만한 몸짓이 되고 말 거라고 생각하지 않는가? 그래도 자네는 그것이 지극히 자연스럽고 진실에 가깝다는 이유로 좋은 연기라고 평가하겠는가? 일 주일 전이던가, 제자인 비몽의 집에 들렀을 때도 이 비슷한 얘기를 했는데, 그가 그린 〈바위 위의 프로메테우스〉는 누가 봐도 상당히 좋은 작품이기는 해. 그러나 역시 이상이 결여되어 있어. 내가 낭만파 친구들에게 진저리를 치는 것도 바로 그 점 때문이야. 비몽을 거기에 끼워넣는 건 좀 안됐지만, 그들에게는 이상이라는 게 없어. 무엇이건 그저 내키는 대로 하면 된다고 생각하지. 자신의 표현에 대한 진지한 반성이 없어. 그런데 내가 그들의 주장에 찬성했던 것은 나 자신의 이상을 표현하기에는 아카데미의 회화 표현이 너무도 옹색하다고 느꼈기 때문이야. 디드로는 명배우의 내부에는 반드시 냉정한 관객이 있어야 한다고 했는데, 참으로 지당한 말이지. 그와 똑같은 말을 화가에 대해서도 할 수 있는 거야. 우리는 언제나 우리 속에 냉정한 감상자를 품고 있어야 해.”

“……그러면 당신과 앵그르 파를 갈라놓는 것은 표현 방법의 차이라는 말이군요. 이상이라는 것에 대한 당신의 사고방식은 당신은 그들과 상당히 가까운 듯한 느낌이 들어요. 표현 방법에 대해서도 당신은 **미의 다양성**이라는 **전제하에** 그들의 그림을 인정할 수 있었던 게 아닙니까?”

"바로 그 점이야. 결론부터 말하자면 그건 안 될 일이야. 나는, 예를 들어 순수하게 기법상으로는 그들 그림의 어떤 부분에 감동하는 경우가 있어. 그렇지만 그 생기 없는 전체 화면은 참을 수가 없어. 그들의 그림 속에 있는 것이라고는 죽은 선과 색채뿐이야. 인물은 모두 시체처럼 경직되어서 지진이 일어나도 꿈쩍도 하지 않을 듯한 모습이지. 전혀 생생한 맛이 없어. 당연하지, 인간은, 그리고 이 세계 속의 자연은 끊임없이 움직이고 있고, 정지하는 것은 단지 죽었을 때뿐이니까. 영원히 운동하지 않고도 생명이 넘치는 것이 있다면 그것은 단 하나, 신뿐일 거야. 불행히도 인간은 그렇지 못해. 그것을 깨닫지 못한 거야, 그들은. ……그들은 어떤 이상적인 형태, 이상적인 구도를 추구하지. 그건 제법 기특한 일이야. 그러나 시체도 경직되기 전에 포즈를 잡아주기만 하면 그리스 조각 같은 모습을 만들 수 있어. 거기에 감동할 수 있을까? 아니겠지. 왜냐하면 움직이지 않기 때문이야. 죽어 있기 때문이야. 나는, 맞아, 이상을 지향한다는 점에서는 분명 그들과 같을지도 몰라. 그러나 동시에 자연과 같은 생생함을 놓치지 않는 그림을 그리고 싶어. 그 결과가 내 작품이야. 이 세계는 한순간도 멈추는 법이 없어. 선도 색채도 그렇지. 여기에 이렇게 있는 동안에도 우리는 단 한순간도 똑같은 선과 똑같은 색채를 유지한 적이 없어. 혹시 우리가 그렇게 정지한다고 해도, 우리 주변은 어떤가? 끊임없이 운동하고 있어. 그것이 우리가 살아가는 시간이라는 것이야. 나는, 너무 강조하는 것 같지만, 이상을 추구하네. 그러나 그건 앵그르 파의 그림처럼 이미 죽어서 시간 밖으로 영락(零落)해버린 지점에서 추구하는 것이 아니라, 지금까지 누차 말한 대로 시간 속에서 추구해야 하는 것이야. 물론 그림이라는 것은 원래 움직이지 못하는 운명이지. 그러나 움직일 수 있는 그림과 움직일 수 없는 그림, 그런 분류는 가능하다고 생각해. 이건 결국 그림이 시간에 어떻게 접근하느냐 하는 방법의 문제라고 생각해. 무슨 말이냐면, 원래 시간이라는 것은 운동이 있는 곳에만 생기는 거야. 영원히 정지해 있는 것에는 시간의 전후 같은 건 없을 테니까. 그런데 그림이라는 것은 바로 그 '영원히 정지해 있는 것'이지. 컨버스 위에 그려진 인물들이 자유롭게 움직이고 돌아다니는 일이 있던가? 당연히 있을 수 없지. 그렇다면 움직이지 않는, 즉 시간이라는 것을 받아들이지 못하는 예술인 회화가 끊임없이 운동을 계속하는 이 세계와 어떤 접점을 가질까? 아마도 둘은 단 한순간의 접점에서만 서로 만날 수 있을 거야. 신고전파 그림의 한 가지 문제는 시선 이동의 완만함이 허용되는, 느슨해져버린 화면 속의 시간에 있다고 생각해. 예를 들면, 지금 내 눈앞에 손가락을 하나 세워볼까? 그리고 자네 얼굴을 보는 거야. 그러면 자네 얼굴이 분명하게 보이는 동안은 눈앞의 손가락은 희미하게밖에 보이지 않아. 반대로 눈앞의 손가락이 확실하게 보일 때는 자네 얼굴은 희미하게밖에 보이지 않지. 시선은 순간순간 그렇게 풍경의 어느 한 지점에 초점을 맞추고 그것보다 멀거나 가까운 것은 희미한 모습으로밖에 보지 못해. 이것은 일상적으로 생각해봐도 알 수 있는 일이지. 그런데 신고전파 화가들의 그림은 원근 어디를 살펴봐도 틈새 하나 없을 만큼 뚜렷하게 그려져 있어. 즉, 화가의 눈이 천천히 시간을 들여 먼 곳을 보기도 하고 가까운 곳을 보기도 하는 식으로 각각의 장소에 초점을 맞추고 있는 셈이야. 이것은 요컨대, 그런 여유가 가능할 정도로 풍경이 정지해 있었다는 거야. 먼 곳을 보고 난 뒤에, 자, 다음에는 가까운 것을 보자 하는 동안 눈앞의 세계가 느슨하게 화가를 기다려주고 있는 셈이지. 그런 일이 있을 수 있나? 다비드의 〈사비니의 여인들〉 같은 그림을 한번 봐. 전쟁터라는, 단 한순간도 똑같은 자세로 정지해 있을 수 없는 풍경을 그린 작품이야. 그런데 그 그림 속에는 대단히 기묘한 시간이 흐르고 있어. **느슨해진 순간**이라고 해야 할 시간이 말야. 그것이 작품 전체를 몹시 우스꽝스럽게 만들고 있지. 르네상스 화가들의 그림을 봐도 그런 인상은 들지 않아. 그들은 우리가 사는 이 세계의 시간과는 무관한 신이나 성스러운 존재를 제재로 삼았기 때문이야. 사실 나는 라파엘로에게서조차 때로 그런 느슨함을 느껴. 〈성체의 논의〉 같은 걸작을 예로 들어봐도 그래. 그런데 우리 시대의 화가들은 역사를 그렸어. 그야말로 시간의 한복판에 있는 역사를 말야. 그런 역사의 한순간을 그리겠다면서 느슨해진 순간밖에 그리지 않고 있어. 시간에 접근하는 방식이 지독히 어설픈 거지. 순간은 순간의 시선으로 접하지 않으면 안 돼. 적어도 그런 시선의 긴장감만이라도 표현해야 해. 그러나 그들은 주변을 모두 둘러보고 세부 또한 찬찬히 바라보지. 그래서는 안 돼. 그런 식으로 정지해서 기다려주는 것이 있다면, 그것은 죽은 세계야. 물론 시체는 하염없이 기다려주겠지. 정지하는 법이 없는 이 세계의 시간과는 상관없이 말이야. 그래서 나는 아까 그들의 이상이 이미 죽어서 시간 밖으로 영락한 것이라고 한 거야. 내가 추구하는 것은 그런 게 아니야. 내가 그림에서 추구하는 것은 이상적인 한순간, 즉 현실태이면서 언제라도 다음 순간으로─아마도 평범한 형태와 색채와 구도의 한순간일 테지만─이어지는 운동을 할 수 있는 가능태야. 내가 그려낸 선은 그 직전에는 전혀 다른 형태였을 거야. 그리고 그 직후에도 마찬가지겠지. 색채도 그래. 한 인물에 대해서만 그렇다는 게 아니야. 화면 안의 모든 인물, 모든 동물, 모든 사물이 한순간 전과 그후에는 완전히 다른 모습이 되지. 끊임없이 이어지는 그러한 시간 속에서 기적처럼, 영원이라고 할 만한 순간이 모습을 드러내는 거야. 각각의 선과 색채의 지극히 복잡한 운동이 우연에 의해 완벽하게 조화로운 구도를 얻는 순간. 이상에 도달했으면서도 생생한 운동의 한가운데 자리잡은 듯한 시간. 그것이 바로 내가 추구하는 그림이야."

들라크루아는 자신의 지나친 열변에 가르시아가 크게 당황한 표정을 짓는 것을 문득 깨달았다. 실제로 가르시아는 그의 기세에 눌려 얼마간 감동까지 했지만, 이야기의 내용을 완전히 알아

158

들은 것은 아니었다.

"어쩌다보니 이야기가 회화 쪽으로 흘러버렸군……" 하고 겸 연쩍게 웃어 보인 뒤에 들라크루아는 다시 연극 이야기로 돌아 갔다. "물론 연극과 회화를 완전히 똑같이 이야기할 수는 없어. 단지…… 무슨 말을 하려고 했지? ……아, 그렇지, 단지 양쪽 모두 상상력이 중요한 작용을 한다는 것만은 말할 수 있어. 극 중인물을 그 신분이나 입장, 성장환경까지 적확하게 이해하고, 그 이상이 되어야 할 인물상을 도출해내서 거기에 적합한 몸짓 을 한다…… 그것은 상상력이 있어야 가능한 일이고, 감성에만 의지해서는 현실적으로 불가능하다는 게 내 생각이야."

그는 이 점을 좀더 강조하고 싶었지만, 아까의 회화 이야기에 지나치게 열을 올린 탓에 결론만 짧게 정리해서 간단히 말을 맺 었다. 김이 빠져서 그랬는지, 아니면 말할 기회를 너무 오래 독 점한 것 같아서 그랬는지, 혹은 하고 싶은 말이 제대로 표현되 지 않아서 그랬는지, 상대의 심상치 않은 안색이 눈에 띄었기 때문인지, 그것도 아니면 단순히 귀찮아서 그랬는지 스스로도 알 수 없었다. 그러나 그렇게 짧게 이야기를 마감하고 보니, 대 화의 흐름에 극작가와도 같은 조형적인 의도가 작용한 것 같아 기분이 묘했다. 그러나 가르시아는 그 때문에 오히려 불만을 나 타냈다.

"말씀은 알겠습니다. 그러나 그렇다고 해도 나는 역시 누이 말리브란에게 쏟아졌던 그 찬란한 찬사에 생각이 미치지 않을 수 없군요. 그녀가 관객의 열광적인 지지를 받았다는 것은 부정할 수 없는 사실이니까요."

'대중은 언제나 저속한 취미로 기울게 마련이다. 그건 자네도 뻔히 아는 일 아닌가……'

들라크루아는 입 밖에 내지는 않았지만 순간적으로 그렇게 생각했다. 그리고 그런 생각이 너무도 빠르게 튀어나오는 데 스스로도 놀랐다.

"말리브란처럼 뛰어난 재능을 지닌 여배우는 특별한 경우겠지. 내 말은 어디까지나 일반론이야."

별수 없이 그렇게 말해주었다.

'어떻게든 말리브란의 천재성을 강조하지 않고서는 속이 시원하지 않은 게지.'

그는 적어도 천재라는 말만은 피하는 것으로 약간의 저항을 내비쳤다. 그런데도 가르시아는 그 말에 힘을 얻어 마치 자기 일처럼 자랑스러운 표정을 지었다.

"네, 그렇습니다. 누이의 얘기라서 당신의 의견에 공정하게 귀를 기울이지 못한 면도 있을 거예요. 그러나 그건 어쩔 수 없는 일입니다."

이렇게 당연한 듯 대꾸하고 나오자 다시 혹독한 반론을 해주고 싶은 생각이 강하게 드는 통에 그는 자신이라는 인간의 복잡한 심리구조에 실소가 나올 듯했다. 자신의 말이 단어의 뜻 그대로 받아들여지면 그는 자주 이런 허탈함을 느꼈다. 물론 그러기를 바라면서 한 말이다. 그렇지 않으면 곤란한 쪽은 자신일 터였다. 그러나 그렇게 실제로 성립된 대화의 결과에는 아무래도 만족하지 못해 위화감을 느끼곤 했다. 때로는 상대에게 은근한 경멸까지 품기도 했다.

아예 말리브란을 부정하는 말을 해줄까보다, 그렇게 생각했다가 역시 그만두고 처음에 말했던 대로 감성의 설에 대한 자신의 또다른 반론을 내놓기로 했다.

"또 하나, 내가 감성에 의지하는 연기에 찬성할 수 없는 것은 연극은 몇 번이고 되풀이해서 상연되는 것이라는, 디드로도 지적하고 있는 실제적인 문제 때문이야."

"그 문제라면 내가 당신에게 질문해야겠군요. 왜냐하면 당신이 주장하는 방법에 따르면 배우의 연기는 저절로 하나의 형태에 갇혀버리지 않습니까. 그렇지만 누이 말리브란처럼 그날 어떤 연기가 나올지 본인도 알지 못하는 그런 경우라면 관객은 매번 완전히 신선한 발견을 할 수 있을 것입니다. 실제로 그 아이는 동일한 연기에 대해서도 상연 때마다 새로운 효과를 내려고 애쓰곤 했지요. 그것은 즉흥 연주의 재미 같은 것인지도 모릅니다. 실제로 그 아이는 살롱에서 즉흥 노래를 잘하기로도 유명했어요. 파가니니를 이틀 연속으로 들은 사람의 말에 의하면, 첫날과 그 다음날에 그는 전혀 다른 카덴차를 연주했다더군요. 그런 일은 필경 천재성을 지닌 극히 일부의 예술가에게만 허용되겠지만요."

가르시아는 이번에는 천재라는 말을 안심하고 지극히 낭만주의적으로 사용했다. 들라크루아는 고개를 저었다.

"그렇지 않아. 오히려 완성된 재능은 일단 완벽하게 연구를 해서—물론 충분한 상상력을 구사한—그 연기의 요점을 파악한 다음에는 거기에서 결코 벗어나지 않는 거야. 파스타가 바로 그랬지."

가르시아는 이 파스타라는 이름에 예민하게 반응했다.

"예, 물론 파스타의 재능과 누이 마리아의 재능은 전혀 성격이 다릅니다. 파스타 쪽은 말하자면 조형적인 재능이었어요. 그렇기 때문에 치밀하기는 했지만 다소 차갑고 형식적이고 작위적인 냄새를 풍기는, 요즘 시대의 관점으로 보면 낡은 것이지요."

들라크루아는 아까 마음속으로 생각했던 조형적이라는 말이 갑자기 상대의 입에서 나오는 것을 듣고 주의를 기울였다. 그리고 그것이 나쁜 방향으로 언급되는 것에 불만을 느꼈다.

"자네는 지금 조형적인 재능이라는 것을 부정적으로 말했지만, 원래 그것은 장점으로 칭송해야 할 것이 아닌가? 내가 말하고 싶은 것이 바로 그 점이야. 그러기 위해서는 감성의 위험성에 대해 다시 한번 자네에게 이해를 구하지 않으면 안 되겠군. 무슨 소리인가 하면, 감성이라는 것에는 필연적으로 익숙함이 생기게 마련이라는 거야." 그는 디드로가 들었던 예가 무엇이었는지 기억을 더듬어보았지만 생각이 나지 않았다. "예를 들어…… 그렇지, 처음 바다를 보았을 때의 감동을 예로 들면 좋겠군. 그 사람은 두번째로 바다를 보았을 때 또다른 감흥에 휩싸일지도 모르지만, 처음처럼 강하고 신선한 인상은 아마 받지 못할 거야. 그것이 세 번 네 번 거듭될수록 인상은 약해지겠지."

"그 이야기대로라면 누구나 처음 본 바다의 인상만 평생 강하게 간직한다는 얘기가 되는데, 실제로는 반드시 그렇지만은 않지요. 두번째 세번째로 본 바다가 더 인상 깊다는 사람도 얼마든지 있습니다."

"물론 있겠지. 하지만 그것은 바다 그 자체의 감동이 아니라 개인적인 것이 부가되었기 때문이야. 애인과 헤어지고 난 뒤에, 혹은 친구가 죽은 뒤에 바다를 보았다든지 하는 경우지. 바다뿐 아니라 어떤 사물이나 어떤 일을 처음 접했을 때의 자연스러운 정신의 반응과는 다른 거야."

"그럴까요?"

"물론 거듭해서 보면 그때까지 미처 깨닫지 못했던 심원한 비밀을 발견하고 새롭게 감동할 수도 있을 거야. 하지만 그 이야기는 여기서는 일단 제쳐두고 싶네. 그것은 감성의 문제로 다루기에는 버거운 일이고, 지금 얘기하려는 것은 감성이야."

"알았습니다. 계속하시지요."

"지금 말했던 점은 연극에도 해당될 거야. 즉, 동일한 장면을 수십 차례 연기하다보면 배우는 반드시 그 연기에 익숙해지고 말아. 데스데모나의 부정을 알게 된 오셀로의 분노를 스무번째 연기할 때에, 맨 처음 그것을 연기했을 때와 똑같은 감정으로 연기하는 것이 과연 가능할까?"

"그것이 가능한 것이 배우가 아니겠습니까?"

들라크루아는 재능이라는 것에 대한 이런 태평한 맹신에 항상 의심을 품고 있었기 때문에 강한 어조로, "아니, 나는 믿지 않아"라고 잘라 말했다. 그리고 그 다음 이야기를 이었다.

"유감스럽게도 그것은 상상력의 힘을 빌려 극중인물을 표현하는 방식에서도 완전히 피할 수는 없어. 그렇지만 그 손실은 훨씬 적어지겠지. 배우는 무대에 설 때마다 자신의 연기가 열의를 잃고 식어가는 것을 다른 무언가로 보충하지 않으면 안 돼. 그것은, 아까의 바다 이야기를 다시 떠올려주었으면 하는데, 연기의 심화와 효과의 계산에 의해서만 가능한 일이고, 그것을 가능하게 해주는 것은 역시 감성과는 전혀 다른 것이야. 아마 자네는 수긍하지 않겠지만, 그건 상당히 지적인 행위야. 연극이 단 한 번밖에 상연되지 않는 것이라면 감성에만 의지하는 연기도 가능할지 몰라. 즉, 어떤 순간의 영감에만 기대어 연기할 수 있다는 것이지. 그러나 유감스럽게도 현실은 그렇지 않아. 그렇게 생각해보면 자네가 말했던, 말리브란이 상연 때마다 새로운 효과를 추구했었다는 이야기는 상당히 흥미 깊군. 그러나 그건 막다른 길이네. 그런 방식을 구사하기 시작하면 분명 평생을 다 바쳐도 연기는 완성되지 않을 것이고, 그 때문에 정신은 끊임없이 불안에 시달릴 거야."

"예…… 아닌게 아니라 누이는 그런 고민 때문에 상연 때마다 끔찍이 피곤해했어요. 사고로 죽은 것은 참으로 유감스럽지만, 나는 이따금 그 아이가 살아 있었더라도 그리 오래 살지 못했을 거라는 생각을 하곤 해요."

"그랬을지도 모르겠군. 대단히 슬픈 일이지만."

들라크루아는 사실은 앞의 말에 '그렇게 새로운 효과를 내기 위해 이것저것 시험해본 것들이 정말 의미 있는 일이었는지도 의심스러워. 아마도 수많은 왜곡이 있었을 거야. 무엇보다 그것은 어느 한 배우에 대해 논의할 경우에만 가능한 이야기이고, 무대 전체로 보자면 역시 각각의 배우가 자기 마음대로 연기하는 끔찍한 모양이 되게 마련일 테니 말야' 라고 덧붙일 생각이었다. 그러나 뜻밖에도 가르시아가 쉽사리 동의해주었기 때문에, 그렇다면 여전히 말리브란의 일화를 천재의 증명인 것처럼 믿고 있는 그에게 또다른 의견으로 어떤 확인 같은 것을 해두어야겠다고 생각했다. 그러자 퍼뜩 그의 부친이 떠올라서, 자신이 착상은 퍽 좋은 편이라고 스스로 감탄하며 말을 이었다.

"무엇보다 자네 아버님을 생각해보세. 아버님이신 마누엘 가르시아 씨는 머리만 앞세우지 않고 실로 영감 넘치는 연기를 하신 분이었지만, 동일한 역할에 항상 새로운 효과를 고심하는 일은 없었어. 나는 자네 아버님을 진심으로 존경해서 몇 차례나 극장을 찾았기 때문에 단언할 수 있지. 항상 똑같은 연기셨어."

가르시아는 허를 찔린 듯한 표정으로 고개를 끄덕였다.

"예, 분명 그렇습니다. 실제로 아버지가 오셀로 역할을 연습하기 위해 거울 앞에서 찡그리는 표정을 연구하시는 것을 본 적이 있어요."

"그렇지? 감성에만 기대어 연기한다면 그런 과정은 거치지 않았을 거야. 그러나 자네는 아버님의 오셀로를 파스타에 대해 말한 것처럼 시대에 뒤떨어진 차가운 연기라고 하지는 않겠지?"

이렇게 말하면서 들라크루아는 마지막 말은 조금 심했다고 생각했다. 가르시아가 위대한 음악가였던 아버지에 대해 더할 수 없는 존경심을 품고 있다는 것은 알고 있었다. 누이에 대한 애착과 부친에 대한 경의라는, 그 자체로는 전혀 모순되지 않는 한 쌍의 감정이 자신의 논리를 생각지도 않던 당착으로 이끌고 간 것에 대한 그의 동요가 그 표정에 생생히 나타나 있어서 그는 다소 꺼림칙했다. 걸핏하면 흥분해서 상대를 논리적으로 몰아붙이는 자신의 점잖지 못함에 뒷맛이 씁쓸했다.

마침 그런 분위기를 알아차리기라도 한 듯이 르블롱과 그 친구들이 벽난로 가까이에 있던 두 사람 곁으로 다가왔다. 들라크루아는 살았다 싶어서, "실은 지금 가르시아 가문의 위대한 가수들을 예로 들 수 있도록 허락받아 배우의 연기에 대한 **중대한** 논의를 하던 참이야. 생각해보면 한 집안에 이만한 인물들이 있어서 다른 예술가들의 이름은 들먹일 필요 없이 논의가 가능하다는 건 참으로 굉장한 일이야. 그렇지 않은가?" 하고 가르시아 쪽을 돌아보았다.

가르시아는 "예" 하고 짧게 대답하고는 미소를 지었다. 그 표정은 풀이 죽었다기보다 아까의 논의를 다시 곱씹으며 뭔가 반론의 여지가 없는지 찾는 모습이었기 때문에 그도 마음이 놓였다. 더욱 다행스러웠던 것은 모여든 이들이 르블롱을 제외하고는 모두 말리브란에 푹 빠진 이들이어서 그녀가 얼마나 훌륭한지 마구 칭찬하기 시작한 것이었다.

가르시아는 그들의 청에 못 이기는 척, 말리브란이 데스데모나 역을 맡았을 때, 솥이 폭발하는 사고로 사망한 나르디의 아내이며 스파르 백작 부인의 어머니이기도 한 여배우 주제프 나르디 부인에게 가르침을 청했던 일화를 들려주었다. 일동이 이 이야기를 상당히 흥미 깊게 듣자 그는 뒤를 이어 말리브란이 실러의 작품을 번안한 피에르 르블랑의 〈메리 스튜어트〉에 출연했을 때의 연기에 대해 이야기하기 시작했다.

"여러분은 메리 스튜어트가 레스터 경의 설득으로 마침내 별장 정원에서 엘리자베스 앞에 무릎을 꿇고 진심으로 애원하는 그 굴욕적인 장면을 잘 아시겠지요? 메리가 엘리자베스의 용서 없는 냉랭한 태도에 심히 상처를 입고 격분하는데, 그때 보여주었던 누이의 연기, 나는 그 장면을 결코 잊을 수가 없어요. 그 아이는 부르르 떨쳐일어서더니 미친 듯이 손수건을 찢어발기는 연기로, 아니, 손수건뿐 아니라 장갑까지 찢어버리는 연기로 그 장면에서 더이상 바랄 수 없는 큰 효과를 거두었습니다. 물론 관객들은 모두 감동해서 마치 자기 일처럼 억울해하며 메리가 받은 굴욕에 진심으로 동정을 보냈지요."

가르시아가 주위의 동의를 얻어 득의양양하게 떠드는 소리를 듣고 들라크루아는 걱정할 만한 일도 아니었다고 안도하는 한편 말할 수 없는 피로감을 느꼈다. 그리고 결국 항상 그렇듯 논의를 통해 진실로 한 인간을 설득하기란 불가능하다는 체념에 다다랐다.

'메리 스튜어트 같은 대인물이 그런 천박한 행동을 할 리가 있나. 그런 연기로 얻는 효과 따위는 예술가라면 결코 빠져서는 안 될 종류의 것이야. 대중은 물론 좋아라 하겠지. 그런 저속함이야말로 대중의 취향에 딱 들어맞으니까. 아주 푹 빠져서 구경하겠지. 그러나 그따위 것에 무슨 가치가 있단 말인가? 무엇보다 그 장면은 분노와 함께 반드시 그녀의 기품 있는 위엄이 나타나야 하는 장면이 아닌가. 그렇지 않으면 다음 장면에 나오는 모티머의 격렬한 사랑 고백으로 연결될 수 없어. 말리브란의 해석은 애초부터 너무나 통속적이었어.'

그는 입 밖에 내어 반론하지는 않았다. 모든 이들이 몇 번이고 맞는 말이라고 고개를 끄덕이고, 아까의 대화를 듣기라도 한 듯이 파스타의 이름을 들먹이며 말리브란이 그녀보다 훨씬 뛰어나다고 칭찬하는 것을 들으며 그는 배우의 명성이 얼마나 신기루 같은 것인지 새삼 실감했다.

'화가나 음악가의 명성도 어지간히 못 믿을 것이기는 하지만, 그래도 배우만큼 심하지는 않아. 이미 세상을 떠나버린 배우에 대해 우리가 대체 무엇을 알 수 있단 말인가? 기껏해야 생전의 평판으로 그 역량을 가늠해보는 정도지. 그런 평판이 이런 식이니, 정말 유감천만한 이야기야.'

가르시아는 파스타의 이름이 나오고 그 이름이 말리브란보다 낮게 평가된 것에 점점 더 기분이 좋아졌다. 들라크루아와 나눈 논의에서는 잠시 자신이 잘못된 게 아닌가 하는 생각도 했었지만, 세간의 평판은 역시 자신이 옳다는 것을 증명해주었다는 생각에 크게 자신감을 얻었다. 그리고 논의에서 패했다는 데서 거꾸로 자존심의 만족을 느꼈다. 예전에는 직접 무대에 섰고 지금은 무대에 서는 이들을 지도하는 자신이 애초부터 이론만 따지는 디드로나 들라크루아보다 훨씬 더 진실을 꿰뚫고 있다고 생각했기 때문이었다.

"실제로 파스타가 노르마 역을 맡아 밀라노에서 대성공을 거두었을 때 사람들은 그녀를 파스타가 아니라 노르마라고 불렀습니다. 물론 그녀가 벨리니의 애인이라는 것은 모두 알고 있었어요. 그러나 그것과는 별개로 노르마 연기에서 그녀를 능가하는 배우는 앞으로는 결코 나오지 않을 것이라고 모두들 굳게 믿었지요. 그런데 어떻습니까! 누이 마리아가 밀라노에서 노르마를 연기하자 그들은 모두 눈을 둥그렇게 뜨고 말리브란이야말로 가장 뛰어난 노르마라고 절찬했어요. 지금도 밀라노에서는 죽은 가련한 누이를 노르마로 기억하는 사람들이 많을 거예요."

들라크루아는 다시 차오르는 불쾌감을 억지로 참으며 생각했다.

'그러니 어처구니없는 얘기라는 거야. 이런 엉터리 같은 평판 때문에 백년 뒤의 사람들은 파스타의 실력과 말리브란의 그것을 엇비슷하다고 여기거나 심지어는 말리브란이 더 나았다고 생각하겠지? 정말 어처구니없는 이야기야. 동시대의 평판을 결정하는 것은 결국 속악하고 경박한 취향의 대중이 아닌가. 파스타에게는 참으로 불행한 일이다. 하루에 세 번씩이나 보러 갔던 〈탄크레디〉의 파스타는 얼마나 훌륭했던가! 그러나 백년 뒤의 세상에서는 그 명예를 회복할 기회가 영영 찾아오지 않는 거야. 얼마나 불합리한 일인가. 도무지 믿을 수 없는 평판이 어느샌가 진실이 되어버리다니. 그런 점에서 화가나 음악가는 작품을 후세에 남길 수 있으니 그나마 은총을 받은 셈이야. 안심할 수 없다는 점에서는 마찬가지지만 말야. 이제는 잊혀져버린 그 수많은 이름들이 생전에 유행의 변덕과 동시대인의 악취미 덕분에 얼마나 엄청난 인기를 누렸는지! ……나 역시 사후에 명예를 회복할 가능성이 없다고는 할 수 없다. 그러나 작품이 모두 소실되는 일이라도 생긴다면 외젠 들라크루아라는 화가는 소묘 하나도 제대로 그리지 못하는 주제에 세상을 시끄럽게 한 **회화의 학살자**로 기억되지 않을까? 완전히 미치광이 취급을 하겠지.'

이런 생각을 하다보니 모두 슬슬 돌아갈 채비를 하는지라 그도 자리에서 일어나 외투를 받아들었다. 오늘은 전혀 대화할 기회를 갖지 못했다고 르블롱에게 인사를 하고 돌아서자 가르시아가, "오늘 저녁에는 덕분에 큰 공부를 했습니다. 특히 들라크루아 씨께서 자진하여 고전주의자라고 하신 데는 무척 놀랐습니다"라고 인사를 건네왔다. 그 말투에서 들라크루아는 그가 그 '고전주의자'라는 말을 극히 천박한 흥미 본위의 뜻으로밖에 이해하지 못했다는 것을 깨닫고 조금 전에 느꼈던 피로감에 마지막 쐐기까지 박힌 듯해서 힘없이 웃음을 돌려줄 수밖에 없었다.

집으로 돌아오는 길에 오늘의 논의를 멍하니 되새겨보며 역시 자신의 말이 타당하다고 새삼 생각했다. 그러나 굳이 확인하듯 생각을 되짚어보는 것은 말싸움에서 패한 분풀이 같아 마음에 들지 않았다. 그는 가르시아가 말한 감성에 대해 다시 한 번 생각해보았다.

'그의 말도 전혀 이해가 안 되는 건 아냐. 그러나 연극에 있어서는 너무도 무리한 이야기야. 회화라면 어떨까? 화가도 배우와 똑같은 방법으로 주제에 접근하지. 그러나 배우는 공연이 거듭되는 가운데 처음에 가졌던 정열이 식으면서 점차 냉정을 되찾아 오히려 그 기술에 세련미를 더해가는 데 비해, 화가는 냉정한 습작을 거듭하며 처음의 관념에 수많은 미(美)를 덧붙여야만 기술의 완성도를 높일 수 있지. 여기서 말하는 미란 단순히 세련만이 아니라 제작과정의 열정도 포함되는 거야. 화가는 가르시아가 동경해마지않는 즉흥적이고 생생한 느낌을 제작에 임할 때마다 캔버스에 남길 수 있어. 이를테면 터치에 의해서. 터치에서 드러난 열정은 어떤 미묘한 과정을 거쳐 감상자에게 작품 그 자체의 열정으로 인정받는 거야. 화가에게는 요컨대 실제로 작업을 하면서 완성도를 추구하는 방법밖에 없는지도 몰라.'

이런 생각을 하며 오늘 일을 잊지 말고 일기에 써두려고 마음먹고 걸음을 서둘렀다. 그리고 자신의 그림이 완전히 없어진다 해도 이러한 사색의 흔적이 일기에 의해 남겨진다면 후세 사람들도 자신을 한낱 어리석은 자로 여기지는 않을 것이라고 생각했다.

'그건 그렇고, 정말 토론이란 허망한 짓이야! 그런 말씨름을 통해 가르시아의 생각이 바뀌었는가 하면 전혀 그렇지 않으니 말야. 서로 이해할 자세가 갖춰져 있지 않은 상황에서는 자신의 의견을 밝히지 말라! 정말 맞는 말이야. 이럴 줄 알았으면 르블롱과 마음 편한 이야기나 나눌 걸 그랬어.'

회중시계를 보니 이미 자정을 넘긴 시각이었다. 걸음을 떼면서 그는 문득 다음날 마를리아니 백작 부인의 집에서 쇼팽과 만나기로 한 약속을 떠올렸다. 그 생각을 하니 왠지 흐뭇해서 내일은 결코 이런 따분한 논의는 하지 않으리라고 작심하며 집으로 향하는 발걸음을 별 의미도 없이 더욱 재촉했다.

다음날 아침은 늦게까지 이불 속에 있었다. 잠자리에서 나와서는 곧바로 아틀리에로 나가 〈발렌틴의 죽음〉 제작을 계속했다. 작업이 일단락된 뒤에 점심을 먹고 다시 몇 시간 동안 이어서 작업을 한 다음에 붓을 내려놓고 아틀리에 구석에서 한 장의 초상화를 끄집어내 복제 작업을 시작했다. 초상화의 주인공은 조카 샤를 드 베르니나크였다.

외젠 들라크루아보다 열여덟 살 연상인 누이 앙리에트는 그가 태어나기 전해인 1797년에 외교관 레몽 드 베르니나크와 결혼하여 육 년 뒤에 아들 하나를 얻었다. 그가 바로 샤를이었다. 들라크루아는 일곱 살 때 아버지를 잃고 한동안 어머니와 함께 누님 부부의 집에 몸을 의탁했었다. 그 뒤 기숙학교에 다니다가 열여섯 살에 어머니를 잃었을 때도 역시 누님 댁에 신세를 졌다. 게다가 누이 앙리에트가 1822년에 남편 레몽 드 베르니나크를 먼저 떠나보냈을 때 다시 또 누님 모자와 함께 지내게 되었다. 그러는 동안 내내 형제처럼 친하게 지냈던 이가 샤를 드 베르니나크였다.

샤를은 외교관으로 입신하여 1831년 칠레의 발파라이소에 부영사로 부임했는데, 상관과 마찰을 일으켜 삼 년 후에 본국으로 소환되던 중 베라크루스에서 열병에 걸려, 가까스로 뉴욕의 병원에 보내졌으나 치료한 보람도 없이 숨을 거두었다. 향년 31세였다.

들라크루아는 복제 작업을 시작한 지 채 오 분도 되지 않아 머릿속에 차례차례 샤를의 기억이 되살아나 도저히 견딜 수가 없었다. 적당한 부분에서 작업을 그만두고 끊었던 담배에 손을 뻗으려는 순간, 창 밖에서 마치 사격 연습이라도 하는 듯한 굉음이 들려왔다. 밖을 내다보니 달걀 크기만한 우박이 떨어지고

있었다. 혹시 유리가 깨지지 않았을까 걱정이 되어 살펴보고 있
으려니 천둥 소리에 창문이 떨리며 이번에는 뒤쪽에서 큰 소리
가 들렸다. 우박에 놀라 아틀리에로 뛰어들어온 제니가 천둥 소
리에 겁을 먹고 비명을 지른 것이었다.

들라크루아는 환기를 위해 조금 열어두었던 창문을 닫고 난
로 쪽으로 다가가 양손을 쬐었다. 바깥이 갑작스레 어두컴컴해
지면서 실내의 난로 불빛이 빨갛게 타올랐다.

"어머, 이를 어째!"

곁으로 다가온 제니가 그의 젖은 손을 붙잡았다. 오른손에 우
박을 맞은 부위가 불그스름하게 부어올라 있었다.

"이 정도는 괜찮아. 그런데 꽤 아프군. 아무 생각 없이 손을
내밀었다가 보기 좋게 우박 총탄을 맞았지 뭐야. 나중에 멍이
들게 생겼군."

"오른손이니 더 걱정이네요. 붓을 잡는 소중한 손이잖아요."

들라크루아는 웃으면서 다시 한번,

"정말 괜찮아"라고 말했다.

아까부터 샤를 생각이 영 머리에서 떠나지 않아 솔직히 누군
가와 이야기를 나누고 싶은 기분이 아니었다. 그러나 자신의 떨
떠름한 얼굴이 어둑한 속에서 더 안쓰럽게 보이겠다 싶어서 억
지로 환하게 웃어 보였다.

제니는 손을 놓고는,

"그렇다면 다행이지만…… 하지만 불에 너무 가까이 대면 열

이 나서 별로 안 좋아요"라고 주의를 주었다.

들라크루아는 고맙다고 하고는 의자 두 개를 들고 와 그녀와 나란히 앉았다. 그리고 일러준 대로 왼손만 불에 쬐었다. 그 이상한 꼴에 당연히 그녀가 웃을 줄 알았는데 예상과 달리 덤덤하게 쳐다보기만 해서 거꾸로 자기 쪽에서 웃음이 터지려고 했다. 그러자 기분도 썩 좋아져서, 작업을 방해해서 죄송하다고 자꾸만 걱정하는 그녀에게 『파우스트』의 '발렌틴의 죽음' 장면에 대해 이야기해주었다.

그렇게 반시간 정도를 보냈다.

"외출하기 전에 조금 더 작업을 해야겠어."

그의 말에 제니는 고개를 저었다.

"오늘은 외출하시지 않는 게 좋아요. 날씨가 이렇게 험악하니. 쇼팽 씨는 다음 기회에 만나셔도 될 텐데요."

들라크루아는 그러겠다고 대충 대답하고는 화필을 들었다. 그리고 그녀가 문 밖으로 나가는 것을 확인하자 막 손에 들었던 붓을 다시 내려놓고 한숨을 내쉬었다. 그녀의 말이 불쾌했던 것은 아니었다. 단지 이전부터 어렴풋이 짚이는 일이 있어 대꾸하기가 힘들었던 것이었다.

'제니는 쇼팽을 만난다는 말을 믿지 않는 거야…… 조제핀을 만나러 가는 줄 아는 모양이지……'

그는 작업을 계속할 마음이 나지 않아 다시 난로 앞에 주저앉아 한 시간가량 멍하니 사색에 잠겼다. 이윽고 우박이 멈춘 것을 깨닫고 예정보다 일찍 집을 나서 빌 레베크 가 18번지에 있는 마를리아니 백작 부인의 집으로 향했다.

현관을 지나 응접실로 들어서자 마를리아니 백작 부인이 직접 맞아주었다.

"어머, 들라크루아 씨, 일찍 오셨네요? 그렇지만 쇼팽 씨한테 일등 자리를 뺏기셨어요."

"오래간만입니다. 쇼팽이 벌써 와 있나요? 그거 잘됐군요. 저도 그 친구가 보고 싶어서 일찍 왔습니다."

상드 부인이 없는 동안 혼자 식사하기가 너무 따분하다고 해서 오늘 쇼팽을 불러 야회 전에 몇몇이 저녁을 함께 하기로 한 것이었다.

"쇼팽 씨도 반가워하실 거예요. 자, 어서 들어오세요."

살롱으로 들어서자 짐작했던 대로 쇼팽이 벽난로에 바짝 다가앉아 있어서,

"엇, 그 자리는 내 지정석인데?" 하고 말을 걸었다.

쇼팽이 돌아보며 몸을 일으키더니,

"여어, 오래간만이네. 건강해 보이는군" 하며 웃었다. 그대로 둘이서 포옹을 했다.

"자네도 안색이 좋군."

쇼팽은 흘끗 벽난로 위의 거울에 자신의 얼굴을 비춰보았다.

"아니, 불 옆에 앉아 있어서 그래. 그건 그렇고, 아까는 우박이 정말 굉장했지?"

"응, 굉장하더군. 천둥까지 치고. 나는 어린애처럼 우박을 만져보려다 한 방 정통으로 맞았어."

그렇게 말하며 오른손 손등을 내보였는데 정말 퍼렇게 멍이 들어 있어서 들라크루아 스스로도 놀랐다. 쇼팽도 눈을 동그랗게 뜨면서 말했다.

"괜찮아? 그런데 잠깐 맞은 정도로 그렇게 멍이 들었으니 거리에 나와 있던 사람들은 어땠을까? 분명 오늘 이곳에 오는 손님 중에도 자네 같은 부상병이 있을 거야."

사용인이 의자를 하나 더 준비해주어서 두 사람은 나란히 난롯가에 앉았다. 잠시 서로의 근황을 묻다가 들라크루아는 문득 이곳에 오기 전의 일이 생각나 조카 샤를 이야기를 꺼냈다.

"자네에게 얘기한 적이 있었지?"

"미국에서 돌아가셨다는 젊은 분 말이지?"

"그래, 오늘 아틀리에에서 갑자기 그가 생각났는데…… 왜 그런지 감당할 수 없을 만큼 슬프더군. 나는 철들기 전부터 나이 차가 열 살 넘게 나는 누나와 형들에 둘러싸여 자란 막내였기 때문에 그 가엾은 샤를을 정말 친동생처럼 좋아했어."

"자네와는 몇살 차이였지?"

"다섯 살."

"그럴 만도 했겠군."

"그렇지. ……이런저런 기억이 떠올랐어. 아버지가 돌아가신 뒤부터 계속 살기가 힘들긴 했지만, 그 무렵은 유난히 더 심했지. 전에도 이야기했는지 모르겠는데, 원래는 아버지가 돌아가실 때 채권으로 상당한 재산을 남겨주셨어. 그 보증 때문에 어머니가 부아크스 숲에 싼값으로 토지를 구입했는데, 그게 나중에 보니 정말로 서푼 가치도 안 되는 거야. 도무지 아버지의 채권에 적합한 물건이 아니었지. 그래서 전매도 하지 못하고 놔뒀다가 어머니마저 돌아가시자 당시 내가 신세를 지고 있던 매형 레몽 드 베르니나크가 그 처리를 맡아 명의상 소유자가 되었는데, 소유권 이전 후에 곧바로 매형까지 세상을 뜨는 바람에……결국 그 토지는 샀던 때와 마찬가지로 헐값에 팔아버렸어. 그걸로 우리집 재산이 완전히 사라져버렸지. 그 뒤로 당연히 소송이 붙었어. 한참 동안 무척 힘들었는데, 그런 와중에도 샤를은 씀씀이가 헤펐어. 내가 이따금 나무라기도 했지. 때로는 정말 화가 나기도 했어. 글쎄, 다비드가 그린 누나의 초상화까지 팔아먹더라니까. 나중에 간신히 다시 사들이기는 했지만."

"지금도 자네 집 거실에 걸려 있는 그 그림 말인가? 그건 처음 듣는 이야기군."

"그랬었어. ……그래서 장래를 걱정해서 내가 외교관 시험을 치라고 권했어. 시험에 합격했다는 소식을 들었을 때는 참 기뻤지. ……머나먼 뉴욕 땅에서 죽을 줄 알았으면 뭔가 다른 길을 권했을 텐데. 그런 먼 곳에서 혼자…… 가엾게도……"

"그건 어쩔 수 없는 일이었어. 파리에 있어도 마차 사고로 죽는 사람이 있는걸 뭐."

쇼팽은 위로해줄 생각으로 그렇게 말했다. 그리고 그렇게 솔직한 심정을 털어놓는 들라크루아에게 자신도 왠지 중요한 추억을 털어놓아야 할 것 같아 작년 말 노앙에서 돌아올 때 생각했던 아돌프 누리의 일을 떠올렸다.

"나도 왜 그런지 걸핏하면 죽은 친구가 생각나곤 해. 자네도 아돌프 누리에 대해 알고 있지?"

"별로 깊이 사귀지는 못했지만, 알기는 하지."

"그의 마지막도?"

"그래, 소문으로는 들었어."

들라크루아는 '자살이었지, 아마?' 라고 말하려다 쇼팽의 표정을 보자 굳이 할 말이 아닌 것 같아 입을 다물었다.

"파리에 온 지 얼마 되지 않았을 무렵에 처음으로 누리의 노래를 들었는데, 정말 훌륭했어. 뒤프레도 훌륭한 테너였지만, 누리와는 개인적으로 친하기도 했으니까 그를 더 좋아했지."

"정말 그 사람은 참 안됐어."

손님 맞을 준비를 위해 들락날락하던 마를리아니 부인이 슬그머니 발을 멈추고 이야기에 끼어들었다.

"항상 명랑하고 재미있는 분이라서 그런 식으로 최후를 맞으실 줄은 상상도 못 했죠. 부인도 정말 고생 많이 하셨어요. 그분이 파리를 떠나기 전에 쇼팽 씨가 폴린의 집에서 송별회를 해드렸었지요. 그렇죠?"

"네, 제가 기획한 건 아니었지만요."

늘 스스럼없는 마를리아니 부인의 말투가 오늘은 쇼팽의 마음에 거슬렸다. 송별회를 한 것은 사실이었다. 그러나 그것은 좀더 천천히 해야 할 말이었다. 들라크루아는 그런 쇼팽의 기색을 알아차리고 곧바로 무슨 얘기든 꺼내야겠다고 생각했다.

"그런데 폴린 비아르도 부인과 누리가 잘 아는 사이였던가?"

쇼팽이 얼굴을 들었다.

"물론이지, 폴린 아버님의 제자였으니까."

"그랬군."

마를리아니 부인도 들라크루아를 향해 고개를 끄덕였다. 그리고 식사 준비 문제로 사용인이 부르자 양해를 구하고 자리를 떴다. 들라크루아는 갑자기 침울해진 쇼팽의 모습을 보고 죽은 조카 얘기를 꺼낸 것을 후회하고는 화제를 바꾸기로 했다. 문득 어제의 논의가 생각나서 그 이야기를 꺼냈다.

"그러고 보니 어제 폴린의 오빠와 함께 있었어."

"마누엘과?"

"응, 내 친구 집에서."

쇼팽은 누리에 대해 좀더 이야기하고 싶었다. 노앙에서 돌아오는 길에 우연히 생각이 난 후로 그는 그 친구에 대해 누군가와 그리움을 나누고 싶어 견딜 수가 없었다. 대화를 통해 풀어내서 편안해지고 싶었다. 말을 하면 가슴의 답답함이 걷힐 것 같았다. 그러나 화제가 다른 곳으로 옮겨지자 어쩐지 그쯤에서 끝낸 것이 더 나았는지도 모르겠다는 생각이 들었다.

들라크루아는 이야기를 계속했다.

"어제 모임에서 그의 둘째누이인 말리브란 부인에 대해 이야기를 했어."

"그래? 그녀도 훌륭한 가수였지. 누리의 노래를 들었던 그 무렵에 그녀의 무대도 봤었어. 감동적이었지. 그녀가 오셀로를 연기하는 걸 본 적이 있나?"

들라크루아는 쇼팽이 깜빡 데스데모나와 오셀로를 착각한 것으로 알고 자연스럽게,

"응, 그녀의 데스데모나 연기는 봤지"라고 고쳐서 대답했다.

"아냐, 그녀가 오셀로 역할을 했었어. 얼굴을 새까맣게 칠하고서 말야. 그 대신 입장료가 비쌌지. 이십사 프랑이나 되었으니까. 그 무렵에는 나도 적빈에 시달리던 터라 상당히 무리해서 보러 갔었던 게 아직도 기억나는군. 정말 묘했어. 데스데모나 역을 맡았던 이는 슈뢰더 데프린트라는 독일인 소프라노였지. 구트만을 보면서도 항상 하는 생각인데, 역시 독일인들은 키가 커. 반대로 말리브란은 몸집이 작았지. 두 사람이 무대에 서니까 큰 여자와 작은 남자라는 느낌이어서 정말 이상했어. 원래 오셀로라면 어디에 내놓아도 빠지지 않을 만큼 험상궂은 용모의 장군이어야 하는데 말야. 오셀로가 데스데모나를 교살하는 중요한 장면에서 도리어 오셀로가 반격당해 데스데모나에게 살해될 것 같아 저도 모르게 웃어버린 관객도 있었지. 말리브란은 훌륭한 가수였는데 그런 식으로 구경거리가 되는 게

가엾더군."

들라크루아는 그 무대의 우스꽝스러운 상황을 상상하며 웃었다. 그러나 마음속은 평온하지 않았다.

쇼팽이 아무런 주저도 없이 말리브란의 재능을 칭찬하자 그는 다시금 어제의 토론에서 자신이 틀렸던 것이 아닐까 하는 불안에 휩싸였다. 혹은 자신이 다른 화가들에 대해 그렇듯이 쇼팽도 동업자에게만 허용되는 어떤 종류의 관대함으로 그렇게 말하는 것인지도 모른다는 생각도 들었다. 그러나 어제의 토론에 쇼팽이 있었더라면 자기가 아니라 가르시아 편을 들었을지도 모른다고 생각하자 질투 비슷한 마음을 품지 않을 수 없었다. 그래서 아무렇지도 않은 척 조심스럽게 말해보았다.

"나는 사실 말리브란보다 파스타가 훨씬 더 좋아. 단순히 좋은 것만이 아니라 실력도 훨씬 더 뛰어나다고 생각해…… 그런 얘기를 했는데, 어제 자리에 함께 있던 이들이 모두 말리브란 당(黨)이더라구. 나는 완전히 고립되어버렸어. 그중에서도 가르시아가 앞장서서 반대했지."

그 말에 쇼팽은 예상과 달리 유쾌한 듯 웃어젖혔다. 그 웃는 얼굴이 결코 과장된 것이 아니었는데도 어쩐지 샹들리에가 빛나는 살롱의 문을 열었을 때 같은 눈부심이 넘쳤다.

"그야 그랬겠지. 마누엘이 파스타보다 말리브란이 못하다는 얘기를 인정할 리가 있나? 누이잖아! 게다가 그 집안 사람들은 항상 자신만만하지. 그런 면은 폴린 비아르도 부인도 꼭 닮았어. ……우리끼리니까 하는 얘기네만."

쇼팽은 미소를 지으면서 마지막의 '우리끼리니까 하는 얘기네만'이라는 부분만 속삭이듯 작은 소리로 말하고는, 들릴 리도 없는 저 먼 곳의 마를리아니 부인 쪽에 일부러 신경을 쓰는 척했다.

"하긴 말리브란은 과장이 심했으니까 자네 취향에는 안 맞았을 거야. 그런데 내가 막 파리에 왔을 무렵에는 이미 말리브란 열풍이 불고 있어서 새삼스럽게 파스타의 노래는 들을 생각이 없다는 사람들이 많았어. 자네처럼 이십년대 초입의 파스타를 알고 있는 사람이라면 말리브란이 마음에 들지 않겠지. 그러나 나는 그렇지 않았으니까 말야."

들라크루아는 말리브란의 과장벽에 대해 쇼팽도 취향에 맞지 않는다고 해주리라 예상했던 터라 고개를 끄덕이면서도 내심 실망했다. 리스트의 화려함을 끔찍이 싫어하는 쇼팽이니만큼 더욱더 자신의 말을 이해해줄 것이라고 생각했다. 연대(年代)는 문제가 아니었다. 쇼팽의 말은 가르시아가 파스타를 구식이라고 강조한 것과 별반 다르지 않은 것처럼 들렸다. 그러나 그가 정말로 말리브란을 평가하고 있다면 그런 변명은 오히려 친절한 배려일 터였다. 그리고 자신은 옛날의 파스타를 보지 못했다고 하는 말에서 그다운 신중함이 느껴졌다.

쇼팽은 파스타를 찬미하는 들라크루아와 말리브란이 훨씬 낫다며 좀체 양보하지 않는 가르시아가 토론하는 모습을 상상해

보고는 재미있어서, "마누엘도 자네 못지않게 고집이 센 친구니까"라고 웃으며 말했다.

그리고 두 사람은 각자 마음에 드는 가수의 이름을 들어가며 그들의 젊은 날의 추억으로 한참 이야기를 나누었다. 쇼팽은 특히 제자들에게 항상 그가 노래하듯이 피아노를 쳐야 한다고 가르쳤던 '테너의 왕' 조반니 바티스타 루비니에 대해 이야기하며 그의 은퇴를 아쉬워했다. 들라크루아는 루이지 라블라케를 들었고 여기에 쇼팽도 동의하면서 분위기가 한층 고조되었다. 나아가 유명한 옛 '청교도 사중창단' 의 남은 두 사람 줄리아 그리시와 안토니오 탐부리니에 대해서도 마음껏 이야기하고, 마지막에는 말하기에도 지쳐 서로의 얼굴을 마주 보며 웃었다. 들라크루아는 그들의 실력과 세상의 평판의 차이라는 어젯밤의 화제를 쇼팽과도 논의해보고 싶었다. 그러나 차츰 손님이 불어나서 쇼팽이 다른 자리로 불려가고 그 또한 알제에 갔을 때 알게 된 푸아렐과 재회하느라 자리를 뜨는 바람에 대화는 그것으로 끝나버렸다.

식사를 마치고 다시 잠시 쇼팽과 잡담을 나누었다. 쇼팽은 그즈음 받고 있는 마사지 치료법을 소개하며 덕분에 제법 건강이 좋아졌다고 했다. 야회가 시작되자 노래와 시 낭독 때문에 긴 대화는 어려워졌다. 기회를 잡아 아까의 이야기를 계속하려는데, 어떤 장교가 자신이 만들었다는 기묘한 모양의 기타를 치기 시작해서 대화는 다시 중단되고 말았다. 어째서 기타를 치는 사

람들은 저렇게 기술만을 보여주려고 안달하는 걸까, 하는 생각
에 들라크루아는 몹시 지루해하며 연주를 들었다. 그리고 프랑
스인의 음악적 재능의 결핍을 새삼 실감했다.

'모차르트, 베토벤, 로시니, 치마로사, 그리고 쇼팽. 프랑스인
은 한 사람도 없잖아. 우리나라의 음악가라면 누가 있지? 베를
리오즈? 참으로 한심한 일이야……'

연주가 끝나자 그 낯선 연주자가 그에게 말을 걸어왔다.

"들라크루아 씨는 바이올린에도 일가견이 있으시다고 들었습
니다만, 꼭 한번 들려주셨으면 합니다."

들라크루아는 쇼팽과의 대화를 방해받은 화풀이도 할 겸 '하
지만 저는 쇼팽 씨 앞에서 재주를 펼칠 만한 용기는 없습니다'
라고 비꼬아줄까 싶었다. 그러나 굳이 뒷맛이 떨떠름한 자리를
만들 필요는 없겠다고 마음을 고쳐먹고,

"글쎄요, 언젠가 기회가 닿으면 그렇게 하지요"라고만 대꾸
했다.

6

2월에 들어서자 추위가 한층 더 기승을 부려 쇼팽도 마침내
자리에 눕게 되었다. 연말부터 줄곧 건강한 것이 오히려 기이할
정도였던 터라 곧 닥칠 것이라는 예감은 있었지만, 막상 열이

오르고 기침 발작이 시작되고 보니 마치 갑작스런 재앙에 휘말린 것처럼 당황스러워 야회 초대는 물론이고 낮의 레슨도 대부분 거절했다.

밤낮을 가리지 않고 이불 속에 파묻혀 지냈다. 몸이 좋지 않을 때는 아무 생각도 하지 않고 어서 잠이 들어 편안해지기만을 빌었다. 두통은 물결처럼 뇌리에 가득 찼다. 심장이 박동할 때마다 머리 속의 혈관이란 혈관이 모조리 부풀어올라 가까스로 파열을 견디고 있는 듯한 통증을 느꼈다. 억지로 잠을 자려고 하면 눈꺼풀에 저절로 힘이 들어갔다. 이따금 그것을 깨닫고 미간의 주름을 펴면 닫힌 눈꺼풀이 파르르 떨리는 것이 너무도 확실히 느껴져 실망하며 다시 헛되이 돌아누워야 했다. 머리끝까지 이불을 뒤집어쓰고 의식이 멀어지기 시작할 즈음이면 이번에는 기침이 방해를 했다. 몽롱한 중에도 신기하게 맑은 의식으로 쇼팽은, 조심스럽게 꽃밭으로 다가갔는데 누이 이자벨라가 소리를 지르는 바람에 바로 눈앞의 나비를 놓쳐버렸던 어린 시절의 기억을 떠올렸다. 그러고는 이내 답답해져서 이불 위로 얼굴을 내밀고 일부러 눈을 크게 떴다. 그런 때면 뺨에 와 닿는 방안 공기가 유난히 차가웠다. 눈이 아플 때까지 깜빡임을 멈추고 참다못해 눈꺼풀이 제 스스로 닫히기를 기다렸다. 잠에 이르는 길은 똑바로 정상으로 향하지 못하고 주변을 몇 번이나 돌며 조금씩 올라가는 산길과도 같았다. 어쩔 수 없이 이런 짓을 수없이 거듭하다 운이 좋으면 잠이 들었다. 그리고 눈을 뜰 때는 언제나 잠들기 전보다 몇 배나 머리가 아팠다.

거동할 만할 때는 작곡중이던 왈츠를 손보거나 지난해 노앙에서 연구했던, 모차르트의 레퀴엠 행간에 빽빽이 써넣은 총보(總譜)를 들여다보곤 했다. 1월에 자신의 몸 상태가 어땠는지 되짚어보다 오한과 두통 같은 징후가 있었던 것을 깨닫고 좀더 절제했어야 했다고 후회했다. 감기에 걸린 채 레슨을 받으러 왔던 학생을 기억해내고 그때 옮은 게 아닌가 하고, 스스로 생각하기에도 한심한 의심을 해보기도 했다. 그러나 관자놀이에 오드콜로뉴를 찍어바르면서까지 내키지 않는 레슨을 할 필요는 없었다는 후회가 들었다. 괜히 여기저기 병문안을 다닌 것도 잘못이었다. 간헐적으로 기침 발작이 일어나다 점점 그 간격이 좁아졌던 최근 이 주일가량의 일을 더듬고 있으려니 무슨 까닭인지 노앙에서 파리로 돌아오던 마차 안에서 뇌리를 스쳤던, 객혈이 뚝뚝 떨어지던 그 파도의 리듬이 겹쳐지면서 다시금 그를 마요르카 섬으로 데려가려 했다. 그리고 마지막에는 결국 상드 부인을 생각했다.

2월에 파리에 돌아올 예정이던 그녀와 그 가족의 도착이 7일 일요일이 될 것 같다는 소식을 그는 최근에 상드 부인이 직접 보내온 편지를 통해 알았다.

얼마 전 마를리아니 백작 부인 댁에 식사를 하러 갔을 때도 그는 들라크루아가 도착하기 전까지 부인과 내내 상드 부인의 가족에 대한 이야기를 했었다. 화제는 대부분 솔랑주의 결혼에 관한 것이었다.

작년 여름 무렵부터 상드 부인은 솔랑주의 결혼에 대해 진지하게 생각하게 되었다. 쇼팽을 비롯하여 주위 사람들 모두가 찬성했다. 솔랑주 뒤드방은 곧 열여덟이었다. 결혼 적령기를 맞이한 것도 물론 큰 이유였지만, 끊임없이 이어지는 가정 내의 분쟁을 해소하는 데 상드 부인의 결정은 일종의 광명이 되어줄 터였다.

상드 부인은 자신의 옛 기억을 더듬고 있었다. 그녀의 불행은 네 살 되던 해 가을에 미처 눈도 뜨지 못한 생후 삼 개월의 동생 오귀스트가 죽고, 제국군 뮈라 장군의 전속부관이었던 아버지 모리스 뒤팽마저 일 주일 뒤에 세상을 뜨면서 시작되었다. 이후 그녀는 아들의 결혼에 의절까지 고려했을 정도로 반대했던 할머니와 어머니 사이의 증오에 찬 다툼의 소용돌이 속에서 고독한 소녀 시절을 보냈다. 할머니 마리 오로르 뒤팽 부인은 폴란드 왕 아우구스트 2세의 아들로 아버지 못지않은 엽색가로 악명을 날렸던 모리스 드 삭스 원수의 서출이었지만, 어린 날에 수도원에서 받은 교육과 첫 남편과의 사별 후 비로소 함께 살게 된 유복한 어머니의 영향, 나아가 서른한 살 연상의 재혼 상대였던 징세관 루이 클로드 뒤팽과의 평온한 삶이라는 행운, 그리고 무엇보다 그 모든 시기에 걸쳐 유지했던 그녀 자신의 비할 데 없는 향학심이 열매를 맺어 아망틴 오로르 뤼실 뒤팽, 즉 어린 시절의 상드 부인의 눈에는 루이 왕조 시절의 우아함을 완벽하게 갖춘 사려 깊고 교양이 풍부한 여성으로 비쳤다. 한편 어머니 앙투아네트 소피 빅투아르 뒤팽 부인은 파리의 가난한 새 장사의 딸로 전혀 무학인데다 자유분방하고 감정의 기복이 심했으며, 결혼하기 전에 이미 아버지 없는 아이를 몇 명이나 낳았고 모리스 뒤팽을 만났을 무렵에는 이탈리아 원정군의 참모부 장교였던 클로드 콜랭의 정부였던, 그다지 **바람직하지 못한 경력**을 가진 여인이었다. 한쪽은 온건한 왕당파이고 한쪽은 열렬한 나폴레옹 숭배자였던 시어머니와 며느리의 숙명적인 불화에 휘말려든 오로르는 할머니의 사랑 때문에 어머니로부터 미움을 받아 아버지가 죽고 겨우 다섯 달 만에 버림받듯이 노앙에 홀로 남겨졌고, 이후에는 이따금 그녀가 파리를 방문하거나 어머니가 노앙을 방문해 잠시 재회하는 것 외에는 전적으로 할머니의 손에서 자랐다. 그녀가 다시 어머니 밑에서 살게 된 것은 이 년간의 수도원 생활을 마치고 노앙으로 돌아온 다음해인 1821년 말에 경애하던 할머니가 돌아가신 뒤의 일이었다. 마리 오로르 뒤팽 부인은 손녀딸의 처지를 염려하여 아버지 쪽 친척인 르네 드 빌뇌브를 그 후견인으로 지정한다는 유서를 남겨두었지만, 어머니 소피는 이를 인정하지 않았다. 노앙을 찾은 그녀는 딸의 의사도 물어보지 않고 강제로 파리로 데리고 왔다. 그러나 십삼 년이나 중단되었다가 재개된 모녀의 생활이 제대로 풀릴 리 없었다. 어릴 때 그토록 어머니에게 사랑받기를 원했고, 짧은 체재 후에 냉정하게 노앙을 떠나곤 하던 어머니의 등을 울면서 뒤쫓았던 딸은 이제 다 자라서 이미 그 애정에 어떠한 기대도 품지 않았다. 하루라도 빨리 집을 떠나고 싶은 마음뿐이었다. 다시 할머니처럼 자신을 사랑해줄 사람에게 도망치고 싶었다. 누구라도 괜찮았다. 그저 사랑해주기만 하면 되었다. 그런 우울한 나날중에 우연히 만나 순식간에 사랑에 빠지고 결혼에까지 이르게 된 이가 카지미르 뒤드방 남작이었다.

결과적으로 불행한 결혼이었지만 그래도 그를 만나 어머니 집을 떠나게 되었을 때는 얼마나 속이 시원했는지 모른다고 그녀는 회상했다. 사정은 물론 다르지만, 솔랑주도 마찬가지일지 모른다. 솔랑주 또한 이제는 가족의 곁을 떠나야 할 시기가 아닐까? 자신도 결혼하고 난 뒤에 어머니를 이해하게 되었다. 애정이라고는 없던 그 어머니에 대해서조차! 오랜 세월 이토록 사랑하며 키워온 딸이니 분명 그런 고마움을 깨닫지 못할 리가 없다. 솔랑주의 반항에 속을 태우다 못해 그만 지긋지긋해진 것은 사실이다. 그러나 자신이 딸을 쫓아내고 싶어한다고는 털끝만큼도 생각하지 않았다. 솔랑주의 결혼을 고려하는 것은 아이의 장래를 염려하는, 어머니로서의 당연한 의무였다. 그녀가 결혼보다도 자신과 떨어져 사는 것 자체에서 행복을 발견할 수단 있다면 그것도 괜찮다고까지 생각했다. 사위는 자신이 직접 찾아줄 작정이었다. 그것은 어머니로서의 책임이었다. 그리고 그녀에게는 그럴 만한 자부심이 있었다.

그러나 일은 그리 쉽게 풀리지 않았다. 솔랑주가 결혼에 대해 동경을 품지 않은 것은 아니었다. 그녀는 오빠인 모리스가 오귀스틴과 한편이 되어 자신을 적대시할 때마다 지독한 질투심과 열등감을 느끼며 어째서 자기만 혼자여야 하느냐고 노골적으로 분노를 드러냈다. 그러나 어머니가 바라는 상대와 결혼하는 것은 그녀에게 또다른 굴욕을 강요하는 일이었다. 솔랑주는 상드 부인이 딸의 남편감을 선택하는 데 보이는 열성에서 **남자를 보는** 눈에 대한 어머니의 오만한 자부심을 느꼈다. 자신은 아무리 나이가 들어도 어린애로 취급받는다. 어머니는 항상 자신이 옳다고 믿는다. 그러면서도 예전에 자신의 책에는 '결혼이란 어떠한 경우에도 사회가 만든 가장 야만적인 제도의 하나이다' 라고 썼다. 얼마나 어이없는 모순인가! 그런 생각을 하면 아무래도 가만히 입을 다물고 있을 수 없었다. 그래서 툭하면 불만을 토로했고, 또 그때마다 어머니의 웅변에 번번이 꼼짝을 못 하곤 했다.

상드 부인에게는 솔랑주의 반항이 너무도 불합리하고 유치하게만 보였다. 결혼을 원한다는 것은 알고 있었다. 그것이 단순히 '부인' 이라는 호칭을 얻고 싶다는, 참으로 유치한 이유 때문이라도 괜찮다고 생각했다. 그리고 최소한 자존심에 상처는 입히지 말자는 마음에서, 자신이 사위 선택에 참견을 하는 것은 너보다 현명하기 때문이 아니라 나이가 더 많은 만큼 너보다 다양한 경험을 하고 수많은 사람을 보아왔기 때문이라고 설명했다. 솔랑주는 반론의 여지를 주지 않는 그런 설득이 잔인하다고 생각했다. 그리고 다양한 경험을 하고 수많은 사람을 보아왔기 때문이라는 말에서 어딘지 음란한 울림을 느끼고는 그 말에 처녀다운 경멸을 품었다.

결혼 상대로 처음 후보에 오른 이는 루이 블랑이었다. 쇼팽은 겉으로는 찬성도 반대도 하지 않았지만, 그에 대해서는 상드 부인과의 교제에 더 신경을 써왔던 터라 딸의 결혼 상대로 이름이 오른 것은 뜻밖이었고, 그런 의미에서는 반가운 일이기도 했다. 루이 블랑에 대한 자신의 질투를 자조할 정도의 여유를 가질 수도 있었다. 그러나 이 조합에는 애초에 무리가 있었다. 솔랑주는 말할 것도 없고 정작 가장 중요한 루이 블랑 쪽에서도 전혀 내켜하지 않았다. 그는 오히려 오귀스틴에게 관심을 가지고 있었다. 그리고 쇼팽이 뭔가 의견을 밝히려고 했을 즈음에는 이미 이 이야기는 없었던 일이 되어 있었다.

다음으로 상드 부인이 점찍은 것은 그해에 노앙을 방문했던, 피에르 르루에게 큰 영향을 받은 빅토르 드 라프라드라는 시인이었다. 그러나 이번에는 소문을 들은 라프라드 가의 양친이 이야기가 더 진전되기 전에 아들을 재빨리 리옹으로 불러들여버렸다.

솔랑주는 어머니의 계획이 번번이 어긋나는 데 적잖이 만족감을 느꼈지만, 한편으로는 초조함과도 같은 실망 또한 느끼고 있었다. 그녀는 몇 번이나 결혼에 대한 자신의 굴절된 동경을 쇼팽에게 털어놓으려 했다. 그러나 입 밖으로 나온 말은 항상 미묘하게 자신의 의도를 벗어났다.

"어머니는 아무라도 좋으니까—그래요, 정말이라니까요—

아무튼 나를 아무한테나 떠맡겨서 어서 이 집에서 쫓아내려는 거예요. 어머니 머릿속에 있는 것은 그저 오빠뿐이죠. 내 일 같은 건 요만큼도 신경쓰지 않아요!"

자신이 내뱉은 이런 말들에 그녀는 표현하기 힘든 위화감을 느꼈다. 자신이 정말 하고 싶은 말은 그런 것이 아니었다. 이 사람이 이 말을 진심으로 여기고 내게 전혀 결혼할 의사가 없다고 지레짐작하면 어쩌지? 그녀는 그런 걱정에 휩싸였다. 그러나 이미 내뱉은 말의 견인력은 그녀의 본심은 제쳐두고 미리 준비했던 것처럼, 말하자면 스스로 움직이는 힘을 가진 것처럼 억지로 말의 연쇄를 이끌어냈다.

"어머니는 그저 오빠만 곁에 있으면 되는 거예요. 나는 항상 방해꾼이죠. 오빠와 저 못된 오귀스틴이 나한테 얼마나 끔찍하고 심하게 구는지 당신이라면 아시겠지요? 그런데도 어머니는 싸움의 원인은 항상 나한테 있다고 해요! 내가 이 집에서 나가면 저 세 사람은 얼마나 좋아할까? 얼마나 좋아라 내 욕을 해댈까!"

그렇게 말하고 보니 실제로 세 사람의 웃는 얼굴이 눈앞에 어른거리는 것 같아 그녀는 점점 더 화가 났다. 그리고 처음에 품었던 걱정은 깡그리 잊어버리고는, 자신의 말이 스스로도 깨닫지 못했던 진짜 속마음을 짚어낸 것이라고 생각했다.

솔랑주가 별다른 자각 없이 입에 담은 **세 사람**이라는 숫자에는 그녀다운 악마적인 번뜩임이 있었다. 그리고 뒤를 이어 나온 말은 그녀의 교활한 재능이 십분 발휘된 것이었다.

"그래요, 저 세 **사람**은 자기들 말고는 다른 누구의 애정도 원하지 않아요. 나는 어머니의 딸이고 오빠의 여동생인데도! 내가 나가는 것을 슬퍼해주는 사람은 당신뿐이에요. 정말 내게 다정하게 대해주는 사람은 항상 당신뿐이었어요. 아아, 그렇지만 당신 **혼자** 이 집에 남겨진다면 대체 어떻게 될까? 저 세 **사람**은……"

쇼팽은 그녀의 말이 의미하는 바를 정확히 이해했다. 그리고 거기에 저항하면서도 깨닫고 보면 반드시 그녀에 대한 동정으로 기울어 있는 것이었다.

마를리아니 부인은 이런 사정을 놀랄 만큼 잘 알고 있었다. 그녀는 그 경위를 하나하나 언급하며 때로는 쇼팽조차도 깜빡 잊고 있던 사소한 일화를 끄집어내 그를 놀라게 했다. 그리고 이런 일련의 소동 끝에 결국 솔랑주가 페르낭 드 프레오라는 지방 귀족의 아들과 사랑에 빠져 청혼을 받았다는 이야기도 당연히 알고 있었다.

"7일에 상드 부인의 가족과 함께 그 청년도 스카르 도를레앙의 두 집 중 한 집으로 온답니다. 나도 퍽 마음에 들어요, 그 청년은."

쇼팽은 마를리아니 부인에게 그렇게 말했다. 굳이 상드 부인의 가족을 배려해서 한 말은 아니었다. 그녀도 "네, 맞아요"라고 고개를 끄덕였다.

"정말 느낌이 좋은 청년이더군요. 용모도 단정하고, 대부호랄

수는 없지만 집안도 꽤 탄탄한 편이라죠? 게다가 사실은 왕당파
인데 상드 부인 앞에서는 절대 그런 말은 꺼내지 않아요. 젊은
사람이 퍽 신중한 성품이에요.”

쇼팽은 그 젊은이에게 그렇게 대단한 정치적 신념이 있는 것
같지는 않아 그런 점에 특히 감탄하는 그녀가 이상했지만, 어쨌
든 “그렇군요”라고 맞장구를 쳤다. 그리고 “그렇지만 그건 상드
부인도 알고 있는 일이니까 사실은 그녀 쪽이 더 관대한 거지
요”라고 덧붙였다.

쇼팽은 자신이 그렇게 스스럼없이 상드 부인을 감싸는 말을
했다는 것이 기뻤다. 노앙에 있을 때는 칭찬이든 비난이든 평소
에는 별로 마음에 걸리지 않던 말에까지 신경질적인 망설임이
들곤 했다. 칭찬을 하면 거짓말 같은 느낌이 들었다. 욕을 하면
진심인 것 같아 꺼림칙했다. 다른 사람들에게 그녀에 대한 이야
기를 하려면 항상 적지 않은 노력이 필요했다. 그러던 것이 한
동안 떨어져 지내다보니 서서히 예전처럼 편해진 것 같았다. 복
잡한 고민 없이 간단히 그녀의 이름을 입에 올릴 수 있었다. 입
에 올린 뒤에도 그것을 돌이켜 생각해볼 필요가 없었다. 그러나
그런 변화를 스스로 알아차려서는 안 되었다. 그것을 의식하는
순간 원래의 껄끄러움이 다시 고개를 쳐드는 것이었다.

차라리 그녀에 대한 생각을 하지 않을 수 있다면! 그럴 수만
있다면 얼마나 마음이 편안해질까? 그런 바람은 항상 똑같았다.
그것이 불가능하다는 것도 변함이 없었다. 그녀의 기억은 끊임

없이 그의 사념 속을 오락가락했다. 가슴속에 가둬두고 두껍게 벽을 쌓아버리려 하면 그 기억은 아주 작은 틈새조차 놓치지 않고 비집고 나와 불쑥 모습을 드러냈다. 가둬둘 수 없다면, 이따금 창을 열어 바깥 공기를 쏘일 필요가 있었다. 남에게 말을 해버리면 그나마 숨이 트일 것 같았다. 누군가에게 이야기해서 마치 비밀처럼 가슴속에 응고되어 있는 그녀에 대한 생각을 풀어버리고 싶었다. 말이 허공으로 던져져 기체처럼 흩어져 사라지듯이. 그런 바람을 병이 방해했다. 몸이 축 처져서 외출할 마음이 나지 않았다. 침대에 가만히 있으면 애매해져 있던 몇몇 기억들이 다시 각을 세워, 그는 머리 속에 돌멩이 같은 난폭한 이물질이 뭉쳐 있는 듯한 아픔을 느꼈다.

'……이제 조금만 있으면 돌아온다, 그녀가……'

기쁨만큼 불안도 한층 더 심해졌다. 감정에 계수가 있다면 불안의 계수는 항상 기쁨의 계수보다 조금 높을 것이었다. 도착할 날이 하루하루 다가오자 결국 불안만 무겁게 가슴에 걸려 있게 되었다.

'처음에 무슨 말을 해야 좋을까? 그녀는 지금 무슨 생각을 하고 있을까? 내가 되찾으려고 하는 예전과 같은 스스럼없는 태도가 오로르의 눈에는 도리어 뻔뻔한 것으로 비치지는 않을까? 경박한 사람으로 생각하지 않을까? 아무렇지도 않은 듯 계속 보냈던 편지의 문투가 잘못되었던 건 아닐까? 내 성실함을 증명하려면 좀더 정중하게 맞아야 하는 걸까? 하지만 그녀는 거기에서

나의 냉담함을 느끼고 실망하겠지. 카롤 대공을 대하는 루크레지아 플로리아니처럼! 그렇다면 차라리 이런 고민의 흔적을 그녀에게 보여주는 게 나을까? 아아, 그러나 그런 천박한 짓을 어떻게 한단 말인가? 서푼짜리 시인이 읊어대는 어설픈 시처럼 천박한 짓거리를? 나는 이렇게 괴로워하는데 그녀는 왜 이런 마음을 알아주지 않는 걸까? 항상, 언제든! 내가 고뇌하는 때에도 그녀는 내게서 냉담함만을 발견하곤 했지. 그러고는 그것에 대해 분개하는 거야. 견딜 수 없을 만큼 쌓인 고뇌가 결국 터져나오면 이번에는 천만뜻밖이라는 듯 생뚱한 눈초리로 나를 쳐다봤지. 냉담한 것은 오히려 그녀가 아닌가? 그녀는 나에 대해 이만큼 고민하고 괴로워할까? 괴로워할 만큼 아직도 나를 사랑하고 있을까? 솔랑주의 말대로 그저 모리스만 곁에 있으면 되는 걸까? 그런 솔랑주도 지금쯤은 어머니와 화해하고 나에 대해서는 완전히 잊어버린 게 아닐까? 아무 불화도 없이 가족끼리 노앙의 겨울을 즐기고 있는지도 모른다. 결국 나는 타인일 뿐이야. 나만 혼자야! 아아, 그러나 솔랑주가 결혼한다는 것은 나에게도 기쁜 일이 아닌가? 그 덕분에 어머니와 딸 사이가 좋아진다면 그것은 참으로 기쁜 일이 아닌가? 비참하게 침대에 누워 고민하다보니 내가 그런 것도 순수하게 기뻐하지 못하는 인간이 된 걸까? 그런 일에 질투를 할 만큼 비굴한 인간이 되어버렸단 말인가……?'

2월 7일 저녁 무렵, 쇼팽은 현관문 앞에 정차하는 마차 소리와 그곳에서 들려오는 부산한 소리로 일가의 도착을 알았다. 사용인인 피에르가 5번지 관리인 라라크 부인과 함께 거실에 들어와 상드 부인 일행이 지금 막 노앙에서 돌아왔다는 소식을 알렸다.

"짐도 있고 해서 우선 가족분들은 5번지 쪽으로 가셨습니다. 어떻게 할까요, 몸이 좋지 않으시다고 말씀드렸더니 부인께서 직접 이쪽으로 오겠다고 하셨습니다만……"

"응…… 아니, 괜찮아. 내가 그쪽으로 가지."

쇼팽은 몸이 좋지 않다는 말이 다른 의미로 해석될까봐 굳이 그렇게 대답했다. 만나고 싶지 않은 손님이 찾아왔을 때 그가 항상 몸이 좋지 않다는 구실을 내세우곤 했던 것을 상드 부인이 누구보다 잘 알고 있기 때문이었다.

'내가 몸이 아프거나 말거나 상관없어. 오로르는 그 말을 평소 하던 대로 해석해버릴 테니까. 나를 만나고 싶지 않은 모양이지! 라고, 분명 그렇게 생각하겠지. 그러면 그녀와의 관계는 더 악화될 뿐이야.'

쇼팽은 라라크 부인에게 5번지 집에 미리 불을 넣어둔 것에 감사의 뜻을 전한 뒤에 피에르에게 말했다.

"로지에르 양에게는 똑똑히 전했나?"

"네, 그런데 이쪽 9번지 쪽으로 오실 거라고 말씀드렸는데요."

"괜찮아, 여기로 왔다가 없으면 그쪽으로 오겠지."

"그지마와 백작님과 마를리아니 백작 부인께는 전하지 않아도 괜찮을까요?"

"응, 그지마와는 내가 지난 금요일에 오텔 랑베르에서 얘기했으니까 괜찮아. 마를리아니 부인은 지금쯤 남프랑스에 계실 거야."

"그렇습니까? 그렇다면 다행입니다만."

"자네는 그쪽으로 먼저 가서 내가 갈 거라고 전해주겠나?"

"알겠습니다."

적당한 시간에 그녀의 집을 방문하니 어느새 그지마와 백작과 로지에르 양이 와 있었다. 쇼팽은 돌아온 가족 한 사람 한 사람과 포옹하며 재회를 기뻐하고 특히 솔랑주에게는 "오, 미래의 드 프레오 부인, 처음 뵙겠습니다"라고 '부인'이라는 말에 힘을 주어 정중한 인사를 건넸다.

솔랑주는 인사를 하며 피식 웃어 보였을 뿐이었다.

상드 부인은 걱정스럽게 그의 얼굴을 들여다보았다.

"당신, 이제 괜찮아요?"

다행스럽게도 그지마와 백작과 로지에르 양이 그가 정말로 병 때문에 누워 있다는 얘기를 그녀에게 해준 것이었다.

"네, 조금 나아졌어요."

"나도 참, 노앙은 노앙대로 이렇게 많은 아이들을 건사해야 하고 파리는 파리대로 걱정만 끼치는 도련님이 계시니 정말 마음 편할 날이 없네."

상드 부인은 그렇게 말하고 어깨를 으쓱해 보였다. 모두가 웃었다. 쇼팽은 그 말투에 안도했다. 그리고 그 몸짓에서 자신의 문제가 그녀의 관심이 전혀 닿지 않는 사소한 부분에 불과하다는 비참한 생각 이전에 먼저 가슴속에 시원한 행복감이 퍼져가는 것을 느꼈다. 구름을 뚫고 햇빛이 비치기 시작한 것만 같았다.

"이 친구, 지난 금요일에 오텔 랑베르에서 만났을 때는 정말 빈사의 중환자 같더니 상드 부인을 만나자마자, 저거 봐요, 저렇게 얼굴이 환해지네. 옆에서 보기가 어쩐지 낯뜨거울 정도야."

그지마와 백작이 상드 부인에게 말했다. 쇼팽은 순간 그지마와가 자신과 그녀의 복잡한 사정을 생각보다 훨씬 많이 알고 있다는 생각이 들었다. 그리고 그런 말이 상드 부인의 귀에 억지로 지어낸 말로 들리지 않을까 걱정하면서도, 그의 우정에 순수하게 감사했다.

쇼팽은 모리스와 오귀스틴에게 좀더 말을 걸어야 할지 어떨지 망설였다. 그러자 그런 마음을 알아차렸는지, 일부러 그것을 피하려는 것처럼 모리스가 고개를 돌려 그지마와 백작에게 들라크루아의 근황을 물었다.

"들라크루아 선생님의 하원 그림 작업은 어떻게 되었습니까?"

"글쎄, 연말에 만나보긴 했는데, 그때는 완성되려면 아직 시간이 좀더 걸릴 거라고 하더군."

"그렇습니까……"

모리스는 어머니의 소개로 들라크루아와 교류를 시작했던 1839년 무렵에 한동안 그의 아틀리에에 드나들며 미술 입문 수업을 받았었다. 그지마와 백작은 단순히 들라크루아의 친구일 뿐만 아니라 그 작품의 수집가이기도 했다.

쇼팽은 며칠 전에 그를 만났던 일이 생각나서 두 사람의 대화에 몇 마디를 보태려고 했다. 그러나 마침 그때 상드 부인이 "어머, 그러고 보니 오늘 들라크루아 씨를 깜빡하고 부르지 않았네. 내일 당장 사람을 보내지 않았다가는 크게 토라질 텐데" 하고 끼어드는 바람에 기회를 놓치고 말았다.

곧바로 페르낭 드 프레오가 쇼팽에게 말을 걸어왔다.

"저는 선생님을 다시 만나뵙기를 진심으로 고대했습니다. 요즘 저는 더 바랄 나위 없을 만큼 행복한 나날을 보내고 있습니다. 아, 이 마음을 어떻게 표현해야 좋을지 모르겠어요. 노앙에서는 여러분께서 따뜻하게 축복을 해주셨습니다만, 선생님께서도 부디 우리의 행복한 장래를 위해 함께 축복해주시기 바랍니다."

프레오는 흥분이 지나쳐 어쩔 줄 모르고 갑자기 쇼팽의 두 손을 꼭 쥐었다. 쇼팽은 내심 놀라면서도 젊은 사람다운 그 솔직함에 호감을 느꼈다.

"물론 이 젊은 두 사람의 행복을 바라는 마음은 나도 누구 못지않다네. 이렇게 멋진 결혼에 축복의 말을 건넬 수 있는 영광을 얻었으니 내가 도리어 두 사람에게 감사하고 싶을 정도야. 그러나 이런 아름다운 신부를 얻었으니 자네, 각오를 단단히 해야 할 거야. 이 세상에는 마음이 삐뚤어진 사람들이 적지 않으니까 말야. 자네가 거리를 걸을 때마다 선망의 눈초리가 우박처럼 쏟아질걸.”

“우박처럼!”

“아, 우박은 좀 이상했나? 아니, 얼마 전에 파리에 우박이 내려서 말야, 너무 굉장했던 터라 그만 그 말이 나왔군. 아무튼 진심으로 축하하네.”

쇼팽은 그렇게 축하해주고는 이번에는 곁에 서서 말없이 듣고 있던 솔랑주에게 다시 한번 같은 말을 했다.

“축하한다. 너도 이제 부인의 반열에 오르겠구나.”

솔랑주는 “예” 하고 고개를 끄덕이며 흘끗 프레오 쪽을 돌아보았다.

“이 사람은 과장이 좀 심해요. 시골식이라서.”

프레오는 그 말을 듣고 당황한 표정으로 그녀를 쳐다보았다. 쇼팽도 일순 의아해하며 그녀의 새침한 옆얼굴에 시선을 던졌다. 그러나 곧바로 페르낭을 보고 웃으며 “솔랑주가 부끄럼을 타는군” 하고 어색한 분위기를 얼른 수습했다.

쇼팽은 선 채로 오래 이야기를 한 탓에 현기증이 일어 저도 모르게 가까운 의자에 주저앉았다. 상드 부인이 그것을 보고 일동에게 어서 식탁에 앉자고 재촉했다.

“우리도 몇 시간을 마차에서 흔들리며 오느라 피곤하니까 오늘은 일찌감치 파하기로 할까요?”

그지마와 백작이 쇼팽을 향해 의미 있는 미소를 지어 보였다.

쇼팽은 그 이유를 알아차리고 두세 번 고개를 가로젓고는 그만 알아볼 수 있도록 조심스럽게 마주 미소를 지었다.

다음날, 하원 도서관에서 돌아온 들라크루아는 외출한 사이에 상드 부인의 심부름꾼이 왔었다는 이야기를 제니에게 들었다.

"어제 저녁에 상드 부인 가족께서 돌아오셨다고 합니다."

"그래? 왜 곧바로 알려주지 않았지?"

오랜만에 그녀와 재회할 수 있다는 것이 어느 때보다 기뻤다.

2월에 들어서면서 그도 쇼팽과 약속이라도 한 듯이 몸 상태가 좋지 않았다. 자리에 드러누울 정도는 아니어서 작업은 그럭저럭 계속했지만, 며칠 전부터는 그것도 힘들어서 어제는 결국 하루 종일 아무 일도 하지 않았다. 그는 그런 자신을 아무래도 용서하기 어려웠다. 어쩐지 자신의 건강을 믿을 수가 없었다. 열도 있고 기침도 나왔다. 그러나 그보다 더 큰 것은 우울이었다. 그것이 별로 심각하게 아픈 것도 아닌 몸을 핑곗거리로 삼아 작업을 게을리하도록 조종하는 것만 같았다. 그런 의심이 들자 자꾸만 화가 났다. 우울의 정체를 알 수가 없었다. 그저 막연하고 애매하기만 해서 아무리 생각해봐도 짚이는 데가 없었다. 우울은 항상 갑작스럽게 찾아와서는 지나온 길조차 알 수 없을 만큼 빠른 속도로 그를 깊은 어둠의 늪으로 끌고 갔다. 아닌게 아니라 최근 일 주일 동안 불쾌한 일들이 연달아 일어나기는 했다. 그 대부분은 비애라고나 해야 할 것들이었다. 그러나 자신을 들볶는 우울이 그러한 비애와 직접적인 관련이 있지는 않다는 것도 그는 잘 알고 있었다. 비애처럼 구체적인 것이 아니었다. 형태도 분명하지 않았다. 어쩌면 그 사소하기 이를 데 없는 하나하나의 일들이 가슴에 가라앉아 침전물처럼 쌓이고 있는지도 모른다는 생각도 했다. 연못 바닥에 가라앉은 썩은 나뭇가지며 잎사귀들이 언젠가 그 모습을 잃고 똑같은 뻘이 되듯이, 가슴 밑바닥에도 부패한 비애가 우울의 검은 뻘이 되어 퇴적되는 것이 아닐까 하는 상상을 해보았다. 그러나 인과관계를 따지면 오히려 반대인 듯한 느낌이 들었다. 비애는 결코 우울보다 앞서 오는 일이 없었다. 비애는 언제나 단속적이고 단 한 번뿐이었다. 그 밑바닥에서 우울은 오히려 지속적인 토양이었다. 새롭게 비애를 만들어내고 낡은 비애를 계속 받아들이는 비옥한 토양이었다. 그것을 모두 씻어낼 수만 있다면 정신은 무겁고 괴로운 긴장을 강요당하지 않아도 될 터였다. 그렇게 할 수 없다는 것에서 그는 육체의 결함을 대하는 듯한 부자유를 느끼고 있었다. 고대의 현인이 체액(體液)에 따라 인간을 분류하려 했듯이, 자신의 우울은 생리학적 영역에서 다루어져야 할 문제인 것 같은 느낌까지 들었다.

이런 생각을 떨쳐버리기 위해 그는 아침부터 튀렌 가에 전시된 루벤스의 〈생 쥐스트〉를 보러 갔다. 그리고 오후에는 하원에 나가 해가 질 때까지 도서관 천장화에 몰두했다. 루벤스가 창작 의욕을 회복시켜주었다. 위대한 작품을 목도하면 그 감동이 즉각 창작 의욕으로 직결되는 예술가로서의 자신의 단순한 구조에 그는 다소 용기를 얻었다.

다음날, 그는 포르제 남작 부인과 〈돈 후안〉을 들으러 가기 전에 상드 부인의 집에 들렀다. 마침 상드 부인 외에도 솔랑주와 낯선 청년 한 사람이 있었다. 들라크루아는 우선 상드 부인과 솔랑주와 재회의 인사를 나눈 뒤에 상드 부인에게 청년을 소개받았다.

"이 아름다운 기사가 바로 내 가장 사랑하는 공주의 마음을 화려하게 빼앗아버린 장본인이랍니다."

페르낭 드 프레오는 소문으로만 듣던 외젠 들라크루아를 직접 보고는 긴장된 모습으로 악수를 했다.

"처음 뵙겠습니다. 만나뵙게 되어 대단히 영광입니다. 선생님의 소문은 상드 부인께도 모리스 씨께도, 물론 솔랑주에게도 항상 듣고 있었습니다."

"처음 뵙겠소. 그래요? 그거 참 큰일이군. 어지간히 나쁜 소리만 들었겠지?"

이렇게 웃으며 말하자 프레오는,

"처, 천만의 말씀이십니다! 모두들 선생님 이야기를 할 때는 참으로 유쾌하게 칭찬만 하십니다. 저도 뵙게 되기를 내내 고대하고 있었습니다"라고 황급히 말을 받았다.

농담을 농담으로 받지 못하는 그 모습이 지나치게 진지해 보여 들라크루아는 어이가 없기보다 도리어 어딘가 씩씩하다는 인상을 받았다. 이런 점은 상드 부인도 마음에 들어했다. 단지 솔랑주만이 장래의 반려자의 세련되지 못한 반응이 마치 자신의 굴욕인 듯 실망을 느끼고 있었다.

"……저는 사냥을 좋아합니다만, 선생님께서 그리시는 동물들은 정말 박진감 있고 생생하니까 자칫 진짜로 총을 쏘아서는 안 된다고, 아까 상드 부인께 주의를 들었답니다!"

"그래요? 하지만 그것도 좋겠는데? 외젠 들라크루아가 그린 사자가 진짜와 구별을 못 할 만큼 박진감이 있어서 그만 엽총으로 쏴버린 사람이 있다면 아주 괜찮은 전설이 될 테니까. 얼마든지 환영해요. 나도 젊었을 때는 사냥을 자주 했죠. 요즘에는 통 해보지 못했지만."

잠시 서서 이야기를 나눈 뒤에 상드 부인이 의자를 권해서 그도 자리에 앉았다.

"그건 그렇고, 오늘도 하원에 다녀왔나요?"

"아뇨, 오늘은 집에 손님이 와서."

"그래요? 어째 얼굴색이 좋지 않아서 분명 산더미처럼 그림을 그리고 오느라 피곤한 줄 알았어요."

"위장이 좀 좋지 않아요. 그래서 아침에 하원에 갈까 집에서 작업을 할까 어물어물 망설이고 있었더니 손님이 들이닥치더군요. 어젯밤 작업을 끝내고 산책을 나가지 않았던 게 좋지 않았던 모양이에요. 가벼운 산책으로 바깥 공기를 쐬지 않으면 혈액순환이 어디선가 막히나봐요."

"그런 얘기는 처음 들었어요. 그렇지만 그리 심각한 것 같지는 않군요. 쇼팽도 그런 참에 당신까지 자리에 누워버리면 큰일이죠."

"쇼팽? 그 친구가 몸이 안 좋아요?"

"네, 그렇지만 몰랭 박사님께 진찰을 받고 많이 좋아진 모양이에요."

"지금은?"

"지금은 프랑솜과 첼로 소나타 연습을 하고 있어요. 다음주에 사람들 앞에서 연주할 계획이라서. 당신도 오시겠지요?"

"다음주? 연주회라도 여나요?"

"그렇게 거창한 건 아니고, 그의 집에서 대여섯 명 모아놓고 하는 거예요."

들라크루아는 오늘 상드 부인과 함께 쇼팽도 만날 수 있을 거라고 기대했던 터라 그가 없는 것이 유감스러웠다.

"지금이라도 부르면 당장 올 거예요."

"아뇨, 방해하면 안 되니까 오늘은 제가 사양하지요."

이런 이야기를 하고 있는데 솔랑주가 아무 말 없이 나가버렸다. 프레오가 양해를 구하고는 급하게 그 뒤를 쫓아나갔다.

"잠깐 산책 좀 다녀오겠습니다."

그의 등에 대고 "잘 다녀와요"라고 말을 건네고 상드 부인은 한숨을 내쉬었다.

"솔랑주는 정말 애를 먹이네요. ……그렇게 결혼하고 싶어하더니만. 페르낭도 완벽하진 않지만 순진하고 착한 청년이에요.

뭐가 마음에 들지 않아서 저러는지……"

"내가 보기에도 상당히 좋은 청년 같아요."

들라크루아는 난처해서 어쩔 줄 모르는 상드 부인의 표정을 보며 동정을 담아 대답했다. 그도 마를리아니 부인을 통해 이 가족간에 일어난 불화에 대해 많은 이야기를 들었다.

"솔랑주가 결혼 상대를 찾으면 오빠와도 조금은 사이가 좋아질 줄 알았는데…… 오히려 모리스가 페르낭을 동생처럼 다정하게 대해요. 모리스는 정말 볼수록 훌륭한 아이예요. 이제 곧 페르낭이 네라크에 있는 뒤드방에게 인사를 하러 갈 텐데, 모리스도 함께 가준다는군요. 정말 그렇게 잘해주는데 어째서 솔랑주는 모리스를 못마땅하게만 여기는지……"

그녀가 가슴에 맺힌 것들을 모두 털어놓으면 그는 조용히 들어줄 생각이었다. 그러나 그녀가 주저하는 눈치여서 아예 가벼운 얘기로 화제를 바꾸어 마음을 풀어주는 것이 나을 것 같았다.

"아참, 내가 그저께는 목욕상(商)을 집에 불러 목욕을 했어요."

상드 부인은 고개를 들었다. 그리고 고백에 미련이 남았는지 그녀답지 않게 애매한 표정으로 그의 이야기에 따라와주었다.

"어머, 그래요? 목욕을 무척 좋아하시네요."

"그래봤자 기껏 한 달에 한 번 정도인걸요."

"그것도 너무 많아요. 그래서 건강을 해친 거 아니에요? 목욕을 너무 자주 하면 몸에 안 좋대요, 모리스 말에 따르면."

"그런가요? 나는 좋기만 하던데."

"그러고 보니 작년 여름에 쇼팽도 자주 목욕을 했어요. 그 사람도 목욕을 꽤 좋아해요. 아주 유난해서 땀이라도 좀 흘리면 자기 몸을 여기저기 살펴보다가 조금이라도 냄새가 난다 싶으면 참지를 못하고 매일같이 목욕을 했죠. 그런 천사 같은 사람도 보통 사람들하고 똑같이 몸에서 냄새가 나다니, 어쩐지 이상하지 않아요?"

"정말 그렇군요."

"그러고 보니 분명 그게 몸에 안 좋았을 거예요. 나처럼 시골에서 자란 사람이야 날마다 강에 뛰어들어 몸을 씻어도 괜찮아요. 그렇지만 모리스만 해도 그러지 못하더라구요. 그랬다간 당장 감기에 걸릴 거예요. 당신과 쇼팽을 예로 들어서, 도시생활자에게 입욕이 얼마나 건강에 악영향을 미치는가라는 주제로 논문을 쓴다면 상당히 설득력 있는 글이 될 거예요. 당신도 건강이 안 좋을 때만이라도 목욕을 삼가는 게 좋아요."

"예, 피곤하기도 하고요. 그렇지만, 하고 나면 아주 시원할 걸요."

"그건 그렇지만요. ……그러고 보니 당신, 옛날에 의사가 권해서 해수욕을 하러 간 적도 있었죠? 그때는 어땠어요?"

"트루빌? 아주 끔찍했죠. 효과 운운하기 이전에 해수욕복 차림의 한심한 꼴을 사람들한테 다 보이고, 게다가 피부가 마를 새도 없을 만큼 물 속에만 들어가 있었으니까요."

"그래요? 하긴 쇼팽도 아직 해수욕하러 가겠다는 소리는 안

하더군요. 무엇보다, 그 사람 마음속에는 바다 같은 건 없어요. 폴란드 사람들은 다 그렇죠. 있다고 해야 겨우 연못 정도일까? 그래서야 풍덩 뛰어들 마음이 나지 않겠지요?"

"그렇겠죠. 나는 어릴 때부터 페캉 같은 데서 바다를 자주 보았으니까 그만큼 저항감도 적었을 거예요."

"그렇지만 작년 여름에 그렇게 무더웠던 걸 보면 올 여름쯤 해서 그 사람도 바다에 가자는 얘기를 꺼낼지도 모르겠네요. 그러면 분명히 눈이 휘둥그레지게 비싼 해수욕복부터 주문할 걸요?"

"상상해보니 정말 재미있군요. 하지만 그런 게 바로 쇼팽다운 점이지요."

마침 그 말을 끝냈을 때 사용인인 루스가 저녁식사 준비를 어떻게 할지 물으러 왔다. 들라크루아는 그참에 자리에서 일어섰다.

"어머, 벌써 가시려구요? 이제 곧 쇼팽도 올 테니까 함께 저녁식사라도 하는 게 어때요?"

"그러고는 싶지만, 오늘은 다음 일정이 있습니다."

"일정? 어머, 우리를 팽개치고 갈 정도라니 대체 얼마나 중요한 일정일까?"

"별것 아니에요. 〈돈 후안〉을 들으러 갑니다."

그 말을 듣고 상드 부인은 웃으며 대답했다.

"그래요? 그건 분명 우리보다 중요하네요. 쇼팽도 당신의 박정함을 탓할지 모르지만 분명 용서해줄 거예요. 하지만 우정의 관대함이라고 우쭐해하실 건 없어요. 모차르트에게 바치는 경의일 뿐이니까요."

들라크루아는 미안한 듯 어깨를 으쓱해 보였다.

"그래도 부디 인사는 전해주십시오. 유감스러워했다고요. 그리고 건강에 유의하라고."

"네, 네."

상드 부인은 그렇게 대답하고 그를 문 밖까지 배웅해주었다.

다음날부터 파리 거리에는 다시 거센 눈발이 날렸다. 쇼팽은 여전히 집에 틀어박혀 지냈지만, 그래도 서서히 레슨을 재개하고 병문안을 온 방문객과 짧은 시간이나마 잡담을 나누기도 했다.

저명한 첼리스트이고 현재는 콩세르바투아르의 교수이며 쇼팽과는 십육 년이라는 긴 세월 동안 친구로 지내온 오귀스트 프랑솜이 가장 빈번하게 그의 병상을 찾았다. 쇼팽도 그가 오는 것을 누구보다 반겼다. 이따금 별 이유도 없이 간절하게 모국어로 얘기하고 싶을 때는 그지마와 백작을 비롯한 폴란드 친구들을 불렀다.

저도 모르게 쾌활하게 떠드는 쇼팽의 이야기를 그지마와 백작은 언제나 싫은 표정 한 번 짓지 않고 가만히 들어주었다. 쇼팽은 끊임없이 파리에 있는 다른 폴란드 친구들의 소식을 알고 싶어했다. 특히 어릴 적 친구인 유제프 노바코프스키 걱정을 많이 했다.

"그 친구, 머지않아 파리를 떠난다던데, 설마 벌써 가버린 건 아니겠지? ……지난번에 오텔 랑베르에서 만난 뒤로 한 번도 나를 찾아오지 않았어. 결국 내가 답답해서 편지를 보냈지. 혹시 그 친구 소식 모르나?"

"아니, 나도 못 봤네."

"그래…… 그렇지만 어쩔 수 없는 일이야. 그 친구가 나쁜 게 아니야. 알다시피 그 친구가 조금 괴팍하잖아? 그 사람 좋은 프랑솜까지 대하기가 어렵다고 할 정도니! 그래서 오로르와 그녀의 가족들도 그를 꽤 거북해했어. 내가 아무리 얘기를 해도 노앙으로 불러주지 않더군. 그걸 아니까 그 친구도 더 찾아오기가 힘들었겠지. 하긴 이 집 사람들에게 사랑받는다는 게 보통 어려운 일이 아냐. 루드비카 누님이나 겨우 험담을 면했을까."

"그렇군, 자네 누님만큼 선량한 사람이 아니면 사랑받을 수 없다니, 정말 낙타가 바늘구멍 지나가기보다 어려운 얘기네. 나 같은 사람은 틀림없이 미움을 샀겠어. 노바코프스키도 그렇게 나쁜 친구는 아닌데."

"물론이지. 나는 정말 그 친구가 좋아. 현실감각이 없어서 항상 도와줘야 하는 면도 있지만, 어쩐지 그걸 다 해주고 싶어지니 이상하지."

쇼팽은 평소라면 조심스럽게 가슴속에 감춰두었을 이야기도 폴란드어로 할 때는 그만 마음이 해이해져서 그대로 입에 담아

버리곤 나중에야 자신의 어리석음을 반성했다. 그지마와 백작
은 그런 솔직한 이야기 틈틈이 드러나는 상드 부인과의 관계에
대해 이리저리 상상을 펼쳤다. 그러고는, 그에게는 비밀이었지
만, 그를 대신해 그보다 더 일찍부터 그녀에 대한 불신을 키워
가고 있었다.

그 다음주 17일의 쇼팽과 프랑솜의 연주회에는 상드 부인과
그녀의 가족 외에도 들라크루아, 그지마와 백작, 그리고 변호사
에마뉘엘 아라고가 초대되었다. 쇼팽의 강력한 요청에 따라 그
밖의 사람들에게는 알리지 않았다.

초대를 받은 사람들은 쇼팽의 건강을 생각해서 약속한 여덟
시 전에 모두 도착했다. 쇼팽이 안에서 옷을 갈아입는 동안 프
랑솜은 모두에게 인사를 하고 상드 부인과 연주 후의 일에 대해
간단히 상의했다.

그날 저녁, 프랑솜이 일찌감치 스카르 도를레앙 5번지 집에
와보니 쇼팽은 마침 바흐의 프렐류드를 연주하고 있었다. 미리
지시를 받은 사용인이 그를 살롱으로 안내했다. 안에 들어서자
쇼팽이 피아노에서 고개를 들어 보였다. 그대로 계속하라는 손
짓을 보내자 쇼팽은 살짝 미소를 지어 보이고는 다시 건반으로
시선을 떨구었다.

프랑솜은 악기를 놓고 무심코 쇼팽이 애용하는 벽난로 앞 의
자에 앉았다. 그리고 문득 맨틀피스 위를 바라보다가 흰 봉투를
발견했다. 그때 연주를 멈춘 쇼팽이 그에게 말을 걸었다.

“그 의자 아주 편하지? 내가 좋아하는 의자야.”

“응? 아, 그렇군. 자네가 항상 앉길래 나도 꼭 한번 앉아보고 싶었지.”

그렇게 농담 삼아 대답하고 프랑숌은 슬쩍 그의 안색을 살폈다. 촛불에 비쳐 창백한 얼굴이 어딘가 불길한 누른빛을 띠고 있었다.

“벌써 몇 년을 썼는지 몰라. 너무 낡았다고 항상 상드 부인이 놀린다네. 나 정도 되는 사람이 이런 골동품 같은 총재정부 시대의 의자를 좋아하느냐고 말야. 그렇지만 나는 그게 마음에 드는걸.”

프랑숌은 약간 망설이며 그의 말이 끝나기를 기다려 물어보았다.

“오늘 아침에도 레슨을 했나?”

“아니, 오늘은 집에서 쉬었어.”

“그래……”

프랑숌의 안색이 흐려졌다. 그리고 의자 이야기를 기회로 삼아 봉투에 대해 물어보려고 하는데 쇼팽이 먼저 입을 열었다.

“대단히 미안한데, 이따가 피아노 옮기는 것 좀 도와줘. 오늘은 이쪽의 큰 피아노를 사용할 테니까. 자네 오기 전에 내가 피에르하고 일찌감치 옮겨놓으려고 했는데……”

“응, 괜찮아. 그만한 일로 미안해할 거 없어. 그보다……”

“응?”

어떻게 말할까? 프랑솜은 잠시 망설였다. 흰 봉투 안에 든 것은 분명 레슨 사례비일 것이다. 오늘 낮의 일이라면 또 모르겠지만 어제부터, 혹은 며칠 전부터 학생이 두고 간 봉투가 손도 대지 않은 채 내팽개쳐져 있는 것이다. 깜빡 잊은 것일까? 아니면 알면서도 일부러 그대로 놔둔 것일까? 그런 부주의함도, 칠칠하지 못한 것도 모두 쇼팽과는 어울리지 않는 것이었다. 그에게는 그것이 뭔가 중대한 사태의 조짐같이 느껴져 갑작스럽게 걱정이 된 것이었다.

"응……."

아까까지는 "새 의자를 사려면 이걸로 모자랄까?" 하는 식으로 농담처럼 얼버무리며 봉투를 건네줄 생각이었다. 그러나 화제가 갑자기 바뀌는 바람에 더 좋은 생각이 나지 않아 결국 평범하게, "이런 곳에 그냥 놔두면 큰일이지"라며 건네주었다.

어둠 속에서 일순 쇼팽의 얼굴이 팽팽히 긴장되는 것이 느껴졌다. 그러나 그가 다가가자 쇼팽은 다시 미소를 지으며, 현금이 든 봉투를 건네받을 때면 반드시 한 번은 모르는 척해 보이는 의사(醫師)의 통례를 흉내내어 받기 싫다는 듯한 몸짓을 해 보였다.

"깜빡 잊고 있었네. 처음 발견한 사람이 자네처럼 정직한 사람이길 다행이야." 쇼팽은 그렇게 말하며 봉투를 받아들었다. "그런데 자네 얼굴이 너무 심각해서 무슨 일인가 하고 내심 놀랐어."

프랑솜은 그런 무심한 듯한 대응에서 그다운 성품을 느끼고 감동했다. 그러나 자신이 품은 과장된 예감이 전혀 틀린 것도 아닌 것만 같아서 친구의 장래에 막연한 불안감을 느꼈다.

쇼팽이 안에서 나오자 의자에 앉아 있던 이들이 곧장 큰 박수로 맞이했다.

항상 그렇듯이 앞섶 단추는 맨 위까지 빈틈없이 채웠고, 머리는 이마에 흘러내리지 않도록 부드럽게 빗어올렸다.

쇼팽은 콩세르바투아르의 홀에서 리스트 같은 이가 곧잘 하던 과장된 인사를 장난스럽게 흉내내 보이고 피아노 쪽으로 향했다. 모두 흥이 나서 한층 크게 손뼉을 쳤다. 발걸음은 정확했다. 그러나 인사할 때 흐트러진 머리를 쓸어올리려고 오른손이 일순 얼굴을 가리며 왼쪽 가르마에서 오른쪽 귓전으로 스르르 흘러내렸을 때 마치 밤의 커튼이 열린 듯이 다시금 그 창백하고 어두운 기색이 느껴져서, 프랑솜은 그가 옆을 스쳐 지나갈 때 저도 모르게 "괜찮나?" 하고 조그맣게 물어보았다. 쇼팽은 박수 소리 때문에 들리지 않았는지 그대로 대답 없이 피아노 앞에 앉았다. 프랑솜은 그가 정말 듣지 못했는지 아니면 못 들은 척한 것인지 알 수 없었다. 그러나 의자에 앉아 이쪽을 바라보는 그의 얼굴이 너무도 고요하고 침착했기 때문에 더이상 말을 붙이지 않고 자리에 앉아 바이올린의 조율을 시작했다.

연주는 완벽했다. 그 음악은 자리에 모인 이들의 가슴에 다양한 생각을 불러일으켰다. 프랑솜은 마지막 몇 소절에서 그만 참지 못하고 연주자로서는 응당 부끄러워해야 할 감동의 명정 속에서 연주했다. 상드 부인은 쇼팽의 건강이 염려했던 만큼 나쁘지 않다는 것을 확인하고 안심했다. 그지마와 백작은 거꾸로 그의 건강이 생각보다 좋지 않다는 생각을 하며, 그런데도 음악에 털끝만큼도 그 영향이 미치지 않은 것에 다시금 그의 천재성을 느꼈다. 들라크루아는 속(俗)으로 흐르지 않으면서도 생기가 있는, 자신이 꿈꾸는 예술의 이상을 실현한 그의 음악에 평소와 다름없는 존경의 마음을 품었다.

그지마와 백작과 아라고, 그리고 상드 부인 일가가 차례차례 찬사를 보낸 다음에 들라크루아도 쇼팽에게 다가가 "훌륭했네"라고 감사의 말을 건넸다. 그리고 그 말이 으레 하는 형식적인 인사말처럼 들렸을까봐, "나는 이런 때면 정말 안타까운 마음이 들어. 내가 시인이었더라면 얼마나 좋았을까 하고. 그랬다면 자네에게 오늘밤의 감동을 남김없이 전해줄 수 있을 텐데"라고 덧붙였다.

쇼팽은 "고마워. 다른 사람도 아니고 자네에게 그런 말을 들으니 참으로 기쁘네. 지난번에 연주한 뒤에 다시 손을 좀 봤어" 하고 정중하게 대답했다.

들라크루아는 그의 태도가 지나치게 세련된 것이어서 역시 자신의 말이 예의상의 인사로만 받아들여진 모양이라고 생각했다.

분위기가 조금 부드러워지자 아라고가, 두말할 것 없는 걸작이긴 하지만 제1악장은 자신에게는 약간 난해하고 너무 길게 느꺼졌다고 솔직한 감상을 밝혔다. 쇼팽은 "그래?" 하고 응하면서 잠시 생각에 잠기는 듯한 표정을 지었다. 상드 부인은 금방 그런 분위기를 알아채고 "쇼팽이 프랑숌 씨를 너무 좋아해서 조금이라도 더 오래 함께 연주하려고 일부러 곡을 길게 한 거예요"라고 농담을 했다.

쇼팽의 얼굴에 다시 웃음이 돌아왔다. 그러자 상드 부인은 곁에 있는 들라크루아 쪽을 돌아보며

"당신도 아직 안색이 별로 좋지 않네요."

"예, 지난번 만난 이후로 내내 이 모양이에요. 한동안 하원에도 가지 않고 집에서만 작업을 했는데, 오늘은 쇼팽이 연주를 한다고 해서 망설일 것 없이 달려왔지요. 수없이 많은 사람들이 살고 있는 파리에서 오늘의 연주를 들은 몇 안 되는 사람 속에 내가 포함되었다는 행운을 뭐라고 표현해야 좋을지 모르겠습니다."

들라크루아의 그 말을 들은 쇼팽은,

"그런 소리는 밖에서는 하지 말아줘. 사람들이 다시 연주회를 하라고 떠들면 어떻게 하나?" 하며 고개를 움츠렸다.

곁에서 프랑숌이 말을 보탰다.

"그것도 괜찮잖아? 레슨만 하는 것보다 가끔은 사람들 앞에서 연주하는 것도 좋아. 청중이 보내주는 태풍과도 같은 박수갈채를 나도 곁에서 조금 얻어보고 싶군."

"자네까지 그렇게 놀릴 거야? 나는 아무래도 이 정도 규모의

사람들 앞에서 연주하는 게 제일 좋아. 그런데 이번처럼 조그만 모임에서 연주를 하고 나면 반드시 누군가가 크게 소문을 내고 다니는 거야. 지난번에 운 좋게도 프레데리크 쇼팽 씨의 연주를 들었는데, 아무렴, 정말 멋있었어! 그렇게 말야. 그런데 그건 내 연주에 감동해서 그런 게 아니야, 분명. 희귀한 뭔가를 보거나 듣거나 했을 때는 누구라도 남에게 자랑하고 싶어지지. 그런 심정과 마찬가지야. 그렇지만 소문을 들은 사람은 내 연주가 대체 얼마나 멋질까 하고 과대한 망상을 품는다니까. 그래서 내가 어쩌다 넓은 회장에서 연주회를 열면 뒤질세라 제일 먼저 달려와서 듣고는 완전히 실망해서 돌아가는 거야. 정말이야. 내 연주는 넓은 회장에서는 효과를 거두지 못해, 자네도 잘 알 테지만. 이제 와서 새삼 소리가 작다느니 터치가 약하다느니, 사람들에게 트집 잡히는 건 정말 싫어."

쇼팽은 프랑숌이 기분 나빠하지 않도록 일부러 그 '정말 싫어'라는 말을 어리광 부리듯이 말했다. 그 사이에 상드 부인의 말상대를 하고 있던 들라크루아는 쇼팽과 프랑숌 쪽을 돌아보며 "예, 그렇지요"라고 약간 큰 소리로 대답했다. 그녀가 며칠 전의 〈돈 후안〉은 어땠냐고 감상을 묻자 거기에 대답하며 두 사람도 이 대화에 끌어들이고 싶었던 것이었다.

"실은 지난 토요일에 프랑숌 씨를 만난 뒤에도 또 〈돈 후안〉을 들으러 갔었죠."

쇼팽이 생각난 듯 대화에 끼어들었다.

"아, 그래, 화요일에는 자네를 못 만나서 섭섭했어. 〈돈 후안〉을 들으러 갔었다더군."

"응, 그리고 주말에도 한번 더 갔어. 일 주일에 두 번이나."

"좋았나?"

"화요일은 끔찍했어. 토요일은…… 뭐 그럭저럭 괜찮은 편이었지. 그렇지만 아무리 끔찍했어도 다음날 돌이켜 생각해보면 그 끔찍한 부분이 기억에서 깨끗이 지워지고 행복한 기분만 남으니 정말 신기한 일이야."

"걸작이라서 그래."

"정말 그래. 우아함, 표현력, 익살…… 그리고 뭐랄까, 공포, 온화함, 풍자…… 그런 것들이 그토록 적절한 비율로 융합된 작품도 드물지. 제재의 선택이 훌륭해서 그렇다고 생각해. 등장 인물의 성격이 실로 다양하지? 그것이 모차르트 음악의 다양한 표정과 잘 어우러진 것 같아. 로시니의 오페라라면 그렇게 다양한 성격의 인물은 등장하지 않지. 만일 등장한다면 그의 화려한 이탈리아 풍이 지나치게 과장되어서 다소 부자연스러운 작품이 되고 말 거야. 그건 그렇고, 정말이지 낭만주의의 걸작이야! 게다가 1785년의 작품이라니!"

쇼팽은 그 '낭만주의의 걸작'이라는 말이 무슨 의미인지 알 수 없었고, 작곡 연대도 조금 더 뒤인 듯한 느낌이 들었지만 굳이 되묻지 않고 "맞아" 하고 고개를 끄덕였다. 들라크루아는 그런 그의 몸짓에서 어느 부분인지는 모르지만 자신의 말이 이해되지 않았다는 것을 알아차렸다. 그러나 그 또한 설명을 더 보태지는 않았다.

"……그렇지만 저 참담한 화요일의 〈돈 후안〉을 관객 대부분이 푹 빠져서 듣고 있는 데는 정말 어처구니가 없더군. 게다가 처음부터 끝까지 내내 똑같은 감동에 젖어 있는 거야. 마지막에 석상이 나타나는 장면에서도 별로 특별한 반응을 나타내지 않더라니까. 그런 작품을 이해하기 위해서는 관객은 좀더 상상력을 발휘할 필요가 있어. 나는 자네가 넓은 회장에서 연주회를 열면 오늘처럼 기꺼이 들으러 가겠지만, 실은 그런 관객들 앞에서 연주하는 게 고통스럽다는 자네 말도 지당하다고 생각해."

들라크루아는 말수가 적어진 쇼팽의 모습을 보고 슬슬 피곤해졌는지 걱정이 되어 이야기를 짧게 마쳤다. 사실은 〈돈 후안〉에 대해 그와 좀더 토론을 하고 싶었다.

"웬만한 관객이 아니고는 자네처럼 모차르트의 오페라를 전부 외우는 사람은 없어."

쇼팽은 그렇게 말하고 미소를 지었다. 그리고,

"좀 피곤하군……" 하고 작은 소리로 중얼거렸다.

프랑솜이 "그만 안으로 들어가겠나?"라고 묻자,

"야냐, 그래도 조금 더 앉아 있고 싶어"라고 대답했다.

그리고 들라크루아에게,

"우리 둘만 있을 때 좀더 느긋하게 이야기를 나누고 싶군. 자네도 바쁠 테지만 언제 저녁식사라도 함께 하세"라고 말했다.

그에게만 들리도록 소곤거리는 듯한 목소리였다. 들라크루아는 쇼팽의 그런 배려가 기뻐서,

"그래, 물론이지!" 하고 반갑게 대답했다.

나흘 뒤에 들라크루아는 다시 그들과 만날 기회를 얻었다. 이날은 프랑솜의 정기 콘서트로, 들라크루아는 고전음악만을 연주하는 이 마티네*에 항상 반가운 마음으로 참석하곤 했다.

오전에는 방문객들을 문 앞에서 그대로 돌려보내며 아틀리에에 틀어박혀 〈아랍의 희극배우들〉의 제작에 매달린 뒤 오후 한 시를 막 지났을 무렵 혼자 걸어서 프랑솜의 집으로 향했다.

열정적으로 작업에 몰두했던 터라 캔버스 앞을 떠나는 것이 아쉬웠다. 평소에는 도무지 집중이 되지 않아 자신의 게으른 성격을 원망하기까지 하건만 예정이 있어 시간에 쫓길 때면 유난히 이렇게 작업이 잘 풀리곤 하는 것이 참으로 신기하기만 했다. 시계를 힐끔거리며 이제 삼십 분, 이제 십오 분 헤아리다보면 좀더 오래 작업하고 싶은 마음이 간절했다. 그러나 시간이 넉넉해서 마음놓고 창작에 몰두해도 되는 날에는 도리어 하루가 한없이 길게 느껴지면서 작업도 늘어지고 마는 것이었다.

거리에 나선 지 얼마 되지 않아 옆을 달리던 사륜마차가 갑자기 멈춰 서더니 안에서 그의 이름을 부르는 소리가 들렸다. 마차는 쇼팽의 것이고 목소리의 주인은 상드 부인이었다.

---

* matinée. 낮 시간에 하는 연주회나 음악회.

"어쩐지 꼭 닮은 사람이 걸어간다 했더니 역시 당신이었군요. 함께 타고 갈래요?"

들라크루아는 웃는 얼굴로 응하고는 마차에 올라탔다.

"마침 잘됐군요."

"어머, 그래요? 건강을 위해 일부러 걷는 거라고 고집을 피울 줄 알았더니. 당신은 워낙 고집이 센 분이시니 말예요."

"고집은 내가 무슨. 그런데 쇼팽은?"

"먼저 갔어요."

"오늘 그도 연주합니까?"

"아뇨, 오늘은 할레가 연주할 거예요. 그런데 왜 그런지 먼저 가고 싶다더군요. 나와 함께 가는 게 그렇게 싫은지……"

들라크루아는 그녀와 이렇게 둘이 대화를 나누는 것을 항상 기꺼워했다. 그러나 그녀가 쇼팽에 대해 하는 그 **나쁜** 농담은 웃음으로 수긍해줄 수 없었다. 그래서 못 들은 척,

"오늘 바이올린은 알라르였던가요?" 하고 물었다.

"글쎄, 잘 모르겠네요." 그녀가 쌀쌀하게 대꾸했다.

프랑숌의 집에 도착하자, 쇼팽은 한참 그의 부인과 세 아이의 이야기 상대가 되어주고 있었다. 연주하는 동안은 들라크루아 곁에 앉아 있었다. 하이든과 모차르트의 연주를 마치고 베토벤의 〈루돌프〉를 준비하는 동안 둘이서 잠시 이야기를 나누었다. 들라크루아가 하이든이 기대했던 것보다 훨씬 좋았다고 하자 쇼팽도 거기에 동의하며,

"그의 만년의 작품에는 걸작이 많아. 하이든의 경우는 오랜 세월에 걸쳐 축적된 경험이 마지막에 이런 완벽함으로 결실을 맺은 것 같아. 초기 작품에는 질이 떨어지는 것도 꽤 많거든. 그런데 모차르트는 달라. 그에게는 경험 같은 게 필요 없었지. 처음부터 자신의 천성적인 영감을 마음껏 표현해낼 수 있는 수준의 기술을 가지고 있었으니까."

들라크루아는 그 말이 자신의 평소 생각과 놀랄 만큼 가까운 것이어서 과장스러울 정도로 수없이 고개를 끄덕였다.

"참으로 맞는 말이야. 기술이라는 건 정말 함부로 볼 게 아니야. 회화에서도 마찬가지지. 나는 항상 아틀리에에 오는 젊은 화가들에게 그런 얘기를 해. 내가 백만 프랑에 상당하는 기교를 가지고 있다 해도 단 한 푼어치의 기교라도 더 살 수 있다면 사들이고 싶다, 나는 누구보다 최고의 기교를 선망한다고 말야. 모두 농담인 줄로만 알지만, 나는 정말 진지하게 하는 얘기야. 사실 영감이라는 건 누구에게나 있는 거야. 그러나 그것을 색과 형태로, 혹은 소리로 표현하기 위해서는 반드시 특별한 기술이 필요하지. 요즘 젊은 사람들은 그런 훈련을 싫어해. 그건 나로서는 결코 용납할 수 없는 일이야. 그런 주제에 얻어들은 건 많아서 입으로 대충 설명해버리려고 하지. 그림은 아무 말도 하지 않는데 화가가 직접 나서서 입으로 설명하려 든다니까. 그런 그림은 말하자면 문학의 하인이나 다름없어! 그렇지만 이제 곧 그런 따분한 시대가 올 거야. 무엇을 그렸는지 전혀 알 수 없는 그림 옆에서 화가가 웅변적으로 자기 작품을 해설하고, 그림 액자 옆에 두툼한 논문을 비치해놓고 그것을 읽지 않으면 감상도 할 수 없는 그런 전시회 같은. 분명 머지않아 그런 시대가 도래할 거야. 참으로 한심한 이야기지만."

쇼팽은 이야기의 내용보다 열을 내며 이야기하는 그의 모습이 더 재미있었다. 그리고 조금 뒤에야 그 의미를 깨닫고는 과연 그렇다고 공감하며,

"맞아. 그건 그렇고 '백만 프랑에 상당하는 기교를 가지고 있다 해도 단 한 푼어치의 기교라도 더 살 수 있다면 사들이고 싶다' 는 말은 굉장한 명언이군. 다음에 내 학생들에게도 들려줘야지. 위대하신 화가께서 주신 교훈이라고 하면서 말야"라며 웃어 보였다.

상드 부인의 가족이 스카르 도를레앙에 돌아온 이래 쇼팽은 거의 매일 그들과 저녁식사를 함께 했다. 어느 날, 평소와 다름없이 5번지 집에서 저녁식사를 하고 자택으로 막 돌아온 참에 페르낭 드 프레오가 쇼팽을 찾아왔다.

"여어, 낮에는 미안했어. 거기 서 있지 말고 어서 벽난로 곁으로 오게."

"죄송합니다, 피곤하실 텐데."

"괜찮아, 그런 걱정 말고. 자, 앉아. 그래 무슨 일인가?"

쇼팽은 일부러 허물없는 말투로 물었다. 이런 늦은 시간에 찾

아오게 한 것은 쇼팽이었다. 낮에 두 사람째의 레슨을 마치고 거실에서 쉬고 있는데 불쑥 그가 찾아왔었다.

"어쩐 일인가? 자네 혼자 왔나?"

그렇게 묻자 프레오는 숙였던 얼굴을 들고 "예" 하고 짧게 대답했다. 고민에 빠진 듯한 그 표정을 보고 쇼팽은 순간 나쁜 예감이 들었다.

프레오는 한참이나 머뭇거린 끝에 가까스로 "오늘도 춥군요"라고 입을 열더니, 피아노 레슨이 얼마나 힘드시냐는 둥 별로 관심도 없을 이야기들을 어색한 집요함으로 캐묻기 시작했다. 쇼팽은 귀찮아하는 기색 없이, 리스트의 소개를 받고 찾아온 러시아인 제자가 자기 마음에 들 만한 다양한 비결을 미리 전수받고 왔더라는 이야기 등 되도록 재미있을 만한 일화를 몇 가지 골라 들려주었다. 파리의 음악계에 대해 전혀 문외한인 프레오는 그런 이야기의 재미를 알지 못했지만, 그래도 얼굴을 쳐다보면 유쾌한 듯 웃어 보였다. 그러는 동안 사용인이 들어와 다음 학생이 도착했다고 알렸다. 쇼팽은 그가 불안한 모습으로 바지를 만지작거리는 것을 보고는 "무슨 일이 있나?" 하고 물어보았다.

페르낭은 잠시 주저하더니 그제야,

"실은 상의하고 싶은 일이 있습니다만……" 하고 말을 꺼냈다.

"이제부터 레슨이 있으니까 지금 바로 들어줄 수는 없지만, 저녁때라면 괜찮아. 도움이 될지 어떨지 보장할 수는 없네만."

이렇게 말하고 미소짓는 쇼팽의 아름다움에 프레오는 가슴이
뭉클했다. 시골 출신인 자신은 끝내 알 수 없는, 그리고 그 때문
에 솔랑주가 항상 예로 들며 한숨을 내쉬곤 하는 바로 그 프레
데리크 쇼팽의 도회지 사람다운 깔끔하고 세련된, 그러나 충분
히 성의가 담긴 말투에 프레오는 열등감을 넘어 동경과도 같은
마음을 품었다. 그리고,

"예, 그럼 꼭 부탁드립니다. 저녁식사 뒤에라도 다시 한번 찾
아뵙지요"라고 의자에서 일어서며 빠르게 대답했다.

벽난로 곁에 앉은 프레오는 아까 낮에 보였던 어정쩡한 태도
를 크게 반성하고 있으며, 건강도 좋지 않으신 쇼팽 선생님께서
일부러 시간을 내주셔서 참으로 송구스럽게 생각한다고 침착하
고도 솔직하게 이야기를 시작했다.

"낮에는 대단히 실례했습니다. 아직 지금의 심경을 제대로
설명할 자신이 없었던 터라 그만…… 아뇨, 꼭 그것뿐만은 아닙
니다. 그 이야기를 입 밖에 내면 사랑하는 사람에 대한 저의 성
실한 신뢰가 의심을 받을 것 같아 망설였습니다. 그렇지만, 더
이상은 참을 수가 없습니다. 부디 선생님의 의견을 들려주십시
오. ……대체 솔랑주는…… 제 신부가 될 솔랑주는…… 정말
저를 사랑하는 걸까요?"

쇼팽은 짐작했던 대로 난감한 질문이 터져나오는 바람에 잠
시 입이 떨어지지 않았지만 그래도 곧 뜻밖이라는 듯한 표정을
지어 보이며 되물었다.

“어째서 그런 말을 하지?”

프레오는 고개를 떨구었다가 스스로 용기를 내려는 듯 얼굴을 번쩍 쳐들며 입을 열었다.

“글쎄요, 어째서인지, 저도 모르겠습니다. 하지만 지금 저는 도무지 확신을 가질 수가 없습니다.”

“그렇지만 바로 이삼 주 전만 해도 그렇게 기뻐하지 않았나. 나 또한 내 일처럼 흐뭇했어. 그 뒤로 무슨 일이 있었나?”

“아뇨, 그렇지만 아무 일도 없으니 더욱 불안합니다. 그렇습니다, 선생님께서 말씀하신 대로 파리에 온 지 벌써 이 주일이 넘었습니다. 그런데 어째서 그녀도, 상드 부인께서도 아직까지 결혼 일정을 잡지 않는 걸까요?”

쇼팽은 대답이 궁했다.

“제가 성급한 건지도 모르지요. 그렇지만 그 이야기를 꺼내면 솔랑주와 상드 부인께서는 항상 애매하게 대답을 흐리고 화제를 바꿔버립니다. 대체 무슨 일일까요? 정직하게 말하면, 결혼에 이토록 시간이 걸릴 줄은 상상도 못 했습니다. 저는 의기충천해서 집을 나섰습니다. 제 아버지는 아들의 행복을 굳게 믿고 축복해주셨지요. 아아, 그랬는데 이게 무슨 일인지! 결혼은커녕 예정도 잡지 못하고 돌아왔다고 하면 아버지가 저를 어떻게 맞으실지! 아뇨, 그건 괜찮습니다. 머지않아 이 세상에 둘도 없는 행복을 얻을 수만 있다면 저는 그것도 기꺼이 받아들일 겁니다. 그러나 정말로…… 정말로 그 행복이 제게 찾아와줄까요?”

페르낭은 저도 모르게 몸을 쑥 내밀며 쇼팽의 손을 잡았다. 쇼팽은 남은 한 손으로 그의 손을 마주 쥐어준 뒤에,

"아무튼 진정하고 차근차근 이야기해보세" 하고 그를 의자에 앉혔다. 페르낭은 의자에 기대앉아 힘없이 깊은 한숨을 내쉬었다.

"자네 심정은 잘 알겠지만…… 상황이 그렇게 심각한가?"

"예, 그런 것 같습니다."

"무슨 다른 일이 있었나?"

페르낭은 말없이 쇼팽의 눈을 바라보았다. 그것은 무례할 만큼 노골적으로 그의 본심을 확인하려는 눈초리였다. 쇼팽은 그런 그의 태도에 적잖이 당황했다.

"정말 모르십니까?"

"무얼 말인가?"

"……클레징게르라는 사람 말입니다."

"클레징게르?"

"네, 조각가라고 하더군요."

"모르겠군. 다비드 당제라면 잘 알지만."

"하지만 선생님께서도 잘 아시는 사람이라고 했습니다."

"누가?"

"오귀스틴이 말입니다."

쇼팽은 뜻밖에도 오귀스틴의 이름이 튀어나오는 것에 깜짝 놀랐다. 그리고 그와 솔랑주 사이에 상상했던 것보다 훨씬 복잡

한 사정이 있다는 것을 마침내 깨닫기 시작했다.

"자네가 어떻게 생각할지 모르지만, 유감스럽게도 나는 그 클레징게르라는 조각가에 대해서는 전혀 모른다네. ……전혀 이상할 게 없어. 상드 부인의 가족에 대해 그 밖에도 내가 모르는 일이 아주 많은걸?"

쇼팽은 그의 신뢰를 얻기 위해 저도 모르게 그렇게 덧붙였다. 그러나 순간, 무심코 내뱉은 말이 사실을 정확하게 지적할 때의 그 당혹스런 무례함에 불쾌감을 느꼈다. 프레오는 쇼팽에 대한 믿음을 확인하고 그제야 마음이 놓이면서 그가 자기보다 더 사정을 모른다는 것에 모종의 위안을 느꼈다.

"죄송합니다. 의심을 한 건 아닙니다, 결코."

"괜찮으니까 계속하게. 어쨌든 나는 그 사람에 대해서는 모르네."

"그 클레징게르라는 조각가가 작년에 상드 부인께 〈멜랑콜리아〉라는 조각을 헌정했던 모양입니다. 부인은 몹시 기뻐하면서 파리에 돌아왔을 때 그를 정중히 대접하셨다더군요. 나는 당연히 선생님도 함께 계셨을 거라고 생각했습니다."

"아니, 나는 모르는 일이야."

"그렇습니까? ……그래서 이번에 파리에 돌아온 뒤로 그 클레징게르라는 조각가가 솔랑주에게 꼭 한번 모델이 되어달라고 청했던 모양인데—내게는 전혀 그런 얘기를 해준 적이 없어요—지난주 목요일에 상드 부인과 모리스 씨, 그리고 그 친구분인 랑베르 씨와 함께 솔랑주가 아틀리에에 포즈를 취하러 갔다고 합니다. ……아뇨, 그뿐만이 아닙니다. 그 다음날 그 조각가가 이번에는 '폰'이라는 제목의 조각을 다시 상드 부인께 보내왔습니다. 저는 뭐가 뭔지 도무지 모르겠어요. 처음에는 그저 상드 부인의 수많은 숭배자 중의 한 사람이라고만 생각했습니다. 그런데 오귀스틴의 말로는 그 조각가의 관심이 아무래도 솔랑주 쪽에 있는 것 같다는군요. 집에는 매일같이 꽃다발이 배달됩니다. 솔랑주는 요즘에는 혼자서 그의 아틀리에에 들락거립니다. 결혼을 앞둔 젊은 아가씨가 혼자서 말입니다!"

이야기를 듣고 쇼팽은 대충 사정을 파악할 수 있었다. 그리고 페르낭의 걱정이 기우만은 아니라고 판단했다. 파리에 돌아온 뒤로 솔랑주는 이전처럼 쇼팽에게 울며 매달리는 일이 없었다. 재회하기 전까지는 그런 그녀의 변화에 직면하면 조금은 쓸쓸할 것이라는 생각도 했었다. 그녀 자신에 대해서가 아니었다. 상드 부인의 가족 모두에 대해서였다. 그러나 실제로 솔랑주가 자신에게 더이상 기대지 않는 모습을 보고 쇼팽은 걱정했던 것보다 훨씬 순수하게 기뻐할 수 있었다. 가족간의 불화는 진정된 것처럼 보였다. 아이들의 싸움에 휘말려 상드 부인과 시답잖은 말다툼을 할 필요는 이제 없는 것이다. 어떻게 그런 일을 계속 감당해낼 수 있단 말인가. 그러나 이제는 오로지 상드 부인에 대해서만 생각하면 된다. 언젠가는 모리스도 결혼할 것이다. 그러면 결국 남는 것은 두 사람뿐이다. 그런 생각까지 했었다. 그러나 지금 프레오의 이야기를 들으며 그는 솔랑주가 자신에게 기대지 않게 된 것은 단순히 한편이 될 자격을 갖추지 못한 인간에 대한 교활한 계산이라는 의심이 싹트는 것을 억누를 수 없었다. 축복의 말을 해주었던 때부터 신부에게는 어울리지 않는 그녀의 차가운 태도가 마음에 걸렸다. 그러나 나쁘게 받아들이지 말자는 생각에, 그저 수줍어서 그러는 모양이라고, 혹은 나름대로 철이 들어서 어린애처럼 겉으로 기쁨을 드러내지 않으려 애쓰는 모양이라고 그냥 지나쳤다. 건강이 좋지 않았던 탓도 있어 사실 그 이상 생각해볼 여유도 없었다. 그러나 이제 솔랑주의 태도에서 가장 자연스럽게 이끌어낼 수 있는 결론은, 요컨대 그녀가 이미 이 결혼에 흥미를 잃었다는 것이었다. 내키지도 않는 결혼에 쇼팽이 크게 축하를 해주었으니 더이상 그에게 기댈 리가 있는가? 똑같이 모리스를 질투하고 오로르의 애정에 굶주린 입장이라고 생각했던 예전처럼……

아무리 그렇다지만 일이 너무도 비밀리에 진행되었고 자신만 아무것도 몰랐다는 사실에 쇼팽은 당황하지 않을 수 없었다. 쇼팽은 말을 마치고 자신의 대답을 기다리고 있는 페르낭의 얼굴에 시선을 던졌다. 살이 없어 뼈가 두드러져 보이는 얼굴은 핏기를 잃고 창백해서 초췌하기까지 하고, 원래부터 숱이 적던 턱수염이 그 때문에 한층 빈상(貧相)으로 보였다.

"무슨 이야기인지 잘 알겠네. 자네가 지금 말한 것에 대해 유감스럽게도 나는 전혀 몰랐기 때문에 뭐라고 해줄 말이 없네만…… 그러나 부디 기운을 잃지 말게. 자네가 단순히 상황을 너무 나쁜 쪽으로만 생각하는 건지도 몰라. 솔랑주가 혼자서 그 조각가의 아틀리에에 드나든다는 얘기가 사실이라면 그건 분명 별로 바람직한 일은 아니군. 나도 확인해보겠네. 그리고 클레징게르에 대해서도 알아보지. 단, 자네도 조금 더 참을 필요는 있겠어. 공연히 일을 시끄럽게 만들면 그 집 사람들의 경우에는 결코 좋은 쪽으로는 풀리지 않으니까 말야. 나는 솔랑주 역시 자네를 사랑한다고 생각하네. 그렇다면 자네의 이런 걱정은 자네도 처음에 말했던 대로 그 아이에게 상처가 될 수도 있어. 오해받을 만한 행동을 했으니 나쁘다는 식으로 몰아붙여서는 안 돼. 사람은 이성적으로 따지고 들면 괜히 더 화가 나는 법이니까.”

쇼팽은 여기에서 일단 말을 접고 약간 표정을 누그러뜨린 다음 뒤를 이어 말했다.

“알겠나? 솔랑주는 좀 까다로운 면도 있지만 아주 착한 아이야. 그 점은 그 가족도 마찬가지일세. 어쨌든 자네는 약혼자로서 당당하게 행동하고 그 아이에 대해 성실한 애정을 유지해야 하네. 지금은 그 수밖에 다른 방법이 없어.”

이런 이야기가 과연 위로가 될지 의심하면서 쇼팽은 말했다. 그러나 사태를 분석해보면 앞으로 이 청년에게 좋은 일이라고는 하나도 없을 것 같았다. 하지만 페르낭 쪽은 처음부터 이런 충고를 기대했는지라 쇼팽의 말을 순진하게 받아들였고, 어쩐지 마음이 든든해지기까지 했다. 인사를 건네고 자리에서 일어선 그는, 이번에는 이 손이 파리의 유명한 음악가의 손이구나 하고 새삼 감동하면서 쇼팽의 손을 움켜쥐었다. 헤어지면서 쇼팽은 가볍게 그의 어깨를 두드려주었다. 그러나 뒤를 돌아보는 페르낭의 얼굴에 드러난 어색한 표정이 이번 일의 결말을 명백히 암시하는 것 같아 그의 뇌리에 한층 강한 연민을 불러일으켰다.

7

2월 10일의 작업을 끝으로 하원 출입을 그만두고 자택 아틀리에에서 작업을 하던 들라크루아는 달이 바뀌는 것을 계기로 다시 도서관 천장화 제작에 들어갈 계획을 세웠다. 건강은 조금 나아졌지만 여전히 개운하지는 않았고, 작업장의 추위와 엉망인 환기 등을 생각하면 다시 하원에 나갈 마음이 저절로 꺾여버리곤 했다. 항상 그렇듯이 그는 이 작업에 들인 햇수를 헤아리며 천장에 직접 그림을 그리기 시작한 뒤로 이제까지 몇 번이나 그곳에 발을 옮겼는지 계산해보았다. 열 번. 꼼꼼하게 손가락을 꼽아가며 확인해보았다. 역시 열 번이었다. 열심히 작업에 몰두하고, 그러다 건강을 해쳐서 한동안 사이를 두었다가 다시 시작했다. 벌써 몇 년 동안 같은 일이 반복되었다. 그 하나하나의 기억이 너무도 분명해서 그는 자신이 느끼는 이 불쾌감이 얼마나 뿌리 깊은 것인지 새삼 통감했다. 지금 작업장에 나가면 서서히 진정될 기미를 보이던 열과 기침이 다시 도질지 모른다. 천장의 유리창이 차디찬 바람에 덜컹거리던 모습을 떠올리자 온몸이 저절로 떨렸다. 한숨 한 번만 내쉬어도 휘휘 날리던 지독한 먼지를 떠올렸을 때는 당장 기침이 터져나오려 했다. ……기껏 되찾은 건강을 또다시 놓친다는 것이 두려웠다. 지금 병이 덧났다가는 오히려 작업이 더 늦어질 뿐이다. 그런 생각으로 한사코 집에 머물려고 하는 자신을 이해해보려 했다. 그것은 지극히 합리적인 생각이었다. 그러나 그런 두려움조차 의심스러웠다. 결국은 태만에 불과한 것이 아닐까? 건강에 대한 불안이란 둘러대기 좋은 변명이 아닐까? 그런 생각이 자책으로 이어져 그를 괴롭혔다. 그러고는 거의 될 대로 되라는 식으로 무리하게 자신을 몰아붙여 일부러 도저히 해낼 수 없을 만큼 힘겨운 작업 계획을 세우는 것이었다.

간밤에 그렇게 하원에 나갈 결심을 하고 눈을 떴는데 공교롭게도 그런 결심을 깨뜨리려는 듯 프레데리크 비요가 아침 일찍 찾아왔다. 들라크루아는 잠깐 망설였지만, 마침 다른 볼일도 있었기 때문에 하원에는 오후에 나가기로 하고 그를 맞았다.

프레데리크 비요는 들라크루아보다 열한 살 연하의 동판화가로 거의 이십 년 가까이 사귀어온 친구였다. 들라크루아는 삼십대 중반에 유화 외에 손을 대고 있던 석판화가 성에 차지 않아 에칭 기법에 관심을 가진 적이 있었는데, 그때 가르침을 청했던 것이 이 비요였다. 그 무렵부터 서로의 집을 자주 왕래하던 두 사람은 이후 교류가 점점 깊어졌다. 들라크루아는 그의 초상화를 그렸고 비요는 들라크루아의 몇몇 작품의 복제 작업을 했다. 삼 년 전에 그 불우한 〈사르다나팔루스의 죽음〉을 판화로 만든 것도 그였다.

비요는 항상 그렇듯이 스스럼없이 집 안에 들어서더니, 너무 추우니 제발 몸 좀 녹이게 해달라며 아틀리에 대신 거실 쪽으로 발길을 향했다. 들라크루아는 제니에게 뜨거운 커피를 가져다 달라고 부탁하고 그와 마주 앉았다.

"항상 그렇지만, 자네는 꼭 이렇게 이른 시간에 찾아오는군."

"그야 이 시간이 아니면 자네를 잡을 수 없으니 그렇지."

"하긴 그렇군. 그나저나 마침 잘됐어. 자네에게 물어볼 게 있었거든. 지난주에 요 옆 그랑주바틀리에르 가의 전람회를 함께 관람했을 때는 제대로 이야기할 틈이 없었으니."

"나야 좀더 이야기하고 싶었지. 그런데 자네가 먼저 가버렸잖아?"

"그날은 오전에 오를레앙 공작 부인과 생 라자르 쪽의 전람회를 구경하느라 무지 피곤했어. 거기, 그 예술가협회 원조기금 설립을 위한 행사 말이야. 나는 두 점을 출품했는데, 그중 하나는 예전에 공작 부인이 구입했다가 이번에 특별히 대출해준 거였거든. 만나자고 연락이 오면 싫어도 거절할 수 없는 입장이야. 나도 다시 한번 감사의 인사를 하고 싶었고."

"그이는 옛날부터 자네를 퍽이나 마음에 들어하는군."

"응, 고맙지 뭐. 이번에도 아주 잘해주셨어."

"하긴 소중한 후원자니까 대우도 특별히 해야겠지."

비요는 친해서 하는 우스갯소리로 그 '소중한'이라는 단어에 특별히 힘을 주어 말했다. 들라크루아는 씁쓸히 웃었다.

"하지만 그날 전람회는 좋았어."

"그래, 좋았지. 그렇게 감동하기는 오랜만이었어."

"그래, 자네가 드물게도 티티안에 감동을 했었지."

"〈루크레티우스와 타르퀴니우스〉 말이지?"

"응."

"그건 감동이라기보다…… 뭐라고 해야 하나? 그 서투름과 장려함의 신비한 혼효(混淆)라니. 원천은 하나일 테지만 말야. 이것이 곧 티티안이다 싶은 작품이었어."

"전부터 이상하다고 생각했는데, 자네 같은 사람이 티티안을 좋아하지 않는다고 하면 사람들은 무척 놀랄 거야. 굉장히 좋아할 것 같은데 말야."

"아니, 싫어한다고 할 것까지는 없어, 특히 요즘 들어서는. 나이가 들수록 그의 위대함을 알 것 같기도 해. 역시 그런 화가를 진정으로 이해하는 데는 시간이 걸리는 모양이야. 사람들이 젊어서는 볼테르나 라신의 훌륭함을 모르는 것과 마찬가지로 말야. 그런 점에서 자네가 베네치아 파나 티티안을 좋아하는 것은 그만큼 세월이 들어간 것이라서 존경할 만하네."

"요컨대 색채가 중요한 게 아닐까?"

"물론 그렇기는 한데……" 들라크루아는 티티안에 대한 비요의 틀에 박힌 이해에 상처를 입히지 않도록 주의해가면서 말했다. "티티안을 대화가로 만든 진짜 이유는 다른 데 있는 듯한 느낌이 들어. 다른 베네치아 파 화가들과도 달라서 말야. 내가 그에게 비교적 냉담했던 것은, 자네도 짐작하는 대로 그가 선이라는 것을 전혀 이해하지 못했다고 생각했기 때문이야. 이 점에 대해서는 지금도 불만스러워. 〈루크레티우스와 타르퀴니우스〉만 해도 선이 상당히 서투르지. 그런데 그게 아무래도 단순한 실패로는 보이지 않는단 말야. 뭔가 좀더 숭고한 솔직함, 단순함에 도달한 듯한 느낌이 들어. 게다가 정(情)에 빠져들지 않고 지극히 이지적으로 말야."

"유감스럽지만 나는 잘 모르겠네."

"나도 확실하게 이해한 건 아냐. 그렇지만 그런 예감은 있어."

비요는 머리를 갸우뚱했다. 들라크루아는 조금 더 설명을 해볼까 하다가, 눈앞에 작품이 없는 이상 논의가 헛되게 공전할 것 같아 포기했다. 비요는,

"특히 그날은 라파엘로의 훌륭한 작품이 왔었지. 굳이 말하자면 나는 그쪽에 더 강한 인상을 받았어"라고 덧붙였다.

"그건 나도 마찬가지야. 그날 이후로 계속 그 〈성처녀〉가 마음에 걸려 있다네."

그때 제니가 커피를 들고 와서 둘이 함께 마셨다. 제니는 쟁

반을 무릎에 얹고 옆의 의자에 앉았다. 함께 대화를 나누려는 것이 아니었다. 그저 곁에서 듣고 싶은 것뿐이었다. 다른 집의 사용인이라면 허용될 수 없는 이런 실례도 이 집에서는 당연한 일처럼 되어 있었기 때문에 비요도 별로 신경쓰지 않고 이야기를 계속했다.

"그걸 보면 앵그르 파 친구들이 하루 스물네 시간 내내 라파엘로, 라파엘로, 하고 떠들어대는 것도 이해가 갈 것 같아."

"그래, 그 친구들은 라파엘로의 우아함에서 백 리나 떨어진 곳에도 아직 이르지 못했지만 말야."

비요가 웃었다. 들라크루아는 뒤를 이어 험담이 쏟아지려는 것을 꾹 참고 라파엘로 이야기로 돌아갔다.

"어쨌든 라파엘로를 통해 발견되는 미의 가장 특필할 만한 부분이 그의 완벽한 선의 평형에서 기인한다는 것은 의심할 여지가 없어. 나는 그날 이후로 그 점을 완벽하게 이해했지. 이것은 정말 흔하게 얻을 수 없는 경험이야. 솔직히 전율까지 느꼈다네. 그것은 꼭 소묘의 정확함만을 말하는 게 아냐. 자신이 확립한 양식과 기술, 그리고 도무지 저항할 수 없는 그의 욕구가 밀어붙이는 부정확함과 대담함에는 놀랄 수밖에 없어. 이것은 사람들이 별로 지적하지 않은 점이지. 물론 앵그르처럼 엉터리 왜곡에 빠져 있지도 않아. 정묘하기 이를 데 없어서 생명의 숨결까지 느낄 수 있게 해주지. 참으로 거장다운 솜씨야."

"그 점에 대해서라면 나도 솔직히 동의하네."

"그런 작품들을 파리에서 관람할 수 있다는 것은 실로 고마운 일이야. 자네 팡테옹에는 가봤나?"

"팡테옹? 음, 가베 씨가 기획했던 그……"

"라파엘로와 미켈란젤로의 모사(模寫) 전시회 말야. 프레스코 화의."

"아니, 아직 못 봤어."

"뭐야, 지난번에 일부러 가르쳐줬는데 아직 안 가봤단 말인가? 그것도 꼭 봐야 해. 나는 벌써 두 번이나 갔는데 한번 더 가볼 생각이야. 그래도 부족해서 직접 가베에게 감사 편지를 썼을 정도야. 그런 행사는 누구라도 할 수 있을 것 같지만 의외로 참 어려운 일이야. 게다가 좋은 평가까지 얻었으니. 로마 상(賞)을 받고 이탈리아에 갔던 위인들은 모사라는 말을 들으면 당장 업신여기려 들겠지? '나는 이탈리아에 가서 실물을 신물이 날 만큼 보고 왔소이다!'라고 말야. 참으로 가소롭기 짝이 없는 자들이야."

"응……" 하고 미소를 지으며 비요는 애매하게 대답했다. "……그렇군."

그는 이따금 들라크루아의 입에서 터져나오는 이러한 말들에서 그답지 않은 비겁함의 여운을 발견하고 항상 안쓰럽게 생각하곤 했다. 게랭의 아틀리에 동료들이 차례차례 로마 상을 수상하는 가운데 들라크루아만이 그 선발 시험조차 받지 않았다. 그리고 이 나이가 되도록 끝내 이탈리아 땅을 밟지 않았다. 젊었을 때는 서로 가볍게 그런 화제를 입에 올리기도 하고 비요도 어째서 시험을 받지 않느냐고 몇 차례 물어본 적도 있었다. 들라크루아는 그때마다 "어쨌건 빨리 관전에 출품하고 싶어서 그랬지"라든가 "이탈리아에 가서 팔자 좋게 놀고 오느니 파리에 남아 있는 게 더 공부가 될 것 같아서 말이야"라든가 하는 여러 가지 이유를 들곤 했다. 때로는 "잠시도 프랑스를 떠나고 싶지 않다네"라는 식으로 우스갯소리를 한 적도 있었다. 그 대답들이 모두 조금씩 진실을 품고 있는 것으로 보였다. 비요는 그런 설명에 어이없어했지만 그래도 "자네도 어서 빨리 진짜 미켈란젤로를 보고 와야 해"라고 농담처럼 스스럼없는 충고를 할 수 있었다. 그것은 비요뿐 아니라 그의 친한 친구들 모두가 생각하던 일이었다.

신고전파 화가나 입이 험한 비평가들은—그리고 때로 **조금은 그림을 안다고** 자부하는 일반 애호가들까지—"외젠 들라크루아가 진짜 라파엘로를 본 적이 있다면 그런 난폭한 선, 술에 취해 빗자루에 물감을 찍어 그려낸 것 같은 그런 선은 그릴 리가 없어요. 그를 개혁자라느니 선구자라느니 치켜세우는 경박한 풍조는 좀 곤란하지요. 그건 그야말로 완벽한 무지의 산물이에요. **장대하다는** 식으로들 말하는데, 시스티나 성당의 미켈란젤로를 본 사람이라면 그건 그저 풍자화 수준의 장대함에 불과합니다"라고 비웃음을 섞어 그를 매도했다. 그의 재능을 아는 친구들에게 그것은 너무도 안타까운 일이었다. 비요 역시 다른 어떤 화가보다 그와 함께 라파엘로나 미켈란젤로 이야기를 할 때 훨씬 흥미 깊고 독창적인 의견을 들을 수 있었다. 그러나 다른 한편으로 거기에는 당혹감과도 같은 복잡한 생각이 수반되곤 했다. 그가 그러한 탁월한 분석을 이끌어낸 것은 결국 부지런히 수집해들인, 누가 모사했는지도 모르는 조각조각의 복제화 더미를 통해서였기 때문이었다.

'지금 그가 이렇게 감동하는 라파엘로의 선도 일찌감치 이탈리아에 가봤더라면 이십대에 진작 깨달았을 일이 아닌가……'

비요는 지금도 그런 생각을 했다. 그는 들라크루아가 말하는, 라파엘로의 선에서 보이는 뜻밖의 부정확함이라는 문제를 거의 이해할 수 없었던 터라 우선 동의는 했지만, 그 주장에서 신선한 느낌은 받지 못했다.

비요는 자신이 좀더 적극적으로 이 재능 있는 화가에게 이탈리아 행을 권했어야 했다고 후회했다. 시간이 흐르면 갈 마음이 생기겠지 하며 지켜보았건만 아무리 세월이 흘러도 들라크루아가 선뜻 나설 마음을 먹지 않는 것이 그로서는 이상할 따름이었다. 그러면서도 다른 지역에는 자주 나갔다. 영국에 가서는 컨스터블과 보닝턴, 터너 등의 가치를 재발견했고, 플랑드르에 가서는 루벤스를 연구하고 마지막에는 모로코까지 들러서 폐쇄적인 화단에 제재와 색채의 새로운 영역을 개척해냈다. 그런데 어째서 유독 이탈리아에만은 가려고 하지 않는 것일까? 그런 의문을 품은 비요는 언젠가부터 그것이 두려움 때문일지도 모른다고 짐작하게 되었다. 만일 이탈리아에 갔다가 자신이 이제껏 부정해온 앵그르 파의 주장이 완전히 정당하다는 것을 깨닫게 되면 어떻게 할 것인가? 화가를 꿈꾸며 겨우 몇 년 그림에 손을 대본 화가 지망생 시절과는 사정이 다르다. 자신이 이십 년 넘도록 신봉해왔던 것이 완전히 무의미하다는 것을 깨닫는 사태라도 생긴다면 도대체 어떻게 해야 할 것인가? 그것을 두려워하고 있는 것이 아닐까? 그런 짐작을 한 이후로 비요는 들라크루아 앞에서 이탈리아 행에 대한 화제를 삼가게 되었다. 그리고 그의 건강이 최근 들어 점점 나빠지면서 "이미 내 몸으로는 긴 여행은 힘들지도 모르겠군" 하는 마음 약한 소리라도 들을라치면 그것이 너무도 안타까워 견딜 수가 없는 것이었다.

비요는 조금 전의 대답 뒤에 약간 틈을 두었다가,

"그런데 말야, 우리나라 화단에서 가장 깊이 있게 미켈란젤로를 사랑하고 이해하는 화가가 사실은 한 번도 실물을 본 적이 없다는 얘기를 들으면 후세 사람들은 역시 기이한 일이라고 생각할 거야"라고 약간 가볍게 말해보았다.

들라크루아는 농담이라고 생각하면서도 적잖이 실망하며,

"물론 복제밖에는 본 적이 없지만, 그래도 나름대로 꽤 열심히 연구했어"라고 말했다.

비요는 입을 다물고 말았다. 들라크루아는 자신의 말에 의도하지 않은 강한 어조가 담기고 만 것을 후회하며 곧바로 뒷말을 이었다.

"하긴, 나는 요즘 들어 결국 내 취미를 알 수 없게 되었어. 며칠 전에 제자 그르니에가 찾아와서 내 졸작 〈마르쿠스 아우렐리우스의 죽음〉을 교범 삼아 파스텔 습작을 하고 갔는데, 그때도 모차르트와 베토벤의 비교가 화제에 올랐어. 그 친구는 베토벤의 음악은 모차르트의 완벽함이 끝내 깨닫지 못했던 인간의 증오와 절망의 열정을 처음으로 우리의 정신의 지평에 열어 보였다는 거야. 새로운 표현이라는 의미에서 높이 평가하는 말이긴 했네만."

"요즘 떠도는 자네에 대한 평가가 말하자면 그런 것 아니겠나?"

"적어도 그르니에는 그렇게 말해주더군. 뻔한 찬사가 반이었지만. 베토벤과 셰익스피어가 상당히 근접해 있다는 얘기를 한 뒤에, 선생님의 예술도 정말 그렇습니다, 라나? 근래의 예술은 옳고 그름은 차치하고라도 일단 낭만주의라는 이름으로 묶이는 어떤 종류의 표현으로 방향을 전환한 셈인데, 나는 베토벤의 음악에 바로 그러한 현대성이 잘 나타나 있다고 생각해. 〈돈 후안〉 같은 음악은 참으로 낭만주의적이지만 말야."

"그 얘기를 들으니 자네가 정말로 낭만주의를 혐오하는 건 아닌 모양이군."

"물론이지. 나는 낭만주의가 아니라 낭만주의자로 불리는 자들이 싫은 거야."

"이를테면 위고 같은?"

"그래, 최악이지."

두 사람은 함께 유쾌하게 웃었다.

"그렇지만 예전처럼 바이런 같은 이에게 심취하는 일은 없어졌겠지?"

"그래, 내가 말하고 싶었던 게 바로 그거야. 스무 살 때는 바이런이나 베토벤, 미켈란젤로 같은 이에게 완전히 빠져 있었는데, 최근에는 점점 라신, 모차르트 같은 이들에게 더 매력을 느끼게 되었거든. 정말 신기하지."

들라크루아는 아까 말없이 자리를 뜬 제니가 다시 돌아오는 것을 보고 커피잔을 건네주며 둘이 함께 아틀리에로 가겠다고 일렀다.

"잠시 그쪽으로 가지 않겠나?"

"응, 좋아. 그런데 굉장히 추울 것 같군."

"그렇게 오래는 안 있어. 불도 지펴줄 테니 걱정 말고."

거실을 나서서 아틀리에로 향하는 도중에 비요는 문득 생각난 듯 들라크루아에게 물었다.

"그러고 보니 처음 만났을 때 내게 묻고 싶은 게 있다고 했는데, 뭔가?"

"그렇지, 깜빡 잊을 뻔했군. 자네, 오귀스트 클레징게르라는 조각가를 알고 있나?"

"음, 알지."

"어떤 사람이야?"

“글쎄, 어떤 사람이라고 해야 하나…… 별로 좋은 소문은 못 들었는데. 적어도 자네와는 영 안 맞는 사람일걸? 그런데 왜 그런 걸 묻는 건가?”

아틀리에에 들어가 난로에 불을 붙이면서 들라크루아는 대답했다.

“지난번에 상드 부인을 만났는데 그 사람에 대해 이것저것 묻더군. 나야 모르는 사람이라서 제대로 대답을 못 했지. 그런데 상드 부인은 ‘폰’이라는 제목의 조각을 헌정해주었다며 꽤 기뻐했었어.”

“〈폰〉?”

난로 곁에서 돌아보며 듣고 있던 비요가 실소를 터뜨렸다.

“별로 대단한 작품도 아니야. 작년 관전에서 마지막까지 구매자가 나서지 않아 그대로 남아 있던 작품이거든. 아마 그래서 줬을 거야. 그런데 그와 상드 부인이 무슨 관계가 있는 거지? 혹시 이제 슬슬 쇼팽에게도 싫증이 난 건가?”

“설마!” 들라크루아는 황급히 손을 저었다. “상드 부인이 아니라 그 집 딸에게 관심이 있는 모양이야. 관전에 출품할 조각의 모델이 되어달라고 간청을 해서, 요즘 그 집 딸이 매일 그 조각가의 아틀리에에 들락거리는 모양이더군. 그 아가씨에게는 이미 약혼자가 있는데 말이야.”

“거 위험천만한 얘기로군. 아니, 조금 전에는 자네가 그 사람과 어떤 관계인지 몰라서 조심하느라고 말하지 않았는데, 클레징게르라는 자는 평판이 몹시 안 좋은 사람이야. 술고래에 노름까지 좋아한다더군. 한때 이탈리아에서 유학을 했노라고 떠벌리고 다녔는데, 그게 사실은 빚을 너무 많이 져서 거기 가서 숨어 있었던 거라는 소문이 정설로 떠도니까 말야. 정부가 몇이나 되고 개중에는 임신했던 여자도 있었던 모양인데. 게다가 그 여자들에게 폭력까지 휘두른다는군."

들라크루아는 너무도 어이없는 이야기에 저도 모르게 웃음이 터지려고 했다.

"뭐야, 그게? 정말 구제불능이 아닌가!"

"그래, 자네가 가장 싫어하는 방탕한 예술가의 전형이지. 그런데 곤란한 게, 그자가 의외로 재능은 뛰어나다는 거야."

"흠, 그렇군. 상드 부인의 집에서 본 그 조각도 그리 나쁘진 않았어."

그는 어이없다는 듯 그렇게 말하고는 그녀에게 어떻게 이 말을 전해야 할지 걱정이 되었다. 그러고는 어휴, 하며 머리를 감쌌다.

비요는 난로가 좀체 따뜻해지지 않자 애가 타서 아틀리에 안을 서성거리기 시작했다. 그 모습을 보고 들라크루아가 그를 한 장의 그림 앞으로 불렀다.

"요즈음 계속 이 작업을 했어."

"피에타인가?"

"응, 신물이 날 법도 한데 나는 여전히 피에타를 붙잡고 있다네." 들라크루아는 생 드니 뒤 생 사크르망 성당의 피에타가 엄청난 혹평을 받았던 것을 떠올리며 말했다. "그리스도의 매장 장면이야. 어제서야 겨우 밑그림을 마쳤어."

"아주 훌륭해. 이 단계에서 벌써 걸작이 될 것 같은 예감이 드는군."

"고마워. 그렇지만 이건 중요한 문제야. 최근 나는 이런 생각만 했어. 자네의 칭찬에 우쭐해져서 하는 말이 아니라, 나는 대부분의 경우 밑그림 단계에서는 스스로도 크게 만족해. 이 단계에서 완성된 그림을 상상하는 일은 화가에게만 허용되는 실로 유쾌한 작업이지. 그런데 막상 제작에 들어가면 반드시 비참한 실망감을 맛보는 거야. 이 지극히 단순한 마스*의 결과물일 전체적인 통일감을, 세부를 그려넣으면서 어떻게 계속 유지할 것인가, 문제는 바로 그거야. 그림을 진행할수록 밑그림 단계에서 내게 다가왔던 진리와 단순함에서 자꾸만 멀어지는 것은 정말 괴로운 일이야."

"무슨 소리인지 잘 모르겠군…… 그러니까 밑그림 단계에서 세부까지 제법 상세히 그려놓고 나중에는 되도록 건드리지 않도록 한다는 건가?"

그렇게 물으면서도 비요는 자신이 무슨 말을 하는 건지 알 수

---

* masse. 조각·회화 등에서 일정한 부피를 가지고 하나의 덩어리로서 파악되는 형상, 혹은 입체적인 양감을 지닌 덩어리.

없었다. 들라크루아는 답답하다는 듯 말했다.

"아니, 그게 아냐. 밑그림 단계에서는 세부의 단순함은 억지로라도 유지해야 해. 특히 배경은 반드시 필요한 색조와 효과만을 주도록 해야지. 그렇게 하면 나중에 인물 군상을 마감할 때 최소한 필요한 것만 그리면 되니까. 실제로 이 바위 부분의 밑그림은 아주 단순한 상태로 됐어" 하고 캔버스를 가리켰다.

"이건 짙은 갈색하고 흰색이 섞여 있군. 이쪽은 검정하고……뭐지?"

"네이플스 옐로야. 그리고 전체적으로 테르 베르트가 적당히 섞여 있어." 들라크루아는 이야기가 중간에서 끊긴 것이 별로 마음에 들지 않아 빠르게 대꾸했다. 그러고는 비요가 "아아, 테르 베르트였군"이라고, 말이 미처 끝나기도 전에 뒷말을 이어나갔다.

"일반적으로 세부에서 출발해 그것들을 하나하나 공들여 마감해나가는 방식에서는 밑그림 단계의 단순하고도 생생했던 인상이 아무래도 손상되고 말아. 많은 화가들이 그런 방법으로 그리고 있고, 나도 예전에는 그랬었지. 그런데 지금은 달라. 지금은 밑그림이 어느 정도 만족할 만한 단계에 이르면 오히려 전체적으로는 그 이상 진행하지 않고 부분 부분에 손을 대야 한다고 생각하고 있어."

"아무래도 난 못 알아듣겠네. 자네가 말하는 그 부분 부분에 손을 댄다는 것하고, 세부를 하나하나 마감해간다는 게 어떻게 다르지?"

"잘 들어봐. 우선 밑그림이 일정한 단계에 이른 뒤에도 여전히 똑같은 방법으로 작업을 진행해나가면—즉 조금씩 세부를 덧붙여가는 건데—마스는 그 세부에 짓눌려 처음에 드러난 그 단순함과 웅대함의 인상을 잃고 말아. 그뿐만이 아니야. 이것은 효율의 문제라고도 할 수 있어. 무슨 말인가 하면, 그런 방법으로 해나가면 화가의 눈이 점점 그 세부에 익숙해져서 아무리 시간이 지나도 그림이 완성된 것으로 보이지 않아. 그래서 지저분하게 쓸데없는 손질을 덧붙이게 되고, 결국 점점 더 끔찍해지지. 그것만은 피하고 싶어. 부분 부분에 손을 댄다 해도 단순함을 유지하려는 노력은 여전히 필요해. 예를 들면 마스 가운데 특별히 어느 인물을 먼저 완성시키고 싶을 때도 그것이 아직 밑그림 단계에 머물러 있는 옆의 인물과 심하게 대립하지 않도록 주의하는 거야. 한 인물만을 돌출시켜 완성해버리면 그 부조화를 해소하기 위해 주변 인물들까지 거기에 질질 끌려가는 식으로 불필요한 세부를 요구하게 되지. 그것은, 자꾸 똑같은 소리를 하는 것 같지만, 마스 전체의 단순함을 손상시키는 것이 되고 말아. 이 마스 속 인물들 간의 상호관계에 대해서는 아까도 조금 이야기했지만, 마스와 배경의 관계에 대해서도 마찬가지야. 배경의 세부를 너무 치밀하게 그리면 마스가 거기에 따라가려고 똑같이 불필요한 세부를 요구하게 되니까 말야. ……어쨌든, 화가에게 요구되는 것은 **지나치게 그리지 않는 용기**야. 이것은 이른바 역설이지만 말야. 진실에 다가가려고 할 때 대부분의 화가들은 세부를 지나칠 만큼 충실히 그리게 돼. 그 결과 오히려 진실에서 멀어져버리지. 내 그림을 보고 세부가 부족하다고 지적하는 사람들이 있는데, 나는 일부러 그렇게 하는 거야. 부족하다는 지적을 하고 싶다면, 그렇다면 세부를 꼼꼼하게 모두 그려넣으면 어떻게 될지 생각해봐야 해. 그래야 비로소 그것이 쓸데없다는 것을 깨달을 수 있지. 베로네세와 루벤스 같은 화가들에게서는 이런 매혹적인 세부의 무시를 자주 발견할 수 있어."

"음……"

비요는 그렇게 고개를 끄덕이고 잠시 아무 말 없이 캔버스를 바라보았다. 들라크루아는 최근의 사색의 성과를 누군가에게 이야기하고 싶어 내내 입이 근질거렸는데, 기껏 그럴 기회를 얻었건만 장본인인 비요가 전혀 관심을 보이지 않는 바람에 적잖이 실망하고 말았다. 이해를 못 하는 걸까? 어쩐지 허탈해져서 뒤를 이어 하려고 했던 연극 배경 그림의 단순함에 대한 이야기는 다른 사람에게 해야겠다고 마음을 돌렸다.

비요는 갑자기 입을 다물어버리는 그를 천천히 돌아보았다. 그리고 뭔가 말을 하려고 입을 여는 찰나에 제니가 아틀리에로 들어왔다.

"저, 오늘은 하원에 나가실 예정이 아니셨던가요?"

그녀는 지나치게 오랫동안 머물고 있는 비요 때문에 그가 작업에 방해를 받아 곤란할 것이라고 짐작하고 일부러 끼어든 것이었다. 들라크루아는 그녀의 기지에 감사했다. 사실 그는 조금 전부터 이미 자신의 논리의 정당성을 재확인하고 당장이라도 작업을 재개하고 싶은 마음이 굴뚝같던 참이었다.

"아아, 그렇지!" 하며 회중시계를 꺼내본 들라크루아는 "벌써 시간이 이렇게 됐나?" 하고 혼잣말을 하고는 제니에게 난로의 불을 꺼달라고 부탁했다.

그녀는 의기양양하게 "네, 알겠습니다"라고 대답했다.

비요는 제니의 무례한 태도에 얼마간 화가 나긴 했지만 들라크루아와 조금 더 이야기를 하고 싶었던 터라 거실에 돌아가서도 그대로 의자에 앉아 다시 입을 열었다. 들라크루아는 이런 대접을 받고서도 그가 전혀 돌아갈 기미를 보이지 않는 데 놀랐다. 그러나 돌아갔으면 좋겠다는 표시로 시계를 들여다보는 무례까지 범한 터라 그의 고집을 존중하여 좀더 이야기를 나누기로 했다. 너무 길게 끌지는 말자고 생각하며, 어제 포르제 남작부인과 벨리니의 〈청교도〉를 들으러 갔던 이야기를 했다. 그리고 그참에 아까 하려고 했던 연극의 배경 그림에 대한 이야기를 하려는데 마침 『르뷔 데 되 몽드』지의 제프루아가 찾아왔다. 최근에 도산해버린 『에포크』지에서 항상 호의적인 기사를 써주었던 화가 겸 평론가 아르누가 직장을 잃어 딱하게 됐다고 해서 들라크루아가 친구 프랑수아 뷜로에게 소개장을 써서 그의 관전평을 게재해주도록 부탁했던 것이었다.

들라크루아는 자칫 긴 이야기를 꺼내려다 마침 잘 되었다 싶어서 제니에게 그를 안내해달라고 말했다. 거실에 들어온 제프루아는,

"아르누 씨 일로 빌로 씨를 대신해서 찾아뵈었습니다만……"

하며 비요 쪽을 흘끗 바라보았다.

그러고는 이야기를 계속해도 좋을지 망설이며 확인하듯 들라크루아의 표정을 살폈다. 그도 그런 눈치를 알아보고 말없이 비요 쪽을 바라보았다. 비요는,

"어서 들어오시지요, 저는 괘념치 마시고"라며 태연히 의자에 앉은 채 제프루아에게 말했다.

들라크루아는 그가 당연히 자리를 뜰 줄 알았던 터라 다시 한 번 놀랐다. 그리고 비요의 넉살 좋은 태도에 쓴웃음을 지으며 내심 감탄했다.

비요는 결국 제프루아가 돌아간 뒤에 들라크루아와 함께 집을 나섰다. 제프루아는 예상하지 않은 손님이 동석하는 바람에 말을 꺼내기 어려워하며 빌로의 거절 의사를 전했다. 들라크루아는 밖으로 나서면서 내일 방문할 아르누에게 뭐라고 해야 할지 걱정스러웠다.

"별수 없잖아. 자네가 그렇게 고민하지 않아도 될 일이야."

비요는 그렇게 들라크루아를 위로하고 도중에 헤어졌다. 들라크루아는 자신을 위해 비요를 쫓아내려고 애쓴 제니와, 그런 수법에 전혀 동요하지 않은 비요의 보이지 않는 전쟁을 떠올리

며 유쾌한 기분이 들었다. 그리고 그 유쾌한 기분이 사라질까 두려웠다.

창작의 시간을 빼앗긴 데 대한 초조감이 오늘은 얼마간 가벼워진 것 같았다. 그러나 작업장이 가까워질수록 점점 평소의 초조감이 고조되면서 오전 시간을 모두 허비해버린 것이 후회가 되었다.

이러한 감정의 급격한 변화는 항상 그를 괴롭혔다. 누군가를 만나고 나면 그것이 아무리 유쾌한 시간이었더라도 나중에는 반드시 이유를 알 수 없는 불안을 느꼈다. 자신의 심중을 솔직히 너무 많이 털어놓은 것이 걱정스러운 것인지도 모른다. 너무 많았던 그 말조차 결국 이해받지 못했다는 것 때문에 고독감을 느끼는 것인지도 모른다. 혹은 잃어버린 시간이 아까운 것인지도 모른다. 그 시간에 붓을 들고 있었더라면 얼마나 많은 작업을 해냈을까…… 그는 모두 비요 때문이라고 생각했다. 그리고 그렇게 생각하는 자신에게 말로 할 수 없는 위화감을 느꼈다. 돌아가지 않고 버티고 있었던 사람은 비요였다. 그러나 자신도 분명 그런 그를 말리지 않았다. 하루 이틀 사귄 친구가 아니다. 일하러 가야 한다고 한마디만 하면 해결될 일이었다. 친구를 배려해주느라 그랬는가? 물론 그런 마음이 없었던 것은 아니다. 그러나 단지 그것만은 아닌 것 같았다.

들라크루아는, 제니가 "자, 어서 가시지요"라며 비요 앞에서 보란 듯이 건네준 마차비 삼십 상팀을 그대로 손에 쥔 채 승합마차 정류장을 지나쳐 하원까지 걸었다. 마들렌 사원이 가까워지면서 멀리 코린트 식 기둥의 꼭대기가 눈에 들어오자 그 시대착오적인 양식이 새삼 개탄스럽게 여겨졌다.

'……역시 이건 단순한 태만에 불과한 것일까?'

조금 전의 사색을 계속하며 그는 자문해보았다. 작업에 들어가려는 자신을 문득 붙잡는 이 불쾌감. 이런 때면 벽화 제작 현장뿐 아니라 자택 아틀리에까지 한없이 멀게 느껴졌다. 창작으로 나아가는 길을 방해하는 이것이 천성적인 태만에 불과하다면, 나라는 인간은 그토록 사소한 것 하나를 몇십 년 동안이나 극복하지 못하고 어물거리는 바보인 셈이다. 정말 그럴지도 모른다. 작업을 하는 대신 느긋한 대화를 즐기며 앉아 있고 싶다. 벽난로 옆에서 해가 질 때까지 『몽테크리스토 백작』을 읽고 싶다. 그런 즐거움이 중단되는 것이 싫어서 불쾌감이 드는지도 모른다. 그러나 정말 그 때문일까? 작업에 대한 외경과도 같은 이 불쾌감은 단순히 하기 싫은 일을 억지로 마주해야 할 때 일어나는 저 태만의 충동과는 다른 듯한 느낌이 들었다. 창작의 고뇌는 물론 있었다. 그러나 그 기쁨 또한 누구보다 잘 알고 있다. 작업을 하고 싶다. 하고 싶어 견딜 수가 없다. 그런데 그것을 방해하는 것이 있다면, 그건 대체 무엇인가? 그는 방금 느긋한 대화나 독서를 **중단**해야 하는 것이 싫다고 생각했다. 뜻밖에도 그것이 가장 진실에 가까운 것처럼 느껴졌다. 이렇게 생각하면 어떨까. 창작이 싫은 것이 아니라 단지 오락의 유혹에 견디지 못하는 것뿐이다…… 아니야, 하고 즉시 부정했다. 아니다, 그렇다면 내가 창작보다 일상의 너저분한 오락을 더 즐거워한다는 말이 된다. 사실이 그렇지 않은가? 좀더 정직해져라. 그렇지 않은가? ……알 수 없었다. 그러나 그런 것은 아니라는 느낌이 들었다. 자신이 걸핏하면 세상을 의심하고 독선적인 과대망상으로 분별을 잃는 한심한 인간에 불과할지도 모른다는, 이따금씩 불쑥 떠올라 스스로를 몰아세우는 무서운 의념(疑念)에서 구원해주는 유일한 것이 있다면, 그것은 다름아닌 창작에서 누리는 무한한 기쁨이었다. 일상의 오락은 점점 더 그런 불안을 키울 뿐이었다. 그런 오락을 어떻게 창작보다 우선하여 선택할 것인가? ……다시 한번 생각해보자. 그는 또 자문했다. 불쾌감은 중단에서 유래하는 것이다. 무엇이 중단된다는 말인가? 하나하나의 오락은 문제가 아닐 것이다. 아틀리에가 멀게만 느껴진다는 감각. 거실을 떠나기 싫다는 그 감각. 장소의 문제인 것일까? 아니다. 그것은 정확하지 않다. 일상생활에서 소외되는 듯한 괴로움. 그 시간을 중단하고 싶지 않다는 생각. 그리고 창작의 시간에 들어서기 직전의 그 망설임. 창작의 시간에 들어선다는 것, 그것은 무엇을 의미하는 것일까? 그것이야말로 나를 참된 기쁨으로 안내해주는 것이 아니던가……?

하원에 도착하면서 사색이 점점 더 혼란스러워지자 그의 가슴속에 또다른 불쾌감이 생겨났다. 그 정체는 이미 알고 있었다. 오래도록 떨어져 있던 작품, 유난히 오랜 세월을 들여 제작하는 작품을 다시금 대할 때 느끼는 불안, 작품의 조악함에 환멸을 느낄지도 모른다는 불안이었다.

중앙 입구를 지나 도서관에 들어선 그는 머뭇거리며 천장을 올려다보았다. 그리고 방금 느꼈던 불안이 감격과도 같은 충실한 만족감에 의해 서서히 씻겨나가는 것을 혼자 조용히 맛보았다. "……나쁘지 않아." 그렇게 일부러 소리내어 말해보았다. 제자들에게 미리 연락을 하지 않았기 때문에 도서관에는 아무도 없었다. 고개를 젖힌 채 책상을 피해가며 세로로 길쭉한 도서관을 한 바퀴 돌면서 페나키의 그림을 하나하나 확인했다. 그리고 마지막으로 작업중인 〈그리스에 문명을 전하는 오르페우스〉가 그려진 남쪽 반원개 앞에서 발을 멈췄다.

발판 때문에 전체를 조망하기가 힘들어 일단 가까이 다가갔다가 다시 조금씩 뒤로 물러서며 살펴보았다. 왼편 앞쪽의, 대지에 가로누운 아기가 눈에 들어오자 마지막으로 이곳에 찾아와 그것을 손보았던 2월 10일의 작업이 떠올랐다. 기억이 자꾸만 어제 상드 부인을 만나 나눴던 잡담, 그 며칠 전에 집에 찾아왔던 친구의 아이들이 아틀리에를 마구 뛰어다녀 애를 먹었던 일 등으로 무질서하게 흘러가려고 했다. 그것을 억누르며 가까스로 의식을 화면에 집중하고 다시 한번,

"나쁘지 않아"라고 혼잣말로 중얼거렸다.

그리고 외투를 벗고 도구상자를 짊어지고는 곧바로 발판에 올라서서 작업을 시작했다.

그날은 해가 질 때까지 잠시도 쉬지 않고 작업에 몰두했다. 특히 처음에 확인한 〈그리스에 문명을 전하는 오르페우스〉에 열정적으로 힘을 기울였다.

화필을 들고 때때로 곱은 손끝을 입김으로 녹여가며 작업을 해야 했다. 그러나 곧 그것도 잊어버리고 팔을 움직이는 것 자체를 의식하지 않게 되었다. 작업에 빠져들면 항상 그렇듯이 손은 눈과 직결되어 몸의 일부분이기를 그만두었다. 기관과 기관의 거리가 사라지고 각각이 연속적으로 이어진 하나가 되었다. 신체의 각각의 부분이 하나의 기관이면서 동시에 온몸이었다. 온몸이면서 또한 생생한 개개의 기관이었다. 손바닥 안의 화필은 도구로서의 위화감을 상실했다. 무언가를 쥐고 있다는 의식이 사라졌다. 그것은 이른바 하나의 열쇠였다. 그에게 꽂히고 그의 외계에도 꽂힌 쌍두(雙頭)의 열쇠였다. 두 세계의 문이 동시에 활짝 열렸다. 붓끝을 따라 건물 그 자체가 그에게 무한히 가깝게 다가왔다. 다가오면서 또한 그와 대치했다. 그 거대함이 그를 고양시켰다. 손을 뻗어 마주함으로써 그 또한 거기에 어울리는 크기로 확장되는 듯했다. 벽면을 내달리는 붓의 감촉은 물질로서의 구체적인 마찰의 압력과 거기에 녹아든 어떤 추상적인 저항을 느끼게 했다. 해안에서 잡아당기는 밧줄이 서서히 다가오는 배의 무게를 전달하면서 동시에 묵중하고도 광대한 바다의 존재를 알려주듯이, 손끝의 감각은 항상 실감할 수 있고 확인할 수 있는 성과의 뒤편에 막막하고도 불확

실한 달성의 예감을 감춰두고 있었다. 팔레트의 꼼꼼한 정돈에
서부터 색가(色價)에 대한 거의 과학적일 만큼 엄격한 배려에
이르기까지 가장 즉물적인 기법상의 문제가 가장 비즉물적인
기법상의 문제와 연결되어 있었다. 상상된 세계를 화면 위에
정착시킬 때 발생하는 다양한 어려움은 머지않아 저절로 소멸
할 운명인 물질 위에 숭고한 존재가 현현하기 위한 엄청난 고
뇌인 듯했다.

천장 유리창으로 비쳐드는 햇빛이 구름에 가려질 때마다 벽
면을 덮은 푸른 하늘까지도 검게 그늘이 지는 것이 흡사 똑같은
하나의 태양을 공유하고 있는 것 같았다. 자연의 하늘은 은밀히
손을 뻗어 반원개의 하늘까지 삼키고 싶어했다. 그러나 아직 밑
그림으로만 그려진 하늘의 선명한 색채는 이미 그것을 준엄하
게 거부하고 있었다. 그림 속에는 영원히 그늘지지 않는 또 하
나의 태양이 있었다. 뜨지도 지지도 않고 그저 조용히 찬란하
게, 또한 영원히 빛나는 태양이 있었다. 화필은 그 끊임없는 빛
에 한껏 잠기면서 그림 속 인물들의 윤곽을 환하게 비춰냈다.

대지에 가로누운 아기로 돌아가자, 그는 며칠 전 비요와 함께
본 〈성처녀〉의 세밀화와도 같은 섬세한 터치가 생각났다. 그리
고 실제로 제작에 임하면서 다시금 그것에 감탄하였고 스스로
도 의식적으로 그런 터치를 본떠보았다.

'그 그림의 세밀한 부분도 루페로 들여다보아야 겨우 알아볼
정도였는데, 이런 천장화에 그런 기법을 써본들 알아볼 사람이

없겠지?'

그렇게 생각하자 유감스럽다기보다 사람들의 허를 찔러 가장 가깝고도 찾기 쉬운 장소에 아무도 모르게 보물을 감춰둔 대부호와도 같은 은밀한 만족감이 들었다. 그리고 그렇게 시도해본 터치가 뜻밖에 잘 풀려나가는 것이 기뻤다.

'방로 식의 무례하고 건방진 붓질로는 이런 게 나오지 않아. 이런 양식의 고상한 그림에 그건 전혀 어울리지 않아. ……그러고 보니 루브르에 있던 코레조의 구아슈 대작도 이런 터치였어. 다음에 가서 확인해봐야지……'

몇 시간이나 작업을 계속하다 해가 저물어 주위가 어두워지기 시작하자 그는 작업을 마감하고 발판에서 내려왔다. 이곳에 처음 들어섰을 때와 마찬가지로 뒤로 조금 물러서서 전체를 살펴보았다. 비요에게 애써 설명했지만 전혀 이해하지 못하던, 색조와 마스만으로 이루어진 밑그림이 기대했던 대로 완성된 것에 전율할 듯한 흥분을 맛보았다.

'이 밑그림에 나타난 위대함과 단순함의 멋! 특히 머리 부분처럼 별로 손대지 않은 부분에는 실로 효과가 크다. 색조만 정확히 맞추면 선 같은 건 저절로 따라오는 거야. ……그래, 나쁘지 않아…… 나쁘지 않지…… 제자들에게는 이제 손을 대지 말라고 하자. 라살 보르드는 그 동안 무척 잘 도와줬지만, 이제 나 혼자서도 충분해……'

도서관을 나와 직원에게 오늘 작업을 마쳤다고 알리고 외투

앞섶을 단단히 여미며 밖으로 나섰다. 피곤해서 승합마차를 타고 돌아가기로 했다. 문득 생각이 나서 호주머니에 손을 넣어보니 아까 제니가 건네준 삼십 상팀이 차갑게 언 채 고스란히 남아 있었다.

집에 도착하니 제니가 외출중에 르블롱과 나르시스 비에야르가 번갈아 찾아왔었다고 알려주었다. 제니는,

"정말로 비요 씨 꾸물거리시는 건 못 말리겠어요. 그냥 놔뒀으면 오늘은 오후에도 전혀 작업을 못 하셨을 거예요"라고 그가 돌아오는 대로 말하려고 벼르고 있었던 듯 투덜거렸다.

"무슨 악의가 있어서 그런 건 아니니까 괜찮아. 그런데 르블롱은 내내 자리에 누워 있었을 텐데, 좀 어떻던가?"

"예, 병문안을 와주셨다고 일부러 인사를 하러 오신 모양이던데 아직도 걸음이 휘청거리시는 것 같았어요. 그리고 비에야르 씨도 건강이 별로 좋지 않으신 것 같았고요."

"그 사람은 항상 그래. 몸이 좋건 나쁘건 말야. 뭔가 시무룩하고 심각한 표정으로 '인간은 불안의 경련 속이거나 권태의 깊은 잠 속에서 하루하루를 살도록 태어났다' 라는 『캉디드』에 나오는 마르탱*의 말을 외우고 다니지. 어쨌든 그 두 사람에게는 미안하게 됐군. 지금이라도 잠깐 들러봐야겠어."

"지금요?"

“응.”

“안 돼요, 피곤하실 텐데. 몸에 안 좋아요.”

그 말을 듣고 보니 그도 망설여졌다. 그러나 일단 자리를 털고 일어나보니 일부러 찾아와준 르블롱은 꼭 만나고 싶었고, 피곤한 것도 그럭저럭 참을 수 있을 것 같았다. 단지 제니의 적적해하는 모습이 마음에 걸렸다.

“음…… 그렇다면 비에야르에게는 다음에 가기로 하지. 르블롱에게만 얼른 다녀올게. 괜찮아, 금방 올 거니까. 저녁식사를 준비해줘. 오늘은 보르도의 로셰 씨에게 형의 묘지 일로 인사 편지도 써야 하고, 화상(畵商) 아로 부인에게도 로셰 부부에게 선물할 그림을 보내달라고 부탁하는 편지를 써야 하니까.”

“그럼 너무 늦지 않도록 하세요. 단단히 입고 나가셔야 할 거예요. 또 감기 걸리시면 큰일입니다.”

“응, 나도 잘 알고 있어.”

들라크루아는 부모가 아이를 달래는 듯한, 또한 아이가 부모에게 하는 듯한 말투로 그렇게 얼른 대답하고는 밖으로 나갔다.

8

2월 말에 페르낭 드 프레오의 상담을 들은 후 쇼팽은 매일같이 고민에 빠져 지냈다. 상드 부인의 가족은 고향으로 돌아간 그 가엾은 약혼자에 대해서는 굳게 입을 다물고 있을 뿐이었다. 쇼팽 역시 나서서 그 화제를 입에 올리지 않았다. 서로의 생각은 금방 알아차릴 수 없는 냄새처럼 아슴푸레하게 떠돌면서 상대방을 자극했다. 쇼팽은 헤아릴 수 없을 만큼 수많은 가정(假定)을 떠올리며 상드 부인 가족의 마음속을 짐작해보곤 했다. 가족 중 누가 이 일을 알고 있을까? 오귀스틴은 알고 있다. 그렇다면 모리스도 알 것이다. 오로르는 알고 있을까? 모른다면 내가 뭐라고 말해줘야 할까? 알고 있다면 대체 어떻게 할 생각일까? 그보다, 어느 만큼이나 알고 있는 걸까? 누구에게 들어서? 그것은 중요한 일이었다. 모리스에게서? 오귀스틴에게서? 솔랑주 본인의 입을 통해? 내가 알고 있다는 것을 눈치챘을까? 눈치챘다면 어디까지 알고 있다고 생각하는 걸까? 내가 어떻게 생각한다고 짐작하는 걸까? 눈치채지 못했다면? 내게 언제 어떤 식으로 말해줄 셈일까? 언젠가 알려줄 작정이기는 한 걸까? 클레징게르인지 뭔지 하는 조각가에 대해서는 어떻게 생각하고 있을까? 그 가엾은 페르낭에 대해서는? 두 사람의 결혼은 과연 가능할까? 솔랑주에게 아직 그런 의사가 있기나 한 걸까? ……생각하면 머리가 깨질 것 같았다. 그에게는 프레오를 위해 사태를 호전시킬 수 있는 방안을 짜낼 여유가 없었다. 이 문제에 대해 자신이 어떻게 처신해야 할지, 그것조차 결정하지 못하고 있었다. 그것을 결정하지 않고서는 한 걸음도 앞으로 나아갈 수 없었다. 이야기를 하려 해도 첫마디가 나오지 않았다.

파리에서의 생활은 일단 평온을 유지하고 있었다. 그 평온이 쇼팽에게는 다른 무엇과도 바꿀 수 없는 귀중한 것으로 여겨졌다. 다툼에 휘말리는 것은 이제 지겨웠다. 약간 삐걱거리는 부분이 있다 해도 서로 고함을 치는 사태보다는 훨씬 나았다. 문제가 모두 해결되었다고는 생각하지 않았다. 노앙 관이라는 좁은 상자 안에 갇혀 있던 각양각색의 분노가 파리의 악취와 뒤섞여 분간할 수 없게 된 것뿐이라는 생각도 들었다. 노앙이라는 곳은 도시인이 돌아가 살기에는 지나치게 아름다운 곳인지도 모른다. 너무 아름다워서 인간의 사소한 추함이 유난히 눈에 띄는지도 모른다. 사실 무엇이 해결되었단 말인가? 하지만 상관없었다. 아닌게 아니라 무엇 하나 해결된 것은 없는지도 모른다. 그러나 앞으로 해결되지 말라는 법도 없지 않은가. 조금이라도 해결될 전망이 있다면 그 과정은 반드시 **조용한 가운데** 이루어져야 할 것이었다.

프레오에 대한 동정의 마음에 변함은 없었다. 친구 에마뉘엘 아라고를 불러 비밀스럽게 클레징게르의 평판이 어떤지 물어보았지만, 대답은 예상대로 그리 탐탁한 것이 아니었다. 변호사답게 꼼꼼하고 주의 깊은 아라고는 **며칠 후 다시** 그 조각가의 출신부터 최근의 풍문에 이르기까지 일체를 보고해주었다. 출생지는 브장송, 그의 부친도 마찬가지로 조각가였으며 한때 기병대에 입대했었고 작년 관전에서 호평을 얻었다는 것, 빚이 많고 여자 문제가 복잡하며 술을 좋아한다는 것, 도박을 한다는 것, 거만하고 말투가 조악하다는 것 ……그리고 이 모든 것이 이미 상드 부인의 의뢰로 조사를 끝낸 사항이라는 것이었다.

쇼팽은 아라고의 말을 상드 부인에게 전하려고 했다. 그리고 프레오의 걱정이 반드시 의심에서 비롯된 것만은 아니라는 점을 그녀에게 이해시키려고 했다. 그러나 자신이 이 문제에 개입하면 그녀가 저항할 것이 뻔했다. 상드 부인만이 아니었다. 모리스도, 오귀스틴도, 솔랑주조차도 그의 참견을 냉담하게 거절할지 모른다. 그것만은 피하고 싶었다. 물론 자신의 연애생활을 우선하느라 프레오의 기대를 배반하는 것에 처음에는 죄책감을 느꼈다. 그러나 자신이 한편이 되어도 그에게 별로 이익이 없을 것이라는 생각에 마음을 고쳐먹었다. 가정 내의 문제에 대해 상드 부인이 애인의 견해를 전혀 신용하지 않는다는 것은 변함없는 사실이었다. 자신이 참견을 하면 도리어 페르낭의 입장이 난처해질지도 모른다. 그렇다면 입을 다물고 있는 게 더 낫지 않을까? 애매한 의무감으로 쓸데없이 나서는 것은 자신의 양심을 위무하는 데만 급급한 사람의 자기 만족에 지나지 않을 것이다. 그래서는 아무것도 해결되지 않는다. 친절이란 결과가 좋아야 의의가 있는 것이다. 이쪽의 생각 같은 건 상대에게는 아무런 의미도 없으니. 언젠가는 서로 이야기할 수 있는 때가 올 것이다. 그때까지 조금만 더 기다리는 게 옳을지도 모른다……

파리에서 쇼팽을 비롯한 수많은 예술가, 사교계 인사들과 재회한 솔랑주는 너무도 성급했던 자신의 결단이 점점 더 후회스러웠다. 노앙에서 지낼 때는 별로 거슬리지 않던 약혼자의 촌스러운 언동 하나하나가 허용하기 힘든 결점으로 느껴졌다. 세련된 맛이라고는 하나도 없고 그저 성실한 것 하나만이 장점인 이 따분한 남자와 평생 함께 살아야 한다고 생각하니 절망으로 쓰러져버릴 것만 같았다. 모든 것이 마음에 들지 않았다. 페르낭이 자신의 행동에 대해 은근히 불만을 내비치기라도 할라치면 거칠게 말대꾸를 했다. 사과를 해오면 그 줏대 없음을 냉소했다. 주위 사람들의 축복이 모조리 비꼬는 소리로만 들려 신경질이 났다. 자신은 싸구려 장난감을 받은 가난한 집 아이처럼 비참한 동정을 받고 있다. 집에 찾아온 모든 이들이 돌아가는 마차 안에서 안됐다며 비웃을 것이다. 분명 그럴 것이다. 어째서 내가 그런 어처구니없는 굴욕을 겪어야 하는가. 그것은 모두…… 그렇다, 모두 어머니 탓이다. 갑자기 그런 생각이 들었다. 이제껏 자신이 선택한 약혼자에 대해 어머니가 인정해준 것을 대단한 승리라고 여겼었다. 그러나 어느 순간 그것이 음험하기 짝이 없는 모욕으로 느껴졌다. 어머니는 처음부터 이 사람의 무능함을 알고 있었다. 알고 있으면서도 내게 어울리는 배우자라고 생각한 것이다. 그렇게 생각하니 어머니의 마음에 들었다는 그 사실 하나만으로도 약혼자를 혐오하기에 충분한 이유가 되는 것처럼 여겨졌다.

초조는 골수를 타고 퍼지듯 온몸에 가득 찼다. 그때 그녀의

시야에 뛰어든 것이 오귀스트 클레징게르였다. 솔랑주는 순식
간에 그에게 반해버렸다. 무엇보다 머리 꼭대기부터 발끝까지
페르낭 드 프레오와 정반대라는 것이 그녀를 매료시켰다. 자신
의 멍청한 약혼자는 시골뜨기에다 평범하기 짝이 없는 인간이
고, 항상 소심하고, 별 실속도 없으면서 허풍스럽기만 하고, 바
보처럼 착실하고 고분고분하고, 재치 있는 농담 한마디 하지 못
하고, 허여멀건데다 깡마르고, 자신이 싫어할 요소를 두루 갖추
고 있었다. 비교의 저울에 올려놓은 다른 한 사람, 조각가 클레
징게르는 파리의 사교계를 자유롭게 드나들며 이 도시의 구석
구석까지 속속들이 알고 있는 재기 넘치는 신진 예술가이고, 자
신감이 넘치다 못해 다소 거친 면도 있지만 이제 막 깎아놓은
미완성의 조각상처럼 반짝이는 말들을 내뱉고, 매력적인 방만
함과 무례함을 구사하며 얼굴이 붉어지는 **부도덕한** 농담을 아무
렇지도 않게 귓전에 속삭일 줄도 알고, 거무스름하고 체격도 탄
탄해서 요컨대 자신이 이상으로 여기는 요소는 모두 갖추고 나
타난 것 같았다. 무성하게 자란 클레징게르의 수염을 한번 본
다음부터 프레오의 수염은 화단 구석에 핀 잡초처럼 청승맞게
보였다. 조각도의 상처가 생생한 클레징게르의 큼직한 손이 자
신의 팔을 힘차게 움켜잡을 때면, 멧돼지 따위를 잡으려고 엽총
방아쇠를 당기는 것밖에는 할 줄 모르는 프레오의 시든 나뭇가
지 같은 팔뚝은 무능의 상징처럼 느껴졌다. 클레징게르가 자신
을 모델로 삼아 그린 소묘를 보고는 '이 사람의 눈에 내가 이토

록 아름답게 비치는구나. 어째서 그의 눈에는 이런 기적이 일어날 수 있을까?' 하고 감동했다. 조각가의 방종한 소문은 그야말로 예술가다운 행적이어서 도리어 호기심을 자극했다. 그와 결혼하게 되면 얼마나 많은 여자들이 질투에 휩싸여 후회의 눈물을 흘릴까? 그런 몽상을 하며 그녀는 자존심이 한껏 고양되는 것을 느꼈다. 모두들 몹시도 분해할 것이다. 너무나 통쾌한 일이다. 페르낭과 결혼해봤자 어느 누가 질투를 하겠는가? 그리고 그 자존심은 어머니와 오빠까지도 클레징게르를 만만하게 보지 못한다는 사실에 의해 한층 더 만족감을 얻었다.

상드 부인은 솔랑주가 프레오에게 이미 어떠한 애정도 없다는 것을 알고 있었다. 사실 솔랑주는, 프레오가 불안을 견디다 못해 쇼팽에게 상담을 청한 그 며칠 뒤 그런 사실을 알지 못한 채로 그에게 자신의 본심을 밝혀버렸다. 가련한 청년은 크게 낙담하여 이틀 동안 아무도 만나지 않고 파리 거리를 휘청휘청 돌아다녔다. 앞으로 일 때문이건 여행으로건 마음만 먹으면 언제라도 올 수 있는 곳이건만, 거리의 풍경 하나하나가 마치 이승과의 작별처럼 아쉽게 보였다. 센 강변을 걸어 성벽을 지날 때 악취가 너무 심해 코가 문드러질 것 같다고 솔랑주에게 불평했던 일이 떠올랐다. 그리고 그때 그녀가 보였던 냉랭한 표정을 떠올리며 사람들의 시선도 아랑곳하지 않고 길바닥에서 울었다. 마침내 사흘째가 되자 페르낭은 어쩔 도리 없이 혼자 마차를 타고 고향 베리로 돌아갔다.

마차 안에서 보낸 따분한 시간은 그에게 많은 생각을 하게 해주었다. 어깨를 두드리며 위로해주던 쇼팽이 떠올랐다. 결국 그는 아무것도 도와주지 않은 것이다. 그렇게 생각하니 갑자기 화가 났다.

'어쩌면 그 사람은 처음부터 모든 것을 다 알고 있었는지도 몰라. 아니, 분명 그럴 거야. 그렇게 점잔 빼던 모습 뒤에 얼마나 시커먼 속마음이 소용돌이치고 있었을까. 언젠가 상드 부인이 모리스에게 이런 얘기를 하는 것을 들은 적이 있어. 평소에는 천사 같은 사람인데 어째서 그렇게 미친 사람처럼 돌변하는지 모르겠다고.'

한번은 솔랑주가, 남의 말 하기 좋아하는 파리 사람들이 늘어놓는 칭찬이며 농담을 고스란히 사실로 받아들이며 일희일비하는 페르낭의 모습에 어이가 없어 "말과 속마음이 항상 똑같은 줄 아세요?"라고 〈돈 후안〉의 대사를 인용해 비꼰 적이 있었다. 그는 문득 그 말을 떠올리고 그것이 바로 이런 경우를 두고 하는 말인 모양이라고 혼자 통감해마지않았다.

'정확하게 어떤 대사였지? 외울 수만 있으면 나도 파리에는 가본 적도 없는 시골 녀석들에게 그대로 써먹을 텐데. 그건 그렇고, 솔랑주는 어쩌면 그리도 총명할까? 내가 너무도 아는 게 없으니 그녀가 화를 내는 것도 당연해.'

이렇게 스스로 인정해버리고 나니 이제까지 자신과 그녀를 갈라놓았던 무엇인가가 갑자기 제거되면서 존경의 마음이 점점 더 커지는 한편으로 이전보다 그녀가 더욱 가깝게 느껴졌다.

'그래, 말과 **속마음**은 **똑같지** 않은 거야. 그만 헤어지자고 했던 솔랑주의 말도 어쩌면 진심이 아니었는지 몰라. 아아, 나는 어쩌면 이리도 덤벙거리는 성격일까!'

점차 기운이 나면서 콧노래라도 부르고 싶은 기분이 되었다. 시골에 도착한 뒤에도 그는 이 인연이 다시 맺어질 것이라는 희망을 잃지 않았다. 상드 부인은 그를 가엾게 여겨 위로의 편지를 보내며 자신들이 노앙에 돌아갈 때까지 일단 기다려주기 바란다고 썼다. 프레오는 그 어머니다운 말투에 감격했다. 그리고 상드 부인이 건강이 좋지 않은 것 같더라는 소식을 인편으로 전해듣고는 병문안을 구실로 파리의 상황을 살펴보기 위해 그녀에게 편지를 썼다. 상드 부인은 그 천진하기 짝이 없는 내용에 반은 어처구니가 없고 반은 가슴이 아팠다. 프레오는 그 편지를 쓰기 위해 어렸을 때 철자법 연습을 하던 책을 어렵사리 찾아다 참고로 했다는 이야기를, 일부러 틀리게 쓴 게 아닐까 의심스러울 만큼 철자법이 엉망인 문장으로 써보냈다. 그리고 그녀의 책을 가지고 있노라는 말 한마디 덧붙일 재치는 고사하고 "그 외에 제가 갖고 있는 책은 라 브뤼예르의 『사람은 가지가지』 한 권뿐입니다"라고 유쾌한 듯 덧붙였다. 한동안 시골에서 지내다보니 이제 솔랑주의 화도 풀렸을 것이라는 낙관적인 기대감이 들었다. 지금쯤은 오히려 나를 그리워하고 있는지도 모른다. 물론 나는 두 말할 것도 없다! 그러나 솔랑주에게 직접 편지를 보낼 용기는 없어서 다시 상드 부인 앞으로 편지를 쓸 계획을 세웠다.

'그분은 나를 잘 알고 있어. 정말 성모와도 같은 분이야.'

그러나 쇼팽에게는 단 한 통의 편지도 쓰지 않았다.

'편지 쓸 게 뭐 있어! 내가 굳이 보고하지 않아도 분명 다 알고 있을걸.'

그러나 모든 것은 상드 부인의 가정 내의 문제였다. 그녀는 이번 일의 진상을 쇼팽에게 전혀 밝히지 않았다. 당분간 이야기할 생각도 없었다. 적당한 변명을 대며 솔랑주의 결혼이 연기되었다고만 말했다. 쇼팽도 그 이상은 묻지 않았다. 그러나 상드 부인도 아직 클레징게르에 대한 솔랑주의 마음을 확실히 알고 있는 것은 아니었다. 솔랑주가 오빠도 어머니도 동반하지 않은 채 살그머니 조각가의 아틀리에를 찾아가곤 한다는 사실도.

3월 둘째 주 금요일, 상드 부인의 집에서 그녀의 가족과 쇼팽, 들라크루아, 퇴역 육군 대위 스타니슬라스 다르팡티니, 그리고 그녀의 초대를 받아 다르팡티니와 함께 온 오귀스트 클레징게르 등이 자리를 같이했다.

들라크루아는 성공적이었던 4일의 작업에 기분이 좋아져서 다음날도 하원에 나가 벽화를 그렸지만, 염려했던 대로 그날 밤부터 피로의 거센 반격이 시작되어 이후로는 다시 자택 아틀리에에 틀어박혀 지내고 있었다.

그 전날에는 조각가이며 동물화가인 앙투안 바리의 딸의 장례식에 참석했다. 잠시 누그러들었던 추위가 그날을 경계로 다시 급격히 심해지면서 녹아가던 눈이 다시 얼어붙는 바람에 교회까지 가는 길이 온통 울퉁불퉁 미끄러웠다. 부보는 하루 전에 받았다. 바리의 딸과는 그다지 친하지 않았지만 그 헌신적인 삶에 대해서는 아버지를 통해 자주 듣곤 했었다.

'아직 젊은 나이였을 텐데…… 하나뿐인 혈육이 세상을 떠났으니 저 가엾은 사람은 앞으로 어떻게 살까?'

재작년에 큰형 샤를 앙리 들라크루아가 사망했을 때의 슬픔이 되살아났다. 어린 나이에 부모를 잃은 그에게 열아홉 살이나 나이 차가 나는 형은 누나 앙리에트가 어머니 역할을 대신해주었듯이 그에게 아버지와도 같은 존재였다. 그해 여름에 요양차 오본에 갔다가 파리로 돌아오는 길에 우연히 보르도에 들러 형과 재회했는데, 그것이 생전의 마지막 만남이 될 줄은 꿈에도 생각하지 못했었다. 12월 들어 중태라는 소식을 듣고 달려갔을 때는 이미 숨을 거둔 뒤였다. 그러한 우연 때문에 형의 죽음은 그에게 극심한 동요를 몰고왔다. 그는 고인을 애도하는 동시에 자신의 불행한 처지를 한탄했다. 일곱 살에 아버지를 잃고 아홉 살에는 둘째형을, 열여섯 살에는 어머니를 잃었으며 스물아홉 살에 누나를 잃더니 마흔일곱 살에 마지막으로 남은 큰형까지 잃어 결국 혼자가, 천애고아가 되고 말았다. 천애고아…… 그 생각이 그를 강하게 사로잡았다. 물론 리즈네르, 고르트롱, 그리고 보르노처럼 지금도 건강한 모습으로 얼굴을 마주하는 친척들이 있었다. 그러나 그 있다는 사실은 표면적인 위안에 불과했다. 그들을 사랑하는가 아닌가는 중요하지 않았다. 가령 그들이 선량하고 친절하며 자신에게 항상 최상의 경의를 표해주는 존재라 해도 그것이 잃어버린 가족과 동등한 의미를 가지는 것은 아니었다. 물론 가족의 역할을 메워주는 것은 가능할 터였다. 그러나 가족이 있다는 사실을 메워주는 것은 불가능했다. 부모도 형제도 없다. 자식도 없다. 유일한 조카였던 샤를도 죽어버렸다. 이제부터는 나 혼자다…… 그 자신보다 그의 피가 먼저 고독을 느꼈다. 그것은 슬픈 생물처럼 온몸을 맴돌았다. 뜨겁게 솟구치지도, 격렬하게 출렁이지도 않았다. 그저 차갑게, 시치미를 뚝 떼고서 평소의 맥박대로 움직이고 있었다. 그것이 견딜 수 없이 쓸쓸했다.

'이제 바리도 혼자가 되었어……'

그는 일기를 펼치다 첫 장의 자연사박물관 이야기를 보고 젊었을 때 바리와 자주 동물원에 소묘를 하러 가곤 했던 일을 떠올렸다. 둘이서 함께 사자의 사체 해부를 구경한 적도 있었다. 그 생각을 하자 갑자기 한여름의 열기와 함께 토할 것 같은 썩은 냄새를 내뿜던 부육(腐肉)의 거무스름한 붉은색이 되살아나고, 거기에 죽음이라는 말이 끼어들면서 차디찬 관 속에 드러누운 바리의 딸의 시체가 그 위에 겹쳐졌다. 그리고 자신의 상상이 빚어낸 광경의 잔혹함에 다시 한번 고뇌했다.

'……항상 이렇지. 어째서 내 상상력은 내 의도를 배반하고 이런 생각지도 못한 끔찍한 장면을 눈앞에 어른거리게 할까? 그것이 진짜 내 마음의 움직임이고 참모습이라는 듯이! 연민의 마음이 이토록 진실하건만. 동정의 마음이 이토록 깊고 강하건만…… 왜일까? 왜 하필이면 그런 끔찍한 사체를 가련한 친구의 딸과 나란히 놓으려고 하는 걸까……'

의식적인 저항이 오히려 그를 잔혹한 기억으로 더욱 가까이 이끌고 갔다. 장례식장으로 가는 도중에도 자꾸 사자 사체의 붉은빛이 눈앞에 어른거렸다. 억지로 떨쳐내려고 하면 부육의 영상은 몰려들었던 파리들과 함께 한순간 멀리 사라졌다가 금세 다시 돌아왔다. 마치 그의 뇌 자체가 썩은 고기가 된 것 같았다. 파리 떼가 몰려들어 두개골의 안쪽 벽을 수없이 때리고 있었다.

며칠 동안 충분히 휴식을 취했건만 전혀 나아질 기미를 보이지 않는 자신의 몸에 분통이 터진 그는 거의 돌발적으로 되돌아온 조물주라는 관념을 향해 있는 대로 실컷 불만을 터뜨렸다. 어째서 나는 이토록 까다로운 체질과 기질을 갖고 태어났는가? 나 아닌 다른 사람의 육체와 다른 사람의 정신으로 태어났더라면 인생이 참으로 멋진 것이었으련만. 이 참을 수 없는 부자유! 절망에 빠질 때에도 그는 유전설에 심취해 있던 동시대의 수많은 지식인들과는 달리 자신의 유래를 양친에게서 직접 찾으려 하지는 않았다. 일반적으로 생각하는 자신의 피에 대한 분석— 미에 대한 취미는 왕실 가구사였던 할아버지로부터 이어진 어머니의 피, 일에 대한 정열은 일개 시골 교사에서 외무대신에까지 올랐던 아버지의 피라는 분석도 그 즉시 의미를 잃고 말았다. 자신이라는 인간을 창조한 존재, 그것은 인간보다 거대한 막연한 존재로 그의 앞에 나타났다. 그는 마치 아담처럼 신을 생각했고 자신을 구성하는 다양한 세부에서 신의 소업(所業)을 감지했다. 한 번도 진실로 신을 믿은 적이 없는데도! 환희의 순간에 끝내 신은 그 모습을 드러내지 않고, 단지 절망의 순간에만 홀연히 나타나 그의 그치지 않는 저주의 말을 들었다. 증오는 멈출 줄 모르고 피어올랐다. 그럴 때 신은 절대적으로 관대했다. 절대적으로 관대할 만큼 냉담했다. 예수에게는 그토록 웅변적이던 신이 그에게는 정신이 아득해질 듯한 침묵을 좀체 깨려고 하지 않았다. 허탈해진 그가 입을 다물어버릴 때까지 물끄러미 기다렸다. 체념하고 아무 말 하지 않아도 여전히 침묵으로 일관했다. 그럴 때 세계는 신기할 만큼 고요했다. 자신 외에는 그 누구도 존재하는 기척이 없고, 그 자신의 기척조차 사라져버린 듯했다. 그는 그 고요한 세계의 한가운데에 있었다. 자신은 서툴게 빚어진 창조물이라며 비탄에 빠졌다. 창조주에게는 있을 수 없는 실패작이라고 생각했다. 걸을 때마다 부육이 어른거렸다. 파리가 날았다. 자신이라는 인간의 불길함이 두려웠다.

　교회에 도착하자 마음도 어느 정도 가라앉았다. 참석자는 예상했던 것보다 적었다. 죽은 이의 부친이 오래 전에 관전에서 밀려나 교제 범위가 좁았다는 것은 알고 있었지만, 그래도 평소에 친구라고 주변에 모였던 자들까지 누구 하나 모습을 드러내지 않은 데는 분노라고도 할 수 없는 어떤 적막감이 느껴졌다.

화가 치머만과 그의 사위인 화가 뒤뷔프가 와 있는 것이 보였다. 그리고 누군가가 곁에서 일러주어 작년에 아카데미 회원이 된 동물화가 브라스카사가 와 있는 것도 알았다. 그러나 확인할 수 있었던 화단 관계자는 그들뿐이었다.

'대체 바르비종에 우글거리던 자들은 다 어떻게 되었단 말인가? 간 관(館)에 있던 자들은? 파리에 사는 자들도 있으련만, 박정한 사람들……'

자리가 듬성듬성 비어 있는 것이 유난히 비참해 보였다. 장례식은 위대한 사람을 위한 것이든 이름 없는 사람을 위한 것이든 어쨌거나 조금 요란한 편이 낫겠다고 그는 생각했다. 고인의 뜻이 그렇지 않았더라도 말이다. 마땅히 좀더 많은 사람들이 이 자리에 참석해주었어야 했다. 그렇게 생각하던 그는 다시금 감정을 일변하여 그 생각을 밀어냈다. 이렇게 크게 분개하는 것도 어딘지 위선적으로 느껴졌다. 아까 머릿속에서 그렸던 잔혹한 광경을 떨쳐내기 위해 굳이 그들을 나쁜 사람으로 몰아세우고 비난하는 것인지도 모른다. 자신은 추위도 아랑곳하지 않고 친구를 위해 달려온 자애 넘치는 인간이라고 합리화하면서. 그런 교활한 속셈은 원래부터 그와는 인연이 없던 것이었다. 그러나 일단 싹튼 의심은 어떻게도 할 수 없었다. 어떻든 분노의 감정은 장례식에는 어울리지 않는다고 마음을 고쳐먹었다. 고개를 들자 바리의 둥근 얼굴이 눈에 들어왔다. 평소에도 주름이 많던 미간에 오늘은 유난히 짙은 그림자가 새겨졌고 눈동자는 은판사진에 찍힌 사람처럼 텅 비어 있었다. 별로 만난 적이 없었던 바리의 딸보다 그가 더 가엾었다. 그리고 그런 생각에 이끌려ㅡ그것이 위선이라 해도 상관없었다ㅡ식이 시작되기 전에 그에게 다가가 애써 격려의 말을 건네냈다.

눈이 퍼붓는 가운데 가까스로 생 라자르 가에 도착하니 마침 다르팡티니와 클레징게르 두 사람이 한 발 앞서 도착한 참이었다. 손님은 그가 마지막이었다.

상드 부인은 들라크루아에게 오귀스트 클레징게르를 소개했다. 그녀는 눈짓으로 전에 이것저것 캐물었던 것은 비밀로 해달라는 신호를 보냈다. 그 역시 그런 말을 떠벌릴 생각은 없었다. 그저 가능하다면 그녀에게 자신이 들은 소문을 전해주고 싶을 뿐이었다. 그는 비요에게 들은 이야기를 아직 그녀에게 말하지 못했다. 꼭 알려주어야 할 이야기였다. 그럴 기회도 있었다. 실은 지난 일요일에도 그녀를 만났다. 콩세르바투아르의 음악회에서 만나 돌아오는 길에 그녀의 집에 들러 식사를 함께 한 것이다. 집을 나설 때부터 들라크루아는 클레징게르에 대한 소문을 그녀에게 하나도 남김없이 들려줄 생각이었다. 그러나 음악회가 끝난 뒤에 그 감상을 토로하려고 꺼낸 베토벤과 모차르트의 비교라는, 비요와도 이야기했던 그 화제에 그녀가 흥미진진하게 귀를 기울이는 바람에 그만 클레징게르 따위는 잊어버렸던 것이었다.

소개를 받은 들라크루아는, 대화를 나눈 적은 없지만 오래 전부터 많이 보던 얼굴이어서 '아, 이 사람이 클레징게르였구나' 하고 생각했다.

"처음 뵙겠습니다. 오늘밤 이 자리에서 선생님을 뵐 줄은 꿈에도 생각지 못했습니다. 아아, 얼마나 큰 행운인지! 아카데미의 구폐에 반기를 쳐든 고고한 천재 화가, 우리 젊은 예술가들의 영웅 외젠 들라크루아 선생님을 이렇게 가까이서 뵙게 되다니!"

클레징게르는 그렇게 말하며 동의를 청하듯 주위를 둘러보고는 상드 부인 쪽을 쳐다보며 웃었다. 들라크루아는 이 과장에 찬, 얼마간 조롱기마저 느껴지는 말투에 반사적으로 경계심을 품었다.

"처음 뵙겠소. 당신 소문은 여러 가지로 많이 들었어요."

"정말이십니까? 참으로 영광입니다. 누구든 존경하는 분께 자신의 존재를 알리고 싶은 마음이 간절한 법이니까요. 루소와 뒤프레가 선생님과 왕래하는 것을 제가 얼마나 부러워했는지 모릅니다! 아아, 그러고 보니 그 친구들도 지난달에 선생님 댁을 방문했다가 매몰차게 문전박대를 당했다며 섭섭해했습니다만."

"어머, 그런 일이 있었어요?"

상드 부인이 재미있어하며 물었다.

"예, 자세한 사정은 모릅니다만……"

"별일 아니에요." 들라크루아는 클레징게르가 대답하려는 것을 재빨리 가로막으며 말을 이었다. "게다가 **매몰차게**, 라는 건 너무 과장이군요. 나는 결코 그런 말투를 쓰지 않습니다."

"아, 불쾌하게 느끼셨다면 부디 용서해주십시오. 저는 어디까지나 그 친구들의 말을 그대로 전했을 뿐입니다."

무마하려는 듯 변명을 하고 나서는 클레징게르를 무시하고 들라크루아는 상드 부인에게 간단히 사정을 설명했다.

"얼마 전에 테오도르 루소와 쥘 뒤프레가 나를 찾아왔어요. 아마 2월 초였을 거예요. 당신에게 얘기하지 않았던가요? 그 사람들이 만들겠다고 나선 새로운 협회 얘기 말예요."

"글쎄, 모르겠네요."

"그래요? 관전의 횡포에 항의한다는 용감무쌍한 기치를 내걸고 관전과는 별도로 해마다 독자적인 전람회를 열겠다는 협회인데, 예전에 그 협회의 설립자로 내 이름도 함께 올리게 해달라는 부탁을 받은 적이 있었어요. 나는 그때부터 확실하게 거절했지요. 그랬는데 지난달에 아까 말했던 그 두 사람이 찾아와서 다시 이러쿵저러쿵 이야기를 하는지라, 별수 없이 내 본심을—그러니까 이 계획에 대한 지독한 혐오를 분명하게 표명해줬지요."

"어머, 그랬군요. 가엾어라. 젊은 사람들이 당신을 옹립하려다 실패한 거군요. 아카데미에 반기를 쳐든 **고고한 천재 화가**를 말이죠."

상드 부인은 장난스럽게 클레징게르의 말을 되풀이했다. 그녀는 이런 때 그의 기분을 어떻게 풀어야 하는지 잘 알고 있었다. 짐작대로 들라크루아는 장황하게 설명을 덧붙였다.

"루소가 매년 관전에서 안타깝게 낙선했다는 건 나도 잘 알고 있고, 유감스럽게 생각하기도 해요. 그는 재능 있는 화가니까요. 그렇다고 관전 바깥에서 떠들어봤자 아무 쓸모도 없어요. 그래봤자 결국 세상이 주목하는 것은 관전이에요. 관전에 출품하고 관전에서 인정을 받은 다음에 관전을 바꿔나가지 않고서는 의미가 없지요. 그것이 내가 이제까지 신념을 갖고 해온 일입니다. 자기 마음대로 관전 바깥에서 전람회를 연다든가 하는 건 자진해서 자신을 화단의 지류로 자리매김하는 일이 돼요. 나는 그런 건 싫습니다."

그는 여기까지 말하고 잠시 틈을 두었다. 대답을 기다리는 사이에 문득 예전에 말했던 예술가의 사후의 명성이라는 문제가 생각나서 다시 이야기를 이었다.

"화가란 참으로 미미한 존재예요. 우선 그것을 알아야지요. 가령 그런 전람회의 시도가 성공했다고 합시다. 전혀 불가능한 일은 아니지요. 그러나 그 성공이라는 게 얼마나 확정적인 것이 되겠습니까? 나는 아무래도 회의적이에요. 그런 성공에 의존하는 화가에게 찾아오는 건 그야말로 비극뿐입니다. 우선 작품의 산일(散逸)이라는 문제가 있어요. 그런 전람회가 성공하면 그 뒤를 이어 또다른 수많은 전람회가 기획되겠지요. 그러면 최초의 전람회는 권위를 잃게 됩니다. 당연히 거기 전시된 그림도 마찬가지지요. 정부는 물론이고 유력한 가문의 회화 수집가조차 그런 그림은 돌아보지 않을 겁니다. 그렇게 되면, 말할 것도 없습니다만, 그 그림이 뛰어난가 아닌가는 문제가 되지 않습니다. 아무도 사주는 이가 없는 그림이 아틀리에에 넘쳐난다면, 그 그림들이 백년 뒤까지 양호한 상태로 남을 수 있겠습니까? 단언하건대, 그런 기적은 절대로 없어요. 너덜너덜해져서 폐기되든가, 불이 나서 통째로 타버리든가, 뭐 그렇게 되겠죠. 작품이라는 것은 작자가 남기려는 노력을 하지 않으면 남아나지 않는다는 게 내 지론입니다. 세상의 평판 따위는 전혀 기대할 만한 것이 못 돼요. 그것이 사후에 자신의 명예와 작품을 지켜줄 거라고 기대한다면 큰 착각이지요. 자신의 작품이 시대를 초월하여 사람들의 감상을 견뎌낼 것이라고 믿는 화가라면 그것을 남기기 위한 노력을 해야 합니다. 어떻게? 정부에 구매를 요구하고, 궁전이나 미술관에 전시해달라고 해야지요. 혹은 공공 시설에 장식화를 그리든가. 그쪽도 전적으로 안심할 수는 없지만, 작품이 후세에 남을 가능성은 상당히 높을 테니까요. 보존에도 신경을 써줄 것이고, 복원도—물론 여러 가지 문제가 있지만—해줄 테지요. 그 모든 것이 관전에서 입상하지 않고서는 불가능한 일입니다! ……나처럼 세상 물정을 잘 아는 중년은 그런 점까지 감안하게 마련이죠. 젊은 사람들도 머지않아 그런 걸 배워야만 할 거예요."

그는 아까 상드 부인의 말에 일단 미소를 지었지만, 기껏 작업할 마음을 먹었는데 말 많은 두 젊은이의 쓸데없는 용건 때문에 저녁 늦게까지 아무것도 하지 못하고 시간을 허비해버렸던 그날의 일이 생각나 새삼 화가 났다. 그리고 화가 난 김에 어제의 장례식에 그 두 사람이 어째서 얼굴을 내밀지 않았는지 모르겠다고 한마디해주고 싶었다. 그러나 입 밖에 내지는 않았다. 이럴 때면 항상 그렇듯이, 자기 검열이라는 것이 재빠르게 그의 마음속을 지배했다. 그것은 뱀과도 같은 것이었다. 갓 태어난 병아리를 공격해 순식간에 꿀꺽 삼켜버리는 뱀처럼, 그것은 말이 나오려는 바로 그 순간에 덮쳐들어 끝내 날갯짓할 기회를 앗아가버리는 것이었다.

클레징게르가 들라크루아의 안색을 살피며,

"참으로 지당한 말씀입니다! 저는 선생님의 의견에 전적으로 찬성합니다. 잘 아시는 바와 같이 작년 관전에 출품한 제 작품은 대단한 찬사를 받았습니다. 출품하지 않았더라면 얻을 수 없었을 평가지요. 그리고 이번 작품은 작년 것보다 더욱 자신이 있습니다. 선생님께서도 마음에 들어하실 거라 믿어 의심치 않습니다" 하고 추종의 말을 하려다 중간에 그만 의기양양해져서 자기 자랑을 늘어놓는 것이었다.

들라크루아는 일부러 "어째서 그렇게 생각하지요?"라고 물어보았다.

클레징게르는 별로 주눅 드는 기색도 없이 대답했다.

"실은 이번 작품에는 색을 입혔습니다. 조각에 말이죠! 이제까지 아무도 시도하지 않은 일입니다. 그러나 선생님이라면 이해해주시겠지요. **색채 화가이신 선생님이라면!**"

들라크루아는 그 대꾸에 잠시 말문이 막혔다.

'……색채 화가이신 선생님이라면? 그러니까, 외젠 들라크루아는 색채라면 정신을 못 차리는 사람이니 그것을 조각에서 발견하게 되면 반드시 감격할 게 분명하다 그건가? 아니면 적어도 그런 시도를 이해해주는 것이 마땅하다는 말인가? 작품의 완성도와는 상관없이? 정말 어처구니가 없군! ……하긴 세간에서 나를 두고 색채 화가라느니 뭐라느니 하는 건 분명 이 정도 수준에서 이해하고 하는 소리들일 게야……'

억지웃음마저 도무지 나오지 않아서 들라크루아는 어색하게 "거 참, 기대되는군요"라고 대답하고는, 그래도 한마디 "단, 〈색칠한 비너스〉라는 식의 야유는 받지 않도록 작품 자체를 훌륭하게 완성해야겠지요"라고 덧붙여 이미 존 깁슨이 똑같은 시도로 비너스 상을 제작했다가 사람들의 조소를 샀던 일에 은근히 빗대어 말했다. 클레징게르는 〈색칠한 비너스〉는 금시초문이었지만, 어쨌든 비꼬는 소리라는 것을 알아차리고 웃음으로 얼버무리면서도 불끈하는 표정을 지었다.

'좀 치켜세워줬더니 우쭐해서는! 소문대로 성격이 고약하군, 들라크루아라는 사람은!'

쇼팽과 다르팡티니는 상드 부인의 세 자녀와 이야기를 나누면서 이들의 대화를 지켜보고 있었다.

쇼팽은 프레오에 대한 동정심과 아라고가 알려준 풍문 때문에 직접 만나보기도 전에 클레징게르를 적대시한 자신의 불공정함을 반성하며 되도록 그를 정중히 맞을 작정이었지만, 만나자마자 시작된 그의 입에 발린 찬사와 상드 부인에게 유난히 친한 척 말을 하는 꼴이며, 게다가 이따금 사람들의 눈을 피해가며 솔랑주에게 던지는 음란한 눈짓에 일찌감치 불쾌감이 싹트는 것을 참을 수 없었다.

다르팡티니도 또다른 의미에서 불쾌감을 느끼고 있었다. 실은 반년쯤 전에 처음으로 클레징게르를 이 집에 데려온 사람이 바로 그였다. 다르팡티니는 그를 인간적으로 높이 평가하지는 않았지만 예술가로서는 상당히 조예가 깊다고 생각했다. 그래서 그가 자꾸 부탁하는 통에 한 번쯤은 괜찮으리라고 생각해 상드 부인과 만나게 해준 것이었다. 그 뒤로 그들 사이에 어떤 교제가 이루어졌는지는 전혀 알지 못했다. 그저 그때 이후로는 다시 만난 적이 없을 거라고만 생각했다. 그래서 오늘도 거의 처음 데려오는 손님인 듯이 모두에게 소개했다. 그런데 전에 데려왔을 때와는 딴판으로 클레징게르가 무례할 만큼 스스럼없고 건방진 태도로 행동하는 바람에 그는 소개자로서 입장이 난처해서 아까부터 마음이 편치 않았다.

상드 부인은 클레징게르의 태도를 자신만만하고 믿음직스럽게 여겼다. 그러나 솔직함이 조금 지나쳐서 들라크루아에게는 그리 환영받지 못할 거라는 생각에 되도록 그에게 다정하게 최근의 작업 상황 등을 묻는 등 신경을 써주었다. 들라크루아도 이런 일로 분위기를 어색하게 하는 것은 바람직하지 못하다는 생각에 적극적으로 그녀의 질문에 응했다. 쇼팽과 다르팡티니도 거기에 합세하여 넷이서 잠시 담소를 나누었다.

"……나는 여전히 몸이 좋지 않아서 집에서 『몽테크리스토 백작』만 읽고 지냅니다"라고 들라크루아가 말했다.

"정말 그 책을 좋아하시는군요. 그렇게 열심히 읽다니, 뒤마가 알면 무척 기뻐할 거예요. 최근에 그 사람을 만난 적이 있나요?"라고 상드 부인이 물었다.

"아뇨, 그도 무척 바쁘겠지요. 그렇게 작품활동에 열심이니."

"그가 아니라 그들이 바쁠걸요?"

다르팡티니가 유명한 '뒤마 소설 공방(工房)'의 소문을 비꼬아 말했다.

"그래도 사실 읽다보면 재미있어"라고 쇼팽이 들라크루아를 향해 말했다.

"그래, 재미있지. 그뿐만이 아니야. 변함없는 멜로드라마라니까. 기상천외하고 파란만장한 이야기지. 게다가 아무래도 상관없을 대화가 줄줄이 이어지니까 다 읽고 나서 책을 덮어도 무슨 얘기가 씌어 있었는지 전혀 머릿속에 남지 않아. 바로 그런 점이 좋더군. 피곤하지 않으니까 말야. 요즘 내내 손에서 놓지 못하고 있어."

들라크루아는 웃으며 말했다. 그리고 문득 생각이 나서,

"그러고 보니 자네, 폴란드인 작가 호프만이 쓴 작품을 읽은 적이 있나?" 하고 쇼팽에게 물었다.

"응, 읽었지. 요즘에 발표된 것은 잘 모르지만."

"실은 그가 쓴 월터 스콧에 대한 비평 기사를 빌로에게 추천해달라고 누가 부탁을 하는데 말야……"라고 여기까지는 쇼팽 쪽을 보며 말하고, 그 뒤는 상드 부인을 향해 설명했다. "『에포크』지에 있던 아르누가 부탁했을 때도 별로 좋은 대답을 못 해 줬던 터라 아무래도 어려울 것 같아요. 그래서……"

"아, 그건 나한테 말해도 소용없어요. 빌로와는 그 일 이후로 만난 적이 없으니까요."

상드 부인은 피에르 르루의 이상에 경도되기 시작할 무렵부터 빌로와 대립했고, 육 년 전에는 피에르 르루, 루이 비아르도와 함께 『르뷔 앵데팡당트』 지를 창간하면서 소설 『오라스』의 원고를 계약을 무시하고 이 잡지에 게재한 일 때문에 빌로와 그가 주간하는 『르뷔 데 되 몽드』 지와 소송까지 가는 싸움을 벌인 일이 있었다.

"하긴 그렇군요. 다른 적당한 사람은 없을까요?"

"글쎄, 당신이 말해도 소용없다면 분명 다른 사람이 말해도 소용없을 거예요."

"아니, 꼭 그렇지도 않아요."

"호의적인가요, 그 기사는?"

"예? 아, 그런 모양이에요. 아르누의 부탁도 그간의 정을 생각해서 어떻게든 성사시켜주고 싶은데…… 아무래도 내가 말해서는 권위가 서지 않아서……"

들라크루아는 어쩔 수 없다는 듯 두 팔을 들며 어깨를 으쓱거렸다. 모두 웃었다. 상드 부인은,

"아무튼 나도 연구해보지요"라고 대답한 뒤, 쇼팽의 기분이 좋은 것을 보고서 "그건 그렇고, 지난번 콩세르바투아르에서 만났을 때는 모차르트와 베토벤의 비교라는 거대한 문제에 대해 열심히 이야기하더니, 그런 숭고한 예술상의 문제에서부터 친구의 직장을 찾아주는 문제까지, 참 머리가 복잡하시겠어요"라고 짐짓 농담을 던졌다.

쇼팽은 상드 부인의 말뜻을 알아차리고는,

"그렇다면 그 숭고한 예술상의 문제에 관한 토론에 나도 음악적 견지에서 참가해보기로 하지요"라며 피아노에 앉았다. 그리고 소나타를 칠까 하다가 너무 긴 것 같아 모차르트 풍, 베토벤 풍이라고 이름을 붙여가며 즉흥적으로 짧은 곡을 하나씩 연주했다.

모리스는 무심히 귀를 기울이고 있었다. 솔랑주는 그 앉음새의 우아함에 매료되었다. 오귀스틴은 이런 때면 항상 악의 없는 따분함을 느꼈다. 다르팡티니는 성실하고 선량한 감동으로 가슴이 뛰었다. 상드 부인은 자식들을 자랑하는 어머니 같은, 또한 호화로운 공연으로 손님들을 깜짝 놀라게 한 살롱의 여주인이 된 듯한 자랑스러운 기분에 젖었다. 클레징게르는 연주가 끝

난 뒤에 뭐라고 찬사의 말을 해야 할지 생각하느라 필사적이었
다. 들라크루아는 가장 도달하기 힘든 예술적인 고귀함을 지녔
으면서도 이런 편안한 자리에 위화감 없이 녹아드는 그 연주의
묘미에 깊이 감탄했다.

'참으로 얼마나 매력적인 천재인가!'

연주가 끝나자마자 클레징게르가 마치 신성한 계시를 들은
듯하다며 자신이 받은 감동을 과장되게 늘어놓기 시작했다. 들
라크루아는 연주의 여운이 순식간에 사라져버린 듯해 못마땅했
다. 쇼팽도 좋아하지 않았다. 다르팡티니는 자신이 소개한 사람
때문에 분위기가 깨진 것에 책임감을 느끼고 화제를 바꾸어, 자
신이 이제까지 보아왔던 유명인의 수상(手相)에 대해 과장을 섞
어가며 이야기했다. 그는 실제로 사 년 전에 수상에 관한 책을
출판하여 라마르틴의 격찬을 받기도 했었다.

"어디, 자네 수상도 한번 봐줄까?"

다르팡티니는 그렇게 말하며 클레징게르 쪽으로 손을 뻗었
다. 누구의 수상이건 상관없었다. 그러나 때때로 장난스런 점괘
로 좌중을 웃음바다로 만드는 것이 그의 방식이었기 때문에, 별
로 가깝지 않은 상드 부인 자녀들의 수상을 봐주는 것은 다소
조심스러웠다. 반드시 조롱을 당해도 괜찮을 사람이어야 했다.
그렇다면 이 자리에는 한 사람밖에 없었다.

그러나 클레징게르는 이것을 거부했다.

"아니요, 그럴 필요 없습니다. 나는 수상이건 관상이건 골상

이건…… 그리고 또 뭐더라? 점성술이니 연금술이니……" 여기에서 큰 소리로 웃어젖혔다. "……그런 건 일절 믿지 않으니까요. 믿는 건 단지 저의 재능뿐입니다!"

모두가—상드 부인조차도—어안이 벙벙했다. 설마, 농담일 거라고들 생각했다. 그러나 아무래도 농담 같은 말투가 아니었다. 어딘지 상대를 노골적으로 무시하는 투였다. 그 점에 들라크루아는 특히 화가 났다.

'같은 연배의 예술가 동료에게는 그래도 괜찮겠지. 그러나 이곳은 자리가 전혀 다르지 않은가. 그렇게 간단한 예의도 모른단 말인가?'

그리고 내밀어진 채 허공에 덩그러니 떠 있는 다르팡티니의 오른손을 안쓰럽게 바라보았다.

클레징게르가 한 발 앞서 잠시 자리를 뜬 뒤 다르팡티니는 모욕당한 듯한 분함과 소개자로서의 의무감에서 젊은 조각가의 무례함을 신랄하게 비난했다. 그러고도 분을 삭이지 못한 듯 살롱에 장식되어 있던 '폰'이라는 제목이 붙은 그의 작품에까지 혹평을 던졌다.

"기품이라는 게 전혀 느껴지질 않아!"

들라크루아도 동감이었지만 더이상 그를 흥분시키지 않기 위해 고개만 끄덕여주고 입을 열지 않았다. 쇼팽은 대화에 끼지도 않았다.

모리스가 반발했다.

"그래도 참 좋은 사람이에요. 그저 성품이 무뚝뚝해서 그런 겁니다."

이어서 솔랑주가 드물게도 오빠에게 동감을 나타내며 말했다.

"오늘 처음 뵙는 분들이 많아서 무척 당황했을 거예요."

상드 부인도 "맞는 얘기예요"라며 클레징게르 편을 들었다.

오귀스틴은 모두가 그렇게 말하는 것을 듣고 자신도 뭔가 말을 해야겠다 싶어서 "정말 멋진 분이에요"라고 덧붙였다.

그러나 너무도 어울리지 않는 말이어서 모두들 저도 모르게 그녀 쪽을 돌아보았다. 솔랑주는 그런 오귀스틴을 경멸하면서도 그건 자신만이 쓸 수 있는 말이라는 생각에 불끈 화가 났다.

'뭐야, 저건! 친한 척 구는 꼴이라니. 나를 제쳐두고 어떻게 자기가 그런 말을!'

다르팡티니는 철없는 젊은 애들의 말이라고 생각해 상대하지 않았지만, 상드 부인의 말은 자신에 대한 배려라고 생각해 더이상 불평을 늘어놓지는 않았다. 그리고 아까 중도에 끊겼던 수상에 관한 화제를 다시 이어 솔랑주가 참지 못하고 그만 하품을 할 때까지 혼자 득의양양하게 이야기를 계속했다.

9

그해의 관전은 3월 16일에 개최되었다.

그날 아침부터 몸이 찌뿌드드해서 하원에서 작업을 할지 자택 아틀리에에서 할지 선뜻 마음을 정하지 못하고 있던 들라크루아에게 포르제 남작 부인이 찾아왔다.

"지금 막 당신의 그림을 보고 오는 길이에요."

그녀는 항상 자신에게만 유독 냉랭하게 구는 제니를 한번 흘겨보고는 그렇게 입을 열었다.

"그래요? 당신이 일찌감치 봐줬다니 영광이군요."

들라크루아는 이번에 〈모로코인의 군사훈련〉〈메크네스의 위병소〉〈모가도르의 유대인 악대〉〈오달리스크〉〈십자가에 매달린 그리스도〉〈작은 배에 타는 피난 선원들〉 여섯 작품을, 모두 공개 첫날에 늦지 않게 제출할 수 있었다.

"정말 감동적이었어요. 항상 하원 쪽 작업에 바쁘고 조금 한가해 보인다 싶으면 병으로 자리에 누워 있던 당신이 어떻게 그렇게 많은 그림을 그렸는지! 대체 언제 그린 거죠?"

"사실 올해 출품작은 모두 예전에 그렸던 것들이에요. 장식화 작업만으로도 벅찬 형편이라. 그러니 나처럼 게으른 사람이 관전 첫날에 전 작품을 전시할 수 있었지요."

"그러셨군요. 그렇지만 예전에 그렸든 최근에 그렸든 열심히 그린다는 데는 변함이 없어요, 정말 훌륭하세요. 게다가 모든 작품이 뛰어났어요. 지난번에 만났을 때 당신이 심사위원들의 평도 좋은 것 같다고 하시더니, 오늘 관내에서도 모두 당신 그림 앞에 멈춰 서서 쉴새없이 감동하는 거예요. 개중에는 나를 알아보고 자기들끼리 소곤소곤하는 사람들도 있더군요. 어쩐지 콧대가 높아지는 것 같았답니다.”

들라크루아가 그녀를 마지막으로 만난 것은 며칠 전 바리의 딸 장례식에서였다. 그때 그녀에게 비요에게서 들은 개최 전 심사위원들의 평을 조금 들려주었던 것이었다.

그는 그녀의 말 중에서 특히 마지막 부분이 사랑스러웠다. 그래서 약간 장난스럽게,

“당신에게 그런 말을 듣는 것이 내게는 무엇보다 큰 기쁨이에요. 이토록 수많은 사람들이 우글거리는 파리에서, 토레도 아니고 고티에도 아니고 저 잔혹한 플랑슈도 아니고 오로지 당신의 칭찬만을 열렬히 원한다는 것을 아는 이는 별로 없을 테지만요” 하고 말했다. 그러고는 갑자기 멋쩍어져서 “어떤 그림이 제일 마음에 들었나요?”라고 곧바로 뒷말을 이었다.

“유대인 그림을 칭찬하는 사람이 많았지만, 나는 역시 그리스도 그림이 마음에 들었어요. 정말이지 박진감이 넘치고 숭고한 느낌이더군요. 예전에 아틀리에에서 보여주셨을 때보다 훨씬 더 돋보였어요.”

“그래요? 그것 참 다행이군요.”

“당신이 참고로 삼았다던 루벤스보다 더 훌륭하던걸요. 그런데 나는 정말 신기하더라구요. 그렇잖아요? 그림을 보러 가는 때가 아니면 교회라고는 발걸음도 하지 않을 만큼 신심 없는 당신이 어떻게 그토록 훌륭한 그리스도 그림을 그릴 수 있는지!

당신은 역시 상당히 재능 있는 화가인 듯하군요."

조제핀은, 흔히 비평가가 자기 이외의 비평가들이 어떻게 평가할지 알 수 없는 신진 예술가에 대해 뜻밖의 질문을 받았을 때 내뱉곤 하는 권위에 찬 애매한 말투를 장난스럽게 흉내내 보였다. 들라크루아는 그녀의 그런 재치를 사랑했다. 그는 재미있어 하면서,

"나는 포르제 남작 부인의 말을 그 총명함에 관한 한 높이 평가합니다. 가령 진실과는 약간 거리가 있다고 해도 말이죠"라고, 역시 비평가들이 도망갈 곳을 봐가면서 한편으로 칭찬하고 한편으로는 비판하는 모순된 방식을 흉내내어 대답했다. 그리고,

"하지만 나는 충분히 신심 깊은 사람이에요" 하며 웃었다.

포르제 부인도 미소를 지으며 말했다.

"비평가들이란 정말 이상한 사람들이에요. 그들 중에 당신보다 그림을 더 잘 그리는 사람은 한 사람도 없을 텐데 당신 그림을 놓고 이런 점을 높이 평가하고 이런 점을 비판한다는 둥 그럴싸한 평을 늘어놓잖아요?"

그녀의 말이 자신이 평소에 하던 불평을 그대로 모방한 것이어서 들라크루아는 그 말에 선뜻 동의한다는 것이 어쩐지 경박하게 느껴졌다. 파리에 우글거리는, 재능도 없는 주제에 세상이 자신을 이해해주지 않는다며 심사가 꼬여 있는 예술가들이 그들을 가엾게 여겨 다정히 치켜세워주는 연인의 말에 기대어 실낱같은 희망을 이어가는 꼴을 상상하자, 자신이 그런 자들과 털

끝만큼의 접점이라도 공유하는 것에 온몸의 털이 거꾸로 서는 듯한 혐오감을 느꼈다. 그래서 극히 겸손하게,

"그런 사람들도 필요한 거예요"라고만 답했다.

포르제 부인은 평소에는 스스로 먼저 비평가의 험담을 늘어놓으면서 이런 때는 또 시큰둥하게 대답하는 그가 아무래도 괴팍하게 느껴졌다. 그러고는 새침한 표정으로 커피를 내온 제니가 속으로 이 대화를 얼마나 고소해할까 하는 생각에 점점 더 토라져서 "그런가요?"라고 쏘아붙이듯 말했다.

커피를 한 모금 마시며 들라크루아는 자신이 겨우 이 정도의 대화에도 꽤 피곤해하는 것을 깨닫고 의아하게 여겼다. 요즈음은 몸짓을 섞어 대화하거나 상대의 이야기에 조금 귀를 기울이기만 해도 마치 오데옹 극장에서 걸어 돌아온 것 같은 피곤을 느끼곤 했다.

"……그건 그렇고, 마르스 양 소식은 알고 있나요?"

들라크루아는 자신의 건강에 대해 생각하며 천천히 입을 열었다.

"모르네 백작께 들었어요. 몸이 안 좋으시다면서요?"

"상당히 심해요. 지난달에 친구인 피롱에게 얘기를 듣고 몇 번 병문안을 갔는데—실은 어제도 만나고 왔어요—침대에서 일어나지도 못하는 상태예요. 너무 딱하더군요. 오늘도 가보고 싶었는데 공교롭게 나도 별로 몸이 좋지 않아서……"

"오래 전부터 친하게 지낸 분이죠?"

"네, 정말 오래되었죠. 젊었을 때 만조와 알고 지냈는데, 그가 탈마나 마르스 양과 함께 공연을 했었어요. 아마 그 무렵부터 알게 됐을 거예요. 특히 친해진 건 투르 데 담 가에 있는 그녀의 살롱에 초대를 받으면서부터지요. 그 무렵 그녀의 집에서 열린 무도회는 정말 호화로웠어요…… 그때를 생각하면 요즘 모습이 괜스레 더 서글프게 느껴지는군요. 뭐, 여러 가지 추억도 있고 비극 배우로서도 무척 존경스럽지만, 무엇보다 모로코에 갈 때 크게 은혜를 입었지요. 모르네 백작 일행과 함께 모로코에 가지 않았더라면 지금의 나는 없었을 거예요."

"올해 관전 작품만 봐도 정말 그렇군요."

"그렇지요. 당시 오페라 극장의 지배인이었던 뒤퐁셸이나 『주르날 데 데바』 지의 아르망 베르탱 같은 사람들이 한 말인데, 모르네 백작에게는 역시 애인의 한마디보다 더 효과적인 게 없어요. 나를 데려가면 심심할 때 말상대도 될 거라며 추천해줬지요. ……모르네 백작도 무척 걱정할 겁니다. 그렇게도 부명(浮名)을 날리던 분이 그녀만은 절대 놓지 않았으니……"

"당신도 내가 뭔가 충고를 하면 모르네 백작처럼 고분고분 들어줄까요?"

"물론이죠. 지금까지도 그래왔잖아요?"

피로가 다시 몰려와 들라크루아는 힘없이 그렇게 대답했다. 조금 전의 '나도 별로 몸이 좋지 않아서'라는 말을 대수롭지 않게 흘려들었던 포르제 부인도 그제야 문득 그 사실을 깨닫고 물었다.

"당신, 지금도 몸이 안 좋으세요?"

"예, 아침부터 좀…… 그렇지만 대단한 건 아니에요. 말하자면 히포콘드리아*라는 거지요, 나는."

들라크루아는 농담처럼 그렇게 대꾸했다. 건강에 대해 심각한 불안을 느낄 때면 그는 자주 그런 식으로 몰리에르의 연극을 떠올리며 자조에 기대어 헛된 힘을 짜내는 것이었다.

"당신은 좀더 자주 의사에게 진찰을 받으셔야 해요."

"예, 나중에요."

들라크루아는 짧게 대답했다. 자신의 말을 그대로 농담으로 받아들였다면 분명 화가 났으리라. 그러나 그렇게 진지한 말투로 걱정을 해주니 농담으로 애써 감춘 불안이 다시 솟는 것 같아 순순히 고마워할 수가 없었다.

'그런 것쯤은 나도 다 알고 있어요……'

그리고 그녀의 선량함에 대한 자신의 그런 제멋대로의 감정에 혐오를 느꼈다.

포르제 부인은 방금 나눈 대화를 되짚어보며 역시 자신이 하는 말 따위는 전혀 들어줄 마음이 없는 모양이라고 불만스럽게 생각했다.

잠시 후 현관에 손님이 찾아왔다. 제니가 정치가 나르시스 비

---

* hypochondria. 우울증.

에야르와 화가 샤를 르페브르가 찾아왔다고 알렸다.

"나는 이제 그만 가볼게요. 요즘 통 뵌 적이 없으니 비에야르 씨에게는 잠깐 인사라도 할까요?"

"그도 내내 자리에 누워 있었어요. 여기저기 환자들투성이예요. 그나저나 오늘은 내가 조금 피곤해서, 내일이라도 다시…… 아니, 내일은 안 되겠군. 아, 그러면……"

"나는 신경쓰지 않아도 괜찮아요. 푹 쉬기나 하세요."

"아니, 내가 만나고 싶어요. 그렇지, 모레, 아니, 그게 아니지, 오늘이 화요일이니까…… 그래, 금요일이면 되겠군. 금요일에 뵙지요."

"어머, 그날은 좀 어렵겠어요. 이모님과 외출하기로 약속했거든요."

"케레르 백작 부인과?"

"네."

"몇시부터죠?"

"글쎄, 세시쯤인가?"

"그럼 그전에 찾아뵙지요."

"그렇게 무리하시지 않아도 괜찮아요."

배웅하려는 들라크루아를 만류하며 그녀가 거실을 나서자 자리를 바꾸듯이 비에야르와 르페브르 두 사람이 들어왔다.

"오랜만에 뵈었지만 여전히 아름다우십니다, 포르제 백작 부인께서는." 만나자마자 르페브르가 말했다.

"얼굴이 좋아 보이더군요." 비에야르도 말을 보탰다.

비에야르는 예전에 네덜란드 왕 루이 보나파르트와 오르탕스 드 보아르네의 장남을 가르친 적이 있고, 그가 요절한 후에는 동생 루이 나폴레옹의 교육도 맡았었기 때문에 그 친척이 되는 포르제 남작 부인과는 오래 전부터 아는 사이였다.

들라크루아는 앉은 채로 의자를 권하면서,

"예, 관전을 보고 오는 길에 잠깐 들렀더군요."

"그렇습니까? 실은 우리도 지금 막 생 라자르 쪽 전람회에서 당신의 그림을 보고 오는 길입니다. 특히 오를레앙 공작 부인이 구입한 그……"

"〈도미니코 수도사, 옷을 벗다〉 말입니까?"

"도미니코 수도사? 아뇨, 클레오파트라를 그린……"

"그러면 〈클레오파트라와 농부〉로군요. 그건 모르네 백작이 사셨죠."

들라크루아는 그렇게 대답하면서 모르네 백작이 십여 년 전에 산 그 그림의 대금을 아직까지 지불하지 않은 것이 생각났다. 이번 전시 교섭 때는 반드시 그 이야기를 꺼낼 생각이었다. 그러나 대출 의뢰를 흔쾌히 허락받고 잠시 담소하는 사이에 결국 말을 꺼내지 못하고 말아 이제 화료는 거의 체념한 상태였다.

'딱 한마디만 하면 되는 거야, 한마디만. 모르네 백작은 분명 잊어버렸을 테니까. 설마 악의에서 그랬을 리는 없어. ……그렇지만 완전히 잊어버렸다면 내가 하는 말을 믿어주지 않을지도 몰라. 엇, 이상하군요, 이미 꽤 오래 전에 지불했을 텐데요. ……그런 식으로 대꾸하면 어쩌지? 아아, 참으로 귀찮은 일이다. 십여 년을 질질 끌어온 내 어쭙잖은 성품에 대한 보답인 게야……’

그런 생각을 하는 참에 비에야르의 목소리가 귀에 들어왔다.

“아, 그렇습니까? 어쨌거나 그 클레오파트라 그림은 참으로 훌륭합니다.”

“정말 그렇습니다.” 르페브르가 덧붙였다. “특히 클레오파트라의 머리 부분은 비할 데 없이 큰 성공을 거뒀다고 느꼈습니다. 오늘 전람회에서 그만큼 강한 인상을 받은 그림은 없었어요. 죽음을 앞둔 그녀의 심정을 셰익스피어보다 더 웅변적으로 나타냈더군요! 그것도 라신처럼 정통적인 방식으로!”

“그래요? 고맙습니다.”

들라크루아는 예의상의 정중함으로 무뚝뚝함을 감추면서 그다지 기뻐하지도 않고 감사 인사를 했다.

‘굉장히 치켜세우는군. 그야말로 절찬이야. 그런데 이런 말을 하는 사람들이 팔 년 전에 이 그림을 관전에 출품했을 때는 전혀 감동하지 않았던 것은 대체 무슨 까닭이지? 두 사람 모두 그때 이미 봤을 게 아닌가. ……하긴 별일도 아니지, 결국 유행의 문제인 거야. 팔 년이 지나서 세상의 풍조가 변하면 형편없는 타작도 갑작스레 걸작으로 둔갑하지. 게다가 작품에 단 한

번의 덧칠도 하지 않았는데! 그 그림이 당시에 받았던 비난이
란! 완성되지 않았다느니 뭐라느니 하고 트집을 잡았던 자들이
갑자기 손바닥 뒤집듯 찬사를 늘어놓다니. 비난까지는 하지 않
았지만 그렇다고 나서서 옹호해주지도 않았어. 기껏해야 **슬쩍**
위로의 말을 건넨 정도였지. 다른 사람들이 듣지 않는지 주위를
두리번거리면서 말야. 그녀가 비평가들이란 정말 이상한 사람
들이라고 한 건 참으로 맞는 말이다. 비평가뿐만이 아냐. 세상
모두가 그래. 그래도 그녀에게는 좀더 감사해야 했을 텐데……
나는 왜 그런 식으로 말했을까? 어쩐지 기분이 좋지 않아 보였
어. 화가 났을까? 내가 잘못했구나……'

들라크루아는 분개라기보다 뭔가 허탈한 체념 같은 심정으로
그런 생각을 했다. 그리고 대화를 즐길 마음이 사라져 아까 포
르제 남작 부인과 나눴던 마르스 양의 건강에 대한 이야기를 다
시 꺼냈다.

"……여기저기 병자들이에요."

똑같은 말을 이번에는 지난주에 죽은 바리의 딸을 생각하며
말했다. 장례식에 참석한 뒤 그는 비에야르의 집에 병문안 차
들렀다가 식장의 살풍경에 대해 보고했던 것이었다. 비에야르
도 그 일이 떠오른 모양이었다.

"바리 씨 따님 일도 참 안됐어요. 당신은 장례식에 가지 않았
나요?"

"아, 나는 장례식이 끝난 뒤에야 알았어요."

르페브르는 들라크루아가 느낀 분개를 알 리가 없었는지라 아무렇지도 않게 대답했다. 비에야르는 자리를 어색하게 만드는 그 대답에 당황하여 재빨리 화제를 다른 곳으로 돌렸다.

"들라크루아 씨가 장례식이 끝나고 우리집에 찾아와서 둘이 함께 **진보**라는 영원한 문제에 대해—당신이 그렇게 말씀하셨죠?—한바탕 토론을 했어요. 우리 두 사람은 세상 일반의 견해에 반하여 그것이 얼마나 신용할 수 없는 것이냐 하는 얘기를 실컷 나누었습니다. 우리 같은 볼테르주의자들이 말이죠! 그러나 볼테르주의자라는 것과 비관주의자라는 것이 반드시 모순되는 건 아닙니다. 우리는 영원히 팡글로스 선생*처럼은 될 수 없으니까요."

들라크루아는 "예"라고 짧게 대답하기는 했지만 지금은 피곤해서 그 내용을 르페브르에게 다시 설명하고 싶지 않았다. 그래서 다 알고 있다는 투로, 그와의 토론 말미에 반드시 공감을 담아 확인하곤 하는 마르탱의 말을 인용했다.

"이유는 따지지 말고 일하자. 인생을 견딜 만한 것으로 만드는 방법은 그것뿐이다……"

"맞아요! 말씀하신 대롭니다. 어찌 됐건 우리는 우리의 밭을 경작하지 않으면 안 됩니다."

비에야르는 『캉디드』에서 주인공이 팡글로스에게 한 이 말을

---

* Pangloss. 『캉디드』에 등장하는 낙천주의 철학자.

언제부턴가 마르탱에게 한 말로 착각하고 있었기 때문에 이번에도 그런 생각으로 만족스럽게 대답한 것이었다. 들라크루아는 그런 오해는 알지 못한 채 다시 "예"라고 조그맣게 대답했다. 그러고는 도움을 청하듯이 방 한쪽 구석에 앉아 있는 제니에게 시선을 던졌다. 한순간 눈길이 마주쳤을 뿐이었건만 그녀의 이해력이 얼마나 신속한지 그조차도 감동할 정도였다.

"저, 이야기하시는 중에 대단히 죄송합니다만, 이제 그만 자리에 누우시는 편이 좋지 않을까요?"

그제야 비에야르가 깜짝 놀란 듯 물었다.

"어디 몸이 좋지 않으십니까?"

그러자 제니가 대답했다.

"예, 아침부터 별로 좋지 않으세요. 사실은 앉아 계실 수도 없을 정도랍니다. 아까는 포르제 남작 부인께서 일부러 찾아오신 터라 무리해서 일어나셨던 것이지요."

들라크루아는 제니가 다소 과장해서 자신의 건강이 좋지 않다는 것을 강조해준 데 고마움을 느꼈다. 그러나 그녀가 갑작스레 포르제 부인의 이름을 대면서 **무리해서**라는 말에 유난히 힘을 주는 것을 듣고 순수하게 기뻐할 수는 없었다.

"나야 항상 그렇지요, 뭐. 그저 오늘 아침은 평소보다 조금 더 나빴던 터라."

"그럼 큰일이지요. 우리는 그저 전람회의 감상을 말씀드리러 들렀을 뿐이니 그럼 이제 그만……"

비에야르는 재촉하듯이 르페브르를 돌아보았다. 르페브르도 "예, 유감스럽지만 다음에 건강하실 때 또 찾아뵙도록 하겠습니다"라며 일어섰다.

"다음에는 꼭 느긋하게 얘기를 나눕시다. 애써 와주셨는데, 오늘은 죄송합니다."

들라크루아는 자리에서 일어나 제니와 함께 두 사람을 현관까지 배웅하러 나갔다.

손님이 돌아가고 그는 그녀에게 감사의 인사를 건넸다.

"고마워, 당신 덕분에 살았어."

"천만의 말씀이십니다. 그보다 안색이 안 좋으셔서 걱정이에요. 포르제 남작 부인만 오시지 않았더라도 편히 쉬실 수 있었을 텐데……"

제니는 그렇게 말하고는 동의를 구하듯 그의 눈을 바라보았다.

들라크루아는 그저 애매하게 웃어 보였을 뿐이었다.

10

다음날 들라크루아는 시원치 않은 자신의 몸에 분통이 터지려는 것을 겨우 참아가며 하원으로 나갔다. 이틀치 작업을 해치울 작정으로 예정보다 오래 발판 위에 서 있었더니 그것이 그만 그의 건강을 결정적으로 악화시키는 일이 되고 말았다. 조금 오기를 부린 탓도 있었다. 중병의 불안을 떨쳐버리기 위해 의욕의 저하를 피로와, 그보다 더 크게는 태만 탓으로 돌리며 스스로를 질타했다. 오늘은 하늘이 두 쪽이 나더라도 이것을 이겨내야만 한다. 화필을 내던지고 싶을 때마다 그런 생각으로 가까스로 자신을 억눌렀다. 해가 떨어지고 작업을 마감한 뒤에는 지칠 대로 지쳐서 주저앉듯이 승합마차에 탔지만, 그래도 마르스 양의 일이 생각나서 도중에 마차에서 내려 그녀의 집에 병문안까지 다녀왔다.

다음날 아침 눈을 뜬 그는 자리에서 일어나지도 못할 만큼 **피로**를 느꼈고, 결국 그것이 단순한 **피로**가 아니라는 것을 인정하지 않을 수 없었다. 이전부터 통증이 있던 목뿐 아니라 귀까지 아파왔다. 기침을 하니 두통이 더욱 심해져서 거센 통증의 끈이 각각의 기관을 졸라매는 것 같았다. '내가 병이 났구나' 라고 수없이 혼잣말을 했다. '단순한 피로가 아니었어, 병이 난 거였어' 라고 분한 듯 거듭 되뇌었다.

어쩔 수 없이 교외로 요양을 하러 가기로 했다. 행선지는 항상 그렇듯 샹로제였다. 파리 남동쪽 세나르 숲 근처에 있는 이 작은 마을은 도시에서는 호안공사로 폭이 좁아져버린 센 강이 계곡을 이루며 풍성하게 굽이쳐 흐르는 아름다운 곳으로, 마차 왕래는 물론이고 기차로도 두 시간 정도면 오고갈 수 있었다. 들라크루아는 이곳에 별장을 가지고 있던 비요의 권유로 삼 년 전에 처음 이 땅을 찾은 이래 그 풍광에 완전히 빠져들었다. 대

혁명 이전에는 파리 시립병원의 식료품 공급 농장이었고 이후
에는 정부에 매입되어 아동보호시설의 소유지가 된 지역의 건
물 일부를 헐값에 임대하여 가구를 나르고 정원에 꽃을 심었다.
우스갯소리로 '소박한 에덴'이라고 이름을 붙이고 틈날 때마다
휴식을 위해 찾아가곤 했다.

파리를 떠나기 전에 그는 약속대로 포르제 남작 부인을 만나
러 갔다. 전날 지독히 피곤한 상태에서도 가까운 화원에 나가
그녀에게 꽃을 보냈는데 밤늦도록 별다른 회신이 없어 무슨 일
인지 걱정했었다. 남작 부인의 집에 도착해보니 그녀는 케레르
백작 부인과 막 외출하려는 참이었다.

"어머, 오셨네요?"

"지난번에 오겠다고 했잖아요. 그리고 외출할 시간이 되려면
아직 멀었을 텐데요?"

"그런데 일정이 앞당겨졌어요. 당신의 지난번 모습을 봐서는
오늘 도저히 오지 못하실 줄 알았거든요. 어제 꽃을 보내신 건
그것 때문에 용서를 청하는 게 아니었던가요?"

"아뇨, 그런 게 아니에요." 그런 게 아니라 지난번에 그냥 돌
려보낸 데 대해 용서를 비는 것이라고 말하려 했다. 그러나 굳
이 그런 설명을 늘어놓는 것도 우스워서,

"당신에 대한 나의 변함없는 애정의 표시지요. 그 모든 것을
나타내기에는 물론 충분하지 않지만."

말을 하면서도 지나치게 엉뚱하다는 생각이 들었다. 그래서

농담처럼 얼버무리려고 슬쩍 미소를 지었다. 그 웃음이 어딘가 장난스럽게 보였는지 포르제 부인은,

"그렇게 생각하고 싶군요. 꽃은 금세 시들어버리니까요" 하고 차갑게 대답했다.

요즈음 그녀는 권태에 허덕이고 있었다. 매사에 재미가 없었다. 특별히 이유가 있는 것은 아니었다. 그저 밖에 나가 사람을 만나도 집에 가만히 있어도 왠지 마음이 밝아지지 않는 것이었다. 지난번에 관전을 보러 외출했을 때는 남의 주목을 받아 오랜만에 기분이 풀리는 듯했다. 그러나 기껏 찾아간 화가에게 쌀쌀맞게 쫓겨나는 바람에 흥이 깨져 점점 더 가슴이 답답해졌던 것이었다.

'내가 따분한 모양이야……'

권태의 원인이 애인에게 있다고는 생각하지 않았다. 그러나 겨우 권태에서 벗어나려는 때에 그가 아무런 도움도 되어주지 않는 것은 불만스러웠다. 그런 불만을 털어놓지 않은 자신에게도 잘못이 있다는 것은 알고 있었다. 그러나 먼저 선뜻 다가설 수 없는 태도를 취한 건 역시 그라는 생각이 들었다. 어쩔 수 없잖아, 몸이 아파서 그런걸, 이라고도 수없이 생각해보았다. 그야 물론 잘 알고 있는 일이었다. 알고 있기 때문에 더욱 답답했다. 이 사람이 좀더 건강하면 얼마나 좋을까 하고 상상해보기도 했다. 그리고 자신의 냉혹함을 증오했다. 그것이 너무 괴로워서, 이 사람은 병이 아니었어도 분명 이런 식이었을 거라고 고

처 생각했다. 어쩌면 이미 자신을 사랑하지 않는지도 모른다고 의심해보기도 했다. 그런 의심은 정말 견디기 힘들었다. 자신이 품고 있는 애정의 깊이와 그의 그것이 어디선가 서로 맞물리지 않는 것처럼 느껴졌다. 그는 자나깨나 그림만 생각한다. 사실은 누군가를 진지하게 사랑해본 적이라고는 한 번도 없는지도 모른다. 그렇게 생각하자 사랑받지 못하는 원인이 자신에게 있는 것은 아닌 것 같아 조금은 위로가 되는 듯했다.

'……아아, 그렇지만 정말 끔찍한 일이야. 정말로 사랑받지 못한다면 나는……'

그런 모습을 보다 못해 오늘은 케레르 부인이 우울함을 씻어주러 그녀를 밖에 데리고 나가려고 한 것이었다.

조제핀은 별수 없다는 듯 그를 맞아들여 세시가 될 때까지 케레르 부인과 함께 셋이서 잡담을 나누었다.

케레르 백작 부인은 포르제 부인의 외할아버지인 프랑수아 드 보아르네 후작의 후처 소생으로, 이전부터 조카인 포르제 부인과 친하게 지냈고 케레르 백작이 사망하여 미망인이 된 뒤에는 친척이라기보다 친구처럼 더욱 깊은 교류를 갖게 되었다. 제정시대에 지사로 봉직했던 아르망 레티와 재작년에 두번째 결혼을 한 후에도 전 남편의 성을 그대로 쓰면서 지금은 이웃 마티뇽 가 14번지에 살고 있었다.

대화는 시종 얼마 전에 포르제 부인이 조각가 다비드 당제에게 의뢰한 메달에 관한 것이었다.

"그분이 아직 그림을 보러 오시지 않았어요. 당신이 한번 말 좀 해주세요."

그녀는 그 메달을 조제핀 황후 같은 얼굴로 조각해주기를 바라고 있었다. 그래서 루이 나폴레옹이 어머니 오르탕스 대공비에게 물려받았고 지금은 마침 케레르 부인 집에 걸려 있는 프뤼동의 〈황후 조제핀〉을 보러 와달라고 전부터 조각가에게 주문했던 것이다.

"프뤼동의 그 그림은 정말 조제핀과 꼭 닮았답니다. 신기할 정도라니까요. 물론 친척이기는 하지만, 실제로 혈연으로 맺어진 것도 아닌데 말이에요. 다비드 씨가 꼭 한번 그 그림을 봐야 해요. 사용인에게 일러두었으니 내가 집에 없을 때라도 괜찮아요."

"예, 오늘이라도 편지를 써서 다짐을 받아두지요."

"그렇게 해주시겠어요? 되도록 빠른 편이 좋아요. 그 그림이 언제까지 우리집에 있을지 모르거든요. 그런데, 내 생각에는 프뤼동이 그린 조제핀 황후는 어딘지 그늘진 듯한 느낌이 들더군요."

"음, 글쎄요…… 말메종 숲이 배경인 탓도 있겠지만…… 조금 쓸쓸해 보이기도 하는군요."

그는 조금 주저하면서도 반론하지 않았다.

"그러니까 이 아이의 얼굴을 조각할 때는 좀더 밝은 느낌으로 했으면 좋겠어요. 그렇다고 저 신비한 느낌이 손상되는 일은 없어야겠지요. 그런 얘기도 해주실 수 있을까요?"

"예, 전해두겠습니다."

"그게 좋겠지?"

케레르 부인이 그렇게 묻자 조제핀은 떨떠름한 표정으로,

"그 그림이 그렇게 쓸쓸해 보이나요?" 하고 고개를 갸웃거렸다.

그녀는 들라크루아가 이모의 말에 별 이의를 달지 않고 동의한 것이 마음에 들지 않았다. 그가 프뤼동을 경애한다는 것은 그녀도 알고 있었다. 지난해 그가 『르뷔 데 되 몽드』지에 「프뤼동 론」을 기고했을 때 제일 먼저 읽고 감상을 말해주었던 것이 그녀였다. 그렇기 때문에 이번 계획에는 그도 무조건 찬성해줄 것이라고 생각했다. 포르제 부인은 그의 일에 어떤 형식으로든 접점을 가지고 싶었다. 애초에 도움이 되어줄 수는 없었지만, 같은 취향을 가지고 무언가의 완성을 함께 기다린다는 것은 그녀의 기쁨이었다. 프뤼동 풍으로 완성된 자신의 얼굴, 그것을 둘이서 바라보며 이런저런 가벼운 대화를 나눌 수 있다면 그것만으로도 좋았다. 그런데 지금 프뤼동에 대한 이모의 불만에 별 이의 없이 동의하는 그의 모습을 보니, 그가 그 그림을 별로 마음에 들어하지 않는지도 모른다는 생각이 들었다. 좋아하지도 않으면서 좋은 척하고 있는 것이다. 자신의 취향에 맞춰주려고 억지로. 프뤼동을 좋아하는 연인을 딱하게 여기며. ……만일 그렇다면 그다운 배려라고 생각했다. 얼음처럼 차가운 그다운 다정함. 혹은 이런 쓸쓸한 초상화에서 자신의 모습을 찾아보려는

연인을 다른 의미에서—뭔가 다른, 좀더 잔혹한 의미에서 딱하게 여기고 있는지도 모른다. ……나는 어쩌면 이리도 비참한가. 이 사람 곁이 아니었다면 결코 이런 고민은 없었을 텐데. 결코……

"그래요, 쓸쓸한 것 같기도 하군요. 그런 점까지 나와 꼭 닮았어요……"

저도 모르게 그런 말이 새어나왔다. 두 사람이 놀라서 돌아보았다. 포르제 부인은 이모 앞에서 직접 그에게 속마음을 털어놓을 수도 없어 그 쓸쓸함을 최근의 권태 탓으로 돌리며 애매하게 얼버무렸다. 케레르 부인은 가엾어하며 그녀의 손을 잡았다. 들라크루아는 목이 쉬어 이따금 기침을 해가며 열심히 위로의 말을 해주었다. 그 힘들어하는 모습을 보고 있으려니 더이상 이야기를 계속할 마음이 사라져 얼른 입을 닫아버렸다. 시간이 되자 세 사람이 나란히 집을 나섰다. 그리고 케레르 부인의 사륜마차를 타고 들라크루아를 비요의 양부이며 샹로제 별장의 주인인 바르비에의 집까지 데려다주었다.

들라크루아는 샹로제에 도착한 뒤에도 그날의 포르제 부인을 떠올리며 새삼 긴 위로의 편지를 썼다. 의기소침해 있던 모습이 걱정되었다. 이런 식으로 말해줄걸, 하고 나중에야 여러 말들이 떠올랐다. 출발을 늦췄어야 했다. 좀더 그녀 곁에 있어주면 좋았을 것을, 하고 반성하며 자신의 무심함을 자책했다. 그러나 그녀를 괴롭히는 권태에 대해서는 깊이 생각하고 싶지

310

않았다. 무언가 그것을 거부하고 있었다. 그것은 두 사람의 연애생활이 잉태한 모순을 명확히 드러내게 될 것이 분명했다. 포르제 부인은 그에게서 온 편지를 읽고 또 읽어보았다. '지나치게 걱정하지 않아도 될 일'이라는 흔해빠진 위로의 말이 복음처럼 고마웠다. 막상 떨어져 있으니 복수라도 하듯이 차갑게 대했던 것이 후회스러웠다. 몸이 아픈 사람을 왜 그렇게 박정하게 대했을까. 그저 나밖에는 염두에 없었다. 냉혹한 사람이라고 생각하지는 않았을까. 애정을 의심하지는 않았을까. 그래서 곧장 감사의 마음이 담긴 답장을 썼다. 들라크루아는 병에 시달리면서도 『사촌 베트』를 읽던 중에 그 편지를 받았다. 편지의 문장 하나하나가 반가웠다. 두 사람은 다시 몇 차례 편지를 주고받았다. 편지를 보낼 때마다 그는 서투른 자신의 글솜씨를 안타깝게 생각했다.

　'아아, 말이라는 것은 어째서 항상 내 마음을 충분히 담아내지 못할까? 차라리 이렇게 쓰는 게 나았다, 좀더 자세하게 설명했어야 한다, 그렇게 후회하지 않아도 되는 편지라는 것이 과연 이 세상에 존재할까? 알지 못해서가 아니야. 뻔히 다 알면서도 눈과 손이 피곤해서, 아니면 다시 써야 하는 번거로움이 싫어서 결국 그대로 써내려가고 말지. 편지뿐만이 아니야, 대화만 해도 그래. 토론도, 서로 마음속의 생각을 밝힐 때도 그렇지. 서로 조심스러워 주저하느라, 혹은 말해야 할 것을 잊어버리거나 도중에 논리가 뒤죽박죽이 되어서…… 그래서 항상 뭔가 불만이 남고 말아. 제대로 된 표현은 대개 나중에야 떠오르지. 아아, 소설이나 희곡의 등장인물처럼 막힘없는 웅변력으로 미사여구를 구사할 수 있다면 얼마나 좋을까? 토론에서는 철저하고도 확실한 결론에 이를 때까지 서로 아낌없이 말을 하고, 자신의 심정을 밝힐 때는 가슴속이 훤히 들여다보일 만큼 의심의 여지가 없는 적절한 단어를 선택할 수 있다면! 한 번의 대화로 평생 그 문제에 대해서는 다시 되짚어볼 필요가 없을 만큼 충분한 표현을 얻을 수 있다면……'

파리에 돌아오자마자 들라크루아는 포르제 부인의 집에서 식사를 함께 했다. 오래 기다리던 재회였고, 그만큼 더 큰 환영을 받았다. 그러나 감사의 말은 결국 편지만큼도 털어놓지 못했다.

쇼팽은 3월 23일에 자택에서 다시 프랑숌과 작품 65번의 첼로 소나타 연주회를 열었다. 초대된 손님은, 부인이 알렉산데르 차르토리스키 대공의 친누나인 뷔르템베르크 대공 부부, 상드 부인, 그리고 며칠 뒤에 니스로 떠나게 될, 쇼팽이 가장 사랑하는 폴란드 여성 중의 한 사람인 델피나 포토츠카 백작 부인이었다.

상드 부인은 솔랑주의 결혼에 대해서는 여전히 연기되었다고만 할 뿐 굳게 입을 다물고 있었다. 쇼팽도 진상에 대해 대충 짐작이 가는 바가 있었지만 굳이 입 밖에 내지는 않았다. 그 화제를 입에 올리지 않는 한 두 사람은 일단 평온을 유지할 수 있었다. 아이들을 가운데 앉히고 평소처럼 식사를 하곤 했다. 쇼팽의 건강이 좋지 않으면 상드 부인은 열성적으로 간병에 나섰다. 건강 관리에 신경을 써서 지나치게 레슨을 많이 하지 말라고 어머니처럼 주의를 주었다. 그도 그녀의 말에 고분고분 따랐다. 화를 내는 것과는 달리 꾸지람을 듣는 건 기분 좋은 일이었다. 그런 이야기를 흐뭇한 듯이 그지마와 백작에게 하곤 했다.

"나도 다 큰 어른이니까 그런 것쯤은 알고 있는데 말야!"

그렇게 몇 마디 불평을 다는 것도 잊지 않았다. 그러나 어떤 일을 비밀에 부치려고 하는 자는 그 비밀을 알지 못하는 자보다 항상 더 의심이 많게 마련이다. 상드 부인은 쇼팽이 솔랑주의 결혼에 대해 아무것도 묻지 않는 것을 수상하게 여겼다. 그렇게 모르는 척해주는 것이 편한 것은 사실이었다. 그러나 그가 모든 것을 알면서도 입을 다물고 있다면 그것은 자신에 대한 중대한 모욕으로 느껴졌다.

'그럴 수 있을까? 만약 그가 알고 있다면 평소처럼 분명 신경질적인 반응을 보였을 거야. 솔랑주에 관계된 일이니 특히 더 그랬겠지…… 결혼을 연기했다는 내 말을 곧이곧대로 믿고 있는 걸까? 그리도 의심 많은 사람이? 아니, 어쩌면 처음부터 아예 믿지도 않은 걸까? 그럴 법도 해. 믿지 않으면서도 사실을 알아내려 하지 않는 거야. 그저 믿는 척하는 거지. 그이다운 태도야. 그이다운 무관심. 자신을 좋아하는 솔랑주의 결혼인데도!'

상드 부인은 클레징게르를 소개하기 전부터 그가 쇼팽의 마음에 들지 않을 거라고 짐작했다. 별로 놀랄 일도 아니었다. 자신이 소개하는 사람에 대해, 특히 그 사람이 남자인 경우에는 항상 뭔가 트집을 잡는 것이 쇼팽의 버릇이라고 생각하고 있었다.

'여태까지만 해도 그런 일이 얼마나 많았어? 대개는 어리석은 질투 때문이었지. 저 까다로운 사람의 마음에 드는 사람은 여간해선 없을 거야.'

그렇게 생각하니 클레징게르가 그의 역정을 산 것도 당연한 일인 것 같았다. 게다가 그가 솔랑주와 클레징게르의 모종의 관계를 알고 있다면 더욱 그럴 것이었다.

'그가 내게 헌정한 작품을 사람들이 모두 칭찬할 때 쇼팽이 보여준 그 태도라니! 물론 그 사람이 조각 같은 것에 조예가 있을 리 없으니 작품의 완성도 운운하는 고상한 이야기를 하는 것도 아냐. 그저 무조건 마음에 들지 않는다는 거지. 질투라도 하는 걸까? 정말 어처구니없는 사람……'

쇼팽과 상드 부인은 4월의 첫째 날에 들라크루아의 안내를 받아 그가 그린 상원 도서관의 천장화를 보러 갔다. 전날 약속한 대로 열한시에 스카르 도를레앙에서 만나 쇼팽의 사인승 포장 사륜마차를 타고 셋이 나란히 외출했다. 상원에 도착할 때까지 들라크루아는 쇼팽과 상드 부인에게 간단히 그림의 주제에 대해 설명해주었다. 그리고 도서관에 들어가 두 사람을 큐폴라 아래로 데려가 다시 한번 꼼꼼한 해설을 해주었다. 그림 속의 인물들을 일일이 가리키며 열심히, 그러나 조심스러운 기색으로 설명하는 그의 말에 두 사람은 몇 번이고 고개를 끄덕이며 그림에 찬사를 보냈다. 도서관에서 나오는 길에 미술관에 들러 〈키오스 섬의 학살〉과 그 밖의 작품도 둘러보았다.

뤽상부르를 뒤로한 후 들라크루아는 저녁식사를 함께 할 약속을 하고 일단 자택에 돌아와 잠시 쉬기로 했다. 마차로 그의 집까지 데려다주고 두 사람이 떠난 것이 세시경이어서 몇 시간은 편안히 쉴 수 있었다. 제니가 그의 건강을 걱정했다. 샹로제에서 돌아와 이틀 정도는 몸 상태가 좋아서 아틀리에에서 작업을 했지만, 그 이후로는 다시 요양을 떠나기 전과 다름없는 상태가 되어 전혀 화필을 들지 못하고 있었다.

들라크루아는 난롯가의 의자에 앉아 눈을 감았다. 사람들과 대화하기가 점점 더 힘이 들었다. 며칠 전 보르노의 집에서 고르트롱과 리즈네르 같은 친척들을 재회했을 때도 거의 입을 열지 않고 시종 듣기만 했다. 말하자면 오늘은 예외였다. 두 사람과 함께하는 자리가 반가워서 그만 열을 내어 말하는 바람에 완전히 녹초가 되고 말았다.

그는 멍하니 방금 스카르 도를레앙으로 돌아간 두 사람에 대해 생각했다.

'그 두 사람 사이가 좋지 않다는 소문은 믿을 수 없어. 마를리아니 부인도 수없이 걱정을 하더라만…… 두 사람이 서로의 어떤 점을 싫어할 수 있단 말인가. 그토록 매력적인 두 사람이…… 쇼팽은 얼마나 훌륭한 사람인가. 그의 곁에서 단 한 번이라도 싫다는 생각을 한 적이 있었던가? 그 사랑스러운 인품과 비할 데 없는 예술적 천성. 경박한 세상 사람들이 쓰는 '천사 같은' 이라는 말을 그토록 경멸하던 내가 그에 대해서만은 스스로 나서서 그 말을 쓰고 싶어지니……'

문득 작년 여름에 쇼팽과 상드 부인이 함께 지내던 노앙 관을 마지막으로 방문했던 때의 일이 떠올랐다.

'사이가 좋지 않다는 건 바로 그런 일을 두고 하는 말일까……?'

그 불쾌한 광경을 그는 잊을 수 없었다. 그날 밤, 노앙 관 일층 살롱에 모인 가족과 손님들 앞에서 상드 부인은 평소와 마찬가지로 집필중인 자신의 소설을 낭독했다. '루크레지아 플로리아니' 라는 제목의 그 작품은 이미 그해 6월부터 『쿠리에 프랑세』 지에 연재되어 이 두 사람을 알고 있는 이들을 크게 곤혹스럽게 하고 때로 분개하게 했다. 들라크루아도 예외가 아니었다. 주인공인 여배우 루크레지아 플로리아니와 그 연인 카롤드 로스발트 대공이 상드 부인 자신과 쇼팽을 모델로 하고 있다는 것은 누가 보더라도 명백했다. 카롤은 그가 곧 쇼팽이라는 사실을 금방 알아차릴 수 있을 만큼 그 특징이 뚜렷이 나타나 있었는데, 그것은 묘사의 정확성 때문이라기보다 그 묘사에 나타난 애정의 결여가 작가의 시선을 쉽게 상상할 수 있게 해주기 때문이었다. 그리고 작품 속에서 루크레지아는 작가와 함께 연인의 **결점** 때문에 크게 고뇌하다가 마침내 고독하게 죽어가는 것이었다.

'그 글을 낭독하는 동안 참으로 견디기 힘들었어. 솟구치는 분노를—그래, 분명 분노였어—필사적으로 억누르며 들어야 했지. ……그 악의에 찬 수많은 묘사들. 마치 살아 있는 인간을 그대로 해부하는 것 같은…… 그녀는 대체 무슨 생각으로 그런 글을 낭독했을까? 그리고 쇼팽은?'

눈꺼풀 안쪽에 희미하게 그날 밤의 그의 표정이 떠올랐다.

'그래, ……자네, 내 눈앞에 앉아 있던 자네는 그녀가 큰 소리로 읽는 그 소설에 웃음 띤 얼굴로 찬사를 아끼지 않았어. 동요하는 우리 모두를 의아하다는 듯 쳐다보기까지 하면서 평소와 다름없이 그 눈부시게 환히 웃는 얼굴로 말이지. 그때 내가 느꼈던 당혹감이라니…… 그래, 처음에는 감동까지 했지. 고통의 그림자를 털끝만큼도 내비치지 않고, 분노와는 가장 먼 곳에서 그는 그저 우아하게 미소짓고 있었어. 쇼팽이 아니고서는 과연 어느 누가 그럴 수 있을까? 대체 누가? ……아아, 그러나 사실은 그렇지 않았어. 그는…… 그래, 그는 아무것도 몰랐던 거야, 아무것도. 카롤 대공이 바로 자신이라는 것조차…… 대체 어떻게 된 일이란 말인가! ……자네는 나를 방까지 데려다주었지. 자청해서. 아무도 모르게 나에게만 속마음을 밝히기 위해서가 아니었던가? 가까스로 참았던 끔찍한 괴로움을 내게 들려주려던 게 아니었던가? 아닌가? 그러나 그랬어야 하지 않았나? 꼭 그랬어야…… 역시 감정을 억누르며 평정을 가장했던 걸까?

아니, 분명 그런 건 아니었어. 그는 그녀의 작품에 나오는 가장 아름다운 문장 몇 개를 외우며 마치 자기 일처럼 득의양양하게 칭찬했어. 날마다 그녀가 써내는 소설의 뒷이야기를 읽는 것이 얼마나 즐거운지 모른다면서…… 그때의 그, 가슴이 찢어지는 것만 같던 그 미소……'

무더운 8월 밤이었다. 그는 그런 쇼팽을 어리석다고 생각하지 않았다. 어리석기에는 너무도 아름다운 사람이었다. 그리고 뭔가 이 세상을 뛰어넘은 순수함마저 느껴져 그의 불행이 한층 더 가엾게 여겨졌다.

'그런 일은 있어서는 안 돼. 결코 있어서는 안 되지. 지난달 초에 그 소설도 책으로 출판되었지만…… 상드 부인도 지금은 분명 후회하고 있을 거야. 십 년 가까이 함께 지내다보면 그런 때도 있겠지. 그러나 지금은 분명……'

저녁이 되어 약속대로 상드 부인의 집으로 찾아갔다. 거실에 는 드물게도 쇼팽과 그녀 둘뿐이었다. 들라크루아는 두 사람의 자연스러운 모습에 안도감을 느꼈다. 그리고 식탁에 앉아 목이 아픈 것을 참아가며 그저께 포르제 남작 부인과 이탈리아 극장에 갔던 이야기를 했다.

"마지막 날이라서 이래저래 가기가 어려운 상황인데도 억지로 보러 갔지. 나는 치마로사의 〈비밀결혼〉에 정말 감동했어. 그 신비스러움이라니! 그에 비하면 메르디인지 베르디인지는 모르 겠지만, 그 〈나부코〉의 천박함이란! 정말 끔찍했어. 도저히 마지막까지 듣고 있을 수가 없더군. 그를 로시니와 비교하는 경박한 자들도 있지만, 천만의 말씀이야! 그에게는 로시니 같은 사상은 물론 이상도 없어. 나는 베르디 같은 자에게 열광하는 런던이나 파리의 부인들께 거의 의분에 가까운 경멸의 마음을 품지 않을 수 없네. 예술가가 감상자의 악취미에 호소해 칭찬을 얻어보려는 짓을 하지 않았던 시대에는 대중의 눈과 귀가 틀림없이 지금보다 훨씬 비옥했을 거야."

쇼팽은 동의도 반론도 하지 않고 그저 웃으며 듣고 있었다. 상드 부인 역시 웃으며 말했다.

"당신에게 그렇게까지 미움받다니 베르디도 참 가엾군요."

"콩세르바투아르에는 가보지 않았나?" 쇼팽이 물었다.

"응, 꽤 오래됐군."

"그래? 마침 요즘 멘델스존이 연주하고 있어. 나는 월요일에 들으러 갔지. 프랑솜이 테라스 좌석 표를 가지고 와줘서 말이야."

"자네가 멘델스존과 친하던가?"

"응, 최근에는 통 만나지 못했지만. ……자네에게 이런 말을 하는 건 어떨지 모르겠지만, 그는 그림도 제법 잘 그린다네."

"허, 그건 몰랐군."

"언젠가 그가 그린 수채 풍경화를 본 적이 있어. 취미 수준이긴 하지만. 교양도 풍부하고—어찌 됐건 괴테와 이야기 상대를 할 수 있을 정도니까 말야—아마 자네와는 의외로 마음이 통할 거야."

"그래? 유감스럽게도 한 번도 만난 적이 없군. 그에 대해서는 거의 아는 게 없어. 언젠가 그가 작곡한 교향곡이 콩세르바투아르의 오케스트라에서 퇴짜를 맞아 무척 분개했다는 이야기를 리스트에게 들은 적은 있지만……"

"응, 〈종교개혁〉 말이지? 이론만 앞세웠다는 이유로 거절당했다는 이야기?"

"아니, 거기까지는 모르겠고."

"아마 그럴 거야. 리스트는 유난히 그런 이야기를 좋아하지. 그렇지만 정말일까? ……아브네크는 사고방식이 유연하고 일관되게 젊은 음악가들의 작품에 관대한 사람인데 말야. 내 협주곡을 파리에서 초연했을 때도 그가 지휘를 맡았고 리스트와 베를리오즈의 작품도 모두 그가 채택해줬어. 완성도의 문제는 제쳐두고라도 〈종교개혁〉이 문전박대를 당했다는 얘기를 듣고 당시에도 뭔가 이상하다는 생각을 했었지. ……하긴 확실히 베를리오즈에게는 이론도 무엇도 없지만, 멘델스존이 거절당한 데는 아무래도 미심쩍은 구석이 있는 것 같아. 그러고 보니 멘델스존과는 프랑솜이 더 친한 편이로군. 물론 아브네크와도 그렇지만."

"그도 여간 발이 넓은 게 아니군."

"프랑솜 말인가? 응, **첼로의 파가니니**라고 일컬어질 정도니까, 싫어도 유명해지게 마련이지. 실제로 그 이름에 전혀 부끄럽지 않은 솜씨야. 게다가 사람이 참 좋아, 프랑숌은. 베를리오즈하고도 한 번도 다툰 적 없이 잘 지낼 정도라니까! 콩세르바투아르 수업 틈틈이 나한테도 자주 찾아와주고. 생각해보면 파리에 온 이래 수많은 음악가들을 만났지만 줄곧 친하게 왕래하는 이는 그 친구밖에 없는지도 몰라."

"그렇지만 가수들 중에는 많지 않은가? 폴린 비아르도 부인이라든가, 또…… 작곡가 중에서도 마이어베어가 있지."

"응, 그렇지만 프랑숌과는 어딘지 특별해."

"그래? 나는 여러 곳에서 얼굴을 마주한 것치고는 그와 느긋하게 얘기를 나눠본 적이 없지만, 확실히 자네 말대로 매력적인 구석이 있어. 몹시 조용한 사람이라 겉으로 화려하게 눈에 띄지는 않지만."

"응, 맞아. 얼마 전에 만났더니 세 아이가 모두 홍역을 앓고 있어서 고생하고 있다고 하더군."

상드 부인은 두 사람의 대화를 별말 없이 듣고 있었다. 그리고 쇼팽처럼 까다로운 이와 십오 년이 넘도록 우정을 이어가고 있는 프랑숌이라는 인물이 새삼 존경스럽다는 생각이 들었다.

식사를 마친 뒤 상드 부인은 들라크루아에게 클레징게르의 집에 가지 않겠느냐고 청했다.

"이 사람은 피곤해서 힘들 거예요. 아이들은 벌써 그쪽에 가 있는데, 당신은 어때요?"

들라크루아는 잠시 망설였지만 피곤을 무릅쓰면서까지 클레징게르 같은 위인을 만나기는 싫다는 생각에 정중하게 거절했다.

"그래요? 별수 없군요. 휴, 병약하지 않으면 예술가도 아니라는 느낌이 드네요, 파리라는 곳은."

그런 말을 남기고 상드 부인은 외출 준비를 위해 나갔다. 쇼팽은 들라크루아를 돌아보며 난처한 듯 웃어 보였다.

"아무래도 요즘 클레징게르에게 열을 올리고 있는 모양이네."

"응, 항상 그렇지 뭐. 그쪽에서도 매일같이 선물이 온다니까. 요즘 같은 철에 장미니 뭐니, 온실에서 재배된 사치품인 모양이야. 지난번에는 강아지까지 보냈더군. 그런데 그게 또 전혀 귀염성이라고는 없는 강아지지 뭐야."

"보낸 이를 닮았던 게지?"

"누가 아니라나!" 쇼팽은 웃으며 말했다. "내가 보면 기분 나빠할 줄 아니까 지금은 어딘가 가둬뒀을 거야, 분명."

"그래서 안 보이는군. 그렇지만 나도 강아지는 안 보이는 게 차라리 나아. 개보다는 고양이를 더 좋아하는 편이니까. 개를 기르겠다는 생각은 해본 적도 없어."

"자네는 고양이보다 호랑이나 표범 쪽이 아닌가?"

"그래, 맞는 말이야! 그런데 그런 무서운 걸 길렀다가는 사용인이 당장 도망칠 것 같아 참고 있는 중이지."

둘은 함께 웃었다. 그러나 그 웃음이 걷히면서 말도 함께 사라져서, 바닷물에 씻겨 텅 비어버린 바닷가처럼 두 사람 사이에 휑하니 틈이 벌어졌다. 그 틈에 서로 신경이 쓰였다. 그래서 뭔가 말을 하려고 두 사람이 동시에 입을 열었다.

"그런데……"

"어제……"

"응?"

"아니, 먼저 말해."

"아니, 됐어. 자네가 먼저 말해봐. 나는 뭐 그리 중요한 얘기가 아니니까."

"그래?"

서로 양보하다 결국 들라크루아가 말문을 열었다.

"……솔랑주의 결혼이 연기되었다면서?"

"으응……" 역시 그 얘기구나, 하고 쇼팽은 생각했다. "……그런가봐. 나도 자세히는 몰라. 말하고 싶어하지 않으니까 내 쪽에서도 묻지 않기로 하고 있다네."

그리고 약간 틈을 두고는,

"그녀는 다음주 화요일에 노앙으로 돌아간다는군, 가족과 함께. 모리스만 남을 모양이야."

"자네는?"

"나는 파리에 있을 거야. 레슨도 해야 하고. 여름에 다시 노앙에서 편히 쉬려면 지금 열심히 돈을 벌어둬야지. 남의 일처럼 들어서는 안 돼. 자네도 미리미리 준비해둬야 해. 자네가 없는 노앙은 정말 심심하거든."

"그런가? 지난번에 그지마와 백작을 만났을 때 다시 한번 그

림을 보여달라고 했으니 마음에 들기만 하면 내 주머니도 조금
은 사정이 필 거야."

"물론 마음에 들어할 거야. 그는 자네 그림을 굉장히 좋아하
거든. 손님들이 올 때마다 자랑하던걸?"

"백작의 그런 점은, 뭐라고 할까, 순진하다고 하면 실례일지
도 모르지만……"

"응, 그렇지만 정말 그래. 나보다 열일곱 살이나 연상이고, 나
폴레옹을 믿고 폴란드 해방을 위해 싸운 세대인데 말이야."

"그래, 우리 형보다 몇 살 아래이긴 하지만 그 사람도 벌써 옛
세대지…… 그런데도 이따금 나보다 젊은 것처럼 느껴질 때가
있어."

들라크루아는 그렇게 대답하며 가슴속에 스스로도 정체를 알
수 없는 미묘한 적막감이 싹트는 것을 느끼고 입을 닫아버렸다.
그리고 별다른 의미 없이 나눈 방금의 대화를 되짚어보며 문득
아까 낮의 뤽상부르에서의 일을 떠올렸다.

'그렇군, 그지마와 백작은 마음에 든 모양이로군……'

들라크루아의 눈앞에, 현실의 쇼팽과는 별개로, 상드 부인 곁
에서 몇 번이나 멋있다며 감탄하던 쇼팽의 옆모습이 떠올랐다.
천장을 올려다보고 주제를 해설하는 동안 그는 몇 번이고 확인
하듯 쇼팽 쪽을 돌아보았다. 빗어넘긴 금발이 좌우로 펼쳐져 창
백한 이마가 마치 당장이라도 쏟아질 듯 유리잔 위로 부풀어오
른 물의 표면처럼 맑디맑았다. 그 아래 웃음 띤 얼굴은 다정함

과 친애가 넘쳤고 더할 수 없이 정중했다. 그러나 그것은 감동을 나타내는 것과는 다른, 무언가 특별한 모습이었다.

그는 쇼팽이 자신의 작품을 진심으로 마음에 들어하지는 않는다는 것을 알고 있었다. 그것은 주위 사람들 모두가 알고 있는 일이었다. 상드 부인 같은 이는 거리낌없이 그런 말을 입 밖에 냈고, 나아가 "그 사람 머릿속에는 음악밖에 없어요. 그림을 보는 눈은 없답니다" 하며 화가를 위로해주었다. 그럴지도 몰랐다. 그러나 그것이 반드시 나쁜 것만은 아니었다. 가령 그렇다고 해도 쇼팽이 일류 음악가라는 점에는 여전히 변함이 없었다. 그것만으로도 충분할 터였다. 그러나 다른 사람이라면 그 정도로 충분히 정리가 되었겠지만 쇼팽에 대해서는 아무래도 마음이 풀리지 않는 구석이 있었다. 마음 깊은 곳에서는 단 한 번이라도 좋으니 그가 바흐를 말할 때와 같은 투로 자신의 작품을 칭찬해주기를 바라고 있었다. 자신이 그의 음악을 사랑하는 만큼 자신의 그림도 그에게 사랑받으면 좋겠다고 생각했다.

그런 사실을 깨달은 것은 이미 꽤 오래 전이었다. 생각해보면 당연한 일이었다. 미켈란젤로도 셰익스피어도 이마를 찡그리며 고개를 가로젓는 쇼팽이 살육 장면으로 가득 찬 외젠 들라크루아의 작품을 좋아할 리 없었다. 처음부터 충분히 알고 있는 일이었다. 그런데도 쇼팽이 그러한 혐오감은 털끝만큼도 내비치지 않고 항상 자신의 그림에 극진한 찬미의 말을 잊지 않는 것에 들라크루아는 감사했다. 때로는 쇼팽도 차츰 자신의 그림을 이해하게 되었는지 모른다는 희망을 품기도 했다. 그렇게 믿는다 해도 잘못되었다고 할 이유는 없을 터였다. 그러나 그 다음 순간 반드시 답답한 허망함이 밀려와 방금 품었던 근거 없는 착각을 스스로 엄격하게 지워버리곤 하는 것이었다.

"왜 그러나?"

……결국 나는 예술가로서의 존경은 포기하고 그저 그의 우정에만 만족해야 한다. 무엇이 불만이겠는가? 그것만으로도 충분하지 않은가……

"아니, 아무것도 아닐세." 들라크루아는 그런 생각을 하며 아무렇지도 않은 듯 대답했다. "그러고 보니, 아까 자네가 하려던 얘기는 무엇이었지?"

"아…… 무슨 얘기를 하려고 했었지? 잊어버렸네. 분명 하찮은 얘기였을 거야. 생각나면 다시 말하지."

쇼팽은 그가 잠시 죽은 형에 대한 생각을 한 모양이라고 짐작하며 일부러 환하게 말했다.

"그래? 그건 그렇고 상드 부인이 꽤 오래 걸리는군."

"그래도 다른 때보다는 나은 편인데?"

쇼팽은 그의 기분을 풀어주기 위해 뭔가 농담이라도 해야겠다고 생각했다.

"신분과 화장 시간 사이에는 틀림없이 엄격한 정비례관계가 성립하는 것 같아. 나도 옛날에 레슨을 하러 갈 때마다 어지간히 기다리곤 했지."

들라크루아는 쇼팽의 엉뚱한 이야기에 조금 놀랐지만, 금세 웃음으로 화답했다.

"맞아, 화장을 지우면 누군지 못 알아볼 백작 부인들이 무척 많다는 이야기도 있고 말이야."

"혹시 얼굴 묘사에 서투른 화가 친구가 있다면 그녀들을 제자로 받아들이라고 자네가 적극적으로 권해보게. 자기 얼굴을 캔버스로 삼아 밤낮으로 열심히 습작들을 하니까."

"정말 명안이로군! 그렇지, 프레스코 화를 그릴 때 번들거림을 막기 위해 물감에 밀랍을 섞어넣는데, 이 다음에 부인들의 화장술의 비약적인 발전을 위해 그 비밀스런 기법을 살짝 전수해줘야겠군."

"흠, 그거 참 좋군! 분명 모든 부인들이 크게 감사해할 거야. 땀 때문에 얼굴이 묘하게 번들거리는 통에 다들 어쩔 줄 모르니까!"

"코를 작아 보이게 하는 방법, 입매를 고상하게 보이게 하는 방법, 무엇이든 가르쳐줄 수 있지."

"그래? 코를 작아 보이게 하는 방법에는 나도 관심이 가는데?"

"가르쳐줄까?"

마치 청년 시절로 돌아간 것처럼 두 사람이 함께 웃으며 장난을 즐겼다. 그러는 참에 상드 부인이 돌아왔다.

"대단히 유쾌해 보이는군요."

그녀는 자신이 없는 사이에 둘이서 무슨 얘기를 했는지 신경

이 쓰여 새침하게 말했다. 두 사람은 그녀의 화장을 바라보고
다시 마주 보며 웃었다. 상드 부인은 그 웃음이 별로 달갑지 않
았다.

"어머, 기분 나빠라. 두 분은 그렇게 하염없이 웃고 계세요.
나는 그만 나갈래요."

그 말에 두 사람 모두 꾸지람을 들은 아이들처럼 입을 다물었
다. 그리고 그녀가 저만치 간 것을 확인한 뒤에 다시 얼굴을 마
주 보며 이번에는 조금 전과는 또다른 의미에서 한참을 웃었다.

11

4월 6일에 상드 부인과 솔랑주, 오귀스틴, 그리고 사용인 루
스가 노앙을 향해 출발한 후 쇼팽은 다시 파리에서 홀로 생활하
기 시작했다. 모리스는 파리에 남아 있었다. 그러나 다른 가족
이 떠나고 나니 좀체 얼굴을 마주할 기회가 없어서 노앙에서 오
는 편지의 전언을 전해주는 외에는 식사를 같이 하는 일도 드물
었다. 물론 클레징게르의 왕래도 뚝 끊겼다.

쇼팽은 오전에 몸 상태가 좋으면 작곡을 시도했다. 단편적인
착상 몇 개가 머릿속에 떠오르면 즉흥적으로 쳐보곤 했다. 그러
나 도무지 만족할 수 없었다. 계속하다보면 나름대로 곡다운 곡
이 되는 경우도 있었다. 그러나 악보에 적어넣어 완성할 일을

생각하면 바로 싫어지면서, 그저 산만하고 어설픈 곡처럼 느껴졌다. 어떻게 손댈 방도도 없군! 하고 나쁘지 않은 부분만 적어두었다. 그리고 다음날 다시 들여다보고는 그것마저 내버리고 말았다.

침착하게 피아노 앞에 앉아 있을 수가 없었다. 별것도 아닌 일에 의욕이 꺾이곤 했다. 쓰다 만 악보를 다시 들여다보고 있노라면 창을 통해 비쳐드는 햇빛이 악보 가장자리에 하얗게 반사되는 것이 신경에 거슬렸다. 손톱 가장자리의 살이 꺼칠해져서 실처럼 일어난 것을 발견하고 하나하나 꼼꼼히 뜯어내기도 했다. 건반에 손을 올려놓은 채 아무것도 치지 않고 한 시간이나 생각에 빠져 있기도 했다. 이따금 소리가 나지 않도록 천천히 건반을 눌러보기도 했다. 발작적으로 터지는 기침 때문에 피아노 위에 내내 엎드려 있는 때도 있었다. 그럴 때면 악기 냄새가 차갑게 피어올라 코 언저리를 맴돌았다. 예전처럼 넘쳐나는 선율을 하나도 놓치지 않으려고 펜을 쥐고 악보에 들러붙는 일이 없어지게 되었다. 곡을 쓰고 싶은 마음은 있었다. 그러나 뭔가 애매한 장애물 때문에 소리에 가 닿지 못하는 것만 같았다. 별수 없이 노앙에서 썼던 마주르카 세 곡의 수정 작업을 했다. 그와 동시에 출판이 예정된 첼로 소나타 곡집의 교정 작업도 했다.

레슨을 받는 학생들은 번갈아가며 매일같이 찾아왔다. 때로는 하루에 일곱 명이나 되는 날도 있었다. 초심자나 어린이, 그리고 기량이 부족한 사람은 소개가 있어도 거절했지만, 일단 자신의 학생이 되고 나면 누구나 있는 힘껏 열심히 지도했고, 단 몇 소절이라도 아무렇게나 치고 넘어가는 듯한 부분이 있으면 반드시 연주를 멈추게 하고 스스로 시범을 보여주었다. 일부 재능이 풍부한 제자들의 독창성을 존중하는 경우를 제외하고는 악곡의 정확한 이해와 해석을 상당히 엄격하게 요구했다. 근거가 애매한 감각에만 기대는 연습을 싫어하여, 암보(暗譜)했더라도 악보는 반드시 지참해 깨달은 것은 그 자리에서 곧바로 적어넣게 했다. 만족할 만큼 능숙해진 곡은 악보 귀퉁이에 조그맣게 X 표시를 했고, 그것으로 그 곡은 졸업이었다. 레슨에는 플레옐 사의 그랜드 피아노를 사용하고 반주가 필요한 때에는 자신이 또 한 대의 업라이트피아노를 쳤다. 허가를 얻었을 경우에는 견학도 가능했지만, 원칙적으로는 일대일 레슨이었다.

토마스 텔레프센, 카롤 미쿨리 같은 직업 음악가들의 레슨이 진행되는 한편으로, 거실에서는 순서를 기다리는 백작 부인이며 남작 부인들이 최근 출판된 『루크레지아 플로리아니』에 관한 이야기를 수군거렸다. 실제로 그 책을 읽은 사람은 거의 없었지만, 떠도는 소문을 전해듣고는 아주 지독한 내용이라고 짐작해 저마다 이미 책을 다 읽은 것처럼 진심으로 쇼팽을 동정했다.

"원래부터 행실이 단정하지 못하고 상식에서 벗어난 여자인 걸요, 뭐. 쇼팽 선생님의 마음이 얼마나 아프실지 충분히 짐작하고도 남아요."

　개중에는 이런 말로 서로 고개를 주억거려가며 어쩌면 자신이야말로 이 불행한 천재 음악가의 새로운 위로자가 될 수 있을지 모른다는 비밀스러운 희망을 품는 여인들도 있었다. 그것은 참으로 가슴 뛰는 상상이었다. 파리의 살롱이라는 살롱마다 "저분이 이번에 쇼팽 씨의 새로운 뮤즈가 되신 바로 그분이에요"라는 부러움에 찬 말들을 소곤거리리라. 얼마나 기분 좋을까? 매일 밤 자신만을 위해 그 황홀한 피아노 소리를 들려주리라. 그 유려하고도 고운 선율로 자신에 대한 애정을 표현해주리라! 공상에 빠져 그만 정신이 아득해질 정도였다. 게다가 이런 상상이 전혀 불가능한 일이 아닌 것이다! 그러면서도 파란 눈의 아름다운 폴란드인 칼레르기 부인이 레슨을 마치고 나오기라도 하면 "저분이라면 정말 쇼팽 씨가 좋아할 만하겠지요?" 하고 수군거리곤 했다. 그래도 레슨만은, 예전에 쇼팽이 성적이 좋지 않은 학생 앞에서 흥분하여 펜을 부러뜨렸다느니 의자를 부쉈다느니 하는 험악한 **전설**이 떠돌았던 터라 모두들 성실하게 임했다. 레슨비와는 별도로 선물을 보내오는 이도 있었다. 보르도에 농원을 가진 사촌에게 향료 등이 전혀 들어가지 않은 특별한 쇼콜라를 부탁하여 보내온 이가 있었는데, 쇼팽은 이 쇼콜라를 무척 마음에 들어했다. 그리고 바닥이 나자 자기 쪽에서 그녀에게 일부러 부탁해 사오도록 했다.

　학생 이외의 내객도 많았다. 프랑솜과 로지에르 양의 방문은 항상 있는 일이었고, 4월 셋째 주에는 새로운 협주곡으로 좋은 평판을 얻은 바이올리니스트 비외탕이 부인과 함께 방문하여 연주를 들려주었다.

쇼팽도 만찬 등으로 자주 외출했다. 레슨도 없고 비도 내리지 않는 날에는 낮부터 집을 비우기도 했다. 아침 일찍 일어나 이발사 뒤랭에게 머리 손질을 받고 제자 구트만의 연주회에 참석했다. 관전에도 들러 들라크루아의 작품과 세간에서 화제를 모으고 있는 토마 쿠튀르의 〈퇴폐기의 로마인들〉 등을 둘러보았다. 조각 전시장에서는 클레징게르의 작품에 시선이 멈추었다. 그리고 그 관능적인 조각상이 그의, 또한 그 밖의 많은 이들의 정부라는 소문이 떠돌던 여자를 모델로 한 것이라는 데 깜짝 놀랐다. 머지않아 솔랑주의 벗은 몸도 이렇게 온 파리의 구경거리가 되는 게 아닌가 싶어 참을 수 없었다.

기분이 풀릴 만한 일은 무엇이든 해보았다. 폴란드의 가족에게 쓰던 편지를 일기처럼 하루 이틀 간격으로 매일같이 써서 삼 주일에 걸쳐 완성했다. 이 편지를 두고 "대작을 집필하는 중이라네"라고 곧잘 농담을 하곤 했다. 친한 친구들은 그를 방문할 때마다 "아직도 안 보냈나?"라며 어이없어하는 것이 거의 습관이 되었다. 로지에르 양은 자신의 편지도 함께 부쳐달라고 월초에 부탁했다가 결국 다시 써야 했다. 시일이 지나 쓸모없는 편지가 되어버렸다고 투덜거리는 그녀의 모습이 재미있어서 쇼팽은 즉시 그 이야기를 편지에 써넣었다. 그달 중순이 지났을 무렵에는 전부터 친하게 지내던 화가 아리 셰페르의 아틀리에에서 초상화의 모델이 되었다. 그 밖에도 빈터할터가 친구 플라나트 데 라 페이의 부탁을 받아, 그리고 앙리 레망이 은행가 오귀스트 레오의 의뢰를 받아 역시 쇼팽의 초상화를 그릴 예정이 잡혀 있었다.

"왜 그런지 모르겠어. 지금까지는 초상화를 그리고 싶은 마음이 별로 없었는데 요즘 들어 갑자기 관심이 가는군. 자네가 그려준 훌륭한 초상화가 있어서 더이상 바랄 것도 없는데 말야."

아틀리에에서 포즈를 취하고 돌아오는 길에 몇 차례 들라크루아의 집에도 들렀다.

"아리는 건강하던가?"

"응, 괜찮더군."

"그래, 다행이야. 한참 동안 만나지 못해서 말야. 그의 형인 앙리하고는 젊었을 때부터 친하게 지냈거든. 요즘에는 그 친구도 만나지 못했지만."

"앙리는 나도 통 못 봤어. 아, 그렇지, 자네 혹시 은판사진에 대해 아나?"

"아니, 그저 조금밖엔."

"다음에 기회가 있으면 한번 찍어보고 싶어."

"웬일인가, 초상화도 모자라서 이번에는 은판사진이라니? 레슨 때문에 백작 부인들에 둘러싸여 지내다보니 취미까지 비슷해졌나?"

"정말 그런가봐. 요즘 폴란드 가족에게 길고긴 편지를 쓰고 있는데, 거기에도 파리에서의 생활을 빠짐없이 다 적어넣는다니까. 심심해서 어쩔 줄 모르는 부인네들이 열심히 일기를 쓰는 것처럼 말야. 그런데 그게 단순히 시간 때우기인 것 같지는 않아. 가족들이 그런 걸 원하기 때문이기도 하지만, 꼭 그 때문만도 아니야. 어떻게 설명해야 할지…… 잘 모르겠지만……"

쇼팽과 마찬가지로 들라크루아 역시 이따금 아틀리에에서 화필을 잡아보는 이외에는 거의 작업에 손을 대지 못하고 있었다. 4월에 들어서자 고티에와 토레의 관전평이 각각 『프레스』 지와 『콩스티튀시오넬』 지에 연달아 게재되었다. 둘 다 지극히 호의적이었다. 들라크루아는 젊은 시절에 비평가들에게 혹독한 꼴을 당한 후유증으로 마흔아홉 살이 된 지금도 자신의 작품을 세상이 어떻게 받아들이는지에 극히 민감했다.

'하긴 〈사르다나팔루스의 죽음〉 때와 같은 혹평은 눈에 띄지 않게 되었다만……'

〈단테의 조각배〉에서는 그나마 그로와 제라르, 그리고 티에르 같은 소수의 이해자를 얻었다. 그러나 다음 작품인 〈키오스 섬의 학살〉 때는 한층 심한 악평을 받았고, 의지했던 그로마저 최초의 찬사를 철회하고 '회화의 학살'이라는 냉담한 평가를 내리기에 이르렀다. 이러한 몰이해는 〈사르다나팔루스의 죽음〉의 관전 출품에서 마침내 극에 달했다. 비평가들은 특히 엄격하게 이 작품을 비판했다. 제재의 부적절함, 시간과 장소와 행위의 일치라는 고전적 규범에서의 일탈, 원근법의 부정확함, 전경의 혼란, 신체의 부자연스러운 왜곡, 배경의 조잡함, 시대 고증의 애매함……그 밖에도 다양한 결점들이 비꼬는 말들과 함께 지적되었다. 제목에 빗대어 '낭만주의의 죽음'이라고 하는 자도 있었다. 칭찬해준 사람은 토레를 비롯한 극소수에 지나지 않았다.

들라크루아는 어디를 가든 작품의 추악함을 조소하는 자들을 만나는 바람에 심히 의기소침했었다. 처음에는 되도록 신경쓰지 않고 그냥 무시하기로 마음먹었다. 비평가들의 이런 부당한 비평을 진심으로 받아들이는 사람이 있을 리 없다, 그렇게 생각하며 희망을 가졌다. 그러나 그것은 헛된 희망이었다. 곳곳의 살롱에서 **세련된 취미를 지닌** 토론하기 좋아하는 인간들이 비평가의 말을 인용하여 그의 작품의 단점을 논했다. 듣는 이들도 거기에 동의했다. 판단을 망설이던 자들은 안심하고 부정 쪽으로 돌아섰다. 처음에는 감동했던 자들도 견해를 뒤집어 단점을 들먹이기 시작했다. 들라크루아라는 이름을 들으면 저절로 실소가 흘러나오는 판이었다. 그런 그림을 그릴 정도니 머릿속에서는 어떤 잔혹한 생각을 하는지 모른다고 떠들어댔다. 술집에서는 미술학교 학생들이 비분강개하며 "그런 그림은 엉망이야"라고 떠들어댔다. 도미노 틈틈이 그런 험담을 하는 것이 일종의 재치로 통했다. 그런 현장을 조우할 때마다 들라크루아는 답답해서 발을 동동 굴렀다. 어째서 모두들 저렇게도 어리석기 짝이 없는 의견에 감동하는 것일까? 나는 사람들에게 얼간이 취급을 당하고 있다. 그것도, 비평가의 얼간이 같은 평이 돌고 돌아 나에게 떨어지고 있는 것이다. 아레티노가 미켈란젤로를 두고 파렴치한 화가라고 했을 때, 대중의 대부분이 거기에 동의했다. 파렴치한 것은 아레티노인데도 말이다. 아무리 위대한 그림이라도 파렴치한 인간의 눈에는 파렴치하게 비친다. 그러나 아레티노의 파렴치함이 받아야 할 질책을 결국 미켈란젤로가 받아야 했다. '미켈란젤로는 파렴치한 화가'라는, 아레티노가 유포한 오명 때문에! 얼마나 불합리한 일인가! 내 경우도 마찬가지다. 다를 게 무엇인가! 생각하면 분노가 끓었다. 그 분노는 당연히 자신감의 반증이었다. 그러나 관전을 구경한 모든 이들이 지극히 당연하다는 듯이 자신의 작품을 폄하하는 것을 줄곧 지켜보면서, 그 또한 점차 작품의 완성도에 불안감을 품게 되었다. 실제로는 그들이 말하는 대로 엄청난 타작인지도 모른다. 나는 작품을 너무 오랫동안 들여다보았기 때문에 결점에 익숙해져버렸는지도 모른다. 일단 의심이 들기 시작하자 관전 회장에 나가 다시 한번 그 그림 앞에 서기가 두려웠다. 그리고 친구 스리에에게 '학살 제2호'라는 이름을 붙여 이 작품의 제작과정을 어린 애처럼 열심히 설명했던 편지가 생각나 말로 다 할 수 없는 비참함을 느꼈다.

실망은 컸다. 세간의 평 때문에 결국 정부에서도 구매 계획을 철회하기에 이르렀다. 〈단테의 조각배〉도 〈키오스 섬의 학살〉도 악평과는 상관없이 정부에서 구입하기로 되어 있었다.

336

그는 당시 내무성의 미술국 국장이었던 소스텐 드 라 로슈푸코 자작에게, 정부로서는 그의 재능에 호의를 갖고 주목하고 있지만 이런 제작 태도는 참으로 유감이라는 내용의 충고를 들었다. 그를 동요하게 한 것은 비평으로서 전혀 언급할 가치도 없는 수많은 주장들이 공권력에 중대한 영향력을 행사했다는 점이었다. 원근법상의 왜곡이 있다고 했다. 그런 것쯤은 알고 있었다. 알면서도 구도의 극적인 효과를 감안하여 일부러 그렇게 한 것이다. 배경이 허술하다고 했다. 그것도 의도적인 것이다. 필요 이상으로 지나치게 세부를 묘사하는 것은 단순함이라는 위대한 고전적 덕목을 오히려 말살하는 일이다. 신체의 왜곡, 전경의 혼란…… 모두 의도적인 것이다. 그 모든 것이 진지한 연구 끝에 나온 것이다. 비평가가 한번 보고 알아차릴 일을 몇 개월 동안 제작에 매달린 화가 본인이 어떻게 모를 수 있겠는가?

비평을 받는 것은 괜찮다. 그러나 어떤 입장에서 말하건 최소한 충족시켜야 할 언설의 수준은 있을 것이다. 종래의 작법대로 그리지 않은 그림이 있다면 위화감을 느끼는 것은 당연하다. 그러나 중요한 것은 왜 그런 기법을 도입했는지 생각해보고 그 의의와 결과의 시비를 판단하는 것이다. 그런 후에 화가의 의도가 실패했다고 비판하는 것이라면 얼마든지 받아들일 수 있다. 논의의 여지도 있다. 그러나 그런 수준에 이르지 못한 채 그저 자신에게 익숙하지 않은 수법이나 제재를 무조건 결점이라고 비난하는 것이다. 어떻게 그럴 수 있단 말인가? 단 한 번만이라도 왜 그렇게 그렸는지 생각해보면 될 일이 아닌가. 어째서 그 정도의 생각도 하지 않는단 말인가? 그럴 여지도 없을 만큼 내 그림이 실패작이란 말인가?

그러나 아무리 머릿속으로 주장해봤자 소용이 없었다. 정부가 자신의 화풍에 난색을 표하고 있다. 이 단순한 사실은 심각한 문제임에 틀림이 없었다. 그는 화가로서의 자신의 장래에 대해 몇 번이고 생각해보았다. 그리고 그때마다 어두운 예감을 금할 수 없었다. 좀더 큰 그림을 그리고 싶다. 그것도 사람이 많이 찾는 거대한 건축물의 벽에 그리고 싶다. 희망은 누구보다 강렬했다. 그러나 그것은 정부의 비호 없이는 이루어질 수 없는 희망이었다. 돈은 문제가 아니었다. 그러나 돈을 벌기 위해 따분한 작업을 억지로 계속하고 재능을 낭비하고 창작 시간을 빼앗기며 하릴없이 늙어가야 한다는 것은 무엇보다도 큰 고통이었다.

'……반드시 한 번은 거치지 않으면 안 될 길이었을까?'

막 발표된 올해의 관전평을 읽으며 들라크루아는 그런 회상에 잠겼다.

'아냐, 아무 필요 없는 고뇌였을 거야. 그것이 내게 대체 무슨 득이 되었단 말인가? 아무것도 없었어…… 내가 이제껏 걸어온 화업(畵業)의 길은 내 스스로 발견하고 내 스스로 개척한 것이야. 비평이 내게 가르쳐준 게 무어란 말인가? 참으로 무의미했어. 그런 무의미한 고뇌를 지금까지 얼마나 수없이 견뎌야 했는

338

가……'

들라크루아는 고티에의 찬란한 찬사를 다시금 흐뭇하게 생각하며 그의 집에까지 찾아가 감사의 인사를 전했다. 고티에는 다시 한번 출품작의 장점을 칭찬하며 그에게 개인전을 열기를 권했다.

"그것도 되도록 많은 작품을 모아서 해야 해요. 당신이라면 개인전을 열어도 아무도 허세로 여기지 않습니다. 무엇보다, 돈도 제법 모이구요. 계획을 하실 거라면 미력이나마 나도 협력하겠습니다."

"그렇군요, 생각해보지요."

다음날 그는 리옹 철도의 주식을 천 프랑분 구입했고, 한편으로 라피트 은행에 이천 프랑을 예금했다. 며칠 뒤, 이번에는 토레에게 감사 편지를 쓰다가 문득 고티에의 말을 떠올렸다.

'개인전이라…… 아틀리에에서 잠자고 있는 그림들을 모두 꺼내 전시할 수 있다면 그야말로 장려한 광경일 거야. 그렇게 되면 지금 에크브레에 있는 저 불우한 〈사르다나팔루스의 죽음〉도 재평가를 받겠지. 지난번 비에야르의 예를 봐도 그래. 지금이라면 이해해줄지도 몰라. ……그러나 정말로 가능할까, 개인전을 연다는 것이? 허세로 여기지는 않을 거라고 했지만…… 그러나 세상 사람들이 실제로 어떻게 생각할지……'

파리에서 이렇게 두 예술가에게 하릴없는 권태만 들러붙어 있던 무렵, 노앙에서는 하나의 사건이 일어났다. 그달 중순에 오귀스트 클레징게르가 느닷없이 노앙 침공을 결행한 것이었다.

지극히 용의주도한 작전이었다. 그리고 결국 누구의 수훈인지도 알 수 없는 작전이었다.

상드 부인의 가족이 파리를 떠나기 며칠 전에 솔랑주는 초조한 마음에 쫓겨 혼자 클레징게르의 아틀리에에 찾아갔다. 한 손에 끌을 들고 귀를 기울이고 있는 그에게 그녀는 출발 날짜를 눈앞에 둔 지금 자신은 이대로 파리에 남을 수 있기만을 간절히 바라고 있노라고 호소했다. 솔랑주가 어머니의 의견에 동의하여 함께 노앙으로 돌아가기로 한 것은 그녀 나름의 계산이 있기 때문이었다. 그녀는 클레징게르와의 결혼을 열렬히 원하고 있었다. 이 기회에 그에게서 어떻게든 결혼 약속을 얻어낼 생각이었다. 절박한 상황이 원군이 되어줄 터였다. 사랑하는 여인이 파리를 떠나려 하는 것이다. 어떻게 붙잡지 않을 수 있을까? 일단은 냉정하게 뿌리쳐야 한다. 그러면 그는 분명 절망하여 필사적으로 설득에 나설 것이고, 마침내는 결혼 약속만이라도 해두자고 애걸할 것이다. 그러나 결코 그 자리에서 대답해서는 안 된다. 그대로 노앙으로 돌아가버리자. 그는 분명 뒤쫓아올 것이다. 그러고는 초췌해질 대로 초췌해진 얼굴로 연인의 냉정함을 나무라며 자신의 고뇌가 얼마나 컸는지 털어놓고, 다시 한번 열정적인 말로 영원의 사랑을 맹세할 것이다. 그때서야 받아주는 것이다. 결혼에 대한 여자의 피하기 힘든 불안을 ― 그것이야말

340

로 항상 사려 깊음과 하나로 연결된 것이다!—충분히 동정할 만한 가련한 모습으로 고백하고 나의 잘못을 눈물로 후회하면서…… 그런 일을 가능하게 해주는 것이 바로 노앙이었다. 그 밖에 다른 방법이라고는 있을 수 없었다. 파리의 번잡함 속에서는 그런 기적이 일어날 리 없었다. 모두가 클레징게르를 오해하고 있는 이 파리라는 도시에서는! ……솔랑주는 자신의 상상으로 그려낸 계획을 털끝만큼도 의심하지 않았다. 출발 예정을 슬쩍 내비치기만 해도 그는 반드시 비탄에 빠져 나를 붙잡으려 할 것이다. 아니, 꼭 붙잡아주어야 했다. 나를 사랑하고 있다면…… 그러나 그녀의 생각은 완전히 빗나가고 말았다. 클레징게르는 그녀의 귀향 소식에 전혀 동요하지 않았다. 당연한 이야기라는 듯 묵묵히 다 듣고 나서는 "곧 다시 만날 수 있어"라고 태평하게 대답할 뿐이었다. 때로는 끈덕지게 물고 늘어지는 그녀에게 귀찮다는 표정을 내비치기도 했다. 이런 태도에 솔랑주가 도리어 크게 동요했다. 자신을 사랑하지 않는지도 모른다는 불안감이 엄습했다. 그가 혼자 파리에 남으면 어떻게 될지 생각해보았다. 바로 다른 여자들의 얼굴이 떠올랐다. 자신이 시골에서 멍청히 지내는 동안 그 여자들에게 그의 마음이 옮겨가면 어쩐다지? 나는 그저 한때의 노리갯감에 지나지 않았던 걸까? 마지막으로 찾아온 것이니만큼 마음먹고 연극을 할 각오를 했다. 과장된 몸짓을 섞어 이별을 아쉬워하고 눈물도 흘렸다. 그렇게 이야기를 하다보니 웬일인지 눈물이 멈추지 않고 흘러내렸다.

그러자 자꾸만 딸꾹질이 나와 더이상 이야기를 계속할 수 없었다. 클레징게르는 다정하게 그녀를 위로해주었다. 그러나 끝내 가지 말라는 말도, 자신이 노앙으로 찾아가겠다는 말도 하지 않았다.

솔랑주를 보내고 난 뒤 클레징게르는 그런 자신의 태도가 몹시 만족스러웠다. 혼자서 컬컬컬 웃어가며 "휴우, 정말 아슬아슬했다, 아슬아슬했어"라고 중얼거렸다.

'나만한 인물이 정에 이끌려 중요한 계획을 망칠 뻔했어! 설마 울기까지 할 줄은 몰랐지. 고것도 제법 귀여운 구석이 있구만. 그러나 눈물을 보이면 무엇이건 다 들어주는 남자로 보였다가는 일이 안 되지, 암. 여자라는 건 이렇게 냉랭한 태도로 나가야 점점 열을 올려 달라붙게 마련이라구!'

클레징게르와 상드 부인 사이에는 일종의 암묵적인 이해가 있었다. 그는 예전부터 솔랑주에게 결혼을 신청할 의사가 있음을 그녀의 어머니에게 암시해왔다. 상드 부인도 눈치를 채고 있었다. 지금에 이르러 그녀는 일의 추이를 거의 완전히 파악하고 있었다. 그리고 이미 돌이킬 수 없는 곳까지 와 있다는 것도 알고 있었다. 그녀가 판단하기로는 그다지 나쁠 것이 없는 상황이었다. 그렇다면 마지막 일막은 반드시 어머니인 자신의 손에 의해 씌어져야 할 터였다. 혼약이란 장애 없이 신속하게 이루어지는 것이 바람직한 법이다. 그러나 그것이 파리에서는 불가능한 일이라는 데 두 사람의 생각이 일치했다. 기껏 두 달밖에 안 되는 파리 체재 동안 딸과 마찬가지로 그 어머니도, 또한 본인도 오귀스트 클레징게르라는 사내가 이 도시에서 얼마나 평판이 나쁜 인간인지 귀가 아플 만큼 듣고 또 들은 것이다. 클레징게르와 상드 부인은 결혼을 신청할 장소로 노앙이 최적이라는 점에서도 의견이 일치했다. 단 쇼팽의 눈도 있는 터라 클레징게르와 함께 노앙에 가는 것은 불가능했다. 그러니 나중에 그가 슬그머니 노앙을 방문하는 것이 좋다. 거기까지가 두 사람이 암암리에 합의한 부분이었다.

예상대로 노앙에 도착하는 길로 상드 부인이 보낸 초대 편지가 클레징게르의 집에 도착했다. 그녀는 젊은이의 경솔함을 경계하여 이 계획은 어디까지나 비밀리에 수행되어야 한다고 누차 강조했다. 출발 계획을 누군가에게 흘리는 일 따위는 절대로 있어서는 안 된다. 도중의 편지에서조차 신중해야 한다. 그녀는 세상 사람들, 특히 시골 사람들이 얼마나 남의 말 하기를 좋아하는지 열심히 설명했다. 말이 돌고 돌아 솔랑주 아버지의 귀에라도 들어간다면 이번 일의 진행에 중대한 지장이 생길 것이라고 덧붙였다. 그런 것쯤은 훤히 다 아는 일이라고 생각한 클레징게르는, 다음 편지로 지도를 보내주겠다는 상드 부인의 말을 무시하고 암말 한 마리를 끌고 그길로 열차에 올라타 노앙으로 향했다.

그에게는 승산이 있었다. 상드 부인은 모든 것이 자신이 의도한 대로 진행된다고 생각했지만, 그 역시 자기야말로 그녀에 대한 지휘권을 쥐고 있다고 생각했다. 어머니에 대해서는 이미 승리를 확신하고 있었다. 남은 것은 장본인인 딸뿐이었다. 그러나 그쪽 또한 아무 문제도 없었다. 그 마음에 대해서는 의심할 여지가 없었다. 입장에 대해서는? 이것도 낙관하고 있었다. 그는 이미 솔랑주의 약혼이 사실상 무효화된 상태라는 것을 알고 있었다. 무엇보다 그녀를 아틀리에로 끌어들여 다른 남자의 약혼자라고 하기에는 참으로 입장이 난처할 낙인을 찍어놓은 것이 바로 그 자신이었던 것이다. 그녀에 대해서야말로 이번 작전은 아무 예고 없이 결행되어야 할 터였다. 이 점에 관해서도 상드 부인과 클레징게르는 견해를 같이했다. 갑작스레 눈앞에 모습을 드러낸 연인을 보고 솔랑주는 분명 뛸 듯이 기뻐할 것이었다. 놀라움과 탄성이 화살처럼 그녀를 꿰뚫으리라. 당돌함과 무례함은 곧 돌발적인 정열의 증거로 받아들여질 것이다. 재능이 풍부한 젊은 조각가는 그쯤에서 그녀의 손을 잡고 감격의 눈물을 떨구며 결혼을 신청하는 것이다! 그는 급히 뛰어오른 열차 안에서 수없이 그 광경을 머릿속에 그렸다. 그녀가 거절하는 일 따위는 도저히 있을 수 없다. 어머니의 환영을 받는 것은 물론이다. 나는 상드 부인의 소설에서 튀어나온 듯한 남자다. 실로 정열이 넘치는 사나이다! 한 번도 상드 부인의 작품을 읽은 적이 없는 그는 그렇게 생각했다. 이 정열이 앞으로 점점 더 그녀를 감동시킬 것이 분명하다!

'이 얼마나 간단한 일인가. 이유 없이 나를 미워하는 쇼팽도 없고 말야. 하긴 그 사람도 나름대로 완전한 바보는 아니라는 뜻이지. 다음은 오귀스틴인가? 그 여자는 별볼일 없어. 항상 내게 알랑거리기만 하지. 게다가 그것이 나에 대한 아부가 아니라 상드 부인의 마음에 들기 위해 하는 짓이니. 흥, 까짓것, 좋아. 그 여자도 이제 곧 내 처제가 될 테니. 아니, 아니지, 처제가 아니라 처형이 되는 건가? 이건 걸작이군. 뭐건 간에, 그렇게 되기만 하면 나도 조금은 싹싹하게 대해줘야지. 그건 그렇고, 나도 참 엄청난 기세로 파리를 뛰쳐나왔구나. 내가 제법 솔랑주를 사랑하는 모양이지? 게다가 되는대로 달려왔더니 엉뚱한 길로 들어서고 말았군. 역시 지도를 가지고 올 걸 그랬나? 아냐, 그래도 괜히 꾸물거리다가 만에 하나라도 저 얼뜨기 프레오인지 뭔지 하는 시골뜨기하고 다시 합쳐지기라도 하면 내 체면이 말이 아니잖아. 그래, 오로지 진군이 있을 뿐! 나폴레옹도 말하지 않았더냐! 우리 부대는 기꺼이 전진하리라. 침략전쟁이 몸에 맞는 거야. 한곳에서 미적거리며 방어태세를 취하는 짓은 프랑스인은 절대로 못 한다 이거지. 태풍 같은 기세로 침략하고 순식간에 강화조약! 이것이 우리 프랑스군의 방식이야! 식량도 의복도 필요 없어!'

혼자서 여행을 하자니 따분하기도 해서 한시라도 빨리 그녀의 집에 뛰어들고 싶었다. 그는 익숙하지 않은 열차에 녹초가 되어버린 말의 배를 수없이 걷어차며 "이놈의 짐승, 좀더 빨리 달려라, 달리라구!" 하고 외쳤다.

상드 부인은 그 암말 때문에 어쩔 수 없이 여관을 잡은 클레
징게르가 보낸, 두번째 소식을 기다릴 것도 없이 집을 뛰쳐나왔
다는 편지를 받아들자 어이가 없었다. 그리고 형이 이미 도착했
을 것이라고 짐작하고 미리 노앙에 편지를 보낸 동생 그자비에
클레징게르에게 다시 한번 형의 행선지에 대해서는 절대로 발
설하지 말라는 다짐의 편지를 썼다. 일이 그만큼 진행되었는데
도 솔랑주에게는 여전히 한마디도 하지 않았다. 차후에도 알릴
생각이 없었다. 클레징게르의 행동은 어디까지나 본인의 결의
에 따른 것이어야 했다. 자신은 초대 같은 건 하지 않았다. 지도
를 보내다니, 그런 건 전혀 모르는 일이다. 그래야만 딸의 감격
도 헤아릴 수 없이 큰 것이 될 터였다. 또한 평생 아무것도 모른
채 지내야만 이 일이 행복한 추억으로 남을 것이었다. 어머니
의―그것도 왠지 항상 마음에 들지 않는 어머니의―은근한 재
촉을 받고 달려온 남자 따위에게 무슨 매력이 있을 것인가? 뜻
밖의 구혼에 딸이 기뻐하는 것은 물론 구혼자는 모든 것을 자신
의 수훈으로 돌릴 수 있을 것이다. 더구나 그를 경원하는 파리
의 친지들에게 이번 일은 모두가 그의 독단에 의한 것이라고 해
명할 수도 있는 것이다. 그 누구에게도 불이익이라고는 없다.
얼마나 멋진 계획인가!

4월 13일, 솔랑주는 어머니의 놀라워하는 목소리를 듣고 무
슨 일인가 싶어 이층에서 내려왔다. 현관에 서 있는 이가 말에
서 막 내려선, 여행길의 먼지를 잔뜩 뒤집어쓴 바로 그 사람, 조

각가 클레징게르라는 것을 알아보고 그녀는 그만 기절할 뻔했다. 정원 불빛을 등지고 양팔을 활짝 벌리며 미소짓는 클레징게르의 모습을 그녀는 유폐의 몸이었던 다나에가 태양빛으로 모습을 바꾸어 화살 구멍을 통해 숨어든 제우스를 바라보듯 눈부시게 바라보았다.

'아니, 그게 아냐, 분명 안드로메다를 구하러 온 페르세우스야!'

부정확한데다 딱 들어맞지도 않는 연상이었지만, 그런 것을 따질 여유는 없었다. 희망 가득한 미래에 대한 예감이 순식간에 그녀를 가득 채우면서 환희의 절정에 다다르게 했다. 물론 클레징게르는 그 자리에서 즉각 그녀에게 구혼했고, 또한 상드 부인에게 허락해주기를 간청했다.

"스물네 시간 이내에 결정해주오. 그 이상 기다리게 한다면 나는 당신을 향한 애정의 불길을 견디지 못해 타 죽고 말 거요. 아아, 그러나 그 시간도 나는 기다릴 수 없을지 몰라! 일 초가 무한처럼 길게 느껴지니! 그 무한처럼 긴 일 초 일 초가 당장이라도 나를 태워버릴 것만 같소!"

적잖이 연극적이었다. 그러나 솔랑주는 그것을 의심하기보다 오히려 연극처럼 멋진 일이라고 생각했다. 그 모습을 본 상드 부인은,

'제법 잘하는걸? 참으로 대단한 열정! 참으로 대단한 행동력! 작가의 기대 이상이야!' 하고 생각했다. 그러고는 재촉하듯 딸

을 돌아보며 또한 생각했다.

'자, 이제 남은 것은 너뿐이구나. 부디 어른스럽게 굴어주렴. 어린애 같은 반항은 이제 제발 그만두고.'

솔랑주는 어머니의 염려와는 달리 선뜻 그의 말을 받아들였다. 어머니도 당연히 이 결혼을 허락했다.

"아아, 나는 얼마나 행복한 사람인가! 이토록 아름다운 여인을 위해 한평생 헌신적인 사랑을 바칠 수 있다니! 이토록 총명하고 성모처럼 어진 분께 한평생 충실한 자녀로서 봉사할 수 있다니!"

세 사람은 서로 끌어안고 눈물을 흘렸다. 세 사람 모두 이번 일은 자신의 승리라고 믿었다. 상드 부인도 솔랑주도 클레징게르도, 모두가 그 동안 마음속으로 그려왔던 대로 일이 척척 풀렸다고 생각했다. 한바탕 기쁨의 말을 나누고 일순 조용해졌다. 그 다음에는 어떻게 해야 할지 몰라 세 사람 모두 당황했다. 상드 부인이 오늘밤은 모두 모여 축하를 하자고 제안했다. 두 사람도 동의했다. 그 모습을 계단 중턱에서 보고 있던 오귀스틴이 조금 망설이던 끝에 다가와 큰맘 먹고 환하게 축복의 말을 건넸다. 상드 부인이 그녀를 힘껏 끌어안았다. 원이 네 사람으로 늘어났다. 솔랑주는 이 광경에 그만 흥이 깨어졌다.

'흥, 마음에도 없는 말로 어머니의 사랑을 받으려고 하다니! 정말 속이 빤히 보이는구나!'

그렇지만 가만히 입을 다물고 있기에는 너무도 흥분한 상태였기 때문에, 목소리에 되도록 감사의 마음은 빼고 우월감만을 담으려 애쓰며 답례를 했다. 그 꼴을 보고 클레징게르는 하마터면 웃음이 터지려는 것을 필사적으로 참았다.

그 뒤로 기껏 사흘 동안이기는 했지만, 오랜 염원이 이루어져 마침내 새 약혼자가 된 이 사내는 잠자는 것도 먹는 것도 잊고 솔랑주 곁에 붙어다녔다. 상드 부인은 노앙에 온 이후 그가 겨우 두 시간밖에 자지 않았는데도 기력도 체력도 전혀 쇠할 줄 모르는 것에 놀라 어안이 벙벙한 가운데서도 점점 더 쓸 만한 인물이라고 감탄했다. 클레징게르는 부산한 일정 속에서도 중요한 목적의 하나인 지참금 약속까지 분명히 받아낸 다음 사흘째 밤에 다시 파리를 향해 출발했다. 그리고 파리에 도착하자마자 모리스를 만나 잠시 쉴 틈도 없이 모리스를 대동하고 카지미르 뒤드방 남작이 있는 로트 에 가론의 기유리를 침공했다. 미성년인 솔랑주의 결혼을 위해서는 양친의 동의가 필요했기 때문이었다.

상드 부인은 두 딸과 함께 노앙에 남아서 되도록 빠른 시일 내에 결혼식을 올릴 수 있도록 그 수속에 온 힘을 쏟았다. 한편으로 소설 집필도 멈추지 않았다. 잠시 펜을 놓고 의자 등에 기대어 있을 때면 항상 두 사람의 결혼식 일을 궁리했다. 옷은 무얼 입힐까? 장소는? 네라크? 노앙? 파리? 어느 쪽이건 결혼식 한 시간 뒤에는 곧바로 신혼여행을 떠날 수 있게 해줘야지. 신혼여행지는? 로마는 어떨까? 새신랑도 경애하는 미켈란젤로를 실컷 보고 올 수 있으니 좋아하겠지? 돌아올 때는 이야기 선물을 한 아름 안고 올 거야. 그리고 올 가을은 다함께 노앙에서 지내자…… 그런 생각을 하고 있으려니 이제까지의 솔랑주와의 불화가 마치 거짓말이었던 것처럼 마음이 편안해졌다.

'나는 역시 솔랑주를 사랑해. 솔랑주도 분명 그럴 거야. 무슨 이유에선지 서로 조금 맞지 않았던 것뿐이지. 그래, 무슨 이유에선지…… 어서 아이를 낳으면 좋으련만. 아이를 낳아보면 솔랑주도 어미의 기분을 헤아려줄 거야.'

그럴 때면 쇼팽에 관해서는 완전히 잊었다. 어쩌다 생각이 나면 환하기만 하던 미래에 갑작스럽게 그림자가 성큼 드리우는 것만 같았다.

'어쨌든 이번 일을 노앙에서 진행하려는 내 계획은 참으로 옳은 판단이었어. 그 사람이 이곳에 없기를 정말 다행이야. 곁에 있었다면 또 엉뚱한 소리를 해서 일을 어렵게 만들었을 테니! 이곳에 오기 전만 해도 그래. 의미심장한 투로 솔랑주의 결혼은 급하게 결정할 필요가 없다고 말했었지. 아무것도 모르는 사람이! 그 아이의 행복을 생각하는 척하지만 결국 자기 일밖에는 생각하지 않는 사람이야. 솔랑주가 곁에 없으면 자기가 쓸쓸해질 테니까. 게다가 클레징게르가 마음에 들지 않으니까. 그것뿐이야, 결혼을 반대하는 이유라는 게. 참으로 단순한 질투지! 아무튼 이 결혼은 이대로 신속하게, 그리고 비밀리에 진행시켜야 해.'

클레징게르가 노앙을 떠난 날 밤 상드 부인은 파리에 있는 쇼팽과 모리스에게 각각 다른 내용의 편지를 썼다. 쇼팽에게는 결혼에 대한 얘기는 일절 내비치지 않고 클레징게르가 노앙에 나타났다는 사실도 알리지 않은 채 다음달 말에 파리에 돌아가겠다는 이야기만 적었다. 모리스에게는 클레징게르의 행동력을 카이사르에 비유해가며 최근 며칠 동안 일어난 일을 상세히 알렸다. 당연히 두 사람의 약혼에 대해서도 썼다. 앞으로의 준비 일정을 꼼꼼하게 적은 다음 클레징게르가 찾아갈 것이라는 소식을 알리면서 함께 기유리에 가기 전에 뒤드방 남작에게 사정을 잘 설명해두라고 부탁했다. 끝으로, 모든 일은 반드시 비밀로 해야 한다고 주의를 주었다. 특히 쇼팽의 귀에는 단 한마디라도 들어가게 해서는 안 된다고 적었다. 이미 결정된 사항인 것이다. 그의 의견은 들을 필요도 없었다.

"그와는 관계없는 일이야. 루비콘 강을 건너버린 뒤에는 '만약'이나 '그러나'는 백해무익한 말일 뿐이지."

12

'결국 이달 하순도 아무것도 못 한 채 지나가고 말았구나.'

4월의 마지막 날, 화재상(畵材商) 스티의 가게에 들렀다가 그와 함께 돌아오는 마차 안에서 들라크루아는 그의 이야기에 귀를 기울이며 멍하니 그런 생각을 하고 있었다.

세시에는 친지인 들레세르 부인의 집을 방문했었다. 닷새 전에 만났을 때는 몸이 좋지 않아 자리에 누워 있었던 터라 이날도 반은 병문안을 하려는 생각으로 찾았는데 막상 가보니 완전히 건강을 회복한 모습이었다. 그가 매물로 나온 루벤스의 그림을 보러 갈 참이라고 하자 그녀는 “그렇다면 내가 배웅해드리지요. 나도 마침 외출하려던 참이었어요. 며칠 동안 침대에서 웅크리고 있었더니 아픈 것보다 심심한 것 때문에 죽을 것 같네요”라며 따라나섰다.

가게 앞에 내려달라고 하여 그림을 구경하며 스티와 이야기를 나누다 가게문을 닫고 그와 함께 밖으로 나왔을 즈음에는 이미 해가 저물고 있었다. 두 사람의 그림자가 길었다. 그의 마차를 얻어타고 집 앞에서 내려 헤어지고 나니 꼭 쥐었다가 놓은 솜뭉치가 스르르 부풀어오르듯이 가슴속에 실망감이 조용히 피어올랐다. 결국 오늘은 아무것도 하지 못했다. 이 시간부터 할 수 있는 작업이래봐야 기껏해야 소묘 정도일까? 그렇게 생각하니 조금 전까지 유쾌했던 기분이 거짓말처럼 산산이 흩어져버렸다.

제니가 늦은 저녁식사를 준비하는 동안 들라크루아는 거실 의자에 앉아 딱히 하는 일도 없이 벽난로 불빛만 멍하니 바라보고 있었다.

‘피곤하다. 그러나 정말 허망한 피곤이구나……’

불꽃의 흔들림이 신경에 거슬렸다. 계절이 바뀌었지만 그는 여전히 벽난로 곁을 떠나지 못하고 있었다. 불쏘시개로 벽난로 안을 두어 번 뒤적이자 재가 마른 소리를 내며 무너졌다. 얼굴에 열기가 후끈 다가와 저도 모르게 의자를 뒤로 물렸다.

기쁨이란 어째서 이토록 지속적이지 못한 것일까? 그는 의자 등에 머리를 내던지고 눈을 감은 채 그렇게 생각했다. 육체가 피곤하다는 건 잘 안다. 그러나 정신은? 다른 사람들의 정신은 육체의 피곤과는 상관없이 항상 건강을 유지하며 줄곧 쾌락을 맛보지 않을까? 아니, 오히려 정신의 발랄함으로 뒤에 남겨진 육체의 피로까지 기분 좋은 것으로 착각할 수 있지 않을까? 그러나 내 경우는 다르다. 육체와 함께 정신마저도 피곤해지고 만다……

그 이유를 생각해보려고 했다. 그러나 굳이 생각해볼 것도 없는 일이었다. 작업이 순조롭게 진행되기만 하면 이런 생각으로 머리를 썩일 필요도 없을 터였다. 작업을 하지 않고 빈둥거렸기 때문에 어딘지 떳떳하지 못한 기분이 자꾸 엉겨붙는 것이다. 그것은 말하자면 지방 덩어리 같은 것이라고 그는 생각했다. 방종한 대식가가 몸뚱이 곳곳에 두툼한 지방 덩어리를 축적하듯이, 쾌락을 탐하는 정신은 반드시 그 몸에 떳떳하지 못한 기분을 두르게 되는 것이다. 가슴속을 점령한 이 나른함이 바로 그런 지방의 둔해빠진 무게가 아니고 무엇이겠는가. 그렇다면 해결 방법은 한 가지뿐이다. 작업을 하면 된다. 참으로 단순한 일 아닌가?

그는 최소한 식사가 준비될 때까지만이라도 아틀리에에서 뭔가 일을 해볼까 하고 생각했다. 실제로 석묵(石墨) 하나만 잡으면 다시 열심히 작업에 몰입할 수 있다는 믿음이 있었다. 그러나 그런 궁리를 하자마자 곧바로 자조적인 생각이 끓어올랐다. 기껏해야 삼십여 분밖에 안 되는 시간에 무슨 장부의 계산이라도 맞추듯 그림을 그려본들 과연 어떤 그림이 되겠는가. 그대로 벽난로의 불길을 바라보며 그는 두어 번 천천히 고개를 저었다. 몸의 위치를 바꾸어 의자 끝에 고쳐앉으며 팔걸이에 오른팔을 세우고 그것을 기둥 삼아 손등에 머리를 얹었다.

'삼십여 분밖에 안 되는 시간에 작업을 해봤자 뭐가 되겠어? 그런 어중간한 시간으로는 제대로 된 작업을 할 수 없어. …… 그래, 맞는 말이야. 맞는 말이기는 한데…… 그러나, 그러나……'

들라크루아는 그날 아침의 자신을 되짚어보았다. 그날 아침에도 선뜻 작업에 들어가지 못하고 우물거리다 결국 아틀리에에는 들어서지도 못하고 외출할 시간을 맞고 말았다. 막상 작업에 들어가려고 하면 항상 정체를 알 수 없는 초조감이 밀려왔다. 그것은 마지막으로 작업을 한 날에서 멀어지면 멀어질수록 점점 더 강해지는 것 같았다. 그렇다고 작업에서 손을 떼면 마음이 평온한가 하면 그렇지도 않았다. 여전히 초조했다. 지금 이 상태가 그 좋은 예였다.

두 달여 전에 비요를 만나고 난 뒤에도 지금과 똑같은 고민을 했었던 것이 생각났다. 작업을 시작하려고 할 때 느끼는 초조와 작업을 하지 못했을 때 느끼는 초조가 서로 다른 종류라는 것은 알고 있다. 후자는 어쩌면 지금 막 생각했듯이 떳떳하지 못함에서 오는 초조인지도 모른다. 물론 단지 그것만은 아니겠지만, 어쨌든 그렇게 생각해볼 수 있다. 그렇다면 전자는 어디에서 비롯되는 초조일까?

'비요를 만났던 그날은…… 그래, 아무튼 지금 내가 있는 이 시간에서 벗어나고 싶지 않다는, 그런 생각을 했었어. 그것을 단순한 게으름과 어떻게 구별했었더라? ……기억이 나질 않는구나…… 뭔가 거대한 예감과도 같은 것이 눈앞에 어른거렸어. 그것이 바로 문 하나 너머에 있어서 확인해보지 못하는 듯한 안타까움을 느꼈었어. 그게 무엇이었지?'

그는 아틀리에에서 일기장을 가져와 확인할까 생각했다. 그러나 작업장에 발을 들여야 한다는 것이 그를 망설이게 했다. 그러고는 내던지듯 '그딴 것, 어찌 됐건 상관없어'라고 가슴속으로 중얼거렸다.

그 동안에도 식사 준비는 시시각각 진행되고 있었다. 결국 별것도 아닌 사색을 위해 작업이 불가능한 상황으로 자신을 몰아넣으려 하고 있었다. 이미 시간이 없다, 이제 어쩔 수 없다고 스스로를 납득시키려는 듯이.

'이런 식으로 생각만 굴리고 있는 것 자체가 참으로 한심하지 않은가. 이유라면 얼마든지 있다. 무엇보다 이 몸뚱이 탓이다. 이렇게 허약한 몸으로 태어나지 않았더라면 나도 분명 산더미처럼 많은 작업을 해냈을 테지. 조금만 기를 쓰고 일하면 당장 열이 오르고 기침을 하고 두통에 시달리는 이 어설픈 몸뚱이만 아니라면! 혹은 내가 화가가 아니라 소설가거나 다른 무엇이었다면 남겨진 밤 시간을 촛불 아래에서 충분히 작업에 활용할 수 있었을지도 모른다. 그렇다, 화가란 원래 다른 예술가들과는 달리 보다 많은 시간을 창작에 바쳐야 한다. 나도 만약 소설가였다면 태양과 함께 인생의 환희를 한껏 맛보고 밤과 함께 창작의 고독에 침잠하는 매력적인 이중생활을 누릴 수 있었을지 모른다. 그러나 화가는 그렇게는 할 수 없다. 화가는 저 태양빛을 남김없이 창작에 쏟아넣지 않으면 안 된다. 인간은 애초부터 그랬을 것이다. 『일리아스』 제7가에서 헥토르가 아이아스를 향해 이렇게 말하지 않던가. 이제 밤이 찾아왔다, 우리는 모두 밤에 복종해야 한다, 모든 인간의 생활에 종지부를 찍는 밤에, 라고. 문명은 자연의 모습을 한꺼번에 바꾸어버렸지만, 그것은 한편으로 우리의 감정이 가진 자연스러움까지도 변화시키려 하고 있다. 밤을 게으르게 보냈다고 한탄하다니, 옛날 사람들은 생각도 할 수 없는 일이었을 텐데…… 참으로 타당한 말이야. 의심할 여지가 없지. 그러나 이런 논리로 스스로를 납득시키면 이 초조감이 진정되는가 하면, 대답은 '아니다' 야. 그 생각 자체는 분명 진실이지만, 진실이 나에게 **마침 좋은 구실**이 될 때 그 진실을 기

356

뻐하기란 얼마나 힘든가. 양심의 가책까지 걷잡을 수 없이 몰려온다. ……아아, 결국 필요한 것은 이 초조감을 견뎌낼 수 있는 인내다. 인내…… 인내…… 결국은 참으로 단순한 일 아닌가……'

들라크루아는 제니가 부르는 소리에 식탁에 가 앉았다.

촛불이 두 사람의 얼굴을 은은히 비추었다. 사교계의 소란스러움이 불편하게 느껴지던 무렵부터 그는 이런 조용한 식사시간을 특별히 사랑하게 되었다. 음식을 가리는 버릇이 없기 때문에 어떤 음식이든 만족스럽게 먹었다. 먹는 양은 적었다. 예전에는 졸음을 쫓기 위해 애써 식사량을 조절했지만 요즘에는 익숙해져 어쩌다 과식하게 되면 다음날 하루 종일 위의 불쾌감에 시달렸다. 사실은 좀더 줄이는 것이 편할 것 같기도 했다. 그러나 식사량을 줄여달라고 부탁하면 제니는 수입이 줄어들지 않았나 지레 걱정하여 자기 몫까지 줄여버리는 통에 요즘에는 그녀가 담아주는 대로 말없이 받아들고 다 먹지 못할 때는 그냥 남기곤 했다.

"오늘은 티에르 씨 댁에 가지 않으셨나요?"

제니가 빵을 자르며 물었다.

"오늘은 안 갔어. 그 친구도 한참 못 봤으니 만나고 싶긴 한데…… 지난주에 그에게 가려고 나섰다가 도중에 피곤해서 돌아와버렸고, 그저께는 그가 외출중이어서 못 만났지. 아무래도 서로 일정을 맞추기가 힘들군. 그게 아니면…… 나를 만나고 싶지 않은 건가?"

"티에르 씨가 이쪽으로 와주시면 좋을 텐데요."

"여기로?" 그는 조금 씁쓸하게 웃으며 말했다. "그럴지도 모르지만…… 하지만 그 친구도 무척 바빠. 선거법 개정안이 통과되지 않았으니, 다른 수단을 강구하느라 여기저기 사전 교섭을 하고 다닐 게야. 예전에는 그 친구가 왠지 마음에 들지 않았지만, 요즘 들어서는 나름대로 우정 비슷한 것을 느끼게 되었어. 딱히 변한 것도 없는데. 둘 다 어른이 되어서 그런가? 그렇다고 하기에는 시간이 너무 오래 걸렸다는 생각도 들지만. ……그 사람이나 나나 친구들이 거진 죽어버렸고 말야. ……그러고 보니, 전혀 다른 이야기지만, 오늘 낮에 들레세르 부인을 병문안하러 갔었는데 도리어 나를 스티의 가게까지 직접 배웅해주시더군."

"그새 건강이 회복되셨던가요?"

"응, 그리 심각한 병은 아니었던 모양이야."

들라크루아는 대답하면서 약간 무심했다는 생각이 들었다. 그는 이럴 때 제니가 보이는 미묘한 표정 변화를 놓치지 않았다. 말없이 유리잔의 물만 마시는 그녀를 위해 그는 농담처럼 말을 이었다.

"세월이 한참이나 지났는데도 메리메의 옛 애인이라는 이름표가 내내 사람들 머릿속에 박혀 있으니 들레세르 부인도 참 힘들 거야."

제니는 들라크루아가 그 이야기를 남의 일처럼 가볍게 해주는 것이 기뻤다. 그리고 이런 이야기를 들을 때마다 머릿속에서 잡다한 궁리를 해대는 자신이 한심스러웠다.

들라크루아는 '메리메의 옛 애인'이라는 말을 입에 담는 순간 문득 상드 부인이 떠올랐다. 언제였던가, 누군가에게 "상드 부인이나 들레세르 부인이 자네를 마음에 들어한다는 게 이해가 돼. 물론 자네가 그녀들을 마음에 들어한다는 것도. 자네와 메리메는 어딘지 닮은 구석이 많으니까 말야"라는 말을 들은 적이 있었다. 그때는 그런가보다 하고 별로 신경도 쓰지 않았는데, 요즘 들어서 새삼 생각이 나곤 하는 것을 보면 역시 마음 한 켠에서는 몹시 거슬린 모양이었다. 그렇게 생각하며 자신과 메리메를 비교해보자 당장 산더미 같은 반론거리가 떠오르면서 대체 그 사람이 어떤 점을 두고 그런 소리를 했는지 이상하게 여겨졌다.

'무엇보다 상드 부인과 메리메는 애인이라고 할 정도는 아니었어.'

그러나 그런 생각을 하는 순간 어쩌면 둘 다 그런 정도의 관계는 아니었다는 의미에서 비꼬아 한 소리였는지도 모른다는 의심이 들었다. 그러자 정말 기분이 언짢았다. 사람들이 '상드 부인의 옛 애인'이니 뭐니 하면서 늘어놓는 여러 이름들에 자신도 포함시키고 있는지 모른다고 상상하자 참을 수 없었다. 혹시 쇼팽도? ……순간적으로 그런 상상이 머릿속을 스치자 그는 불쾌감에 휩싸여 즉시 그것을 지워버렸다.

제니는 들라크루아의 얼굴에서 농담의 여운이 순식간에 사라지는 것을 보고는, 억지로 농담을 하기는 했지만 금방 후회하고 있는 것이라고 혼자 짐작했다. 그리고 가슴속에 다시금 끓어오르는 질투를 가까스로 참아냈다.

들라크루아는 조금 전까지만 해도 부드러운 표정이었던 그녀가 다시 고개를 떨구며 불필요할 만큼 빵을 조각조각 뜯어내는 것을 보고 의아하게 여겼다.

어쩔 수 없이 뭔가 다른 이야기를 해보려고 입을 열었다.

"그건 그렇고…… 그래, 오늘 본 그림은 말이지, 기대했던 것보다 훨씬 좋았어."

제니가 고개를 들었다.

"……루벤스를 보고 오셨지요?"

"아니, 그런데 그게 아니었어. 루벤스라고 하길래 좋아라 하고 달려갔는데, 막상 가봤더니 요르단스였어. 내 짐작이긴 하지만. 아니, 틀림없이 요르단스였어. 요르단스의 특징이 그보다 더할 수 없을 만큼 드러난 요르단스였어. 〈쉬잔〉이라는 그림이었는데, 상당히 장려하더군. 그건 그렇고, 정말 지독한 착각이었지. 너무도 판이한 화가들인 데 말야. 스티는 그걸 깨닫지도 못하고 있었으니 참으로 어이가 없지. 그래서 내가 얘기해줬어. 그 친구, 아주 입을 떡 벌리더군."

"선생님의 그림에 이러쿵저러쿵 말이 많은 사람들도 분명 다른 사람의 그림을 선생님 그림으로 착각하고 그런 소리들을 하는 걸 거예요." 제니는 기분이 나아져서 명랑하게 대답했다.

들라크루아는 "그렇다면야 좋지"라며 웃었다.

제니는 그림 이야기를 하는 들라크루아의 모습을 좋아했다. 자신처럼 배움이 없는 사람이 어려운 그림 이야기 같은 걸 알아들을 리가 없건만, 그는 항상 진지한 태도로 그림의 주제가 된 옛이야기부터 그림을 그린 화가에 대한 이야기, 나아가 독자적으로 분석한 기법상의 문제까지 설명해주었다. 때로는 자신의 엉뚱한 의견까지도 감동한 듯 들어주는 그에게 존경과 감사의 마음을 품었다. 무엇보다 자신을 **상대해준**다는 것이 기뻤다. 사용인이라는 자신의 입장을 깜빡 잊을 때도 있었다. 게다가 파리에 흔하게 널린 보통 화가들과는 전혀 다른 사람이 아닌가. 파리에서는 모르는 사람이 없을 정도의 대(大)화가다. 그런 대가 곁에서 이런저런 잡일을 도와주며 어떤 대부호나 신분 높은 귀족 부인도 결코 들을 수 없는 이야기를 오며가며 들을 수 있지 않은가. 그 행운을 생각하면 그녀는 자신의 운명에 깊이 감사하지 않을 수 없었다. 시장에 물건을 사러 나가서도 자신은 다른 사용인과는 다르다는 생각에 괜히 으쓱했다. 야채 하나를 사더라도 뭔가 중대한 사명을 수행하는 것처럼 뿌듯했다. 좀더 많은 것을 알고 있다면 지금보다 더 훌륭하게 이야기 상대를 해드릴 수 있으련만. 그런 생각을 하면 자신의 무지가 너무도 안타까웠다. 그가 뭔가 이야기를 해줄 때는 최소한 그 내용을 이해하기만이라도 하려고 열심히 귀를 기울였다. 그리고 청소를 하면서도 식사 준비를 하면서도 그 이야기를 머릿속에서 곰곰이 되새겨보곤 했다. 그녀가 이따금 생각지도 못한 형안의 비평으로 집에 찾아온 화가들을 유쾌한 놀람에 빠뜨리는 것은 그런 은밀한 노력 덕분이었다.

사실은 그것만으로도 충분했다. 들라크루아가 다른 사용인에게라면 하지 않았을 이야기를 그녀에게는 자주 했던 것은 사실이었다. 그러나 특별히 토론 상대를 찾고 있었기 때문은 아니었다. 그저 들어주기만 하는 것으로도 만족스러웠고, 이야기 내용도 그녀가 생각하는 것보다는 훨씬 **평범한 것**이었다.

식사를 마치자 혼자 있고 싶어진 그는 작업을 하겠다며 아틀리에로 들어갔다.

촛불을 켜고 황동 난로의 뚜껑을 열자 경첩이 삐걱거리는 소리가 방 안에 울렸다. 넉넉하게 석탄을 넣고 불을 지폈다. 실내가 건조해지지 않도록 난로 위에 올려놓았던 냄비의 물에 무심코 손가락을 담가보았다. 차가웠다. 두어 번 원을 그리다 손가락을 들어올리자 계속해서 움직이는 수면에 촛불 빛이 만화경처럼 어른거렸다. 손가락 끝에 몇 차례 물방울이 맺혔다 떨어지고, 그 물방울이 동그라미를 신비하게 흩뜨렸다. 손목부터 들어올려 손가락이 한순간 뒤늦게 따라왔던 조금 전의 동작이 쇼팽이 연주를 마치고 건반에서 손을 뗄 때의 손짓과 비슷한 것 같았다. 이번에는 허공에서 두 손으로 그 모습을 흉내내보았다.

그러고는 나도 제법 손짓이 우아하구나, 라고 하잘것없는 생각을 하며 웃음을 지었다.

난로에서 가장 가까운 책상을 향해 앉았다. 책상이 입구 정면에 자리잡고 있었기 때문에 오른쪽으로 보이는 방 안쪽에는 거의 불빛이 닿지 않았다. 어둠에 잠긴 주변 벽에 빈틈없이 걸린 크고 작은 그림들이 액자의 금빛을 묘하게 번득이며 희미하게 떠올랐다. 왼쪽의 커다란 창에는 밤의 한가운데에 또 하나의 촛불 빛이 밝혀져 있었다.

문득 위를 바라보니 난로 연통에서 가늘게 연기가 새어나오고 있었다.

'어느새 구멍이 뚫렸지? 얼른 막지 않았다가는 그림이 시커메지겠구나!'

갑자기 불안한 마음이 들어 두어 편의 그림을 찬찬히 들여다보았지만, 어둠 속에서는 그을음을 알아볼 수 없었다.

'뭐, 괜찮아. 내일 아침에 일어나서 살펴보자. 어차피 그림 보관에 적합한 장소라고 할 수 없는 곳이니.'

자신이 보관하고 있는 작품조차 이런 상황이다. 다른 곳에 있는 그림들은 지금 과연 어떤 상태로 보관되고 있을까? 그는 뒤로 돌아서서 뒤쪽 벽 전면에 걸려 있는 〈민중을 이끄는 자유의 여신〉으로 시선을 던졌다.

'이 그림도 뤽상부르 미술관에서 전시해준다면 더 양호한 상태를 유지할 텐데. 애초에 정부에서 구입하기로 했던 작품이 반송되어 이런 곳에서 잠자고 있다니, 어쩌다 일이 이렇게 되었나, 원 참…… 그러고 보니 스티의 가게에 있던 그림들은 상태가 좋았어. 그림도 장삿거리가 되어야 특별히 신경을 써주는 건가. 지겹지도 않은지 현대 화가들의 그림까지 많이도 모아뒀더라만…… 아, 그건 그렇고, 그 요르단스! 그걸 뭐라고 해야 좋을까? ……걸작! 말 그대로 걸작이야. 그것도 거의 현실의 모사라고 해야 할 종류의 걸작! 그 화법의 완벽성과 이상의 완전한 결여는 대체 무엇을 의미하는 걸까? 그토록 힘차고 씩씩한 그림이건만 그토록 상상력이 빈곤하다니! 그 두 가지가 모두 도저히 상상도 못 할 수준이니, 참으로 경탄할 일이야. 그 그림이야말로 색채와 소묘의 **진실성**―그래, 특별히 강조해야 할 말이지―과 위대함, 시(詩), 매혹 같은 것을 탁월한 방법으로 통일한다는 것이 불가능하다는 사실을 증명해주는 가장 좋은 예야. ……지난번 토론 때 그 그림을 예로 들었으면 좋았을 텐데. 그게 언제였지?'

그는 촛불 아래에서 일기장을 뒤적였다.

'그렇지, 월요일에 피에레가 우리집에 찾아왔을 때였어……'

장 바티스트 피에레는 들라크루아가 리세 엥페리알 시절부터 사귀어온 오랜 친구로, 한때는 화가를 꿈꾼 적도 있었지만 일찌감치 포기하고 지금은 내무성에 근무하고 있었다. 그날 피에레는 샹마르탱의 집에 초대되어 간 자리에서 뒤마가 위대한 세기의 극작가들을 마구잡이로 폄하하더라는 이야기를 했다.

라신은 간이 작다. 부알로는 아무런 가치도 없다. 몰리에르도 따분하다. 그들에게는 우울이라는 섬세하고도 미묘한 정서가 절대적으로 결여되어 있다. 그들의 극은 시작부터 사건 일체가 평범한 광장이나 궁전 로비 등에서 일어나는 것으로 한정되어 있다. 삼일치의 법칙이니 뭐니 귀찮고 까다롭기만 한 규칙들투성이라서 옹색하기 짝이 없다. 그 때문에 처음부터 뻔히 결말이 예상되는 것들뿐이다. 전혀 진실성이 없다. 현실세계에서는 그런 규칙 따위와는 관계없이 더 다양한 사건들이 일어난다. 우리 시대에는 그런 쓸데없는 규정 같은 것에 얽매이지 않고 보다 자유롭게 극을 써야 한다. 그것이 곧 새로운 시대의 예술이다…… 그것이 뒤마의 주장인 모양이었다. 그 이야기를 들은 들라크루아는 자진하여 고전 극작가들의 변호를 맡고 나섰다. 진실성이 없다는 것이 반드시 사람을 불쾌하게 하는 것은 아니다. 오히려 도가 지나친 왜곡과 마찬가지로 감정이나 성격, 상황 등에서 과도한 진실을 품고 있는 작품이야말로 사람들을 불쾌하게 만드는 것이다. 원래 사람은 굳이 현실을 보고 싶어하지는 않는 법이다. 아리스토텔레스도 "우리는 가장 하등한 동물이나 인간의 시체를 실제로 보는 것은 고통스러워하지만, 그것을 지극히 정확하게 그린 그림을 보는 것은 즐긴다"라고 하지 않았는가. 애초에 그들이 주장하는 진실성이란 어린애들에게나 통할 얄팍한 진실성이다. 그렇다면 그들은 판화나 소묘에는 색채가 결여되어 있으므로 아무런 표현에도 이르지 못했다고 주장할 것인가.

들라크루아는 그날의 일기가 '만일 그들이 조각가였다면 조각에 색을 입히고 용수철을 달아 움직이게 해놓고는 그것으로 진실에 훨씬 가까이 다가갈 수 있노라고 믿을 것이다'라고 결론을 내린 것을 보고, 자신의 흥분했던 모습을 유쾌하게 떠올렸다.

'상당히 열을 내어 썼구나. 그러나 여기에 쓴 내용 자체는 더할 나위 없이 냉철하다. 오늘 본 요르단스만 해도 그렇지. 그 여인의 머리 부분의 천박한 모양새와 표정은 어떠한 관념도 무시한 채 정말로 눈에 보이는 그대로를 그린 것이었어. 남자도 여자도 머리 부분과 주름 잡힌 의상의 색채는 훌륭했지만, 그 밖의 면에서는 전혀 생생한 부분이 없었지. 프뤼동이나 르쉬외르, 라파엘로라면 늙은이들의 짐승 같은 생김새나 정숙한 여인의 순수한 경악, 태양의 눈길조차 감히 건드리지 못할 그 섬세한 지체 같은 그러한 특징 모두를 남김없이 그렸을 텐데 말이야. 색채의 대비는 참으로 훌륭했어. 그것이 그 그림을 걸작답게 해준 이유일 테지만. 그 색채만 봐도 그래. 제재의 시적인 측면을 전혀 그려내고 있지 않아. 역시 눈에 보인 그대로일 뿐이야. ……색채를 추구하는 것은 나도 마찬가지지. 그러나 그건 어디까지나 목적이 있기 때문이야. 무엇보다, 아무리 색채가 뛰어나다 해도 그것이 감상자의 상상력을 돕고 작품의 효과를 증대시키는 것이 아니라면 아무것도 아니지 않은가. 색채, 색채라고

366

아무리 부르짖어봤자 결국은 선과 마찬가지로 그림 속의 한 요소에 지나지 않는 것이니까. 그것이 불가결한 요소라는 점은 백 번을 강조해도 부족할 정도지만. ……그 그림이 지닌 힘과 기술에 깜짝 놀란 것은 사실이야. 사물을 있는 그대로 드러내려는 듯한 색채의 효과와 명확함은 나와는 너무도 동떨어져 있어. 극과 극이라고 할 정도로 엄청나게 먼 거리지. 그렇기 때문에 다른 아름다운 그림처럼 감동하지 못했는지도 몰라. 그것이 가령 루벤스에 의해 그려졌다면? 그렇다, 정말 루벤스가 그 제재를 가지고 그렸다면 엄청난 작품이 되었을 텐데. 그랬다면 얼마나 큰 감동을 얻었을 것인가! 참으로 위대한 이! 루벤스라면 틀림없이 엄청나게 선명한 색채와 거대한 조형으로 찬란하고도 가장 힘찬 이상에 도달했을 테지! 우아함이나 매혹적인 분위기 같은 것이 그로 인해 희생된다 해도 전혀 개의치 않고 말이야. 아아, 믿을 수 없을 만큼 뛰어난 그 천재성! 얼마나 위대한 천재인가! 이렇게 끈질기게 경애해마지않다니, 내가 봐도 지겨울 정도로군. 게다가 지겹기는커녕 해가 갈수록 점점 더 그 매력이 눈부시게 느껴지니. ……루벤스는 정말 격이 달라…… 공평하게 보자면 요르단스도 지극히 현명한 화가지. 자신의 소질을 알고 자신이 할 수 있는 것을 충분히 이해하고 실행하는 화가. 자신이 알고 있는 것만 그리는 화가. 티티안도 라파엘로도, 그리고 결국 루벤스도 마찬가지야. 루벤스에게 만일 실패가 있었다면, 그것은 미켈란젤로나 베로네세 같은 이를 의식적으로 흉내내려고 했던 때뿐이었어. 그들은 모두 자신의 능력을 알고 있었기 때문에 유유히 작품을 제작해낼 수 있었지. ……실로 대화가의 모범이야. 그 결과 어떤 제재에 바탕을 둔 작품을 그리건 작가의 특징이 생생히 드러나지. 그에 비하면 요즘 화가들의 작품은 어쩌면 그렇게도 특징이 없는지! 그저 껍데기만 번드르르한 것이 범람할 뿐 참된 특징이 각인되어 있는 그림이라고는 거의 없지 않은가. 오늘도 수많은 그림들이 전시되어 있었지만, 마음에 든 건 루소의 〈가로수 길〉 정도였어. 꽤 괜찮은 작품이었지. 특히 아랫부분이 좋았어. ……그러고 보니 얼마 전에 만났던 코로도 그런 현명함을 지닌 화가였지. 그날 적어놓은 건 어디 있더라……?'

그는 다시 책상 위의 일기에 눈길을 돌렸다. 그리고 주의 깊게 이리저리 넘겨보았다.

'여기 있다! 벌써 지난달이구나. 제자인 가스파르 라크루아가 그를 데리고 왔었어. 그렇지, 그래, 생각났다. 그때 했던 토론은 정말 유쾌했지. 〈오르페우스〉에 그려넣을 나무에 대해 상의하기도 했어. 코로라는 화가를 새삼 다시 보게 된 것도 그날이었고…… 그전에는 뭐라고 썼더라……?'

일단 읽기 시작하니 멈출 수가 없었다. 이곳저곳 계속 뒤적이다가 마침내는 이십대에 썼던 일기까지 꺼내오게 되었다.

'역시 일기는 꼭 써둘 일이야. 여기 적힌 것들 중에 얼마나 많은 일들이 무작정 앞으로 나아가기만 하는 나날 속에서 잊혀져 있었는지. 일기를 읽다보면 그 언어의 단편들을 통해 기억의 혼돈 속으로 내던져지는 듯한 느낌이 들어. 이 느낌은 무엇일까? 기억의 보관 장소는 과거부터 현재까지, 마치 시간 그 자체처럼 일직선으로 그것들을 보관하게 되어 있을까? ……아니, 그렇지는 않아. 좀더, 뭐랄까…… 그래, 말 그대로 혼돈이야. 그렇기 때문에 이곳을 읽었다 저곳을 읽었다 하는 거지. 일 주일 전에 쓴 것을 읽는가 하면 곧바로 이십대에 쓴 것을 읽는 식으로 말야. ……여기에서 내 몸은 얼마나 자유로운가! 마음에 드는 시간을 내가 원하는 대로 오락가락할 수 있지. 잊어버리면 아예 처음부터 다시 생각해야 할 일도 사색의 단편들을 이렇게 여기저기에서 긁어모을 수 있으니까 다음부터는 그 지점에서 출발해 새롭게 생각한 것들을 덧붙여나가기만 하면 되는 거야. 그러니 사색의 효율도 높아지지. ……그러다보면 혼돈 속에서도 군데군데 사색의 봉우리들이 만들어지는 건지도 몰라. 그 봉우리가, 바다 속에서 섬들이 서로 이어져 있듯이 어딘가 기억의 밑바닥에서 맥락을 같이하고 있는지도 모르지. ……사색이라…… 아까 식사 전에 생각했던 것은 어디에 적혀 있지? ……아니, 아냐, 그런 것을 찾기보다 이 멋진 일과를 게을리하지 말고 꾸준히 지속해야지. 오늘의 이 충실한 사색의 흔적을 잊어버리기 전에 어서 적어두어야 해……'

5월 2일 이른 아침, 들라크루아는 그의 첫 제자이며 팔 년여에 걸친 후원자이기도 한 루이 드 플라네의 방문을 받았다. 한동안 환담을 나누고 그가 돌아가자 이번에는 알렉상드르 마르탱 들레스트르가 찾아왔다. 마르탱은 플라네와 마찬가지로 그의 아틀리에에 드나들던 옛 제자 중의 한 사람으로, 몇 년 전에 이탈리아로 건너갔다가 최근에 파리에 돌아온 참이었다.

며칠 전에 들라크루아는 갑작스레 이 옛 제자로부터 연락을 받았다. 파리에서 할 일을 찾고 있으니 부디 다시 조수로 써주었으면 한다는 부탁이었다. 그는 옛 스승이 하원 도서관 장식화 작업을 한다는 이야기를 듣고, 이탈리아에서 배운, 특히 인물 표현에는 일찍부터 정평이 있는 자신의 장식화 기법을 어떻게든 시험해보았으면 하는 생각을 품고 있었다.

들라크루아는 자신이 일하는 곳에는 이미 사람이 다 찬 상태라서 부탁을 들어줄 수 없지만 대신 아는 화가를 소개해주겠다고 대답했다. 그 말대로 어제 장식화가 디에투르에게 소개장을 써주었다. 다행히 그쪽에서 허락을 받았고, 오늘은 재차 그 인사를 하러 찾아온 것이었다.

들라크루아는 플라네가 자신의 그림에 대해 항상 진심이 담긴 경의를 보여주고 그날도 아틀리에에 있는 몇몇 작품에 "어쩌면 이렇게도 훌륭한지!"라며 감격한 모습으로 돌아간 뒤였던 터라 대단히 흐뭇한 마음으로 마르탱을 거실에 맞아들였다.

마르탱은 그의 후의에 수없이 감사의 말을 하더니 이윽고 화제를 바꾸어 이탈리아 유학을 통해 회화에 대한 견해가 얼마나 극적으로 변화했는지 열을 올려 이야기하기 시작했다.

"저는 파리에 돌아온 이래 실로 즐거운 나날을 보내고 있습니다만……" 이렇게 말문을 열고 보니 아까 재회 인사에서 "파리에 도착해 가장 먼저 선생님 댁을 찾았습니다"라고 했던 것과 앞뒤가 맞지 않는다 싶었던지 급하게 그 뒷말을 이었다. "아무튼 그림 공부를 하기에는 역시 이탈리아보다 더 좋은 나라는 없습니다. 이 이야기를 다 하려면 하루 이틀로는 모자랍니다. 파리에서 공부할 때부터 모사본으로 다양한 그림들을 보기는 했지만 직접 실물을 목도하니 그저 종이쪽이나 마찬가지더군요. 시스티나 대성당의 미켈란젤로! 〈천지창조〉! 〈최후의 심판〉! 처음 그곳에 발을 들이민 순간 저는 정말 넋이 나갈 만큼 놀랐습니다. 그 뒤에도 여러 차례 찾아갔지만, 갈 때마다 마찬가지였어요! 로마를 떠나오기 전에도 이별의 인사를 했을 정돕니다. 마치 연인과 헤어지는 듯한 심정으로! 아아, 지금도 제 눈에는 그 그림들이 뚜렷하게 낙인되어 있습니다. 그에 비하면 파리에서 보는 그림들은 죄다 격이 떨어지는 것만 같아서…… 물론 미켈란젤로뿐만이 아닙니다. 선생님께서 특히 사랑하시는 베네치아 파도 많이 보고 왔고, 아무튼 로마에 있는 그림은 거의 한 장도 놓치지 않았다고 해도 과언이 아니지요. 티티안, 코레조, 베로네세! 마사초, 다빈치! 아아, 그 모든 화가들보다 더욱 고귀한 라파엘로! 라파엘로! 그 우아함! 그 품격! 이탈리아에 가기 전의 내 눈은 완전히 맹인이나 다름없었어요. 회화의 가나다도 알지 못했던 거지요. 〈아테네의 학당〉〈성체의 논의〉의 그 완벽한 구도! 그것이야말로 참된 회화입니다. 참된 예술이에요. 저는 이십대 초반에 생각했던 것들이 모조리 미숙함에 의한 오류였다는 것을 이제야 깨달았습니다. 정말 눈이 말끔히 씻겨나가는 듯한 느낌이었어요. 이제 제 기량도 선생님께 지도를 받던 예전과는 비교도 할 수 없을 만큼 향상되었을 겁니다. 얼마나 귀중한 경험이었는지! 실물을 보니 정말 완전히 다르더라구요. 사실 이탈리아에서 지내는 동안 자주 선생님을 생각하곤 했습니다. 선생님이 이 그림들의 절반이라도 직접 보셨더라면 얼마나 더 훌륭한 작품이 탄생되었을까 생각하니 참으로 유감스러웠습니다. 지금의 선생님이 회화의 대가이신 것은 두말할 나위도 없습니다만, 그래도 꼭 한 번은 진짜 그림을 보셔야 합니다! 복제화라는 건 전혀 다른 물건이에요. 저는 이제 도저히 복제된 그림 따위는 봐줄 수가 없습니다. 복제화라는 게 애초에 화가 낙제생 같은 이들이 돈 몇 푼 벌자고 그린 것 아니겠습니까! 선생님도 지금이라도 전혀 늦은 건 아니지 않습니까. 당장이라도 이탈리아에 건너가보시는 게 어떻겠습니까? 분명 큰 의의가 있으리라는 것은 외람되지만 제가 보증합니다! 선생님도 분명 회화에 대해 새로운 견해를 갖게 되실 겁니다!"

마르탱은 그런 이야기를 거의 숨 돌릴 틈도 없이 열렬히 늘어놓았다. 그 동안 들라크루아는 불쾌감을 얼굴에 드러내지 않으려 애쓰며 적당히 맞장구만 치고 있었다.

'……뭐야, 이런 어리석은. 풍자화에나 나옴직한 전형적인 이탈리아 숭배자가 아닌가!'

처음에는 옛 제자의 너무도 어리석은 말에 화가 난다기보다 오히려 당혹스러웠다. 그러나 계속 듣고 있자니 그 은근히 무례한 말에 점점 화가 치솟아서, 틈이 보이기만 하면 당장 한마디 해주려고 벼르고 있었다.

'이탈리아에 다녀왔다는 단지 그 이유만으로 자신이 대화가라도 된 줄 아는 모양이지? 참으로 어리석기 짝이 없는 소리다. 저 자화자찬하는 꼴이라니! 자화자찬으로 끝나면 그나마 귀엽기라도 할 텐데, 거기에 덧붙여서 옛 스승을 은근히 얕잡아보기까지 하다니. ……이탈리아에 건너가서 비로소 어둠을 깨쳤다, 복제화는 이제 도저히 봐줄 수 없다? 애초에 내 밑에서 배운 것도 전혀 이해하지 못했던 주제에 이제 와서는 그것조차 완전히 오류였다고 착각을 하다니, 정말 기가 막히는군! 그렇다면 계속 그쪽에서 그림을 그릴 것이지 뭣 하러 돌아왔단 말인가.'

그는 기분좋은 아침을 이런 얼간이 때문에 망치고 만 것이 그지없이 불쾌했다. 배은망덕이라는 것이 바로 이런 것을 두고 하는 말이었다. 그러나 뭐라고 한마디 할 틈도 주지 않은 채 그의 일방적인 이야기가 끝나버리자 어쩐지 화낼 마음도 나지 않아서 그저 애매하게 웃어 보이며 대충 동의하는 듯한 몸짓을 해주었다. 구태여 나무라지 않기를 잘했다는 생각이 들었다. 그런 대응은 상대를 도리어 만족하게 해줄 뿐이다. 들라크루아는 그가 여전히 뭔가 더 늘어놓으려는 것을 얼른 제지하며 이제 그만 외출해야 한다고 짧게 말하고는 정중하게 격려의 말까지 덧붙여 냉큼 쫓아버렸다.

'정말…… 마음에 안 드는 녀석이야……'

평소처럼 간단한 점심식사를 마친 그는 제니에게 방금 찾아왔던 이에 대해 이야기하며 불쾌한 기분을 씻어냈다. 애써 감정을 가라앉히며 이야기하는 들라크루아의 모습에서, 제니는 그가 사실은 자기 입으로 말하기도 싫을 만큼 심한 소리를 들은 모양이라는 생각에 동정과 분노로 머릿속이 뒤죽박죽이 되는 것 같았다.

"그렇다면 좀더 엄하게 나무라셨어야지요."

제니는 예전에 제자였던 그런 풋내기에게까지 그가 안 좋은 소리를 들었다는 것이 분해서 견딜 수가 없었다.

"그래……그렇지만 그 사람도 아직 젊어놔서……"

제니가 그렇게 진지하게 나오자 그는 오히려 냉정해져야겠다 싶은 마음에 어느 정도 흥분이 진정되었다.

"……게다가 나는 남을 불쾌하게 만들기가 싫어. 싫다기보다 두려운지도 모르지. 토론하는 건 좋아. 그렇지만 서로 마음이 잘 통하는 친구가 아니면 즐기고 싶은 마음이 들지 않더군. 오

374

늘 일도 그렇지만, 상대의 주장이 명백하게 잘못된 경우에 상대
방을 불쾌하게 만들지 않고 이쪽의 주장을 이해시키기란 참으
로 어려운 일이야. 세심하게 주의해서 말을 하나하나 고르지 않
으면 토론을 진행할 수도 없지. 논리로 상대방을 여지없이 깨부
수면 대화의 흥도 같이 깨어져버리니까, 내 주장에도 약간은 미
진한 부분을 남겨서 상대방이 도망칠 곳을 만들어줘야 해. 그런
토론일수록 대개는 별 쓸모도 없어. 굳이 그러고 싶지 않을 때
는 그저 아무 소리 하지 말고 상대방의 주장을 들어주는 수밖에
없어. 일찌감치 포기하고 말야."

"하지만 그렇게 하면 그쪽에서는 자기 말이 다 옳다는 식으로
착각하고 점점 더 기어오를 게 아니에요?"

"그렇겠지. 그뿐만이 아니야. 분명 집에 돌아간 뒤에 내가 말
하지 않은 부분까지 떠올려가며 내 주장의 난점을 발견했다고
한껏 우쭐거리겠지."

"저런……"

"물론 나도 기분이 좋지는 않아. 그렇지만 내가 남을 불쾌하
게 만들기 싫은 건 딱히 상대방을 위한 것만은 아니야. 다른 누
구도 아닌 나 자신을 위해서야. 내가 누군가를 불쾌하게 했다
싶으면 그게 오래도록 마음에 걸리더군. 아무리 마음에 들지 않
는 사람이라도 말야. 역시 그건 뒷맛이 씁쓸한 일이야. 그러니
내가 참는 수밖에 다른 도리가 없는 거야."

들라크루아는 이런 솔직한 마음을 뜻하지 않게 입 밖에 내어

말하고 있는 자신에게 당혹감을 느꼈다. 만일 이런 속마음을 다른 사람들에게 털어놓는다면 당장 오만한 생각이라고 비난받을 뿐 아니라 무언가 꿍꿍이가 있는 사람으로 여겨져 경계의 대상이 될 것이 분명했다. 선의로 받아들여주리라고는 생각할 수 없었다. 그러나 실제로 그는 그런 방법을 통해, 무슨 일에건 과민하게 반응하는 자신의 까다로운 신경과 그럭저럭 균형을 맞춰온 것이다. 그것은 그 나름의 지혜였다. 최상의 지혜인지는 알 수 없었지만 깨닫고 보니 자연히 그런 방법에 익숙해져 있었던 것이다.

이런 말은 하지 않는 게 나았을까? 한순간 그런 후회가 들었다. 그러나 그녀라면 괜찮을 거라고 다시 고쳐 생각했다. 제니라면 자신이 말하려고 하는 바를 분명히 이해해줄 것이다. 게다가 이렇게 털어놓은 이야기를 다른 곳에 말하고 다닐 염려도 없었다. 애초에 화단 사람들과는 관계가 없으니.

제니는 그의 이야기를 듣고 새삼 그가 섬세하고 선량한 사람이라고 생각했다. 그녀 나름의 해석도 덧붙었기 때문이지만, 어찌 됐건 그에게 불신을 품는 일은 없었다. 그리고 그러한 불필요한 마음의 고통으로부터 그를 해방시키고 화업에 전념하게 하기 위해서는 자신이 좀더 똑똑하게 처신해 방문자를 엄격히 선별해야 한다고 결심했다.

'그런 인간은 내가 나서서 쫓아줘야 해. 사람들이 나를 미워해도 상관없어. 선생님을 위한 일이니까.'

그것이 사용인으로서 무엇보다 중요한 의무라고 그녀는 믿고 있었다. 사용인으로서. 그 이상의 일은 생각하지 않았다.

점심식사를 마치고 잠시 쉬고 있는데 이번에는 마를리아니 백작 부인이 찾아왔다.

제니는 조금 전의 결심을 퍼뜩 떠올리고 집에 안 계신다고 해서 그대로 돌려보낼까 잠시 망설였다. 그러나 웬만해서는 찾아오지 않는 사람이라 뭔가 중요한 볼일이 있을 것이라는 생각에 그녀를 현관에서 기다리게 하고 거실까지 지시를 들으러 갔다.

"마를리아니 부인? 참 오랜만에 찾아주셨군. 물론 들어오시게 해도 괜찮아."

문 앞에서 한참이나 기다린 것이 적잖이 불만스럽다는 표정으로 그녀가 거실에 들어섰다. 들라크루아는 겉옷을 받아든 제니가 방을 나가는 것을 슬그머니 확인하고는,

"죄송합니다. 처음부터 당신인 줄 알았으면 곧바로 들어오시게 했을 텐데, 오늘은 내가 몸이 좀 안 좋아서 손님을 들이지 말라고 일러두었거든요. 제니도 다른 분 같으면 문 앞에서 그대로 거절했을 텐데 부인께서 오랜만에 찾아오셨는지라 깜짝 놀라 내게 알린 거예요. 어쨌든 설마 바깥에 그냥 서 계시게 할 줄은 몰랐습니다."

"나는 카노사 성 앞의 하인리히 4세처럼 밖에서 밤을 새우고서야 겨우 만나뵙겠구나 하고 엄청나게 마음을 졸였어요."

들라크루아는 예전에도 그녀가 그렇게 말하는 것을 들은 적

이 있었기 때문에 이런 때마다 사용하는, 그녀가 좋아하는 농담인 모양이라고 짐작했다. 그러고는,

"정말 실례했습니다. 그건 그렇고, 이렇게 나를 찾아주시다니 참으로 드문 일이군요. 무슨 일이 있나요?"

"예, 그래요. 고생 끝에 만나뵙기는 했지만 제가 오늘은 그리 오래 있을 수가 없어요. 찾아뵈어야 할 분들이 아주 많답니다. 로지에르 양, 비아르도 부인, 아, 그 다음에는…… 아, 그렇지, 다르팡티니 씨에게도 알려야 하고……"

"무슨 일이십니까, 대체?"

"그게요, 정말 큰일이랍니다. 혹시 상드 부인에게 아무 말씀도 못 들으셨나요?"

"아니, 별다른 얘기는 없었습니다만."

"그렇군요, 당신도 전혀 모르시는군요. 실은 어제 저녁에 쇼팽 씨가 불쑥 찾아오셨더군요. 어쩐지 평소보다 더 창백하고 고민이 가득한 모습이길래 걱정이 되어서 무슨 일이냐고 여쭤봤더니, 노앙의 상드 부인에게서 편지를 받았는데 솔랑주가 조각가 오귀스트 클레징게르와 약혼하기로 했다는 거예요! 저도 정말 얼마나 놀랐는지!"

"클레징게르와?" 들라크루아도 깜짝 놀라 눈을 둥그렇게 떴다. "설마!"

"정말이에요. 분명 그분이 그렇게 말씀하셨는걸요. 그것도 정말 심각한 얼굴로 말예요."

"믿을 수가 없군요. ……무엇보다 솔랑주에게는 약혼자가 있었잖습니까? 이름은 잊어버렸지만, 제법 느낌이 좋은 젊은 친구였는데……"

"페르낭 드 프레오 씨 말이지요?"

"그래요, 그 사람. 그 사람은 어떻게 된 거지요?"

"그게, 역시 쇼팽 씨의 말씀에 따르면 이미 한 달도 더 전에 파혼되었다는군요."

"저런……"

"정말 훌륭한 젊은이였는데 말예요."

"예……"

"사실 그쪽 집안과는 처음부터 별로 원만하지 않았던 모양이에요. 솔랑주보다 상드 부인 쪽을 받아들이지 못하고 있다는 소문을 들었거든요."

"그 왕당파라느니 공화파라느니 하는 이야기 말입니까?"

"예, 그도 그렇겠지만, 어쨌든 혁명가에다 풍문까지 별로 곱지 못한 작가의 딸과 자기 집안 사람을 결혼시키는 것은 바람직하지 않다는 이야기가 많았나봐요."

"듣기 안 좋은 이야기로군요."

"네, 정말 그래요. 그렇지만 프레오 씨에 대해서는 쇼팽 씨도 꽤 마음에 들어했던 모양이라, 곁에 있자니 어째 내가 다 가슴이 답답해지더군요."

"상드 부인은 알고 있답니까?"

"예, 양쪽 부모들도 다 알고 있는 일인가봐요. 결혼식도 빠르면 다다음주에 올린다는군요."

"다다음주? 일정이 너무 급하지 않습니까? 상드 부인은 그 사람이 어떤 사람인지 제대로 알아보고 그런 결정을 한 겁니까?"

"글쎄요…… 그렇지만 아마 그럴 거예요. 쇼팽 씨는 상드 부인에게 그 사람을 크게 칭찬하는 편지를 받고 어이없어하는 모습이었어요. 자기는 아무것도 몰랐다, 그렇지만 대충 짐작은 하고 있었다, 그런데도 이 불행한 결정을 막을 수가 없었다, 그러면서 후회 비슷한 말까지 하더군요."

"당연한 일입니다. 그도 참 딱하게 됐군요."

"그렇지만 그 클레징게르라는 사람은 화가분들 사이에서는 평판이 그리 나쁘지 않은 모양이던데요? 뒤프레 씨와 루소 씨가 상드 부인 댁에 일부러 찾아와서 클레징게르를 둘러싼 갖가지 나쁜 소문은 모두 낭설이고 사실은 대단히 재능 있는 사람이라고 열심히 설득하고 돌아갔다나봐요."

"말도 안 되는 소리. 그 사람에 대한 예술가 친구들의 평판은 혹독해요. 거의 최악의 부류에 든다고 해도 과언이 아닐 겁니다. 루소는 예전에 그와 함께 살았을 정도로 친한 친구니까 그렇게 말하겠지만요. ……그러나 그 말이 클레징게르라는 사람의 인간성을 보증하지는 못해요. 도적에게도 친구는 있는 법이니까요."

"저도 그다지 좋은 평판은 듣지 못했어요. 올해 관전에도 끔찍하게 방탕한 조각상을 출품했다고 모두들 수군거렸구요.
……참 안타까운 일이지요."

"쇼팽이 노앙으로 간답니까?"

"아뇨, 그럴 마음은 없는 모양이에요. 그분이 솔랑주를 무척
귀여워하셨던 터라 나름대로 책임감이 있어서…… 참, 걱정이
네요."

"그렇군요."

"솔랑주뿐 아니라 상드 부인도 걱정이에요. 머지않아 그녀의
인세도 모두 그 클레징게르라는 사람의 빚 갚는 데 다 들어갈
거라더군요."

"있을 법한 이야기지요. 빚 얘기는 나도 들었습니다. ……어
떻게 좀 해볼 수 없을까요?"

"글쎄요…… 그렇지만 이런 일에 참견하면 상드 부인이 오히
려 더 고집을 부리지 않겠어요?"

"상드 부인이?"

"예."

"쇼팽은 분명하게 반대하고 있지요? 그렇다면 그가 가서 설
득하는 건 불가능할까요?"

"어머, 천만의 말씀! 그랬다가는 그야말로 큰일이 나지요. 두
사람 사이가 별로 좋지 않게 된 것도 따지자면 아이들 문제 때
문인걸요."

"그 이야기라면 전에 당신에게도 잠깐 들었습니다만……"

“그렇다니까요. 그지마와 백작에게도 그런 얘기를 들었답니다. 아이들 일만 나오면 어째서 상드 부인이 냉정을 잃고 잘못된 생각만 하는지 모르겠다고 쇼팽 씨가 한숨을 쉬며 고민하더라는 얘기였어요. 그런데 상드 부인 쪽에서도 똑같은 얘기를 하는 거예요. 쇼팽 씨에게는 가정 문제 같은 현실적인 곤란을 해결할 능력이 전혀 없다나요? 그 사람의 머릿속에 있는 것은 시와 음표뿐이라고, 그런 식으로 말하더군요.”

“그렇지만 그건 너무도 경박한 선입견 아닙니까? 어제오늘 쇼팽과 알게 된 사람들이라면 그런 착각을 할 수도 있겠지만, 십 년 가까이 함께 살아왔으니 뻔히 다 알 텐데요.”

“그런데 상드 부인의 말에 의하면, 시간이 지날수록 점점 더 그런 느낌이 든다는군요.”

“그야 …… 우리보다 그녀가 쇼팽 곁에 있는 시간이 더 많았을 테니 그녀가 아니면 알 수 없는 일들도 있겠지만…… 그러나 적어도 이번 결혼 문제에 관해서는 쇼팽이 하는 말이 더 옳잖습니까?”

“예, 나도 그렇게 생각해요. 그렇지만 상드 부인은 절대 인정하지 않을 거예요.”

“다른 사람들은 어떻게 얘기하던가요?”

“다른 분들은 아직 알지도 못하는 것 같아요. 쇼팽 씨도 어제서야 처음으로 소식을 들었다는걸요. 상드 부인은 노앙에 돌아간 뒤로 나한테도 편지 한 통 보낸 적이 없어요!”

"모리스는요? 모리스야말로 상드 부인에게 클레징게르의 소행에 대해 알렸어야 할 게 아닙니까?"

"그 아이는 의외로 클레징게르하고 마음이 잘 맞는 모양이에요. 며칠 전에 그림 공부를 하러 네덜란드에 간다면서 파리를 떠났는데, 쇼팽 씨의 말에 의하면 아무래도 노앙이 아니면 기유리에 간 것 같다는군요."

"……클레징게르하고 함께?"

"글쎄요, 그건 잘 모르겠지만요……"

여기까지 말하고 둘은 동시에 한숨을 내쉬었다. 들라크루아는 뭔가 얘기를 하려고 입을 열었지만 말다운 말을 할 수 없었다. 마를리아니 부인은 전날 밤 문득 생각난 김에 찾아가는 곳마다 말할 작정이었던 불평을 마침 잘되었다는 듯 입에 올렸다.

"정말 결혼이란 재미없는 일이건만. 나만 해도 별거협의 재판 때문에 날이면 날마다 골머리를 앓고 있는걸요. 상드 부인도 그 고생은 다른 누구보다 잘 알 텐데. 더구나 결혼 제도에 맹렬히 반대하는 글을 그렇게 많이 썼잖아요? 나는 말이죠, 당신이 지금껏 결혼하지 않고 혼자 지내는 걸 볼 때마다 참으로 현명하다고 생각하곤 한답니다."

"내 경우는…… 그저 상대가 없었던 것뿐입니다."

"아뇨, 총명하셔서 그렇지요. 나도 당신만큼만 총명했더라면 애초에 결혼 같은 건 하지도 않았을 거예요. 로지에르 양만 봐도 그저 한없이 부러운걸요. 그렇지만, 총명함을 갖추었어도 때로는 그것조차 삼켜버리는 게 사랑의 격정인가봐요."

들라크루아는 희미하게 입가를 들어올리는 정도로만 웃음을 지어 보였다. 연애의 실패를 이런 식으로 후회하는 태도에 대해 그는 항상 가만히 들어줄 수 없을 만큼 혐오감을 느꼈다. 그런 태도 속에는 으레 자신의 연정의 격렬함에 대한 기묘한 자부심이 엿보였다. 머리로는 다 알고 있다. 그러나 어떻게 할 수 없을 만큼 누군가를 좋아하고 마는 것이 사랑이다. 때로는 그것 때문에 후회하지 않으면 안 되는 경우도 있다. 그런 자신을 그리 나쁘게 여기는 것도 아니다. 그러한 열정에 이성으로 제동을 걸 수 있는 사람은 훌륭한 사람인지는 모르지만, 실은 가엾은 인간이다. 제동을 걸 수 있을 만큼 각성된 열정으로밖에 다른 이를 사랑하지 못하므로. 그가 상대방의 마음속에서 발견하는 것은 그런 종류의 착각이었다. 그는 그것이 어처구니없게 느껴졌다. 똑같은 식의 이야기를 그는 이제까지 낭만주의자를 자칭하는 예술가들과 토론할 때마다 지겨울 정도로 들어왔다. 그들은 자기 작품의 무질서한 꼬락서니를, 도저히 질서 아래 놓일 수 없을 만큼 격렬한 영감 때문이라고 우겼다. 그러고는 그들이 말하는 그 격렬한 영감이라는 것으로, 이지적인 것을 미덕으로 여기는 예술가들에 대해 은밀한 우월감을 갖곤 했다. 그것과 똑같은 소리라는 생각이 들었다.

그는 마를리아니 부인이 입에 올린 **총명함**이라는 말을 자신에 대한 찬사로 받아들일 수 없었다. 그 말에는 어떤 멸시가 포함되어 있었다. 그러나 자신의 연애생활을 돌아보면, 그 말이 풍기는 냉랭한 울림에도 불구하고 어딘가 들어맞는 구석이 있는 것 같아 문득 우울해졌다. 마치 포르제 부인이 할 말을 그녀가 대신 해준 것만 같았다.

무거운 마음으로 고개를 들어 그녀의 표정을 살폈다. 그 얼굴이 너무도 천진하다는 것이 가까스로 그를 위로해주었다. 자신이 생각하는 만큼 다른 사람을 미워하기란 역시 힘든 법이라고 그는 생각했다. 자신은 어찌 됐건 이 사람을 사랑하고 있으니. 그리고 그렇게 생각하는 스스로에게 조금은 안도했다.

마를리아니 부인은 대화가 끊긴 것을 기회로 뭔가 떠날 구실을 찾으려는 듯 장식장 위에 놓인 시계에 시선을 던졌다.

"어머, 저런! 벌써 시간이 이렇게 되었네. 나는 그만 실례해야겠어요."

들라크루아는 깜짝 놀란 척하며 일어서는 그녀에게 가만히 미소를 지었다.

"유감스럽군요. 다른 분들께도 인사 전해주십시오. ……다음에는 꼭 시간을 넉넉히 가지고 이야기하십시다."

이제부터 그녀가 들르게 될 여러 집에서의 대화를 생각하면 별로 어울리지 않는 인사인 듯한 느낌이 들었다.

"네, 물론이죠."

그녀는 제니에게 손짓해 겉옷을 가져오게 하고 인사말을 덧붙였다.

"다음에 만날 때는 좀더 유쾌한 이야기를 했으면 좋겠군요."

"정말 그렇습니다."

현관까지 나가 제니와 함께 그녀의 마차를 배웅했다.

집 안으로 돌아오는 그에게 제니가 걱정스러운 얼굴로 "저……" 하고 말을 붙였다.

들라크루아는 그 말을 끝맺지 못하게 제지하며 앞서 말했다.

"중요한 용건이었어."

제니는 그저 "예……"라고만 대답하고는 고개를 숙이고 그 말의 의미를 가만히 되새겨보았다.

이틀 뒤, 들라크루아는『프레스』지를 보다가 장 바티스트 클레징게르와 솔랑주 상드의 결혼 공지 기사를 발견했다.

14

솔랑주의 결혼이 신문에 발표된 다음날 아침, 프레데리크 비요가 들라크루아의 집을 찾았을 때 그는 아직 이불을 뒤집어쓴 채 고요히 잠을 자고 있었다.

몇 차례 눈이 뜨일락 말락 했었다. 잠의 뒤편으로 청소를 하는 제니의 발소리며 골목길을 달려가는 마차의 소음 같은 것이 천천히 스며들고, 자신의 주위만 아침으로부터 버림받아 고요한 듯 느껴졌다. 이따금 시간이 살그머니 다가와 자신을 흔드는 것 같아 이제 정말 일어나야겠다는 생각을 했다. 그러나 그때마다 졸음이 언어를 마구 지우고 아침의 기척을 모조리 꿈속으로 녹여버렸다.

그런 일이 몇 분 간격으로 거듭된 줄 알았다. 그러나 실제로는 수십 분의 간격을 두고 찰나의 의식이 잠 안에 띄엄띄엄 끼어든 것이었다.

비요는 제니에게 쫓겨나기 전에 재빨리 집 안으로 들어서서는 "괜찮아요, 내가 온다는 얘기를 미리 해놨거든"이라며 성큼성큼 거실을 지나 그의 방으로 향했다. 제니는 "선생님은 어제 열이 나서 몸이 좋지 않으세요"라며 어떻게든 그를 쫓아내려고 애썼지만, 한편으로 들라크루아가 그를 좋아한다는 것을 알고 있었기 때문에 너무 오래 뭉그적거린다 싶으면 그때 가서 쫓아내기로 마음먹고 방 안으로 들여보내주었다.

노크를 하고는 대답도 기다리지 않고 비요가 안으로 들어서자 들라크루아는 깜짝 놀라 눈을 번쩍 뜨고 손으로 이마를 짚으며 자리에서 일어났다.

"여어, 좋은 아침. 지금…… 아아, 벌써 열시 반인가? 까맣게 몰랐네. ……미안해, 이런 꼴로 맞이해서."

"좋은 아침. 됐어, 괜찮아. 그보다 몸은 좀 어떤가?"

"응, 어제는 별로 안 좋았는데 두어 시간 낮잠을 잤더니 나아지더군. 역시 수면을 취하는 건 중요한 일이야. 그런데 덕분에 밤새 영 잠이 오지 않아서 이렇게 늦잠을 자버렸네."

"그럼 몸이 아파서 누워 있었던 게 아니었군?"

"응, 뭐 그렇지…… 그냥 게으름 피운 거야."

침대에 앉아 잠시 이야기를 나누고 거실로 옮겨와 창가 의자에 앉았다. 들라크루아는 서둘러 나오느라 머리가 헝클어졌을까 신경이 쓰였는지 양손으로 연신 머리를 쓸었다. 그러나 비요를 보니 기분이 좋았다. 벌써 며칠째 누군가 친한 친구와 마음 편히 이야기를 나누고 싶은 생각이 간절했었다. 마를리아니 백작 부인을 만난 다음날도 그는 오랜만에 집에 찾아온 작가 가브리엘 뒤페에게 최근의 심경을 솔직하게 토로했었다. 보통 때 같으면 상상도 할 수 없는 일이었다. 그러나 이야기를 마친 뒤에는 예상대로 전혀 이해를 받지 못한 데 실망하여 별로 친하지도 않은 사람에게 본심을 털어놓고 만 자신의 우둔함을 후회했다. 그날 밤에는 르블롱을 찾아갔지만 외출중이라서 만나지도 못했다. 그래서 오늘은 그렇지 않아도 비요라도 만날 수 있기를 고대하던 참이었던 것이다.

"자네가 와줘서 정말 반갑네. 요즘 어쩐지 사람이 그리워서 말야."

들라크루아는 몹시 겸연쩍어하면서도 전에 없이 그런 인사까지 했다. 비요는 뜻밖의 말에 놀라면서 "자네가 그런 소리를 다 하다니, 무슨 일이 있었나?"라고 되물었다.

"아니, 별로. 아무 일도 없으니까 이런 말을 하는 건지도 모르겠네."

"그럴 수도 있겠군. 우리 시대의 인간들은 모두가 **권태**라는 이름의 종신형에 처해져 있지."

"그래, 정말 꼭 맞는 말이야. 권태, 생의 끔찍한 권태지."

들라크루아는 이야기를 시작하기도 전에 상대방이 자신의 마음을 알아주는 데 감동하여 저도 모르게 목소리가 높아졌다. 그러나 동시에 자신을 괴롭히는 이 우울한 심정이 범용하기 짝이 없는 유행, 세상 누구나 입에 담곤 하는 그런 괴로움과 똑같은 것으로 취급되는 데는 약간의 저항감도 느꼈다. 비요가 말을 이었다.

"작년 관전평에서 자네를 절찬했던 젊은 비평가가 있었지? 그 사람이 그러니까, 이름이 뭐였더라……"

"보들레르 뒤파이스 말인가?"

"아아, 그래, 보들레르야. 그 사람이 쓴 관전평 중에 연미복에 관한 대목이 있었는데, 자네 기억하고 있나? 나는 묘하게 인상에 남아 있는데…… 그의 말에 따르면 연미복이라는 것은 현대라는 고뇌에 찬 시대의 필요의 산물이라는 거야. 정확히 기억나지는 않지만, 분명 그런 얘기였어. 그리고 이어서 이렇게 말했지. 이 부분은 똑똑히 기억하고 있어. '장례 인부의 끝없는 행렬, 정치의 장례 인부, 연애의 장례 인부, 부르주아의 장례 인부. 우리는 모두 무언가의 매장을 집행하고 있다.' 솔직히 말해 나는 무슨 소리인지 잘 모르겠고, 지나친 과장이 아닌가 하는 생각도 들어. 기껏 연미복 하나를 옹호하기 위해 그렇게 거창한 이야기를 들고 나설 필요가 있나 싶기도 하고. 그렇지만 무슨 말을 하려는 건지 이해할 수 있을 것 같기도 해. ……대체 매장이란 무엇일까? 예의 **진보**라는 것에 반대하여 사라져가는 옛 시대에 향수를 품는 걸까?"

비요는 마지막 물음을 혼잣말처럼 나지막하게 중얼거렸다. 말을 하다보니 그 역시 보통 때와는 달리 뭔가 좀더 은밀한 대화를 하고 싶어졌다.

"글쎄, 나도 잘은 모르겠지만, 그런 내용의 글이었던 것은 기억이 나는군. 매장이라, 그럼 무엇을 매장한다는 걸까……? 역시 잘 모르겠는걸. 그렇지만 매장이라는 말의 느낌 그 자체는 분명 지금 이 시대에 잘 어울리는 것 같군."

"자네가 전부터 손대고 있는 그리스도 그림도 분명 매장 장면이었지?"

"음, 그러고 보니 그렇군."

"역시 뭔가 통하는 것이 있는 게 아닐까, 그런 그림을 그릴 마음을 먹은 걸 보면?"

"글쎄, 어떻든 지금 하는 작업을 끝내고 손이 비는 대로 〈그리스도의 매장〉에 좀더 여유를 갖고 몰두해볼 생각이야. 두세 가지 묘사 방법으로 말야. ……하긴 그 사람은 시 같은 것도 쓰는 모양이니 그런 맥락에서 매장이라는 말이 나왔는지도 모르겠군."

"자네, 그 사람을 만난 적이 있나?"

"응, 벌써 작년 초의 일이니 한참 전이지만. 그 사람도 그런데, 정말 괴짜더군."

"괴짜인지는 모르지만, 어쨌거나 자네의 열렬한 숭배자라는 건 틀림이 없지?"

"그런가봐. 황송하게도 엄청난 찬사를 받았네."

"그게 말야, 자네가 그토록 큰 찬사를 받은 것은, 그 사람도 언급했지만 티에르의 관전평 이후 처음 있는 일이 아닌가? 하긴 토레와 고티에는 자네에 관해서라면 오월동주로 사이좋게 두 사람 다 칭찬을 하지만. 그래도 뭐랄까…… 담겨 있는 감정이 달라, 보들레르의 그 칭찬하는 투는."

"그래, 젊은 사람들 중에도 유별난 이가 더러 있다는 얘기지, 뭐. 물론 나야 기분이 좋았지. 이야기를 해봤더니 제법 기특한 소리를 하더군. 그 사람은, 자네도 관전평을 읽어보면 알겠지만 디드로와 앙리 벨 등에게서 상당히 영향을 받았고, 특히 디드로 의 말을 인용하면서 내 그림에는 기법의 완벽함과 함께 소박함 이 갖춰져 있다고 하더군. 이건 언젠가 자네에게 열심히 설명해 줬는데 도무지 이해해주지 않았던 것이야."

"그럴 리가 있나? 나도 다 알고 있었어."

"그래?" 들라크루아는 쓴웃음을 지었다. "그렇다면 다행이고. ……게다가 그 사람은, 그 소박함은 역설적으로 가장 복잡한 제작과정을 거친 뒤에만 생겨날 수 있는 것이라고 하더군. 내가 발견하고 도달한 이상은 고전적이지만 거기에 이른 수법은 분명하게 근대적이래. 그리고 그것을 가능하게 하는 것이 당신 기법의 훌륭함입니다, 라고 나를 한참 치켜세우더군."

"허어, 그야말로 자네 마음에 쏙 들 이야기가 아닌가. 나는 그 사람을 만난 적은 없는데, 젊은 축들 사이에서는 꽤 인정받는 눈치야. 올해 관전에, 결국 퇴짜를 맞기는 했지만 그 사람을 그린 그림이 출품되기도 했거든. 쿠르베인가 하는 화가였을 거야, 분명."

"그래? 슈브뢸의 색채에 관한 책 같은 것도 읽었고 이것저것 질문도 많이 하고 간 걸 보면 공부를 열심히 하는 구석은 있는 것 같았어. 단지 부르주아에 대한 묘한 연대의식이 좀 거슬리더군. 그 점을 약간 짓궂게 야유해줬더니 퍽 곤혹스러운 표정을 짓더구만."

"자네도 자꾸 그러다가 또 외면당할라. 이제 적당히 세상 흐름을 따라 사는 법도 좀 배워야지."

"아니, 나는 그런 소리를 들을 만큼 세상 물정에 어두운 사람은 아냐. 이래봬도 제법 능숙한 아첨꾼이라네."

"자네 혼자만 그렇게 생각하는 거 아닌가?"

"그럴 리가 있나. 그런데, 사실은 굳이 의식적으로 세상의 흐름을 따라가려고 애쓸 필요도 없어. 나는 내 작품을 칭찬해주는 비평에 대해서는 자네가 생각하는 것보다 솔직하게 감사할 줄 안다구. 개중에는 전혀 잘못 짚고 칭찬하는 이도 있지. 그건 좀 곤란하지만 그래도 별로 싫지는 않더군. 인간이란 아무리 나이를 먹어도 칭찬을 받으면 기쁘게 마련이거든."

"자네가 그런 소리를 하다니 정말 뜻밖인걸?"

"그야 당연하지. 칭찬받은 적이 거의 없었으니."

들라크루아는 어깨를 으쓱하며 웃어 보였다. 비요도 따라 웃었다.

"그런데 그 사람 몇 살이나 되었지?"

"보들레르?"

"응."

"글쎄, 확실하게는 모르지만, 아마 스물대여섯쯤일걸?"

"그렇지? 참 젊은 나이로군."

"자네도 내가 보기에는 아직 한참 젊어."

"그야 그렇지만, 그래도 열 살 넘게 차이가 나고 보면 역시 달라. 만약에 말야, 그 세대가 모두 들고일어나서 자네의 작품을 지지하고 앵그르 일파를 문자 그대로 매장하려고 든다면 외젠 들라크루아도 머지않아 영광의 절정에 이르게 되지 않을까?"

"글쎄, 그게 그렇게 될까? 나는 앞날이 낙관적이지만은 않다고 생각해. 어제 화상 오브리를 만났을 때도 그런 생각을 했는데, 세간에서 인기를 얻는 것은 아직도 변함없이 부셰나 방로 풍의 그림이야. 우리 유파의 미래는 심히 염려스럽다네."

들라크루아는 그렇게 말하며 담배 연기를 부러운 듯 바라보았다. 비요가 그 모습을 눈치챘다.

"자네, 요즘 담배는 끊고 지내나?"

"응, 얼마 전부터. 목이 영 시원치 않아서 말야."

비요는 재를 떨어뜨리지 않으려고 담배 아래 손을 받치며 제니에게 재떨이를 가져다달라고 부탁했다. 그리고 재떨이가 나오자 곧바로 담뱃불을 껐다.

"나는 괜찮으니까 피워."

"아냐, 됐어."

"미안하네…… 정말 이래저래 불편한 곳만 많은 몸뚱이야. 어제도 열이 오르고 옆구리도 아프고, 발도…… 이거 봐."

들라크루아는 바짓단을 걷어올리고 붕대를 감은 발을 내보였다.

"뭔가, 이게?"

"정맥류라는군. 그저께 의사 로지에에게 진찰을 받았는데, 붕대를 감아놓는 게 좋다고 해서 당분간 이러기로 했어. 이거라도 하고 나니 조금 편안해지더군."

"역시 선 채로 오랫동안 작업을 해서 그런가?"

"아마 그럴 거야. 하긴 요즘에는 작업도 전혀 못 했지만. 게다가 실은 이쪽도……" 들라크루아는 바지 앞섶을 손가락으로 가리키며 말했다. "똑같이 정맥류에 당했어."

"무슨 소리야?"

"고환 쪽이 아파. 이쪽에는 특수한 붕대가 필요하다는군."

"허, 그런 병이 다 있네. 그러고 보면 자네 아버님도 꼭 그쪽이 안 좋으셨지?"

"그래, 그런데 아버지의 경우는 종양이 생겼던 거야. 그래서

394

수술을 받았지. 그것도 대수술을."

"그래……" 고개를 끄덕이며 비요는 약간 난처한 표정으로 안됐다는 듯 중얼거렸다.

들라크루아는 명성 높은 전 외무대신인 아버지 샤를 들라크루아의 고환 절제수술의 일화를, 때로는 청을 받아 때로는 스스로 나서서 친구들에게 자주 들려주곤 했다. 아버지가 사망한 것은 그가 일곱 살 때였다. 그런 탓인지 그에게 아버지는 어쩌면 타인처럼 위대한 존재였다. 그는 별로 부끄러워할 것도 없이 남들에게 아버지 자랑을 할 수 있었다. 특히 수술 이야기는 그 경이로운 인내력을 강조하며 대단한 무용담처럼 늘어놓곤 했다. 이야기를 들어주는 사람은 물론 주로 남자들이었다. 그러나 이야기가 끝나면 그들은 반드시 지금 비요가 보인 것과 같은 표정을 지었다. 그는 그것이 항상 이상했다. 아무리 재미있게 이야기해도 반드시 딱하다는 듯한, 동정하는 듯한 서글픈 표정을 짓는 것이다. 아버지의 처지를 그런 식으로 측은하게 생각해주는 것은 고마운 일이기는 했다. 그러나 어차피 타인이다. 도가 지나쳐 마치 가까운 친구의 일이라도 되는 듯 진지하게 동정하는 표정을 지을 때는 기분이 그리 좋지 않았다. 딱히 근거가 있는 건 아니지만, 그들이 가엾게 여기는 것이 아버지가 아니라 바로 자기 자신인 것만 같은 생각이 들기도 했다. 그리고 거기에서 생각이 다양하게 가지를 뻗어서, 거세에 대한 공포가 남성 일반의 마음속에 얼마나 뿌리 깊게 잠재되어 있는지를 경이감과 함께 재확인하는 것이었다.

"이 이야기를 하면 다들 그런 표정을 짓는군. 그런데 그 수술 덕분에 조금 더 사실 수 있었으니 나는 그리 절망적인 이야기라고 생각하지 않는데 말야. 그때 이미 나이도 상당히 드셨고."

들라크루아는 이런 때 항상 하던 대로 반은 농담처럼 그렇게 말했다.

비요는 그저 "음……"이라고만 대답했다.

"무슨 이야기를 했었더라? 아, 그렇지…… 아무튼 로지에도 그런 말을 한 적이 있는데, 이런 자잘한 질환은 모두 내 체질상의 병이라서 아마 앞으로도 내내 이것들과 함께 살지 않으면 안 될 거야. 눈앞이 캄캄해지는 소리지만 말야. 특히 젊어서 앓았던 후두염이 영 낫지 않는 게 정말 귀찮아……" 들라크루아는 머릿속에서 무언가를 정리하는 듯 잠시 틈을 두었다가 다시 입을 열었다. "……나는 이따금 묘한 생각이 들어. 우리 형 같은 이를 예로 들어도 괜찮을 것 같군. 형은 군인이었어. 평생 지긋지긋할 만큼 육체를 혹사한 사람이지. 그런데 몇 차례 부상을 입은 적은 있었어도 병에 시달린 적은 거의 없었어. 반면에 나는 걸핏하면 아팠지. 별로 육체에 부담이 될 만한 일을 하지도 않았는데 말야. 이건 참으로 불합리한 일 아닌가? 그래서 나는 생각했지. 오히려 이 반대가 아닌가 하고 말야. 즉 인간의 육체란 형의 경우처럼 애초부터 혹사당하기를 원하는 것이 아닐까, 그렇게 혹사를 당해야 비로소 만족하는 것이 아닌가 싶어. 그런데 내 경우는 그렇지 못했지. 육체적인 움직임을 너무도 등한시하고 전혀 돌보지 않았어. 그저 정신에 의해 사는 삶에 기쁨과 긍지를 느껴왔지. 시대가 이렇다보니 더욱 그랬어. 그런 탓에 지금 와서 육체로부터 복수를 당하는 게 아닌가 싶어. 육체는 나를, 이런 나를 죽이면 자기가 자유로워질 거라고 믿고 있는지도 몰라. 어리석게도 말야. 그렇지 않아? 내가 죽으면 자기도 죽게 된다는 것을 모르니 말이야……”

비요는 다시 “음”이라고만 대꾸하고는 잠시 침묵했다. 이번에는 아까와는 또다른 의미에서 대답이 궁했다. 이 이야기를 어떻게 받아들여야 할지 알 수 없었다. 농담 삼아 하는 말일까? 아니, 혹 진지한 이야기라면 대체 무슨 말을 하려는 걸까? 비요는 천천히 입을 열어 “재미있는 이야기이기는 한데, 자네 말대로 묘한 생각이군. 아니, 어쩐지 으스스한 느낌까지 들어, 이 친구야”라고 ‘묘하다’라는 말이 허용해주는 알량한 웃음에 기대어 농담처럼 대답했다.

들라크루아는 또 괜한 얘기를 했다고 후회하면서도 그의 농담에 응해 억지로 웃어 보였다.

“아니, 그저 우스갯소리로 한 얘기야. 그런 두서없는 생각이 머릿속에 가득한 건 결국 권태의 소행이지.”

제니가 그때쯤에야 커피를 내왔다. 곧 돌아갈 것 같으면 커피를 내어서 자리를 길게 끌지 않는 것이 좋겠다 싶어 상황을 살피느라 한참이나 망설였던 것이었다.

두 사람은 말없이 커피를 마셨다. 비요는 두어 차례 뜨겁다는 시늉을 하며 컵에서 입을 떼고 특색 있는 가늘고 긴 눈썹을 치켜올렸다. 커피잔을 받침에 올려놓는 소리가 어색할 만큼 크게 울렸다.

"우리는 모두 무언가의 매장을 집행하고 있다……"

들라크루아는 스스로도 깨닫지 못하는 사이에 그렇게 혼잣말을 하고 있었다. 비요는 무심코 창 밖을 바라보며 몸을 돌리지 않은 채 물었다.

"그간 작업에는 손을 대지 않았나?"

들라크루아도 마찬가지로 창 밖에 시선을 던지며 "응"이라고 대답했다.

"역시 작업을 해야 해…… 자네 건강이 허락한다면 말야." 비요는 다시 들라크루아를 돌아보며 말했다. "내일 내 아틀리에에 오지 않겠나? 훌륭한 해부학 책을 구입했어. 그 책을 보면 자네의 창작 의욕도 다시 솟구칠 거야."

"응, 고마워. 꼭 그렇게 하지. ……그래, 역시 작업을 해야 해." 들라크루아는 스스로에게 다짐이라도 하듯 말했다. 그것은 이미 수없이 생각해온 일이었다. 그러나 비요에게 새삼 그런 말을 듣고 나니 이제야 그 말이 여태껏 가 닿지 못했던 자신의 깊숙한 부분까지 도달한 듯한 느낌이 들었다.

"……그래, 작업을 해야지…… '이유는 따지지 말고 일하자. 인생을 견딜 만한 것으로 만드는 방법은 그것뿐이다.' 참으로

지당한 말이야."

"그게 어디에 있는 문구였던가?"

"『캉디드』야. 비에야르가 항상 하는 말이지. 음…… 아무튼 우선은 무언가에 집중을 해야겠어. 이렇게 자네와 이야기를 나눈 것만으로도 짧은 시간이나마 권태라는 것에서 자유로워질 수 있었던 것 같아."

"꼭 자네만 그런 건 아니지. 어떻든 비관하지 않을 일이야. 나도 그런 기분을 어떻게 극복해야 할지 항상 궁리하고 있어."

들라크루아는 평소 같으면 자존심 때문에 순수하게 기뻐하지 못했을 이러한 공감을, 지금은 우정에 감사하며 고맙게 받아들였다.

"얼마 전에 이폴리트를 만났어." 비요가 말을 이었다.

"콜레 말인가?"

"그래, 콜레. 그 사람이 어째 기운 빠진 모습으로 길을 가다가 나를 보자마자 굉장히 반갑다는 듯이 말을 걸어오더군. 처음에는 항상 하던 대로 로시니에 대한 세간의 과대평가에 잔뜩 분개하다가 요즘 그가 쓰고 있다는 곡 이야기로 화제가 넘어갔지. 그랬더니만 금세 얼굴이 시무룩해지고 잔뜩 풀이 죽어서는 무어라 잘 들리지도 않는 말을 두어 마디 중얼거리고는 느닷없이 '가겠네' 하고 그대로 등을 돌려버리더군. 만나서, 그래, 채 오분도 안 되었어. 내가 급하게 뭔가 격려하는 말을 해줬던 것 같아. 그는 돌아보지도 않았지만 말야. 어째서 사람이 그렇게 되었는지 정말 알 수가 없어. 그런데 내 처지에 비추어 생각해보니 어쩐지 알 것도 같더군. 그러니 더욱 가엾더라구. 세간에서는 이폴리트라고 하면 아름다운 루이즈 콜레의 애정을 독점하는 행복한 남자라고 선망의 표적이 되어 있지 않나. 그런데 그런 것과는 아무런 상관이 없는 거야."

"정말 동감이야. 그가 '가겠네' 하고 돌아선 심정도 잘 알겠어. 자네에 대해 무슨 유감이 있어서 그런 건 아닐 거야."

"물론 그렇지."

"모두 아무렇지도 않은 척하고 다니지만 실상은 괴로워하고 있어. 아무리 많은 사람들에게 사랑받아도, 아무리 억만금의 부를 얻어도 그것과는 별개의 문제야. 진심으로 사랑하는 사람이 있어도 자살하는 사람이 있으니."

들라크루아는 힘주어 그렇게 말하고는 저도 모르게 입을 다물었다. 진심으로 사랑하는 사람이 있어도 자살하는 사람이 있다는 자신의 말이 무심결에 튀어나온 본심인 것만 같아서 상대의 반응이 걱정되었기 때문이었다. 그러나 비요는 그 말에 별로 신경을 쓰지 않는 모습이었다. 그는 어째서 그런 말이 자신의 입에서 튀어나왔는지 망설이면서도 생각을 더듬어보다 며칠 전 마를리아니 부인에게 들었던 이야기가 문득 떠올랐다. 그 일이 마음에 걸려 있었던 모양이었다. 그렇게 생각하니 방금 입에 담았던 자신의 말이 원망스러웠다.

그는 커피잔을 입에 가져갔다 무심히 창 밖을 바라보다 하면서 내버려두면 한없이 벌어져버릴 듯한 그 틈을 메웠다. 비요는 그의 침묵을 같은 심정을 확인한 뒤의 만족스러운 여운이라고 생각하고 있었다.

잠시 뒤에 비요가 다시 입을 열었다.

"아까 자네가 뭔가에 집중할 필요가 있다고 했는데, 거기에 대해서는 전적으로 동감이야. 우리의 삶에 필연적으로 따라붙는 이 불행한 감정에서 벗어나기 위해서는 결국 그것밖에 없는 거야."

"음, 가령 그것이 한순간이라 해도."

"그래, 한순간이라 해도. 분명 오래 지속되지는 않는 것이지. 빵을 얻기 위해서는 언젠가는 현실로 돌아오지 않을 수 없어. 그렇지만 우리의 고뇌에 찬 영혼은 줄곧 현실에만 머물면서 그 것을 계속 견뎌내기에는 너무도 담약해."

"무엇보다, 계속 견뎌내야 할 이유 같은 건 없으니까." 들라크루아는 흥미로운 화제에 기분이 한결 나아졌다. "그것은 우리 자신을 부당하게 폄하하는 일이 될 뿐이야. 음…… 아무튼 우리는 우리 삶의 끊이지 않는 전진의 물결에서 한순간이나마 해방될 필요가 있어. 물결이라고는 했지만 샹로제의 시골을 가로질러 흐르는 센 강의 그것과는 다르지. 좀더 묵직하고 지저분하고 혼돈에 가득 찬, 거칠지는 않지만 차근차근 우리를 앞으로 밀어붙이는…… 당장 죽음을 몰고 오지는 않지만 서서히 육체로부터, 또한 정신으로부터 힘을 빼앗아 약화시키고 마지막에는 목숨마저 빼앗으려고 획책하는 그런 물결이지. 인간에게 주어진 날개란 그 끔찍한 흐름을 생각하면 너무도 미덥지 못한 물건이야. 열심히 날갯짓을 해봐도 순식간에 추락해 다시 그 물결에 휩쓸리고 말겠지. 아니, 어쩌면 그것마저 마음먹은 대로 되지 않아 그저 비상을 꿈꾸며 수면에서 가까스로 얼굴만 조금 내밀어보는 건지도 몰라. 그런 상태에서 계속 몸부림을 친다는 건 웃기는 짓일까? 하지만 아무것도 하지 않고 물결의 흐름에 몸을 내맡긴다면 오물로 가득한 그 불결한 물을 배가 터지도록 마시고 익사할 뿐이야. 숨을 쉬기 위해서는 최소한 머리만이라도 물 밖으로 내놓지 않으면 안 돼. 그것을 통해 육체도 구원받을 수 있으니까."

비요는 고개를 끄덕이며 말없이 듣고 있다가 마지막에 이르러 "말하자면 그것을 가능하게 해주는 것이 바로 상상력이라는 거지? 자네가 항상 지치지도 않고 주장해마지않는 것과 실로 멋지게 연결되는군" 하고 미소를 지으며 말했다.

"흠, 꼭 그럴 의도가 있었던 건 아니지만, 결론부터 말하면 그렇게 되나?"

들라크루아는 열을 내어 말한 뒤에는 반드시 느끼곤 하는 부끄러움을 그 웃음 덕분에 누그러뜨릴 수 있었다.

"하지만 지금 자네 얘기를 들으면서 생각한 건데, 나도 자네도 그렇게 보자면 아직은 행복한 편인지도 몰라."

"어째서?"

"나는 동판화가로서 자네는 화가로서, 바로 그 상상력을 구사하여 뭔가에 집중하는 일을 통해 삶의 고뇌를 면할 수 있지 않은가? 변두리 화학공장에서 하루 온종일 악취와 싸우면서 일하는 사람들은 도저히 그렇게 할 수 없지. 그런 걸 돌아볼 여력조차 없는 게 그들의 현실일 거야. 분명 일이 어서 끝나기만을, 오로지 그것만을 생각할 거야. 그들에게는 일의 고뇌가 생의 고뇌보다 더 큰 게 아닐까? 그러니까 오히려 일에서 벗어나기 위해 무언가를 필요로 하고 있을 거야."

"어째 상드 부인이 할 것 같은 소리로군."

"아니, 나는 사회주의 같은 데 흥미가 있는 건 아니네만."

"알아. ……그런가? 분명 그림을 그리면서 빨리 그만두고 싶다는 생각은 하지 않지……"

"그렇지?"

"하지만 그렇다면 자네에게 묻고 싶어. 정직하게 고백하자면, 나는 작업을 하려고 마음먹으면 항상 뭐라 말할 수 없는 초조함을 느껴. 물론 내 게으름이 가장 큰 이유겠지만, 꼭 그것 때문만은 아닌 것 같아. 이건 내가 한 말을 스스로 반론하는 것 같지만, 아까 말했듯이 내 일이 삶의 고뇌로부터의 해방을 가져다준다면, 어째서 그런 기분이 드는 걸까?"

"나도 그런 때가 있어. 창작이란 참으로 뼈를 녹이는 듯한 일이라서 항상 행복한 기분으로 시작할 수 있는 건 아니지."

비요는 당연하다는 듯 그렇게 말하고는, 벌써 삼십 년 가까이 그림을 그려온 화가가 어째서 이제 와서 새삼스럽게 그런 얘기를 하는지 도리어 이상하다는 표정을 지었다.

들라크루아는 고개를 가로저었다.

"물론 그렇지. 그런데 단지 그 이유만은 아닌 것 같아. 뭔가 좀더…… 제대로 말로 표현할 수는 없지만…… 어쨌든 좀더 추상적인 초조함이야."

"추상적?" 비요는 이마에 주름을 지었다.

"응. 가령 자네가 말하는 그런 이유뿐이라면, 작업이 순조롭게 진행될 때는 그런 초조함이 없어야겠지?"

"글쎄, 아마 그럴 테지."

"그래, 그런데 내 경우에는 아무런 어려움 없이 작업이 순조롭게 진행될 때도 아틀리에에 들어서려고 할 때, 혹은 하원 도서관에 나갈 때…… 뭐랄까…… 저항, 그래, 강한 저항 같은 것을 느껴. 그게 정말 이상해. 이를테면 똑같이 무언가에 집중하는 일이라도, 뒤마의 소설을 읽기 전에는 그런 느낌은 결코 없어."

"그거라면, 조금 미안한 말이네만, 역시 게으름 때문이 아닐까? 나도 작업을 하지 않고 집에서 그냥 놀고 싶은 마음이 자주 들어."

"아니, 나는 작업을 하고 싶어. 하고 싶어서 견딜 수 없을 만큼. 그런데 그게 안 돼." 들라크루아는 답답하다는 듯 말했다.

"무슨 말인지 암만해도 모르겠군."

"음, 그러니까…… 아까 말했던 뒤마의 소설을 읽는 것과 그림을 그리는 작업, 이 두 가지는 똑같이 뭔가에 집중해 생의 고뇌를 잊는 행위이기는 하지만 본질적으로 큰 차이가 있는 것 같아."

"그건 그렇지. 일과 오락의 차이가 아닌가."

"아니, 잠깐. 그야 그렇겠지. 그런데 내가 말하는 차이는 그런 게 아니야. 그 차이는 그 두 가지 행위를 끝낸 뒤에도 곧잘 나타나곤 해. 뒤마의 소설을 읽고 나면 읽는 동안에는 분명 잊고 있었을 생의 고뇌를 한층 강하게 느끼게 되지. 후회까지 하게 돼. 그렇지만 작업을 마친 뒤에는 결코 그런 일이 없어. 어떤 상쾌한 충실감이 있지."

"그러니까 그건 누구라도 느끼는, 아니, 아까 했던 말과 모순되지 않도록 하자면, 가엾게도 공장 노동자들은 녹초가 되도록 혹사당했다는 불만뿐이라서 그런 생각을 할 겨를도 없겠지만, 그래도 얼마간 자신의 직업에 긍지를 가진 사람이라면 누구나 느끼는 평범한 충실감이 아닌가?"

"그것도 있어. 물론 그것도 있지. 그렇지만 말야……" 들라크루아는 비요의 몰이해가 자신의 어설픈 표현 때문이라는 것을 알고 있는 만큼 더욱 초조해서 말을 이었다. "그것만이 아니야. ……아무튼, 제대로 표현하기는 어렵지만, 나는 그것이 시간의 문제와 관련이 있다고 생각해. 결국 지금 우리가 말하는 생의 고뇌란 우리 모두가 좋건 싫건 하루하루 나이를 먹고 늙어간다는 것에서 유래한다고 생각해. 결국 마지막에 가 닿는 것은 반드시 죽음이야."

들라크루아는 문득 로지에를 만난 뒤에 생각했던 그림의 주제가 모조리 사신(死神)과 관련된 것이었다는 사실이 떠올랐다. 그리고 그것이 이제부터 말하려고 하는 것을 뒷받침해주는 것 같아 용기를 얻었다. "우리는 대혁명기의 사람들처럼 오늘내일 사이에 갑자기 죽음의 습격을 받을지 모르는 극심한 긴장 속에서 살아가는 건 아니야. 그러나 병에 걸리거나 병으로 죽어가는 친구들을 보면 조금 완만하긴 하지만 분명 긴장 속에서 살고 있다고 생각하게 돼. 권태의 이면에는 그렇게 항상 죽음의 그림자가 어른거리고 있어. 그런 탓에 견디기 힘든 것인가봐. 그러나 그것은 역시 완만한 긴장이지. 나는 아까 현재 우리의 상태를 강물에서 곧 익사하려는 사람에 비유해서 말했는데, 그건 적절한 비유가 아니었는지도 몰라. 왜냐하면 우리에게 주어진 생은 실제로는 그렇게 절박한 것은 아니니까 말야. 강물에 빠진 사람이라면 당장 강가로 기어오르려고 몸부림을 치겠지. 그러나 우리는 어떤 종류의 기묘한 편안함마저 느끼면서 이 끊임없이 전진하기만 하는 생의 시간 속에 계속 머물기를 원하고 있어."

"음……"

"좀더 알기 쉽게 설명하려면 시대를 거슬러올라가보는 게 좋겠군. 이를테면 중세나 르네상스 무렵에 넘쳐났던 매력적인 알

레고리들, 신의 나라니 사후의 낙원이니 하는 찬란한 세계를 표현한 예술을 생각해보면 좋을 거야. 무엇이건 괜찮아. 『신곡』이나 아우구스티누스, 물론 미켈란젤로나 라파엘로도 좋지. 그것은 결국 사람들 사이에 현실세계를 초월한 거대한 힘에 대한 신앙이 열렬히 남아 있던 시대의 산물이라고 생각하네. 어째서 그런 것을 신앙하지 않으면 안 되었을까? 그건 역시 현실세계가 너무도 가혹했기 때문일 거야. 전쟁, 굶주림, 역병……정치적인 전횡도 있었을 테고, 무엇보다 자연 그 자체가 아직 인간에 의해 충분히 극복되지 않았지. 그런 시대의 인간의 영혼이 이 세계를 벗어나 미지의 안락한 세계를 꿈꾸는 것은 지극히 자연스러운 일이 아니겠나? 그들은 물질에 대한 욕망과 동시에 물질세계 그 자체를 경멸했어. 그렇지만 그것은 그들이 살아가기 위한 최후의 수단이었어. 물질에 대한 욕망에 얽매여 있었다면 그들에게 인생이란 분명 지옥이었을 거야. 아무런 만족도 얻지 못한 채 죽어가는 수밖에 없었겠지. 그렇기 때문에 더욱 그들은 물질이 아닌 세계에 가치를 부여하고 시화(詩化)하고 그에 대한 동경을 정당화하려고 애썼던 게 아닐까? 그들이야말로 격류에 휩쓸리면서도 필사적인 몸부림으로 어떻게든 이 세계에서 벗어나기를 간절히 원했던 사람들이야. 그에 비하면 우리의 세계는 언뜻 보기에도 그야말로 모든 것이 충족된 세계지. 주거는 쾌적해졌고 먼 거리도 쉽게 극복할 수 있고 물질세계로부터 별의별 은혜를 다 받고 있어. 너무 살기가 편해진 나머지 당연히 외면해야 할 갖가지 비참함이 도리어 사람들의 감흥을 불러일으키기도 하지. 이제 행복이란 곧 물질적인 행복을 의미하게 되었어. 우리 시대의 인간들은 죽으면 분명 지옥편 제3가에 나오는, 천국에도 지옥에도 들어가지 못하는 가련한 망령이 될 거야. 그런데 말이지, 나는 이것이 실로 교묘하고도 교활한 덫이 아닌가 하는 생각이 들어. 이런 말을 했다가는 옛날 같으면 이단 심문에 걸려 화형에 처해졌을 테지만 말야." 들라크루아는 농담을 섞어 비요의 주의를 끌었다. "나는 곧잘 그리스의 신들을 생각하곤 해. 제우스를 필두로 그의 형제들이 모두 일치단결하여 크로노스를 해치웠잖아? 그리스의 저 찬란한, 권태 따위는 끝끝내 알지도 못할 찬란한 세계가 실현되기 위해서는 반드시 그런 행동이 필요했던 거야. 시간의 지배를 받는 한 신들도 우울을 느끼지 않을 수 없었을 테니까. 그것이 얼마나 먼 옛날의 일인지는 나도 몰라. 그러나 분명 그때 이후로 크로노스는 줄곧 은밀히 복수의 기회를 엿보고 있었을 거야. 천천히 착실하게, 또한 아무도 눈치채지 못하도록 말야. 우리는 그 복수가 이윽고 결실을 맺은 시대에 살고 있는 건지도 몰라. 그것을 결정적으로 도와준 것이 바로 대혁명이지. 대혁명으로 인해 인간은 물질적인 쾌락이라는 지평에 완전히 고정되어버렸어. 그것도 거의 자발적으로. 공허한 쾌락에 길들여지는 동안 머리 위로는 완전히 덮개가 씌워져서 어느새 크로노스의 손아귀에서 벗어날 수 없는 상태가 되고 말았어. 대혁명이 수많은 자유를 가져다준 것은 사실이야. 그러나 그 자유와 맞바꾸어 인간은 시간으로부터의 자유를 잃고 말았어. 그리고 수많은 자유를 손에 넣은 만큼 더욱 그것을 견디기 힘들게 된 거지. 생각해보면 낭만주의라는 운동은 이러한 시대의 필연이었는지도 몰라. 그것은 분명 혁명 후의 다양한 자유를, 특히 창작에 있어서 기법상, 형식상의 자유를 적극적으로 표방했지만, 한편에서 그것이 진실로 의도했던 것은 사실은 그러한 크로노스의 승리로부터의 자유였을 거야…… 나는 아까 말했던 창작 전의 초조함이라는 문제에 대해 지금껏 수없이 생각을 해왔어. 얼마 전까지도 궁리를 해봤지만 역시 잘 알 수 없더군. 그런데 지금 자네와 이야기를 하면서 그것을 조금씩 깨닫기 시작한 듯한 느낌이 들어. 우리는 크로노스의 승리의 와중에 있어. 창작으로 향하는 것은 말하자면 거기에서 벗어나려는 시도야. 우리가 작업에 임하려고 할 때 크로노스는 손을 뻗어 우리의 팔을 붙잡고 놓아주지 않으려 하지. 그것이 바로 내가 말한 저항감인지도 몰라. 창작 쪽에서의 저항이 아니라 지금 있는 이 시간 쪽에서 나를 막으려고 하는 거야. 뒤마를 읽으려고 할 때는 전혀 그런 것이 느껴지지 않고 다 읽은 뒤에는 도리어 불쾌감이 든다는 건, 결국은 그것이 모두 크로노스의 승리 속에서 이루어진 일이라는 것을 어렴풋이 깨달았기 때문일 게야……"

여기까지 말하고 잠시 말이 끊겼다. 이야기를 하는 동안에는 자신이 사고를 하고 있는지 어떤지도 알 수 없는 상태에서 단어들이 차례차례 튀어나왔지만, 일단 멈추고 생각해보니 자신이 한 말에 갑자기 자신감을 가질 수 없었다. 처음부터 '크로노스의 승리'라는 말이 어떻게 자신의 입에서 나왔는지도 알 수 없었다. 적절한 말인지 어떤지도 의심스러웠다. 자신이 생각했던 것과 말로 튀어나온 것이 어떤 미묘한 부분에서 합치하지 않는 듯한 느낌이 들었다. 언어가 내밀한 사색의 편린을 일정한 틀에 맞추어 외부로 내놓는 것이라면, 자신의 말은 조금씩 그것에 실패했고, 게다가 실패한 채로 전혀 다른 무언가를 성립시킨 것만 같았다.

비요는 이야기 도중에 몇 차례 이의를 제기하려고 했지만, 그때마다 들라크루아가 손짓으로 만류하는 바람에 참았다. 그리고 나중에는 점점 그의 이야기를 이해할 수 없어 중간에 자신이 무슨 이의를 제기하려고 했는지조차 알 수 없게 되었다.

"그런데⋯⋯" 비요는 그래도 자신이 이해한 내용을 조금씩 되짚어가며 말했다. "⋯⋯자네가 말하는 그 시간의 문제라는 것에 대해 나도 대충 이해가 가기는 하는데⋯⋯ 여전히 납득할 수 없는 부분이 있어."

들라크루아는 방금 자신의 느낌이 적중한 것 같아 불안해졌다.

"뭐가?"

"이를테면⋯⋯ 내 장인이나 그 친구이신 로브로 씨 같은 분들은, 매우 연로하시지만 우리가 아까부터 자주 언급한 생의 고뇌라는 것에서 해방되기 위한 무언가를……" 비요는 그 생의 고뇌라는 말이 이제는 어딘지 과장된 단어로 느껴져서 약간 씁쓸한 웃음을 지으며 말을 이었다. "……간절히 원하는 것 같지는 않아. 두 분 모두 책 같은 건 거의 읽지 않고, 그렇다고 그 밖에 뭔가 기분을 풀 만한 취미가 있는 것도 아니야. 이따금 창가에 멍하니 앉아 계셔서 무얼 하시냐고 물어보면 젊었을 때의 일을 회상하고 있거나, 뭐 그런 정도인 모양이야. 어쨌든 그걸로 충분히 만족하는 모습들이야. 시간이—아니, 아니지, **크로노스가**, 라고 할까? 뭐, 어느 쪽이건—아무튼 그것이 몰고 오는 고통이 자네가 말하는 것처럼 죽음에 대한 공포와 연결되어 있다면, 이렇게 말하는 건 좀 죄송스럽지만, 적어도 나나 자네보다 훨씬 죽음 쪽에 가까운 그분들이 더 많은 기분풀이가 필요할 게 아닌가? 그런데 아무래도 그렇지는 않은 것 같아. 왜 그럴까? 이건 자네에 대한 반론이라기보다 나 스스로 궁금하게 여기던 일이야. 그래서 딱히 이렇다 할 결론도 준비되어 있지 않네만."

"그렇군……"

들라크루아는 일기를 다시 읽어보았던 때를 떠올렸다. 그것은 독서의 즐거움일까, 아니면 회상의 즐거움일까? 아마 많은 부분이 회상의 즐거움에 해당될 것이라는 생각이 들었다. 그때의 심경을 제대로 설명할 수 있다면 비요의 의문에 대답하는 것도 가능할지 모른다. 그러나 너무 긴 이야기에 피곤해진 터라 지금부터 다시 그 이야기를 시작하기가 귀찮게 느껴졌다. 한편

으로 조금 전에 자신이 말했던 내용에 자신이 없기 때문이기도
했다.

그는, 형과 마찬가지로 외젠 왕자의 부관으로 일했고 42세의
나이로 세상을 뜬 사촌형 니콜라 오귀스트 바타유를 떠올렸다.
그리고 오히려 그쪽 이야기를 해보기로 마음먹었다.

"내가 휴양차 자주 갔던 발몽 수도원 있잖은가? 지금은 자네
도 알고 있는 변호사 보르노의 소유지만, 원래 그곳은 바타유
가의 소유였지. 내 사촌형인 알렉상드르가 1841년에 사망할 때
까지 그곳을 관리했는데, 그에게는 오귀스트라는 한 살 연하의
동생이 있었어."

"응, 알고 있어. 자네와 유난히 사이가 좋았던 형이었지? 분
명 제정시대에는 남작에까지 올랐던 걸로 알고 있는데."

"맞아, 내가 몇 번 얘기한 적이 있었지? 어쨌든 그는 1820년,
그러니까 마흔두 살에 밀라노에서 사망했는데, 그렇게 젊은 나
이였는데도 불구하고 지금 자네가 예로 들었던 두 분과 마찬가
지였어. 항상 시간이 남아도는 사람처럼 살았지만 생의 권태 같
은 얘기는 한 번도 입에 담은 적이 없었지. 시간의 중압감 같은
것하고도 전혀 인연이 없었고. 그러니까 나이를 먹으면 모두 그
런 식으로 안정적인 심경이 된다기보다 원래부터 그런 고민을
하지 않는 사람들이 있다, 그런 게 아닐까?"

"글쎄…… 그 사람은 몇년에 태어났지?"

"으음, 그러니까…… 1778년이야."

"어쩌면 세대의 문제인지도 모르겠네. 혁명의 시대를 씩씩하게 살아낸 사람들은 권태 같은 걸 느낄 여유가 없었을 거야. 자네도 아까 그 비슷한 얘기를 했지만."

"그럴지도 모르겠군. 청춘시대를 혁명의 한복판에서 보냈던 사람들의 마음속에는 나이가 들어서도 권태가 둥지를 틀 여지 같은 건 없겠지."

"우리는 역시 따분한 시대를 사는 사람들이야."

"그래, 외부로부터의 위험이 적은 만큼 주의가 안으로만 향하는 모양이지."

들라크루아는 너무 깊이 생각하는 것은 그만두고 일단 납득한 결론에 기대어 대화를 마치기로 했다. 비요도 같은 생각을 하고 있었다.

"말을 너무 많이 해서 그런지 좀 피곤하군."

"그래, 그렇지만 긴 이야기를 할 수 있어서 좋았네."

"나도 그래. 오늘은 이제부터 뭘 할 건가?"

"잠시 쉬었다가 포르제 부인에게 가볼까 해. 오늘밤에 음악회를 연다고 해서. 그리고 시간이 허락되면 르블롱의 집에 들러볼 생각이야."

"그래, 크게 기분풀이를 하게나. 나도 이제 슬슬 물러나야지, 안 그랬다가는 자네의 충실한 주치의에게 선생님을 너무 피곤하게 만들었다고 꾸지람을 들을 거야."

"주치의? 아아, 제니 말인가? 아냐, 괜찮아."

"그러길 바라네. 내가 아무래도 미움을 받는 것 같아서 말야."

15

5월 첫 주가 지나면서 햇볕이 따스한 날 오후면 창문을 열어 두는 집들이 곳곳에 눈에 띄기 시작할 무렵, 스카르 도를레앙의 주민들은 항상 창 밖으로 들려오던 피아노 소리가 갑자기 뚝 끊 긴 것을 의아하게 생각했다. 중정에 음악 소리가 울리지 않은 지 벌써 일 주일이 넘어가고 있었다. 9번지 집에는 이전과 마찬 가지로 사람들의 출입이 번다했지만 그 사람들 속에 화사한 꽃 다발처럼 아름답게 꾸민 학생들의 모습은 보이지 않았고, 어쩌 다 있더라도 사용인에게 쌀쌀맞게 쫓겨날 뿐이었다. 그 대신 돌 처럼 표정이 굳은 사람들 몇몇이 고개를 숙인 모습으로 들락거 리고 있었다.

5월 2일, 쇼팽이 쓰러졌다. 사용인이 깜짝 놀라 비명을 지르 며 허둥지둥 침대로 옮기고 우왕좌왕하고 있는 참에 다행스럽 게도 한 학생이 레슨을 받으러 찾아왔다. 사용인은 사정을 설명 하고 애원하듯 그녀의 지시만을 기다렸다.

"상드 부인께서도 안 계시고, 어떻게 해야 할지……"

곧장 침실로 달려간 그녀는 그 자리에서 사용인과 똑같은 비 명을 질렀다. 개가 먼 울음을 우는 것처럼 턱을 쳐들고 격렬한 기침을 토하며 목 언저리를 쥐어뜯듯이 앞섶 단추를 벗기려고 하는 쇼팽의 모습을 보고 그녀는 퍼뜩 그가 **죽을지도 모른다는** 생각이 들었다. 사용인이 "아아, 선생님!" 하고 외치며 침대로 달려가 그의 등을 쓰다듬었다. 방에서 뛰쳐나온 그녀는 그가 항상 치료를 받는 의사라는 얘기를 들은 적이 있는 장 자크 몰랭 박사를 부르러 마차를 타고 달려갔다.

소문은 곧바로 퍼졌다. 프랑숌, 로지에르 양, 구트만 세 사람은 즉시 쇼팽의 집으로 달려와 주인을 대신하여 방문객을 맞았다. 수업이 중지된 이유를 알자마자 다른 사람보다 먼저 가봐야겠다며 부리나케 달려왔던 학생들은, 미리 세 사람의 지시를 받은 사용인으로부터 중태를 이유로 면회를 거절당했다. 앞마당에 세워진 마차들을 보고 어째서 자신들만 면회를 할 수 없느냐고 항의하는 이들도 있었다. 쇼팽과는 다른 누구보다 깊은 교제를 해온 사이라면서 특별히 안으로 들어가게 해달라고 조르기도 했다. 마침내 체념한 뒤에는 한결같이 이름을 남겨놓고 가면서, 병문안을 왔었다는 사실을 꼭 전해달라고 일렀다. 초췌해질 만큼 걱정한 자신의 모습을 특히 강조하라고 다짐을 놓는 이도 있었다. 별수 없이 마차에 올라타고 돌아가면서는 그가 정말로 가엾다고 수없이 동정했다. 생각만으로는 성이 차지 않아 일부러 소리내어 중얼거려도 보았다. 쇼팽이 자신을 만났다면 얼마나 기뻐했을까? 그리고 세 시간이나 공을 들인 화장이 쓸모없게 된 것에 부아가 나서 마부에게 공연히 화풀이를 하기도 했다.

　프랑숌 일행의 뒤를 이어 마를리아니 백작 부인과 그지마와 백작이 달려왔고, 비아르도 부부, 마르셀리나 차르토리스카 대공비 등이 차례로 병상을 찾았다. 용태는 겨우 고비를 넘어서고 있었다. 발작이 가라앉자 자신의 주변에 둘러서서 말을 나누고 있는, 기척뿐이던 사람들의 그림자에서 서서히 얼굴들이 보이기 시작했다. 흐릿한 시선으로 멍하니 그 얼굴들을 하나하나 확인하듯 바라보았다. 프랑숌이 있다. 그지마와 백작이 있다. 로지에르 양도. 구트만도. 아아, 차르토리스카 대공비까지! 기쁨과 비참이 동시에 솟구쳤다. 되도록 태연한 모습을 보여주어 그들을 안심시켜야 한다는 생각에 억지로 미소를 지었다. 그 모습이 자리에 모인 이들의 눈에 더욱 가슴 아프게 비쳤다. 기력이 없는 가운데서도 참으로 쇼팽다운, 우아한 미소였다. 그러나 그 표정에는 한줄기 애매한 부분이 남아 있었다. 그 애매함 쪽으로 사람들의 생각도 모아졌다. 눈물이 나오려는 것을 참으며 그들도 억지로 미소를 돌려주곤 했다.

　"잘 참았어. 이제 괜찮아."

　표정이 아직 흐릿한 터라 모두들 자신을 알아볼 수 있을지 어떨지 몰라 차마 말을 걸지 못하고 있는 가운데 프랑숌이 먼저 입을 열었다. 그를 따라서 모두가 말을 건넸다. 한결같이 처음의 말에 기대어 쇼팽의 인내력을 칭찬하는 내용이었다. 그리고 서로 얼굴을 마주 보며 그것을 확인하자 이윽고 자연스러운 웃음이 감돌았다. 그는 새삼 각각의 얼굴을 확인했다. 손을 뻗자 차르토리스카 대공비가 그 손을 맞잡아주었다.

"상드 부인은?"

그 말에 일동이 다시 말을 잃었다. 이름을 입에 담은 뒤에야 쇼팽은 그녀가 아직 노앙에 있다는 사실을 깨달았다. 그래서 중얼거리듯이,

"아, 그렇지…… 아직 노앙에 있지……" 하고 말했다.

침대를 둘러싼 이들은 그 말에 담긴 그의 실망을 알아차리고 모두 가슴이 뭉클했다. 분명 그녀가 소식을 전해듣고 노앙에서 돌아오는 중이라고 생각한 것이리라. 솔랑주의 결혼에 대해서는 이미 다들 알고 있었다. 그리고 그가 그 소식을 들은 직후에 쓰러졌다는 것이 한층 강하게 그들의 동정을 불러일으켰다.

"상드 부인은 아직 모른다네. 우리도 자네가 **죽을 것 같았으면** 당장 알렸겠지만, 몰랭 박사님이 이제 괜찮다고 하셔서."

그지마와 백작이 그에게 힘을 줄 생각으로 그렇게 말했다. 의도는 충분히 짐작이 갔다. 그러나 며칠 동안 당장이라도 숨이 끊어질 듯하던 그의 모습을 줄곧 보아왔던 만큼, 모두가 ― 말을 한 그지마와 백작조차도 ― 그 말에 위화감을 느꼈다. 게다가 거기에는 또 하나의 거짓이 있었다. 이미 상드 부인에게 편지로 그의 중태를 알렸던 것이었다.

"이제 괜찮으니까 됐어, 알리지 않아도 돼…… 공연히 걱정만 끼칠 테니……" 걱정만 끼칠 테고, 게다가 결혼 준비도 바쁠

테니까, 라고 쇼팽은 말하려고 했다. 그러나 그 결혼에 대해 사람들이 알고 있는지 어떤지 몰라 굳이 말하지 않았다.

차르토리스카 대공비가 쇼팽의 손을 다시 꼭 쥐어주며 말했다.

"아뇨, 역시 알리는 게 옳을 것 같아요. 제가 편지를 보내지요. 당신이 원하신다면 너무 걱정할 것 없다고도 할게요."

쇼팽은, 사실은 누구보다 상드 부인이 곁에 있어주었으면 하는 자신의 마음을 그렇게 헤아려주고, 게다가 그것을 자신의 의견인 것처럼 말해준 데 대해 마음속으로 감사했다. 그리고 감사의 말 대신 자신도 미약하게나마 맞잡은 손에 힘을 주면서 두어 번 고개를 끄덕이고는 그대로 천장을 바라보며 눈을 감았다.

차르토리스카 대공비는 그날 상드 부인에게 편지를 썼다. 이미 쇼팽이 위독하다는 소식을 들었으면서도 도무지 파리로 돌아올 기미를 보이지 않는 상드 부인이 그녀는 어딘지 의심스러웠지만, 일단 병이 얼마나 심각한지 정확하게 이해하지 못했기 때문일 것이라고 생각했다. 편지에는 발작이 일어난 날부터 오늘까지의 경과를 되도록 상세하게 적고, 그 동안 병문안을 온 사람들의 가슴에 수도 없이 **가장 비참한 사태**에 대한 불안이 오락가락했다는 것도 감추지 않고 모두 펜끝에 실었다. 그리고, 가까스로 회복의 기미가 보이기 시작한 지금이야말로 당신의 깊은 애정에 의한 헌신이 필요한 때입니다, 라는 문장을 덧붙여서 상드 부인의 조속한 파리 행 결단을 촉구했다.

마르셀리나 차르토리스카 대공비는 원래 쇼팽의 친구였고 그의 제자 중 한 사람이기도 했다. 그녀의 인품에는 그녀보다 열세 살이나 연상인 상드 부인도 깊은 경애의 마음을 품고 있었다. 폴란드 유수의 대귀족인 라지비우 가에서 태어나 아담 차르토리스키 대공의 조카인 알렉산데르 차르토리스키 대공 댁으로 시집을 간 그녀는, 위압감이 넘치는 그런 호화스러운 경력을 우아하고 기품 있게 나타낼 줄 아는 매력적인 재능을 갖추고 있었고, 미모에 있어서는 들라크루아에게 **묘사가 불가능**하다는 탄식을 흘리게 하였으며, 취미의 세련됨에 있어서는 스승인 쇼팽의 연주를 가장 충실히 습득한 제자로서 사람들에게 인정을 받았고, 총명함에 있어서는 남편보다 오히려 유연하고 게다가 그 애정의 풍부함은 저마다 **천사와 같**다고 형용할 정도였다.

노앙의 상드 부인은 이제껏 편지를 주고받은 적이 거의 없던 차르토리스카 대공비에게서 자필로 쓴 편지를 받고서야 쇼팽의 용태가 예상했던 것보다 훨씬 더 나쁘다는 것을 알고 깜짝 놀랐다. 그전에 다른 사람들의 편지를 받았을 때는 걱정은 하면서도 정말 그런가 하고 반신반의했었다. 상드 부인은 4월 말에 소설 『세리오』를 탈고하자마자 곧바로 '자살의 관념과 욕망에 대하여'라는 제목의 논문에 착수했고 한편으로 딸의 결혼식을 알리는 수많은 편지를 쓰느라 정신없이 바쁜 상황이었다. 누구에게도 미리 알리지 않았던 혼사인 만큼 일의 전말을 처음부터 일일이 설명해야만 했다. 사람에 따라 교묘하게 같은 이야기를 다르게 썼다. 들라크루아와 마를리아니 백작 부인처럼 친한 친구에게는 특히 여러 장에 걸쳐 이해를 청했다. 편지 중에는 페르낭 드 프레오에게 보내는 것도 있었다. 이미 『프레스』지를 통해 두 사람의 결혼을 알고 있던 페르낭은, 상드 부인과 솔랑주의 편지를 받고 그것이 더이상 의심할 수 없는 사실이 되자 주위의 이목도 개의치 않고 하루 종일 눈물을 흘리며 지냈다. 추억 하나하나가 그를 슬픔으로 몰아넣었다. 이제 두 번 다시 만날 수 없다고 생각하니 더욱더 눈물이 솟구쳤다. 마음을 굳게 먹고 펜을 들어 체념과 미련이 뒤섞인 장대한 편지를 변함없는 오자투성이 문장으로 적어보냈다. 상드 부인은, 처음부터 이 결혼에 친척들이 얼마나 반대했었는지 모른다는 엉뚱한 탄식과 최소한 당신만이라도 열네 살 어린 나이에 어머니를 잃은 가련한 자신을 버리지 말아달라는 딱한 호소가 뒤죽박죽된 그 편지를 복잡한 심경으로 읽었지만, 냉정하게 생각하면 할수록 역시 사윗감으로 받아들이기에는 너무도 부족한 청년이라고 생각했다.

편지를 쓰면서 그녀가 가장 힘들었던 것은 무엇보다 이 결혼의 정당성을 강조하는 것이었다. 그것은 말하자면 클레징게르가 신랑으로서 얼마나 적합한 사람인가를 이해시키는 일이었다. 장점은 과장된 찬사와 함께 낱낱이 늘어놓았다. 결점은 정열과 성실함이 반대로 나타난 것에 불과하다고 변호했다. 그녀의 그런 문장에는 열정이 담겨 있었다. 클레징게르에 대한 넘치는 배려가 단어 사이사이마다 열기를 뿜었다. 허위와 진실이 서

로 녹아들어 무엇이 진실이고 무엇이 허위인지 분간할 수 없는
문장이었다. 그리고 다름아닌 그 열정이야말로 그에 대한 그녀
의 전적인 신뢰를 증거하는 것이었다.

그녀가 쇼팽이 위독하다는 소식을 믿지 못했던 것은 자신이
해야 할 일만으로도 너무나 벅차서 왠지 그것을 믿고 싶지 않았
기 때문이기도 했지만, 그보다는 그 소식이 파리에 보낼 편지들
을 겨우 다 부친 직후에 도착했기 때문이었다. 쓰러졌다는 게
사실일까? 어쩌면 편지를 받아본 이들이 클레징게르를 끔찍이
싫어하는 쇼팽에게 동조해 자신을 파리로 불러내어 생각을 바
꾸게 하려고 꾸민 일이 아닐까? 있을 법한 일이라는 생각이 들
었다. 그런 교묘함 속에서라면 일의 앞뒤가 척척 맞아떨어졌다.
모든 일을 팽개치고 파리로 돌아갔는데 그가 건강하게 자신을
맞이한다면? 그때 자신은 어떻게 그 분노를 표현할 수 있을 것
인가. 지금은 아주 좋아졌다, 그런 말을 들으면 그저 기뻐하는
수밖에 다른 도리가 없을 것이다. 가령 그것이 거짓말이라는 것
을 알았다 해도. 그러고는 기왕 온 김에, 라면서 이래저래 이번
결혼에 대한 반대 의견이나 듣고 있어야 하는 것이다. 그렇게
그에 대한 애정을 이용당하는 게 아닐까? 무조건 자신을 파리로
불러들이기 위한 가장 확실한 방법으로서.

그녀는 차르토리스카 대공비의 편지를 받아들고서야 비로소
쇼팽의 병을 믿을 생각이 들었지만, 그의 상태가 점차 회복되어
가고 있다는 말은 여전히 그가 처한 위기의 심각함에 대해 적지

않은 의심의 여지를 남겼다.

돌아가서는 안 된다. 이미 그렇게 결심하고 있었다.

쇼팽에 대해서는 우선 급한 대로 로지에르 양에게만 편지를 썼다. 다른 사람들에게는 다시 다른 기회에 답장을 하기로 했다. 첫번째 편지에서는 그가 정말 아프냐고 확인했고 두번째 편지에서는 차르토리스카 대공비의 편지를 받고 놀랐다는 이야기를 썼다. 솔랑주의 결혼에 대한 자신의 편지 때문에 파리에서 일어났을 파문을 미리 경계하면서 이 일에 관한 한 그의 의견은 경청할 이유가 없다고도 덧붙였다.

그리고 자신은 파리에 돌아갈 뜻이 없다는 것을 분명하게 알렸다.

여러 가지 잡무가 그녀의 몸을 노앙에 묶어두고 있었다. 그렇지만 상황은 그보다 훨씬 더 그녀의 운신의 폭을 앗아가고 있었다.

16

상드 부인은 솔랑주의 결혼을 준비하는 한편으로 자연스럽게 또 한 명의 딸의 장래에도 마음을 쓰고 있었다. 그것은 솔랑주를 무사히 결혼시켜야 한다는 생각 이상으로 그녀에게 책임감을 느끼게 하는 일이었다.

오귀스틴은 양녀였다. 그것도 그녀의 친아버지에게 당신 딸은 이런 집에서는 결코 행복해질 수 없다고 잔뜩 큰소리를 치고 친어머니에게는 설득을 거듭해 가까스로 이해를 구한 끝에 얻은 양녀였다. 그들에 대한 자존심도 있었다. 그 자존심은 어머니로서의 자긍심으로 이어졌고 작가로서의 신념으로 직결되었다. 혜택받지 못한 환경의 한 소녀에게 선의와 자비의 마음으로 구원의 손길을 내민다. 그녀는 그 행위의 의의를 믿어 의심치 않았다. 일단 결정한 이상 어떻게든 꼭 해내야 했다. 공염불에 지나지 않았을 때 미덕이란 얼마나 추악한 것인가. 친딸과 비교하여 단 한 가지라도 뒤떨어지는 사랑을 주어서는 안 되었다. 모든 점에서 평등하고, 경우에 따라서는 친딸 이상으로 융숭한 대우를 해주는 관대함을 지녀야 했다. 솔랑주가 결혼을 앞둔 이때, 어찌 오귀스틴을 거기에 뒤떨어지게 할 수 있을 것인가. 상대 또한 결코 남 보기에 뒤떨어지는 사람이어서는 안 된다. 결혼식의 규모에서부터 지참금 액수에 이르기까지 똑같은 조건으로 결혼시킬 것이다. 똑같이 가능한 한 최고의 조건으로. 양녀가 양녀라는 이름으로 인해 비참함을 맛보는 일은 결코 있어서는 안 되고 있을 수도 없었다. 상드 부인은 두 딸에 대해 이런 공평함을 완벽히 지켜낼 자신이 있었다. 그녀가 곧잘 솔랑주에 대한 쇼팽의 편애에 분개했던 것은 이런 상식적인 일에 대해 그가 너무도 사려가 부족해 보였기 때문이었다.

아닌게 아니라 쇼팽은 오귀스틴에 대해 진심으로 애정을 느낀 적이 없었다. 모리스 앞에서, 혹은 모리스를 감싸고 도는 상드 부인 앞에서 자신에게 다정하게 대하고 싶어도 그럴 수 없는 그녀의 입장은 물론 이해할 수 있었지만, 그래도 타인처럼 데면데면한 태도를 보이는 데는 역시 기분이 좋지 않았고, 모리스와 한편이 되어 솔랑주를 비난하는 모습이 보일 때는 얄밉다는 생각이 들기도 했다. 평등하게 대해야 한다는 상드 부인의 생각은 잘 알지만, 자진하여 양녀로 받아들인 그녀와는 달리 쇼팽에게는 그만큼의 의무감이 없었고, 그저 보통 사람들이 가진 상식에 따라 신사적으로 대할 따름이었다. 무엇보다 그녀는 자신의 친딸도, 양녀도 아닌 것이다. 결혼도 할 수 없는 애인의 형식상의 자식일 뿐이었다. 오귀스틴 또한 그를 아버지로 대하지 않았다. 그저 자신을 구원해준 어머니의 애인으로밖에는 생각하지 않았다. 상드 부인과는 입장이 달랐다. 새로운 어머니로 모셔야 하는 상드 부인과는. 쇼팽은 자신이 두 딸을 대하는 태도에 차이를 보인다 해도 그다지 비난받을 만한 일은 아니라고 생각했다. 어차피 타인인 것이다. 타인을 대하듯 좋고 싫음을 분명히 해도 무방한 것 아닌가?

쇼팽은 분명 오귀스틴을 좋아할 수 없었다. 그러나 양녀로 남의 집에 들어온 소녀의 심정에 대해서는 얼마든지 배려해줄 수 있었던 터라 최소한 야박하게 대하지는 않았다. 오귀스틴과 솔랑주에 대한 그의 태도에 차이가 있었다면, 그것은 오귀스틴이 싫어서라기보다 솔랑주가 가엾었기 때문이었다.

쇼팽은 솔랑주에게도 자신이 결국 아버지일 수 없다는 것을 잘 알고 있었다. 그녀의 아버지는 어디까지나 뒤드방 남작이었다. 십 년이 넘도록 따로 떨어져 살고 있지만 그가 아버지라는 점은 변함없는 사실이었고 앞으로도 변할 수 없는 사실이었다. 그러나 기껏 한두 해 함께 생활했을 뿐인 오귀스틴과는 달리 솔랑주는 열 살 무렵부터—쇼팽도 당시에는 스물여덟 살의 젊은 청년이었다—줄곧 곁에서 성장을 지켜본 아이였다. 스물한 살의 여자와 서른다섯 살 남자의 만남이 어떻게 열 살 소녀와 스물여덟 살 청년의 만남과 같을 수가 있을 것인가. 어떻게 똑같이 신선하고 생생할 수 있을 것인가. 아버지 없이 자란 구 년 동안 항상 솔랑주 곁에 있었던 것은 쇼팽이었다. 물론 아버지라고는 할 수 없었다. 그러나 단순히 어머니의 애인인 것만도 아니었다. 그는 언제나 아버지와 비슷한 존재였다. 때로는 오빠이기도 하고 때로는 동경하는 연상의 이성이기도 한, 어딘지 아버지와 비슷한 존재였다. 구 년 동안 줄곧! 게다가 두 사람은 단순히 시간에 의해 서로 연결된 것이 아니었다. 마찬가지로 쇼팽과 함께 생활해온 상드 부인과 모리스는 결국 그를 아버지로, 혹은 아버지와 비슷한 존재로 인정한 적이 한 번도 없었기 때문이었다. 오귀스틴에 대해서는 양아버지 같은 공평함을 요구하는 상드 부인도 **친자식들에 대해서는 아버지가 되는 것을** 허락하지 않았다. 흔히 자식이 아버지에 대해 품는 반항심을 종종 쇼팽에게 드러내던 모리스도, 그가 거기에 진짜 아버지처럼 응하는 것은 단연코 거부했다. 단지 솔랑주만이 그에게 기댔다. 솔랑주만이 그에게 어리광을 피웠다. 그것이 참된 애정에 의한 것인지는 그도 알 수 없었다. 그녀 역시 자신이 아버지로서 행동하는 데는 반발할지도 몰랐다. 그러나 그녀에게는 그의 마음을 붙드는 무언가가 있었다. 그의 눈길에 마치 자식을 보는 듯한 감정을 담게 하는 무언가가 있었다. 솔랑주에게는 눈처럼 흰 피부의 스물여덟 살의 쇼팽은 이미 어렴풋한 기억 속에나 있을 뿐이었다. 그러나 그에게 솔랑주는 지금도 여전히 처음 만났던 무렵의 열 살 소녀 그대로였다.

솔랑주는 오귀스틴을 미워하는 자신의 감정을 분명하게 자각하고 있었다. 오귀스틴에게는 오빠 모리스와 마찬가지로 미워할 만한 이유가 있었고, 게다가 오빠와는 달리 사랑해야 할 이유라고는 털끝만큼도 없었다.

그녀는 자주 쇼팽에게 하소연했다.

"어머니는 나더러 오귀스틴에게 좀더 다정하게 대해주라고 말도 안 되는 소리를 해요. 어떻게 그럴 수 있단 말예요? 어머니는 오귀스틴을 딸로 받아들인 이상 완전히 나와 평등하게 대하겠대요. 그걸 나더러 이해하래요. 정말 우습지 않아요? 나는 어머니의 친자식인데, 피가 섞인 친자식인데 말이에요! 그런 내가 왜 그런 대접을 받아야 하죠? 어떻게 어머니가 그럴 수가 있느냐구요. 나를 사랑하고 있다면! 정말 사랑한다면! 어떻게 그럴 수가!"

쇼팽은 그녀가 무슨 말을 하고 싶은지 잘 알고 있었다. 겉으로는 상드 부인의 입장을 변호하는 동시에 솔랑주의 흥분을 가라앉히려고 애썼지만, 속으로는 이 소녀가 하는 말이 맞는지도 모른다고 생각했다. 양녀와 친딸을 완전히 평등하게 대하겠다는 어머니의 생각은 물론 옳은 것이기는 했다. 그러나 아무래도 그는 상드 부인의 그런 생각에 묘한 위화감이 느껴졌다. 분명 솔랑주는 그가 느끼는 그런 위화감을 보다 강하게, 그리고 스스로 의식하는 것보다 훨씬 더 민감하게 느끼고 있을 것이었다. 그것을 생각하면 그녀가 가엾었다. 딸에게는 어머니의 이념이 이해되지 않았다. 우리 눈앞에 혜택받지 못한 환경의 한 소녀가 있다. 그 소녀를 구해주는 것은 인간으로서 당연한 의무이다. 물론 그것은 훌륭한 견해이기는 하지만, 딸에게는 훌륭한 견해를 가진 어머니는 필요하지 않았다. 그런 소녀 따위는 못 본 척 지나치더라도, 혹은 짓밟기까지 하면서라도 자신만을 사랑해주는 어머니를 원했다. 자신을 위해서라면 어머니는 인간의 길에 어긋나는 일까지도 감수해야 한다고 생각했다. 그런 양심의―이른바 **신성한 본능**의 가책에도 귀를 막고 그저 자신만 생각해주기를 원했다. 항상 그렇게 해달라는 것도 아니었다. 일생에 단 한 번만이라도 그런 애정을 보여주기를 바라는 것이었다.

상드 부인은 그러한 솔랑주의 생각을 도저히 용납할 수 없었다. 그리고 이 아이에게는 착한 마음이라고는 한 조각도 없을지 모른다고 의심했다. 분개하여 수없이 설득에 나섰다. 처음에 양녀를 들이겠다는 이야기를 했을 때는 너도 이해해주지 않았느냐고 따져묻기도 했다. 그러나 무슨 소리를 해도 소용이 없었다. 솔랑주는 어머니의 논리는 잘 알고 있었다. 알고 있었지만 마음에 들지 않았다. 자신에게 더 잘해주어야 한다는 그녀의 주장은 분명 어린애 같은 것이었다. 그러나 그런 딸을 냉담하게 질책하는 것은 잔혹한 일일 터였다. 솔랑주는 그런 뜻을 전하고 싶었다. 그러나 그 방법을 알지 못했다.

솔랑주의 철없는 행동에 속이 상한 상드 부인은 이런 아이로 키운 자신에게도 책임이 있다고 반성하면서도 태도를 바꾸려 하지는 않았다. 솔랑주도 페르낭 드 프레오와의 혼담이 진행되고 이어서 클레징게르의 구혼을 받게 되자, 오귀스틴은 돌아볼 겨를도 없어서 어머니에 대한 반항도 차츰 꼬리를 감추었다. 당연히 오빠에 대해서도 마찬가지였다. 미움이란 언제나 대식가이다. 마음껏 먹지 못하면 금방 바짝 여위어 가슴 저 밑바닥에서 무릎을 꿇어버린다. 행복이 인간을 관대하게 만드는 것은 그것이 미움 못지않게 탐욕스레 인간을 점령하기 때문이며, 결코 다른 감정에 양보할 만한 여지를 남기지 않기 때문이다.

상드 부인은 솔랑주의 병이 그렇게 일시적인 소강상태를 유지하는 틈을 타 어떻게든 오귀스틴의 결혼을 결정하기로 마음먹었다. 처음부터 점찍어둔 상대는 단 한 사람밖에 없었다. 그

428

것은 솔랑주의 결혼 상대보다 훨씬 전에 결정되어 있었다. 바로 모리스였다. 그 이외에 다른 상대란 있을 수 없었다.

상드 부인은 오귀스틴의 친아버지가 분개했던 것처럼 자신이 처음부터 **그럴 작정으로** 오귀스틴을 받아들이지는 않았다는 점은 확신을 가지고 단언할 수 있었다. 처음에는 오귀스틴이 오히려 솔랑주와 사이좋게 지내주기를 바랐다. 그러나 결과적으로 오귀스틴이 모리스와 서로 사랑하는 사이가 되고 보니 반대하기는커녕 그보다 더 잘 어울리는 한 쌍은 없는 것처럼 여겨졌다. 그녀는 역시 아들의 어머니로서 오귀스틴에게 매력을 느낀 것이었다. 그리고 모리스가 기왕 누군가와 결혼하게 될 것이라면 오귀스틴 이외의 여자는 받아들이기 힘들 것 같기도 했다. 물론 그녀에게도 결코 손해되는 일은 아닐 터였다. 게다가 실제로 그녀는 모리스를 사랑하고 있었다. 그가 청혼한다면 당장이라도 받아들일 것이었다.

그러나 막상 모리스 본인은 결단을 내리지 못하고 있었다. 그 또한 오귀스틴을 사랑하는 것은 틀림이 없었다. 그러나 지금 당장 결혼해 앞으로 평생 그녀와 함께 살아야 한다고 생각하니 갑자기 두려움이 앞섰다. 좀더 다양한 사랑을 경험해보고 싶었다. 좀더 기다리다보면 그녀보다 더 좋은 여자가 나타날지도 몰랐다. 서둘러 결혼했다가 나중에 후회할지도 모른다는 것이 마음에 걸렸다. 사오 년 정도 얼버무리며 대답을 미루다 이만하면 충분하다 싶을 즈음에 결혼할 수는 없을까, 그런 궁리를 하기도 했다. 젊은 사내다운 고민이었다. 그러나 어머니는 아들의 그런 어중간한 태도를 인정하지 않았다. 딸이나 아들이나 어째서 우리집 아이들은 이렇게도 우유부단할까, 하고 거듭 한숨을 내쉬며 상드 부인은 이제는 기억조차 어슴푸레해진 아버지 모리스 뒤팽의 모습을 거기에서 느꼈다. 그 피가 이어진 것일까? 그게 아니라면, 분명 쇼팽의 악영향 탓이다. 자신을 닮았다면 이런 일은 있을 수 없을 테니! 그녀는 어떻게든 아들의 입에서 결혼 신청을 이끌어내기 위해 온갖 수단을 다 써보았다. 때로는 엄하게 나무라기도 하고, 루이 블랑 같은 다른 남자들이 오귀스틴에게 관심을 가지고 있더라는 말을 슬쩍 흘려 질투심을 부채질해보기도 했다. 그러나 어떤 방법도 효과가 없었다. 그러는 사이에 마침내 오귀스틴이 잔뜩 토라져서 결코 모리스와는 결혼할 마음이 없다고 털어놓고 말았다. 그녀는 작가 조르주 상드의 열렬한 독자가 되어 있었다. 그녀는 진실한 사랑만을 원하며 자신을 진실로 사랑해주는 사람과 결혼할 수 있기만을 원한다고 말했다. 상드 부인은 유감스럽기 짝이 없었지만, 그것도 옳은 말이라고 생각했다. 그리고 이후로는 아들의 어머니로서 그녀를 생각할 것이 아니라 그녀의 어머니로서 그녀를 위한 상대를 찾아주자고 자신의 책임을 다시 한번 확인했다.

그러고 나서 몇 사람인가 후보를 꼽아봤지만 모두 결정 단계까지는 이르지 못했다. 그러는 참에 오귀스트 클레징게르가 나타났다. 클레징게르는 오귀스틴에 대해서는 거의 관심을 보이지 않고 오로지 솔랑주만을 공략하는 쪽으로 마음을 굳히고 있었지만, 그와 함께 상드 부인의 집에 뻔질나게 들락거리던 친구들은 오히려 이 양녀의 매력에 크게 마음을 빼앗기고 있었다.

처음으로 그런 마음을 밝힌 사람은 클레징게르보다 다섯 살 연하인 동생 그자비에 클레징게르였다. 그자비에는 형이 마침내 노앙으로 쳐들어가려 한다는 것을 알고는, 자신도 함께 오귀스틴에게 구혼하러 가고 싶다는 뜻을 형에게 비쳤다. 형 오귀스트는 그 말을 일소에 부치고는 "너는 얌전히 파리에 있어!"라는 말만 남기고 의기양양하게 집을 나섰다. 그러나 그자비에는 포기할 수 없었다. 그는 형이 노앙에 도착할 즈음에 맞추어 형과 상드 부인 앞으로 편지를 보냈다. 이 편지는, 길을 잘못 들어 이리저리 헤매던 형을 앞질러 먼저 노앙에 도착했다. 상드 부인은 오귀스틴과 결혼하게 해달라는 그 편지의 내용에 펄쩍 뛸 듯이 놀랐다. 솔랑주가 그런 사정을 눈치채지 못한 것이 천만다행이었다. 오귀스틴이 자기보다 먼저 청혼을 받았다는 것을 알면 질투심에 미쳐 날뛰리라는 것은 불 보듯 뻔한 일이었다. 게다가 그 남자의 형이라는 이가 뒤늦게 나타나서 식어빠진 숭늉처럼 느지막이 결혼을 신청한다면 솔랑주로서는 더욱더 흥이 깨지는 일인 것이다. 그렇게 되면 모든 계획은 물거품이 되고 만다. 상드 부인은 그자비에의 경솔함에 화가 나고 불안하기도 해 즉시 답장을 썼다. 편지에 형의 행선지에 대해서는 결코 입 밖에 내어서는 안 된다, 솔랑주에게도 비밀로 해야 한다고 다짐에 다짐을 한 것은, 무엇보다 이렇게 아둔한 젊은이라면 어디서 어떻게 이번 계획에 대해 발설할지 모른다는 의심이 들었기 때문이었고, 또 하나는 그가 앞으로 지치지도 않고 자꾸 편지를 보내와서 이번 결혼이 성사되기도 전에 솔랑주가 눈치를 채서는 안 된다고 생각했기 때문이었다. 그리고 그의 청혼에 대해서는 당연하다는 듯이 거절했다. 그녀는 어머니로서의 자신의 책무를 의연한 어조로 적고는 직업조차 확실하지 않은 젊은 나이의 당신과는 오귀스틴을 결혼시킬 수 없다고 답했다. 형 클레징게르는 노앙에 도착하고 나서 이 이야기를 듣고 깜짝 놀랐다. 그리고 크게 격분하여 파리에 돌아와서는 동생에게 실컷 주먹 세례를 퍼부었다.

그자비에와 비슷한 시기에 쥘 뒤프레도 오귀스틴에 대한 관심을 내비쳤다. 그러나 이 또한 받아들여지지 않았다. 오귀스틴은 그의 호의에 그저 당혹감만 드러냈을 뿐이었다. 상드 부인도 그를 클레징게르보다 못하다고 생각했다. 공연히 일이 더 커지기 전에 상드 부인은 선수를 쳐서 그의 생각을 잘랐다. 뒤프레는 떨떠름하게 체념할 수밖에 없었다.

이러한 상황을 쭉 지켜본 클레징게르는 노앙에서 너무도 쉽게 손아귀에 넣은 결혼 약속에 신바람이 나서 상드 부인이 결정적으로 자신의 천재성에 감탄하게 될 한 가지 계획을 생각해냈다. 이 계획은 분명 상드 부인에게 자신에 대한 강한 신뢰를 심어줄 터였다. 그것이야말로 그가 반드시 손에 넣기를 원했고 또한 앞으로 크게 도움이 될 터인 신뢰였다.

그는 오래 전부터 상드 부인이 모리스와 오귀스틴의 결혼을 바란다는 것을 알고 있었다. 그리고 모리스의 엉거주춤한 태도로 인해 그 바람이 이루어지지 못하고 말았다는 것도 알고 있었다. 그렇다면 그 일을 보기 좋게 매듭지어 상드 부인에게 한 가지 빚을 만들어두자는 것이 클레징게르의 계획이었다.

클레징게르는 상드 부인에게 솔랑주와의 결혼 허락을 받아내면서 동시에 지참금 약속까지 분명하게 확보했지만 그 내용에는 적잖이 불만이 있었다. 그도 그럴 것이, 솔랑주에게 주어질 평가액 이십만 프랑에 달하는 오텔 드 나르본은 현재 저당이 잡혀 있고 그것을 말소하기 위해서는 오만 프랑의 비용이 필요하기 때문이었다.

상드 부인이 딸에게 굳이 저당에 든 건물을 지참금으로 주기로 한 것은 우선 그것이 이혼 협정에 의해 남편이 사용권만을 소유하는 부부 공유 재산인데다 저당권 말소에 필요한 오만 프랑을 부부 양쪽 다 곧바로 준비하기가 불가능했기 때문이었지만, 거기에는 또다른 적극적인 의미도 있었다. 그녀는 젊은 두 사람의 낭비벽을 염려하고 있었다. 클레징게르의 빚 소문에 대해서는 끈질길 정도로 추궁을 해서 단 한 푼의 빚도 없다는 것을 확인했지만, 그래도 그런 소문이 나돌 정도라면 금전적인 면에는 다소 칠칠맞지 못한 구석이 있을 것이라는 짐작이 갔다. 한편으

로 솔랑주 역시, 누구의 악영향인지는 모르지만 혼자서 다닐 때
도 여섯 마리 말이 이끄는 마차를 불러달라고 철없는 요구를 할
만큼 사치에 대해서는 심상치 않은 동경심을 갖고 있는 터라 갑
작스레 큰돈을 쥐게 되면 분명 어리석게 낭비해버릴 것이었다.
상드 부인이 오텔 드 나르본에 저당권이 설정되어 오히려 다행
이라고 생각한 것은 바로 그 저당권 때문에 딸 부부가 곧바로
건물에 손을 댈 수 없을 것이기 때문이었다. 그녀는 조각가로서
의 클레징게르의 재능을 낙관적으로 보고 있었다. **착실하게만 일
하면** 일 년에 이만오천 프랑에서 삼만 프랑 정도는 너끈히 벌어
들일 수 있을 것으로 예상했다. 그렇게 되면 머지않아 저당권도
말소할 수 있다. 당연히 그때까지는 이자도 지불해야 한다. 그
러나 매달 지불할 돈이 있다는 것이 분명 사위에게 좋은 자극제
가 되어 좋든 싫든 부지런히 일하고 착실하게 돈을 모으는 것을
배우게 될 것이었다. 솔랑주도 남편의 고생을 곁에서 지켜보면
자신의 사치벽이 얼마나 그를 괴롭히는지 깨달을 것이 틀림없
었다. 그런 과정을 겪은 다음에야 비로소 그들은 큰돈을 손에
넣을 자격을 얻는 것이다…… 그래서 지참금은 빚이 딸린 채로
주어지게 되었고, 그 실제 액수는 현금으로 환산한다면 이십만
프랑에서 빚 오만 프랑과 그 이자를 뺀 십오만 프랑가량이 될
것이었다.

사실 상드 부인이 처음부터 이런 생각을 한 것은 아니었다.
지참금에 대해 막연히 계산하기 시작한 당초에는 그 저당권 말

소에 드는 비용을 머지않아 간행될 전집의 수입으로 자신이 지불할 작정이었다. 넉넉잡아 이듬해까지는 충분히 준비될 것이었다. 그것은 부모가 함께 주는 지참금과는 별도로 어머니가 따로 딸에게 주는 선물이라고 마음속으로 생각하고 있었다. 그렇다면 결과적으로 지참금 액수는 이십만 프랑이 된다. 그러나 고민을 거듭한 끝에 저당권을 말소하지 않고 그대로 두자는 결론에 이른 후, 지참금은 십오만 프랑으로 하고 저당권 말소 비용으로 쓸 생각이던 오만 프랑은 부부별산제에 기초하여 솔랑주 개인의 재산으로 쥐여주기로 결심했다. 이것은 그녀 스스로의 괴로운 경험에서 나온 배려였다. 왜냐하면 지참금이란 혼인의 성립과 동시에 남편 명의의 재산이 되어버리기 때문에 모든 돈을 지참금이라는 형태로 주면 만에 하나의 경우에 아내는 무일푼이 되고 말기 때문이었다. 말하자면 그것은 결혼 제도의 불합리성에 맞서는, 아내 쪽을 위한 자위책이었다.

그러나 상드 부인은 이 점에 대해 클레징게르에게 명확히 설명하지는 않았다. 모든 것이 그들을 위한 결정이라고는 해도, 그것은 사위에 대한 불신을 전제로 한 지나친 신중함이었다. 그런 탓에 클레징게르는 여전히 지참금을 이십만 프랑으로 알고 있었고, 나중에 주어질 오만 프랑은 당연히 저당권 말소를 위한 비용으로 쓸 생각이었다.

어쨌거나 클레징게르는 이십만 프랑이라는 거금이 굴러들어오는 것에 크게 만족하고 있었다. 그러나 가장 중요한 전집 간행이 아무래도 불확실하다는 것이 영 마음에 들지 않았다. 물론 머지않아 간행되기는 할 모양이었다. 단지 그것이 오 년 뒤가 될지 십 년 뒤가 될지 모를 일이라면 도저히 기다릴 수 없었다. 쓰지도 못할 지참금 따위 무슨 소용이 있을 것인가? 자신은 사방이 빚더미인 처지다. 결혼을 하면 그것 말고도 이것저것 비용이 많이 들 것이다. 하루빨리 저당을 풀고 팔아치우지 않으면 도저히 해결할 수 없는 빚이다. 게다가 그 건물의 이자를 말소 때까지 자신이 내야 하다니, 그럼 그 동안에 굶어 죽으란 말인가! 그렇지만 그는 그 불만을 곧바로 상드 부인에게 털어놓는 어리석음을 범하지는 않았다. 아무 불만도 없다는 얼굴로 그녀의 후의에 감사의 뜻을 표했다. 실로 미묘한 대처였다. 너무 과장되게 기뻐했다가는 마치 지참금을 목적으로 청혼한 것처럼 비칠 수 있었다. 그렇다고 무뚝뚝하게 응했다가는 도리어 의심을 살 것이었다. 그렇지 않아도 빚 문제로 잔뜩 의심을 사고 있는 판이다. 여기에서 안달을 하다 자칫 실수했다가는 모든 일이 말짱 헛것이 된다. 그런 생각에서 일단 조용히 노앙을 뜨기로 했다.

클레징게르는 어떻게든 일찌감치 지참금을 손에 넣을 방법이 없을까 궁리하던 끝에 한 가지 대담한 꾀를 짜냈다. 지참금을 받은 후 상드 부인의 전집 간행을 마냥 기다리는 것이 아니라, 상드 부인의 고유 재산인 노앙의 토지에 오만 프랑의 저당권을 설정하게 하여 오텔 드 나르본의 저당권을 깨끗이 말소한 후 자신의 명의로 바꾼다는 계획이었다.

이것은 말하자면 도박이었다. 그의 말과 행동 모두를 소급하여 의문을 품고 마침내는 부정하게 할 가능성마저 있는 위험한 도박이었다. 그래도 그에게는 승산이 있었다. 그것을 보증해줄 전략도 있었다.

"될 대로 되라는 식으로 전략을 포기하는 것은 패전국의 장군이다! 승자란 항상 가장 대담한 행동을 위해 가장 착실한 전략을 준비해야만 하느니!" 클레징게르는 세인트 헬레나의 나폴레옹을 흉내낸 잠언을 입에 올리며, 그 의미하는 바의 **심오함**에 스스로 도취되어 있었다.

최종 목표는 얼마나 자연스럽게, 얼마나 무리 없이 이 요구를 상드 부인에게 이해시키느냐 하는 것이었다. 전략은 두 가지로 요약되었다. 첫째는 뒤드방 남작을 교묘하게 이용하는 것, 둘째는 상드 부인에게 지금보다 더 큰 신뢰를 얻기 위해 뭔가 매력적인 선물을 가지고 돌아가는 것. 그 선물이 바로 상드 부인이 그토록 원했으나 결국 이루지 못했던, 오귀스틴에 대한 모리스의 청혼이었다.

누워서 떡 먹기 같은 일이었다. 어머니의 칭찬에도 영향을 받아 모리스는 클레징게르의 예술적 재능을 다른 누구보다 존경하고 있었다. 더불어 아홉 살이라는 나이 차와, 자신과는 너무나 다른 과감한 행동력 등에 압도되어 저절로 그에게 머리를 숙이게 되었다.

클레징게르는 결혼에 필요한 친아버지의 동의를 얻기 위해 파리에서 기유리로 향하는 도중에 모리스에게 오귀스틴과의 복연(復緣)에 대한 이야기를 꺼냈다.

모리스는 처음에는 "이미 끝난 이야기인데요, 뭐……"라며 화제를 피하려고 했다. 클레징게르는 그 말에 피식 웃음이 터졌다. 그 패기 없는 성품을 실컷 놀려주고는 이어서 갑자기 말투를 다정하게 바꾸어 그의 눈을 들여다보며 말했다.

"이봐요, 나의 친애하는 처남, 당신 마음속을 훤히 다 알 만하군. 처남은 내가 보기에는 지나치게 착실한 사람이야—아니, 아니, 하고 싶은 말은 많겠지만, 일단 조용히 내 이야기를 좀 들어봐—그래, 너무 착실한 성품이라서 여자라는 걸 거의 모른다니까." 그는 일부러 **전혀 모른**다고는 하지 않았다. "그런데 말야, 나는 그런 거 몰라요 하면서 그냥 얌전히 살 수 있느냐 하면 그게 그렇지를 않아. 그림 그리는 친구들이 어디서 어떤 여자를 만났네 어쨌네 하며 **솜씨 자랑**을 늘어놓을라치면 그만 부러움에 가슴이 답답해지게 마련이지—아, 잠깐, 잠깐만 더 들어—그래서 자네도 꼭 그런 경험을 해봐야 속이 시원하겠다, 그거지? 그렇지 않은가? 일단 결혼을 해버리면 평생 그런 즐거움은 맛볼 수 없을 것이다, 그러기 전에 좀더 많이, 결혼할 마음은 없지만 함께 즐기기에는 좋은 여자들과 실컷 놀아보자, 이거지? 싫증나면 휙 내팽개쳐도 좋을 그런 여자하고 말야. 그래, 알 만한 얘기야. 아주 흔해빠진 얘기지. 뭐, 자네만 그런 건 아냐. 다들 꿈꾸는 일이지. 그렇지만 내가 보기에는 그건 완전히 잘못된 거야. 우선, 잘 들어봐, 화가 나부랭이 불량배 같은 작자들이 떠드는 얘기를 정말인 줄 알고 그대로 믿는 바보가 어디 있나? 이런 일에 관해서는 자네보다 내가 훨씬 더 잘 아니까 하는 말인데, 그자들이 하는 이야기는 거의 다 거짓말이야. 입으로는 온갖 허풍을 치지만 차근차근 조사해보면 다 지어낸 얘기라구. 그저 허세야, 허세. 남자라는 건 원래 그런 존재 아닌가? 한 여자를 제 것으로 만들면 세 여자를 제 것으로 만들었다고 자랑하고 싶어지는 게 남자라구. 셋을 제 것으로 하면 다섯을, 다섯을 제 것으로 하면 열이라고 하지. 내가 자네를 너무 착실하다고 한 건, 그런 말을 곧이곧대로 믿고 괜히 기가 죽어 있으니 가엾어서 그런 거야. 그리고 또 있어. 자네는 일단 결혼하고 나면 모든 게 끝인 줄 알지. 그러나 그건 말도 안 되는 착각이야. 주위를 둘러보라구. 결혼하고 나서도 의외로 모두들 보란 듯이 일을 저지르잖아.” 그렇게 말하다가 클레징게르는 깜빡 자신의 본심을 털어놓은 것 같아 서둘러 덧붙였다. “물론 나는 절대 그런 일이 없지. 그런 짓에는 진작에 흥미를 잃었어. 나는 정말 자네 누이에게 홀딱 빠져 있다네. 아주 넋이 나갈 정도로 말야. 그렇지만 자네가 결혼 후에 어떻게 할 것인가는 전적으로 자네 마음이야. 그렇지? 자네는 앞으로 오귀스틴보다 더 좋은 여자를 만날 수도 있다고 생각하는 모양인데, 유감스럽지만 그건 있을 수 없는 일이야. 자네처럼 우유부단한 남자는 아무리 세월이 흘러도, 누구를 만나도 이런 식일 게 뻔해. 항상 더 좋은 여자만 기다리다 세월을 다 보낼 거라구. 그러다보면 쓸 만한 여자들은 모두 결혼해버리고 뒤에 남은 시시한 여자와 결혼할 수밖에 없는 거지. 자네, 그런 수모를 참을 수 있겠나? 자네는 그때서야 후회할 거야. 아아, 역시 그때 티틴과 결혼했더라면 좋았을 텐데, 라고 말야. 그런 어리석은 짓을 해도 되는 건가, 응? 처남이 될 자네에게 더이상 심한 소리는 하지 않겠네. 다시 한번 청혼하도록 해. 자신의 우유부단함을 깊이 후회한다고 하면서 말야."—어째 내가 써먹은 작전하고 똑같은 것 같군!— "그녀에게 단 한마디, 결혼해달라고 말하면 되는 거야. 그러면 상드 부인께서도 얼마나 좋아하시겠나! 아니, 상드 부인뿐만이 아니야. 생각을 좀 해보게. 나와 자네가 나란히 결혼식을 올린다면! 게다가 자네의 두 누이하고 말야! 어때, 처남, 참으로 훌륭한 생각이 아니냐구!"

모리스는 클레징게르의 말에 감동했다. 그의 말은 이상할 만큼 설득력 있게 들렸다. 어머니이며 여자인 상드 부인에게는 결코 밝힐 수 없었던 남자로서의 본심을 이토록 깊이 이해해주고, 게다가 입에 발린 소리가 아니라 실로 유익한 충고를 해주는 이 클레징게르라는 사내가 그에게는 한없이 믿음직스러운 존재로 여겨졌다. 자신에게 만약 형이 있었다면 분명 이와 똑같은 충고를 해주었으리라. 모리스는 즉각 그의 말에 동의하고 기유리에 도착하면 자신도 아버지에게 결혼 허락을 받을 것이라고 대답했다. 클레징게르는 대충 넘겨짚어 말한 것이 그대로 정곡을 찔렀다는 것을 알고 배를 잡고 웃고 싶을 지경이었다. 입이 저절로 헤벌어지는 것을 기침을 하는 척 슬그머니 감추고는 모리스의 어깨를 두드리며 "그러는 게 좋아, 아무렴 좋고말고. 그렇지?" 하고 몇 번이나 고개를 끄덕여 보였다.

기유리에 도착한 클레징게르는 별다른 어려움 없이 솔랑주와의 결혼에 대한 아버지의 동의를 얻는 데 성공했다. 거기까지는 예상대로였다. 그런데 모리스가 자신도 오귀스틴과 결혼하고 싶다는 이야기를 꺼내자 그때까지 기분이 좋아 보이던 뒤드방 남작이 갑자기 안색이 바뀌어 크게 분노하는 것이었다.

"너는 아직도 그 소리를 하는 게냐? 허 참, 이게 무슨 일이람, 참으로 한심하군! 대체 너는 얼마나 나이를 먹어야 어른이 되겠냐! 그 얘기는 진작에 끝난 얘기가 아니냐! 참으로 아비를 실망시키는 아들이로구나! 누구 때문에 그 얘기가 어긋나버렸는지 잊었더냐? 이제 와서 새삼스럽게 그 얘기를 다시 꺼내다니 대체 무슨 속셈이냐, 응? 또다시 마음이 바뀌었다고 할 셈이냐? 절대로 허락 못 해! 그런 어리석은 짓거리만 계속하면 상속권이고 뭐고 없을 줄 알아!"

모리스는 그 거친 꾸지람에 기가 죽어 도움을 청하듯 클레징게르를 돌아보았다. 클레징게르는 아차 싶었다.

'아버지는 반대하는 일이었던가? 어휴, 그러면 그렇다고 진작에 말할 것이지, 제기랄! 아무튼 이 멍청한 녀석이 내가 부추

졌다는 얘기를 하면 큰일이야. 계획이 엉망진창이 되고 말아!'

클레징게르는 서둘러 모리스의 어깨에 손을 얹으며 말했다.

"이보게, 너무 심하지 않은가, 이제 와서 새삼스럽게 옛날 얘기를 다시 꺼내다니. 이건 아무래도 신사적인 행동이라고 할 수 없군. 그녀도 더이상 그럴 마음이 없을 거야. 자네만 계속 미련이 남아서 그런 소리를 해대면 오귀스틴도 딱하지 않겠는가." 그러고는 참으로 맞는 말이라는 듯 연방 고개를 끄덕이는 뒤드방 남작을 향해 말했다. "그렇지만 모리스로서는 그럴 만도 합니다. 줄곧 저와 솔랑주의 결혼을 자기 일처럼 기뻐했으니까요. 지금도 그만 너무 흐뭇한 마음에 그런 얘기를 꺼낸 모양입니다. 물론 그 얘기를 다시 꺼낸 건 상식에 어긋난 일이었는지도 모르겠습니다. 그러나 저는 정말로 감동했습니다. 친한 벗과 누이의 결혼에 대해 분별력을 잃을 만큼 기뻐해주다니 얼마나 훌륭한 친구입니까! 그렇지 않은가, 모리스? 부디 제가 아버님께 가져다드린 오늘의 이 멋진 소식을 봐서라도 그를 용서해주실 수 없겠습니까?"

뒤드방 남작은 잠시 생각하는 듯하더니 다시 입을 열었다.

"자네는 우정 또한 두터운 사람이로군…… 자네 말이 **전적으**로 맞다고 생각하지는 않지만 어쩐지 화를 낼 마음이 싹 가셔버렸어."

"이 친구도 벌써 충분히 반성하고 있습니다."

"흠…… 그건 그렇고, 자네가 공연히 신경쓰게 해서 미안하네. 더이상 긴말하지 않겠어. 단, 잘 알아둬라, 모리스." 똑똑치 못한 자식을 향해 뒤드방 남작은 말했다. "두 번 다시 그 결혼 얘기는 입에 담지 마라. 두 번 다시 말야. 알겠니?"

"물론…… 그렇게 하겠지, 모리스?"

클레징게르는 당장이라도 입을 벌려 뭔가 말하려고 하는 모리스에게 미소를 지어 보이는 동시에 내리찍는 듯한 날카로운 눈초리로 그를 노려보았다. 모리스는 자신을 궁지에서 구해줄 사람이라고 여겼던 그의 입에서 엉뚱한 말이 튀어나오는 것을 보고 천지가 뒤집어진 것처럼 깜짝 놀랐다. 완전히 혼란에 빠져 눈앞의 광경을 마치 희극의 한 장면이라도 목격하는 심정으로 바라보았다. 뭔가 말을 하려고 해도 선뜻 말이 나오지 않았다. 자기가 속은 게 아닌가 하는 생각도 해보았다. 그러나 그것도 너무 이상해서, 뭔가 생각이 있어서 그랬을 것이라는 식으로 상상력을 엉뚱한 방향으로 돌렸다.

물론 모리스가 기대한 그런 생각 따위가 클레징게르에게 있을 리 없었다. 저녁에 두 사람만 남게 된 방 안에서 그 진의를 확인하려고 하는 모리스에게 그는 도리어 벌컥 화를 냈다.

"자네에게 정말 실망했어! 어째서 아버님이 그 결혼에 반대한다는 얘기를 미리 해주지 않았나? 나를 믿지 않았던 게지? 솔직하게 털어놓았다면 지혜를 빌려줄 수도 있었을 텐데 말야. 이게 뭔가, 혼자서 모든 일을 엉망으로 만들고! 그런 식으로 느닷없이 얘기를 꺼내면 누구든 화가 나는 게 당연하지! 아버님은 내 결혼 이야기에 기분이 아주 좋으셨어. 단순하기 짝이 없는 자네는 그것을 보고 당돌하게 이야기를 꺼냈겠지. 어쩌면 그렇게도 꾀가 없는가? 기분 좋은 때를 틈타서 얼씨구나 하고 평소에 마음에 들어하지 않던 얘기를 불쑥 들이밀면 어느 누가 화를 내지 않겠느냐구! 나라도 그랬을 거야! 인간이란 건 말야, 그런 교활함에 휘말렸다는 생각이 들면 절대로 참지 못하는 법이야. 그런 것쯤은 이제 알 만한 나이가 아닌가! 자네, 지금 대체 몇 살인가, 응? 나는 자네가 좀더 똑똑하게 처신하리라고 기대했어. 정말이야! ……뭐야, 설마 자네가 지금 나를 나무라려는 건가? 바보짓도 좀 어지간히 하게! 그 자리에서 그렇게 하는 것 말고 무슨 다른 방법이 있었겠나! 일이 이 지경이 되었으니 이제 어떻게 손쓸 수도 없어. 아무리 말해봤자 이제 아버님의 마음은 변하지 않아. 기분만 더 상하실 거야. 나까지 자네의 그런 얼간이짓에 끌어들여서 불행 속에 밀어넣을 참인가? 농담 말게! 나도 그렇게까지 너그러운 사람은 못 돼. 내 입장도 챙겨야 한다구. 그걸 자네가 비난하겠다는 건가? 아니, 나는 또 그렇다고 치세. 자네는 누이의 행복까지 망칠 판이었어. 누이뿐만이 아냐. 자네 자신도 망칠 판이었어. 그렇잖은가? 상속권을 없애 버리겠다는 위협까지 받다니, 자네 대체 어떻게 할 작정이었나? 내가 적당히 무마한 덕분에 그나마 그 정도로 넘어갔지, 내가 아니었으면 자네의 유산은 전부 자네 누이의 손에 넘어갔을지도 몰라. 그렇게 된다면 나야 당연히 엄청난 부자가 되었겠지

444

만."—아차, 그렇구나, 이제야 생각이 나다니! 참으로 아까운 실수를 했다!—"그래도 나는 자네를 위해서 그렇게 말해준 거야! 감사를 받아도 시원찮을 정도라구! 나는 항상 자넬 걱정하고 있어. 먼 앞일까지 전부 내다보면서 말야! 그런데 뭔가, 이제 전부 망쳤지 않은가! 흥, 망쳤어…… 망쳤다구…… 이봐, 모리스, 모리스…… 내가 큰 소리를 친 건 미안하네만…… 그렇지만…… 그렇지만 말야, 나는 정말 자네를 좋아해. 그래서 이번 일은 꼭 성사시켜주고 싶었어. 그래서 그만, 너무 유감스러운 나머지 불쑥 화를 내고 말았네. 그렇지만 내 심정을 이해해주겠지? 그렇지? 자네라면 말야."

모리스는 점점 더 무슨 영문인지 몰라 어리둥절하기만 했지만, 클레징게르의 기세에 눌린데다 자신의 무능함을 크게 비난받았다는 열등감 때문에 더이상 불만을 토로할 수가 없었다. 그리고 마지막에 덧붙인 말의 절절한 분위기에 어쩐지 크게 위로를 받은 듯한 느낌마저 들어서 스스로도 이상하다고 생각하면서도 "고마워요"라고 감사 인사까지 건넸다.

클레징게르는 풀이 죽은 모리스가 방 안에 틀어박혀 있는 동안 끊임없이 뒤드방 남작 곁에 붙어다니며 그의 기분을 풀어주는 데 전념했다. 농담을 하고 장래의 꿈을 펼쳐 보이고 자신이 얼마나 솔랑주를 사랑하는지 설명하면서 남작님을 친아버지처럼 존경하고 있노라고 아첨을 늘어놓았다. 특히 모리스에 관련된 이야기는 효과만점이었다. 너무 심하게 꾸지람을 한 게 아닌가 싶어 은근히 마음 아파하는 뒤드방 남작의 심정을 교묘히 간파하고는, 거기에 부응하듯이 자신은 모리스를 피가 섞인 형제처럼 진심으로 사랑한다, 아직 어린애 같은 부분도 없지 않지만 그런 결점까지 다 받아주고 성심껏 돌봐주는 것이 무엇보다 큰 기쁨이라고 구구절절 늘어놓았다. 뒤드방 남작은 그런 그에게 호의를 품었다. 솔랑주가 어째서 프레오를 버리고 이 남자를 선택했는지 이해할 수 있을 것 같았다.

"자네 같은 사위가 생기다니 나도 무척 믿음직스럽네. 모리스는 항상 저 꼴이지만, 자네를 본받아 어서 어른이 되었으면 좋겠구만."

클레징게르는 그런 그의 말을 무심히 흘려듣지 않았다. 재빨리 화제를 바꾸어 일부러 멀리 우회해가며 창작에 얽힌 고생담을 늘어놓고, 그것을 과거의 위대한 조각가들의 그것과 일일이 비교해가며 그들이 부단한 노력과 인내로 쟁취해낸 성공이 반드시 자신에게도 찾아올 것이라는 기대감을 품게 했다. 실패담도 충분히 섞어가며 그럴 때마다 얼마나 많은 양의 대리석이 소모되는가를 설명했다. 그러한 낭비 없이는 영예의 관은 결코 손에 넣을 수 없다는 점을 강조하고, 그 때문에 아무래도 꼭 필요한 자금에 대해 언급하면서 지참금으로 주어질 예정인 오텔 드 나르본을 당장 매각하지 않으면 안 될 필연적인 이유를 설명했다. 뒤드방 남작은 과연 그렇겠다고 수긍했다. 그리고 노앙의 토지에 저당권을 설정하자는 그의 생각에 내심 놀라면서도 자신도 거기에 찬성한다는 취지의 대답을 하고 나아가 오텔 드 나르본을 매각한 후의 자금 운용에 대해 길게 자신의 주장을 개진했다.

클레징게르는 속으로 쾌재를 불렀다. 그리고 뒤드방 남작이 "그애 어머니가 이해해준다면 좋겠네만. 어쨌든 나로서는 잘 되기만을 비네"라고 다정하게 염려해주는 소리를 듣고는 아버지나 아들이나 어쩌면 이렇게도 쉽게 속아넘어가는가 싶어 자신의 솜씨에 큰 희열을 느꼈다.

파리에 돌아온 클레징게르는 『프레스』 지의 기사를 읽고 결혼 사실을 알게 된 이들로부터 수많은 축하 인사를 받았다. 가장 열렬하게 환영해준 것은 친구들이 아니라 채권자들이었다. 빚쟁이들은 기사를 보자마자 앞다투어 그의 집으로 몰려와 현관 앞에서 순서를 둘러싸고 며칠 동안이나 서로 험한 말다툼을 했다. 마침내 네라크에서 클레징게르가 돌아오자 그들은 일제히 그에게 달려들어 저마다 지참금 액수를 물었다. 그는 그들의 기세에 어이가 없어서 참으로 천박한 자들이라고 한숨을 내쉬었다. 모두 입만 열면 돈 이야기였다. 축하 인사 한마디 없이!

그는 쇼팽이나 마를리아니 백작 부인 등을 만날 때면 그 기품 있는 행동거지를 내심 비웃곤 했지만, 한편으로 다른 곳에서 예전의 동료들을 만나면 그들의 예의 없음을 경멸하며 자신은 이제 이런 자들과는 다르다는 우월감을 느꼈다. 그 우월감이 빛에 대한 부담감을 깨끗이 잊게 해주었다. 콧대가 높아진 만큼 빈틈없이 막아두던 부분도 허술해졌다. 예전 같으면 비굴하기까지 한 자세로 실제보다 액수를 낮춰 말하고 자신은 여전히 돈이 없다는 것을 강조해서 빚을 떼어먹으려고 버둥거렸을 텐데, 그날은 깨끗이 실제 금액을 밝히며 한 사람 한 사람에게 꼭 갚아주겠다는 약속을 하고 "여러분의 돈지갑도 이제 곧 두둑해질 거요"라고 득의양양하게 큰소리까지 치고는, 어이가 없어 입을 떡 벌리고 있는 그들을 냉큼 쫓아내버렸다.

빚쟁이들이 돌아간 뒤에야 클레징게르는 자신의 실수를 깨달았다. 무진 애를 써서 손에 넣게 될 그 큰돈을 왜 저런 자들에게 넘겨주어야 한단 말인가. 그러나 마음이 진정되자 "하긴, 아무려면 어때"라고 혼잣말을 내뱉었다. "돈이 두둑이 들어올 텐데 뭘. 이십만 프랑이나 되잖아! 정말 엄청난 액수지! 저런 피라미들 돈 좀 갚아주기로서니 그게 어떻다는 거야? 별일도 아니지. 굽실거리는 것도 이제 질렸어. 돈다발로 따귀를 때려서 두 번 다시 내 앞에 나타나지 못하게 해줘야지! 그러기 위해서라도 우선은 계획을 멋지게 마무리하자."

모리스를 오귀스틴과 결혼시킨다는 계획은 포기해버렸지만, 클레징게르는 벌써 다음 방도를 세워두고 있었다. 그는 다시 노앙을 찾기 전까지의 짧은 기간 동안 테오도르 루소를 만나 오귀스틴이 아무래도 그에게 관심을 가지고 있는 것 같더라는 이야기를 했다.

뒤프레와 마찬가지로 실은 루소도 그녀에게 호감을 품고 있었다. 그 이야기를 본인에게 들어서 알고 있던 클레징게르는 새로운 구혼자 후보로 가장 먼저 그에게 눈독을 들인 것이었다.

위기를 모면하기 위해 쥐어짜낸 방법이기는 했지만 클레징게르는 이 계획이 무척 마음에 들었다. 루소라면 **동서**로 삼기에는 안성맞춤이었다. 모리스 같은 위인보다 백 배 나았다. 곧장 상드 부인에게 편지를 써서 루소가 오귀스틴을 사랑하고 있다는 사실을 알렸다. 친구를 칭찬할 수 있는 한 최대로 극찬했다. 그에게는 청혼의 **단호한** 의사가 있으며 자신도 그를 자신 있게 추천한다고 썼다. 굳이 '단호한'이라는 단어를 사용한 것은 상드 부인에게 모리스의 우유부단함을 상기하게 하기 위해서였다. 이 계획은 당장 실현될 가능성이 있었다. 루소 본인도 무척 적극적이었다. 그 친구라면 사위로서 나보다 훨씬 **바람직한 사내**다. 감히 어느 누가 반대할 것인가? 농담이라도 하듯 그렇게 생각하며 클레징게르는 혼자 컬컬 웃었다. 아니나 다를까, 상드 부인에게서 놀람과 찬의(贊意)가 가득 담긴 답장이 돌아왔다. ……처음에는 뜻밖의 인물이라고 생각했지만, 그 사람이라면 이전부터 마음에 들었던 만큼 곰곰이 생각해보니 대단히 잘 어울리는 한 쌍인 것 같다. 뒤프레와 비교해봐도 여러 가지 면에서 우수하다고 생각한다. 성격, 용모, 재능 모두 마음에 든다. 젊은 예술가의 작품에 대해서는 칭찬에 인색한 들라크루아조차 그의 풍경화에 대해 항상 높은 평가를 내렸다. 현재로서는 아직

대가라고 할 정도는 아니지만 장래에 크게 기대해볼 만하다. 관전에서 퇴짜를 맞은 일이 마음에 걸리지만, 낭비벽이 있다는 소문도 없고 귀족 같은 사치에 몰두하는 것도 아니거니와 생활 면에서도 문제가 없어 보인다. ……어머니로서의 기쁨이 그 문맥에서 의심의 여지 없이 느껴졌다. 생각대로 척척 진행되는구나. 모리스가 뒤드방 남작에게 혼이 난 일은 그냥 묻어두었지만, 가령 알려진다 해도 이것으로 충분히 변명할 거리가 될 것이었다. 결코 놀리려는 생각에서 모리스를 꼬드겼던 것이 아니다. 자신은 어디까지나 오귀스틴의 입장에서 약혼자의 선정에 임했다. 당연히 모리스를 제일 먼저 고려했다. 그러나 아버지의 반대에 부딪혔을 때의 그의 태도를 보고, 그가 그것을 극복해낼 만큼 그녀를 사랑하지 않는다는 것을 깨달았다. 유감스럽지만 체념하지 않을 수 없었다. 그러나 모리스만큼 잘 어울리는 사내가 모리스보다 열 배나 더 큰 연심을 그녀에게 품고 있다는 것을 자신은 알고 있었다. 그 사람이 바로 루소다. 자신의 수많은 친구들 중에서도 가장 재능 있고 성실하며 신뢰할 수 있는 인물이다. 자신은 망설일 것 없이 그를 추천했다. 이것이 곧 자신이 오귀스틴의 결혼을 진지하게 고려했다는 무엇보다 큰 증거다……문제는 없었다. 방향이 약간 바뀌기는 했지만 계획은 순조롭게 진행되고 있다는 것을 그는 확신했다.

　상드 부인에게서 루소 앞으로 직접 편지가 오자 클레징게르는, 제작중이던 풍경화를 마무리하느라 바쁜 루소의 엉덩이를 쳐가며 당장 답장을 쓰라고 재촉했다. 당연히 결혼을 청하는 내용이었다.

"열정적으로 써야 해, 열정적으로! 첫째도 열정, 둘째도 열정이야! 그 집안에는 그게 제일 잘 먹히니까!"

남은 문제는 모리스뿐이었다. 클레징게르는 모든 것이 생각대로 진행되리라는 것을 확실하게 내다본 다음에 모리스에게 루소가 오귀스틴에게 청혼했고 그녀도 어머니도 그 청혼을 받아들일 것 같다는 이야기를 했다. 모리스는 거의 광란상태가 되어 클레징게르의 배신을 비난하며 자신이 속았다고 부르짖었다. 그러나 그는 이러한 사태에 전혀 동요하지 않았다.

"아아, 모리스! 나의 친애하는 처남! 자네라는 사람은 여전히 변함이 없구만. 세상일에 대해 눈곱만큼도 모르는 주제에 남의 탓만 할 줄 아는군! 지금 자네는 내가 배신했다는 식으로 말했지? 아아, 내가 그 말을 얼마나 슬픈 마음으로 들었는지 자네는 짐작도 하지 못할 거야! 잘 듣게, 처남. 루소 얘기를 듣고 자네가 놀랄 만도 해. 자네에게는 미리 말하지 않았으니까. 자네는 지금 내가 사정을 전부 다 알고 있으면서 사람을 놀렸다느니 뭐라느니 고함을 쳤어. 솔직히 말하자면, 물론 나는 전부터 알고 있었어. 그렇지만 자네를 놀렸다는 말은 틀렸어. 알고 있었기 때문에 얼마나 괴로웠는지 자네는 모를 거야! 그렇지 않겠는가? 나의 오랜 친구와 나의 새로운 형제가 같은 여자에게 마음을 두고 있으니! 나는 망설였어. 망설이고 또 망설였어. 하지만 결국 자네를 밀어주기로 결심했지. 자네 마음을 생각해서 굳이 루소에 대한 이야기는 발설하지 않았던 거야. 그저 자네가 쓸데 없이 망설이지 말고 자네의 마음을 그녀에게 솔직히 밝히기만을 빌었어. 그럴 수밖에 없지 않았겠나? 다른 사람도 아니고 바로 자네였으니, 만일 루소도 오귀스틴을 사랑한다는 것을 알게 된다면 또다시 겁을 먹고 뒷걸음질을 쳤을 게 아닌가? 그걸 이유로 내세워 아무래도 포기해야겠다며 마음 약한 소리를 했을 게 아닌가? 나는 일을 그렇게 만들고 싶지는 않았어. 그저 조용히 입을 다물고 자네 생각을 강하게 밀고 나가주기만을 바랐어. 루소는 내가 나중에 잘 타이를 생각이었지. 그 친구는 사람이 좋아서 분명 이해해주었을 거야. 자네가 훨씬 전부터 그녀를 좋아했고 그녀 역시 마찬가지였다는 사정을 말야. 그러면 그 친구는 아무 일도 없었던 듯이 자네와도 내내 돈독하게 지낼 수 있었겠지. 자네라면 그런 곡예가 가능했겠나? 나는 자네가 무사히 오귀스틴과 결혼하면 루소 일은 평생 입을 다물 작정이었어. 내 마음속에만 담아두려고 했어. 그런 얘기를 할 필요가 어디 있겠나? 루소가 자네를 위해 오귀스틴을 단념했다느니 뭐라느니, 그런 얘기를 듣고 자네가 동요하지 않을 수 있었을까? 가령 오귀스틴과 결혼을 했다 해도, 왠지 모르게 루소를 의식하고 자연히 관계가 삐걱거렸을 게 뻔해. 그뿐만이 아니야. 때로는 의심증에 걸려 지금도 루소가 오귀스틴을 사랑하는 건 아닐까 하고 평생 불안에 시달리겠지. 그런 꼴은 보고 싶지 않았어. 나는 루소도

452

좋아하지만 자네도 좋아해. 훨씬 더 좋아하지. 두 사람이 다정하게 지내기를 바란다구. 그래서 아무 말도 하지 않았던 거야. 만사가 원활하게 풀리기만을 빌면서. 그런데 자네가 아버지 앞에서 그런 큰 실수를 한 덕분에 오귀스틴과의 결혼은 기대할 수 없게 되었어. 아니, 이제 자네와 오귀스틴의 결혼은 절대 이루어질 수 없어. 일이 그렇게 되었을 때 내가 어떻게 해야 옳았겠나? 어디서 굴러먹던 개뼈다귀인지도 모를 녀석에게 오귀스틴을 빼앗기는 걸 손가락 물고 그냥 멀거니 바라보고 있어야 했나? 그런 짓은 못 하지. 일단, 본의 아니게 우정에 등을 돌려야 했던 루소에 대한 속죄의 마음도 있었고, 또 루소 정도면 자네가 오귀스틴을 양보해도 마음을 정리할 수 있을 거라고 믿었기 때문에 나는 루소의 구혼을 적극 도와주었어. 그렇지 않은가, 자네 역시 오귀스틴이 변변치 못한 사내와 결혼한다면 참을 수 없겠지? 그러나 루소는 적극적으로 나서주었어. 내가 사내다운 사내다, 내가 재능이 있다, 내가 현명한 사람이다, 내가 돈도 있다, 내가 오귀스틴을 행복하게 해줄 수 있다, 내가 오귀스틴을 사랑한다! ……그래서 나는 루소 편을 들었어. 그 친구라면 더 말할 것도 없지. 정말로 좋은 친구야. 그랬더니 루소도 내 응원을 기쁘게 받아들였어. 그것뿐이야. 상드 부인도 편지에서 말씀하시더군. 티틴을 언제까지나 이대로 놔두는 건 너무 가엾다고 말야. 그건 곧 자네의 어중간한 태도를 지적하신 게 아닌가? 응? 그래도 자네가 나를 비난하겠나? 아아, 어떻게 그럴 수가!" 클레징게르는 막힘 없이 술술 터져나오는 자신의 엉터리 같은 소리에 스스로 흥분하면서도 마지막에는 짐짓 "자네 심정도 모르는 바는 아니지만, 일이 이쯤 됐으면 사내답게 이 결혼을 축복해주는 게 옳지 않겠나? 나는 자네가 그럴 수 있는 사내라고 믿어"라고 다정하게 덧붙이며 말을 맺었다.

자신 같은 인간에게는 당당히 거짓말을 할 특권이 있다고 클레징게르는 생각했다. 거짓말이든 무엇이든 일단 쏟아놓으면 모두 사실이 되는 것이다. 그렇게 해서 모두가 납득한다면 그걸로 그만이지 않은가! 그렇게 그는 완전히 기가 꺾여버린 모리스를 파리에 남겨두고 한 발 앞서 노앙으로 출발했다.

17

노앙으로 향하는 도중에 클레징게르는 처음 그곳을 찾았던 날의 일을 마치 먼 과거의 기억처럼 되짚어보았다. 채 한 달도 지나지 않았다. 그러나 얼마나 기나긴 한 달이었던가. 그때는 승리가 그저 예감에 지나지 않았다. 그러나 이제 그것은 확실하게 손안에 들어와 있고, 게다가 새로운 승리의 길보까지 품고 개선장군처럼 돌아가는 중이었다. 그것은 그에게 최후의 거대한 승리를 약속해줄 승리였다. 승리에 이르기 위한 승리, 승리를 완성하기 위한 승리였다. 자신의 권력이 오로지 영광에 의한 것이며, 또한 영광은 순전히 자신이 가져온 승리에 의한 것이라는 점을 잘 알고 있었던 나폴레옹과 마찬가지로, 클레징게르도 그렇게 승리를 거듭함으로써만 자신의 입장을 유지할 수 있다는 사실을 잘 알고 있었다.

클레징게르는 상드 부인이 얼마나 반가워할지 상상하느라 외려 자신이 흥분하고 말았지만, 막상 노앙 관에 도착하고 보니 상드 부인은 뜻밖에도 별로 기분이 좋지 않은 것 같았다.

사실 그날 상드 부인은 드디어 연인이 돌아온다는 것을 안 솔랑주에게 뜻하지 않은 고백을 들은 것이었다. 다달이 오는 것이 감감무소식이라는 것이었다. 그녀는 너무 놀라 졸도라도 할 지경이었다. 딸은 분명 임신인 것 같다고 중얼거리고는 불안으로 잔뜩 겁에 질려서, 아연해하는 어머니에게 울며 매달렸다.

상드 부인은 혼란스러운 머릿속을 어떻게든 정리해보려 애썼다. 마침내 약혼을 알리는 편지를 다 쓴 참이었다. 파리에 있는 쇼팽의 위독을 알리는 편지도 와 있었다. 돌아가지 않겠다고 이미 결심은 했었다. 그러나 이 일 때문에 결국 파리에 갈 수 있는 가능성이 완전히 없어져버렸다는 생각이 들었다. 이 추문이 노앙에 알려진다면 어떻게 될 것인가? 한시라도 빨리 결혼식을 올리지 않으면 안 된다. 머뭇거릴 새가 없다. 그런 초조감에 휩싸여 있을 때 클레징게르가 승리자와도 같은 웃음을 지으며 돌아온 것이었다.

이야기를 들은 클레징게르는 놀라기보다 우선 상드 부인의 태도에 화가 났다. 저도 모르게 "이 몸이 얼마나 고생해가며 당신의 덜떨어진 아들을 돌봐주었는지 알기나 하시오!"라고 소리를 칠 뻔했다. 오귀스틴의 결혼 상대로 루소라는 이상적인 남자를 준비해온 것이 이 뜻밖의 일로 유야무야될 판이었다. 상드 부인은 오귀스틴 이야기는 다음에 하자며 이번 일을 집중적으로 추궁하고 들었다. 그는 이 위기를 극복할 방책을 짜내기 위해 잠시 그녀의 잔소리에 말없이 귀를 기울이고 있었다. 그리고 비로소 자신이 동요하고 있다는 것을 깨달았다. 아이가 생겼다니, 큰일은 큰일이라는 생각이 그제야 들었다. 예전에 정부가 그런 이야기를 하며 돈을 졸랐을 때는 얼굴이 통통 붓도록 흠씬 두들겨패주었다. 그 여자와는 그 이후 전혀 만난 적이 없는지라 그 뒤에 어떻게 되었는지는 알 수 없었다. 어차피 거짓말일 것이라고 생각했다. 사실이었다면 태어난 아기는 노트르담 대성당 계단에 버려졌을 것이었다. 그러나 정식으로 혼약한 여자가 잉태한 아이라면 이야기가 달라진다. 가만 생각해보니 이처럼 축하할 일이 또 있을까.

'그야 아이도 생기겠지. 아이가 생길 만한 짓을 했으니!'

이렇게 가슴속으로 중얼거리자니 유쾌해서 미칠 것만 같았다. 그리고 반성을 하는 것보다 모른 척하고 기쁨을 노골적으로 드러내는 게 더 나을지 모른다는 생각이 들었다. 그래서 자신이 아버지가 되었다는 감동을 있는 힘껏 과장되게 표현했다. 상드 부인은 신바람이 난 그의 모습에 화를 낼 기력이 한풀 꺾이기는 했지만, 그래도 앞으로 자기 몫으로 떨어지게 될 고생이 걱정되어 줄줄이 훈계의 말을 잊지 않았다. 클레징게르는 설교가 전혀 끝날 기미를 보이지 않는 데 내심 안달하면서도 자신의 과오를 애정의 과잉 탓으로 돌리며 필사적으로 변명을 시도했다. 범해서는 안 될 죄라는 게 있을 것이다, 그러나 때로는 그것까지 범할 수밖에 없는 것이 사랑이다, 제가 한 말이지만 참 잘도 주워섬긴다고 감탄해가며 절절히 늘어놓았다.

상드 부인은 이렇게까지 완벽한 반성의 결여를 어떻게 받아들여야 할지 망설였지만, 어쨌든 사랑의 실수라는 이야기는 노앙처럼 보수적인 시골에서는 결코 통하지 않는다는 것, 따라서 이 사태가 솔랑주의 입장을, 나아가 가족 전체의 입장을 얼마나 위험에 빠뜨릴 것인가를 그에게 이해시키려고 애썼다. 그리고 되도록 빨리 결혼식을 올릴 필요가 있으니 지금 당장이라도 모리스를 파리에서 불러들여야 한다고 말했다. 클레징게르도 찬성했다. 아들이 돌아오면 어머니의 신경질도 가라앉을 거라고 생각했다. 이런 식으로 결혼식 날까지 계속 잔소리를 들어야 한다면 도저히 못 견딜 일이다. 그 녀석도 어차피 지금 파리에서 잔뜩 기운이 빠져 있는 터이니 마침 잘되었다. 그런 생각을 하며 그는 상드 부인이 아들에게 쓴 편지의 말미에 귀향을 재촉하는 짧은 추신을 적어넣었다.

솔랑주뿐 아니라 오귀스틴의 혼약까지 결정되는 것에 상드 부인이 펄쩍 뛸 듯이 좋아하는 틈을 타서 노앙의 토지에 저당권을 설정하는 데 대한 승낙을 받아내려고 했던 클레징게르로서는 예상 밖의 사태였다. 계획은 틀어져버렸지만, 그래도 그는 상드 부인과 함께 모리스에게 보내는 편지를 쓸 즈음에는 이 역경을 이상적인 형태로 활용할 방안을 생각해내고 내심 환희하고 있었다.

클레징게르는 그녀의 태도의 미묘한 추이를 관찰하고 이번 일을 전적으로 받아들일 수밖에 없는 당위성이 싹트고 있음을 알아차렸다. 그리고 거기에서 자신이 끼어들 여지를 발견해냈다. 어긋난 관계를 회복하려고 할 때 인간은 서로의 요구에 대해 평소보다 훨씬 더 관대해지지 않으면 안 된다. 평상시보다 약간 무리한 이야기라도 그것을 허락해주었을 때 비로소 험악한 구름이 걷히고 무장은 해제되고 우호를 위한 악수의 손이 나오는 것이다. 클레징게르는 그 기회를 놓치지 않았다. 흥분이 깨고 나면 곧바로 철회될 그런 약속보다 이렇듯 거의 철회의 여지를 빼앗긴 상황에서 확보해놓는 약속이 훨씬 더 확실할 것 같았다. 요구 사항은 반드시 가볍게, 예의에 얽매이지 않는 투로 꺼내야 할 것이었다. 당연히 들어주어야 할 사소한 제안이라고 여기게 하는 것이 중요했다. 부당하게 큰 요구로 느끼게 하거나 심각한 문제로 받아들여 진지하게 사색할 여지를 주어서는 안 되었다.

클레징게르는 결정적인 단어는 요령껏 피해가며 그 제안이 마치 뒤드방 남작이 생각해낸 지혜인 것처럼 말했다. 그토록 급하

게 돈을 조달해야 하는 이유에 대해 조각 재료인 대리석 구입이
나 예술가로서의 지위를 확립할 때까지 필요한 각종 비용 등 어
쩔 수 없는 필요에 따른 일이라 설명하고, 그것은 말할 것도 없
이 솔랑주를 행복하게 해주는 일과 직결된다는 점을 역설했다.
오텔 드 나르본의 저당권이 말소되기만 하면 자금이 얼마나 효
율적으로 운용되고 얼마나 유익하게 사용될 것인가. 이미 뒤드
방 남작과도 이 일에 대해 이야기를 나누었다. 부채의 이자는 생
활을 압박할 것이고 애초에 밑천 없이는 조각 작업에 착수할 수
도 없다. 무엇보다 지참금 문제 때문에 어머니의 마음을 한없이
불편하게 해드리는 그 지독한 괴로움에서도 해방될 것이다. 이
런 이야기를 순서에 따라 확신에 찬 말투로 늘어놓았다.

클레징게르의 말에는 결단을 망설일 수 없게 하는 완곡한
강인함이 있었다. 노앙에 저당권을 설정한다는 제안에는 상드
부인도 불안을 느꼈지만, 그것을 받아들이지 않는 것은 곧 관
대함의 결여를 드러내는 것으로 느껴졌다. 생각해보니 그의
말에도 일리가 있었다. 작가와는 달리 조각가는 대리석 구입
에 엄청난 비용이 든다는 것을 미처 고려하지 못했다. 이미 어
쩔 도리가 없는 일로 엄하게 꾸짖고 난 다음인지라 더욱더 거
절하기가 힘들었다. 재능 있는 젊은 예술가가 가난 때문에 모
진 고생을 해야 한다는 것은 얼마나 불합리한 일인가. 더구나
그것이 자신의 사위라면! 만약 승낙하지 않았다가는 자신을
경멸할 듯한 분위기의 클레징게르 앞에서 그녀는 몸 속의 온

갖 기관들이 강하게 만류함에도 불구하고 그 저항과 긴장에 항거하며 억지로 미소를 짓고 그의 뜻을 **흔쾌히 승낙하겠다고** 대답했다.

클레징게르는 과장된 감사의 말은 일부러 생략했다. 어디까지나 **자잘한 후의**에 불과하다는 믿음을 그녀에게 주어야 했다. 기쁨을 억누르고 또 억눌렀던 만큼 상드 부인과의 자리가 파하자 그는 그만 견딜 수가 없어 계단을 단숨에 뛰어내려와 솔랑주의 방으로 돌진했다. 불문곡직 침대에 뛰어들어, 몸이 안 좋다며 누워 있는 솔랑주를 덥석 끌어안았다. 뭐든 좋으니 크게 소리치고 싶었다. 도저히 언어라고 할 수 없는 수컷의 부르짖음을 내지르다 문득 정신을 차리고 일부러 이층에 있는 상드 부인에게 들리도록 크게 외쳤다.

"아아, 우리 아기, 우리 아기가 생기다니!"

솔랑주는 미친 듯이 기뻐하는 그를 보고 처음에는 의아했지만, 그 말을 듣자 이내 수긍하고 그의 가슴에 안겨 소리내어 울기 시작했다. 내내 불안하기 짝이 없었다. 아이를 가진 것은 혼인 전에 범한 죄에 대한 신벌(神罰)이라고 생각했다. 어지간해서는 읽지 않는 성서까지 펼쳐보고, 여자가 금지된 낙원의 과실을 따먹는 부분에서는 지금껏 한 번도 마음에 걸린 적이 없던 그 장면이 갑작스레 자신의 일로만 여겨졌다. 자신의 어리석은 행동이 전 인류의 죄의 기원과도 같은 엄청난 어리석음과 직결되는 듯한 느낌이 들었다. 왜 그런 생각이 들었는지 분명히 설

명할 수는 없었다. 스스로도 잘 알 수 없지만, 어쨌든 이 장면은
바로 그 짓을 말하는 것이라고 생각했다. 뱀이란 무엇에 대한 비
유일까, 솔랑주는 생각해보았다. 그리고 페르낭으로는 만족할
수 없었던 자신의 욕심을 표현한 것인지도 모른다는 막연한 해
석을 내려보기도 했다. 최초로 이성과 살을 맞댄 뒤에 누구나
느끼는, 무언가가 끝나고 또다른 무언가가 시작되는 듯한 감각,
이제까지 알고 있던 세계가 전혀 다른 모습으로 불쑥 나타나고,
거기에 살던 사람들까지 이제껏 본 적 없는 얼굴로 눈앞에 드러
나는 것 같은 그 감각이 바로 성서 속의 '눈이 뜨였다'라는 표현
과 맞아떨어지는 것 같아 자신의 이해가 올바르다는 것을 더욱
강하게 확신했다. 그 다음에 이어지는 낙원 추방 부분을 읽고는
한없는 두려움에 빠졌다. 추방되는 것은 자신만이 아니다. 그
사람도 함께 추방되는 것이다. 그 사람은 이 일을 어떻게 생각
할까? 혹시 화를 내지는 않을까? 나를 나무라지는 않을까? 그
런 고민을 하는 참에 클레징게르가 돌아온 것이었다.

솔랑주는 그가 이층 어머니 방에서 이야기를 나누는 동안 홀
로 불안을 견디지 못하고 이불 속으로 기어들었다. 분명 자신의
임신에 대해 이야기하고 있을 것이었다. 그는 어떤 마음으로 이
야기를 듣고 있을까? 어머니는? 자신이 그 얘기를 했을 때처럼
절망에 찬 창백한 얼굴로 그 사람을 꾸짖고 있을까? 그런 광경
을 머릿속에 그려보는 것이 무서웠다. 무서워서 견딜 수가 없었
다. 그때로 돌아간다면 결코 그런 잘못을 범하지 않으련만. 그

냥 이대로 잠이 들어 일 주일쯤 눈을 뜨지 않을 수 있다면 얼마나 좋을까. 그런 엉뚱한 생각도 했다. 그리고 자신의 방 안으로 뛰어들어온 클레징게르가 만면에 가득 웃음을 담고 기쁨의 함성을 내질렀을 때, 그녀는 비로소 자신의 불안이 완전한 착각이었다는 것을 깨닫고 안도와 감격에 그만 울음을 터뜨리고 만 것이었다.

클레징게르는 처음에는 상드 부인의 불신을 경계하는 뜻에서 내지른 자신의 외침이 뜻하지 않게 솔랑주의 눈물을 부른 것에 놀랐지만, 점점 그런 그녀가 사랑스럽게 여겨져서 "이제 내가 돌아왔으니 괜찮아. 걱정할 거 하나도 없어"라고 전에 없이 다정하게 다독였다. 솔랑주는 그의 가슴에 더욱 깊이 얼굴을 파묻으며 울었다. 얇은 셔츠를 적시는 눈물의 온기가 그의 살에 스몄다. 모든 일이 너무 잘 풀려가는구나. 싸움에 이기고 집에 돌아온 사내들이 꼭 이런 식으로 여자를 안아주겠지. 실로 흐뭇한 기분이다. 그는 솔랑주의 머리를 쓰다듬으며 싫증도 내지 않고 위로의 말을 속삭였다. 반드시 축복받는 결혼이 될 거라고 단언하고는, 그 증거로 상드 부인이 지참금인 오텔 드 나르본의 저당권 말소를 위해 이 노앙의 토지에 오만 프랑의 저당권을 설정해도 좋다는 허락을 내렸다는 사실을 알렸다.

솔랑주가 문득 고개를 들었다.

"정말인가요?"

"물론 정말이지, 자식을 사랑하지 않는다면 어느 어머니가 그런 일을 해주시겠어?”

“믿을 수가 없어요. 어머니가 우리를 위해 그런 일을……”

“당신이 믿을 수 없어하는 것도 이해가 돼. 그렇지만 믿을 수 없을 만큼 우리를 깊이 사랑하신다는 뜻이야. 내일이라도 확인해보자구. 내게는 분명하게 약속하셨어. 얼마나 관대한 분이신지! 그렇지?”

클레징게르는 솔랑주를 자극하지 않기 위해 루소와 오귀스틴의 결혼 이야기는 일부러 하지 않았다. 자신이 그들을 이어주려고 한다는 것을 그녀에게 일러줄 이유가 없었다. 끝까지 입을 다물 작정이었다. 분명 상드 부인도 그럴 것이다. 자신과 마찬가지로 루소 역시 전적으로 자신의 의지에 따라 청혼했다고 말할 것이다. 자신 역시 그러한 사정을 간파한 끝에 벌인 일이다. 이렇게 하는 게 만사 좋은 것이다……

승리의 환영이 그 순간 그의 눈앞에서 너울거렸다. 그것은 패배 직전의 적군의 깃발처럼 팔을 뻗으면 금방이라도 손에 닿을 듯했다. 그러나 굳이 그렇게 할 것도 없었다. 그대로 놔두어도 이미 손에 들어온 것이나 마찬가지였다. 그러한 기쁨에 기분 좋은 피로를 느끼며 잠이 든 그날 밤, 그러나 변덕스러운 운명의 여신 모이라는 그를 남겨두고 혼자 승리를 집어든 채 달아나버렸다.

18

하룻밤 동안 클레징게르의 말을 가슴에 묵혀두었던 상드 부인은 마치 침상을 함께한 남자의 얼굴을 새벽녘에 다시 들여다보고 갑작스레 끔찍한 후회에 휩싸인 여자처럼 그 제안을 받아들인 어제의 자신이 너무도 어리석고 사려가 없었다는 생각이 들었다. 몇 번을 고쳐 생각해봐도 불합리하고 무례하고 천박한 요구였다. 생각만 해도 모래먼지가 회오리바람을 일으킨 것처럼 가슴이 두근거렸다. 나는 지금 이 사랑하는 토지를 말도 안 되는 위험에 내팽개치려는지도 모른다. 정말 괜찮을까? 그것 말고도 다른 해결 방법이 있지 않을까? 그러한 불안에 애가 타서 가만히 있을 수가 없었다. 해가 뜨자마자 상드 부인은 총총히 그녀의 오랜 친구이며 변호사인 프랑수아 롤리나에게 상담을 하러 찾아갔다.

이야기를 들은 롤리나는 그녀의 호소에 동정하기보다 그저 어처구니가 없다는 듯 실소를 금하지 못했다.

"그런 엉터리 같은 제안에 귀를 기울이다니 당신답지 않군요. 정말 잠시 정신이 나갔던 게지, 그렇지 않고서야!"

그는 자신의 따끔한 지적에도 불구하고 그녀가 "그럴까?" 하고 애매하게 대답하는 것을 보고 이건 그야말로 **중증**이라고 생각했다. 그래서 되도록 감정적이지 않은 말투로 현재의 상황을 냉정하게 다시 바라보라고 촉구하고, 그런 요구를 승낙했다

가는 반드시 돌이킬 수 없는 사태가 닥칠 것이라고 거듭 강조
했다.

"어느 날 아침 눈을 떠보니 이미 토지가 차압당한 뒤였다, 그
런 일이 벌어지면 어떻게 할 겁니까? 물론 그렇게 된다 해도 당
신이라면 오만 프랑 정도는 어떻게든 변통할 수 있겠지요. 하지
만 그렇게 쉬운 일은 아닐 겁니다. 여기저기 머리를 숙이며 돈
을 구하러 다닌다는 건 참으로 비참한 일이에요. 게다가 그 돈
도 언젠가는 반드시 갚아야 해요. 무엇보다 뒤드방 남작에게는
그런 제안을 할 권리가 없잖아요? 오텔 드 나르본은 어디까지나
당신들 부부의 공유 재산이고, 그는 그 용익권을 가진 것에 불
과하니까요. 빚도 물론 공유지요. 그렇다면 그 공유 재산에 설
정된 공유의 빚을 갚기 위해 당신의 고유 재산에 저당권을 설정
한다는 것은 정말 이상하지 않나요? 그런 당연한 사실을 모르겠
어요? 그런 일이 벌어지지 않도록 하기 위해 만들어진 것이 바
로 부부별산제예요. 도대체 여태까지 무엇을 위해 별거 소송을
해왔습니까?"

그의 공정한 판단을 들은 상드 부인은 자신의 불안이 결코 부
당한 것이 아니라는 사실을 확인하고 그제야 마음을 굳혔다. 지
당한 말이라는 의미로 수없이 고개를 끄덕이며 "정말 그렇군
요"라고 때로는 미소까지 짓는 여유도 회복했다. 하나도 틀린
말이 없었다. 미처 법률적인 문제까지 생각하지 못했던 것은 자
신이 크게 동요했다는 증거라고 생각했다. 마침내 결심한 내용

을 다시 한번 자신에게 들려주기라도 하듯 집에 돌아가는 길로 클레징게르의 제안을 거절하겠다고 확언하고는 상담에 응해준 데 대해 정중히 감사의 인사를 건네고 그의 집을 나섰다.

집에 돌아오는 길에 상드 부인은 냉정하게 따져보면 별로 고민할 일도 아니었다고 생각하면서도 한 가지만은 여전히 마음에 걸렸다. 의심이 싹트기 시작한 것이었다. 그것은 프랑수아 롤리나의 충고에 의해 자극을 받아 성큼 커버린 의심이었다.

조금 전의 대화에서 그녀는 몇 번이나 억지스러울 만큼 맞장구를 치며 그의 말을 막곤 했다. 그가 무슨 말을 하려고 하는지 그녀는 알고 있었다. 목젖이 오르락내리락하는 것이 마치 그 말이 구슬처럼 목구멍에 걸려 당장이라도 튀어나올 것만 같았다. 그것은 말하자면 환약(丸藥)이었다. 그녀에게 치명적인 독이 될 수도 있는 환약이었다. 이야기를 나누는 틈틈이 롤리나는 거의 의무감처럼 그 말을 할 기회를 엿보고 있었다. 그런 사람을 사위로 믿고 받아들일 수 있는가. 속셈이 훤히 보이는 그런 뻔뻔한 요구를 들이미는 인간을!

그것은 결코 입 밖에 내게 해서는 안 될 말이었다. 그러나 그녀 역시 이제 그 말을 전적으로 외면할 수 없었다. 내가 속은 것일까? 그녀는 생각했다. 이 질문에는 절망적인 울림이 있었다. 모든 일이 돈을 위한 것이었다면? 모든 것이 연기였다면? 아닌 게 아니라 오만 프랑이라면 큰돈이다. 그러나 아무리 적게 잡아도 노앙의 토지는 사십오만 프랑에 상당한다. 저당권 설정 자체는 어려운 일이 아니다. 그러나 이번 한 번으로 끝날지 어떨지 알 수 없는 일이다. 정말 이번 한 번뿐일까? 오만 프랑으로 끝날 일일까? 무엇 때문에 노앙의 토지에 눈독을 들인 것일까? 앞으로도 그것이 버릇이 되어 조금씩 조금씩, 마치 흰개미가 집의 기둥뿌리를 파먹어가듯이 언젠가는 이 토지가 온통 저당에 들고 마는 건 아닐까? 혹시 그것을 노리고 사기극을 펼칠 만큼 엄청난 빚이 있는 건 아닐까? ……빚이라고? 아냐, 그 점에 대해서는 벌써 몇 번이나 확인했어. 그는 빚은 단 한 푼도 없다고 단언했어. 의심하고 또 의심하고, 때로는 그의 긍지를 상처낼 만큼 그를 의심하는 질문에도 번번이 분명하게, 단호한 말로 맹세하지 않았던가. 그래서 더이상은 의심하지 말자고 마음을 정하지 않았는가. 그런데 이제 와서 새삼스럽게 왜 이런 생각을 하는 걸까? 왜 이렇게 불안한 걸까?

그녀는 다시 한번 만에 하나라도 자신이, 그리고 보다 깊게는 솔랑주가 속은 것이라면, 하고 가정해보았다. 지금이라면 아직 돌이킬 수 있을까? 혼약을 파기하고 발표를 취소하고, 쇼팽과 마를리아니 백작 부인 같은 이들에게 처음부터 뻔한 일이었다는 비웃음 섞인 험담을 듣고, 오귀스틴의 혼담이 자기보다 먼저 성사되는 상황 속에서 사랑의 배신으로 자포자기에 빠질 솔랑주의 결혼 상대를 다시 처음부터 찾아보는 일이 과연 가능할까? 물론 불가능할 것은 없었다. 그러나 아무리 생각해도 불가능할 것 같았다. 혹시 솔랑주가 모든 것을 다 알면서 그에게 협력하고 있는 건 아닐까? 그것은 참으로 끔찍한 가정이었다. 그러나 그런 끔찍한 가정을 하면서도 그녀는 이번 결혼을 계속 진행시켜야 할 이유를 찾아내고 어떻게든 희망을 갖지 않으면 안 되었다. 그래, 솔랑주가 속은 게 아니라면 이번 혼약을 파기할 필요는 없다. 두 사람의 관계를 그대로 유지하면서 다른 방향에서 문제의 해결을 꾀하는 것도 얼마든지 가능할 것이다……

그러나 이것이 잘못된 생각이라는 것은 상드 부인도 알고 있었다. 그러면서도 클레징게르에 대한 모든 의심을 어머니로서 가질 만한 망상에 불과한 것으로 치부하려 애썼다. 클레징게르의 요구는 그의 악의 없는 어리석음에서 비롯된 것일 터다. 무슨 일이건 한 가지만 생각하는 탓에 때때로 냉정한 판단을 하지 못하는 성격일 뿐이다. 물론 장점이라고는 할 수 없는 성격이다. 그러나 그것이 결점이라면 분명 사랑받을 만한 자격이 있는 결점이다. 어머니라면 그것을 사랑으로 받아주고 올바르게 인도해주어야 한다. 무조건 나무랄 것이 아니라 번거롭더라도 하나하나 알아듣게 타일러야 한다. 그러면 그도 분명 이해할 것이다. 그것으로 모든 문제가 해결될 것이다……

한편, 남편인 뒤드방 남작에 대해서는 생각할수록 화가 났다. 오텔 드 나르본을 솔랑주의 결혼 지참금으로 주는 것에 대해서는 일찍부터 합의했었다. 다만 그러기 위해서는 그가 용익권을 포기해주어야 했다. 아버지로서 당연한 일이라고 생각했다. 자신은 나아가 오만 프랑의 재산까지 쥐여주는 것이다. 뒤드방 남작이 이번 일에 빚이라도 내주는 듯한 태도로 나오리라는 것은 예상하고 있었다. 결국 제안은 받아들여졌다. 아직 담보를 요구하는 기색도 없었다. 그 때문이었을까, 라고도 생각해보았다. 그래서 그런 바보 같은 생각을 클레징게르에게 불어넣었을까? 그래, 분명 클레징게르도 그의 부추김을 받은 거야. 단순한 사람이라서 남의 말에 쉽게 넘어가지. 그러나 그녀는 이 문제에 대해 남편까지 비난할 마음은 없었다. 그것만은 피하고 싶었다. 그녀는 서로의 불륜 사실을 폭로해가며 악몽과도 같은 싸움을 벌였던 십일 년 전의 별거 소송을 마치 어제 일처럼 기억하고 있었다. 그런 일은 이제 두 번 다시 겪고 싶지 않았다. 서로간에 상대를 진심으로 경멸하고 있었기 때문에 제대로 된 토론조차 될 리 없었다. 서로 얽히는 것조차 싫었다. 그래서 별거 후 오늘날까지 단 한 번도 얼굴을 본 적이 없었다. 말해봤자 해결될 일도 아니다. 결국 자신이 어른스럽게 한 발 물러서지 않으면 싸움은 끝나지 않는다. 서로 따지고 들었다가는 결국 다시 법정으로 문제를 끌고 들어가게 되고 만다. 그것은 최악의 사태다. 부모가 지참금을 둘러싸고 싸우는 모습을 어떻게 딸에게 보여줄 수 있겠는가?

이 문제는 뒤드방 남작을 배제하고 해결해야 한다. 상드 부인은 자칫 뜻하지 않은 오해를 낳아 돌이킬 수 없는 결말에 이르는 것을 피하기 위해 일단 내용을 철저히 음미한 한 통의 편지를 결혼을 앞둔 두 사람 앞으로 쓰기로 했다. 우선 자신이 이 제안에 찬성할 수 없는 이유는 그것이 부부별산제를 둘러싼 법률상의 문제와 관련되어 있기 때문이라고 설명했다. 이어서 장래 솔랑주가 노앙의 토지를 상속할 때 손에 쥐게 될 막대한 금액을 제시하고, 지금 그것을 저당으로 잡을 경우의 이해득실을 계산해보게 했다. 그런 다음에 현실적으로 이 제안을 받아들일 수 없는 이유를 구체적으로 썼다. 주된 이유는 전집 간행의 불확실함이었다. 노앙의 토지에 저당권을 설정하면 그 말소 비용은 솔랑주에게 주려던 전집의 수입으로 충당할 수밖에 없다. 그렇다면 그것은 확실히 들어온다는 보장이 있는 돈이어야 한다. 그러나 내란이나 전쟁이 일어난다면, 혹은 그녀가 병에 걸리기라도 한다면 이 계획은 좌절되고 말 것이다. 그때는 어떻게 하겠는가? 어떻게 오만 프랑이라는 거금을 염출한단 말인가? 그런 모든 가능성을 상정해야만 한다. ……끔찍한 상상에 저절로 펜에 힘이 들어갔다. 어쨌거나 토지가 매각된다는 것은 중대한 사태라는 사실을 이해시켜야 했다. 매각 후의 소작인과 사용인 관리 같은 일반적인 문제에서부터 현재 그녀 자신의 생활이 거기에서 거두는 이익에 얼마만큼이나 의존하고 있는가 하는 개인적인 사안에 이르기까지 폭넓은 문제를 검토했다. 설득력을 높이기 위해서는 하나도 감추지 않고 구체적으로 쓸 필요가 있었다. 저작에 의한 예상 수입은 연 이만오천 프랑에서 삼만 프랑으로, 결코 충분한 액수는 아니었다. 별거 협정에 의해 그녀는 여전히 뒤드방 남작의 경제적인 의존을 강제당하고 있었다. 게다가 앞으로 클레징게르가 새로운 가족으로 합류하면 지출은 당연히 커질 터였다. 작가라는 직업에 종사하는 이상 그 수입조차 미더운 것이 아니었다. 병으로 쓰러지기라도 하면 이 토지에서 거두어들이는, 어림잡아 일 년에 칠천팔백 프랑 정도 되는 수익만으로 어떻게든 살아가지 않으면 안 된다. 그나마 자기 혼자라면 좀더 관대할 수도 있다. 그러나 이만한 가족을 부양해야 하는 처지에 어떻게 이 토지를 매각의 위험에 처하게 할 수 있을 것인가? 그러한 사정을 낱낱이 설명한 뒤에는 클레징게르가 열거했던, 매각을 서둘러야 하는 이유에 대한 반론을 시도했다. 파리에서 예술가로서의 입지를 굳히기 위해서는 오히려 잠시 동안 묶여 있는 형태로 목돈을 쥐고 있는 것이 좋다고 충고했다. 그리고 아무래도 한마디는 해야 할 것 같아, 뒤드방 남작이 만에 하나 오텔 드 나르본을 매각해 얻는 십오만 프랑이라는 자금의 운용에 대해 참견을 하더라도 그가 관여할 수 있는 것은 십만 프랑일 뿐이라는 자신의 생각을 경멸에 찬 어조로 밝히고, 그렇게 약속해달라며 편지를 매듭지었다. 전체적으로 클레징게르를 자극하지 않으면서 지참금은 십오만 프랑가량이라는 원래의 제안을 분명히 밝혀두었다. 그녀는 이 점에 대해 그가 크게 오해하고 있다는 것을 깨달았다. 지참금은 오텔 드 나르본이다. 결코 이십만 프랑이 아니다. 나중에 솔랑주에게 줄 작정이던 오만 프랑은 물론 처음에는 저당권 말소를 위한 비용이라고 생각했다. 실질적으로는 그렇게 해석해도 무방했다. 부부 사이가 원만하고 이 결혼이 평등하고 공평한, 이상적인 남녀의 협력이 된다면 그 구분은 아무 의미도 없을 것이다. 그러나 법률상으로는 지참금과는 별도로 솔랑주 개인의 재산으로 해두어야 했다. 여성에게는 너무도 불행하기만 한 이 세상에서 딸을 무일푼으로 만들지 않기 위해서는 반드시 공유 재산과는 별도로 재산을 지니게 해줄 필요가 있었다. 결혼이라는 제도로 여자를 남자의 지배하에 두고 영구히 미성년으로 취급하는 이 나라 민법의 가증스러운 오류의 희생자로 만들지 않기 위해서는 단호히 그 권리를 지켜주어야만 했다. 전집이 간행되지 못할 경우에도 노앙의 토지가 남아 있는 한 유산이라는 형식으로 그녀에게 재산을 물려줄 수 있다. 이 재산은 애초에 클레징게르와는 관계가 없으므로 그는 일절 참견할 수 없는 문제일 터였다.

클레징게르는 상드 부인의 편지를 받고는 너무 화가 나서 하마터면 그것을 발기발기 찢어버릴 뻔했다. 끓어오르는 노호(怒號)를 필사적으로 삼키고 도주범을 놓쳐버린 경관처럼 거칠게 숨을 몰아쉬며 아무도 없는 쇼팽의 방 안을 오락가락 서성였다. 이따금 아무래도 참을 수 없어 증오에 찬 목소리로 "제기랄!" "그 망할 놈의 할망구!" 같은 말을 내뱉었다. 그리고 저도 모르게 잉크병을 집어들어 벽에 내던지려다 간신히 참고 다시 제자리로 돌려놓았다. 책상 위에 묵중한 소리가 울렸다. 아름다운 모양새의 작은 크리스털 병이 겁에 질린 듯 흔들리는 파란색 잉크를 투명하게 내비치면서도 아무 일 없었다는 듯 시치미를 떼고 있었다. 클레징게르는 그 모습에 잔인한 충동이 솟구쳐 내뱉듯이 말했다.

"흥, 죽다 살았구나!"

'……사실은 동요하고 있는 거야. 그래, 허리가 삐끗할 정도로 깜짝 놀랐겠지. 시치미를 떼고 아무렇지 않은 척하지만 난 다 알아. 완전히 넋이 나갔지, 불쌍하게도. 당신 운명 따위는 내 기분에 달렸어. 내가 마음만 먹으면 당신은 저항할 도리 없이 벽에 내동댕이쳐져서 산산조각이 나는 거야.' 그는 잉크병 주인의 모습을 떠올리고는 산산이 흩어지는 잉크의 비말과 그의 피를 머릿속에서 겹쳐보았다. '당신뿐만이 아니야. 누구든 마음만 먹으면 언제라도 다 부숴버릴 수 있어! 제기랄! ……저 할망구!'

마음을 진정시키기 위해 천천히 심호흡을 했다. 떨림이 멈추지 않았다. 온몸의 피가 머리 쪽으로 솟구쳐 몸은 오히려 오한을 느낄 정도였다.

'그래, 있을 수 있는 일이야. 대수로운 일이 아냐……' 그는 수없이 마음속으로 되뇌었다. '온갖 고생 끝에 만날 약속을 얻어낸 여자가 신부님이나 친구들 같은 별볼일 없는 작자들에게 시시껄렁한 설교를 듣고 마음이 변해서 다음날 갑자기 거절의 편지를 보내오는…… 그런 것과 똑같잖아? 자기 일처럼 이야기

를 들어주는 척하면서 실은 질투와 편견으로 가득 차서 어떻게
든 남의 행복을 방해하려 드는 작자들! 그야말로 온당하신 말씀
만 늘어놓고 진심으로 염려하는 척! 지저분하다, 정말 지저분
해. 나를 완전히 나쁜 놈으로 취급하는데, 그렇다면 너희들은
뭐냔 말야? 엉? 정말로 역겨운 위선자들이지!'

클레징게르는 그렇게 한 시간이 넘도록 방 안을 혼자 서성거
렸다. 그리고 불안해진 솔랑주가 그를 찾으러 오자 아무 말도
없이 편지를 내밀었다. 너무도 뜻밖의 일이어서 제대로 말도 나
오지 않았다. 그러나 그 침묵이 생각지도 않은 효과를 거두었
다. 그녀는 편지를 읽어보고는 어째서 연인이 이런 곳에 혼자
있었는지, 어째서 자신을 보고서도 입을 열지 않았는지 순식간
에 알아차렸다. 그녀는 그것이 분노가 아니라 낙담 때문이라고
이해했다. 어제만 해도 그렇게 감격하며 어머니의 관대함을 칭
찬했던 사람이 아닌가. 그렇게 열렬하게 장래의 꿈을 이야기했
던 사람이 아닌가. 당연히 화가 날 만했다. 그 돈으로 반드시 일
류 예술가가 되겠노라고 약속했었다. 그래서 나를 행복하게 해
주겠다고 약속했었다. 그런데 바로 다음날 이런 대접을 받다니!
그래도 이 사람은 차마 그런 불만을 토로하지 못하는 것이다.
가엾게도. 그렇게 눈을 반짝이며 장래를 약속했었는데…… 어
머니는 여전히 하나도 변하지 않았다. 왜 이렇게 잔인한 짓을
하는 걸까? 내 약혼자라서? 내가 선택한 사람이라서? 그래서
믿을 수 없다는 걸까?

이제 곧 장모가 될 사람을 존중하기 위해 비난 섞인 말은 결코 입에 담지 않으려 애쓰는 연인을 위해 솔랑주는 그의 몫까지 대신 분개해줄 작정으로 말했다.

"아아, 이건 결코 당신 탓이 아니에요. 그러니 부디 마음 쓰지 마세요. 어머니는…… 그 사람은 원래 그래요. 항상 자기가 하는 일이 옳다고 생각하죠! 마치 어린애 다루듯 이런 편지를 건네다니, 대체 무슨 생각을 하는 건지! 누구에게나 항상 그렇답니다. 나에게도 그렇죠. 쇼팽과도 항상 그래서 다투는걸요. 일부러 하나하나 논리를 내세우는 꼴이 상대방을 업신여기는 것 같아 정말 미워요. 아아, 얼마나 화를 돋우는지! 제가 당신 대신 모두 말해줄 거예요, 지금 당장! 당신은 여기 그대로 계세요!"

클레징게르는 당장 섣부른 행동에 나설 태세인 그녀를 붙잡아 세웠다. 조금 전까지 분노로 인해 정신이 나갈 지경이었지만 이제는 조금 침착해졌는지라 그녀를 다독거릴 여유도 생겼다.

여기서 싸움을 벌여봤자 귀찮기만 할 뿐이다. 편지의 문투를 보건대 아무래도 상드 부인의 마음속에 경계심이 싹트기 시작한 모양이었다. 결혼식을 올리기도 전에 지참금 문제로 말다툼이 벌어진다면 자칫 이 혼사 자체가 깨질 가능성이 있었다. 혹은 가까스로 결혼에 성공한다 해도 딸이 어머니와 크게 싸운 뒤라면 지참금 액수에도 적지 않은 영향이 미칠 것이었다. 그런 실수를 가만히 두고 볼 수는 없었다. 지금까지의 고생이 물거품이 될 게 아닌가. 주먹을 휘두르고 싶은 마음이야 굴뚝같다. 그러나 지금은 그럴 때가 아니다. 참아야 한다.

클레징게르는 솔랑주의 흥분을 진정시키며 힘껏 안아준 다음, 자신은 편지에 대해 아무 불만이 없다며 불만을 억누르는 듯한 표정으로 환하게 웃었다. 그리고 그런 뜻을 담은 답을 할 테니 이 일은 자신에게 맡겨달라고 부탁했다. 지금은 아직 때가 아니다. 그러나 상드 부인에 대한 지금의 이 불만은 훗날 의미를 가지게 될 것이다. 그때까지 폭발하지 않도록—그렇다고 완전히 없어지지도 않도록—유지해야 한다. 클레징게르는 그렇게 계산했다. 자신이 직접 나설 수 없는 상황이 될지도 모른다. 그때는 솔랑주에게도 한몫 거들게 할 것이다.

솔랑주는 일단 클레징게르의 말을 받아들이고 그 관대함에 감동했다. 그와는 대조적인 어머니의 인색함에 대해서는 도저히 분노를 떨쳐버릴 수 없었다. 그것은 새로운 불씨로 그녀의 마음속에서 빨갛게 타올랐다.

클레징게르는 입을 꾹 다문 그녀의 모습에서 그런 속마음을 읽어내고 크게 만족했다.

"걱정하지 마. 나는 조금도 불쾌하지 않으니까."

그렇게 말한 클레징게르는 솔랑주에게 키스를 하고 그녀가 아픔을 느낄 정도로 그녀의 몸에 두른 양팔에 힘을 주었다.

'잘 봐, 내 솜씨를. 물론 너의 도움도 필요하단다. 우리 둘이서 해치우는 거야! 부부가 힘을 합쳐 운명을 개척하는 거라구! 서로를 위해, 우리 두 사람의 장래를 위해!'

상드 부인과 클레징게르의 협상은 채 오 분도 안 되어 원만한 해결을 보고 끝났다. 너무도 싱겁게 끝나는 바람에 상드 부인은 오히려 김이 빠지는 느낌마저 들었다. 그와 대면하기 전에는 최악의 결말을 염두에 두고 어떻게 하면 대화를 절도 있고 진지하게 이끌 것인지 고민에 고민을 거듭했다. 만에 하나라도 장모와 사위 사이에 말다툼이 벌어진다면 그것은 필시 지극히 부적절하고 후회스러운 것이 되리라. 결코 있어서는 안 될 일이었다. 그의 요구는 의연한 태도로 거절할 각오지만 자칫 추한 싸움이 되고 만다면 자신의 태도를 관철시킬 자신이 없었다. 어떻게든 모나지 않게 처리하고 싶었다. 나중까지 응어리가 남을 것 같으면 그의 주장을 받아들일 수밖에 없다고까지 생각했다.

클레징게르가 기쁜 소식이라도 전하러 오는 듯 경쾌한 발소리로 계단을 내려와 밝은 얼굴로 거실에 들어서는 것을 본 상드 부인은 처음에는 그가 아직 편지를 읽지 않았나 하고 의아해했다. 그 표정은 마치 철없는 장난을 친 뒤에 필요 이상으로 후회하는 어린아이가 너무도 사랑스러워 흔쾌히 용서해주려 하는 자의 그것과도 같았다. 무얼 그리 심각하게 고민하느냐는 듯한, 전혀 잘못된 지레짐작이라는 듯한 웃음이었다. 그 다음에 쏟아져 나온 그의 말은 상드 부인의 그러한 느낌을 전적으로 긍정하는, 참으로 경쾌하고도 절묘한 것이었다.

클레징게르는 어린아이 같은 천진함과 어른스러운 대범함을 교묘히 구사했다. 자신의 제안에 무리가 있었다면 그것은 교활한 탐욕 때문이 아니라 일의 심각성을 이해하지 못한 일천한 지혜 탓일 뿐이라고 해명했다. 자신은 단지 뒤드방 남작의 충고를 그대로 따른 것에 불과하다. 그토록 중대한 일이라고는 생각하지 못했다. 그러나 편지를 읽고 자신이 얼마나 어처구니없는 요구를 했는지 비로소 깨달았다. 생각해보니 지극히 합당한 말씀이다. 장모님이 되실 분의 재산을 그런 위험에 빠뜨리다니 당치도 않다. 즉각 제안을 철회하겠다. 편지의 내용에 불복할 점이라고는 전혀 없다. 지참금에 대해서는 편지에 씌어진 방침을 전적으로 따를 것이다. 그러는 한편, 그런 이야기를 일부러 편지로 써서 건네준 상드 부인의 과장된 심각함이 도리어 이상하다는 듯 고개를 갸웃해 보였다. 그냥 한마디 말씀이면 끝날 일이 아닌가. 그랬다면 자신은 그 자리에서 생각을 바꾸었을 것이다. 그토록 신중하게 처리한 이유를 모르겠다. 애초에 상식 밖의 요구였으니 그저 웃으면서 "그런 얘기를 어떻게 들어주겠나?"라고 한마디만 해주셨어도 충분했을 것이다……

클레징게르의 그런 말에 상드 부인은 반대로 자신의 언동을 변명해야 하는 처지가 되었다. 그토록 심각하게 고민했던 자신이 바보같이 느껴졌다. 그의 말이 맞는지도 모른다. 온갖 나쁜 상상 끝에 이번 혼사와는 관계도 없는 타인에게 상담까지 청한 것은 얼마나 어쭙잖은 짓이었던가! 뒤드방 남작이나 쇼팽처럼 상식에서 벗어난 남자들만 사귀어온 덕분에 자신까지 이상해지고 만 것일까. 클레징게르의 저 밝은 태도는 어쩌면 한심할 만

478

큼 혼란에 빠져 있는 자신을 염려하는 대범한 배려인지도 모른다. 그러자 안도한 탓인지 혹은 자조 탓인지 스스로도 알 수 없는 웃음이 터져서 상드 부인은 고개를 끄덕이며 "그래, 그래, 자네 말이 맞아" 하고 몇 번이나 같은 말을 되뇌었다.

상드 부인의 의심이 풀린 것을 확인한 클레징게르는 틈을 두지 않고 다음 공세로 돌아서기 위한 첫 패를 던지기로 했다. 그는 화제를 슬쩍 바꾸어 어제부터 미뤄두었던 오귀스틴과 루소의 혼약 이야기를 꺼내며, 두 사람의 중매에 자신이 얼마나 중요한 존재인지 설명하기 시작했다. 이 화제는 상드 부인에게도 무척 유쾌한 것이었다. 마침 지극히 거북스러운 변명의 말을 입에 올린 뒤였던 터라 화제를 급히 바꿔준 것이 더욱더 고마웠다. 어제는 솔랑주의 임신 때문에 분개하여 그의 이야기를 변변히 들어주지 못했다. 애써 훌륭한 혼담을 들고 왔는데 참으로 섭섭한 대접을 했다고 반성했다. 그때 화를 냈던 자신의 모습도 비웃음을 샀으리라. 그러자 자신의 머릿속에 있는 심각한 생각들이 모두 무의미하고 하찮은 것으로 여겨졌다. 이렇게 순수하고 욕심 없는 사람도 있구나. 참으로 우러러볼 만한 성품이 아닌가!

클레징게르는 자신이 루소를 친구로서 얼마나 소중히 생각하는지 열정적으로 밝히며 즉시 그 효과를 절감했다. 그는 소개자로서의 자신의 가치는 소개되는 사람의 가치에 의해서만 높아질 수 있다는 단순한 진리를 충실히 따랐다. 루소를 칭찬하는 것은 곧 자신을 칭찬하는 일이었다. 그래서 자신과 솔랑주의 결혼식에 만에 하나라도 그 친구가 참석하지 못하는 일이 생긴다면 이 결혼의 행복은 결코 완전한 것이 되지 못할 것이라는 말로 자신과 루소를 잇고 있는 끈이 얼마나 질긴 것인지를 거듭 강조했다.

상드 부인은 솔랑주가 오귀스틴의 혼약을 어떻게 받아들일지 걱정스럽고 두려우면서도 루소를 결혼식에 참석하게 해달라는 그의 부탁만은 반드시 들어주어야겠다고 마음먹었다. 그리고 그 걱정과 두려움을 기우에 가깝게 만들기 위해 오귀스틴의 혼약은 어디까지나 루소 스스로 청하여 이루어진 일로 해야 한다고 제안했다. 자신의 결혼식 전에 어머니뿐 아니라 자신의 약혼자까지 다른 사람도 아닌 오귀스틴의 일로 신경을 썼다는 것을 알게 되면 솔랑주가 또 이래저래 시끄럽게 굴 것은 뻔한 일이었다. 그래서 지금까지 오귀스틴의 결혼에 관한 이야기를 솔랑주에게는 일절 덮어두고 있었던 것이었다. 오귀스틴에 대한 청혼은 루소가 아무런 예고 없이 갑작스럽게 한 것이어야 했다. 자신은 어머니로서 그것을 받아들인 데 불과하다. 클레징게르도 혼자 고민하던 친구로부터 어떤 이야기도 들은 적이 없고 나중에야 그 사실을 알았을 뿐이다. 반드시 그래야 했다. 그것은 루소와 오귀스틴에게도 전혀 해가 되지 않는 각본이었다. 물론 클레징게르에게도 마찬가지였다. 그는 상드 부인의 제안에 기꺼이 찬성했다. 그것은 그가 바라던 대로의 제안이었다. 그 역시 오귀스틴의 결혼에 왜 그렇게 열성적으로 나섰느냐고 솔랑주에게 불필요한 의심을 사는 건 귀찮은 일이었다. 루소가 독단으로 한 일이라고 생각하게 해두는 것이 두루 편했다. 동시에 이런 비밀을 공유함으로써 상드 부인과 어떤 특별한 관계를 맺어두는 데 큰 의의가 있었다. 이것은 그녀와의 사이에 새로운 친밀함을 낳는 양식(糧食)이었다. 게다가 그 비밀스런 제안을 내놓은 쪽이 그녀라는 점에서 이 친밀감은 묘한 책임감에 의해 항상 자신에게 유리한 입장을 보증해줄 터였다.

'한 방 크게 먹긴 했지만 그게 뭐 대수겠어? 아직 전부 다 잃은 건 아니라구!'

클레징게르는 흥분하여 밀턴의 사탄처럼 마음속으로 외쳤다. 그러고는 새로운 공략의 실마리를 확실히 거머쥐었다는 실감을 안고 거실을 나서서 솔랑주의 방으로 달려갔다.

19

쇼팽의 용태가 서서히 회복되기 시작해 병문안 온 손님에게 간간이 농담도 할 수 있게 되자 매일같이 드나들며 간호하던 이들 사이에도 차츰 안도하는 분위기가 번져갔다. 병의 심각성은 그들에게 이 불행한 친구에 대한 어떠한 언급도 하지 못하게 했다. 침상에 누워 의식조차 희미한 그를 자기들 마음대로 데리고 나와 떠도는 말 속에 끌고 다닌다는 것은 너무도 잔인한 일이었다. 이름과 실제의 그가 이상하리만큼 밀접하게 연결되어 있었다. '쇼팽'이라는 말의 울림이 그야말로 지금 이 순간의 그만을 나타내는 듯했다. 그러나 그가 회복되자 그 연결고리는 다시금 느슨해졌다. 때를 기다렸다는 듯 이제껏 감히 말할 수 없었던 사실들이 눈 녹은 물이 일시에 넘쳐흐르듯 그들의 입을 덮쳤다.

그지마와 백작은 차르토리스카 대공비에게 상드 부인을 노골적으로 비난하는 말을 내비쳤다. 비아르도 부부는 병문안을 마치고 돌아가면서 상드 부인은 왜 오지 않는지 모르겠다며 함께 고개를 갸웃거렸다. 프랑솜은 그제야 쇼팽의 가족에게 친구의 용태를 자세히 알려야 한다는 생각이 들었다. 로지에르 양과 마를리아니 백작 부인은 각자의 집에 도착한 상드 부인의 편지에 대해 여기저기서 들은 소문을 함께 섞어 서로 만날 때마다 이야기를 나눴다.

"로지에르 양에게는 언제 편지가 도착했지요?" 마를리아니 백작 부인이 물었다.

"8일이에요. 그리고 그 다음날에도 왔지요." 로지에르 양은 벌써 몇번째 같은 질문을 받는지 모르겠다고 생각하며 대답했다.

"두 통이나? 우리집에는 한 통밖에 오지 않았는데."

"첫 편지는 솔랑주의 결혼에 대한 얘기였어요. 너무 바빠서 좀체 노앙을 떠날 수 없으시다구요. 쇼팽 씨의 용태에 대해서는

다른 분께 들으신 모양인데 별로 상세히 아시는 것 같지는 않았
어요. 그 뒤에 차르토리스카 대공비께서 편지를 보내셨지요? 그
편지를 읽고, 그렇게 심각한 줄은 몰랐다, 왜 미리 연락을 하지
않았느냐고 쓰셨더군요. 그렇지만 저도 내내 쇼팽 씨를 돌봐드
리느라 그럴 여유가 없었는걸요."

"상드 부인이야말로 노앙에 들어간 뒤로는 나한테 한 번도 연
락을 하지 않았는데요, 뭐."

"저한테도 그러셨어요."

"그래서 솔랑주의 결혼 이야기도 쇼팽 씨에게 듣고서야 처음
알았죠."

"저는 부인께 그 얘기를 들었구요."

"그랬죠. 우리집에 편지가 온 건 겨우 얼마 전 일이에요. 그
편지에 대뜸, 결혼 날짜가 잡혔노라고 적혀 있더군요. 지금까지
내가 그녀의 좋은 친구라고 믿어왔는데, 미리 한마디도 일러주
지 않았다니까요."

"저도 마찬가지예요. 아니, 다른 분들도 다 마찬가지시죠. 아
라고 씨도 자신에게 한마디 상의도 없었다며 속상해하고 계시
더군요."

"생각해보면 그럴 만도 하지요. 상대가 그런 불량한 사람이니."

"맞아요."

"좀더 일찍 알려주었다면 내가 나서서 상드 부인을 설득했을
텐데."

“저는 미리 알려주셨어도 아무 말씀 못 드렸을 거예요, 분명.”

“나도 설득이야 했겠지만 아무 소용 없었을 거예요. 상드 부인은 그런 일에 다른 사람이 참견하고 나서는 것을 유난히 싫어하잖아요? 언제였던가 상드 부인이 내게 쇼팽 씨의 질투가 너무 심해서 힘들다는 얘기를 한 적이 있어요. 그런데 나는 쇼팽 씨의 심정도 이해가 가더군요. 그토록 수많은 염문을 뿌린 사람과 함께 살자니 어떻게 안 그럴 수 있겠어요? 그래도 나는 그때 상드 부인 편이 되어줬지요. 그러고는 아주 조금 쇼팽 씨를 감싸는 말을 몇 마디 했더니 글쎄, 갑자기 화를 내면서 그가 실제로는 어떤 사람인지 아무도 모른다, 겉모습이 그럴싸해서 주위 사람들이 깨닫지 못하는 것뿐이다, 나는 줄곧 함께 살아왔기 때문에 다른 사람들보다 많이 안다, 결코 주위 사람들이 생각하는 그런 사람이 아니다, 그러더라구요.”

“저런……”

“쇼팽 씨를 알세스트*에 빗대면서, 그것도 가면을 쓴 알세스트라고 하더군요.”

“너무 심한 말씀이시네요……”

“거기서 끝난 게 아니에요. 나더러, 마를리아니 백작 부인, 당신이 아르시노에 같은 말투로 자신을 셀리멘 비난하듯 하는 건 잘못 짚어도 크게 잘못 짚은 것입니다, 그러던걸요. 그것도 무

---

* 몰리에르의 회곡 『인간 혐오자』의 주인공.

484

척 거친 말투로요. 아아, 그 말만은 지금도 잊을 수가 없어요. 나는 물론 그런 뜻으로 말한 게 아니었는데 말예요."

"네, 알 만해요. 언제였던가…… 그러고 보니 저한테도, 쇼팽(Chopin) 씨는 사람들 앞에서는 절대로 마개가 열리지 않는 와인 병(chopine) 같은 존재라고 하셨어요. 병 속의 술이 아무리 달콤해 보여도 진짜 맛은 아무도 모른다, 그러나 분명 사람들이 상상하는 것과는 전혀 다른 맛일 거다, 그렇게 말씀하셨어요."

"항상 그런 식이니 누가 감히 나서서 충고를 하겠어요. 이번 결혼 건만 봐도 쇼팽 씨가 훨씬 더 침착하게 대처하고 계시는데 말예요."

"그러게 말이에요. 그렇지만 상드 부인은 절대로 그걸 인정하는 법이 없어요. 제게 보낸 편지의 말미에서도, 쇼팽 씨를 가장으로 생각하지 않는다, 이번 결혼 문제에 대해 그는 의논 상대가 될 수 없다고 쓰셨던걸요."

"참 안타까운 일이지요. 다른 때라면 몰라도 쇼팽 씨가 이렇게 힘들어하는 때에…… 클레징게르에 대해서는 뭐라고 썼는지 아세요? 잠깐만요, 내가 얼른 가져와서 읽어주지요. ……그 사람은 언뜻 보기에는 거의 **문명화**되지 않은 듯하지만 그것은 그가 성스러운 불꽃으로 가득 차 있기 때문입니다…… 그리고 그 다음에는…… 내가 그를 신뢰하는 것은, 그 성격의 중요한 부분 중 하나인, 이따금 불손한 난폭함에까지 이르고 마는 그 성실성 때문입니다…… 더 있어요, 어디 보자, 어디였더라…… 아, 그렇지, 그는 근면하고 용감하고 행동력이 있고 결단력이 뛰어나며 강한 끈기까지 갖추고 있습니다, 라네요. 도무지 믿어지지 않는 칭찬이 아닌가요?"

"정말이에요. 대체 무슨 생각을 하시는 걸까요? 어찌 됐건 가엾은 분은 쇼팽 씨예요! 그토록 큰 고통에 시달리면서도 여전히 상드 부인을 걱정하고 계시다니."

"맞아요, 나도 침상에 누워 상드 부인의 이름을 부르던 쇼팽 씨의 얼굴을 결코 잊을 수가 없어요……"

이런 소동에 대해 혼자서만 아무것도 모르고 있던 들라크루아는 5월 9일에 마를리아니 백작 부인의 집을 방문하고서야 비로소 친구가 위기에 처해 있음을 알았다.

"어머, 모르고 계셨어요? 벌써 일 주일 전부터 자리에 누워 계시는걸요. 병문안을 오시지 않길래 분명 당신도 몸이 안 좋으신 모양이라고만 생각했더니." 마를리아니 백작 부인은 깜짝 놀라며 말했다.

"전혀 몰랐군요. 쇼팽의 건강이 그렇게 안 좋습니까?"

"이제는 많이 좋아졌지만…… 아니, 비교적 좋아졌다는 거예요. 당신이니까 하는 얘긴데, 한때는 정말 아슬아슬했어요."

"저런! 그랬군요…… 가엾게도…… 얼마 전에 만났을 때는 그렇게 나빠 보이지 않았는데."

"정말 급작스러운 일이었죠. 그러니까 내가 당신 댁을 방문했던 날이 있었지요?"

“예, 지난주였어요. 솔랑주의 결혼 이야기 때문에 찾아오셨지요.”

“바로 그날 쓰러졌답니다. 전날 쇼팽 씨에게 솔랑주의 결혼 소식을 들었거든요. 그때도 안색이 별로 좋지 않은 듯하긴 했는데, 그저 **나쁜** 소식에 낙담한 모양이라고만 생각했었지요. 그랬는데 그 다음날 쓰러지셨다는 소식을 듣고 얼마나 놀랐던지! 하마터면 나까지 쓰러질 뻔했다니까요.”

“저도 최근에야 상드 부인의 편지를 받았습니다.”

“어머, 나도 그래요. 클레징게르를 마치 자기 연인 자랑하듯 칭찬했더군요. 제가 지금 그 편지를 가지고 있으니 읽어드리지요. ……그 사람은 언뜻 보기에는 거의 **문명화**되지 않은 듯하지만 그것은 그가 성스러운 불꽃으로 가득 차 있기 때문입니다…… 내가 그를 신뢰하는 것은, 그 성격의 중요한 부분 중 하나인, 이따금 불손한 난폭함에까지 이르고 마는 그 성실성 때문입니다…… 그는 근면하고 용감하고 행동력이 있고 결단력이 뛰어나며 강한 끈기까지 갖추고 있습니다…… 그는 결코 나쁜 점을 찾아볼 수 없는 인간으로, 그의 결점을 들먹이는 사람들이야말로 다소 경솔한 정신을 지닌 사람들이라고 확신하고 있습니다……”

“경솔하다고! 말도 안 되는 소리!” 마침 자리를 함께한 다르팡티니가 분명 자기 이야기일 거라는 생각에 목소리를 높였다. “그자가 얼마나 지독한 악당인지, 상드 부인은 왜 깨닫지 못할까요? 물론 상드 부인에게 그 사람을 소개한 건 나예요. 그렇지만 결국 나도 이용당한 겁니다. 나는 그자가 솔랑주에게 관심을 가지고 있는 줄은 전혀 몰랐거든요. 그저 한 사람의 조각가를 한 사람의 작가에게 소개한다는 생각으로 그자를 상드 부인 댁에 데려갔던 것뿐입니다. 그래서 상드 부인이 딸을 그자와 결혼시키려고 한다는 소문을 들었을 때, 내가 제일 먼저―소개한 사람으로서의 책임감 때문에―그 일을 막아야겠다 싶어서 설득의 편지를 썼던 거예요. 나는 나름대로 성실하게 처신했어요. 여러분도 잘 아실 겁니다. 그런데 그런 식으로 나를 폄하하다니, 이건 너무 심하지 않습니까!"

흥분한 그를 위로하듯이 들라크루아가 말했다.

"상드 부인도 처음부터 당신의 충고에 귀를 막은 건 아닐 거예요. 그보다 뒤프레나 루소가 그 사람을 변호하고 나서니까 그녀도 생각이 바뀌었겠지요. 마를리아니 부인께도 들었지만, 내게 보낸 편지에도 그렇게 적혀 있더군요. 그 다음 실제로 그녀의 눈으로 보고 내린 판단이겠지만요."

다르팡티니는 이 이야기도 상드 부인이 보낸 편지를 통해 이미 알고 있었다. 그는 자신의 진지한 충고에는 귀를 막고 애초에 공정할 수 없는 그런 젊은 화가들의 말을 더 믿은 상드 부인에게 더욱 불신감이 쌓였지만, 혹 들라크루아가 그들 중의 누군가와 친한 사이일지도 모른다 싶어서 차마 불평을 입에 담지는 못하고 그저 "아무튼 나는 이제 이 문제에 관여하고 싶지 않아요. 상드 부인과는 더이상 만나기도 싫군요"라며 한숨을 내쉬었다.

다음날 아침, 들라크루아는 당장 쇼팽의 집에 병문안을 갔다. 사용인이 안으로 들어간 잠시 뒤에 로지에르 양이 대신 나와서 마침 발작이 가라앉아 잠이 들었다고 해서 다음날 저녁에 다시 오기로 하고 집에 돌아왔다.

다음날, 낮에 자택에서 몇몇 손님을 만난 뒤 저녁이 되자 포르제 남작 부인을 방문해 쇼팽을 찾아갈 시간이 될 때까지 그녀의 집에 머물렀다.

다른 손님은 없고 아이들도 외출한 참이라 그녀와 라발레트 백작 부인까지 세 사람뿐이었다. 함께 식사를 하면서 들라크루아는 낮에 만났던 모르네 백작 이야기를 했다. 그가 이번에는 쿠트라 전투를 제재로 한 그림을 원하더라고 하자 라발레트 백작 부인은 "어머, 그전에 클레오파트라 그림의 대금을 분명하게 청구해야지요"라고 걱정스럽게 말했다. "직접 말하기 힘들면 조제핀이 대신 나서보는 건 어떨까?"

그 말을 듣고 포르제 부인은,

"어머니, 이제 곧 쉰을 바라보는 어엿한 신사분이 화료 청구도 스스로 못 하다니, 그건 좀 이상하잖아요? 그리고 내가 나서서 말하는 것도 어딘가 모양새가 좋지 않아요."

"그렇지만 지난번 생 라자르 전람회 때 그 일 때문에 걱정이 되어서 내게 상의를 했던 건 바로 너였잖니?"

“걱정 같은 거 하지 않았어요. 그저 어처구니가 없어서 해본 얘기지요. 안 그래요? 벌써 십 년도 더 된 일이에요. 그쪽에서는 아마 까맣게 잊어버렸을걸요?”

“마르스 양 일도 있고, 원래 성품이 착한 사람이라 차마 말을 못 하는 거겠지. 그렇지 않아?”

“착한 것하고는 상관없는 일이에요.”

포르제 부인은 처음에는 농담 삼아 놀려줄 마음으로 한 말이었는데 계속 대화가 이어지다보니 평소에 느꼈던 가슴속의 은밀한 불만이 드러나는 것 같아 아차 싶었다. 별다른 맥락도 없이 말에 의해 부주의하게 딸려나온 불만이었다. 착한 것하고는 상관없다…… 이건 무슨 말일까? 그녀에게는 그 말이 언젠가 먼 훗날 전혀 다른 내용의 대화 속에서 전혀 다른 의미로 사용되어야 할 말로 느껴졌다. 그때를 위해 오래도록 가만히 품고 있던 말을, 테이블 위에 놓인 남의 유리잔을 잘못 집어드는 것 같은 부주의함으로 끄집어낸 것만 같았다.

라발레트 부인은 딸의 동요를 전혀 깨닫지 못하고 “얘가 부끄러운 게로구나. 속으로는 무척 걱정하고 있다네”라고 들라크루아를 향해 말을 이었다.

들라크루아는 모녀의 대화를 가만히 듣고 있기가 거북해서 조용히 웃으며,

“예, 괜찮습니다. 제가 청구할 수 있으니 걱정 마세요. 그쪽을 생각해서 청구를 안 한 게 아니라 번번이 깜빡 잊고 말을 못 한

것뿐입니다. 그래도 이렇게 잊고 지내는 게 더 행복한 거지요, 먹고살기가 곤란해서 항상 그것만 생각하는 것보다는요"라고 말했다.

라발레트 부인은 그런 그의 대답이 여전히 못 미더운지 "그런 문제는 확실하게 말을 해야 해요"라고 다시 한번 다짐했다. 그 모습을 보며 들라크루아는 문득 어머니가 살아 계셨더라면 분명 이런 식으로 자신이 아무리 나이가 들어도 꾸지람을 하셨을 거라는 생각이 들었다. 그것은 안타까운 만큼 한층 매력적인 몽상이었다. 자신이 왜 이토록 라발레트 부인에게서 다정한 느낌을 받는지 알 수 있을 것 같았다.

그러고 나서 자연스럽게 화제가 관전으로 옮아갔고, 라발레트 부인도 걱정에서 벗어나 그에게 큰 찬사를 보내주었다. 자식을 대하는 듯하던 조금 전까지의 말투에서 갑자기 한 예술가에 대한 경의에 찬 말투로 변한 것이었다. 그 변화가 너무도 자연스럽고 세련된 것에 그는 깊이 감탄했다. 젊은 시절에는 얼마나 매력적인 분이었을까 상상하며 저도 모르게 딸의 얼굴로 눈길이 옮아갔다. 조제핀도 조금 전에 한 말이 미안했던지 새삼 그의 작품의 아름다움을 칭찬했다. 화가는 며칠 전에 직접 루브르에 나가 자신의 출품작들의 완성도에 크게 만족하고 돌아왔던 터라 그런 칭찬들이 유난히 기쁘게 느껴졌다. 그러나 일방적으로 쏟아지는 찬사를 가만히 듣고 있는 것도 멋쩍어서 곧바로 화제를 바꾸어 올해 좋은 평을 얻었던 토마 쿠튀르의 〈퇴폐기의 로마인들〉 이야기를 꺼냈다. 그는 스스로를 알고 스스로 해낼 수 있는 것, 해야 할 것을 터득한 예술가의 현명함에 대해 코로와 루벤스를 예로 들어 설명하고, 그것을 쿠튀르에게도 적용해 적극적으로 그 재능을 높이 평가했다. 어머니와 딸은 그렇게 자신의 껍질 속에 틀어박히는 것보다 오히려 다양한 시도를 해보는 것이 예술가로서 용기 있는 일이 아닐까 하고 마음속으로 반론도 해가면서, 그래도 충분히 납득한 듯 그의 이야기에 귀를 기울였다.

한동안 관전에 대한 대화를 나눈 뒤에 포르제 부인이 물었다.

"오늘은 다른 예정이 없나요?"

들라크루아는 "쇼팽의 집에 가보려고 해요"라고 대답하고는, 곧바로 그가 쓰러졌다는 소식을 덧붙였다.

라발레트 부인과 조제핀은 상드 부인을 그다지 탐탁하게 여기지 않았다. 어머니는 번번이 세상을 시끄럽게 하는 주장과 조신하지 못한 풍문 때문에, 딸은 들라크루아와의 친밀한 관계 때문에 그녀를 별로 좋아하지 않았다. 그도 그것을 알고 있었다. 그래서 쇼팽의 집에 간다는 말이 상드 부인을 만나러 가기 위한 구실로 들릴까봐 얼른 설명을 덧붙인 것이었다.

"지난번에 당신과 불로뉴 숲에 산책을 하러 갔었지요? 그날 쓰러진 모양이에요. 몹시 위독한 상태까지 갔었다는군요, 가엾게도. 더구나 요즘 상드 부인이 노앙에 가 있어서 혼자 무척 고생하는 모양입니다."

"어머, 그랬군요. 그분도 그런 큰일이 닥쳤으니 어서 돌아오시면 좋을 텐데."

"그러게 말입니다."

들라크루아는 솔랑주의 결혼 때문에 상드 부인이 몹시 바쁘리라는 것은 알고 있었지만, 그래도 포르제 부인의 말이 맞다고 생각했다.

포르제 부인은 아직도 뭔가 다하지 못한 말이 있는 것 같은 표정이었지만, 라발레트 부인이 먼저 들라크루아를 재촉했다.

"아홉시라고 했지요? 그럼 이제 슬슬 나가는 게 좋겠네."

"예, 그렇군요."

그가 자리에서 일어서자 포르제 부인이 "그럼 제가 마차로 배웅해드리죠"라며 사용인에게 마차를 준비하라고 일렀다.

마차 안에서 두 사람은 말없이 앉아 있었다. 포르제 부인은 둘이 함께하는 시간을 갖고 싶어 일부러 포장된 마차를 내라고 했는데 막상 곁에 앉고 보니 무슨 말을 해야 할지 알 수 없어 창밖만 내다보고 있었다.

시간이 별로 없다고 생각하니 마음이 더 급했다. 뭔가 중대한 것을 말해버리고 싶은 기분이었다. 그게 무엇일까? 스스로도 알 수 없었다. 상드 부인에 대해서? 그건 아닌 것 같았다. 그런 단순한 일이 아니었다. 좀더 어슴푸레하고 애매한 생각, 질투처럼 흔해빠진 것이 아닌, 뭔가 특별한 생각인 것 같았다. 유쾌한 이야기는 아니다. 그것만은 분명했다. 그렇다면 두 사람의 관계에 커다란 변화를 가져올 심각한 말이 될지도 모른다. 입을 열기만 하면 그것이 말의 형태를 갖추고 튀어나올 것 같았다. 그러나 두려움 때문에 그럴 수도 없었다.

짧은 거리였지만 그렇게 말없이 견디고 있기에는 너무도 멀었다.

'그가 먼저 말을 꺼내주면 좋을 텐데…… 잘못 짚은 말이라도 좋으니……'

들라크루아는 처음에는 묵묵히 곧 만나게 될 쇼팽을 생각하고 있었다. 그러나 잠시 뒤에 포르제 부인이 전혀 입을 열지 않고 있다는 것을 깨달았다. 내가 뭔가 거슬리는 말이라도 했었나? 상드 부인 일인가? ……그런 생각을 하는 동안 마차는 스카르 도를레앙으로 이어지는 언덕길에 접어들었다. 그는 순간 중요한 이야기를 깜빡 잊었다는 것을 깨달았다. 이런 분위기에서 말하기에는 적당하지 않다는 생각을 하면서도 그는 모레부터 다시 샹로제에 요양하러 간다는 말을 전했다.

그녀의 얼굴에 실망의 빛이 역력하게 떠올랐다. 마치 자신의 마음을 전할 기회를 영영 잃어버린 것 같은 느낌이었다. 그러나 포르제 부인은 그런 자신의 모습에 수치심을 느껴 곧바로 감정을 수습하고 도무지 이유를 알 수 없는 깊은 슬픔이 치미는 것을 참으며 우아하게, 그러나 약간은 냉랭하게,

"그래요? 그럼 편히 쉬고 오세요" 하고 말했다.

혼자 마차에서 내린 들라크루아는 창 안쪽으로 시선을 던졌

다. 포르제 부인은 똑바로 앞을 향한 채 마부에게 지시를 내려 마차를 출발시켰다.

20

사용인의 안내를 받아 침실로 들어서자 가운으로 몸을 감싼 쇼팽이 침대 위에서 쿠션에 등을 기대고 앉아 있었다. 곁에서 로지에르 양과 쇼팽의 친구 에르보가 간호를 하고 있었다.

"여어…… 어제도 왔었다면서? 미안하네……"

쇼팽은 기침 발작이 일어나지 않도록 작은 목소리로 인사를 건넸다. 전등불이 볼에 깊은 그림자를 드리워 여윈 모습이 유난히 두드러져 보였다. 자다 깨다를 반복하는 상태여서 등불의 밝기를 낮추어두고 있었다.

들라크루아는 그 쇠약한 모습에 깜짝 놀랐다. 땀을 흘린 탓인지 얼굴 표면이 엷게 니스를 바른 듯 번들거렸다. 안색은 루벤스의 〈십자가에서 내려지는 예수〉가 떠오를 만큼 창백했다. 바짝 여위었는데도 전체적으로 보면 부기가 있었다. 눈두덩도 소복하게 부어 있었다. 머리는 조금 흐트러진 모습이 마치 빗다 말고 힘들어서 그만둔 것 같았다. 여느 때의 그답지 않게 수염도 멋대로 자라 금빛 서리가 희미하게 내린 듯 턱을 덮고 있었다.

"일어나 있어도 괜찮은가?"

들라크루아는 자신의 놀란 표정에 친구가 더욱 불안해할까봐 애써 태연히 웃는 표정을 지어 보였다.

"응, 지금은 괜찮아……"

"그래, 다행이야. 병문안이 늦어서 정말 미안하네. 그저께야 알았어. 좀더 일찍 알았더라면 제일 먼저 달려왔을 텐데."

"됐어, 신경쓰지 말게. 바로 달려왔더라도 내가 잠이 들어서 못 봤을 거야. 그보다 오늘 이렇게 와준 것이 기쁘지. 고마워."

쇼팽은 뒤를 이어 말을 하려고 했지만 입이 열리기를 기다렸다는 듯 목구멍에서 기침이 터져나와 말을 이을 수가 없었다. 코의 호흡으로 밀어내듯이 기침들을 몰아냈다. 그러자 몰아낸 만큼 다시 기침이 터져나왔다. 이번에는 참지 못하고 입을 통해 터졌다. 기침은 끈으로 연결된 듯 줄줄이 이어졌다. 로지에르 양이 등을 쓸어주며 걱정스러운 눈빛으로 쇼팽의 얼굴을 들여다보았다. 겨우 멈췄나 하는 찰나 남은 찌꺼기 같은 기침이 터졌다. 그것이 다시 새로운 기침을 연달아 끌어내 한참이나 그를 괴롭혔다. 발작은 그렇게 몇 차례 거듭된 뒤에야 가까스로 가라앉았다. 눈물이 고여서 앞이 희미했다. 호흡을 가다듬기 위해 조금씩 숨을 쉬어가며 들라크루아 쪽으로 고개를 돌렸다.

"기침이란 건……"에서 잠시 말을 멈췄다가, "나오지 않을 때는 조용한데…… 일단…… 일단 나오기 시작하면 계속 멈추지를 않아…… 말을 하면 역시…… 더 심하게……"라고 간간이 기침의 불씨를 삼켜가며 서둘러 말을 뱉었다.

"무리하지 말게. 잠깐 얼굴만 보러 온 거니까…… 쉬고 싶으면 그만 돌아갈까?"

"아냐…… 괜찮으면 조금 더 있어주겠나? ……조금 나아지고 보니 너무 심심해서 말야."

씁쓸하게 웃는 듯한 희미한 표정의 변화가 볼에 움푹 파인 주름 때문에 한층 두드러져 보였다. 그것이 가라앉자 다시 그림자가 어둠과 결합하여 그의 얼굴을 더욱 깊이 파고들었다. 그것이 어딘지 불길한 느낌을 주었다.

"물론이야. 자네만 좋다면 나야 언제까지라도 함께 있고 싶지."

"고마워…… 아아, 이제 조금 가라앉았네…… 계속 이런 식이야. 자네도 기침에 관해서는 전문가지만 나도 만만치 않을 걸?"

"그래, 그렇겠지."

"기침에는 목이 아픈 것과 아프지 않은 것이 있지?"

"맞아, 그렇지."

"지금 것은…… 아픈 기침이야. 그러니 더 힘들어서……"

"알아, 내 기침도 대개 그렇거든."

"목구멍이 타는 것 같고……"

"찢어지는 것 같고……"

"그래, 그래!"

"동병상련이군."

"정말 그래. 그리고 내가 연구한 결과에 의하면……" 쇼팽은 이마를 찡그리면서도 장난스러운 표정을 지어 보였다. "기침은 아랫배 쪽에서 발생하는 것 같아…… 배 주위의 근육에 먼저 힘이 들어가고, 그 다음에는 명치 아래쪽이지. 거기서 밀리듯이 올라오다가 폐로 기어들어가서…… 마지막으로 콜록, 하고 나오는 거야."

"그래, 복근이 뻐근하게 당기지."

"그래, 그래. 그러니 나를 폐병이라고 의심하는 사람들에게 알려주고 싶다니까, 병의 근원은 아랫배라고."

"응……"

들라크루아는 마지막 말에서 비로소 그 농담의 의미를 깨달았다. 기침을 참으며 굳이 말을 계속한 데는 나름대로 이유가 있었던 것이었다. 스스로도 불안한 것이다. 그렇게 생각하니 미소짓고 있는 쇼팽이 한층 더 가엾었다.

"오늘은 그래도 많이 나아지신 편이에요."

이야기가 끝나기를 기다려 로지에르 양이 항상 곁에서 간호하는 사람답게 알려주었다. 두 사람의 대화를 방해하지 않으려는 듯 줄곧 듣고만 있던 에르보도 그녀를 뒤따라 "저도 오늘 처음 왔는데, 생각보다 건강해 보이셔서 한시름 놓았습니다"라고 대화를 이었다.

"자네, 들라크루아 씨와 안면이 있었던가?"

쇼팽이 에르보에게 물었다. 들라크루아와 에르보는 서로 마주 보고 고개를 끄덕이며 이 집에서 몇 차례 만난 적이 있다고 말했다.

들라크루아는 에르보에 대해 아는 것이 거의 없었다. 호감이 있는지 없는지도 모를 정도였다. 그러나 그가 이 자리에 함께한 것이 내심 유쾌하지는 않았다. 포르제 부인 일이 여전히 머릿속에서 떠나지 않은 채 이곳에 발을 들인 순간, 그는 동석자가 있다는 것 — 그것도 별다른 교제도 없었던 — 이 적잖이 섭섭했다. 항상 그랬다. 친한 친구와 단둘이 이야기하고 싶었는데 다른 누군가가 끼어들면 대개는 하고 싶었던 말을 반도 채 하지 못하곤 했다. 조심스럽기 때문인지도 모른다. 혹은 신경을 쓰느라 피곤해서인지도 모른다. 그런 때면 대화를 시작하기도 전에 하고 싶은 얘기는 다음 기회로 미루자고 미리 체념하곤 했다. 아니면 기회를 봐서 동석자가 잠시 자리를 비운 틈에 짧게 말하기도 했다. 술리에, 피에레, 르블롱 등 십대 때의 친구들은 모두 결혼해버렸다. 그들의 결혼을 가장 열렬히 축복해준 것은 바로 자신이었지만, 그들을 방문할 때마다 부인에게 신경을 쓰며 대화해야 한다고 생각하면 어딘지 섭섭한 마음도 있었다. 친구를 찾고 싶어도 냉큼 발이 떨어지지 않았다. 그러느니 친구들 쪽에서 집으로 와주었으면 하는 마음도 있었지만 부인도 있는 터에 마음대로 나다닐 수는 없을 것이라는 생각에 아예 체념해버리고, 독신으로 그런 궁리나 하고 있는 자신의 처지에 비참함마저 느끼곤 했다.

에르보가 동석했다는 이유도 있었지만 오늘은 처음부터 솔랑주의 결혼 이야기는 하지 않을 작정이었다. 물론 물어보고 싶은 것은 많았다. 자신은 이 결혼에 반대한다는 뜻을 밝혀서 그의 편을 들어주고 싶기도 했다. 그러나 그의 얼굴에 드러난 병의 그림자가 너무 안쓰러워 보여 처음 생각대로 다른 유쾌한 이야기를 하기로 했다.

한창 고통에 시달리느라 쇼팽 스스로도 알지 못했던 병의 자세한 경과를 로지에르 양이 잠시 동안 이야기해주었다. 이따금 "그랬지요?" 하고 본인에게 동의를 구했다. 지금만큼은 그녀의 수다스러움이 무척 소중하게 여겨졌다. 들라크루아는 의자를 권해주는 대로 에르보 옆의, 쇼팽의 침상에서 조금 떨어진 곳에 자리를 잡고 앉았다.

로지에르 양의 이야기가 일단락되자 쇼팽이 문득 중얼거렸다.

"그런 소식을 들었으니 나도 병이 날 만하지……"

친구가 찾아와준 데 대한 반가움에 저도 모르게 긴장이 풀어져 불쑥 튀어나온 말이었다. 순간 그의 얼굴에 사랑스러운 미소가 스쳤기 때문에 그것이 농담이라는 것을 알 수 있었지만, 갑작스러운 말에 뭐라고 대꾸해야 할지 몰라 세 사람은 그저 애매하게 웃기만 했다. 로지에르 양과 에르보는 도움을 청하듯 서로를 쳐다보았다. 그것이 쇼팽에게는 무언가 의미심장한 비밀을 나누는 듯한 인상을 주었다. 들라크루아는 그런 분위기를 알아차리고 서둘러, 그러나 침착하게 입을 열었다.

"맞는 말이야. 나라도 분명 그랬을 거야. 그럼, 그렇고말고."

쇼팽은 웃으며 고개를 끄덕였다. 로지에르 양이 그 말을 받아 자신이 받은 상드 부인의 편지 이야기를 했다.

"……그렇지만 상드 부인은 이번 결혼의 정당성에 절대적인 확신을 갖고 계세요……"

그런 쓸데없는 소리는 하지 않아도 좋으련만. 들라크루아는 조금 전 그녀의 수다에 대한 감사의 마음도 어디론가 사라져버리고 이제는 그녀가 내뱉는 한마디 한마디에 전전긍긍하고 있었다. 이야기가 엉뚱한 방향으로 흐르려 할 때는 짧은 몇 마디로 그 싹을 자르기도 하고, 몇 번이나 화제를 바꾸려고 애도 써보았다. 그러나,

"그런데 왜 그렇게 결혼을 서두르는 걸까요?"라는 에르보의 질문에 로지에르 양은 저도 모르게 입을 놀리고 말았다.

"그게 말이죠, 저도 정말 놀랐어요. 들라크루아 씨는 알고 계시지요?"

"글쎄요."

"정말 모르세요?"

"네."

"그야 이유는 한 가지밖에 없잖아요?"

"한 가지?"

"아이 참, 괜히 시치미를 떼시고."

"아뇨, 정말 모릅니다."

"그거예요."

"그거라니요?"

"뭐라고 말씀드려야 좋을지 모르겠네…… 그래요, 하느님이 이 결혼을 조용히 기다리시지 못한 거죠, 뭐……"

그녀는 아직 어느 누구도 알지 못하는 소문을 맨 처음 전할 때의 알 수 없는 쾌감을 느꼈다. 점잖게 돌려서 표현한 만큼 더욱더 쾌감이 불어나는 것 같았다. 들라크루아는 실망하여 쇼팽의 안색을 살폈다. 갑자기 뺨이 팽팽히 당겨지는 것이 느껴졌다. 거기에는 슬픔이라기보다 피곤과도 같은 것이 담겨 있었다. 에르보와 로지에르 양이 계속 소문에 매달려 있는 가운데 들라크루아는 두 사람의 대화를 제치고 쇼팽에게 물었다.

"괜찮아? 피곤한 거 아닌가?"

"응…… 그렇군. 지금 몇시지?"

"벌써 열두시가 지났어."

"그래……? 그렇군, 역시 피곤해. 하루 종일 누워 있는데도 피곤하다니, 내가 정말 약해졌나봐…… 전에는 이 시간쯤부터 연주를 하곤 했는데."

"그래, 이제 곧 건강해질 거야. 그러면 모두 함께 다시 밤샘을 해보세나."

"밤샘이라…… 어째 아이들처럼 재미있을 것 같군."

"그렇지?"

이별의 인사를 건네려고 하자 쇼팽은 그 시간조차 아쉽다는 듯,

"한동안 파리에 있을 거지?" 하고 물었다.

“아니, 실은 모레―아니, 이젠 내일이군―샹로제로 떠날 생
각이야. 나도 요즘 어째 몸이 시원치 않아서. 지난 주말에 오랜
만에 아틀리에에서 작업을 했는데, 당장 열이 오르고 몸이 망가
졌어. 하원 장식화도 빨리 완성해야 하는데…… 좀처럼 진전이
안 되는군……”

“그래, 나도 내내 작곡에 손을 못 댔어…… 그럴 상황이 아니
라서……”

“그런 때도 있어야지. 지금은 어쨌든 편히 쉬고 다음에 건강
해지거든 쓰면 되지 뭐.”

들라크루아는 자신이 다른 사람에게 들었다면 별다른 위로도
되지 못했을 그런 말을 남에게는 진심으로 입에 담게 되는 것이
이상하기만 했다.

“응, 건강해지면…… 그래야지. 나도……”까지 말하고 쇼팽
은 다시 몇 차례 기침을 했다. “……건강해질까? ……사실은
나도 얼마 전에 작센 공국의 대사관 비서이면서 와인 판매상도
하는 토마스 알브레히트에게 빌 다브레에 휴양하러 오지 않겠
느냐는 말을 들었어.”

“그래? 좋은 일 아닌가. 파리는 공기도 탁하고 사람들의 출입
이 잦아서 조용히 지낼 수가 없어. 하긴 나부터 이렇게 손님 노
릇을 하고 있으니 이런 말 하기도 염치없네만. 아무튼 자네도
조용한 시골로 떠나는 게 더 좋을 것 같아. 이동하는 게 몸에 크
게 부담스럽지 않다면 말야.”

들라크루아는 무심코 튀어나온 시골이라는 말이 그에게 노앙을 연상시키지 않았을지 걱정스러웠다. 다행히 쇼팽은 별다른 반응이 없었다. 그저 힘없이 "그래, 좀더 좋아지지 않으면 마음대로 움직이기도 힘들 테지만…… 그래도 잠깐 나가볼까…… 파리에 자네가 없을 걸 생각하면 적적하기도 하고"라며 미소를 지었다.

들라크루아는 그런 쇼팽의 마음을 기쁘게 받아들였다. 그러나 그가 진심으로 곁에 있어주기를 바라는 사람은 바로 상드 부인이라는 사실은 그도 충분히 짐작할 수 있었다.

21

샹로제에는 열흘 정도 머물 예정이었다.

출발 전의 자질구레한 일들을 처리하는 틈틈이 들라크루아는 이틀에 걸쳐 상드 부인에게 편지를 썼다. 줄곧 그 일이 마음에 걸려 있었다. 답장을 쓰지 않는 것이 어떤 의미를 갖게 될 것 같아 불안했다. 꼭 답장을 해야 한다. 그러나 뭐라고 써야 할지 알 수 없었다. 마를리아니 백작 부인이나 로지에르 양과 나눈 대화를 통해 그는 그녀가 보낸 수많은 편지 중에서도 자신에게 온 편지에 가장 많은 편지지가 사용되었다는 것을 알았다. 그것이 더욱 그의 마음을 무겁게 했다. 마침내 펜을 든 것은 쇼팽의 병문안을 다녀온 날 밤이었다.

　결국은 그날 밤에도 쓰다 말고 내던졌던 그 편지를 다음날 다시 붙잡고 앉았다. 가까스로 반 남짓 써둔 상태였다. 이번 결혼에 대한 이야기는 거의 하지 않았다. 대부분 결혼 자체의 행복과 그런 결단을 가능하게 하는 젊음을 찬양하는 내용이었다. 그가 자신의 내부에서 발견하는, 그것과는 너무도 대조적인 노회함에 대한 탄식도 군데군데 비쳐놓았다. 그것은 말하자면 애매하게 말을 돌려서 찍어둔, 본심을 보증하는 검인(檢印)이었다. 다시 읽어보니 그 뒤를 어떻게 써야 할지 캄캄하기만 했다. 한숨 자고 일어나면 뭔가 좋은 생각이 떠오를 거라고 기대했는데, 막상 책상을 마주하니 지난밤과 전혀 다르지 않아 맥이 빠질 뿐이었다. 이런 식이라면 결국 아무 말도 하지 않은 것이나 마찬가지였다. 차라리 보내지 않는 게 나을지도 모른다. 펜을 쥐고 있는 그를 시계가 지그시 내려다보고 있었다. 시간이 짓궂게 자꾸만 흘러가는 것이 그를 초조하게 했다. 어쩔 수 없이 다시 샹로제에 갈 준비를 하다가 한참 뒤에 다시 책상 앞에 앉았다. 무턱대고 솔랑주의 행복을 빈다고 썼다. 그 말에 우선 진의를 담고 자신이 예전에 가졌던 결혼에 대한 동경을 쓴 다음, 그런 꿈을 솔랑주와 그 자녀들의 모습에서 발견할 수 있다면 자신에게도 무엇보다 큰 행복이 될 것이라고 뒤를 이었다. 반대하는 듯한 뉘앙스를 풍기는 말은 일절 쓰지 않았다. 마지막으로 쇼팽의 병에 대한 이야기로 끝을 맺었다. 클레징게르에 대해서는 끝내 한

마디도 하지 않았다.

이 편지가 한동안 그의 머릿속에서 떠나지 않았다. 샹로제로 향하는 기차 안에서 그는 자신이 쓴 말들의 의미를 생각했다. 펜을 들기 전까지는 다시 한번 상드 부인을 설득하여 이 결혼을 막아볼까 하는 생각도 했었다. 그러나 막상 쓰기 시작하니 쓸데없는 일 같아서 그 생각은 금세 사라져버렸다. 내가 그렇게 설득해본들 무엇이 바뀔 것인가. 그래봤자 그녀와의 관계가 나빠지기만 할 뿐이다. 무엇 때문에 그런 희생을 감수해야 한단 말인가. 아무리 진지하게 걱정해봐도, 아니, 그러면 그럴수록 남의 결혼에 반대한다는 것이 어딘지 우스꽝스럽기만 했다. 오지랖이 넓다는 게 바로 이런 경우를 두고 하는 말이다. 게다가 그것이 이제 곧 쉰 살이 되는 독신 사내의 충고이고 보니 어찌 조심스럽지 않을 수 있을까. 그런 생각으로 머릿속이 뒤죽박죽이 된 한편으로 그녀에 대한 동정심도 전혀 없지는 않았다. 이번 결단에 뜻을 같이해준 이는 한 사람도 없고, 쇼팽을 포함해 친구들 누구에게도 딸의 결혼을 축복받지 못한 그녀의 심정을 헤아렸기 때문은 아니었다. 그보다는 이 결혼의 어리석음을 깨닫지 못한, 혹은 깨달았으면서도 **어머니로서** 자신의 판단을 지키기 위해 일부러 깨닫지 못한 척할 수밖에 없는 그녀가 가엾게 여겨졌기 때문이었다. 사실을 알려 그녀를 설득한다는 것이 별 의미도 없는 일로 느껴졌다. 그것이 과연 우정이라는 이름에 값할 만한 행위인지도 의심스러웠다. 모든 것을 알면서 내린 결정인지도 모른다. 그렇다면 자신 또한 잘못이라는 것을 알면서도 그 잘못에 동참하여 그녀와 한편이 되어주는 것이 우정이 아닐까?

본심을 **모조리** 말할 필요는 없는 것이다. 성실하기만 하다면. 편지를 다시 읽어본 들라크루아는 찬성하기 어려운 결혼에 대해 서술해야 하는 어려움과 또 그 때문에 자칫 단어가 부박해질지도 모른다는 우려에서 생각했던 것보다 자신에 대한 얘기를 많이 써넣었다는 것을 깨달았다. 젊음의 순수함을 강조하는 한편 자신처럼 세상일을 다 알아버린 늙은이가 빠지게 되는 사려의 추악함에 대해 썼다. 편지를 쓰면서 그는 다시 한번 마를리 아니 백작 부인의 말을 떠올렸었다. 아닌게 아니라 나는 **총명한**지도 모른다. 그 총명함이 결혼을 방해하지 않았다고 단언할 수는 없다. 나는 언제나 겁쟁이였다. 아무런 망설임 없이 **운명의** 품안에 뛰어들고, 그러면서 결코 후회하지 않는 수많은 사람들의 결단력을 이제껏 얼마나 부러워해왔던가. 그에게 결단은 언제나 아주 먼 곳에 있었다. 그것을 붙잡기 위해서는 쳇바퀴 돌듯 도무지 진전되지 않는 망설임의 끝없는 길을 걸어야 했고, 그것도 대개는 도중에 길을 잃어 처음으로 되돌아오지 않을 수 없었다.

운명에는 항상 두 종류가 있다고 그는 생각했다. 하나는 노골적으로 그 정체를 드러내며 정면으로 다가오는 것, 항상 미래에 존재하면서 우리를 협박하고, 그것이 현재가 되자마자 사납고도 맹렬하게 덮쳐드는 것. 그리고 또 하나는, 오직 과거에서만 발견되어 가슴을 쥐어짜는 듯한 감회를 불러일으키는 것. 삶의 여러 가지 기회의 배후에 잠복해 있다가, 그 전개를 짐작하고 있으면서도 교활하게도 이미 돌이킬 수 없는 상태가 된 뒤에야 서서히 모습을 드러내기 시작하는 것. 병이나 재난, 타인의 악의 등 지금까지 그가 싸워온 것은 모두 전자였다. 결단이 요구될 때는 거의 의식하지 못하다가 나중에야 그를 괴롭히기 시작했던 것은 모두 후자였다. 맞설 수 있는 운명에 대해서는 용기 있게 맞서왔다. 그러나 보이지 않는 운명은 크게 두려워했다. 결단은 어디까지나 자신의 의지에 의해 행사되는 권력이다. 그러나 세월이 흐르면 그것은 훨씬 거대한 모습으로 나타나곤 한다. 그런 때면 그는 더이상 자신의 의지에 따른 결단을 믿을 수 없었다. 마치 운명이 교묘하게 파놓은 덫이었던 것만 같은 생각이 드는 것이었다. 예전에 자신이 품었던 결혼에 대한 동경을 편지에 쓰는 동안에도 내내 그런 생각을 했다. 이제는 체념해버렸다. 언제 체념했는지도 정확하지 않았다. 깨닫고 보니 그렇게 되어 있었다. 깨닫지 못할 만큼 많은 결단의 결과였을 것이었다. 지금과는 다른 인생을 살 수도 있었을 것이라고 그는 생각했다. 화가 따위가 아니라 공무원이 되어서 행복한 결혼을 하고, 이토록 많지도 끈덕지지도 않은 그저 그런 몇 가지 고민거리를 두고 사용인들이 모두 잠든 뒤 거실 벽난로 곁에서 돌아가신 어머니처럼 아름다운 아내에게 다정한 위로를 받는다. 감기에 걸리면 아내가 끓여주는 허브티를 마시고 눈꺼풀 위에 살며시 얹히는 따스한 손길을 느끼며 편안히 잠든다…… 말하자면 평범한 생활이다. 모두가 지겨워하는 평범한 생활…… 분명 자신도 그런 인생을 살 수 있었을 것이다. 그러나 그랬다면 이 세상은 끝내 〈키오스 섬의 학살〉도 〈사르다나팔루스의 죽음〉도 알지 못했을 것이다. 양원(兩院)의 도서관 천장도 분명 누군가 다른 화가의 작품으로 장식되었으리라. 물론 화가라고 해도 결혼 정도는 가능했을 것이다. 아니, 결혼만이 아니다. 방금 머릿속에 그려보았던 그런 생활도 단지 꿈같은 얘기만은 아니었을 것이다. 주위의 화가 친구들을 보면 알 수 있는 일이다. 단지 그들 중 누구도 자신처럼 많은 작품을 그리지는 않았다는 점이 다른 것이다. 달리 말하면, 그들은 자신만큼 정열적으로 작업에 몰두하지 않았다는 것뿐이다. 그것이 그를 신비한 기분으로 이끌었다. 원하는 대로 그 작품들이 오십 년, 백 년이라는 수명을 유지한다면 그는 작품을 통해 자신과는 전혀 무관한 먼 미래의 사람들의 삶에까지 영향을 미치게 된다. 그것은 대체 어떤 의미가 있는 것일까? 화가라는 길을 선택한 것은 분명 어떤 결단에 의한 것이었다. 그리고 그런 결단을 내리게 한 것은 그가 인생에서 겪은 다양한, 아마도 작은 사건들의 집적일 것이었다. 그가 신비스럽게 느낀 것은 그 작은 사건의 집적과, 백 년 뒤의 인간에게까지 영향을 끼친다는 것 사이의 뭔가 거대한 맥락의 결여였다. 자신의 인생은 이미 이 프랑스라는 나라의 역사 속에 깊숙이 박혀 있다. 이 진보의 역사 속에. 그리고 그 실체가 이와 같은 극히 개인적인 수많은 사건들이었다. 그 것이 그를 혼란스럽게 하고 어쩔 수 없이 운명이라는 말을 사용 하게 하는 것이었다.

그는 그날 이래로 줄곧 포르제 남작 부인을 생각했다. 이런 사색 뒤에 그녀를 떠올리자, 마치 그녀와의 만남과 생활까지도 운명의 교묘한 책략이었던 것만 같았다. 샹로제에 도착하고 나 니 한층 더 그녀가 마음에 걸렸다. 무언가를 잊어버리고 온 듯 한 느낌이었다. 마차 안에—단지 그녀 자체가 아니라, 그날의 그녀의 얼굴을 놔두고 온 것 같았다.

해가 떨어지면 샹로제는 아직도 추웠다. 도착한 날은 몸도 좋 지 않아 집에 틀어박혀 있었지만, 다음날부터 날씨가 좋을 때는 센 강을 건너 세나르 숲까지 산책을 나갔고, 비가 오는 날이면 소파에 드러누워 멍하니 생각에 잠기곤 했다.

별장에 있는 화필에는 일절 손대지 않기로 했다. 시력 저하 때 문에 일기장도 파리에 두고 왔다. 신문도 읽지 않았다. 몇 번이 나 실패했던 금연을 이번에야말로 꼭 성공하겠다는 영웅적인 결 의로 감행했다. 덕분에 몹시 심심했다. 산책중에 사람들과 부딪 치는 것은 싫었지만, 너무 무료한 나머지 비요라도 찾아와주면 좋을 텐데, 하는 생각도 들었다. 꼭 필요한 정양(靜養)이라고 몇 번이나 되뇌어봐도 마음이 편안해지지 않았다. 언제나 그랬다. 하루하루 바쁘게 지낼 때는 기갈이라도 든 것처럼 휴식을 원하 다가도 막상 휴식이 주어지면 금세 싫증이 나고 마는 것이다.

하원 작업은 늘 마음에 걸렸다. 작년 말부터 내무성에서 작업이 늦어지는 데 대한 불만을 몇 차례나 밝히고 있었지만 최근에는 재무성까지 합세하여 누차에 걸쳐 완성 일자를 문의해왔다. 파리를 떠나오기 전에 몇몇 관계자 앞으로 연내에는 반드시 완성하겠다는 편지를 보냈다. 그것은 스스로를 질타하기 위해서이기도 했다.

일기도 쓰지 않을 결심으로 떠나왔건만 어느새 결국 포르제 부인에게 편지를 쓰고 있었다. 내용은 평범한 것이었다. 무료하다는 것을 강조하고, 이번 체재는 정양을 위해 어쩔 수 없는 것이었다고 이해를 구했다. 그참에 파리에서의 볼일도 부탁했다. 답장은 곧바로 왔다. 평소와 다를 바 없는 편지였다. 심심풀이가 될 거라며 볼테르의 『회상록』을 함께 부쳐주었다. 들라크루아는, "나는 따분함과 시끄러움이 가득한 파리에서의 생활, 잔꾀만 부리는 무리들, 국왕의 승인과 허가 아래 출판되는 어리석기 짝이 없는 책들, 문인들의 책모(策謀), 문학을 더럽히는 소인배들의 천박함과 도적과도 같은 행위에 혐오감이 들었다"라는 문장으로 시작되는 이 책을 영락없이 자기 이야기라는 생각에 유쾌하게 읽었다. 그러나 그 뒤에 이어지는, 샤틀레 후작 부인과의 시레에서의 은둔생활 이야기를 읽으면서는 순수하게 기뻐할 수가 없었다. 그녀는 왜 이 책을 내게 보냈을까. 왜 이 책에 관심을 가졌고, 왜 내게 보여주고 싶다는 생각을 했을까. 그는 어딘지 짚이는 데가 있었다.

들라크루아가 샹로제로 떠나고 난 뒤 포르제 남작 부인 역시 매일같이 그날 밤 마차 안에서의 일을 생각하고 있었다.

'나는 그 사람에게 무슨 말을 하려고 했을까? 뭔가 엄청난 얘기였어. 그런 짧은 시간에는 도저히 말할 수 없는 엄청난 얘기…… 그래, 말하지 않기를 잘했어. 그가 알아차리지 못해서 다행이야…… 눈치를 챘다면 그 사람 분명…… 아니야, 어쩌면 그도 뭔가 깨닫지 않았을까? 그러면서도 그저 모르는 척했던 걸까? ……아니, 그럴 리가 없어, 그런 일은 절대로…… 그만 잊어버리자. 생각한다고 해결되는 일도 아니잖아? 또다시 슬퍼지기만 할 뿐이야. 생각만 해도 이렇게 가슴이 아픈걸……'

몇 번이고 생각을 멈추었고, 아예 모든 것을 잊고 싶었다. 그러나 그녀는 이미 그런 식으로는 해결되지 않을 곳에 이르러 있었다. 의식적으로 생각을 하려는 것이 아니었다. 문득 깨닫고 보면 항상 이 문제에 빠져 있는 자신을 발견하곤 하는 것이었다.

포르제 남작 부인의 가슴에 빈번하게 우울이 들락거리게 된 것은 꽤 오래 전부터였다. 젊음을 잃고 아름다움을 잃어가는 자신을 깨달았을 때 그녀는 처음으로 애인을 부러운 시선으로 바라보았다. 나는 무엇을 위해 살고 있는 걸까? 앞으로 남은 인생에는 대체 무엇이 있는 걸까? 미래는 오직 하나 둘 잃어가기 위해서만 존재하는 것 같았다. 결국 아무것도 남지 않을 것이다. 자기 자신조차 이윽고 저 영원의 세계로 상실되어가리라…… 그러나 그 사람은 다르다. 그에게는 예술이 있다. 그 사람만은 다른 사람들과는 달리 자기 자신을 황금으로 반짝이는 액자 속에 저장해나갈 수 있다. 그럼으로써 그는 죽은 후에도 사람들의 기억에 영원히 머물 수 있다. 자신은 사라지고 단지 그 사람만이…… 그런 생각을 하면서부터 그녀는 자신의 찰나적인 생활이 견딜 수 없이 허망하게 느껴졌다. 그것은 벗어날 길 없는 감옥이었다. 금과 은으로 도금하고 보석을 박아넣은, 그러나 출구는 없는 감옥이었다. 그녀는 상드 부인을 미워했다. 처음에는 애인과 부자연스러울 만큼 친밀하게 지내는 것이 못마땅했기 때문이었지만, 그보다 더 크게는, 같은 여자이면서도 자기 같은 사람이 여지없이 강요당하고 있는 이 감옥을 우습게 여기며 보란 듯이 분방하게 처신하기 때문이었다.

그녀는 이따금 들라크루아가 없었어도 자신이 이런 일로 고민했을까 하고 생각하곤 했다. 주위의 여자들은 모두 자신과 마찬가지로 살면서도 전혀 고민하는 모습을 보이지 않았다. 그만 없었다면 자신은 좀더 행복한 인생을 보냈을지도 모른다. 그만 옆에 없었다면 자신은 이런 생활을 젊었을 때의 감동 그대로 구가할 수 있었을지 모른다. 그 사람이 그토록 찬란하지만 않았더라면 자신은 주어진 인생의 광채를 변함없이 믿으며 살 수 있었을지 모른다. 그를 이토록 깊이 사랑하지만 않았더라면……

그림에 열중하느라 연인의 발길이 뜸할 때는 자기 혼자만 뒤처진 듯한 기분이 들었다. 아무리 많은 사람들에 둘러싸여 있어도, 아무리 많은 찬사를 들어도 그 쓸쓸함은 결코 치유되지 않

았다. 그것은 마치 사후의 그녀가 사후의 그에 대해 느낄 것 같
은 쓸쓸함이었다. 자신만이 홀로 남겨진다. 지금 이렇게 집 안
에 홀로 남겨진 것처럼, 이 19세기라는 시대의 한가운데에 덩그
러니. 그리고 그만이 자신에게서 멀리 벗어나 먼 훗날까지 살아
남을 것이다. 먼 훗날까지 계속 사랑받을 것이다. 질투하는 것
은 아니었다. 그러나 고독을 어떻게 견뎌야 할지 알 수가 없었
다. 조금이라도 더 함께 있고 싶었다. 곁에 있는 동안만은 위로
받는 듯한 느낌이 들었다. 그러나 그녀는 그 말을 결코 입에 담
을 수 없었다. 무엇보다 자존심이 허락하지 않았다. 애원하며
매달리기에는 그녀의 긍지가 허락하지 않았다. 그래서 당치도
않은 바람이라고 덮어버리곤 했다. 내가 그를 방해하려고 하는
걸까? 그 사람을 나만의 동행인으로 만들기 위해서? ……그것
은 슬픈 상상이었다.

그날 밤에 자신이 말하려 했던 것이 그런 것이었을까? 그녀
는 그가 자신의 고민을 이해해주기를 바라는지 아닌지도 알 수
없었다. 전혀 알지 못할 것이라는 생각이 들면 섭섭한 마음에
그만 냉담한 태도를 취했다. 그러나 그가 알아차린다면 경멸을
받을 것 같았다. 그가 예술가라는 것에 누구보다 큰 자긍심을
갖고 있고 일락(逸樂)에 빠져 살아가는 자들을 누구보다 경멸한
다는 것은 그녀도 잘 알고 있었다. 그녀가 개최하는 살롱 모임
에는 기꺼이 얼굴을 내밀지만 사실은 사교계의 번다함에 은근
한 혐오감을 품고 있다는 것도 잘 알고 있었다. 자신의 괴로움

을 그가 어떻게 이해해줄 수 있을 것인가. 사치스러운 고민이라고 생각하지는 않을까? 단순히 권태에 젖은 마음 편한 부잣집 여인네가 할 법한 그런 고민이라고? ……섭섭함과 울화가 동시에 그녀를 괴롭혔다. 그러나 그녀가 가장 두려워한 것은 그가 오래 전부터 자신의 마음을 알아차리고 자신을 경멸하고 지겨워하고 있으며, 연민 때문에 어쩔 수 없이 자신을 사랑하고 집에 찾아오고 농담을 건네고 미소를 지어주는 게 아닌가 하는 생각이 드는 것이었다.

내가 예술을 상대로 질투를 하고 있는 걸까? 그렇게 생각하자 한없이 비참한 기분이 들었다. 예술보다 자신을 더 소중히 여겨주었으면 좋겠다. 그런 말을 하면 그가 자신을 얼마나 경멸할까? 사랑에 인생의 가장 소중한 가치를 두어야 하는 인간이라니, 분명 사랑 외에는 아무것도 중요한 것이 없는 무능하기 짝이 없는 인간이라고 생각할 것이었다. 그런 모욕을, 그런 비참한 대접을 어떻게 견딜 수 있을까. 모든 것을 희생하고 단지 예술 창작에만 전념하는 사람. 그런 사람과는 그저 전기 속에서나 만날 일이다. 전기 속에서나 사랑할 일이다. 이렇게 가까이에서 이렇게 깊이 사랑하려면 얼마나 많은 슬픔을 감수해야 하는지……

포르제 부인이 볼테르의 『회상록』을 손에 든 것은 단순한 우연이었다. 그녀 역시 첫 문장이 들라크루아와 똑같다고 생각하며 읽었고, 이어지는 샤틀레 후작 부인에 대한 부분을 읽고는 가슴이 아팠다. 내가 이만한 재능을 갖춘 여성이었더라면 내 인생도 전혀 다른 것이 되었으리라. 그랬다면 그 사람도 얼마나 기뻐했을까? ……아아, 나는 앞으로 평생을 이런 고민에 시달리며 살아가야 하는 걸까? 그 사람 곁에 있는 한 그럴 것이었다. 그 사람을 만나고 사랑한 대가로……

그녀는 샹로제에서 그가 보낸 편지에 대한 답장에 그 책을 동봉했다. 그가 어떻게 받아들일지는 알 수 없었다. 아무 느낌도 받지 않을지도 모른다. 혹은 너무 많은 것을 이해할지도 모른다. 어느 쪽이건 불안한 생각이 들어 그녀는 자신의 이해하기 힘든 행동에 살을 에는 듯한 강한 후회를 느꼈다.

22

장 바티스트 클레징게르와 솔랑주 상드의 결혼식은 그해 5월 19일에 노앙의 한 교회에서 거행되었다. 참석자는 뒤드방 남작, 상드 부인, 모리스, 오귀스틴, 그리고 베리 지역의 친척들과 몇몇 친구들뿐이었고, 클레징게르 가에서는 동생 그자비에 한 사람만 참석하고 양친은 편지를 한 통 보냈을 뿐 마지막까지 모습을 드러내지 않았다. 파리에 있는 이들은 아무도 초대되지 않았다. 들라크루아, 아라고, 그지마와 백작, 마를리아니 백작 부인, 로지에르 양과 비아르도 부부, 모두 마찬가지였다. 그들 중 누군가를 초대하면 다른 이들도 부르지 않을 수 없었다. 그래서 아무도 부르지 않기로 한 것이었다. 루소도 초대하지 않았다. 솔랑주를 자극하지 않으려는 어머니의 판단이었다. 쇼팽의 모습도 보이지 않았다. 병환중이기 때문이었다. 마지막 담판 이후 결혼을 앞둔 두 사람과 그 어머니는 눈에 띌 만한 다툼 없이 그럭저럭 무사히 결혼식 당일을 맞이할 수 있었지만, 솔랑주만은 인생에 단 한 번뿐인 최고의 행복의 시간을 보내기에는 결혼식 규모가 너무 작다고 불만을 내비쳤다. 초대객이 적은 것도 마치 두 사람의 관계에 꺼림칙한 부분이 있다는 의미인 듯해서 못마땅하기만 했다. 그녀가 꿈꾸었던 것은 좀더 호화스럽고 좀더 눈부시고 좀더 많은 축복의 말이 넘치는 결혼식이었다. 파리에서도 수많은 하객이 밀려들고, 며칠에 걸쳐 성대한 파티를 열어 배가 터질 만큼 행복을 만끽하는 결혼식이었다. 당연히 그 자리에는 쇼팽의 모습도 있어야 했다. 그러면 분명 자신을 위해 꿈처럼 아름다운 피아노 연주를 들려줄 것이었다. 두 사람의 장래가 얼마나 축복받은 것인지 자리를 함께한 모든 이들에게 확신을 심어줄 만큼 아름다운…… 상드 부인은 그런 꿈을 품은 딸에게 작년에 이어 거듭된 식량난에 대해 설명하며 결혼식은 되도록 검소하게 치르고 절약한 액수만큼 마을의 혜택받지 못한 사람들에게 기부하면 어떻겠느냐는 제안을 했다. 기부 금액은 천 프랑이었다. 이 제안에는 상드 부인의 사상적인 이념과 동시에, 보란 듯이 사치스러운 결혼식을 치러 굶주림에 허덕이고 있는 이들의 반감을 사는 것을 피하려는 현실적인 배려도 포함되어 있었다. 그러나 솔랑주는 어머니가 항상 딸보다도 아무 관계 없는 가난한 사람들을 더 중요하게 생각한다며 원망스러운 표정을 보였다. 클레징게르도 내심 그럴 돈이 있으면 자신의 빚이나 탕감해주면 좋겠다고 아쉬워했지만, 이 대목에서는 참아야 한다고 자신을 다독이며 상드 부인의 제안에 적극 찬성하였고, 솔랑주에게도 "그런 사람들에게 우리의 넘치는 행복을 나누어주는 것도 나쁘지 않은 일이야"라고 설득했다. 솔랑주는 그의 말을 받아들여 마지못해 어머니의 제안에 동의했지만, 결혼식 당일에는 결혼 자체에 너무도 감격한 나머지 기부든 뭐든 어머니 좋을 대로 다 하라는 심정이었다.

그러나 그 결혼식 당일에 가장 침착함을 잃은 것은 당사자인 두 사람이 아니라 오히려 상드 부인이었다. 아침부터 오 분도 가만히 있지 못하고 사용인들이 "괜찮으니까 어서 안으로 들어가세요"라는 말까지 하며 귀찮음을 표시하는데도 굳이 나서서 요리 준비부터 정원에 내놓을 탁자 운반까지 일을 거들다가 결국 넘어져서 발을 삐고 말았다.

"그렇지 않아도 바쁜 판에 공연히 쓸데없는 일거리만 더 만들었지 뭐예요……"

쓴웃음과 함께 사용인의 부축을 받으며 교회에 나온 그녀의 모습을 보고 먼저 도착하여 기다리고 있던 손님들은 깜짝 놀랐다. 다행히 큰 부상은 아니라는 것을 알고 이번에는 모두가 안도하며 함께 웃었다. 어머니의 분투하는 모습은 농담거리가 되었다. 결혼식 직전에야 갑작스럽게 연락을 받은 시장과 사제는 "그렇게 바쁘셨으니 우리에게 연락을 늦게 한 것도 용서해드려야겠군요"라고 놀렸다. 뒤드방 남작은 솔랑주에게 "잘 기억해둬라. 이 다음에 어머니에게 꾸지람을 들을 때 이 덤벙거리는 모습을 상기시켜주면 덜 혼날 게다"라고 유쾌한 듯 말했다. 상드 부인은 지금껏 막연한 예감에 불과했던 딸의 결혼식이라는 행복을 그때 처음으로 확실하게 느꼈다. 그것은 이상하리만큼 맑고 구체적이며 애매한 구석이라고는 하나도 없어 손을 뻗으면 감촉까지도 확인할 수 있을 것 같은 행복이었다. 나중에 가장 먼저 떠오르는 것은 의외로 이런 사소한 일들일지도 모른다. 이 것도 분명 좋은 추억이 되리라. 그렇게 생각했다.

결혼식이 시작되자, 원래는 결혼식 다음날의 피로와 함께 찾아와야 할 감개가 미리부터 상드 부인의 머릿속을 차지해버렸다. 새 우는 소리, 유리창에 벌레 부딪는 소리, 교회 밖에서 이따금 이웃 아이들이 달려가는 발소리 등이 고요함을 한층 강조하며 사제의 목소리나 모리스에게 말을 건네는 뒤드방 남작의 목소리가 저 멀리 가물거리듯 들리게 했다. 눈앞의 현실이 마치 회상되고 추억된 광경처럼 느껴졌다. 그 착각이 기분 좋았다. 아아, 다행이야, 라고 그녀는 생각했다. 결혼식이 끝나기를 기다리지 못하고 피로가 조금씩 몸 속에 퍼지고 있었다. 결혼도 그리 나쁜 건 아니라는 생각이 들었다. 여기까지 무사히 헤쳐나오다니, 내가 한 일이지만 참으로 훌륭했다. 결혼 전의 **조신하지**

못한 행실을 애써 감추어 딸을 마을 사람들의 호기심 가득한 눈초리로부터 지켜낸 것은 바로 어머니인 자신이었다. 사제에게조차 직전까지 아무것도 밝히지 않아서 나중에야 그런 미숙한 짓 —미숙한 짓으로 여기도록 일을 꾸며나간 이 신중함!—에 대해 꾸지람을 들은 것도 자신이었다. 못마땅해하는 사제를 설득하여 이토록 분위기 좋은, 유쾌한 결혼식을 올리게 한 것도 자신, 아버지라는 사람까지 포함하여 모든 지인들에게 결혼식을 알리는 편지를 쓴 것도 자신, 아무것도 이해해주지 않는 파리 친구들의 비난에 맞서 용감하게 신랑의 변호를 맡은 것도, 행복을 원하는 딸의 희망을 들어주기 위해 결혼식에 반대하는 온갖 소리들을 막아준 것도, 모두, 모두 자신이었다. 어머니인 자신이었다. ……생각은 차츰 부풀어오르고 감개도 깊어갔다. 무엇보다 그토록 까다로운 아이를 오늘까지 길러내 인생의 가장 좋은 날을 맞이하게 해준 사람이 바로, 다른 누구도 아닌 자신이었다. 결혼식은 그 고난 끝에 매달린 아주 작은 상징에 지나지 않았다. 여성이 살아가기에는 너무도 불평등하고 부자유스러운 사회에서 참으로 얼마나 많은 곤란을 겪어야 했던가. 어느 누구도 도와주지 않았다. 이번 지참금 문제만 해도 그렇다. 이십만 프랑에 이르는 오텔 드 나르본에 오만 프랑까지 얹어주기로 하지 않았는가. 그만하면 충분하다. 어느 누가 감히 손이 작다고 할 수 있을까. 이것은 나의 자존심이다. 조르주 상드가 자식 하나 만족스럽게 키워내지 못했다고 하면 세상 사람들이 얼마나 손뼉을 치고 비웃어댈까? 그러나 나는 해냈다. 훌륭하게 해냈다! 산더미 같은 원고를 써가면서도 나 혼자 힘으로! **그 사람**이 대체 무엇을 해주었다는 건가? 아무것도 해주지 않았다. 나에게 그 사람은 늘 신경써야 하는 또 하나의 아이에 지나지 않았다. 그런 그가, 여태껏 아무것도 하지 않았던 그가 어떻게 이제 와서 마치 가장이라도 된 것처럼 내 딸의 결혼에 참견을 할 수 있단 말인가? 어떻게 그럴 권리가 있는가? 어떻게 남녀를 가리지 않고 모두가 그 사람의 말을 더 믿을 수 있는가? 그 사람의 의견이 이제껏 한 번이라도 아이들을 키우는 데 도움이 된 적이 있었는가? 결코 없었다. 아무 생각도 없이 무조건 솔랑주의 어리광을 들어주기만 하면서 자신을 관대한 사람으로 내세웠다. 그러니 아직도 어린애라는 소리를 듣는 게 아닌가! 남이니까 쉽게 말하는 것이다. 자기 편한 대로 달콤한 소리를 해놓고 나중에는 모르는 척해버리면 되니까. 그러면 계속 착하고 친절한 사람으로 남을 수 있겠지. 굳이 미움받을 일은 할 필요도 없고, 그저 현실을 피하기만 하는 것이다. 그러나 어머니는 그럴 수 없다. 때로는 엄하게 꾸짖어 딸의 잘못을 바로잡아주어야 할 책임이 있다. 어떻게 그런 간단한 것조차 알지 못하는 걸까? 그런 힘든 역할은 하나도 맡아주지 않았으면서 이제 와서 새삼스럽게 아버지 같은 얼굴로 나서다니, 정말 가소롭기 짝이 없다!

상드 부인은 결혼식 열흘 전에 가까스로 위독한 상태에서 벗어난 쇼팽에게서 한 통의 편지를 받았다. 읽자마자 그 사람이 쓸 법한 편지라는 생각이 들었다. 모든 상황을 뻔히 예상할 수 있었다. 병문안을 갔던 사람들은 단 하루도 보장을 못 할 정도로 중태라고 편지에 썼지만, 정작 본인의 편지에는 병에 대한 이야기는 단 한마디도 없었다. 결혼에 반대하는 말도 없었다. 그저 아무 일도 없었다는 듯 파리에서의 생활을 보고하고 그 끝에 격식을 갖추어 솔랑주의 결혼을 축하한다는 말을 써놓았을 뿐이었다.

편지에 병에 대해서 자세히 밝히지 않은 것은 그녀에게 걱정을 끼치지 않으려는 쇼팽의 배려였다. 그러나 그로서는 그것이 상드 부인에 대한 배려라는 것을 스스로에게 확인할 필요가 있었다. 그는 차르토리스카 대공비를 비롯한 몇몇 사람들이 상드 부인에게 편지를 보냈다는 것을 알고 있었다. 그녀에게 자신의 병은 실제보다 과장되게 알려졌을 터였다. 그런데도 그녀는 파리로 나오지 않은 것이다. 결혼 준비에 바빠서 그렇다고 이해하기는 했다. 그러나 자신의 병의 의미를 생각해보면 아무래도 이해할 수 없는 기분이 남았다. 자신은 하마터면 죽을 뻔했던 것이다. 실감이 나지는 않지만 그런 모양이었다. 그런데도 그녀는 어째서 파리로 돌아오지 않았던 것일까? 자식의 결혼이 중대사라는 것은 안다. 그러나 자신이 만약 반대 입장이었다면 만사를 제치고 달려오지 않았을까? 빈사의 애인 곁으로, 이제 두 번 다시 말을 나눌 수 없을지도 모르는 사람 곁으로. ……그러나 쇼팽은 그런 마음을 직접 그녀에게 털어놓지 않았다. 죽는다는 것은 무엇보다 큰 일이다. 그러나 **죽을 뻔했다**고 호소하는 말은 실제의 죽음의 무게를 전혀 전해주지 못한다고 생각했다. 그것이 특별한 의도에서 나온 말로 받아들여지는 것도 원하지 않았다. 무슨 의도인가? 그녀를 파리로 불러들이려는 의도. 결혼 준비를 중단시키고 그녀의 관심을 자신에게 돌리려는 의도. 실제로 죽을 뻔했었다. 그러므로 그럴 자격은 충분히 있었다. 그러나 저울의 다른 한쪽 접시에 오른 것은 그녀의 딸의 장래였다. 그것이 그를 주저하게 했다. 마치 어머니의 애정을 둘러싸고 서로 으르렁거리는 그 집안의 세 아이들 같다는 생각이 들었다. 어떻게 그런 모양새를 스스로에게 허락할 수 있을 것인가.

어쨌든 편지는 써야만 했다. 이미 결혼 소식을 들은 것이다. 그러나 병에 대해서는 굳이 언급할 필요가 없다고 생각했다. 참으면 될 일이다. 그것이 그녀에 대한 배려일 것이었다. 그녀를 걱정시키고 싶지 않다. 환자에게 직접 그런 소식을 듣는다면 분명 그녀도 돌아오지 않을 수 없을 것이다. 그래서 더더욱 알리지 않는 것이다. ……그렇게 생각을 정리해 자신의 불안을 덮어두는 수밖에 없었다. 그는 두려워하고 있었다. 자신의 고통스러운 상황을 자신의 펜으로 호소했는데도 그녀가 결국 파리에 돌아오지 않는 사태를. 자신의 죽음보다 딸의 결혼 준비를 선택하는 것을. 균형이 맞지 않는 저울이기 때문에 더더욱 예기치 않은 방향으로 기울어질 것 같아 두려웠다. 그녀에게 결단을 재촉하는 짓만은 피하고 싶었다. 그렇다면 알리지 않는 것밖에는 다른 방도가 없었다.

상드 부인은 그러한 그의 편지를 고맙게 여기지 않았다. 연애에서 거리라는 것은 일종의 촉매이다. 남자와 여자 사이에 생기는 다양한 관계를 때에 따라서 보다 신속하게 촉진해주는 촉매이다. 정열적으로 사랑하는 두 사람은 멀리 떨어져 있을수록 더욱 그리움이 커진다. 그러나 식어가는 애정은 거리로 인해 급격하게 그 열기를 잃고 만다. 상드 부인은 병에 대해 아무런 언급도 하지 않은 쇼팽의 태도 이면에서 조소(嘲笑)의 희미한 메아리가 들려오는 것 같아 몹시 불쾌했다. 멀리 떨어진 파리에서 자신의 가장 친한 친구들까지 한편으로 끌어들여 이번 결혼을 우스갯거리로 만들고 있는 그의 모습이 떠올랐다. 그래서 이토록 풍자적인 결혼 축하 인사를 써보냈는지도 모른다. 은근하게, 정중하게. 병에 대해 아무 말도 하지 않은 것은 그 나름대로 신경을 써준 것이라는 짐작은 갔다. 그러나 마치 상대방이 먼저 알아주기를 요구하는 식의 배려라는 생각이 들었다. 실제로 쇼팽 본인에게서 죽을 만큼 위중하다는 소식을 들었다면 그녀는 분명 파리로 향했을 것이었다. 그것이 그녀에게 무거운 짐이었다 해도. 그런 소식을 듣지 않아서 다행이라고 잠깐 생각했다. 그러나 더이상 자신에게 아무것도 기대하지 않겠다는 듯한 냉담함이 느껴지는 것은 부정할 수 없었다.

답장은 그가 원하는 대로 병에 대해서는 아무것도 모르는 사람처럼 썼다. 그리고 그의 축하에 답해 결혼을 앞둔 가족의 행복한 모습을 세세하게 적었다. 들뜬 분위기가 문장에 잘 나타나 있었다. 클레징게르에 대해서도 마구 칭찬했다. 솔랑주도 자신이 지금 얼마나 큰 행복의 절정에 서 있는지를 졸렬하나마 진심 어린 문장으로 적었다. 부모다운 과장이 곁들어진 문장이었다. 처음과 끝에 그의 축하에 대한 감사의 마음을 밝히는 것도 잊지 않았다. 편지는 그 뒤로도 몇 차례 파리와 노앙 사이를 오고갔다. 그리고 결혼식 직전이 되자 어느 쪽이랄 것도 없이 더이상 편지를 보내지 않게 되었다.

23

먼저 파리에 도착해 있던 신혼부부의 뒤를 따라서 상드 부인과 그 가족이 노앙을 출발한 것은 5월 말의 일이었다. 파리에 여드레 정도 머무르며 볼일을 마친 뒤 곧바로 다시 노앙으로 돌아갈 예정이었다. 그 소식을 들은 사람들은 몰래 먹던 음식 냄새를 창문을 열어 다급하게 없애듯이 자신들 주변에 피어오른 험담의 잔향을 털어냈다. 억지웃음도 꾸며냈다. 그러나 금세 들통이 났다. 가까이 가면 누구의 입에서나 구취가 풍겼다. 다급하게 뒤집어쓴 웃는 얼굴은 모두 비틀어져 있거나 금방이라도 떨어질 것 같았고, 혹은 거꾸로 붙어 있기도 했다.

쇼팽은 결혼식 후에도 상드 부인에게 편지를 쓰지 않았고, 그녀 또한 다른 사람들에게는 가볍게 몇 번씩 소식을 전하면서도 그에게만은 한 번도 편지를 쓰지 않았다. 그래서 그는 신혼부부의 도착 일시도, 그녀가 파리로 온다는 소식도 모두 로지에르 양을 통해 들었다.

먼저 도착해서 집으로 찾아온 클레징게르 부부를 쇼팽은 웃는 얼굴로 맞이하며 다시금 축복의 말을 건넸다. 뒤를 이어 일주일쯤 지나 상드 부인이 돌아오자 그녀에게도 정중한 말로 결혼식과 관련된 일련의 노고를 위로했다.

"당신은 어머니로서 실로 훌륭하게 모든 일을 치러냈어요."

다른 이들처럼 당황하여 말을 더듬는 일 없이 침착하고 조용한 말투였다. 상드 부인은 답례를 하고는 "정말이지 지쳤어요"라며 웃어 보였다. 그가 오지 않았던 것도, 그를 초대하지 않았던 것도 당연한 일처럼 지나쳤다. 너무 깊은 이야기는 하지 않는 것이 이번 일을 처리하는 데 최선의 방법이라고 두 사람은 생각했다.

이전만큼은 아니지만 쇼팽의 건강은 그럭저럭 회복되어 그녀와 재회할 때쯤에는 앓아누웠던 사실을 감추고 넘어갈 수 있을 만큼 편해졌다. 기침도 멎었고, 무리하면 열이 약간 높아지는 정도였다. 그러나 이제 와서 굳이 감춰야 할 필요는 없었다. 그녀도 이미 자신의 병에 대해 알고 있는데다 파리에 왔으니 여기저기서 직접 이야기를 들을 기회도 있을 터였다. 결혼식도 끝났고, 노앙에서도 돌아왔다. 사실을 밝혀서 안 될 이유는 전혀 없었다. 기회를 봐서 "실은 내내 몸이 좋지 않았어요. 그리 대단한 건 아니어서 알리지 않았지만" 하고 지나가는 말처럼 밝히면 될 일이었다. 상드 부인도 그런 그의 마음을 알아차렸다. 노앙에서 지낼 때는 알지 못하다가 파리에 와서 다른 사람에게 이야기를 듣고 깜짝 놀란 것으로 해두기로 하고 먼저 말을 꺼냈다. 그러고는 "이제 괜찮아요? 왜 알리지 않았죠?"라며 아이를 나무라듯 몇 마디 덧붙였다.

두 사람의 대화에는 꽃잎이 흩날리듯 간간이 웃음과 농담이 흘렀다. 쇼팽은 단지 그것만이 두 사람의 관계를 유지해주는 것 같다고 느꼈다. 아슬아슬하게 끊어지려는 실을 다시 단단히 고쳐묶는 것이 아니라, 더이상 끊어지지 않게 가만히 놔두는 것뿐이었다. 공연히 무리하면 돌이킬 수 없는 상황이 될 것만 같았다. 마치 아이가 비뚤게 쌓아올린 나무토막을 섣불리 바로잡으려다 모조리 무너뜨리고 마는 것처럼.

현관을 나서면 채 일 분도 걸리지 않는 곳에 사는데도 서로 얼굴을 마주하는 일이 별로 없었다. 그는 아직 집 안에서만 지내고 있었고 이따금 그녀의 방문을 받아도 이야기가 조금 길어지면 금세 피곤해했다. 그녀도 파리에 도착하고부터 그간 쌓였던 피로가 갑작스레 몰려와 한동안 건강이 좋지 않았다. 두 사람 모두 상대에 대해 열정이 생기지 않았다. 지난 2월과는 사뭇 다르다고 쇼팽은 느꼈다. 그때는 불안한 가운데서도 그녀가 돌아오기를 고대했다. 그녀와 대화를 나누는 것이 기뻤다. 두 사람 모두 관계를 회복하려는 의지가 있었다. 노앙에서의 일은 일시적인 불화에 지나지 않는다고 이해하려 애썼다. 그러나 이번에는 달랐다. 그녀를 만나려 하면 마음이 무거웠다. 무슨 애기를 해야 할지 알 수 없었다. 애정을 확인하고 싶은 마음도 생기지 않았다. 지금의 상태가 오랜 세월을 거쳐 도달한, 피하기 힘든 필연으로만 여겨졌다. 그녀도 마찬가지인 모양이었다. 몸이 좀 나아지자 자신을 피하려는 듯 밖으로만 나돌았다. 솔랑주 부부와 함께 찾아오곤 하던 일도 뜸해졌다. 식사조차 선약 없이는 함께 하지 않게 되었다!

어쩌다 나누는 대화는 처음 시작하는 피아노 레슨처럼 자꾸 끊겨서 번번이 침묵에 잠겼고, 다시 말문이 열려도 어색하게 정체되기만 할 뿐 도무지 앞으로 나아가지 않았다.

하루는 상드 부인이 그에게 이런 이야기를 했다.

"당신, 메리 애기는 알고 있어요?"

메리란 쇼팽의 바르샤바 시절 친구인 시인 스테판 비트비츠키를 말하는 것이었다.

"메리의 무슨 애기?"

"몰라요?"

"뭘?"

"그게…… 아니, 모르면 됐어요……" 그녀는 그렇게 말하고 입을 다물었다. 쇼팽은 평소답지 않게 말끝을 흐리는 그녀가 의아했다.

"갑자기 메리의 이름이 튀어나오고…… 무슨 일이에요?"

"아니, 아무것도 아녜요. ……다음에 얘기하지요. 그냥, 당신이 나 말고 다른 사람한테 갑자기 이런 얘기를 들으면 놀랄까봐서……"

그녀는 자신의 경솔함을 후회했다. 당연히 알고 있을 줄 알았다. 그러나 그런 이야기 하나 만족스럽게 설명하지 못하는 스스로가 상드 부인은 이상하기만 했다.

'그래도 갑자기 이 얘기를 하면 분명 크게 충격을 받을 거야, 이 사람. 마리도 노상 이곳에 들락거리면서 그럴까봐서 차마 말을 못 한 모양이구나……'

쇼팽은 그 며칠 뒤에 지인에게서 우연히 비트비츠키의 사망 소식을 듣게 되었다.

"믿을 수가 없어! 바로 얼마 전에도 로마에서 편지를 보내주었는데?"

"사실입니다. 다른 분들도 다 알고 계세요. 당연히 당신도 소식을 들으셨을 거라고 생각했는데……"

쇼팽은 깊이 슬퍼했다. 처음에는 도저히 믿을 수가 없어서, 자기도 그런 소문이 퍼졌던 게 한두 번이 아니지 않느냐고 부정하려 했다. 극심한 충격이라고 하기는 어려웠다. 오히려 이런 소식을 들으면 으레 엄습하는, 의식이 가물거리는 듯한 멍하고도 애매한 감각이었다. 그러던 것이 시간의 경과와 함께 점점 그와의 추억이 가슴속에 차올라 더이상 아무렇지도 않은 척 부정할 수가 없었다. 살아 있는 사람이라면 이토록 그리운 회상으로 이어지지는 않을 터였다. 그 기억에는 뭔가 불쾌한 둔중함이 있었다. 지금까지 육체를 지니고 있던 한 인간이 이제 사람들의 추억 속에서밖에 살아 있을 수 없게 되자 미련이 남은 나머지 그만 육체의 무게까지 함께 들고 들어온 것 같았다. 죽어버린 사람은 타인의 몸을 통해, 타인의 몸 안에만 그 모습을 남길 수 있다. 그런 간단한 사실조차 깨닫지 못한 채 죽어버린 것 같아 그 친구가 더욱더 가엾었다. 마지막으로 만났던 게 언제였던가? 그 생각을 하려 했는데, 반대로 고국을 떠나온 뒤에 파리에서 그와 재회한 날의 기억이 떠올랐다. 두 사람 모두 젊었다. 지나치게 젊다고 할 만큼 젊었다. 지금처럼 아는 사람도 많지 않았고, 11월 봉기의 기억이 여전히 가슴속에 생생하게 살아 있었다. 그가 곁에 있다는 것만으로도 큰 위로가 되었다. 아무 말 하지 않아도 서로의 가슴을 가득 메운 고독을 모두 나눌 수 있을 것 같았다. 나라를 잃었다. 친구들은 봉기의 와중에 죽어갔다. 가족은 여전히 그 땅에 있다. 득실거리는 러시아 병사들 속에서 두려움에 떨며. 그런데 두 사람은 파리라는 거리에서 아무 부족함 없이 살고 있었다. 내 조국을 버린 이 프랑스라는 나라의 한복판에서…… 뒤를 이어 갖가지 기억이 되살아났다. 집이 가까워서 서로 자주 왕래하던 피갈 시절. 시 낭송회. 노앙에서는 피아노도 제쳐놓고 하루 온종일 폴란드어로 이야기를 나누었다. 고국을 그리워하며 둘이서 한없이 추억에 젖곤 했다. 병약했던 그가 계단을 제대로 오르지 못하면 달려가 도와주기도 했다. 그러면 그는 "쇼팽 자네한테 부축을 다 받다니" 하고 웃으며 농담을 했다. ……비트비츠키의 죽음에 쇼팽은 슬프기도 하고 쓸쓸하기도 했다. 그러나 그것은 몸이 찢기는 듯한 격렬한 아픔과는 달랐다. 무기력이 온몸을 내리눌렀다. 원인을 알 수 없는 병에 걸린 것만 같았다. 올해 들어서 폴란드 친구의 부음을 접한 것이 이것으로 세번째였다. 그중 한 사람은 예전에 그가 청혼했던 마리아 보진스카의 오빠 안토니 보진스키였다. 한 사람씩 세상을 뜰 때마다 자신의 병이 점점 더 깊어가는 것 같았다. 그리고 그 깊이만큼 슬픔이 둔해지는 것이 마음에 걸렸다. 실제로 병을 심하게 앓고 난 뒤라 그런지도 몰랐다. 그러나 애도의 눈물을 흘리기에는 자신은 **그들과 너무도 가까운** 곳에 있는 듯한 느낌이 들었다. 연민이란 멀리 강 건너에서만 피는 꽃이다. 쇼팽은 그런 사실을 이제야 몸이 저리도록 느끼고 있었다.

슬픔은 느껴지지도 못한 채 가슴속에 거북하게 쌓여만 갔다. 그렇게 쌓인 불쾌감은 출구를 찾으려 애썼다. 출구는 단 하나, 상드 부인에 대한 불신이었다.

쇼팽은 처음부터 솔랑주의 결혼에 대한 그녀의 판단에 전혀 동의하지 않았다. 소문 때문만이 아니었다. 자신이 직접 만나본 오귀스트 클레징게르는 손님으로서 최악의 부적절한 사내였다. 하물며 결혼 상대라니, 말도 안 되는 일이었다. 솔랑주는 어쩔 수 없다. 아직 열여덟 살의 철없는 아이니까. 그러나 그 어머니는? **그토록 수많은 남자들을 겪어봤을 터인 그 어머니는?** 그런 고민을 하던 중에 쇼팽은 발작을 일으키고 쓰러져버렸다. 병상에서 그는 흙에서 뽑힌 한 송이 들꽃처럼 날이 갈수록 쇠약해졌다. 땀을 흘리고 눈앞이 침침해졌다. 타는 듯한 목을 움켜쥐며 심하게 기침을 했고 이따금 선명한 피를 토했다. 아무것도 생각할 수 없었다. 가까스로 회복되어 뭔가 생각할 여유가 생긴 뒤에도 두 사람의 결혼에 관해서는 떠올리지 않았다. 어쩌다 머리를 스쳐도 그저 무심히 내던지곤 했다. 이제 어떻게 되건 상관없다. 결혼은 결정되었다. 결혼식도 올렸다. 모두 멀리 떨어진 곳에서 일어난 일들이다. 나와 무슨 관계가 있단 말인가? ……

그러나 신혼의 두 사람이 파리에 돌아오자 말로만 떠다니던 흐릿한 현실을 문자 그대로 눈앞에서 바라보지 않으면 안 되었다. 솔랑주는 결혼식 당일의 감동을 큰 선물처럼 들고 돌아와, 그 하나하나에 얽힌 이야기를 잔뜩 흥분해서 늘어놓았다. 쇼팽은 그녀의 그런 모습을 단순히 사랑하고 사랑받는 기쁨의 발현이라고 생각할 수 없었다. 자신이 선택한 상대를 어머니가 마음에 들어하고 오빠가 인정하고 오귀스틴이 부러워한다. 이야기를 하는 그녀의 표정에는 그런 사실들이 가져다준 만족감이 미처 감춰지지 못한 채 그대로 드러났다. 어느 정도는 의도적인 행동이라는 생각도 들었다. 모든 사람들이 이 결혼에 반대했다. 그러나 신부의 감격이야말로 다른 사람들로 하여금 어떤 문제가 있건 눈을 감아주고 그 결정을 받아들이지 않을 수 없게 하는 절대적인 것일 터이다. 어느 누가 부정할 수 있는가? 이 웃는 얼굴을, 이 기쁨의 몸짓을 꾸짖어가며 굳이 결혼에 반대하다니, 어느 누가 그런 짓을 할 수 있는가? ……모두들 우리를 이해하고 받아들여야 한다. 예외 없이. 물론 쇼팽 당신도. 그는 솔랑주의 마음을 그렇게 짐작했다. 은근히 내비치는 자존심의 승리는 그 감격에 뿌려진 한 줌의 양념인지도 모른다. 그것에 의해 그녀의 감격은 진정한 순수함보다도 한층 높은 순수함을 이끌어낼 것이었다. ……그것이 그에게는 아프게 느껴졌다. 그리고 그런 마음이 그녀에게 건네는 축복의 말에, 장미가 그 꽃잎의 갈피마다 내보이는 것과도 같은 깊은 그림자를 새겼다.

받아들이지 않으면 안 된다……

몇 번이나 그 말을 되뇌었던가. 그러나 쇼팽의 마음속에는 또 다른 한 가지 해석이 어른거렸다. 솔랑주는 이제 온 가족이 클레징게르를 칭찬해마지않는다는 점을 누누이 강조했다. 어머니도 오빠도 아버지도 오귀스틴도 모두 이 결혼을 기뻐한다. 반대하는 사람들은 이제 타인들뿐이다. 한 가족이라면 어떤 일이 있어도 그런 반대의 목소리에 맞서 자기 편을 들어주어야 마땅하다. 당신이 만약 나와 한 가족이라면. ……실제로 쇼팽은 상드 부인의 가족이 모두 파리에 돌아온 후로, 부재일 때보다 한층 더 깊은 고독을 느꼈다. 함께 있어도 마치 낯선 사람의 집에 초대된 것처럼 불편했다. 자신은 이 가족과 앞으로 어떤 관계를 유지하게 될 것인가? 과연 이제까지 해왔던 대로 지낼 수 있을까?

이 두 사람은 결혼을 통해 하나의 새로운 연결고리를 찾아냈다. 그것은 쇼팽으로서도 오래 전부터 원하던 일이었다. 다만 상대가 마음에 들지 않았다. 그렇기 때문에 그 새로운 연결고리가 만들어지는 현장에 입회할 수 없었던 것이었다. 비밀이란 실로 단단하게 사람들을 맺어준다. 그 결속은 얼마나 완강하게 타인을 거부하는 것인가. 결혼식은 딱히 비밀스럽게 진행된 것은 아니었다. 그러나 거기에는 무언가, 아마 본인들도 깨닫지 못한 어떤 비밀이 있었을 것이었다. 그 비밀을 품고 그들은 파리로 돌아왔다. 그리고 그 비밀을 알지 못하는 이들은 모두 타인으로 보였던 것이다. 솔랑주가 하려는 말은 바로 그것인지도 모른다. 한 가족이라면 그 비밀을 공유해야 한다. 이미 늦기는 했다. 그래도 온 힘을 다해 쫓아가서 그 의사를 직접적으로 보여주지 않으면 자신은 결코 용서받을 수 없을지도 모른다. 그것은 지금 이 순간, 단 한 번뿐인 기회다. 이윽고 모두가 이 결혼에 찬성하게 될 것이다. 그것은 애정 때문이 아니라 끝까지 반대할 열의가 사라지기 때문일 뿐이다. 그때는 이미 늦다. 한 가족이라면 바로 지금 기꺼이 이 결혼을 축복해야 한다. 겉으로만 그런 시늉을 하는 것으로는 안 된다. 반드시 진심에서 우러나온 축복을 그녀에게 보내야만 하는 것이다……

쇼팽은 새삼 자신과 이 가족 사이의 거리를 깨닫고 아연했다. 강의 상류에 머물던 시절에는 쉽게 강 양쪽을 오갔었는데, 잠시 서로 다른 쪽을 걸어가는 사이에 강폭이 성큼 불어나 아득히 멀어지는 바람에 이제 서로의 목소리조차 잘 들리지 않는다. 솔랑주는 어쩌면 강 건너편으로 가는 마지막 다리를 보여준 것인지도 모른다. 건널 것인가 말 것인가. 그녀가 은근히 원하는 것은 바로 그 결단이 아닐까? 자신만이 여전히 이 결혼을 탐탁지 않게 여긴다. 파리에 득실거리는 수많은 타인 중의 한 사람과 다를 바 없이. 물론 그녀를 사랑하기 때문에 나온 반대였다. 다른 누구보다 그녀를 사랑하기 때문에 이 결혼을 인정할 수 없었다. 상대가 그 위인만 아니라면, 이런 한심한 결혼만 아니라면 자신은 누구보다 먼저, 누구보다 열렬히 그녀에게 축복을 보냈으리라!

클레징게르는 노앙에서 결혼 약속을 얻어내던 날, 상드 부인에게서 "그 사람은 아주 사소한, 그것도 보통 사람은 이해할 수 없을 만큼 사소한 일에 화를 내곤 하니까 조심하게"라는 충고를 들었던 터라 쇼팽을 다시 만나면서 이전보다 품위 있는 태도와 행동을 보이려고 각별히 조심했다. 그와 헤어진 뒤에는 솔랑주의 눈을 피해 일부러 크게 기지개를 켜고 목뼈를 두두둑거리며 돌리곤 했다. 어떻게 행동해야 좋게 봐줄지 알 수가 없었다. 사실은 거의 체념하고, 공연히 긁어 부스럼이나 만들지 말자고 생각했다. 어쨌든 쇼팽이 솔랑주에게는 마음을 터놓는다는 것을 알고 되도록 그녀가 하는 대로 따라서 함께 웃어가며 맞장구를 치곤 했다.

쇼팽은 클레징게르에게 결코 무례하게 대하지 않았다. 그것은 물론 솔랑주에 대한 배려였다.

신혼의 두 사람이 파리에 돌아온 며칠 뒤 쇼팽의 집을 찾아온 로지에르 양은 어디선가 들은 클레징게르에 관한 소문을 한동안 늘어놓다가 문득 이런 말을 했다.

"정말 마음이 상하실 만도 해요. 실제로는 뒤드방 남작이 아니라 당신께서 내내 아버지 역할을 하셨으니까요."

쇼팽은 그 말에 흠칫 놀랐다. 그 말의 의미가 무엇인지 되짚어보며, 딸을 결혼시키는 아버지의 마음이 이런 것인가 생각해보았다. 자신이 그 사내를 이토록 싫어하는 것은, 아무리 훌륭한 남자를 데려와도 아버지는 결코 딸의 결혼 상대에 만족하지 않게 마련이라는 세간의 속된 말과 똑같은 심사일까? 주변 사람들은 자신의 반대를 모두 그런 식으로 이해하는 것일까? 그것은 유쾌한 생각이 아니었다. 솔랑주의, 나아가 그 가족 전체의 장래에 대한 자신의 진지한 걱정을 그런 속된 질투 비슷한 역겨운 감정과 혼동하는 것은 정말 뜻밖이었다. 자신은 그 동안 결코 아버지다운 역할을 하지 않았다. 그것은 쓸쓸하지만 사실이었다. 무엇보다도 항상 가장 혹독하게 클레징게르를 비난해온 것은 마를리아니 백작 부인이나 다르팡티니처럼 가족 이외의 사람들이었다. 클레징게르를 향한 그의 혐오는 모두 사실에 근거한 공정한 판단의 결과였다. 성격쯤은 눈감아줄 수 있다. 그러나 그가 지고 있는 막대한 빚에 대해서는 그럴 수가 없었다.

이 남자는 분명 솔랑주를 불행하게 만들 것이다. 그를 마주할 때마다 쇼팽은 몇 번이나 그런 생각을 했다. 결국 그녀의 웃음을 빼앗고 신뢰를 배반하고 재산을 파먹을 사내다. 그 가족은 머지않아 이 사람의 빚에 희생될 것이 분명하다. 토지도 건물도 모두 빼앗기고 벌거숭이가 되고 말리라. 그때 나는, 그것 보라는 식으로 고소해할 수 있을까? 상드 부인과 그 가족은? 주변 사람들이 충고했던 대로라고 진심으로 후회할까? 다른 누구도 아닌 그녀들 스스로 마치 적이라도 되는 것처럼 미워했던 그들이 말하던 그대로였다고? 다른 누구보다 내 의견에 제일 먼저 귀를 기울였어야 했다고 한탄할까? 나는 그런 날이 오기만을 기다려야 하는 걸까? 그녀들이 불행의 밑바닥으로 추락하는 그날을? ……그때가 되면 나도 함께 나서서 저 사내의 빚을 갚아야 하는 걸까? 술과 도박, 창부들에게 물 쓰듯이 써버린 저 사내의 빚을? 내가? 원하지도 않는 연주회, 첼로 소나타의 대금까지, 그렇다, 프랑솜에 대한 내 충직한 우정을 담아 써낸 첼로 소나타의 대금까지 다 털어서? ……그러나 막상 닥치면 그렇게 할 각오도 되어 있다. 결코 저 사내를 위해서가 아니다. 모두 솔랑주를 위해, 그리고 그 가족을 위해서다. 그러나 그렇게 한들 결국 어떻게 될 것인가? 나의 수고는 어떤 보답으로 돌아올까? 그녀들은 감사할까? 도리어 굴욕으로 느낄지도 모른다. 어쩌면 내가 은밀히 비웃으며 기뻐한다는 오해까지 할 것이다. 아아, 어떻게 그럴 수가! ……이제 물러설 수도 없다. 혼인은 이미 성립되었다. 솔랑주의 몸에는 새 생명이 깃들어 있다. 받아들이지 않으면 안 된다. 다리를 건너 강 건너편으로 가야만 한다. 솔랑주를 위해. 모든 것은 그녀를 위해서다. 나는 이 결혼을 축복해주어야 한다. 빚더미에 올라앉은 신랑을 인정해야만 한다. 머지않아 그녀의 신상에 다가올 불행까지도 모두 받아들이자. 그때는 결코 나 혼자 강 이쪽 편에 있어서는 안 될 터이니. 내 스스로 어리석어져야만 성취할 수 있는 성의라는 것이 있는지도 모른다. 그렇다면 나는 이 결혼이 잘못되었다는 것을 뻔히 알면서도 기꺼이 두 사람을 축복해주어야 한다. 오로지 솔랑주를 위해……

솔랑주를 위해. 분명 그렇게 생각했다. 그것이 상드 부인을 위해서가 아니라는 것은 알고 있었다. 어머니는 잘못된 선택을 했다. 클레징게르 같은 위인을 가족으로 맞아들였다는 점에서, 그것을 열망하는 딸의 생각을 바로잡아주지 못했다는 점에서 잘못을 저질렀다. 사랑하는 이의 잘못이란 물론 동정할 가치가 있는 것인지도 모른다. 그러나 그는 더이상 그런 마음을 가질 수 없었다. 답답했고, 경멸과 의심이 싹텄다. 결혼을 축복하는 한켠에서 어쩔 도리 없이 피어나는 실망감을 그녀에 대한 불신으로 돌렸다. 그곳에 실망의 원천이 있었다. 그것을 통해서만 실망은 해결의 가닥을 잡을 수 있을 터였다.

비트비츠키의 죽음을 전해들었을 때 쇼팽은 새삼 그 사실을 통감했다. 왜 가르쳐주지 않았느냐고 추궁하는 그에게 상드 부인은 모두 당신을 위해서였다고 설명했다. 기회를 봐서 곧 말할 생각이었다, 단지 지금은 병에서 막 회복된 참이라 몸에 좋지 않을 것 같아서였다고 말했다. 흥분하는 그를 보며 상드 부인은 예상했던 대로라고 생각했다. 그는 그런 이유는 전혀 말도 안 된다고 생각했다. 나를 걱정했기 때문이라고? 전혀 고마워할 수 가 없었다. 어째서 진실을 그대로 밝히려 하지 않는가? 작가라 서? 쓸데없는 머리를 굴리지 말고 있는 그대로 말해주면 될 것 을…… 그리고 그것은 오랜 세월 상드 부인이 그에게 품어왔던 불만이기도 했다.

쇼팽은 혼자 고민하다 공연히 번민만 커지는 것이 싫어 서둘 러 자신을 분주함의 소용돌이 속에 내던졌다. 띄엄띄엄이나마 레슨도 다시 시작했다. 면회를 거절당했던 학생들은 드디어 때 가 왔다는 듯 병문안 선물을 보내왔다. 모두 기다렸던 만큼 충 분히 시간을 들여 진품을 사들이고 공들인 세공품을 주문하기 도 했다. 너무 일찌감치 준비해두었던 탓에 도중에 마음이 바뀌 어 다시 다른 물건을 산 이도 있었다. 쇼팽은 그러한 호의를 귀 찮게 여기지 않고 감사히 받아들였다. 그중에서도 로스차일드 남작의 따님이 보내준 은세공 장식의 크리스털 글라스가 특히 마음에 들었다. 손님이 찾아오면 자연스럽게 그런 물건들을 꺼 내 보이며 이것은 어디어디의 백작 부인에게서 받은 것이라고 설명했다. 소문은 금세 퍼졌다. 자신이 보낸 선물을 쇼팽이 자 랑하더라는 이야기를 들은 사람들은 이루 말할 수 없는 만족을 느꼈다. 전해들은 이야기를 직접 퍼뜨리고 다니기도 했다. 그리고 새침한 표정으로 함께 기뻐하는 척해주는 상대의 얼굴에 한 순간 질투의 기색이 어리는 것을 알아차리고는 노골적으로 약 올라하는 것보다 훨씬 더 기분 좋은 우월감에 젖었다.

건강이 허락되는 때는 외출도 했다. 여전히 저녁식사 후에는 상젤리제로 몰려나오는 것이 유행이어서, 여덟시쯤이면 호사스 러운 치장을 한 마차들이 갖가지 색깔의 이브닝드레스를 차려 입은 여인들을 태우고 구슬 엮이듯 줄줄이 이어졌다. 쇼팽은 지 인들의 집에 식사를 하러 갔다 오는 길이면 곧잘 마부에게 길을 돌아가게 하여 그 광경을 구경하곤 했다. 무슨 특별한 이유가 있는 것도 아니었다. 젊은 시절에는 동경심 반으로 유심히 연구 했던 귀족 마차의 사치스러운 장식도 이제는 그저 지나치며 눈 요기나 할 뿐이었다. 그래도 십 년 전과는 많이 달라져서 가족 을 태운 마차나 광고용 마차 등이 부쩍 불어난 것 같았다. 이따 금 나란히 멈춰 선 마차에서 말을 붙여오는 이들이 있어 인사를 나누기도 했다. 그런 무의미한 소란이 무료를 달래는 데는 딱 좋았다. 그 바람에 모두들 밤바람을 쐬어 감기에 걸렸다. 몰랭 박사는 진찰하러 올 때마다 그 몹쓸 밤나들이 유행 탓에 매일같 이 쇼세 당탱의 이 끝에서 저 끝까지 정신없이 돌아다녀야 한다 고 불평했다. 쇼팽은 "올해는 시간이 좀 늦춰진 모양이에요. 작 년에는 네시부터 여섯시까지, 좀더 이른 시간이었는데"라며 농 담을 건넸다. 다시는 나가지 않겠다는 다짐을 받으려던 박사는 별수 없이 쓴웃음만 지었다. 그는 진작부터 쇼팽이 살그머니 밤나들이를 다닌다는 것을 알고 있었다. 쇼팽 역시 그가 그런 소문을 들었으리라 짐작하고 있었다.

외출은 밤만이 아니었다. 한동안 중단했던 초상화를 마무리하기 위해 아리 셰페르의 아틀리에에 가서 담소를 나누며 포즈를 취하기도 했다.

"부디 병든 얼굴로는 그리지 말아주게. 나만 건강해지고 그림 속의 나는 시간이 흘러도 병든 얼굴 그대로라면 너무 딱하지 않은가?"

보여지고 그려진다는 의식이 가져오는 가벼운 긴장과, 작업하는 사람을 바라보는 동안 가슴을 부드럽게 자극하는 기분 좋은 흥분이 그를 유쾌하게 만들었다. 솔랑주도 이런 식으로 클레징게르와 마주하지 않았을까 하고 이상할 만큼 느긋한 기분으로 상상해보기도 했다. 내친김에 예전부터 말이 있었던 빈터할터와 레망에게도 이번 기회에 초상화를 그려달라고 하기로 했다. 두 사람 모두 짧은 시간에 아주 작은 그림을 그려냈다. 쇼팽은 그림으로서의 가치 같은 것은 생각하지 않고 그저 닮았는지 아닌지만 주의해서 보았다. 모두 나름대로 만족스러웠다. 건강해 보이지는 않았지만 기품 있게 그려진 점이 마음에 들었다. 그러나 어딘지 약간 모자란 듯한 감이 있었다. 결국 가장 자신과 닮게 그려진 것은 이전에 심심풀이로 상드 부인이 그려준 조그만 초상화였다는 것이 그의 결론이었다.

집에 있을 때는 예전 같았으면 그대로 돌려보냈을 내객들까지도 맞아들였다. 사람들이 너무 빈번하게 들락거리자 상드 부인은 자신의 상황과 비교하며 일부러 자신을 약올리려는 듯한 느낌마저 받았다.

지난번 발작 이후로 가장 자주 쇼팽을 찾은 이는 오귀스트 프랑숌이었다. 그는 교편을 잡고 있던 콩세르바투아르의 수업 틈틈이 매일같이 스카르 도를레앙에 발걸음을 했다. 친구가 자리에 누워 있는 동안은 기꺼이 잡무를 도맡아 처리해주었다. 건강이 어느 정도 회복된 뒤에는 마침 악보를 출판할 예정이었던 작품 63번의 세 개의 마주르카, 작품 64번의 세 개의 왈츠, 그리고 작품 65번의 첼로 소나타, 세 작품의 계약 준비도 도와주었다. 쇼팽은 의외로 사양하지 않고 호의를 받아들였다. 프랑숌도 악보의 복사를 맡고 있던 제자 텔레프센과 함께 싫은 내색 한 번 하지 않고 담담하게 부탁받은 일을 처리했다. 손님이 찾아오면 이따금 둘이서 첼로 소나타를 연주했다. 몇 차례 연주를 하는 동안 길고 복잡한 1악장은 일반인이 거의 이해하지 못한다는 것을 깨닫고 평판이 좋은 2악장 이후만 연주하게 되었다. 프랑숌은 쇼팽의 녹턴에 〈오 살루타리스〉의 가사를 붙여 가곡으로 만들어 오기도 했다. 쇼팽은 피아노로 반주를 하고 노래 부분은 그가 첼로로 연주했다. "그럴싸한 가곡이 되었군." 쇼팽은 크게 흐뭇해하며 말했다. "이다음에 폴린에게 부탁해서 불러달라고 해야겠어."

그러나 그런 것 이상으로 프랑숌의 가장 중요한, 누구도 대신

해줄 수 없는 일은 쇼팽의 이야기 상대가 되어주는 것이었다.

쇼팽은 내객이 끊긴 방에서 그와 단둘이 이야기하는 것이 좋았다. 병과 연인에 대한 불신이 이 성실한 친구의 존재를 그 어느 때보다도 훨씬 더 소중한 것으로 느끼게 했다. 그것은 프랑솜 본인도 충분히 짐작하고 있었다. 곤경에 처했을 때 쇼팽이 다른 무엇보다 자신의 우정을 절실히 원한다는 것에 그는 감동과도 같은 느낌을 받았다. 우정이란 내가 원하는 것보다 나를 원해줄 때가 훨씬 더 큰 기쁨인지도 모른다. 자신의 이 보잘것없는 행위가 헌신이라는 거창한 단어에 값할 만하다면, 그것은 분명 받아들이는 쪽보다 바치는 쪽이 더 행복할 것이 틀림없다. 미안해할 것 없이 무엇이든 말해달라고 입버릇처럼 이야기했다. 때로는 감정이 이끄는 대로 신경질이라도 내주었으면 하고 바랐을 정도였다.

"한심한 일이야. 상드 부인에겐 그런 구석이 있어…… 일반적인 상식에서 약간 벗어난다고 할까……"

프랑솜은 쇼팽의 그런 불평을 자신에 대한 새로운 신뢰의 증거라고 생각했다. 예전의 그는 실수로라도 결코 그런 고백을 입 밖에 내는 일은 없었다. 적어도 자기 앞에서는. 애초에 그럴 필요가 없었는지도 모른다. 그러나 필요했다 해도 그것은 누군가 다른 사람에게나 털어놓을 만한 이야기였다. 솔랑주의 결혼에 대해서는 프랑솜도 대강은 알고 있었다. 그러나 쇼팽 앞에서는 애써 그런 이야기를 하지 않으려 해왔다. 그러던 것이, 어느 날 쇼팽이 아무렇지도 않게 그 일의 전말을 들려주면서부터 점점 그가 먼저 그 이야기를 자주 꺼내게 되었다. 미리 조심해서 다른 이야기를 해도 어느새 화제를 바꾸어 자신의 가슴속을 털어놓고 싶어했다. 그러면서도 조금 이야기하다가는 금세 그만두고 말았다. 그런 이야기가 프랑숌에게 부담이 될까봐 미안해하는 것이었다. 또한 그와 동시에 잊고 있었던 망설임도 문득 머리를 쳐드는 것이었다. 얼마 전까지만 해도 그런 말은 입 밖에 내기 전에 다 깨달았었다. 그런데 이제는 입 밖에 낸 뒤가 아니면 깨닫지 못하게 되었다. 프랑숌은 그런 그의 모습을 보면서 역시 마음속에 연민과도 같은 감정이 싹트는 것을 금할 수 없었다. 말을 제대로 통제할 수 없게 된 것일까? 그게 아니면 입 밖에 내지 않으면 못 견딜 만큼 마음속에 생각이 넘치는 것일까? 안색을 살피며 그대로 흘려듣기도 했다. 조금 더 이야기하고 싶어하는 듯한 기색일 때는 먼저 끼어들어서 자세한 사정을 알고 싶다는 표정을 지어 보였다.

"자네한테는 아무런 상의도 없었지? 게다가 클레징게르를 노앙으로 초대한 사람이 바로 상드 부인이었다고 하니……"

"그래, 정말 어처구니없는 일이야. 그녀는 내가 제일 잘 알아. 작가들이란 모두 어딘가 세속을 벗어난 듯한 구석이 있기는 하지만…… 아무리 그래도 너무 심해. 그러고 보면 오래 전에도, 자네도 알겠지만 그녀가 한동안 피에르 르루에 흠뻑 빠졌던 시절이 있었잖아? 그때도 르루가 발명한 장난감 같은 인쇄기계에

544

물처럼 돈을 퍼붓는 통에, 정말 굉장했었어. 나는 처음부터 그의 『인간성에 대하여』인가 하는 책에 전혀 감동을 받지 못했고, 더구나 그 터무니없는 발명 따위는 애들 장난감이나 마찬가지라고 생각했어. 그래서 몇 마디 충고를 했더니만 그녀가 마구 화를 내는 바람에…… 그렇지만 결국에는 자신이 잘못했다는 걸 인정했어. 어지간히 시간은 걸렸지만 말야. 이번 일만 해도 그래. 줄곧 흥분해 있어서 무슨 소리를 해도 아무 소용이 없었어. 클레징게르를 사위로 맞아들이는 것을 무슨 큰 공이라도 세운 듯이 자랑했으니까…… 얼마 못 가서 분명 그녀도 깨달을 거야. 그렇지만 이번 일만은 도저히 돌이킬 수가 없어. 결코……”

이럴 때면 프랑숌은 반론도 동의도 하지 않고 그저 고개를 끄덕이며 들어주기만 했다. 그것만으로도 충분했다. 연인에 대해 이야기하는 것은 그 연인에게만 허락된 특권이라는 공리가 쇼팽의 뇌리에 아직 살아 있는 것 같았다. 자신이 반론을 하면 당장 그는 방금 자신이 입에 담았던 말을 후회하고 앞으로는 모든 것을 그저 머릿속에만 가둬두고 말 것이었다. 그렇게 친구가 홀로 괴로워하는 모습을 보고 싶지는 않았다. 물론 그의 말에 쉽게 동의할 수도 없었다. 그런 동의는 아마도 상드 부인에 대한 쇼팽의 애정이 용서하지 않을 터였다.

24

오로지 솔랑주를 위해.

쇼팽은 처음 가슴속으로 그렇게 중얼거려본 이후 줄곧 그 말의 의미가 마음에 걸렸다. 언제부터 그런 생각을 하게 되었을까? 정말 진심으로 그렇게 생각하고 있는 것일까? 거슬러올라가 생각해볼수록 더욱 기묘하게 느껴졌다. 원래 이 가족과의 관계는 연인인 상드 부인과의 관계를 전제했을 때에만 중요한 것일 터였다. 그녀를 제외한 관계는 도무지 생각할 수 없었다. 상드 부인을 사랑하기 때문에 그녀의 가족도 사랑해야 했다. 그런데 지금은 다르다. 그 가족을 사랑하기 위해서라면 그는 상드 부인마저도 미워할 수 있을 것 같았다. 가족이란 무엇일까? 그는 오랜만에 자신이 그런 애매한 번민에 사로잡혀 있다는 것을 깨달았다. 그것은 단순히 구체적인 두 자녀만을 가리키는 것이 아니었다. 처음에는 분명 그랬는지도 모른다. 그러나 어느샌가 그것은 좀더 추상적인, 좀더 막연한, 상드 부인까지 포함해 어머니와 그 자녀 세 사람 사이의 보이지 않는 연결을 가리키게 되었다. 혈연이라면 혈연이라고 할 수 있을지도 모른다. 그렇지만 피처럼 선명하게, 피처럼 확실하게 그를 그녀들로부터 떼어놓는 것은 아니었다. 비집고 들어가려 하면 들어가지 못할 것도 없는 미묘한 틈이 있었다. 그러면서도 막상 발을 들이밀면 그 틈은 완강하게 그를 거부하는 것 같았다. 그것을 깨달았을 때 그는 처음으로 혼란과 고독을 느꼈고, 그녀의 가족도 마찬가지로 당황하며 그를 받아들이기 힘들다는 것을 느낀 것이었다. 그것이 모든 일이 순조롭게 풀리지 않게 된 시초였는지도 몰랐다.

솔랑주를 위해……

아닌게 아니라 그 이후로 쇼팽은 오로지 솔랑주의 문제를 통해서만 그 가족과 관련을 유지할 수 있었다. 솔랑주의 하소연에 귀를 기울이고 있을 때만 그녀 가족의 일원일 수 있었다. 그것은 아이러니한 관계였다. 그는 스스로 고립되어야 가족이기를 허락받을 수 있었다. 솔랑주와 깊이 연관된다는 것은 상드 부인을, 모리스를, 그리고 새롭게 가족이 되었으며 게다가 쇼팽보다 훨씬 쉽게 가족의 일원이기를 허락받은 오귀스틴까지 모조리 적으로 돌리는 일이었다. 그렇기 때문에 그는 적극적으로 솔랑주 편을 들어줄 수 없었다. 그리고 편을 들어주는 것이 불가능했던 탓에 그 이상 가족 안으로 깊이 들어갈 수 없었다. 그가 지금 **솔랑주를 위해서**라고 생각할 수 있는 것은 그녀의 편을 들어주는 것이 처음으로 그를 아무런 모순 없이 이 가족과 연결해주는 상황이 되었기 때문인지도 몰랐다. 그가 여전히 솔랑주를 통하지 않고서는 이 가족과 접점을 가지지 못한다는 것은 사실이었다. 그러나 지금 솔랑주의 편을 들어주는 것은 그대로 상드 부인의, 모리스의, 오귀스틴의 편을 들어주는 것이기도 했다. 이를 통해 쇼팽은 처음으로 상드 부인에 대한 불신감을 스스로 허용할 수 있었다. 그녀와의 관계가 겉으로는 좋게 유지되고 있기 때문에 쇼팽은 그녀에 대한 불만을 가슴속에 품을 수 있었던 것이었다. 어머니와 딸이 적대하는 때에 어떻게 그가, 딸 편에 서지 않을 수 없는 그가 그 딸과 함께 진심으로 어머니를 미워할 수 있을 것인가? 딸이라면 괜찮다. 아무리 서로 미워하더라도 솔랑주가 가족의 일원이라는 것은 모든 사실들이 증명해준다. 그러나 그에게 있어서는 상드 부인을 미워하는 그 순간부터 자신과 이 가족을 묶어주는 끈이 뚝 끊어져버리는 것이다.

그리고 그런 때조차 쇼팽이 여전히 이 가족과 어떤 관계를 가진다면 그것은 결국 솔랑주를 매개로 하는 형태일 수밖에 없었다. 그리고 만약 솔랑주가 이 가족으로부터 떨어져나가게 된다면, 그 또한 묶어둔 밧줄이 풀려 섬에서 멀어지는 작은 배의 어부처럼 무한히 펼쳐진 고독의 바다를 노 없이 떠돌아다녀야 하는 것이었다.

쇼팽이 그런 생각을 하기 시작한 데는 실은 이유가 있었다. 한동안 가까이에서 지켜보면서, 솔랑주가 겉으로 내보이는 과장된 기쁨의 몸짓에서 마치 밑칠의 흔적이 엿보이는 캔버스처럼 엉성하게 덜 칠해진 부분이 있다는 것을 깨닫게 된 것이었다. 그녀만이 아니었다. 그녀의 가족에게서도 여기저기 미처 다 덧칠하지 못한 어설픈 행복의 흔적이 보였다.

정말 이 가족에게 행복이 찾아온 것일까? 그런 의심이 어느 날 문득 쇼팽의 머리를 스쳤다. 그리고 그 이후, 날이 갈수록 그 의심은 점점 더 강해졌다.

어느 날 솔랑주가 먼저 입을 열어 쇼팽에게 이런 말을 했다.

"나도 정말 페르낭을 사랑했었어요. 첫눈에 반한 사람인걸요. 그 사람도 마찬가지예요. 그렇지만 그 사람의 가족들은 달랐어요. 모두 나를 미워했어요. 왜냐하면…… 아시잖아요? 내가 어머니의 딸이기 때문이죠. 항상 그렇죠, 뭐. 그래요, 항상 그래요. 그 사람의 숙부님이랑 숙모님이 뒤에 숨어서 어머니의 험담을 했어요. 조르주 상드는 품행이 좋지 못한 여자고, 게다가 혁명가라고요. 페르낭은 바보같이 정직한 사람이라서 그런 말을 하나도 빠짐없이 내게 알려줬어요. 그리고 마지막에는 꼭 그러더군요. '그렇지만 그런 오해는 내가 반드시 풀어드리지요!' 라나 뭐라나. 나는 화가 났지만 반론은 하지 않았어요. 어쩔 수 없는 일이니까요. 그렇잖아요? 완전히 거짓말이라고는 할 수 없는 걸요, 뭐. 당신이 어머니의 그런 소문 때문에 이제껏 얼마나 고생해왔는지 누구보다 잘 알고 있어요. 나와 당신은 내내 같은 처지였죠. 그리고 나도 당신과 마찬가지로 그런 어머니를 한 번도 욕하지 않았어요. 나도 어머니를 사랑하는걸요. ……그래요, 어머니가 나를 사랑하지 않는다고 해도…… 그래서 나는 페르낭과는 결혼하지 않기로 한 거예요. 결혼할 수 있을 리가 없죠! ……사람들이 내 결정에 대해 이러쿵저러쿵 수군거린다는 건 나도 알아요. 그렇지만 이게 진실이에요. 당신이라면 믿어주시겠지요? 그렇죠? 물론 어머니를 미워하진 않았어요. 어머니는 나의 그런 마음을 하나도 이해해주지 않았지만요. ……정말 말도 안 되는 얘기죠. 어머니는 항상 그래요. ……그렇지만 나는 괜찮아요. 게다가 곧바로 다시 멋진 사람을 찾아낸걸요? 정말 멋진 사람! 그것도 나 혼자의 힘으로. 그렇죠? 어머니 힘은 빌리지 않았어요. 그렇죠? ……아아, 그래도 최근 반년 동안은 태어나서 처음으로 가족들에게 그 일원으로서 합당한 대접을 받은 셈이네요. 여태껏 당신밖에는 내 편이 되어주는 사람이 없었는데 말예요!"

쇼팽은 그녀의 말에 곧바로 대답할 수 없었다. 단어 하나하나에 부자연스러운 강조 같은 것이 느껴졌다. 어딘가 억지로 말을 짜내는 듯한 느낌도 들었다. 어쩌면 그런 억지스러움을 이해시키려고 하는 것 같기도 했다. 갑작스럽게 페르낭과의 약혼을 파기한 이유를, 그것도 억지로 지어낸 듯한 이유를 일부러 늘어놓는 그녀의 의도를 알 수 없었다. 어머니에 대한 언급이 많은 것도 마음에 걸렸다. 생각해보니 파리에서 재회한 이래 모녀가 함께 있는 모습을 거의 본 적이 없었다. 어쩌다 가족이 모두 모인 자리에서도 서로에 대한 냉담한 속마음을 감추려는 듯 어색한 명랑함으로 분위기를 얼버무리곤 했다. 쇼팽은 지금까지 그것을 자신에 대한 냉담함의 표출이라고 생각했다. 정말 그랬던 것일까? 오히려 부조화는 상드 부인의 가족 사이에 있었던 것이 아닐까? 의심이 들기 시작하자 이제까지 별로 신경도 쓰지 않았던 세세한 일들까지 차례차례 마음에 걸렸다. 그리고 그럴 때마다 자신의 예감이 맞다는 것을 실감했다. 오로르는 기뻐하고 있다. 그렇지만 억지로 기뻐하는 모습을 보이려는 듯한 과장됨이 느껴진다. 결혼 이야기도 웬만하면 입에 담으려고 하지 않는다. 클레징게르를 칭찬하는 말도 예전에 비해 크게 줄었다. 클레징게르도, 솔랑주를 치켜세우는 것은 예전 그대로지만 상드 부인에 대한 이야기는 전혀 입에 올리지 않았다. 무엇보다 그가 모리스와 이야기를 나누는 모습은 단 한 번도 본 적이 없다. 어째서 지금까지 그것을 깨닫지 못했을까? 그러고 보니 관리인인 에티엔 부인이 며칠 전에 "어젯밤은 정말 큰일이 나는 줄 알았어요"라는 말을 했었다. 무슨 일이 있었느냐고 물었더니 아차, 하는 듯이 입을 다물어버렸다. ……무슨 일이었을까? 그때는 그저 착각을 한 모양이라고 무심코 넘어갔었다. 그러나 뭔가 의미가 있는 말이었는지도 모른다. 상드 부인과 그 가족에게 무슨 일이 있었던 것일까? 에티엔 부인은 당연히 나도 그 자리에 있었다고 생각했던 걸까? 무슨 일이 일어나고 있는 걸까? 대체 무슨 일이? ……혹시 솔랑주의 결혼생활이 잘 풀리지 않고 있는 걸까?

쇼팽은 알지 못했다. 그리고 그 알지 못한다는 사실조차 분명히 알지 못했다.

상드 부인은 노앙을 떠나 파리로 돌아온 이래 나날이 쌓여만 가는 마음의 고통에 허덕이고 있었다. 절망에 바닥이 있다면 그곳에 이르기까지 얼마나 오랫동안, 정신이 아득해지는 낙하의 시간을 거쳐야 하는가, 하고 그녀는 생각했다. 그것은 곧 절망의 깊이를 상상하게 했다. 낙하는 한순간의 어지럼증이다. 그것이 무한히 길게 느껴진다면 그것은 그가 낙차의 공포를 알고 있기 때문이다. 발을 헛디뎌 뒤로 넘어지는 사람처럼, 그녀는 자신이 언제 어디로 어떻게 떨어질지 도무지 짐작 할 수 없었다. 단지 그 충격만이 상상 속에서 비할 데 없이 거대하게 부풀어갔다. 희망에서 점점 더 멀어져가는데도 눈앞에 어둠이 펼쳐지지 않았다. 희망의 잔상이 너무도 거세게 명멸해 어둠조차도 느낄 수 없었다.

언제부터였을까, 그녀는 생각했다. 노앙에서의 행복은 이제 너덜너덜하게 이어붙인 듯한 끔찍한 정체를 드러내고 있었다. 그 찬란하던 결혼식의 감동조차 기억 속에서 점점 흐릿해져갔다. 모든 것이 가짜에 불과했던 것일까. 아니면 도중에 가짜로 바꿔치기된 것일까. 그날, 결혼식 다음날의 그 사건을 경계로 모든 것이 뒤집혔다. 그것은 말하자면 태풍의 시작을 알리는 최초의 불길한 천둥 소리였다. 하지만 정말 그 이전에는 아무런 징조도 없었을까? 진작부터 일대에 자욱한 암운이 피어 있었던 것이 아닐까? 한창 놀이에 열중하던 아이가 쏟아지기 시작한 빗방울이 처음으로 볼을 때릴 때까지 회색으로 물든 하늘의 변화를 깨닫지 못하듯이, 어리석게도 그 징조를 놓쳐버렸던 것은 아닐까? 그 징조를 찾아 어디까지 거슬러올라갈 수 있을까. 그 최초의 징조 너머에는 또 얼마나 기다란 뿌리가 뻗어 있는 것일까. 그녀는 그것을 확인하고 싶었다. 그래서 앞으로 받게 될 비웃음의 이명과도 같은 술렁임으로부터 몸을 지킬 방법을 강구하고 싶었다.

생각해보면 맨 처음 그 허위를 폭로한 것은 모리스였는지도 모른다.

솔랑주의 임신이 발각된 뒤 급히 노앙으로 불려온 모리스는 마중 나온 어머니에게 미처 인사도 하기 전에 오귀스틴과 루소의 혼약이 사실이냐고 따지고 들었다. 그리고 그것이 사실이라는 말을 듣자마자 당장 없었던 일로 하라며 떼를 쓰기 시작했다. 상드 부인은 아무리 자기 자식이라지만 그 한심한 꼴에 어처구니가 없어 말도 나오지 않았다. 그러나 솔랑주가 눈치채기 전에 우선 아들의 입을 막아야 했다. 가족들이 모두 모인 식사 자리에서 아들이 그 이야기를 꺼내기라도 할라치면 날카로운 시선으로 쏘아보며 견제했다. 모리스도 그 자리에서는 일단 참아주었다. 그러고는 다들 잠든 뒤에 어머니에게 신경질 섞인 푸념을 퍼부어댔다. 상드 부인은 그런 아들의 행동을 달래다 못해 때로는 잔뜩 숨을 죽여 목소리를 낮추고 엄하게 꾸짖었다. 네가 청혼할 기회는 몇 차례나 있었다. 내가 얼마나 재촉했더냐. 그것을 모두 헛되이 보내버린 것은 바로 네가 아니냐. 오귀스틴은 이미 너에게 정이 떨어질 대로 떨어졌다. 루소의 정열적인 구혼에 마음이 흔들리고 있다. 나 또한 그렇다. 이제 와서 어떻게 반대할 수 있겠냐. 그런 어머니의 말에 모리스는 한마디도 지지 않고 대들었다. 도무지 앞뒤가 맞지 않는 말이었지만, 막무가내로 대들었다. 오귀스틴은 결코 루소를 사랑하지 않는다. 지금도 틀림없이 자신을 마음에 두고 있을 것이다. 지금은 마음이 변한 것처럼 행동하지만 그저 그런 척하는 것뿐이다. 어머니의 뜻을 따르느라 억지로 그러고 있는 게 분명하다. 그렇게 항변했다. 그러나 가장 중요한 기유리에서의 사건은 전혀 입에 담지 않았다. 아버지의 반대를 물리치지 못한 자신을 어머니가 그것 보라는 듯 나무랄 게 뻔했기 때문이었다. 그것이 상황을 더욱 나쁘게 만들었다. 상드 부인은 기유리에서의 일에 대해 이미 클레징게르로부터 그에게만 유리하게 각색된 보고를 받았던 터라, 먼저 그 이야기를 꺼내 "너는 그 마지막 기회마저 놓쳐버렸잖니!"라고 언성을 높이기까지 했다. 그리고 마지막에는 그만 풀이 죽어 입을 다물어버리는 아들을 보며 크게 한숨을 내쉬는 것이었다.

그런 일이 밤마다 이어졌다. 상드 부인은 어떻게든 다른 사람들이 그 사실을 눈치채지 않도록 주의했지만, 얼마 지나지 않아 모두가 아는 일이 되고 말았다. 오귀스틴은 가까스로 마음을 다독여 모리스에 대한 감정을 정리하기는 했지만 그런 그의 모습을 훔쳐볼 때마다 또다시 미련이 고개를 쳐드는 것만 같아 낮이면 줄곧 상드 부인 곁에 붙어다니며 그가 다시 구애할 틈을 주지 않으려 애썼다. 솔랑주는 루소에 대해서는 아직 아무것도 몰랐지만 모리스가 또 오귀스틴 때문에 시끄럽게 구는 모양이라고 짐작하고는 "바보 같은 오빠를 둔 탓에 하루도 마음 편할 날이 없어요"라고 약혼자에게 한숨을 섞어가며 투덜거렸다. 그 약혼자는 어땠는가 하면, 이제는 완전히 상드 부인의 이해자가 되어 그녀의 비탄에 동정하고 때로는 반대로 모리스의 편을 들어주기도 하면서 교묘하게 어머니의 마음을 사로잡고 있었다.

결혼식 직전에 상드 부인과 오귀스틴이, 그리고 어떤 의미에서는 두 사람 이상으로 클레징게르가 목을 길게 빼고 기다렸던 루소의 편지가 연달아 도착하자 모리스의 초조함은 극에 달했다. 밤에 혼자가 되면 아예 자기 방에서 무릎을 꿇고 엉엉 울었다. 한바탕 눈물을 흘리다가 그것도 질리면 어머니 방으로 쳐들어갔다. 오귀스틴은 겁에 질린 듯 방에만 틀어박혀 있었다. 결혼을 목전에 둔 두 사람은 그런 일에는 전혀 상관하지 않았다. 결혼식 당일에 모리스는 도저히 자신을 억제할 수 없어 혼자서 샴페인을 들이붓듯 들이켰고, 결국 축하연 자리에 끌려나온 뒤에는 사용인을 상대로 주정을 부렸다. 술이 들어가면 사람이 변해버리는 뒤드방 남작은 그런 아들의 모습을 보고 은근히 놀려대면서 "그렇게 좋으면 같이 자버려! 그러면 애정 같은 건 금방 회복되는 거야!"라고 허튼 소리를 내뱉기도 했다. 다행히 이 말은 상드 부인의 귀에는 들어가지 않았다. 모리스는 아버지의 말을 난폭하게 거절했다. 그리고 제대로 서 있기도 힘들 만큼 무거워진 머리를 감싸쥐고 자기 방으로 돌아가 베개에 얼굴을 묻고 다음날 아침 눈곱 때문에 눈이 떠지지 않을 정도로 하염없이 울었다.

다음날까지도 술이 덜 깬 뒤드방 남작은 전날 아들의 태도가 묘하게 기억에 뚜렷이 남아서 잔뜩 불쾌한 얼굴로 노앙을 뒤로했다. 모리스는 저녁까지 자리에서 일어나지 못하고 가끔씩 화장실만 들락거렸는데, 마침내 자리를 털고 일어나자 마치 무언가에 씌었다가 풀려난 사람처럼 갑자기 얌전해져 있었다. 교회에서 사제의 말을 듣는 동안 끊임없이 그의 머릿속을 휘저었던 오귀스틴과 자신의, 그리고 그녀와 루소의 결혼식 광경은 이미 모두 꿈처럼 사라졌다. 모리스는 어머니의 위로에 이번에야말로 오귀스틴을 완전히 포기하겠다고 맹세하고 나아가 그녀의 결혼을 오빠로서 진심으로 축복하겠다는 약속까지 했다.

솔랑주는 엉망으로 취한 오빠의 추태 따위는 아랑곳하지 않고 일찌감치 방으로 물러갔는데, 거기서 처음으로 이제는 틀림없이 자신의 남편이 된 오귀스트 클레징게르에게서 오귀스틴과 루소의 결혼 예정에 대한 이야기를 듣게 되었다. 솔랑주는 그 내용도 내용이지만 그 이야기를 자신에게만 비밀로 해왔다는 데 더욱 화가 났다. 역시 이 집안에서 자기만 찬밥 신세다. 어머니는 자신이 그 일을 알면 분명 또 한 가지 고민거리가 늘어날 것이라고 생각한 게 분명하다. 정말 엉뚱하기 짝이 없는 지레짐작이 아닌가! 그렇다면 그 난리를 치고 잔뜩 취해 쓰러져 있는 구제할 길 없는 바보 아들은 어떻다는 건가? 단 하나뿐인 여동생의 결혼식 날인데!

클레징게르는 솔랑주가 이제껏 한 번도 본 적이 없을 만큼 거칠게 분개하는 모습을 보고 상드 부인에게 들었던 대로 그녀와 모리스, 오귀스틴 사이의 감정적인 대립이 얼마나 뿌리 깊은 것인지 새삼 깨달았다. 당신까지 어째서 입을 다물었느냐고 따지고 드는 솔랑주에게 그는 결혼을 청하는 편지가 겨우 이삼 일 전에야 도착했다는 것, 그후로 지금까지 결혼식 전의 흥분에다 이런저런 일이 너무 바빠서 신경쓸 겨를이 없었다는 것, 그리고 무엇보다 그렇게 서둘러 알려야 할 만큼 대단한 이야기도 아니라고 생각했다는 것 등을 이유로 들었다. 별일 아니라는 그의 해명이 이 결혼 이야기를 별 가치 없는 일로 만들어주는 것 같아 다소 위로가 되었다. 그러나 물론 그것으로 만족한 것은 아니었다. 솔랑주는 열흘쯤 전의 지참금 이야기를 떠올리고는 느닷없이 모든 일의 앞뒤가 맞아떨어지는 듯한 느낌이 들었다.

"아, 일이 그렇게 된 거였어요! 당신은 몰랐겠지만, 분명 어머니는 훨씬 전부터 이 일을 계획했던 거예요. 그래요, 틀림없어요! 그래서였어요. 그래서 당신에게 약속한 지참금도 갑자기 취소했던 거예요. 오귀스틴에게 쥐여줄 지참금을 남겨두려고요.

그래서 내게 입을 딱 다물고 있었던 거죠! 내게 얘기하면 당장 그걸 들켜버릴 테니까!"

클레징게르는 그럴싸한 추측이라고 생각했다. 계획 운운한 것은 오해였지만, 그때까지 한 번도 오귀스틴의 지참금에 대해서는 생각해본 적이 없었던 터라 순간 눈에서 비늘이 떨어지는 듯했다. 지금까지 그의 노력은 단지 오귀스틴의 결혼을 멋지게 성사시켜 상드 부인이 자신에게 크게 신세를 졌다는 마음을 갖게 하는 데만 바쳐졌다. 그것이 불행하게도 자신에게 손해를 입히는 일일 줄은 상상도 하지 못했다. 잠시 말없이 생각에 잠겨 있는 그에게 솔랑주가 말을 이었다.

"어머니는 분명 우리에게 약속했던 지참금과 같은 액수를 오귀스틴에게도 줄 작정인 거예요."

"그렇게나 많이?"

"예, 그래요. 분명 그럴 거예요. 당신은 아직 어머니라는 사람을 몰라요. 나와 그 여자를 공평하게 다루지 않으면 속이 시원하지 않은 거예요! 나는 그런 건 도저히 용서할 수 없어요. 절대로 용서 못 해요."

"용서 못 한다고 해봤자 어쩔 수 없잖아?" 짐짓 떠보려고 클레징게르가 물었다. "무슨 좋은 생각이라도 있는 거야?"

"그건…… 그렇지만 어떻게든 내 뜻을 보여줄 거예요, 꼭. ……그렇지! 내일 사람들 앞에서 이 이야기를 하는 거예요. 어머니가 지참금에 대한 약속을 갑작스럽게 깨버렸다고요. 어머니는 체면이 제일인 사람이니까 틀림없이 크게 당황할 거예요. 그참에 밀어붙여서 사람들 앞에서 원래대로 약속을 지키겠다는 맹세를 받아내겠어요."

"흠, 글쎄……"

클레징게르는 솔랑주의 어린애 같은 단순한 발상에 실망했다. 그런 식으로 해봤자 제대로 될 리가 없을 것 같았다. 그렇지만 무슨 다른 방안이 있는가 하면 그렇지도 않았다. 그녀의 진지한 얼굴을 물끄러미 바라보고 있자니 묘하게도 그것밖에 다른 수가 없을 것 같은 느낌이 들었다. 어차피 앞으로는 자기 혼자 계획을 추진할 수 없다. 그렇다면 이참에 우선 솔랑주의 제안을 따라보는 것도 한 가지 방법일지 모른다. 그녀가 직접 말하게 하면 되는 것이다. 자신은 뜻밖의 일이라는 듯이 입을 다물고 있으면 된다. 그런 다음에 어머니의 반응을 보자. 의외로 성공할지도 모른다. 자신은 이래저래 수를 너무 많이 써먹었다. 여기서 또 뭔가 들이밀었다가는 어머니의 의심이 깊어져 태도가 딱딱해질 게 뻔하다. 그건 아무리 생각해도 재미가 없다. 이 여자를 앞장세워서 해보자. 한번 시도해볼 가치는 충분히 있다……

다음날, 뒤드방 남작과 그자비에 등의 손님들을 배웅하고 이웃에 사는 이들을 초대하여 축하연의 생생한 기억을 마들렌이라도 먹듯이 한가하게 나누던 때, 신혼부부 쪽에서 당돌하게 이 이야기를 꺼냈다. 입을 연 것은 솔랑주였다. 그녀는 어머니가 자기들 두 사람에 대한 지참금 약속을 벌써부터 깨려고 한다고 일동에게 호소했다. 자리에 모여 있던 사람들은 갑작스런 이야기에 서로 얼굴만 마주 보았다. 가장 놀란 것은 물론 상드 부인이었다. 이 아이가 대체 무슨 말을 하려는 걸까? 무슨 오해를 한 건가? 클레징게르는 아무 말도 하지 않고 가만히 상황을 살피고 있었다. 느긋하던 분위기 여기저기에 갑작스럽게 가시가 돋았다. 상드 부인은 즉각 반론했다. 그러나 오해를 완전히 풀기 위해서는 집안의 재산 상황을 낱낱이 남들 앞에 드러내야만 했다. 그것이 그녀를 주저하게 했다. 솔랑주는 그 틈을 비집고 들어가 어머니의 잘못을 나무라며 반론의 어설픔을 떳떳하지 못한 증거라고 지적하고는, 처음의 약속에 거짓이 없었다면 모든 사람들 앞에서, 지금 이 자리에서 다시 한번 분명하게 약속해달라고 밀어붙였다. 잘될지도 모른다. 그런 기미를 느끼자마자 그때까지 아무 말 없이 앉아 있던 클레징게르가 아내 편을 들고 나섰다. 그러자 그 기세를 상드 부인이 재빠르게 제지했다. 상드 부인은 딸 부부의 주장을 완강하게 거부했다. 그리고 전혀 말도 안 되는 주장이라고 단언했다. 그녀는 이참에 이야기를 철저하게 마무리 짓기로 마음먹었다. 나중에까지 응어리를 남기지 않기 위해서는 그러는 수밖에 없었다. 그래서 모여 있던 사람들에게는 소문 보따리를 선물로 안겨줄 각오를 하고 미안하다는 양해를 구한 뒤에 오해가 풀리지 않은 채로 일단 그들을 돌려보냈다.

결국 모녀간의 말씨름은 며칠을 질질 끌다가 아무 결론도 내지 못한 채 끝났다.

신혼의 두 사람에게는 처음부터 진지하게 이 일에 대해 의논할 마음이 없었다.

이웃 사람들이 모여 있는 자리여야만 그들을 증인 삼아 약속을 받아낸다는 특별한 의미가 있었다. 그런 기회를 놓치고 어머니의 태도마저 딱딱하게 굳어버린 지금, 무턱대고 요구를 밀어붙이는 건 치졸한 전술이라는 것이 클레징게르의 의견이었다.

그러나 솔랑주는 그렇지 않았다. 그녀는 남편을 궁지에서 건져내겠다는 일념으로 맹렬하게 어머니에게 따지고 들었다. 자신이 꼭 설득할 것이다. 그런 생각으로 정신없이 떠들어댔다. 그렇지만 흥분하면 할수록 차츰 이야기가 엉뚱한 방향으로 흘러가 마침내는 어머니의 자신에 대한 애정의 결여라는 항상 하던 이야기로 귀결되었다. 그녀는 그런 자신을 용서할 수 없었다. 한순간 어머니의 얼굴에 스친 '또 그 소리로구나' 하는 표정이 더더욱 그녀에게 상처가 되었다. 애정을 구걸하는 자는 애정을 베푸는 자 앞에서 항상 약자이고 패자이게 마련이다. 그녀는 그것을 결코 인정하지 않았지만, 인정하기 이전에 이미 스스로 너무나 잘 알고 있었다. 어째서 또 이런 얘기를 한 걸까. 이럴 생각이 아니었는데…… 그러고는 스스로도 수습이 되지 않아 마음먹은 대로 써지지 않는 편지를 도중에 찢어발기듯이 그만 자기 멋대로 이야기를 끝내버리고 방을 뛰쳐나왔다.

물론 상드 부인은 그런 억지는 받아줄 수 없었다. 그녀는 무엇보다 먼저 지참금 이야기를 매듭짓고 싶었다. 예전에 지참금에 대한 약속을 적었던 편지를 가져오게 하여 두 사람에게 그 문면을 확인하고 거기에 클레징게르가 분명히 동의한 사실을 상기시켜 이야기의 가닥을 바로잡으려고 했다. 클레징게르는 그것을 인정하면서도 길게 변명을 늘어놓았다. 자신은 분명 편지를 받았고 거기에 적혀 있는 내용을 받아들였다. 그러나 그것은 어디까지나 어머니를 거스르지 않으려는 배려에서 나온 것이었다. 사실은 몹시 고통스러운 결단이었다. 작가이신 당신이라면, 그런 자신의 심정을 충분히 짐작하실 것이라고 생각했다. 소설 속에서 그토록 풍부하게 인간의 감정을 그려내는 조르주 상드 부인이라면. 상드 부인은 엄한 표정으로 고개를 가로저었다. 불만이 있으면 어째서 그때 말하지 않았느냐고 거꾸로 그를 비난했다. 문제를 처음부터 하나하나 분석하여 설명하고, 자신이 불성실했던 적은 단 한 번도 없었다고 거듭 강조했다. 클레징게르는 그때마다 상드 부인의 말에 고개를 끄덕이면서도 이야기가 일단락되면 다시 문제를 뒤적거리는 식으로 논의를 계속했다. 솔랑주는 틈 나는 대로 그를 거들며 이러니저러니 말참견을 하고 나섰다. 그것이 더욱 상드 부인의 화를 돋우었다. 그녀는 애당초 솔랑주가 왜 자신에게 불만을 품는지 알 수가 없었다. 노앙의 토지에 저당권을 설정하지 못하게 한 것도, 지참금과는 별도로 오만 프랑을 쥐여주려고 하는 것도 모두 딸을 위한 일이다. 오로지 딸의 장래를 고려해서 내린 결정이다. 어째서 이 아이는 그런 어미의 마음을 몰라주는 걸까? 그러나 클레징게르 앞에서는 차마 남편에게 배신을 당하게 되었을 때 그 오만 프랑이 얼마나 소중한 재산이 될지 아느냐고 설명할 수가 없었다. 나중에 기회를 봐서 솔랑주 혼자 있을 때 똑똑히 일러줄 생각이었다. 그러면 분명 딸도 알아들을 것이다. 지금 말해버리면 클레징게르를 자극하게 되어 도리어 이야기가 복잡해질 뿐이다. 솔랑주가 알아듣는다 해도 남편의 눈치를 보느라 쉽게 동의할 수 없을 것이 틀림없다. 그러나 상드 부인은 그 이야기를 할 기회를 잡을 수 없었다. 솔랑주는 남편 곁에서 결코 떨어지지 않았다. 대화는 아무런 해결의 실마리도 잡지 못한 채 도리어 양쪽의 관계를 더욱 꼬이게 만들 뿐이었다. 결국 딸 부부는 불만이 역력한 표정으로 노앙 관을 떠났다.

이 일이 상드 부인에게 가져다준 환멸감은 참으로 컸다. 겨우 며칠 사이에 앞으로 다가오게 될 비참한 결말들을 일찌감치 다 맛본 듯한 심경이었다. 실망은 곧 무기력으로 이어질 것만 같았다. 우울한 예감을 기우로 돌리기 위해서는 일이 더 커지기 전에 어떻게든 그 발목을 잡아야만 했다.

그녀는 솔랑주가 몇 번이나 입에 올렸던 오귀스틴이라는 이름의 의미를 생각하며 이곳을 떠나기 전에 어떻게 해서라도 오귀스틴의 혼담을 성사시켜야 할 필요를 느꼈다. 루소가 노앙으로 찾아올 구실은 이미 다 마련해두었다. 그에게 이견이 없다면 별다른 수고 없이 처리될 일이었다. 모든 것을 깨끗이 매듭짓

자. 지참금 문제부터 결혼식 날짜, 장소에 이르기까지 모든 것을 신속하고도 확실하게, 변경의 여지가 없도록. 파리에 있는 두 사람이 참견하지 못하는 지금 이때를 이용해서.

26

쇼팽이 재회한 것은 그런 난리를 치르고 파리로 돌아온 신혼부부였다.

겉으로는 아무렇지도 않은 표정을 지어 보였지만, 그들은 여전히 불쾌했다.

나름대로 감정을 정리한 솔랑주는 분노의 원인은 결혼식이 끝나자마자 남편의 체면을 엉망으로 깎아내린 어머니의 태도에 있다고 생각했다. 그녀는 남편의 제안이 처음부터 무리한 것이었다는 사실을 알고 있었다. 꼭 어머니 때문만은 아니었다. 증조할머니 때부터 대대로 이어져온 소중한 토지를 저당 잡힌다는 것은 어린 시절을 노앙에서 보낸 솔랑주에게도 결코 기분 좋은 이야기는 아니었다. 그러나 그 점은 클레징게르도 충분히 알고 있었다. 알면서도 어렵사리 부탁을 한 것이다. 그만큼 피치 못할 사정이 있어서 그런 것이다. 그리고 그런 정도라면 어머니는 아무 말 말고 받아줘야 한다는 것이 그녀의 생각이었다. 이치에 맞지 않는 말이라는 건 안다. 그러나 때로는 이치 같은 것에는 눈을 감고 무상의 애정을 보여주는 것이 어머니의 의무가 아닌가.

스스로는 이치에 닿지 않는 주장을 할 때마다 그것을 멋대로 정열 탓으로 돌리며 교묘히 미담으로 치켜세우는 어머니가 남에게 불합리한 부탁을 받을 때만은 아무리 절실한 이유가 있어도 으레 냉철한 논리를 들이대며 거절하는 것을 솔랑주는 진심으로 경멸하고 있었다. 다른 누구보다 딸인 자신에 대해서는 더욱 그러했다. 이번 일도 마찬가지라고 생각했다.

클레징게르 역시 불쾌했다. 그는 일이 이렇게 되자 갑자기 초조해지기 시작했다. 그 동안 쓸데없는 고생만 했다는 생각이 머릿속에서 모기처럼 왱왱거리고 그때마다 신경질이 뻗치려고 했다.

노앙을 떠날 때 그는 자신이 앞으로 해야 할 일에 아무런 전망도 서 있지 않다는 것에 어이가 없었다. 상드 부인과는 파리에서의 화해를 성공시키기 위해 보다 효과적인 이별을 해야만 했다. 그러나 그 방법이 생각나지 않았다. 제대로 생각할 겨를도 없었다. 솔랑주가 어머니를 미워하는 마음의 깊이는 그의 예상을 훨씬 뛰어넘는 것이었다. 그것은 권모술수를 구사해 자신의 뜻대로 다룰 수 있는 정도의 것이 아니었다. 그것을 잘못 읽은 자신의 섣부름이 두고두고 후회되었다. 무릇 여러 가지 감정 중에서 미움처럼 융통성 없는 것이 또 있을까? 솔랑주의 존재는 그의 책략의 폭을 크게 좁혀버렸다. 애초에 그런 다툼 따위를 일으킨 것이 잘못이었다. 실패였다. 그 실패가 자신의 잘못에 의한 것이라면 그나마 참을 수 있었다. 그러나 남의 말을 순순히 받아들인 탓에 겪게 된 실패라고 생각하니 더 화가 나서 피가 거꾸로 솟는 것만 같았다.

두 사람의 초조함은 얼마 뒤 기쁨에 차서 노앙에서 돌아온 루소의 보고에 의해 한층 더 극적으로 끓어올랐다.

상드 부인이 루소의 청혼을 두말없이 받아들임과 동시에 오귀스틴에게 십만 프랑의 지참금을 약속했다는 것이었다. 이 소식이 파리의 두 사람을 분개하게 했다. 예견했던 일이기는 했다. 그러나 돈의 출처가 문제였다. 상드 부인이 그 지참금을 자신의 전집 간행에서 나올 수입으로 대주겠다고 약속한 것이었다.

클레징게르는 말도 안 되는 수작이라고 생각했다. 그 여자의 머릿속은 대체 어떻게 생겨먹은 것일까? 화가 난다기보다 그저 어이가 없었다. 이미 솔랑주에게도 오만 프랑이라는 거금을 약속했다. 거기에 또다시 십만 프랑이라니! 누구를 붙잡고 물어봐도 조르주 상드의 책이 그렇게 많이 팔릴 리가 있느냐고 실소를 터뜨렸다. 지당한 실소였다. 처음부터 약속을 지킬 마음이 없었던 것이 틀림없었다. 솔랑주도 같은 의견이었다. "우리가 속은 거예요!" 솔랑주는 그 말이 남편보다 오히려 자신의 가슴을 더욱 찢어지게 한다는 것을 느끼며 이제는 정말 어머니를 용서할 수 없다고 생각했다.

이 부부 사이에는 분명 공감과도 같은 무언가가 있었다. 그러나 그것은 서로의 마음을 들여다보고 거기에서 자신과 비슷한 모습을 발견하여 얻은 공감이 아니라, 서로 한통속이 되어 다른 사람의 속셈을 더듬다가 우연히 손이 맞닿으면서 생긴 공감이었다. 사실 솔랑주는 항상 수긍만 할 뿐 거의 본심을 드러내지 않는 남편의 마음속을 제대로 헤아리지 못하고 있었다. 한편 클레징게르는 어머니에 대한 아내의 원망을 밤마다 지겹도록 들었는지라 거기에 대해서는 자신이 남들에게 대신 말해줄 수도 있을 만큼 완벽하게 이해하고 있었지만, 결국은 그저 그런가보다 할 뿐 그것을 가슴 깊이 받아들일 수는 없었다. 그런 위태로운 연결 속에서 두 사람은 어쨌거나 서로에게 이익이 될 수단을 강구했다. 그런 과정에서만 서로의 관계를 확인할 수 있었다. 해결책은 간단하게 나왔다. 즉각 오귀스틴과 루소를 파혼으로 몰아가는 것이었다.

지휘를 맡은 것은 클레징게르였다. 사전 준비로 우선 뻔질나게 루소의 집을 들락거리며 지참금에 대한 불안을 부채질하기 시작했다. 친구인 루소를 이용하는 건 적잖이 뒤가 켕기는 일이기는 했지만, 어차피 이 녀석도 상드 부인에게 속고 있는 것이라고 생각하니 도리어 이대로 내버려두는 것이 우정에 어긋나는 일로 느껴져 한결 마음이 편해졌다.

'이런 혼담은 당장 깨버리는 것이 이 친구를 위한 일이다. 내가 중매한 여자와 결혼했다가 어이없는 일을 당했다고 나중에 나를 원망하면 그걸 어떻게 감당하겠어?'

계획이 발각될 것을 염려해 상드 부인의 집은 최대한 멀리하며 지냈다. 새삼 그녀의 의중을 알아보고 말고 할 것도 없었다. 솔랑주는 "부인께서 건강이 좋지 않으신 것 같습니다"라고 일부러 소식을 전하러 온 루스의 말도 못 들은 척하고 파리에 돌아온 상드 부인에게 인사도 하러 가지 않았다.

두 사람 모두 이번 계획에 반드시 훌륭한 조연으로 활약해줄 것이라고 점찍은 이는 모리스였다. 루소를 주연으로 하고 오귀스틴을 그 상대역으로 하는 소극(笑劇)이라면 모리스에게 가장 중요한 역할을 주어야 한다는 것은 삼류 작가라도 뻔히 알 수 있는 사실이었다.

파리에 돌아온 뒤에도 모리스는 실의와 미련에 허덕이는 나날을 보내고 있었다. 오귀스틴의 기뻐하는 모습을 날마다 곁에서 지켜보고 있었으니만큼 번민은 점점 더 쌓여만 갔다. 그러던 어느 날 누이 부부가 풀 죽은 오빠를 데리고 나가 들이붓듯이 샴페인을 대접했다. 모리스는 술에 취하자 다시 이성을 잃고 아직까지 끊어내지 못한 오귀스틴에 대한 연모의 정을 호소하기 시작했다. 참으로 한심한 인간이라고 두 사람은 생각했다. 그러면서도 다정하게 귀를 기울여주는 척 맞는 말이라고 고개를 끄덕이며 끊임없이 잔을 채워주고는 타다 만 장작에 알코올을 붓듯 연정의 상처를 긁어댔다. 마침내 모리스는 더이상 참지 못하고 집으로 달려가 누이 부부의 결혼식 때보다 더 요란하게, 더 자포자기한 모습으로 날뛰었다. 그 장면을 목격한 에티엔 부인이 쇼팽에게 언뜻 말을 꺼냈다가 깜짝 놀라 다시 거둬들였던 이야기가 바로 이날 밤의 사건에 대한 것이었다.

모리스를 부추겨 소란을 피우게 할 날은 미리 정해두었다. 그 다음날 가족들이 모두 모여 점심식사를 할 약속이 있었기 때문이었다. 장소는 클레징게르 부부의 집이었다. 식탁에 둘러앉은 이들은 클레징게르 부부, 상드 부인, 모리스, 오귀스틴, 그리고 루소였다.

그날 자리에 앉자마자 루소는 어딘지 침착하지 못한 모리스의 모습과 찬바람이 감도는 오귀스틴의 태도를 보고 뭔가 이상하다는 것을 감지했다. 그것을 애써 감추려는 듯한 상드 부인의 거동도 마음에 걸렸다. 무슨 일인지 물어보려고 하는 참에 때를 맞춰 솔랑주가 남편에게 의미심장한 눈짓을 보냈다. 그리고 루소의 말을 막으려는 듯 웃음을 던지며 오귀스틴을 나무라기 시작했다. 루소는 대체 무슨 일인지 짐작도 가지 않았지만, 뭔가 심상치 않은 일이 있었다는 것만은 눈치챌 수 있었다. 상드 부인은 딸의 행동을 더이상 봐줄 수 없어 꾸짖고 나섰다. 솔랑주는 그저 웃기만 했다. 이따금 남편을 돌아보며 누구를 비웃는 것인지도 알 수 없는 웃음을 자꾸만 흘렸다.

그날 밤 상드 부인은 젊은 부부를 불러들여 낮에 있었던 일을 나무랐다. 클레징게르는 대충 들어넘길 작정이었다. 그러나 솔랑주는 어머니의 말투에 노기가 담겨 있는 것에 민감하게 반응했다. 염려했던 대로 걷잡을 수 없이 흥분하기 시작한 아내를 어떻게든 진정시켜보려 했지만 클레징게르조차도 어떻게 말을 붙여볼 틈이 없었다. 솔랑주는 어머니에게 거칠게 대들고는 이어서 오귀스틴의 험담을 한없이 늘어놓기 시작했다. 이렇게 되면 작전이고 뭐고 없었다. 어머니가 이따금 딸의 말을 막으며 반론했다. 딸은 거기에 굴복하지 않았다. 결국 솔랑주는, 오귀스틴은 뒤에서 은근히 오빠에게 꼬리를 치는 음란하기 짝이 없는 창녀다, 그런 여자가 이 집에 계속 머문다면 우리 부부는 두 번 다시 이 집에 오지 않겠다고 소리를 지르기까지 했다.

흥분하기는 했지만 솔랑주가 되는대로 아무렇게나 비방해댄 것은 아니었다. 그녀는 그토록 긴 시간이 지났는데도 오빠가 오귀스틴에 대한 집착을 끊지 못하는 것은 분명 오귀스틴에게도 원인이 있다고 생각했다. 어제 술에 취한 오빠의 말을 듣고 더욱 분명하게 확신한 점이었다. 오귀스틴이 아직도 오빠가 기대를 가질 만한 행동을 하는 게 틀림없다. 그렇지 않고서야 아무리 물러터진 오빠라지만 이토록 오래 미련을 품고 있을 리 없다. ……맞아, 그렇게 해서 오빠를 일종의 보험으로 붙잡고 있는 거야. 혹시라도 다른 사람과 결혼하지 못했을 때 말 한마디만 하면 언제라도 다시 돌아와줄 그런 남자로. 게다가 결혼이 이뤄지면 이 집에 남은 재산은 통째로 제 차지가 될 테니. 어쩌면 그리도 천박한지! 원래 그런 집안 태생이니 그럴 만도 하지. 그래, 어쩌면 처음부터 그럴 목적으로 우리집에 기어들어온 게 아닐까? 오빠와 결혼하고 싶어서 안달했던 것도 다 그런 속셈이었어. 그러고 보면 루소는 실패한 결혼을 보상하기 위해 엉뚱하게 끌려나온 가엾은 사람이지 뭐야! ……그렇게 생각하니 머릿속에서 일의 앞뒤가 딱 맞아떨어졌다. 속이려는 쪽이야 두말할 것도 없이 못된 인간이지만, 그런 술수에 속아넘어가는 쪽도 참 한심하지. 어째서 모두들 그런 여자에게 홀딱 넘어가는 걸까. 그런 속이 시커먼 여자에게!

상드 부인은 딸의 흥분이 상궤를 적잖이 벗어난 만큼 오히려 냉정하게 반론할 수 있었다.

"아니, 오귀스틴은 이 집에서 살 권리가 있어. 알겠니? 만에 하나라도 내가 그 아이를 쫓아내는 일은 없을 거야. 네가, 아니, 너희들이 앞으로 이 집을 찾지 않겠다면 그것도 좋아. 나도 너희 부부의 집에는 다시 찾아가지 않도록 하마. 나는 어머니로서 너의 그 잘못된 견해는 받아들일 수 없어, 절대로. 오귀스틴에게는 이 집안의 딸로서 분명한 권리가 있어. 이 집에서 살 권리. 그리고 그에 합당한 결혼을 할 권리. 이 점에 대해서라면 나는 무슨 일이 있어도 양보하지 않겠다."

어머니의 침착하기 그지없는 말투에 솔랑주는 그만 허를 찔린 듯 할말을 잃었다. 돌연 정체를 알 수 없는 외로움이 온몸에 차올랐다. 그리고 그 외로움을 스스로 깨닫자 너무도 분했다. 아무 대꾸도 하지 못하는 것이 자신의 패배를 결정짓는 것만 같았다. 그토록 여지없이 딸을 몰아붙여야 속이 시원한 어머니가 미워서 견딜 수 없었다.

솔랑주는 오귀스틴에 대한 자신의 비난은 남편을 위한, 남편이 세운 계획을 위한 것이라고 억지로 마음을 고쳐먹었다. 이 생각은 그녀에게 약간의 용기를 주었다. 그러나 그렇게 생각할수록 자신의 행동이 박자를 맞추지 못한 어설픈 짓으로 느껴져서 또다른 당혹감에 빠졌다. 어머니는 오귀스틴의 '이 집안의 딸로서 그에 합당한 결혼을 할 권리'에 대해 말했다. 그런 말을 이끌어낸 것은 치명적인 실수였다. 이번 소동의 모든 것이 바로 그것을 저지하기 위한 계획이었는데, 어머니는 전혀 눈치채지 못한 것일까? 그것을 위해 남편이 강구해낸 계획은 이제 아무 쓸모도 없어지고 만 것이 아닐까? 똑같은 생각을 클레징게르도 하고 있었다. 관자놀이에 총구가 들이밀어진 듯한 기분이었다. 어떻게든 이 자리를 빨리 수습해야 했다. 여기서 이야기가 더 길어지다가는 솔랑주가 어리석게도 지참금 이야기까지 꺼낼지도 몰랐다. 그것만은 피해야 했다. 그렇게 되면 모든 것이 물거품이 될 것이었다. 정말 어리석은 짓거리를 하는구나, 하고 클레징게르는 아내를 바라보며 생각했다. 무엇을 위한 계획이었단 말인가. 그리고 아무 말이 없는 두 사람 사이에 끼어들어 양쪽을 위로하고 솔랑주 몫까지 어머니에게 사의를 표했다.

집에 돌아오면서 클레징게르는 진군을 하고 점령을 할수록 점점 더 병력을 잃어가는 러시아 원정중의 나폴레옹의 심경을 생각했다. 계획이 진전된 것은 틀림이 없었다. 그러나 상황은 분명히 악화되었다. 솔랑주는 옆에서 자꾸 반성의 말을 늘어놓았다. 클레징게르는 그녀를 생각해서가 아니라 그저 시끄러워서 이따금 몇 마디 말로 그녀를 다독이면서 '모두 이 여자 때문이다'라고 처음으로 솔랑주에게 확실한 미움의 감정을 느꼈다. 그 대책 없는 절망감에 당장이라도 울화통이 터질 것만 같았다. 뭔가에 실컷 분풀이를 하며 날뛰고 싶은 기분이었다. 지금이라면 하룻밤 만에 베르사유 궁의 거울이라는 거울을 한 장도 남김 없이 모조리 깨부숴버릴 자신이 있었다.

점점 자포자기에 빠지는 것이 스스로도 느껴졌다. 그것이 그에게서 서서히 신중함을 앗아가고 있었다.

감춰두었던 부분이 겉으로 드러나기 시작했다. 솔랑주와는 달리 클레징게르는 파리에서 나름대로 상드 부인에게 공손한 태도를 취해왔지만, 상드 부인은 그의 인품에 대해 점점 의심하기 시작했다. 한번 싹트기 시작한 의심은 걷잡을 수 없이 커졌다. 결혼을 성사시키기 위해 지금까지 애써 인정하지 않으려고 해왔던 그의 결점들이 하나 둘 눈에 띄었다. 사람들이 눈살을 찌푸렸던 그의 조야한 태도는 결코 사랑할 만한 가치가 있는 순수함의 표현이 아니었다. 강인하게까지 보였던 행동력은 용감한 정열과는 아무 관계도 없었다. 홍소(哄笑)는 쾌활한 겉모습으로 감춘 음험한 웃음이었다. 찬사는 경박하기 짝이 없는, 판에 박은 소리였다. 사려 깊음은 교활한 속셈이었다. 호방함조차 여기 저기에 비굴한 작위의 그림자를 달고 있었다. 그리고 무엇보다 그 불성실함! 상드 부인이 찾아낸 결정적인 악은 자신에 대한, 그리고 아내에 대한 그의 불성실, 바로 그것이었다.

그 수많은 결점들을 변호하기 위해 지금껏 얼마나 억지를 써 왔던가. 사람들의 비판의 화살을 받아가며, 마치 자신이 어려움에 처한 듯한 고통을 느껴가면서 말이다. 참으로 허무한 노력이었다. 좀더 빨리 깨달았더라면. 그런 생각이 그녀의 가슴에 스며들어 짙은 그림자를 드리웠다.

클레징게르는 상드 부인의 내부에서 일어나는 이러한 변화를 눈치채고 있었다. 서둘러야만 했다. 그는 지금까지 멀리해왔던 것을 보상이라도 하려는 듯 솔랑주와 함께 뻔질나게 스카르 도를레앙에 들락거리며 어머니의 마음을 잡으려 애쓰는 한편, 루소에게는 필적을 위장하여 오귀스틴과 모리스가 간밤에 이미 동침했다, 그리고 두 사람이 수년에 걸쳐 **특별한 관계**였다는 이야기를 그럴싸하게 써넣은 익명의 편지를 보냈다.

편지를 읽은 루소는 어처구니가 없었다. 모리스에 대한 루소의 평가는 클레징게르와 비슷했다. 즉 인간으로서도 화가로서도 조금도 인정하지 않았다. 그는 클레징게르가 결혼 이야기를 꺼냈을 때 제일 먼저 이 두 사람의 관계에 대해 추궁했었다. 만에 하나라도 오귀스틴이 모리스의 퇴물이라면 사양하겠다는 생각이었다. 그런 애송이 같은 녀석이 뒤에서 **자신이 내다버린 여자와 결혼한 사내**라는 식으로 지저분한 소문을 숙덕거린다면 그건 정말 말도 안 되는 봉변이었다.

그러나 클레징게르도 상드 부인도 그 점에 대해서는 분명하게 부정했다. 끈질길 만큼 몇 차례나 되물어 분명한 대답을 들어내지 않았던가. 물론 그 말을 믿고 편지에 적힌 소리는 근거 없는 중상이라고 무시해버려야 옳을 것이었다. 그런데 그는 편지를 읽자마자 그 내용을 믿어버렸다. 그럴 만도 했다. 그는 이런 편지를 받기 훨씬 전부터 이 결혼에, 그리고 이 가족에 뭔가 수수께끼가 있다는 느낌을 가지고 있었다. 어떤 점이 그런지 딱 집어서 설명할 수는 없었다. 그러나 분명히 자신을 거부하는 듯한, 정체를 알 수 없는 수수께끼였다. 그것이 바로 이런 지저분한 속사정 때문이었다면, 모든 일이 깨끗하게 이해가 된다. 이 억측은 자연스럽게 며칠 전 클레징게르의 집에서 점심을 같이 했을 때 약혼자가 보였던 부자연스러운 태도에 대한 기억으로 그를 이끌었다. 그때가 분명해! 그렇게 생각하자 자신의 입장이 너무도 우스꽝스러워 그만 눈앞이 캄캄해지는 것 같았다. 정말 사람을 바보로 아는군! 그날 솔랑주의 웃음은 오귀스틴이 아니라 나에 대한 것이었어. 그것을 눈치채지 못했다니! 클레징게르도 어딘가 이상했어. 그 녀석마저 나를 속였던 걸까?

루소는 즉각 클레징게르의 집으로 찾아가 이 사실에 대해 캐물었다. 이쪽 일은 계획대로 잘 풀리는구나, 그렇다면 이제 마지막 작업이다, 라고 클레징게르는 생각했다. 간밤의 일은 유감스럽지만 사실이다. 그 이전의 일에 대해서는 나도 그 집안 사람이 아니라서 자세한 것까지는 알지 못했다. 물론 솔랑주는 알고 있었지만, 그녀는 너와 오귀스틴의 결혼에 대해서는 아무것도 몰랐다. 미리 알았더라면 분명히 내게 충고를 해주었을 것이다. 물론 나도 너에게 결혼 이야기를 꺼내지 않았을 것이다. 정말로 최근에야 알게 된 이야기다. 게다가 너와 혼약이 결정된 뒤에 이런 한심한 일이 일어날 줄은 꿈에도 생각하지 못했다. 참으로 상상조차 못 했던 일이다. 정말 괘씸한, 행실이 고약한 여자다. 그러나 결혼하기 전에 알게 되었으니 얼마나 다행이냐. 지금이라면 얼마든지 돌이킬 수 있다. 나는 그날은 그래도 망설였다. 하지만 가까운 시일 내에 이야기할 생각이었다. 다만, 그 편지는 내가 쓴 것이 아니다. 우정을 걸고 단언할 수 있다. 어쩌면 오귀스틴에 대한 미련을 버리지 못한 모리스가 쓴 것인지도 모른다. 아니면 오귀스틴 스스로 마음이 변해서…… 참으로 기막힌 일이다……

그런 이야기를 늘어놓은 끝에 클레징게르는 지참금 약속도 전혀 믿을 만한 것이 아니며, 자신에게도 마찬가지였지만 그런 막연한 약속을 확실한 일처럼 말하는 것은 정말 어이없는 짓이라고 덧붙이며 상드 부인을 비난하기까지 했다.

'이 얘기만은 하늘에 맹세코 진짜야!'

클레징게르는 루소가 거짓말에도 사실에도 똑같은 반응을 보이는 바람에 저도 모르게 그런 말을 입에 담고 싶었다. 어쩌다 한번 진실을 말한 것이니 좀더 자신에게 고마워해야 하는 게 아니냐는 장난 같은 생각까지 드는 것이었다. 웃음이 터지려는 것을 꾹 참으며 클레징게르는 참으로 추악한 얘기라고 간곡한 말투로 루소를 위로했다.

루소의 분노는 가라앉지 않았다. 타오르는 불에 물인 척 속여 기름을 들이부은 셈이니 당연한 일이었다. 루소는 이 문제에 대해 또 한 사람의 친구인 쥘 뒤프레에게도 상의를 했는데, 뒤프레 역시 사전에 클레징게르와 말을 맞춘 것은 아니었지만 자신이 사위로 적합하지 않다고 거절했던 상드 부인에게 불만을 품고 있었던 터라 마침 잘되었다는 듯 상드 부인에 대한 험담을 늘어놓았다. 그리고 복수라도 하듯 오귀스틴까지 잔뜩 깎아내리고는, 자기도 예전에 그녀와 관계를 가진 적이 있지만 그녀가 행실이 좋지 않아 먼저 인연을 끊었노라고 입에서 나오는 대로 허세를 부렸다.

그것으로 루소의 마음은 정해졌다. 그는 당장 상드 부인에게 단호한 항의의 편지를 보냈다. 자신이 얼마나 오귀스틴을 사랑했는지, 그래서 이 일로 얼마나 깊은 상처를 받았는지 구구절절이 쓴 다음, 거리낌없이 지참금에 대한 자신의 권리를 주장했다. 그리고 오귀스틴에 대해서는 감추지 말고 모든 것을 고백할 것을 요구했다.

갑작스럽게 도착한 루소의 편지를 무슨 일인가 싶어 읽어내려가던 상드 부인은 미간이 꽉 조여드는 듯한 느낌을 받았다. 마지막까지 다 읽고도 도대체 무슨 말인지 알 수가 없어 처음부터 다시 한번 읽어보았다. 아닌 밤중에 홍두깨라는 말이 꼭 이런 때 쓰는 말 같았다. 정신이 나간 사람이 아닌가 싶었다. 아니면 무슨 악몽이라도 꾸었는가. 그렇지 않고서야 이런 편지를 보낼 리가 없었다. 무슨 일인지 알 수 없는 초조감이 이유 없는 중상에 대한 분노와 겹쳐 금방이라도 터질 듯 부풀어올랐다. 침착해야 한다. 수없이 자신에게 되뇌었다. 지참금에 대해서는 노앙에서 충분히 설명했다. 루소도 거기에 동의했다. 애초에 클레징게르 말로는 사랑만 있으면 지참금 따위는 바라지도 않을 사람이라고 했다. 물론 그 말을 그대로 받아들였던 것은 아니지만, 조금 지연되는 것 정도는 참아달라고 할 작정이었다. 루소도 괜찮다고 웃으며 말하지 않았던가! 더구나 용서하기 힘든 것은 오귀스틴에 대한 고백 요구였다. 대체 어디서 이런 터무니없는 소리를 들은 것일까? 그런 말을 냉큼 믿고서 이런 끔찍한 편지를 보내오다니. 정말 정신이 나갔구나! ……마음을 진정시키기 위해 이리저리 생각을 굴려볼수록 흥분은 더해만 갔다. 어찌 됐건 뭔가 중대한 오해를 하고 있다는 것만은 분명했다. 우선 그것부터 풀어야 했다. 그러지 않고서는 아무것도 할 수 없었다.

그녀는 이야기가 더 꼬이지 않도록 애써 냉정하게 답장을 썼지만, 사실 그것은 하룻밤 그대로 묵혀두었다가 다시 읽어봤다면 도저히 부칠 수 없었을 내용이었다. 루소는 그 편지에 납득하지 않았다. 그럴듯한 변명일 뿐이라고 생각했다. 자기 주장에는 전혀 귀를 기울이지 않은데다 편지 말미에 자신의 괴로움을 잔뜩 늘어놓으며 끝낸 점이 더욱더 마음에 들지 않았다. 찾아가면 분명 상드 부인의 말재간에 넘어가고 말 테니 거리를 두고 편지만 주고받는 것이 좋을 것이라고 한 클레징게르의 충고가 정말 맞는 말이라는 생각이 들었다. 노회한 여자다. 더이상 속을 줄 알고? 그렇게 생각하고 곧바로 다시 편지를 썼다. 답장도 빨랐다. 편지는 오고갈수록 점점 더 싸움으로 변해갔다. 첫머리부터 "당신의 편지는 정신착란의 산물입니다"라는 문구로 시작하는 상드 부인의 편지에 루소의 분노는 마침내 정점에 달했다. 상드 부인 역시, 오귀스틴에 대한 애정을 강조하면서도 사실무근인 소문에 휘둘려 그녀의 결백을 믿지 못하는데다 지참금에 대해 마치 빚 독촉이라도 하듯 끈질기게 따지고 드는 루소에게 질려버리고 말았다.

도저히 수습할 수 없는 상황에 이르자 상드 부인이 먼저 결단을 내렸다. 그녀는 마지막으로 거의 욕설과도 같은 짧은 편지를 보내고는 오귀스틴을 데리고 노앙으로 돌아가버렸다. 파혼이었다.

27

상드 부인의 결심은 단호했다. 두 사람이 노앙에 돌아간 것을 알고 퍼뜩 정신을 차린 루소가 부랴부랴 사죄의 편지를 보냈지만 그녀는 결코 용서하지 않았다. 오귀스틴도 어머니의 의견을 따랐다. 그녀는 짧은 사랑의 추억을 담은 이별의 편지를 써서 어머니의 편지에 동봉했다. 이별이 고통스럽기는 했지만 결단을 막을 만큼은 아니었다. 그간의 기쁨의 크기에 걸맞은 신중한 슬픔이었다. 그리고 침몰하는 작은 배가 요란한 물거품을 일으키지 않듯, 그것조차 어느샌가 가슴 뒤편으로 가라앉았다.

클레징게르는 그런 일의 추이를 루소에게 모두 전해들었고, 그때마다 충고를 하고 방향 수정을 지시했다. 그러나 계획했던 성과를 얻었을 때는 이미 그것을 기뻐할 여유가 없었다. 결혼식을 마치고 파리에 돌아와서도 도무지 빚을 갚으려는 기색이 없는 그가 답답해 미칠 지경이 된 채권자들이 깡패들을 데리고 매일같이 집에 쳐들어왔기 때문이었다.

클레징게르는 실컷 큰소리만 쳐놓고 지참금은 손에 넣지도 못한 자신의 한심한 처지를 내내 그들에게 털어놓지 못하고 있었다. 결국 어쩔 도리가 없어서 진상을 털어놓았지만, 뜻밖에 아무도 그 말을 믿어주지 않았다. 그들은 모두 지참금은 진즉에 그의 수중에 들어온 줄만 알고 있었다. 제 손에 들어오자마자 아까운 생각이 들었던 모양이지. 저자라면 그렇게 생각할 만하다. 분명 지어낸 헛소리다. 다들 그렇게만 생각했다. 클레징게르는 자신이 신용을 잃은 덕분에 체면은 깎이지 않고 지나가는구나 하고 묘한 만족감을 느끼면서도, 그런 그들을 이해시켜 빚 갚을 날짜를 연기하기 위해 여기서 또 지겹도록 자신의 무능함을 누누이 늘어놓아야 한다고 생각하니 난감하기 짝이 없었다. 쉴새없이 찾아오는 그들을 상대하면서 클레징게르는 결혼이란 참으로 부자유스러운 일이라고 실감했다. 예전 같으면 집에 있으면서도 없는 듯 딴청을 피우든지 아니면 시내 여기저기를 돌아다니며 하루를 때우든지 둘 중의 하나였다. 그러다 해가 떨어지면 정부의 집으로 기어들었다. 그래도 금세 들켜버리곤 했지만, 그나마 며칠이라도 편안히 지낼 수 있었다. 얼마나 마음 편했던가. 그러나 이제는 아니었다. 솔랑주를 혼자 두고 나갈 수는 없었다. 무슨 일을 당할지 모르는 것이다. 결혼 전에는 그도 남들처럼 처자식이 딸린 사람은 답답하다는 둥 배부른 소리를 한 번쯤 해보고 싶었다. 그러나 그것을 지겹도록 실감해야 하는 지금, 그는 자신이 예전에 품었던 그 어린애 같은 동경에 쓴웃음을 금할 수 없었다.

빚에 대해서는 더이상 솔랑주에게 감출 수 없는 상황이었다. 그녀는 그 액수에 깜짝 놀랐다. 채권자들의 이야기를 종합해보면 남편의 부채는 도합 이만사천 프랑에 달했다. 게다가 아무래도 그것만이 아닌 듯했다. 정확히 확인된 것만 그 액수였다. 그것 말고 얼마나 더 있는지는 짐작도 가지 않았다.

솔랑주는 처음에는 남편을 에워싸고 욕설을 퍼붓는 남자들을 뒤에 숨어 두려움에 떨며 바라보기만 했다. 클레징게르도 그녀에게 자리를 비켜달라고 했다. 그러나 차츰 그것도 익숙한 장면이 되어 이제는 남편에게 가세하여 말참견까지 하게 되었다. 자신이 이런 일에 익숙해졌다는 것을 깨달은 순간, 그녀는 자신이 영락하고 말았다는 것을 절감했다. 갑자기 모든 일이 어처구니가 없었다. 자신의 인생이 이런 불량한 자들과 얽히게 되리라고는 꿈에도 생각해보지 않았다. 만약에 꿈이라면, 막 눈을 뜬 침대에서 정말 무서운 꿈이었다고 진저리를 쳤으리라. 그러고는 점심식사를 마친 오후 시간에 문득 다시 그 꿈을 떠올리며, 그런 인생도 재미있을지 모른다고 느긋하게 웃어보았으리라.

그녀는 겨우 한 달, 아니 바로 몇 주일 전만 해도 그토록 자신의 가슴을 가득 채웠던 남편에 대한 애정이 급격하게 그 열기를 잃어가는 것을 느꼈다. 이렇게나 빨리 식어버리는 것일까. 자각은 점점 자성을 재촉했다. 그럴 리 없다. 그렇다면 처음부터 사랑 따위는 없었는지도 모른다. 혹은 나는 이 사람이 아닌, 그러나 이 사람과 비슷한 다른 누군가를 사랑했던 것인지도 모른다. 현실적으로는 이 세상에 존재하지 않는 누군가를.

클레징게르가 이런 부류의 인간들과 교제가 있다는 것은 전부터 알고 있었다. 결혼 전에는 그런 이야기에 강한 호기심까지 품었다. 클레징게르 자신도 무용담처럼 그런 이야기를 늘어놓곤 했다. 위험이란 재기만 있으면 어떻게든 해결된다. 봉변을 당하는 건 항상 덜떨어진 얼간이, 멍청이들이다. 그런 이야기를 의기양양하게 늘어놓았었다. 솔랑주는 그렇다면 채권자들에게 고개를 숙이고 손을 비벼대는 지금의 남편이야말로 얼간이 멍청이가 틀림없다고 생각했다. 그녀의 실망은 선생님에게 꾸지람을 듣는 골목대장의 조무래기가 느끼는 감정과 흡사했다. 자기들 세계에서는 절대적인 권위를 자랑하던 대장이 그 세계 밖으로 한 발 나가자마자 비참한 말썽꾸러기로 전락한다.

그것과 마찬가지였다. 가족들 앞에서 클레징게르는 의심할 여지 없이 매력적이었다. 그러나 단지 가족 앞에서만 매력적이었던 것이다.

그녀 또한 이 결혼의 행복에 의심을 품기 시작하고 있었다. 남편의 애정도, 지참금에 대한 그의 집착이 의미하는 바도 이제는 전부 믿을 수가 없었다. 그녀의 의심은 어머니의 그것과 전혀 다르지 않았다. 두 사람은 똑같은 의심에 고민하고 똑같은 환멸을 예감하고 있었다. 단지 그 유래는 달랐다. 어머니는 혐오감에서, 딸은 사랑받지 못한다는 불안감에서 남편을 의심했다. 클레징게르를 충동질하여 청혼하도록 한 것이 애정이 아니라 지참금의 매력이었다면? 어머니와 딸은 동시에 그런 의심에 빠졌다. 어머니는 딸이 그런 의심을 품어주기를 원했다. 그러나 딸은 의심하는 어머니를 참을 수 없었다.

7월을 며칠 앞두고 클레징게르 부부는 둘이 함께 도망치듯 파리를 뒤로했다. 행선지는 단 한 곳밖에 없었다. 노앙이었다.

루소와 오귀스틴의 혼약이 깨어졌다는 것을 확인한 클레징게르는 당장 상드 부인에게 편지를 썼다. 노앙의 토지에 저당권을 설정할 것을 다시금 부탁하는 내용이었다. 편지에서 그는 처음으로 자신에게 빚이 있다는 것을 고백했다. 좋은 방법은 아니라고 생각했다. 그러나 절박한 현실이 그에게 최선의 선택을 할 여지를 주지 않았다. 적이 바로 앞까지 다가와 있었다. 전장의 병사는 때로 총을 눈앞에 두고도 초조한 나머지 막대기 같은 것을 집어들고 만다. 탄환을 장전하는 시간을 고려해도 총을 쥐는 편이 훨씬 나았다. 그 정도의 여유는 있었다. 그러나 그런 반성은 언제나 뒤늦게 찾아오게 마련이다. 멍청한 선택으로 막대기를 움켜쥔 클레징게르는 적과 부딪치는 그 순간, 아니, 순간이라고 하기에는 너무도 기나긴 그 시간에 자신이 충분히 총을 집어들 여유가 있었다는 것을 깨닫고는 엄청난 후회에 휩싸였다. 편지를 부치고 돌아오는 그의 심경은 막대기를 부여잡고 망연히 서 있는 병사의 그것과 같았다. 과연 노앙에서 온 답신은 엄격한 거절의 말로 가득 차 있었다. 솔랑주에게도 간원하는 편지를 쓰게 했지만 어머니의 태도는 변함이 없었고, 따로 답장을 보내 남편에게 동조해 사려 없이 돈을 요구하는 딸의 경솔함을 나무라기까지 했다.

예상했던 일이기는 했다. 클레징게르도 이번에는 노앙의 토지 저당권보다 우선 급한 대로 상드 부인의 직접적인 **자금 원조**를 기대하고 있었다. 당장 이만사천 프랑만 있으면 우선은 채권자들을 달랠 수 있었다. 실제 빚은 오만 프랑이 넘었지만 그 사실은 아직 아무에게도 말하지 않았다. 이십만 프랑은 그 다음 일이었다. 답장을 기다리는 동안 그는 자신이 정직하게 고백한 만큼 상드 부인이 도리어 감동하여 돈을 빌려줄지도 모른다는 제멋대로의 몽상에 젖어 있었다. 그런 이야기를 좋아하는 여자가 아닌가. 약점을 내보이면 묘한 의무감에 휩싸여 ─ 분명 우월감의 반증일 테지만 ─ 구원의 손길을 뻗어줄지도 모른다……

클레징게르가 아내를 데리고 노앙으로 가기로 결심한 것은 그런 기대가 모조리 꿈 같은 이야기에 불과했다는 것을 깨닫고 난 뒤의 일이었다.

세번째로 지나가는 그 길에서 클레징게르는 예전에는 자신의 얼굴에 얼마나 환한 웃음이 넘쳤던가 하는 생각에 긴 한숨을 내쉬었다. 첫번째는 청혼을 위해 바람처럼 달려갔었고, 두번째는 지참금에 대한 기대감으로 정말 신바람이 났었다. 그런데 지금은 어떤가? 추적의 손길을 피해 도망치는 낙오자와도 같이 비참하다. 대체 이게 무슨 꼴이람!

그러나 추적자들도 노앙까지 쫓아오지는 못할 것이었다. 그것이 그의 계산이었다. 여기저기서 빚을 졌기 때문에 개별적으로는 그리 큰 액수가 아니었다. 상당한 비용을 들여가며 일부러 먼 길을 쫓아오지는 않을 것이다. 그리고 그렇게 추적자가 따라오지 못할 곳에서 어떻게든 기울어가는 사태를 다시 일으켜세우려는 것이 그가 노리는 바였다.

'별일 아니야. 매번 지기만 하는 장군이라도 마지막 순간까지 자신의 군대를 승리로 이끌 전술 한두 가지는 준비하고 있는 법이지. 단지 그것을 실행할 여유가 없는 것뿐이야. 나는 지금부터 그 여유를 벌러 간다. 지금부터, 그래, 지금부터는 꼭 그래야 하고말고!'

그러나 노앙에서 클레징게르는 예상 밖의 고전을 면치 못했다. 그에게는 몇 가지 오산이 있었다. 하나는 노앙 관에 가족 외의 사람들이 빈번하게 출입하게 된 것이었다. 클레징게르는 그런 사정을 아직 제대로 이해하지 못하고 있었다. 특히 눈에 거슬린 사람은 그곳에 머물고 있는 모리스의 친구 외젠 랑베르, 그리고 뻔질나게 들락거리는 상드 부인의『에클레뢰르 드 앵드르』지 시절의 동지이자 숭배자이기도 한 빅토르 보리였다. 클레징게르는 그들의 존재가 신경이 쓰여 견딜 수가 없었다. 직접적인 이해관계가 없는 사람을 말로 설득하는 것은 때로 피해 당사자를 속여넘기는 것보다 더 힘들다. 남을 대신하여 약속 파기를 선언하는 것이 생각보다 속 편한 일이듯이, 직접 관련되지 않은 이들은 당사자들을 옭아매는 독특한 분위기에서 얼마든지 자유로울 수 있다. 게다가 그 두 사람은 이미 주변 사람들에게서 지금까지의 경위를 다 전해듣고 있었고, 어떤 의미에서는 이 가족 이상으로 클레징게르에게 강한 경계심을 품고 있었다.

거기다 또 한 가지 오산이었던 것은, 상드 부인의 태도가 이미 어떤 술수도 먹히지 않을 만큼 굳어버렸다는 점이었다. 그녀는 익명의 편지 사건까지 포함해 이번 파혼에 딸 부부가 어떤 형태로든 관여했다는 것을 감지하고 있었다. 그녀는 이제 의심을 통해 클레징게르라는 인간의 모든 것을 이해해가고 있었다. 한 달 전까지만 해도 생각조차 할 수 없던 일이었다. 마치 엄청난 돈을 치르고 산 새 드레스가 몇 번 입지도 않아 여기저기 뜯어진 것만 같았다. 사실은 처음부터 실밥이 풀려 있었던 것이라고 그녀는 생각했다. 다른 사람들은 모두 알고 있었다. 자기 혼자만 그것을 인정하지 않았다. 깜빡 속아 싸구려를 비싼 값에 산 것이 분한 나머지 어떻게든 그것이 그 가격에 합당한 물건이라는 것을 증명하기 위해 버둥거리는 머리 나쁜 부자 여편네처럼. 그런 굴욕적인 연상이 그녀의 분노를 한층 더 부풀렸다. 그리고 그렇게 불어난 분노까지도 모두 그의 탓이라고 믿어 의심치 않았다.

클레징게르는 노앙에 도착하자마자 전황의 불리함을 알아차렸지만, 한편으로 노앙 토지의 저당권 설정을 완강하게 거부하는 상드 부인에게 또다른 제안을 건넸다. 친족 회의를 열어 그녀의 친척들 각자에게 조금씩 빚을 변제해달라고 부탁하자는 것이었다. 물론 잠시 빌리는 것뿐이다. 그러나 잠깐이라도 어머니의 부담은 훨씬 가벼워질 것이다. 담보는 오텔 드 나르본으로 하면 된다. 그렇게 하면 최악의 경우에도 낯선 채권자들이 즉각 그 물건을 경매에 내놓을 우려는 없다. 이것이 그의 주장이었다. 그는 상드 부인에게서 일단 회의를 열겠다는 동의를 받아낸 다음 여러 친척들을 찾아다니며 자기 부부를 구하고 노앙의 토지를 위험에 처하지 않게 하기 위해서는 이 방법밖에 없다고 열심히 설득했다. 놀랍게도 그는 상당히 많은 동의를 얻어냈다. 이대로 가면 잘 풀릴 것도 같았다. 그런데 계약 직전에 재판소가 찬물을 끼얹었다. 법적으로 아직 상드 부인의 남편인 뒤드방 남작의 동의를 얻지 않고서는 친족 회의 결정은 승인할 수 없다는 것이었다. 상황은 한순간에 악화되었다. 뒤드방 남작을 끌어들이는 법적인 결정을, 게다가 금전 문제에 관한 법적인 결정을 상드 부인이 받아들일 리 없었다. 그녀는 법적으로는 아직도 남편인 인간이 만약 클레징게르의 제안에 동의한다 해도 자신은 단호하게 그것을 무시할 작정이었다. 클레징게르 본인에게도 그렇게 말했다. 그녀의 결심에 변경의 여지가 없다는 것은 그도 알고 있었다. 계획은 그 지점에서 일단 좌절되었다.

클레징게르는 기분이 영 좋지 않았다. 되는 일이 하나도 없었다. 상드 부인에게는 가까스로 공손한 태도를 유지했지만, 그것도 뭔가 생각이 있어서가 아니라 그저 뾰족한 수가 없으니 그렇게라도 해둘 수밖에 없어서였다. 똑같은 생각이 모리스에 대한 그의 태도에도 적용되었다. 모리스는 상드 부인의 마음을 다시 끌어오기 위한 가장 좋은 도구임이 분명했으나 구체적으로 어떻게 이용할 것인지에 대해서는 역시 뾰족한 수가 떠오르지 않았다. 아무래도 더이상 노앙에서 머물기가 거북했다. 그렇다고 채권자들이 혈안이 되어 그의 행방을 쫓고 있는 파리에 맨손으로 터덜터덜 돌아갈 수도 없었다.

답답함에 애만 태우고 있는 가운데 화풀이라고 할 만한 것은 오귀스틴과의 싸움에 아직도 열을 올리는 솔랑주 편을 들어주는 것 정도였다. 싸움의 발단은 항상 아내였고 정말 어이가 없을 만큼 시시한 시빗거리였다. 기껏 친절하게 말을 걸어줬더니만 산책하러 가자는 청을 거절했다는 둥, 파리에서 오귀스틴이 어머니를 졸라 샀다는 육십 프랑짜리 속옷을 육천 프랑으로 잘못 알고 샘이 나서 어쩔 줄을 모르는 둥, 고작 그런 정도의 일이었다. 클레징게르도 이 여자만 양녀로 들어오지 않았으면 괜한 수고를 할 필요가 없었을 것이라는 생각에 다소 흥분할 때도 있었다. 그러나 그것도 한순간의 흥분에 지나지 않았다. 그에게는 오귀스틴을 한없이 미워하고 싫어할 만한 끈기는 없었다. 잠시나마 마음껏 큰 소리를 지르고, 또 그걸로 솔랑주의 마음이 풀리면 일석이조라는 정도의 생각이었다.

노앙에 도착한 뒤로 솔랑주는 밤낮을 가리지 않고 제 방에 틀어박힌 채 남편과도 별로 말을 하지 않았고, 어쩌다 방에서 나왔나 싶으면 아무나 붙잡고 괜한 시비를 걸어 답답한 마음을 풀곤 했다. 그 가장 큰 피해자가 오귀스틴이었다. 몸도 계속 좋지 않았다. 입덧이 심해 침대에서 온종일 일어나지 못하는 날도 많았다. 이불 속에서 그녀는 자신의 처지에 대해 이런저런 생각을 했다. 남편에게는 이미 환멸을 느꼈다. 얼굴을 마주하면 빚쟁이들 앞에서 쩔쩔매던 그의 한심하기 짝이 없던 모습이 되살아났다. 사랑이라는 것을 단 한순간이나마 믿었던 자신이 어리석기 그지없게 여겨졌다. 그리고 아직도 그런 것을 믿고 있는 오귀스틴의 순수함을 용서할 수 없었다.

'진심으로 사랑이란 걸 믿고 있는 걸까? 정말 잘났어. 분명 어머니 책의 악영향이야. 푹 빠져 있었지. 하지만 그것도 한때뿐이야. 그 여자도 결혼하면 알게 될 거야. 무엇보다도 책을 쓴

조르주 상드 본인이 사실은 결혼에 완전히 환멸을 느끼고 있으니. ……아니, 그게 아니지, 저 위선자 오귀스틴이 그런 걸 모를 리 없어. 사실은 어머니의 책을 읽고 어떻게 하면 마음에 들 수 있나, 그런 계산을 하고 있는 게 아닐까? 그래, 그럴지도 몰라. 있을 수 있는 일이지. 그렇다면 그걸 모르고 있는 어머니야말로 제일 웃기는 사람이겠구나. 흥, 이런 우스운 일이 또 있을까!'

솔랑주는 어머니의 완미(頑迷)함을 경멸했다. 사실은 한참 모자란 아들과 영악한 양녀에게 휘둘리고 있을 뿐이면서, 마치 온 세상 어머니들의 고통을 자기 혼자 대표하는 듯한 얼굴을 하고 있는 것이다. 우스꽝스럽다는 말밖에 달리 할말이 있을까. 비극적일 것이라고는 하나도 없다. 전부 웃기는 수작일 뿐이다. 어떻게 그런 것도 모르는 걸까. 결국 아무도 괴롭히지 않고 결혼한 것은 자신뿐이다. 그런데 이렇게 성실한 사람에게는 유독 함부로 대하는 것이 어머니라는 생물인 모양이다. 얼마나 어이없는 이야기인가.

그녀는 남편에 대한 실망이 커져갈수록 자신과 같이 그에게 칭찬을 아끼지 않았던 어머니의 사려 없음을 증오하게 되었다. 자신이 미처 깨닫지 못한 건 어쩔 수 없다고 치자. 사랑은 맹목이다. 젊은 아가씨라면 귀를 막고 상대에게 푹 빠져드는 것도 당연한 일이다. 그러나 주위의 어른들은 그래서는 안 된다. 당장 그 자리만 모면하려고 아이가 하자는 대로 하는 것이 애정의 이름에 걸맞은 행위인가? 딸의 행복 따위는 실은 진지하게 생각해보지도 않았던 것이다. 모든 게 그저 체면치레였을 뿐. 여자 혼자서도 아이들을 훌륭하게 키워낼 수 있다는 것을 세상에 보여주고 싶은 마음뿐이었다. 문제는 딸의 장래가 아니었다. 어찌됐건 딸이 무사히 결혼했다는 그 사실뿐이었다. 그렇지 않고서야 어째서 좀더 신중하게 그의 행실을 조사해보지 않았던 것일까. 나도 물론 어리석었다. 주위 사람들에게는 분명 그 어머니에 그 딸이라고 비쳤을 것이다. 모두들 이 결혼에 반대했었다. 그리고 아니나 다를까, 그들이 옳았다. 이를테면 쇼팽. 그는 줄곧 클레징게르를 불신하고 있었다. 그러면서도 전혀 겉으로 드러내지 않고 사랑의 정열에 이성을 잃은 아가씨의 마음에 상처를 입히지 않도록 조심스레 깨닫게 해주려 애썼다. 왜 그가 하는 말에 귀를 기울이지 않았을까? 하필이면 어머니 편을 들고 나섰다니! 그리고 그 어머니란 사람은 연인이 하는 말은 아예 들으려 하지도 않았다. 흔한 이야기다. 어리석은 인간일수록 자기보다 현명한 사람을 무시하려 든다. 참으로 흔한 이야기가 아닌가.

노앙에서 부부는 날이 갈수록 고립되었다. 서로에 대해서도 고립되어갔다. 둘 다 지금의 상황이 상대방 탓이라고 생각했다. 남편은 아내만 아니었다면 계획이 쉽게 성공했을 거라고 생각했고, 아내는 아내대로 남편이 저렇게 못나빠진 사람만 아니었다면 애초에 노앙 같은 곳에 돌아올 필요도 없었을 것이라고 생각했다. 그러나 부부싸움을 할 여유는 없었다. 그런 이해득실의 계산에는 두 사람의 생각이 일치했다. 그리고 아마도 둘 사이에는 애정이라고 부를 수밖에 없는 작은 정리(情理)가 여전히 남아 있었다.

클레징게르는 거듭되는 실패가 이제 엄청난 부채가 되어 자신에게 닥쳐오는 것을 느꼈다. 이자가 불어나는 속도가 심상치 않았다. 멈추어 서서 생각을 더듬어볼 여유는 없다. 한번 휘말리면 그걸로 끝장이다. 여기저기서 일이 삐걱거리고 있다. 이제 상드 부인과의 관계 회복은 기대할 수 없는지도 모른다. 그는 자신들이 처한 상황을 다시 머릿속에 그려보고, 경우에 따라서는 상드 부인을 완전히 적으로 돌리는 것도 불가피하다고 생각하기 시작했다. 패전을 각오한 것은 아니었다. 전황이 불리해지지 않도록 온갖 방법을 다 동원했다. 우선 발판을 구축하기 위해 사용인들을 상대로 매수 공작에 들어갔다. 물론 돈을 주겠다는 것은 말뿐이고 처음부터 지킬 생각은 없었다. 그 다음에는 상드 부인의 이복형제인 이폴리트 샤티롱을 한편으로 끌어들였다. 샤티롱은 원래 라 샤트르의 판사인 알렉시스 뒤틸뢰와 함께 주인이 없는 동안 노앙 관의 관리를 부탁받았을 만큼 상드 부인의 신임이 두터운 사람이었지만, 그즈음 완전히 사이가 틀어진 탓에 젊은 두 사람에게 상당히 호의적이었다. 더구나 대주가였기 때문에 마찬가지로 술을 좋아하는 클레징게르를 아주 마음에 들어해, 만날 때마다 반색을 하며 와인잔을 나누곤 했다. 이것으로 후방 지원군도 얻은 셈이었다. 솔랑주도 그를 끌어들이는 데는 찬성이었다.

그녀의 경우는 좀더 단순한 이유였다. 누구라도 좋다. 아무튼 자기 편을 들어줄 사람이 필요했던 것이었다.

사태의 흐름에 기세가 붙었다.

클레징게르 부부가 노앙에 도착하고 이 주일쯤 지난 7월 10일, 마침내 상드 부인과 그들은 정면으로 부딪쳤다.

원인은 항상 그렇듯 사소한 일이었다. 솔랑주는 기분이 좋지 않아 방에 누워 있었다. 클레징게르는 울분을 풀기 위해 그 곁에서 나팔을 불었다. 그런데 살롱에서 피아노를 연주하는 소리가 들려왔다. 랑베르의 부탁을 받고 오귀스틴이 연주하는 것이었다. 솔랑주는 격분했다. 큰 소리로 사용인을 불러 오귀스틴에게 당장 피아노에서 떠나라고 이르라고 했다. 피아노는 상드 부인이 플레옐 사에서 임대한 것이었다. 누구를 위해서? 물론 쇼팽을 위해서였다. 그리고 쇼팽을 위한 것이라면 그것은 자신을 위한 것이나 마찬가지라고 솔랑주는 생각했다. 이 집안에서 그 사람을 이해하는 것은 자신뿐이다. 그 사람이 애정을 느끼는 것도 자신뿐이다. 그 사람이 집에 없는 동안 그 사람의 물건에 손을 대도 괜찮은 사람도 당연히 자기밖에 없다. 그런데 자신에게 아무런 양해도 구하지 않고 멋대로 피아노를 치다니, 어떻게 그걸 용서할 수 있을까? 게다가 양녀 주제에!

그러나 살롱으로 내려간 사용인은 공연히 일이 커질까봐 극히 조심스럽게 솔랑주의 말만 전했을 뿐 그 흥분한 모습에 대해서는 한마디도 하지 않았다. 그래서 오귀스틴은 여동생의 불평을 그다지 심각하게 받아들이지 않았다.

"어머, 그래? 조용히 치려고 조심했는데. 아까 주전자를 가져다달라고 했을 때 문을 제대로 닫지 않았던 모양이군요. 당신은 나갈 때 꼭 닫고 가주세요."

그렇게 말하고는 랑베르에게 쓴웃음을 지어 보인 다음 별 신경 쓰지 않고 다시 피아노를 치기 시작했다.

사용인이 나가고 채 일 분도 안 되어 클레징게르가 호통을 치며 달려왔다. 그리고 잠시 말다툼이 벌어졌다. 랑베르는 오귀스틴을 감쌌다. 그는 모리스의 친구로서 애초부터 클레징게르에게 분노를 느끼고 있었다. 모리스에게는 아무리 일러줘도 소용이 없었지만, 그가 본 바로는 모리스가 이 남자에게 이용당하고 있는 것이 불을 보듯 명백했다. 나아가 끝내 모리스와 맺어지지 못하고 가까스로 손에 넣으려던 행복마저 빼앗겨버린 오귀스틴에게도 역시 동정심을 품고 있었다. 클레징게르는 화가 나는 대로 그냥 한 방 먹여줄까보다, 하고 생각했다. 그러나 곧 마음을 고쳐먹었다. 이런 녀석과 싸워봤자 무슨 득이 있을까? 쓸데없는 짓이다. 순진해빠진 젊은 놈이니 괜히 불끈해서 결투라도 하자고 덤볐다가는 큰일이다. 이런 사소한 일에 휘말려 자칫 죽기라도 하면 그야말로 웃음거리다. 그것만은 사양하겠다. 화가 났다기보다 솔랑주 앞에서 괜히 언성을 높여본 것뿐이었다. 한바탕 호통을 쳐줬으니 그걸로 충분하다. 녀석이야 떠들건 말건 그냥 놔두자.

클레징게르는 머쓱한 표정으로 그쯤에서 살롱을 나왔다. 그러나 솔랑주는 그 정도로는 분이 풀리지 않았다. 이제는 랑베르까지 꼬드겼구나, 저 창녀 같은 오귀스틴이! 그녀는 세번째로 다시 시작된 피아노 소리에 결국 미친 듯이 신경질을 내며 큰 소리로 어머니를 불렀다. 상드 부인은 그녀의 쩌렁쩌렁한 목소리에, 생각보다 몸이 괜찮은 모양이로구나, 라고 농담을 던지며 딸의 방에 들어섰다. 그것이 더욱 솔랑주의 화를 돋우었다. 입덧으로 고생하는 딸에게 어떻게 그런 무심한 말을 던질 수 있단 말인가! 그녀는 자신이 얼마나 고통스러운지 거의 울부짖듯이 늘어놓고는, 저런 피아노 소리에 시달리다가는 뱃속의 아이까지 잘못될지 모른다며 오귀스틴의 무신경함을 나무랐다. 상드 부인은 딸의 말을 들어주지 않았다. 지나친 과장이라고 생각했다. 루소와의 파혼 이후로 상드 부인은 오귀스틴에게는 부채감을, 딸 부부에게는 강한 불신을 품고 있던 터라 그런 어리광에 귀를 기울여줄 수 없었다. 상드 부인은 흥분한 딸을 일단 다독여놓고, 애초에 피아노는 빌린 사람인 자신의 소유물이라는 것, 그러므로 자신이 허락한 이상 오귀스틴은 그것을 자유롭게 연주할 권리가 있다는 것을 차근차근 설명했다. 그리고 살롱과 솔랑주의 방 중간에 있는 식당에서도 그다지 신경이 쓰이지 않을 만큼 작은 소리였으니 여기서 이렇게 티격태격할 만큼 귀에 거슬리지는 않았을 것이라고 덧붙였다.

"지금도 거의 들리지 않을 정도인데, 뭘. 네가 아이를 낳을 때까지 우리는 음악도 즐기지 못하고 내내 삭막하게 살아야겠니? 더구나 네 남편은 듣기 싫은 소리로 나팔까지 불고 있었잖아.”

상드 부인은 그렇게 말하고는 막무가내로 떼쓰는 꼴은 더이상 못 봐주겠다는 듯 고개를 절레절레 흔들며 방을 나서려고 했다. 그러자 클레징게르가 달려와 상드 부인의 팔을 붙잡았다. 아까의 불쾌감도 남아 있었다. 자신의 연주를 무시한 것도 마음에 들지 않았다. 그러나 그보다, 아내가 갑자기 가엾어졌다. 입덧의 괴로움은 남자인 그가 봐도 몹시 힘겨워 보였다. 어머니라면 좀더 다정하게 위로해주어야 옳다는 생각이 들었다. 피아노같은 건 지금이 아니어도 언제든지 칠 수 있다. 그런데 이런 때에 오귀스틴이 피아노를 칠 권리인지 뭔지를 꼭 그렇게 지켜줘야 하느냐 말이다.

물론 피아노 소리가 별로 크지 않았다는 건 사실이다. 그러나 신경이 쓰이기 시작하면 아무리 작은 소리라도 거슬리게 마련이다. 보통 때라면 모르지만, 친딸이 이렇듯 힘들어하는 때가 아닌가. 피아노쯤이야 잠시 참아주면 될 일이 아닌가. 클레징게르는 거의 욕설에 가까운 말투로 항의하며 그 매몰찬 태도에 대한 해명을 요구했다. 상드 부인은 상대도 하지 않았다. 그러다 끈질기게 따지고 드는 그에게 그만 화가 치밀어, 불만이 있으면 당장이라도 이 집에서 나가라고 거칠게 말했다.

“예, 나가지요! 그런 말씀 안 해도 제 발로 나가겠습니다!”

클레징게르는 졸지에 그렇게 대꾸해버렸다. 흥분해서 한 말이었지만 후회는 없었다.

솔랑주도 남편의 채근을 받고 동의했다. 큰 소리로 떠든 탓에 머리도 아팠다. 구토감까지 치밀어 제대로 된 판단을 할 경황이 없었다. 어찌 되건 상관없다는 자포자기의 기분이었다. 단지 어머니에 대한 미움, 슬픔과도 같은 미움만 절실하게 느꼈다. 남편의 난폭한 항의에서 자신에 대한 애정을 느끼면서도 그것이 어딘가 귀찮기만 했다. 결국 그 역시 아무것도 모르는 것이다.

다음날, 두 사람은 아침 일찍부터 짐을 꾸렸다. 두 번 다시 이 집에는 돌아오지 않을 작정으로 손에 집히는 대로 전부 상자에 꾸려넣었다. 상드 부인은, 또 징징 우는 소리를 하며 사과하러 올 줄 알았던 두 사람이 트렁크에 옷가지뿐 아니라 자신이 마련해준 침대 커버며 촛대, 벽걸이, 장신구에 식기며 가구까지 남김없이 상자에 넣는 것을 보고, 정말로 자신과 결별할 작정이라는 것을 깨달았다. 그리고 그 못된 태도에 그녀도 새롭게 각오를 다졌다. 결코 용서하지 않으리라. 절대로 붙잡지 않으리라. 그들이 스스로 철없는 짓을 멈추고 용서를 청한다면 그때나 다시 생각해보자. 그러나 이대로 떠나버린다면 두 번 다시 이 집에는 발을 들여놓지 못하게 하리라. 두 번 다시…… 그렇게 각오를 다졌다.

그러나 젊은 두 사람은 그만둘 마음이 없었다. 그럴 방법도 알지 못했다. 클레징게르는 결혼 전에 상드 부인에게 헌정했던 〈폰〉과 〈멜랑콜리아〉 같은 자신의 작품도 잊지 않고 챙겼다. 이것도 팔면 꽤 돈이 될 터였다. 사실 상드 부인은 재료비라는 명목으로, 제작에 삼백 프랑이 들었다는 〈멜랑콜리아〉에 오백 프랑의 대금을 지불했었다. 그 조각상은 다시 쳐다보기도 싫었지만, 그렇게 재료비까지 챙긴 주제에 아주 당연한 듯 다시 가져가는 그의 뻔뻔함에는 정말 화가 났다. 뻔뻔하기야 처음부터 알고 있었지만, 그것이 너무도 노골적이라는 사실이 상드 부인의 감정을 건드렸다. 클레징게르도 돈을 받은 것을 잊어버린 것은 아니었다. 그러나 다른 곳에 정식으로 팔았다면 그런 싼값에 팔렸을 리가 없고, 또 기껏 오백 프랑의 푼돈 때문에 자기 물건 가져가는 데 일일이 양해를 구할 건 없다고 생각했다.

오후에는 사용인들에게 짐 꾸리기를 맡겨놓고 부부가 함께 몽지브레의 이폴리트 샤티롱의 집에 식사를 하러 갔다. 그곳에서 환대를 받으며 그들은 상드 부인과 오귀스틴의 험담을 한없이 늘어놓았다. 샤티롱 역시 솔랑주처럼 오귀스틴을 의심하고 있었다.

"양의 탈을 쓰고 있는 거야, 양의 탈을! 이제 머지않아 본색을 드러낼걸? 그런 걸 눈치도 못 채다니, 오로르도 참! 자네 부부에게는 정말 안됐다고밖에는 할말이 없네!"

샤티롱은 젊은 두 사람이 노앙에서 쫓겨나는 처지가 된 경위를 듣고 진심으로 동정하며 파리에 돌아갈 때까지 도움을 주겠노라고 자청했다. 솔랑주는 두 사람과 함께 어머니와 오귀스틴에 대한 불평을 늘어놓기는 했지만 도무지 음식이 넘어가지 않았다. 클레징게르도 샤티롱도 그런 그녀를 미처 눈치채지 못했다. 그저 입덧 때문이려니 했다. 그러고는 둘이서 배가 터지도록 실컷 먹고 마셨다.

노앙 관에 돌아온 클레징게르는 깜빡 잊고 챙기지 않았던 꽃병이 외출한 사이에 없어진 것을 알고 상드 부인의 방으로 달려가 다시 한바탕 소란을 피웠다. 이백 프랑 남짓한 꽃병을 둘러싸고 서로 큰 소리가 오고갔다. 다시 자기 방으로 돌아온 뒤에는 사용인들의 일 처리가 느리다고 트집을 잡아 잔소리를 퍼부었다. 그러고는 직접 망치를 들고 짐 상자에 못질을 하기 시작했다. 그 동안 솔랑주는 거의 입을 열지 않았다. "괜찮으니까 당신은 들어가서 누워 있어"라는 남편의 말도 귀에 들어오지 않는 듯 말없이 짐 꾸리는 것을 도왔다.

한참 있다 그녀는 부엌으로 발을 옮겼다. 거기에서 랑베르와 마주쳤다. 어제 이후로 한마디도 말을 나누지 않았었다. 솔랑주는 뭔가 말을 걸려고 했다. 그걸 알아챈 랑베르가 고개를 돌려버렸다. 그는 그녀의 신경질에 이미 질릴 대로 질려 있었다. 오늘 아침에도 오귀스틴과 쓴웃음을 섞어가며 그 이야기를 했던 참이었다. 말을 나누고 싶지 않았다. 그래서 못 본 척 지나쳐버렸다.

그런 랑베르의 태도가 허전하고 쓸쓸하던 솔랑주의 가슴속을 다시금 활활 타오르게 했다. 그녀는 방으로 돌아와 그의 굴욕적인 대접에 대해 남편에게 구구절절 늘어놓았다. 클레징게르는 또 시작이구나 싶었다. 어제처럼 아내에게 연민이 솟구치지는 않았다. 샤티롱의 약속에 희망을 얻은 그는 이제 한시라도 빨리 이 집에서 나가자는 생각밖에 없었다. 랑베르 따위는 이제 아무래도 상관없었다. 그러면서도 여전히 어제 일이 마음에 걸렸다. 어제 점잖게 물러섰더니 나를 만만하게 봤구나. 기왕 이 집을 떠날 거라면 시건방진 애송이 녀석에게 따끔한 맛을 보여주고 가는 것도 좋겠지. 그리고 망치를 손에 든 채, 좋아, 하고 고개를 끄덕이고는 솔랑주를 뒤에 달고 부엌으로 향했다.

랑베르는 아직 그 자리에 있었다. 모리스도 함께였다. 클레징게르는 랑베르에게 다가가 잔뜩 위엄을 실은 목소리로 아내에 대한 무례를 나무랐다. 정중하게 사죄하고 지금 이 자리에서 새로 인사하라고 소리쳤다. 랑베르는 이에 응하지 않았다. 아침에 오귀스틴과 솔랑주 얘기를 하면서 클레징게르도 함께 비웃었던 참이었다. 사실은 겁쟁이면서 겉으로만 허세를 부리는 위인이라고 생각했다. 그럴싸하게 으름장을 놓고 다시 어제처럼 슬슬 물러설 것이다. 그렇게 짐작하고 마주 노려보았다.

"감히 누굴 얕잡아 보는 거냐! 애송이 녀석, 한번 맞아볼래!"

클레징게르는 술에 찌들어 악취를 풍기는 말을 마구 내뱉고 다시 한 걸음 바짝 다가들어 랑베르의 눈앞에 주먹을 들이댔다. 랑베르는 꿈쩍도 하지 않았다. 그 바람에 순간적으로 주춤하던 클레징게르의 눈에 아내의 모습이 비쳤다. 또 큰소리만 치고 끝낼 거냐는 듯, 멸시가 가득 담긴 시선이었다. 당신 키의 반밖에 안 되는 어린애잖아! 곁에 있는 모리스도, 입만 살았다며 자신을 비웃는 것 같았다.

"제기랄!"

술에 취해 비틀거리면서도, 어디 보자 하고 주먹을 날렸다. 랑베르는 태연하게 몸을 피했다. 한 주먹이면 끝날 거라고 생각한 클레징게르는 상대가 그렇게 쉽게 피할 줄은 짐작도 하지 못했다. 주먹이 크게 빗나가면서 몸의 균형을 잃고 조리대에 처박히려는 찰나, 복부에 격통이 일었다. 랑베르가 혼신의 힘을 다해 무릎으로 그를 올려친 것이었다. 클레징게르는 그대로 주저앉아 신음했다. 자신의 한심한 꼬락서니가 눈으로 보듯 분명하게 느껴졌다.

"……이, 이놈이! 죽여버릴 거야!"

클레징게르의 머릿속에서 대지진이 일어났다. 지금까지 애써 쌓아왔고 앞으로도 쌓아가야 하는 계획이 건물이 무너지듯 한꺼번에 무너져내리고, 대지에 금이 가듯 머릿속이 갈라지고 제방이 무너지듯 피가 끓어오르고, 불길이 돌담을 달구듯 머리꼭지가 타오르는 것이 느껴졌다. 클레징게르는 벌떡 일어나 망치를 휘두르며 랑베르에게 돌진했다. 당황한 모리스가 순간적으로 두 사람 사이에 끼어들었다.

"비켜, 이놈! 안 비키면 네놈도 죽여버릴 거야!"

공포가 모리스의 발을 얼어붙게 했다. 협박당했다는 공포, 귀신같은 형상을 한 사내가 자신을 향해 덤벼든다는 공포, 친구가 살해될지도 모른다는 공포, 친구뿐인가, 자기까지 죽을지도 모른다. 그런 공포가 한꺼번에 모리스를 경직시켰다. 몸이 움직이지 않으니 죽을 각오로 막는 수밖에 없었다. 있는 힘껏 망치를 내려치려는 클레징게르의 오른손을 필사적으로 움켜잡았다. 이 손을 놓으면 모든 게 끝장이다. 그렇게 생각하자 가냘픈 양팔로 천공을 떠받치는 아틀라스와도 같은 힘이 솟았다. 랑베르도 합세했다. 클레징게르는 마구 날뛰었다. 몸을 뒤흔들며 "죽여버릴 거야!"라고 수없이 고함을 내질렀다.

소란스러운 기척에 상드 부인이 무슨 일인가 하고 이층에서 달려왔다. 현장이 눈에 들어오자마자 상드 부인은 소스라치게 놀라서 미처 생각할 틈도 없이 한 덩어리로 뒤엉킨 세 남자 속으로 뛰어들었다. 우선 클레징게르를 꾸짖어 망치부터 빼앗으려 했다. 흥분시키지 않으려고 조용히 타이른 것이 다행이었다. 클레징게르는 갑작스럽게 눈앞에 나타난 상드 부인의 모습에 흠칫 놀랐다. 그리고 순간적으로 팔의 힘이 느슨해진 겨를에 모리스에게 망치를 빼앗기고 말았다. 그 순간, 분기가 다시 탱천했다. 미친 사람처럼 고함을 지르며 덤벼드는 클레징게르의 모습에 모리스는 제정신이 돌아오면서 더럭 겁이 났다. 괜한 짓을 했다 싶다. 편을 들어줄 사람이 한 사람 불어나자마자 용기가 사라져버렸다. 벌벌 떨며 어쩔 줄 모르고 있는 사이 클레징게르는 우악스럽게 모리스의 팔을 쳐냈다. 모리스는 다급히 힘을 준

손가락 틈새로 찌부러진 공기가 허망하게 빠져나가는 것을 느꼈다. 심장의 고동이 한층 빨라졌다. 온몸에 피가 아니라 공포를 급하게 내보내는 것 같았다. 얼굴에서 핏기가 사라지는 것이 무엇보다 큰 증거였다. 혈관의 내벽에 불길한 한기가 치달렸다. 어떻게 하지? 모리스가 주춤거리며 뒷걸음질을 친 그 순간, 클레징게르에게 있는 힘껏 따귀를 올려붙였던 상드 부인이, 미쳐 날뛰는 맹수와도 같은 그에게 주먹으로 배를 세게 얻어맞고 그대로 뒤로 나가떨어졌다. 다음 순간 모리스는 울부짖는 듯한 고함을 내지르며 뛰어나가버렸다. 랑베르는 그런 모리스를 이상하게 여길 새도 없이 클레징게르에게 붙잡혔다. 드디어 두 사람의 대결이었다. 랑베르가 망치를 빼앗으려 악전고투하면서 끝까지 싸워보겠다고 각오를 다진 그 순간, 어찌 된 일인지 모리스가 다시 뛰어들어왔다.

"더이상 날뛰면 쏴버릴 거야!"

모리스의 손에 쥐어진 것은 권총이었다. 일순 두 사람의 움직임이 멈추었다.

정말로 쏠 생각이다! 랑베르는 순간 직감했다. 상드 부인도 기묘하게 창백한 아들의 시체 같은 얼굴빛에서 끔찍한 결말의 암시를 감지했다. 그러나 마구 날뛰느라 더욱 술기운이 오른 클레징게르만은 상황을 진지하게 받아들이지 않았다.

"호, 제법이구만! 쏠 테면 쏴봐, 이 얼간이 녀석아!"

"그만둬요!"

방에 틀어박혀 있던 오귀스틴이 달려나와 큰 소리로 외쳤다. 그 순간 방아쇠에 걸려 있던 모리스의 손가락이 움찔했다. 그것을 확인하자마자 지금까지 어쩔 줄 모르고 지켜보기만 하던 사용인들 틈에서 해병대 출신의 한 청년이 뛰쳐나와 클레징게르를 껴안고 팔을 비틀었다. 덩달아서 최근 이 주일 사이의 불화를 해결해보겠다고 노앙 관을 방문했던 사제가 조각가의 몸을 덮쳤다. 그리고 거기에 호응하듯 사제와 함께 왔던 빅토르 보리가 모리스를 뜯어말리며 권총을 낚아챘다.

눈 깜짝할 사이의 일이었다. 긴장이 불꽃처럼 한순간 산산이 튀었다가 사라졌을 때, 이미 사태는 수습되어 있었다. 어이가 없을 정도였다. 그러나 상황이 끝나자마자 모두들 그 자리에 주저앉아버리고 싶을 만큼 심한 피로감에 휩싸였다. 만약 그 순간 해병대 청년이 뛰쳐나오지 않았다면? 그런 가정을 할 때마다 자꾸 소름이 끼쳐서 뱃속이 온통 돌덩어리가 되는 듯한 한기가 느껴졌다.

랑베르가 흐트러진 옷매무새를 가다듬었다. 클레징게르도 그쯤에서 단념했는지 청년의 손을 뿌리치고는 쳐들었던 망치를 내렸다.

솔랑주는 그 광경을 아무 말 없이 바라보고 있었다. 도둑처럼 두 사람에게 붙잡혀 있는 남편. 그 남편에게 얻어맞아 고통에 얼굴을 찡그리며 가슴을 움켜쥐고 주저앉은 어머니. 망연자실하여 아직까지 팔다리를 덜덜 떨고 있는 오빠. 사용인에게 곧 쓰러질 듯한 몸을 기대고 서 있는 오귀스틴……

잠시 뒤 그녀는 남편에게 다가가 중얼거렸다.

"……제발 부탁이에요. 이제 그만해요…… 방으로 돌아가요…… 어머니를 때리다니…… 너무해요……"

눈물이 멈추지 않았다. 싸움을 부추긴 것은 자신이었다. 그러나 이런 난장판을 원했던 것은 아니었다. 그렇다면 대체 무엇을 원했던 것일까? 알 수 없었다. 하지만 결코 이런 상황을 원했던 것은 아니었다.

상드 부인은 뜻밖의 말에 가슴이 뭉클했다. 자신은 아직도 넋이 나가 할말을 잃은 터에, 딸이 가까스로 맨 먼저 내뱉은 말이 어머니를 때린 남편에 대한 비난이었다. 그것은 일종의 구원이었다. 이 절망적인, 아니 절망조차 허락되지 않는 이 비참한 상황에 아름다운 색을 칠해준, 이 사건의 단 하나의 위안이었다.

솔랑주는 남편과는 따로 자기 방으로 돌아가 혼자서 다시 짐을 꾸리기 시작했다. 상드 부인은 사건의 발단에 대해 랑베르에게 이야기를 들은 뒤에 솔랑주의 방을 찾았다. 딸이 화를 낸 이유는 알 만했다. 이 아이라면 그러고도 남을 것이라고 생각했다. 그리고 정말로 떠날 작정인지 반신반의하면서도 상드 부인은 딸의 마지막 말에 대한 자신의 감동을 감추지 않고 그대로 밝혔다. 조금 전의 사건은 참으로 개탄스러운 일이었다. 나는 결코 오늘의 일을 잊지 못할 것이다. 너에게도 이래저래 하고 싶은 말은 많다. 그러나 누구보다 용서하기 힘든 것은 클레징게르다. 그에게는 당연히 나가달라고 하겠다. 두 번 다시 이곳에는 발을 들이지 못하게 할 것이다. 그러나 네가 오늘 일을 깊이 뉘우치고, 모두에게 사죄하고, 또한 클레징게르와 헤어질 결심을 해준다면 이 집에 남아도 괜찮다. 너를 용서하고 도움도 줄 것이다. 별거 소송에도 협력하겠다. 네가 이 집을 떠난다면 너는 어머니를 제쳐두고 저 포악한 불량배를 선택하는 것이 된다. 그렇다면 너와 나는 더이상 부모도 아니고 자식도 아니다. 그럴 각오가 되었는지 곰곰이 생각해봐라…… 그렇게 타일렀다. 상드 부인은 딸의 본심을 듣고 싶었다. 그래서 다그치지 않고 시종 침착한 말투로 달랬다. 이야기를 하다보니 점점 딸을 붙잡고 싶은 마음이 간절해졌다. 그런 만큼 답답한 마음도 자꾸 쌓여갔다. 제발 고집 피우지 말고 그러겠다고 한마디만 해주면 좋으련만. 그러나 솔랑주는 끝내 입을 열지 않았다. 묵묵히 짐만 꾸릴 뿐 어머니와는 눈도 마주치지 않았다.

그리고 날이 새고 보니 딸은 이미 이별의 인사 한마디 없이 남편과 함께 노앙을 등진 뒤였다.

28

상드 부인은 자신이 마지막으로 내밀어준 구원의 손길을 차갑게 무시하고 도리어 그런 어머니를 때린 무법자의 손을 잡고 노앙을 떠난 솔랑주에게 깊은 실망감을 맛보았다. 그녀는 그것을 일종의 대답으로 받아들였다. 말은 없었다. 그러나 그 어떤 말보다 그 의미가 분명했다.

며칠 뒤 그녀는 좋든 싫든 그 대답의 내용을 확인하지 않을 수 없었다. 딸 부부는 처음에는 이폴리트 샤티롱을 의지하여 몽지브레에 들렀다가 거기에서 샤티롱의 딸이 결혼하여 살고 있던 라 샤트르의 시몬 가로 거처를 옮겼고, 지금은 그곳 여인숙에 머물면서 만나는 사람들마다 자기들의 신분을 밝히며 노앙에서 있었던 일에 대해 떠벌리고 있는 모양이었다. 어처구니없는 중상모략이 매일같이 귀에 들어왔다. 진실은 모조리 저희들에게 유리하게 각색되었고, 게다가 그 거짓말을 들은 사람들은 그것을 진실로 받아들여 다시 여기저기 떠들고 다니는 모양이었다. 파리에 갈 일이 있던 사람들은 뜻하지 않게 진귀한 물건을 얻었다는 듯 가는 길목의 부르주에, 오를레앙에 자랑스럽게 그 이야기를 퍼뜨렸다. 리모주로 가는 사람들도, 리옹으로 가는 사람들도 마찬가지였다. 뜻밖의 사람들이 뜻밖의 기회에 상드 부인에게 이 추문의 진위를 물어보곤 했다. 그녀는 그때마다 한숨을 내쉬며 남겨진 가족을 변호해야만 했다.

멀리서 하는 말에는 면전에서는 말할 수 없는 본심이 담겨 있었다. 알지 못하는 곳에서 오고가는 자신에 대한 찬사가 유난히 기쁘게 느껴지듯이 모르는 곳에서 오고가는 비방이야말로 직접 듣는 것보다 훨씬 더 가슴을 아프게 도려내는 것이었다. 그녀는 귀에 들어온 말들의 의미를 하나하나 되새기며 딸이 자신을 얼마나 미워하는지 새삼 실감했다. 이제까지 얼마나 많은 못된 소리를 들었는지 모른다. 그러나 그런 말들은 그때그때 흥분한 나머지 이성을 잃고 저도 모르게 입에 담은 것이었다. 그러나 지금 먼 곳에서 낯선 타인을 상대로 그녀가 퍼뜨리고 다니는 말은 전혀 달랐다. 그 말들은 결코 흥분해서 사려 없이 튀어나온 것이 아니었다. 오랜 세월 딸의 가슴속에 쌓이고 수없이 반복되어 하나의 믿음으로 새겨진 말들이었다. 소문을 떠벌리는 것은 대부분 클레징게르의 몫이었고 솔랑주는 그 곁에서 말없이 귀만 기울이고 있었다는 말로 상드 부인을 위로하는 이들도 있었다. 그러나 그것은 별 의미가 없었다. 그 사내 곁에 계속 붙어 있다는 것 자체가 이미 중대한 배신이었다. 어머니에 대한 그런 거짓에 가득 찬 험담을 들으면서도 여전히 그 사내 곁을 떠나지 않는다는 것 자체가 자신에 대한 그지없는 모욕이었다.

클레징게르라는 인간에 대한 상드 부인의 증오는 이미 돌이킬 수 없을 만큼 커져 있었다. 방약무인한 행동과 여기저기 떠도는 추문, 그런 그를 믿고 최선을 다해 도와주었던 날들의 기억이 그녀의 고뇌의 원천이었다. 거기다가 새로운 사실들까지 속속 밝혀졌다. 클레징게르가 그녀의 사용인 중에서도 가장 선량하고 귀중한 존재인 실뱅이라는 청년을 현재의 급료인 삼백 프랑의 네 배에 달하는 천이백 프랑의 급료를 제시하며 빼내가려고 했던 것이었다. 실뱅은 그 제안에 응하지 않았다. 그는 파리에 있는 클레징게르의 사용인이 급료를 재촉하는 편지를 상드 부인 앞으로 보내왔다는 사실을 알고 있었다. 그에게 거절당해 화가 난 클레징게르는 다른 사용인들에게도 똑같은 제안을 했지만, 대부분은 이를 거절했다. 단 한 사람 그의 말을 따랐던 이는 한 해 전에 고용한, 이미 상드 부인의 눈 밖에 난 정원사뿐이었다. 그 정원사는 용의주도하게도 상드 부인에게 아직 받지 못한 급료를 미리 챙겨받고는 전에 클레징게르가 청혼하러 찾아왔을 때 탔던 둔마 한 마리를 끌고 노앙 관을 떠났다. 그런 사람은 나가준 것이 오히려 다행이라고 상드 부인은 생각했다. 그러나 클레징게르의 비열한 행위만은 용서할 수 없었다. 얼토당토않은 임금을 미끼로 자신을 신뢰하는 자들을 선동하여 빼내가다니. 게다가 그런 엄청난 급료는 처음부터 줄 마음도 없었던 것이다. 사용인이야 찾아보면 얼마든지 구할 수 있다. 그런데도 일부러 노앙 관의 사용인에게 그런 소리를 하고 다닌 것은 명백히 자신에 대한 보복이었다. 생각해보면 솔랑주를 빼앗아간 것도 똑같은 수법이었다. 딸은 그자의 꼬드김에 넘어가 어머니를 배반했다. 그런 식으로 그자는 내게서 모든 것을 빼앗아갈 작정이었던가. 돈만으로도 성이 차지 않아서, 내 가장 소중한 가족까지?

그래도 딸을 동정할 마음은 들지 않았다. 그렇게 많은 사용인들조차 단 한 사람을 빼고는 끝까지 나를 배반하지 않았다. 그런데 어떻게 단 하나밖에 없는, 피를 나눈 딸이 어머니인 나를 배신할 수 있단 말인가!

파리에 도착한 뒤에 딸 부부가 무슨 짓을 하고 다닐지 생각하면 한없이 우울했다. 클레징게르는 분명 자신의 친지들까지 제 편으로 끌어들이려고 혈안이 되어 돌아다닐 것이 틀림없었다. 그래봤자 성공할 리는 없다. 그러나 그로 인해 얼마나 많은 근거 없는 추문이 퍼질 것인가. 혹시나 솔랑주가 그런 남편과 합세해 함께 다닌다면 일은 더욱 커진다. 원래부터 사람들에게 매달려 동정을 사는 재주가 뛰어난 아이다. 클레징게르에게는 반감을 느끼는 이들도 그 아이에게는 동정심을 품을지 모른다. 들라크루아도, 그지마와도, 샤를로트도…… 폴린을 제외하고는 모두들 그 아이를 좋아한다. 그리고 누구보다도 그 사람, 쇼팽이.

상드 부인은 이 사건이 일어난 후로 거의 매일같이 쇼팽을 생각했다. 건강이 허락하는 대로 7월 초에라도 노앙을 찾아오겠다고 약속했건만, 벌써 7월도 중순이 지났는데 그에게서는 아무 소식도 없었다. 한창 집안이 시끄러울 때는 그것이 도리어 다행스럽게 여겨지기도 했다. 그러나 한바탕 소란이 휩쓸고 지나가자 그가 오지 않는다는 사실이 갑자기 불안하게 다가왔다. 그녀는 이상할 만큼 그가 보고 싶었다. 상황이 이렇게 된 지금, 가장 마주하고 싶지 않을 사람인데도 무작정 보고 싶었다.

모든 것이 그가 염려하던 대로 되고 말았다. 세상일에는 전혀 무지하며 그저 아름답고 무익한 일에만 세련된 취미를 가진 사람. 현실을 외면하고 항상 꿈같은 생각으로 머릿속을 가득 채우고 있는 그가, 누구보다 현실을 잘 이해하며 씩씩하게 살아온 자신보다 더 정확하게 이 무서운 결말을 예측했던 것이다. 그녀는 당황스러운 가운데서도 수많은 모순된 생각들로 고민했다. 그렇다면 그는 미의 세계에서나 현실세계에서나 똑같이 실수라고는 모르는 총명한 사람인 걸까? 모든 것을 처음부터 훤히 알면서 연인의 **세상 물정 모르는** 행동을 비웃고 있었던 걸까? 이런 결말을 맞이하리라는 것은 쇼팽만이 예측할 수 있었던 일이었을까? 나는 그것을 전혀 예측하지 못했던 걸까? ……아니, 그렇지 않다. 분명 알고 있었다. 모두 알고 있었으면서도 나는 이 결혼을 추진하지 않을 수 없는 현실을 받아들였던 것이다. 그 소용돌이 속에 뛰어들어 홀로 허우적거리면서도 어떻게든 예측된 결말을 피하려 노력해야 하는 현실을 받아들였던 것이다. 그 시점에서 어떻게 결혼을 중지할 수 있단 말인가! 난감하기 짝이 없는 세 아이들의 세 가지 혼담을 한꺼번에 혼자 끌어안고 있던 그 시점에? 쇼팽이 고개를 돌리는 것이 바로 그런 현실이었다. 미래에 비참한 결말이 내다보인다. 그렇다면 그 길을 가지 않으면 그만이다. 그 사람의 머릿속은 항상 그런 단순한 논리가 지배하고 있다. 그러면 어떻게 해야 좋단 말인가? 그렇게 직접 물어보면 분명 아무 대답도 하지 못하리라. 찬찬히 상황을 따져보면, 결국 그 길을 걷는 수밖에 다른 방도는 없는 것이다. 그는 그런 현실을 마주하려 하지 않는다. 하지만 그 사람은 결코 그것을 깨닫지 못하리라. 이번 일을 알면 어떻게 생각할까? 그러니 내 말을 들었어야지, 하고 연인을 바보로 여길까? 그래도 필시 겉으로는 태연하게 아무 말도 하지 않으리라. 혹은 진지하게 위로의 말까지 건네줄지도 모른다. 그러면 나는 그걸 어떻게 받아들여야 하는 걸까? 그런 그에게 순수하게 감사해야 할까? 그 단순성을 인정하면서? 그렇지만 그것이 그 나름의 애정 표현인 것이다. ……사실 나는 그런 그의 말을 반가워할지도 모른다. 아무 생각 없이 기쁘게 받아들일 수 있다면 얼마나 마음이 편할까. 나는 그의 결점에 대해 지금껏 지나치게 엄격했던 것이 아닐까? 애초에 어린아이 같은 사람이다. 결국 어린아이 같은 사람이라면 좀더 관대하게 대했어야 하지 않을까? 물론 지금까지도 지나칠 만큼 관대하게 대해왔다. 그러나 그보다 훨씬 더……

상드 부인은 딸 부부가 라 샤트르에 머물고 있는 동안 선수를 쳐서 파리의 지인들에게 편지를 썼다. 한 사람 한 사람에게 이번의 끔찍한 사건에 대해 설명하여 나중에라도 중상모략이 끼어들 여지가 없도록 각자의 머리에 빈틈없이 자신의 말을 채워두었다. 로지에르 양에게는 그에 덧붙여, 스카르 도를레앙 5번지 집의 열쇠를 관리인인 라라크 부부에게서 인수해서, 딸 부부가 찾아와도 멋대로 방을 쓰지 못하도록 간수해달라고 부탁했다. 상드 부인은 그렇게 파리에 보이지 않는 성벽을 쌓았다. 딸 부부가 결코 그 안에 발을 들이밀 수 없도록. 그들이 떠들어대는 말도, 또한 그들 자신도 이 성벽으로 완벽하게 물리칠 수 있을 터였다.

남은 것은 쇼팽뿐이었다. 상드 부인은 그에게만은 아무래도 편지를 쓸 수 없었다. 그런 자각조차 애매했다. 편지를 쓰려고 해도 막상 펜을 들면 뭐라고 써야 할지 알 수 없었다. 결국 나중으로 미루고 다른 편지부터 썼다. 그렇게 몇 차례 거듭하다보니 결국 그에게만 쓰지 못하고 말았다.

이제 곧 노앙으로 찾아올 텐데, 뭐. 상드 부인은 변명처럼 그렇게 생각하곤 했다. 섣불리 편지를 썼다가는 공연히 오해만 살 것이다. 머지않아 편지를 받은 친구들에게서 이야기를 들을 것이라는 계산도 있었다. 자기에게만 편지를 보내지 않았다고 이상하게 여기지는 않을까. 그런 불안을 품으면서도 역시 펜을 들 마음은 생기지 않았다. 로지에르 양에게는 항상 그랬듯 그의 과민한 신경을 염려하며 이번 일은 절대 그의 귀에 들어가지 않도록 주의해야 한다고 입막음을 해두었지만, 한편으로는 그런 구절을 통해 그의 출발을 재촉하여 노앙에서 저간의 사정을 직접 설명하고 싶어하는 자신의 뜻을 전하려고 애썼다.

노앙을 떠나던 날 아침, 솔랑주는 갑작스럽게 몸이 찢기는 듯한 미련이 치밀어 일순 걸음을 멈출 뻔했지만, 그런 마음을 억지로 끊어내며 남편의 뒤를 따랐다. 그 이후로는 외로운 마음이 싹틀 때마다 무슨 해충이라도 본 것처럼 마구 짓밟아버렸다. 사건의 여운은 그녀의 가슴에도 생생히 남아 있었다. 그것은 거무스레하고 탁한, 끈끈한 기름처럼 엉겨붙어 있었다. 온몸을 돌아

가슴으로 들어오는 피가 그 불결한 혼입물의 방해를 받아 심장 주변에 고였다. 온몸의 피가 부패한 것처럼 그렇게 정체되어 있었다. 그녀는 자신을 구제할 수 있는 방법을 알고 있었다. 기름처럼 탁한 그것을 다 태워 없애는 것이었다. 불을 붙이고 불꽃을 피워올릴 수 있는 방법은 단 한 가지, 바로 미움이었다.

미움이란 언제라도 슬픔에 침몰할 듯한 인간의 마지막 남은 삶의 방도인지도 모른다. 그것은 인간을 헛된 소진으로 몰아넣으며 억지로라도 살아갈 힘을 유지시켜준다. 인간은 그로써 당장 필요한 생활의 양식을 얻는 것이리라. 그리고 피로 속에서 또다른 새로운 생활로 손을 뻗을 방법을 찾아내는 것이다. 누구도 그 끝에서 행복을 발견하지는 못할 것이다. 그것은 처음부터 도중에 버리도록 만들어진, 과정을 위한 앙양(昻揚)이다.

솔랑주는 어머니를 미워했다. 더이상 미워할 수 없을 정도로 미워했다. 여인숙에 모여드는 자들을 일일이 붙잡고 그런 자신의 마음을 모조리 털어놓았다. 상드 부인과 막역한 사이였던 시몬 부부가 그 꼴을 차마 볼 수 없어 자기 집에 와서 머물라고 몇번이나 권했지만 따르지 않았다. 여기저기 떠들고 다닌다고 해서 마음이 풀리는 것은 아니었다. 그래도 입을 꾹 다물고 우울한 기분에 빠져 있는 것보다는 한결 나았다. 동정도 받았다. 입덧으로 힘들어하는 딸을 쫓아내다니! 사람들은 한결같이 그렇게 말했다. 우월감도 쌓였다. 직접 어머니에게 편지도 썼다. 사죄할 마음이라고는 털끝만큼도 없었다. 오히려 자신이 전혀 후회하지 않는다는 것을 알려주기 위해 되도록 뻔뻔스러운 투로 노앙에서 자신이 아끼던 말을 파리로 보내달라고 썼다. 그리고 어머니가 당연히 그것을 무시한 것을 고소하게 생각했다. 집에서 나오기를 정말 잘했다고 스스로에게 다짐하듯이 몇 번이고 마음속으로 되뇌었다. 오빠와 오귀스틴이 아직도 그 환기가 잘 되지 않는 집 안에서 어머니가 내쉬는 공기를 들이마시며 살고 있다고 생각하니 온몸에 소름이 끼쳤다.

클레징게르는 아내가 오귀스틴의 음란한 행실을 듣는 이들이 재미있어하도록 각색해 들려주고 그런 여자에게 휘둘리는 모리스의 모습을 우스갯거리로 만드는 모습을 옆에 앉아 껄껄거리며 들었다. 상드 부인이 보리를 새로운 연인으로 맞아들였다는, 농담인지 진담인지 알 수 없는 말을 할 때는 여관 손님들과 함께 짐짓 놀랍다는 표정을 짓고, 그 뒤에는 다시 그들과 한 목소리로 그게 정말이냐고 아내에게 되묻기도 했다. 그는 이제 분노하는 데도 싫증이 나 있던 참이었다. 라 샤트르에 도착해서는 앞으로의 대책을 강구하는 한편, 시몬에게 부탁해 솔랑주가 눈물을 글썽이며 반성하고 있다는 편지를 노앙에 부치게 하기도 했다.

돈이 손에 들어오지 않으니 꼼짝달싹할 수가 없었다. 게다가 파리에 돌아가지 않고서는 작업도 할 수 없었다. 빚 정도는 자신처럼 재능 있는 인물이라면 대수롭지 않은 일이라고 생각했지만, 작품 제작에 드는 시간만은 그도 어찌할 도리가 없었다.

어떻게든 이만사천 프랑만이라도 긁어모으려고 끙끙대던 참에 생각지도 않던 곳에서 구원의 손길이 뻗어왔다. 오래 전에 심은 씨앗에 잠시 물을 주었더니 생각지도 못하게 싹이 나는 것 같은 그런 경이감을 부부는 실감했다. 뒤드방 남작이 재판소가 찬물을 끼얹는 바람에 좌절되었던 변제 계획을 오텔 드 나르본을 저당 잡히는 조건으로 자신이 떠맡겠다는 뜻을 전해온 것이었다. 부부가 요구했던 금액은 오만 프랑이었지만, 빚을 삼만 프랑이라고 해두었기 때문에 실제로 허용된 것은 사만 프랑이었다. 그러나 당장 발등에 떨어진 불을 생각하면 그것으로도 충분했다. 궁상을 호소하는 딸 부부의 편지를 받은 뒤드방 남작은 처음 대면했을 때부터 완전히 의기투합해 사위에게 호감을 품었던데다, 떨어져 살았던 딸에게 오랜만에 아버지 노릇을 해야겠다는 생각, 그리고 만에 하나 빚을 갚지 못할 때는 오텔 드 나르본을 매각하게 하면 된다는 계산에서 돈을 내줄 결정을 한 것이었다.

이것으로 파리로 돌아갈 길이 트였다. 빚을 모두 해결할 수는 없지만 한 해 정도는 충분히 살 수 있을 것이었다. 그 사이에 조각 작업을 하면 된다. 팔리지 않을지도 모른다는 생각은 해보지도 않았다.

솔랑주는 그토록 환멸을 느꼈던 남편이나마 곁에 있어주어서 외로움이 덜어지는 것 같았다. 아니, 익숙해진 것인지도 몰랐다. 남의 일 같기만 하던 남편의 빚을 서서히 자신의, 부부 두 사람의 문제라고 자각하기 시작한 것인지도 몰랐다. 결국 자신은 결혼이라는 것에 지나친 기대를 걸었던 것이다. 그것도 너무나 어린애 같은 기대를. 자조가 그녀에게 현실을 받아들이게 했다. 실의의 느낌이 때로는 자랑스럽게 여겨지듯이, 그녀는 성숙의 황홀감을 지렛대 삼아 서글픈 현실에서 벗어나려고 했다. 아버지의 편지가 도착한 것은 그 무렵이었다.

솔랑주는 노앙을 떠난 뒤 처음으로 안도감을 느꼈다. 미래가 강요하던 긴장감이 조금이나마 풀린 것 같았다. 마음에 여유가 생기자 남편의 방종을 무조건 경멸할 수만은 없게 되었다. 묘하게도 남편의 모습이 자신의 뱃속에 있는 아이의 모습과 겹쳐 보였다. 그러자 모성애와도 같은 심정이 발동하여 남편을 비난할 마음도 사라져버렸다. 그도 그녀 앞에서만은 아직도 처음 만났을 때의 매력을 그대로 유지하고 있었다. 어쩌다 실수로 제 길을 벗어난 것뿐이다. 그렇다면 항상 자신이 곁에서 그의 앞길을 짚어주어야 한다. 그렇게 해서 작품 제작에 집중하게 해주기만 하면 머지않아 유복한 생활을 할 수 있게 되리라. 그런 희망을 품었다.

두 사람은 당장 파리로 돌아갈 수단을 강구했다. 방법은 한 가지밖에 없었다. 남편은 아내의 제언에 찬성하고 그 일을 그녀에게 맡겼다. 솔랑주는 즉각 한 통의 편지를 썼다. 받는 이의 이름은 프레데리크 쇼팽이었다.

29

상드 부인의 뒤를 이어 클레징게르 부부마저 소리없이 파리를 떠난 뒤 홀로 남겨진 쇼팽은 파리에서 학생들의 레슨을 봐주거나 친구들을 불러 작은 연주회를 열거나 하며 하루하루를 보냈다.

모두 떠나버린 것에 외로움을 느끼지 않은 것은 아니었다. 그러나 그 뒤를 쫓아갈 생각은 없었다. 이상하게도 출발 준비를 곁에서 지켜보면서도 그들과 함께 노앙에 갈 마음은 전혀 들지 않았다. "당신도 곧 올 거지요?"라면서도 상드 부인 역시 함께 가자는 말은 하지 않았다. 친구가 오면 곧잘 농담처럼 "휴, 이 제야 겨우 숨통이 트이는군" 하고 웃으며 말했다. 따분한 살롱에 초대받아 갔다가 겨우 집에 돌아와 혼자 있게 되었을 때 같은 기분이었다. 가슴속에 걸려 있던 생각들이 매일같이 한숨이 되어 나왔다. 그때마다 조금씩 편안해졌다. 여름은 노앙에서 보낼 생각이었다. 그러나 출발할 날을 상상하면 문득 우울해지곤 했다.

쇼팽은 한동안 그러한 자신의 심정을 정리해보았다.

처음부터 파리에는 며칠 동안만 머무를 예정이라고 했었기 때문에 상드 부인이 갑작스레 노앙으로 돌아가기로 결정했을 때도 쇼팽은 의아하게 여기지 않았다. 예상 밖으로 오래 머물 렀다는 느낌마저 들었다. 내심 그런 결정을 기다렸는지도 모른 다. 솔랑주의 결혼 이야기를 자연스럽게 서로 확인할 수 있었다. 그것으로 충분했다. 볼일이 너무 일찌감치 끝나버린 때처럼 어쩐지 어색했다. 그 덕분에 남아돌게 된 시간이, 미처 손대지 못한 일 때문에 초조해하는 것처럼 아무래도 편안하지 않았다. 솔랑주 일도 마음에 걸렸다. 부부 사이에, 그리고 어머니와 딸 사이에 무슨 일이 있는 건지도 모른다. 어렴풋이 그런 짐작을 하면서도 굳이 관여하지는 않았다. 공연한 걱정일 거야. 그렇게 억지로 자신의 예감을 지워버렸다. 의무감과 그것을 실천할 수 없는 자신의 무기력이 그를 괴롭혔다. 의무란 물론 솔랑주 의 힘이 되어주는 것이었다. 그리고 가족의 일원으로서 그에 합당한 처신을 하는 것이었다. 세상이 젊은 두 사람을 인정하지 않는다면 자신이 여러 방면에 힘을 써서 편의를 봐주어야 한다. 험담이 귀에 들어올 때는 변호도 해주자. 사교계에도 소개해주어 남편의 일에 길을 열어주어야 한다. 그것은 결과적으로 상드 부인이 적극 추진한 이 결혼에 찬성을 표하고 나아가 그녀가 지불한 노력에 경의를 보내는 일이 된다. 내내 그렇게 생각해왔다. 그러나 상황이 아무래도 그보다 훨씬 복잡한 문제를 잉태하고 있는 것 같았다. 세상이 적대적이라면 그럭저럭 중재에 나설 수 있으리라. 그러나 부부 사이에 금이 가기 시작했다면? 어머니와 딸이 다시 서로 신경전을 벌이고 있다면? 그러한 의문에 답을 내리지 못하고 있던 참에 일가가 파리를 떠나자 쇼팽은 안도감을 느꼈다. 결국 아무 일도 없었던 건지도 모른다. 무슨 일이 있었다 해도 되도록 자신이 관련되지 않은 곳에서 자기들끼리 해결해주었으면 싶었다. 그래서 다음에 만날 때에는 아무 일도 없었던 듯이 얼굴을 마주하고 싶었다. 자신에게 굳이 아무 말도 하지 않았던 것은 그들도 그걸 원했기 때문이 아니었을까?

7월 초에는 노앙에 가기로 약속했었지만 하루하루 출발을 미루다보니 결국 중순을 넘기고 말았다. 상드 부인에게서는 이상하게도 아무런 연락이 없었다. 그것이 또, 아직 와서는 안 된다는 연락인 것만 같았다. 스카르 도를레앙의 임대 계약을 갱신하면서 이제까지 쓰던 방을 일층에서 삼층으로 옮기기로 했다는 이야기조차 관리인을 통해 알았을 정도였다.

건강도 별로 좋지 않았다. 5월에 쓰러진 이후 한동안 순조롭게 회복되는 듯하다가 어느 시기를 경계로 차도가 없더니 아직까지 완전히 회복하지 못하고 있었다. 처음에는 단순히 체력이 떨어진 모양이라고 생각했다. 그러나 그렇다고 하기에는 너무 오랜 시일이 걸리는 것이 점점 불안으로 다가왔다. 병이야 지금까지도 여러 번 앓았다. 그러나 이토록 오래 회복을 실감하지 못한 적은 없었다. 어쩌면 이제 더이상 건강한 몸으로 돌아가지 못할지도 모른다. 마차로 긴 여행을 하는 것은 아예 불가능하게 되는 것이다. 그런 생각까지 들었다.

그런 그에게 솔랑주의 편지가 도착한 것이었다.

그는 보낸 이의 이름이 솔랑주뿐인 것을 보고 나쁜 예감이 들었다. 발신지가 노앙이 아니라 라 샤트르인 것도 마음에 걸렸다.

봉투를 뜯어 읽어보니 과연 그 예감과 일치하는 내용이었다.

말이 나오지 않았다. 눈을 감자 깊은 한숨이 새어나왔다. 편지를 쥔 손이 털썩 무릎에 떨어지고 몸은 아무렇게나 의자에 내맡겨졌다. 이마의 땀이 눈 가장자리로 흘러 눈물처럼 조용히 광대뼈를 훑었다. 잠시 그대로 아무것도 할 수 없었다.

편지는 지극히 짧았다. 자세한 이야기 없이 그저 몸이 좋지 않다, 그런데도 노앙에서 쫓겨나 두 번 다시 돌아갈 수 없게 되었다고 적혀 있었다. 몸이 좋지 않다는 것이 입덧 이야기라는 것은 바로 알았다. 그녀가 임신 사실을 직접적으로 내비친 것은 처음이었다. 그리고 역시 짤막하게 앞길이 막막한 현재의 비참한 상태를 호소하고, 그의 마차를 이용하는 것조차 금지당한 가없은 자신들을 위해 어머니에게 한마디 편지를 보내 허락을 얻어내어 자신들이 파리로 돌아갈 수 있도록 라 샤트르까지 마차를 보내주었으면 한다는 내용이었다.

상드 부인이 딸에게 쇼팽에게는 절대로 도움을 청하지 말라고 못을 박았던 것은 사실이었다. 노앙에서 라 샤트르까지는 승합마차를 타고 그럭저럭 갈 수 있었다. 그러나 파리까지라면 이야기가 달랐다. 산더미 같은 짐과 입덧중인 불안한 몸을 생각하면 열차나 우편마차는 도저히 이용할 수 없었다. 어디서든 전용마차를 손에 넣어야 했다. 그렇다면 쇼팽에게 의지하는 수밖에 다른 방도가 없었다.

솔랑주는 처음에는 당연히 어머니의 말을 무시하고 쇼팽에게 편지를 써서 마차를 보내달라고 할 작정이었다. 그러나 곧 생각을 바꾸어 그에게 미리 어머니 앞으로 편지를 보내게 한다는 꾀를 냈다. 어머니도 모르는 사이에 마차를 빌려간 꼴이 되는 건 그녀도 어쩐지 내키지 않았다. 그보다는 그가 상황을 다 알면서도 일부러 자기 편을 들어 마차를 빌려줬다는 것을 어머니에게 똑똑히 보여주고 싶었다. 그것은 쇼팽에게 하나의 선택을 요구하는 일이었다. 자신을 택할 것인가, 아니면 어머니를 택할 것인가. 그 결단을 재촉하는 일이었다.

솔랑주는 만에 하나라도 쇼팽이 어머니를 선택하는 일이 일어나지 않도록 사건의 구체적인 내용은 비밀에 부쳤다. 그러면서도 쇼팽이 자신의 요구가 무슨 의미인지 알아차리지 못하는 일은 없도록 이번 사건이 모녀간의 결정적인 이별이라고 분명하게 적어넣었다. 그녀는 쇼팽이 자신의 부탁대로 노앙에 편지를 보낸다면 어머니가 결코 그를 용서하지 않으리라는 것을 알고 있었다. 그렇게 되면 두 사람의 관계는 거기서 끝난다. 더구나 그 관계를 끝장나게 한 사람은 다름아닌 나 자신이다. 어머니는 연인의 배반을 목도하게 되리라. 자신이 아니라 딸을 선택하는 연인의 모습에 아연해하리라. 어머니의 고뇌의 이유가 고작 딸과 다퉜다는 한 가지만이어서는 결코 안 된다. 그 패배는 딸에 대한 본질적인 패배, 앞으로도 결코 씻을 수 없는 패배—여자로서, 사랑받는 자로서, 또한 한 인간으로서 결정적인 패배여야만 한다.

클레징게르는 상드 부인에 관한 한 항상 아무 도움도 되지 않는 처신으로 자신의 계획을 망치기만 한다고 생각했던 아내가 내놓은 그 악마적인 꾀에 감탄했다. 이제 파리에 돌아갈 수 있다. 그러고 보면 상드 부인보다는 쇼팽이 훨씬 더 매달릴 만한 가치가 있는지도 모른다. 부동산은 별로 없지만 그런 만큼 번거로운 절차 없이 돈을 척척 내줄 수 있을 것이다. 물론 법적인 책임은 없다. 그러나 각별히 사랑했던 솔랑주의 부탁이라면 그도 냉정하게 거절하지는 못할 게 아닌가.

솔랑주는 자신의 냉철함에 스스로 감탄하고 그 책략의 명석함에 가벼운 흥분마저 느꼈지만, 쇼팽을 생각하면 자신의 편지는 좀더 진심이 담긴 것이라고 믿고 싶었다. 결코 그를 이용하겠다는 속셈으로 끌어들인 것이 아니다. 그녀는 자신의 외로움을, 쓸쓸함을, 고독을 생각하며 수없이 그렇게 마음속으로 중얼거렸다. 의지할 수 있는 곳이라고는 결국 쇼팽밖에 없다. 지금까지도 항상 그래왔다. 그리고 앞으로도 분명 그럴 것이다.

동요가 진정되자 쇼팽의 마음은 솔랑주에 대한 연민으로 가득 찼다. 항상 하던 대로라면 훨씬 격정적이고 과장에 찬 표현을 썼을 터였다. 그 짤막한 편지는 상황이 얼마나 심각한지를 그대로 보여주는 것만 같았다. 영원히 노앙에 작별을 고하고 왔다고 했다. 클레징게르의 이름도 없었다. 무슨 일이 있었던 것일까. 그는 어디서 무엇을 하고 있는가. 남편이란 이런 힘겨운 때를 위해 있는 게 아닌가! 솔랑주 혼자인 것일까? 몸은 괜찮을까?

가엾게도…… 이런 **중요한 시기**에…… 오로르는 어쩌자고 딸에게 이런 심한 짓을 했을까? 하필이면 이런 때에!

솔랑주가 혼자 편지를 써보낸 것은 그때가 처음이었다. 편지만으로는 아무것도 알 수 없었지만, 어쨌든 정말 고민 끝에 보낸 편지라는 생각이 들었다. 파리에 머무는 동안에 아무것도 해주지 못한 자신을 반성했다. 그때 솔랑주의 이야기만이라도 제대로 들어주었던들 일이 이 지경까지는 이르지 않았을지 모른다. 그렇게 소홀하게 대했던 나를 의지하고 솔랑주가 편지를 보내왔다. 나의 도움만을 기다리고 있다. 어떻게 거절할 수 있을 것인가?

쇼팽이 그녀의 부탁대로 상드 부인에게 편지를 쓰기로 한 것은 솔랑주에 대한 그러한 연민 때문이었지만, 상대적으로 상드 부인에게는 당연히 분노를 느끼지 않을 수 없었다. 그것은 이미 충분히 준비되어 있던 것이기는 했다. 그러나 결코 절연을 바랄 정도는 아니었다. 그런 사태에 대해 그는 너무도 불확실한 예측밖에 할 수 없었다. 솔랑주의 부탁에 따라 어머니에게 그녀의 견해에 정면으로 반대하는 편지를 쓴다. 그것이 무엇을 의미하는지는 대강 이해하고 있었다. 그러나 역시 대강에 불과했다. 결국 아무것도 알지 못했다. 알지 못하는 상태에서 이리저리 억측을 하며 쓸 수밖에 없었다. 그의 편지에 곧바로 날아온 상드 부인의 답장을 읽고 그 심상치 않은 분노에 쇼팽이 크게 당황한 것은 당연한 일이었다.

쇼팽은 상드 부인의 답장을 읽고 나서도 사건의 상세한 내막을 이해할 수 없었다. 그녀의 마음속에서 부풀대로 부푼 생각 그대로 과장과 혼란에 찬 편지였다. 상드 부인은 쇼팽의 편지를 용서할 수 없었다. 극히 짧은 편지에 불과했지만 그녀는 그것을 솔랑주의 계획대로, 연인이 보여준 하나의 태도로 받아들였다. 자기가 아니라 딸을—저 악마와도 같은 사내가 조종하는 대로 움직이는 딸을 선택한 것이다. 이게 무슨 일인가! 솔랑주가 어떤 편지를 보냈는지는 모른다. 그러나 대충 짐작은 갔다. 이번 사건을 완전히 저 좋을 대로 왜곡해서 그의 동정을 산 것이 분명했다. 이미 베리 근처에는 딸 부부가 집에서 쫓겨난 것은 그 어머니가 젊은 저널리스트를 끌고 들어와 그와 놀아났기 때문이라는 소문이 돌고 있었다. 물론 딸 부부가 퍼뜨린 소문이었다. 쇼팽에게도 분명 그런 엉터리 같은 소리를 했으리라. 그토록 질투심 강한 사람이 애인이 노앙에서 은밀하게 젊은 사내와 향락에 빠져 지내는 모습을 상상했다면 어떻게 될 것인가? 분명 미칠 듯이 망상에 사로잡혀 자신에 대한 미움을 키웠으리라. 게다가 편지에는 비난의 말은 한마디도 없었다. 그저 솔랑주에게 마차를 보내겠다고만 적혀 있었다. 쇼팽다운 행동이었다. 분노가 치밀면 치밀수록 더 차갑게 입을 다물어버리는 사람이다. 그러다 한참 뒤에야 갑작스럽게 폭발하는 것이다. 나는 이렇게 그를 믿고 기다리고 있는데. 또 병이 도지지나 않았는지 매일같이 걱정하고 있는데. 그런데 그는 나를 배반하고 딸을 택했다. 그

불효막심한 아이를! 자신이 마차 사용을 금지했던 것을 그는 아무렇지도 않게 허락해버렸다. 어머니로서의 내 입장은 대체 어떻게 되는가? 내 위신은 땅에 떨어졌다. 그런 내 입장을 배려해줄 만한 다정함이 이제 그에게는 없는 걸까?

상드 부인은 그런 생각으로 머릿속이 어지러운 가운데서도 그가 어디까지나 솔랑주의 감언이설에 넘어가서 편지를 썼다는 사실에서 스스로 냉정해질 근거를 찾았다. 그것은 그녀의 긍지를 위한 것이기도 했다. 모든 사실을 알면서 딸을 선택한 것이 아니다. 알고 있다면 그가 내 편을 들어주지 않을 리 없다. 그렇다면 당장 오해를 풀어야 한다. 이렇게 되기까지의 경위를 올바르게 설명하고 그의 진짜 태도를 확인해야 한다. 당장 마차 준비를 중지하고, 딸 부부와 완전히 손을 끊겠다고 약속하게 하자. 그래야 비로소 진정으로 위로받을 권리를 가진 사람이 누구인지 그도 깨달을 것이다.

편지를 읽은 쇼팽은 격한 감정에 휩싸임과 동시에 이제껏 알지 못했던 피로감 같은 것이 온몸에 퍼지는 것을 느꼈다. 대체 언제까지 이런 일을 반복해야 하는가? 이런 쓸모없는 일을. 문득 그런 생각이 치밀었다. 지금까지 몇 번이나 그녀와 다퉜는지 모른다. 그러나 이런 피로감을 느낀 것은 처음이었다.

상드 부인의 주장은 이해할 수 있었다. 그러나 솔랑주에 대한 동정은 변함이 없었다. 클레징게르는 추악한 위인이라고 씌어 있었다. 그건 처음부터 알고 있던 사실이었다. 알면서도 딸을 결혼시키지 않았는가. 그렇다면 어머니로서 끝까지 책임을 져야 하지 않는가? 이제 와서 새삼스럽게 무슨 소리인가?

그는 자신의 판단을 의심하지 않았다. 그리고 그것을 다른 이에게 확인하고 싶었다. 이제까지 두 사람의 문제를 다른 누군가와 상의해본 적은 한 번도 없었다. 모두 혼자서 해결해왔다. 혹은 해결되지 않는 답답함을 혼자 속으로 억눌러왔다. 이번만은 더이상 그럴 기력이 없다. 지금까지도 이런저런 문제에 대해 다른 사람의 의견을 물었다면 분명 자신의 의견을 지지했을 것이다. 그런데도 왜 그러지 않았을까? 또 지금 와서 이런 생각이 드는 것은 왜일까?

누구에게 물어봐야 할까, 하고 그는 생각했다. 로지에르 양은 의논 상대가 되기에는 별로 미더운 사람이 아니었다. 마를리아니 백작 부인은? 그러나 그녀를 한편으로 끌어들이는 것은 상드 부인을 크게 자극하는 일이었다. 공연한 불씨는 더이상 만들고 싶지 않았다. 게다가 두 사람 모두 입이 가벼웠다. 그녀들을 통해 이야기가 엉뚱하게 왜곡되어 노앙으로 전해진다면 사태는 더욱더 회복하기 곤란해질 뿐이다. 일이 더이상 꼬이지 않게 해야 한다는 점에서는 그지마와 백작을 찾아갈 수도 없었다. 쇼팽은 그가 틀림없이 자기편이 되어줄 것이고, 이미 자신보다 훨씬 더 상드 부인에게 불신감을 품고 있다는 것을 알고 있었다. 상의를 하러 가면 분명 자신과 한편이 되어 분노할 것이고, 그만 이야기가 엉뚱한 방향으로 급진전될 터였다. 폴린 비아르도 부인은? 안 된다. 그녀는 솔랑주를 매우 싫어했다. 구트만은? 연주 여행중이다. 파리에 있다 해도 그런 젊은 제자에게 연인과의 다툼 따위를 털어놓을 수는 없었다. 차르토리스카 대공비는? 그쪽이야말로 절대로 안 된다. 이런 한심한 이야기를 어떻게 그분 귀에 들어가게 할 수 있단 말인가. 역시 프랑숌인가? 그렇지만 그는 상드 부인 일가에 대해 잘 알지 못했다. 지금까지 그녀에 대한 이야기를 그에게 털어놓을 수 있었던 것은 그가 **아무것도 모르기** 때문이었다. 이야기를 하면 분명 나를 걱정하고 수긍해주기는 하겠지만……

쇼팽은 그렇게 친구들의 이름을 꼽아보았지만 사실 상의하고 싶은 상대는 처음부터 정해져 있었다. 항상 염두에 두고 있었다. 단지 굳이 그를 찾아가야만 하는 이유를 찾고 있었던 것뿐이었다. 이런 고백을 하려면 그와 지금까지 오래도록 유지해온 일정한 거리를 한 걸음 줄일 필요가 있다. 하지만 그것을 그가 어떻게 받아들일지, 그런 불안이 전혀 없는 것은 아니었다.

한참이나 망설이던 끝에 그는 상드 부인이 보내온 편지를 품에 넣고 집을 나섰다. 행선지는 노트르담 드 로레트 가였다.

30

들라크루아는 5월 말에 상로제에서 파리로 돌아온 뒤로 건

강도 한결 나아져서 매일같이 하원에 나가 천장화 제작에 몰두
했다.

상로제에서 보낸 따분한 나날이 초조감을 부추겼다. 연말까
지 반드시 완성시키겠다는 화가의 말을 믿고 주변 관계자들은
이미 각자의 업무에 착수했다. 과연 그때까지 맞출 수 있을까?
수첩의 날짜를 헤아리며 계획을 세울 때마다 불안의 그림자가
그를 덮쳤다. 미래에게 **등을 떠밀리는** 듯한 느낌이었다. 실제로
촌음을 아껴 붓을 놀리지 않으면 마감 날을 맞출 수 없는 상황
이었다. 그런 판에 상로제에서 붓이라고는 잡아보지도 않은 채
쓸데없이 시간을 보내고 왔다는 후회가 그를 작업장에 붙들어
두고 있었다.

하루하루의 소중함이 절실했다. 오늘이라는 시간을 놓쳐버리
면 어제와 내일이 영원히 이어지지 못할 것만 같았다. 촘촘하게
이어진 나날들이 한꺼번에 과거로 밀려나면서 농밀하게 녹아든
하나의 거대한 시간의 덩어리가 되어 앞뒤의 경계를 상실하고
있었다. 순간순간이 구체적인 붓의 움직임 하나하나가 되고, 하
루하루가 화면의 구체적인 부분 부분이 되어 스며들었다. 며칠
을 들여 칠한, 서로 이어진 두 가지 색이 그 전후의 구별을 상실
하고 같은 순간 속에서 아름답게 조화를 이루듯이, 시간도 어느
새 그 이어진 경계를 지워버리고 이미 시간이기를 멈추고 있었
다. 생활을 위해 틈틈이 끼워넣은 수면이나 식사 같은 다양한
시간의 협잡물들이 기억 속에서 말끔히 떨어져나가고, 단지 작

업에 들였던 시간만이 맑은 호수처럼 펼쳐졌다. 나날의 시간은 거기에 떨어진 물방울 하나하나와 같았다. 그전까지는 분명 하나의 물방울이지만, 수면에 닿는 순간 물방울이기를 멈추고 먼저 수면에 닿았던 수많은 물방울들과 구별되지 않는 똑같은 호수가 되는 것이었다.

일 주일쯤 지나자 그런 작업 방식이 습관처럼 되었다. 최근 몇 년 동안 수없이 손에 쥐었다가 다시 놓쳐버리곤 했던 습관이었다. 촉박한 미래가 사색을 허락하지 않았다. 그것이 결과적으로 습관의 유지를 도와주었다.

새벽녘이면 항상 우울한 기분으로 집을 나섰다. 일단 작업에 들어가면 항상 하던 대로 붓을 움직였다. 기한 내에 완성할 수 있을지 걱정스럽기는 했지만, 제작의 진전에 뚜렷한 변화는 없었다. 자신에게는 일을 빨리 해치우는 재능이 현저하게 결여되어 있다고 그는 절실히 느끼곤 했다. 그것은 명백하게 기술의 문제였다. 타작을 만인 앞에 내보이는 데 대한 두려움, 화가로서 지켜야 할 자세, 그런 것은 모두 나중에야 떠오르는 것이다. 자신의 경우는 훨씬 더 단순했다. 한마디로 일을 대충 해치우는 방법을 모르는 것이다. 열흘 걸리는 작업은 어쨌거나 열흘이 꼬박 걸렸다. 그것을 닷새 만에 마감하려면 어디를 어떤 식으로 해야 하는지 짐작도 가지 않았다. 그렇다고 제자의 도움을 받을 수도 없었다. 마지막에는 어떻게라도 자신의 손으로 완성시키지 않으면 성이 차지 않았다.

해가 길어져서 날마다 늦은 시간까지 벽을 마주할 수 있었다. 작업을 마치고 발판에서 내려올 때 느끼는 현기증에서 그날 하루의 충실을 실감했다. 집에 돌아오면 식사도 대강 하고 쓰러지듯 잠자리에 들었다. 외출은 거의 하지 않게 되었다. 티에르나 비에야르 같은 친구들뿐 아니라 포르제 부인과 만나는 일까지 줄어들었다. 일기를 쓸 여유도 없었다. 그녀와 장난 삼아 내기를 했던 일이 생각나서 이따금 그 페이지를 펼쳐보기는 했지만, 몇 줄 쓰다가 금세 덮어버리곤 했다. 엎드려 잠이 들면 마비된 듯한 온몸이 맥박치는 둔한 소리가 들리는 것 같았다. 자신의 몸이 벗어 내팽개친 옷처럼 느껴졌다. 피곤했다. 그것은 굶주린 병이 똬리를 틀고 들어앉아 안쪽에서부터 덧없이 온몸을 파먹어가는 피로와는 질적으로 달랐다. 누군가 바깥에서부터 슬그머니 자신의 일부를 떼어가는 듯한 느낌이었다. 그리고 그 떨어져나간 상처에서 자기 자신이 쉼없이 증발해버리는 것만 같았다.

한 달 반가량 그런 나날이 이어지자 마침내 붓이 둔하게 느껴지기 시작했다. 몸을 축축 처지게 하는 더위도 작업의 진행을 방해했다. 그래서 7월 후반에는 마음먹고 다시 이 주일 동안 상로제에 가기로 했다. 단순히 휴양을 위한 것이 아니었다. 기분풀이로 잠시 다른 작업을 해보자는 생각이 든 것이었다. 슬슬 내년 관전도 신경쓰이기 시작하던 참이었다. 아무리 바빠도 관전 출품만은 어떻게든 계속해야 했다. 그것 외에도 올해 관전 출품작 중에서 특히 평판이 좋았던 〈메키네스의 위병 초소〉의 복제화 의뢰도 들어와 있었다. 따분한 작업이었지만 보수에 이끌려 승낙했다. 그것으로 당분간은 입에 풀칠이라도 할 수 있을 터였다. 도서관 작업을 중단하는 것은 내키지 않았지만, 그쪽도 어차피 해야 할 일이라면 시기적으로 지금이 가장 좋다고 생각했다. 출발 전의 기분도 지난번과는 하늘과 땅만큼이나 달랐다. 상상 속에 샹로제 마을의 풍경이 아름답게 펼쳐졌다. 그곳에서 신선한 기분을 되살려 다시 천장화 제작으로 돌아온다. 그것도 그리 나쁘지 않을 것 같았다.

출발하는 날 아침, 들라크루아는 예의 복제화에 대한 정식 주문을 받으러 루브르에 다녀왔다. 공교롭게도 관장인 카요가 결근이어서 자택에까지 찾아가 상세한 계약 내용을 확인했다. 샹로제로 출발하기 전에 기한 등에 대한 조건을 다시 한번 분명하게 해두고 싶었다. 그리고 집에 돌아와 막 점심을 먹으려는 참에 쇼팽이 찾아왔다.

"……쇼팽?"

"네, 어떻게 할까요?" 제니가 물었다.

"음…… 물론 들어오시라고 해야지."

제니는 그가 잠시 대답을 망설인 것은 오후의 출발시간이 걱정되어서일 것이라고 짐작했다. 조금 전에도 카요와의 상담에서 기한이 9월 말로 무리하게 정해졌다고 투덜거린 참이었다. 이야기가 길어졌다가는 오늘 일정에 지장이 생길 것이 분명했다. 그런 염려에서 제니는 쇼팽에게 미리 그런 뜻을 전해두기로 했다.

그러나 들라크루아가 대답을 망설인 것은 그런 이유 때문이 아니었다. 그는 아침에 루브르에 나가기 전에, 노앙에서 상드 부인이 보낸 편지를 받았다. 최근에 딸과의 사이에서 일어난 싸움에 대한 내용이었다. 쇼팽이 찾아왔다는 말을 듣고 들라크루아는 자연히 그 편지가 떠올랐다. 분명 그 이야기를 하러 온 것이리라. 그러나 곧, 이런 일이 벌어질 때마다 항상 그랬듯이 어쩌면 그 혼자만 아직 아무것도 모를 수도 있다고 고쳐 생각했다. 그래서 그를 어떻게 맞아야 할지 잠시 마음을 정하지 못해 망설인 것이었다.

쇼팽은 복도를 지나 거실로 안내되는 동안 제니에게서 주인이 지금 식사중이며 오후에 샹로제로 떠날 예정이라는 말을 들었다. 잠시 뒤에 식사를 마친 들라크루아가 거실로 들어왔다.

"여어, 오래 기다렸지?"

"서두르게 해서 미안해. 식사는 마쳤나?"

그는 창가에 앉은 쇼팽 곁에 의자를 놓고 나란히 앉았다.

"거의 다 먹은 참이었어, 괜찮아. 자네는?"

"아, 지금은 별로 식욕이 없어서."

"뭐라도 좀 준비하라고 할까? 자네 입맛에 맞을지는 모르겠네만."

"아냐, 괜찮아. 고마워."

들라크루아는 그의 안색을 살폈다. 역시 노앙의 일에 대해서는 그도 이미 알고 있는 것 같았다.

"……오래간만이군."

아예 먼저 편지 이야기를 꺼낼까, 하고 생각하는 순간 쇼팽이 입을 열었다.

"응? 아, 그렇군, 오랜만이야…… 이 주일 정도 되었지 아마?"

"지난번에 왔을 때는 자네 사촌누이가 있었는데."

"아, 그랬나? 그날 보고 못 봤다면 한 열흘쯤 되었군. 아니, 사촌이라기보다 실은 좀더 먼 친척이라네."

들라크루아는 웃으며 그렇게 말했다. 쇼팽도 그 농담에 응하려는 듯 얼굴을 환하게 폈다.

"겨우 열흘밖에 안 됐나? 요즘 들어 자네를 자주 만나서 그런지, 열흘밖에 안 됐는데도 꽤 오랜만인 것 같군…… 요즘은 하루가 너무 길어. ……자네는 여전히 바쁜 모양이지?"

"그렇다네, 가난뱅이일수록 쉴 틈이 없다지 않나. 오늘 아침에도 작업 때문에 나갔다 왔지. 그보다……" 들라크루아는 일단 자기가 먼저 물어보자고 생각했다. "오늘은 무슨 일인가?"

"응……" 쇼팽은 얼른 말이 나오지 않았다. "……자네, 곧 나가야지?"

"응? 아, 제니가 말했군."

"응, 시간이 없다면 다음에라도 괜찮아……"

"아냐, 상관없어." 들라크루아는 마침 거실에 들어온 제니를 돌아보며 자신에게는 커피를, 쇼팽에게는 쇼콜라를 한 잔씩 부탁했다. 시간에 신경쓸 필요가 없다는 것을 보여주기 위한 배려였다. "전에도 말했는지 모르겠는데, 한 이 주일쯤 샹로제에 가 있으려고 해."

"그렇군."

"응, 그렇지만 벌써 준비도 대충 마쳤고, 시간은 신경쓰지 않아도 돼. 어차피 기차로 가면 한 시간만에 도착하니까."

"한 시간? 참 빠르군."

"그래, 세상 참 편리해졌지."

쇼팽은 문득 생각난 듯 말을 이었다.

"그러고 보니 플레옐도 말야, 최근에 구입한 몽모랑시 근교의 별장에 ─ 으리으리한 저택인 모양이야 ─ 머물고 있는데, 거기서 매일 기차를 타고 파리에 있는 공장까지 출퇴근을 한다는 거야."

"허어!"

"그래서 낮 열두시부터 저녁 다섯시까지 공장에 있다가 다시 기차로 돌아온다는군. 보통 고단한 게 아닐 텐데 말야. 나는 도저히 흉내도 못 내지. ……그런데 그 친구 말이, 파리처럼 공기가 나쁜 곳에서는 다섯 시간을 머무는 것도 싫다는군. 특히 요즘은 감기에 걸려서 더 그런 모양이야."

"음, 그래도 그 심정은 이해하겠어. 역시 파리라는 곳은 끔찍

한 도시야. 냄새도 지독하고 너무 불결해. 나는 샹로제에 가면
다시 살아난 듯한 기분이 들더라구. 자네도……" 들라크루아는
'자네도 노앙에 가면 그렇지?'라고 말하려다 문득 입을 다물었
다. 그러고는 "자네도 빌 다브레 같은 곳에 가면 그렇지?"라고
말을 바꾸었다.

　쇼팽은 "응, 맞아……"라고 하면서도 역시 노앙을 떠올렸다.
그리고 들라크루아에게도 벌써 노앙에서 편지가 왔을 거라는
생각을 했다. 그뿐만이 아니다. 분명 이미 모두가 알고 있는 이
야기다. 들라크루아는 잠시 침묵하며 그가 입을 열기를 기다렸
다. 그러나 오히려 시시한 이야기라도 해서 그의 기분을 풀어주
는 게 좋겠다는 생각이 들었다. 그래서 그가 만드는 긴 침묵을
자신이 떠안기로 했다.

　"요즘은 다들 진보, 진보 해가며 마치 그게 없으면 아예 세상
이 돌아가지 않을 것처럼 떠드네만, 그런 진보 덕분에 거리가
더럽혀지고, 다시 그 진보 덕분에 더럽혀진 거리에서 탈출하게
되었으니 인간이 하는 일이란 정말 어리석다고밖에는 할말이
없어."

　"응…… 그래."

　"지난달이던가, 그래 분명 지난달이야, 아카데미 인문사회과
학 부문에서 논문 현상공모를 했어. 그런데 그 과제가 '진보와
물질적 충족의 지향이 민중의 도덕성에 어떤 영향을 끼쳤는지
고찰하라'라는 거야. 내후년이 기한인데, 상금이 천오백 프랑이

나 된다니 나도 한번 머리를 쥐어짜볼까 싶어.”

“천오백 프랑? 굉장하군. 내 레슨도 사례비가 비싸기로 악명이 높지만……” 그러고는 약간 미소를 지어 보였다. “그래도…… 어디 보자, 일흔다섯 번은 봐주어야 겨우 그 돈이 될까? 자네는 그 문제에 대해 이래저래 하고 싶은 말이 많을 테니 분명 괜찮은 글을 쓸 수 있을 거야.”

“조금만 더 글재주가 있다면 말이지. 하긴 끙끙거리며 그림 그리는 것보다는 훨씬 더 나을지도 모르겠네.”

서로 마주 보며 웃고는 다시 이야기가 끊겼다. 이런 일은 두 사람 사이에서는 드문 일이었다. 쇼팽은 빨리 편지 이야기를 하고 싶었지만, 제대로 기회를 잡지 못했다. 그래서 틈을 메우기 위해 “나도 언제 한번 샹로제에 가보고 싶군” 하고 중얼거렸다. 말을 한 뒤에야 그 말이 너무 난데없었음을 깨달았다. 그러나 들라크루아는 별로 거슬려하는 기색 없이 말을 받았다.

“물론 대환영이지. 자네가 와준다면 얼마나 즐거울까! …… 그런데 유감스럽게도 자네를 초대할 수 있을 만한 곳이 못 돼. 끔찍하게 낡아빠진 집이야. 피아노도 없고.”

“그래……”

“응, 시골생활에는 익숙한 제니도……”라고 마침 쟁반을 들고 들어온 제니를 가리키며, “처음 가보더니 도저히 이런 데서는 못 살겠다고 두 손을 번쩍 들어버릴 정도였어.”

그녀는 두 개의 잔을 탁자에 내려놓고 “예, 그나마 선생님이

꽃도 심고 가구도 갖춰놓으신 덕분에 살기가 한결 나아졌지요”
라고 말했다. 그러고는 의자를 들고 와 들라크루아 곁에 자리를
잡았다. 쇼팽은 그것이 마음에 걸렸다. 흘끗 그녀 쪽을 살핀 뒤
에 들라크루아의 얼굴을 보았다. 들라크루아는 그 의미를 알아
차리고 그녀에게 자리를 비켜달라고 부탁했다. 혹시 이야기가
길어지면 자연스럽게 시간을 알려 출발을 재촉할 생각이었던
제니는 그를 놔두고 나가야 하는 것이 못내 걱정스러웠지만 나
중에 다시 들어올 생각으로 일단 방을 나섰다.

그렇게 해서 쇼팽은 자기도 모르는 사이에 뭔가 대단한 고백
을 할 것 같은 분위기를 만들고 말았다. 조금 전의 시골 이야기
에 잇대어 마침내 노앙 이야기를 하려는 순간, 들라크루아가 먼
저 입을 열었다.

“그렇지만 샹로제는 당일에 다녀올 수 있는 거리니까, 자네만
좋다면, 누추한 곳이긴 하지만 꼭 한번 놀러와.”

쇼팽을 생각해서 한 말이었지만 뭔가 이야기하려는 것을 막
아버렸다는 것을 깨달은 들라크루아는 “미안, 내가 말을 막았
군” 하고 사과했다. 그리고 다시 물어보았다. “……왜 그러나?
어쩐지 오늘은 기운이 없어 보여.”

“응…… 그래. 자네도 알고 있을 거라고 생각하는데……”

“아까 말하려던 일인가?”

“……그래.”

“뭔데?”

"……"

"별로 좋은 이야기가 아닌 모양이군." 들라크루아는 얼른 입이 떨어지지 않는 그를 위해 어떤 말이든 들어줄 준비가 되어 있다는 의미로, 그리고 이야기를 이끌어낼 단초로 가만히 웃어보였다. 쇼팽은 그의 웃음에 한결 마음이 편해져서 겨우 말을 꺼낼 기회를 잡았다.

"응…… 노앙 얘기야. 자네, 뭔가 소식을 들었나?"

"아, 그래, 오늘 아침에 상드 부인의 편지를 받았어. 솔랑주와 싸웠다는 얘기였지. 그런데 자세한 얘기는 없었어. 그저 나에게 자네와 함께 와주었으면 좋겠다고 씌어 있더군. 자네 마차가 블루아 역에 있을 테니 그걸 타고 오면 될 거라면서."

"그래? 그런 얘기를 썼어?"

"응, 보여줄까?"

"……아냐." 물론 보고 싶은 마음도 있었다. 그러나 어쩐지 미안했다. "됐어. ……그 얘기뿐이었나?"

"응, 그것뿐이야. ……무슨 일 있었나?"

"나도 자세한 건 모르겠어. 아무튼 모녀간에 굉장한 다툼이 있었던 모양이야. 나도 자네처럼 오늘 아침에야 편지를 받았는데, 실은 지금 가지고 왔어. 내용은…… 읽을 만한 것도 못 되네만."

쇼팽은 천천히 품 안에서 편지를 꺼내 봉투를 보여주고 편지지를 꺼내 펼쳤다. 종이 부스럭거리는 소리가 귀에 거슬렸다.

겨우 몇 초간이었지만 쇼팽은 그 동안의 긴장을 견디기가 힘들었다. 창에서 바람이 불어와 무릎 위의 봉투가 날아가려 하자, 순간에 스스로도 놀랄 만큼 과장된 몸짓으로 그것을 내리눌렀다. 그리고 갑자기 빨라진 심장 박동에서 자신의 낭패한 모습을 깨달았다.

펼쳐든 편지를 잠시 아무 말 없이 들여다본 뒤, 쇼팽은 일단 편지를 다시 접으며 얼굴을 들었다.

"실은 며칠 전에 딸이 먼저 편지를 보내왔어."

"솔랑주가?"

"응, 그 편지는 가져오지 않았네만. 그래서 내가 오로르……아니, 상드 부인에게 편지를 썼지. 이 편지는 거기에 대한 답장이야."

"응."

"솔랑주의 편지에도 자세한 얘기는 전혀 없었어. 그저 어머니와 싸워서 영원히 노앙에서 쫓겨나는 처지가 되었다는 얘기만 했지. 지금은 아마 남편도 함께 있겠지만, 라 샤트르의 여관에서 오도 가도 못 하고 있는 모양이야. 그래서 할 수 없이 나한테 부탁을 한 게지. ……파리에 오려고 해도 돈이 없어서 마차도 열차도 못 타고, 게다가 그녀는 지금……"

"응, 그렇지, 한참 힘든 시기지."

들라크루아는 그가 임신이라는 말을 하기 힘들어하는 것을 보고 얼른 말을 보태주었다. 쇼팽은 그의 영민함에 감사했다.

“맞아, 그래서 사람들이 북적대는 마차나 기차는 타기 힘들 거야. ……그러니까 나한테 마차를 빌려달라는 편지였어.”

“그랬군.”

“나도 그런 경험이 있는데, 몸이 안 좋을 때 원거리승합마차나 우편마차 같은 걸 타면 정말 괴롭지. 도중에 세워달라고 할 수도 없고 말야.”

“응, 그건 나도 잘 알지.”

“그렇지만 어머니가 나한테 도움을 청해서는 안 된다고 했던 터라, 마차를 보내기 전에 먼저 어머니에게 양해를 구하는 편지를 써달라는 거야……”

“그래서 자네가 상드 부인에게 편지를 썼군.”

“그래, 그랬어. ……솔랑주는 말이지, 그 집안에서 싸움이 나면 나밖에는 기댈 사람이 없어. 지금까지도 항상 그랬지. 상드 부인은 아무래도 모리스를 편애하는 경향이 있거든. 그렇다고 내가 솔랑주와 한편이 되어 싸움을 한 건 아니야. 내가 그 사람들과 싸울 이유가 뭐가 있겠나. 게다가 어쩌다 조금만 상관을 해도 상드 부인이 무척 싫어했어. 나는 항상 솔랑주를 달래고 되도록 중립적인 입장에서 양쪽을 화해시키려고 애썼지. ……이번에 무슨 일이 있었는지는 모르겠어. 나는 그저 중립적인 입장에 서고 싶을 뿐이야. 그러나 어떤 이유에서건 임신중인 딸을 집에서 내쫓고 나 몰라라 한다는 건 심하다고 생각해.” 쇼팽은 이제 임신이라는 단어를 자연스럽게 사용했다. “지금이야말로 어머</p>

니의 도움이 꼭 필요한 시기가 아닌가? 처음 겪는 일이니 불안하기도 할 테고. ……지금 당장 모녀가 화해를 할 수는 없겠지. 그러나 어떻든 나는 솔랑주가 파리에 돌아와 편안히 쉬도록 해주고 싶네. 이야기는 그 다음에 해도 되잖아? 그래야 마음을 가라앉히고 침착하게 대화도 할 수 있을 거고. 그런데 그게, 솔랑주를 편들어주고 상드 부인을 적으로 돌리는 일이 될 줄은 몰랐어. 불쌍한 솔랑주가 도움을 청한 거야. 다른 사람도 아니고 나한테 말야. 어떻게 그걸 거절할 수 있겠나? 나는 그 아이가 해달라는 대로 상드 부인에게 편지를 썼어. 그렇지만 쓸데없는 얘기는 일절 쓰지 않았지. 그저 솔랑주의 부탁을 못 들은 척할 수 없으니 내 마차를 보내겠다, 그렇다고 어머니로서의 당신의 판단을 무시하는 것은 결코 아니다, 그래서 이렇게 사전에 당신의 허락을 청한다. 그렇게만 썼어. 그랬더니 이런 답장을 보내온 거야……"

쇼팽은 다시 편지를 펼쳤다. 그러나 눈에 들어오는 단어들이 죄다 너무도 난처한 것들이어서 도저히 소리내어 읽을 수 없었다.

"자네도 오늘은 바쁠 테니, 다음에 돌아오면 천천히 읽어주겠네."

"내 일정에 대해서라면 정말 신경쓰지 말게."

"그래…… 그렇지만 지금은 아무래도 그럴 기분이 아니라서……"

"그래……?"

"응, 정말 지독한 편지야. ……처음에 일이 이렇게 되기까지의 경위를 적었는데, 그것도 어디까지 믿어야 좋을지 모를 글이야. 그녀다운 소설 같은 묘사에다 과장된 잠언풍의 문구가 가득해. 그 다음에는 열심히 딸 부부를 비난하는 말이 이어지고…… 그러고는 나에 대한 불만을 한참 적었고…… 요컨대 솔랑주에게 마차를 보내는 건 절대로 반대라는 얘기야. 나는 아직 마차를 보낼 준비까지는 못 했는데, 그녀는 벌써 준비가 다 끝난 줄 아나봐. 당장 사람을 보내서 준비 수속을 중지시키고 마차를 라샤트르가 아니라 블루아 역에 정차시키라는 거야. 나더러 기차로 블루아로 가서 그 마차를 타고 노앙으로 와달래. 자네에게 블루아에 가면 내 마차가 기다리고 있을 거라고 한 건 내가 틀림없이 자기 말에 따를 거라고 생각하고 한 말이야."

거기까지 이야기하고 쇼팽은 다시 말문이 막혔다. 들라크루아는 그의 답답한 표정에서 사태의 심각성을 깨달았다. 그것은 명백하게 사건 그 자체보다 이번 사건으로 인해 빚어질 결과와 관련된 심각함이었다.

"그랬군……"

"벌써 몇 년째 이런 싸움이 반복되고 있어." 쇼팽이 다시 입을 열었다. "이런 일에 내가 대체 몇 번이나 휘말려들었는지. 질리지도 않는지 항상 싸우기만 해. 싸움에서 지면 딸은 번번이 이런 식으로 나한테 기대지. 그래서 좀 다정하게 달래주기라도 하면 이번에는 어머니 쪽에서 나의 배반을 비난하는 거야. 정말 어떻게 해볼 도리가 없어…… 솔직히 나는 이제 지쳤어. 내가 그녀에게 사랑받고 있다는 자신을 가질 수가 없어, 이제…… 내가 그녀를 사랑하고 있다는 자신도…… 마찬가지로……"

쇼팽은 자신의 입에서 튀어나온 이 대담한 말에 흠칫 놀랐다. 그러나 입 밖에 내고 보니 그것이 자신의 솔직한 심정이라는 확신이 들었다. 들라크루아도 마찬가지로 그 고백에 놀람을 금할 수 없었지만 그것이 본심이라는 것은 그도 분명히 느낄 수 있었다.

"힘들었겠군, 내내. 곁에서 보기에는 그렇지 않은 것 같았는데."

"그랬나? ……그래, 그럴지도 모르지. 남에게 이런 말을 한 적이 없으니까. 남에게 이야기할 만큼 상황을 분명하게 직시할 용기가 없었는지도 모르겠네."

들라크루아는 그런 그의 말에 가슴이 아팠다. 상드 부인과의 관계는 물론이고 쇼팽이 남에게 자신의 연애에 대해 이야기하는 모습을 본 것은 이번이 처음이었다. 그 점을 생각하면 더욱더 가엾었다. 이제 도저히 참을 수가 없는 것이다. 가엾게도……

"어지간히 괴로웠겠군."

"응…… 아무래도……"

쇼팽은 한숨과 함께 쓴웃음을 지으며 말했다. 들라크루아도 웃음으로 되받았다. 그리고 한동안 둘이서 말없이 앉아 있었다.

"……이제 어떻게 할 건가?"

잠시 후, 줄곧 눈을 내리깔고 있던 들라크루아가 고개를 들며 물었다.

"응…… 그래도 일단 마차는 보내줄 생각이야. 너무 딱하니까 말야. 상드 부인도 지금은 흥분해서 냉정하게 판단하지 못하겠지만, 마음이 가라앉으면 분명 잘했다고 생각할 거야. 그러나 뱃속의 아기는 그때까지 기다려주지 않아. 게다가 불량배들이 있을지도 모르는 그런 여관에 가엾은 임산부를 그대로 내버려 둘 수도 없고."

"그렇군. 나도 그 의견에는 찬성이지만…… 괜찮을까, 상드 부인은?"

"일단 편지는 쓸 생각인데, 글쎄, 어떨지…… 그렇지만 그녀가 화가 난 건 클레징게르 때문이 아닌가? 나도 물론 그가 노앙에서 방약무인한 행동을 한 건 정말 심했다고 생각해. 자세한 건 모르겠지만 굉장했던 모양이야. 그러니 클레징게르 편을 들어줄 마음은 전혀 없어. 나와는 상관없는 일이고, 솔직히 함께 엮이는 것도 싫네…… 그렇지만 솔랑주는 아무래도 모른 척할 수가 없어. 내가 도와주려는 건 어디까지나 솔랑주, 그 아이야. 상드 부인은 솔랑주가 남편 말만 따른다고 나무라지만…… 그건 차차 이해하게 될 일이 아닐까? 아니, 가령 이해하지 못한다 해도, 나는 아내라면 남편을 따르는 게 옳다고 생각해."

"그래……"

고개를 끄덕이면서도 여전히 걱정스러운 표정인 들라크루아
에게 쇼팽은 말을 이었다.

"나는 그녀의 아이들을 사랑해. 둘 중 어느 한쪽만 편애한 적
은 없어. 만약 모리스가 내게 기대왔다면 나는 틀림없이 그 아
이에게 도움이 되려고 애썼을 거야. 그런데 어쩌다보니 솔랑주
가 나를 더 필요로 했던 것뿐이야. ……정말 어쩌다보니 그런
거지. ……상드 부인에게는 역시 아이들 일이 우선이야. 그게
그녀의 삶의 보람이거든. 나는 지금껏 구 년 동안 그녀 곁에 있
으면서 절실하게 느꼈어. 물론 어머니라면 당연한 일이겠지
만…… 나는 그녀와의 우정을 소중하게 생각하듯이 그녀의 삶
의 보람도 소중히 해주고 싶었어. 진짜 가족처럼 소중히 여겨주
고 싶었지. 그녀도 기뻐할 거라고 생각했어. 이제 와서 돌아보
면, 그 생각에 뭔가 잘못이 있었는지도 모르겠네…… 그렇지만,
그렇지만 나는 그게 이상해서 견딜 수가 없어. 그렇지 않나? 세
상에는 연인은 사랑할 수 있어도 그 자녀들까지 사랑할 수는 없
다는 사람들이 얼마든지 있어. 그래서 다들 연인이 자기 아이들
에게 냉담하다며 고민들을 하지 않나? 그런데 그녀는 정반대야.
내가 아이들을 사랑하고 아이들에 대해 조금만 깊이 관여하려
고 하면 번번이 싫은 내색을 하는 거야. 빼앗길까봐 그러는 건
지, 내가 아이들 교육에 참견하는 게 싫은 건지는 잘 모르겠지
만…… 나는 그게 섭섭했어, 항상……"

뜻밖의 솔직한 고백에 들라크루아는 미처 대꾸할 수 없었다.

뭔가 이야기를 해야겠다 싶어 열심히 할말을 찾고 있는데 쇼팽이 다시 입을 열었다.

"……언제부턴가 나도 포기해버렸던 것 같아. ……클레징게르 일만 해도 그래. 모두 내가 없는 자리에서 결정되어버렸어. 나는 그저 슬쩍 내비치는 정도로만 반대했지. 그녀가 이번 결혼 문제에 관해 내 간섭을 단호하게 거절한다는 게 너무도 명백해 보였으니까. 그래도 그녀는 내 의견을 충분히 알고 있었을 거야. 내가 이 결혼을 반대하는 게 클레징게르에 대한 질투 때문이라고, 로지에르 양에게 얘기한 적도 있다니까…… 참 어처구니가 없지. 프레오 때는 내가 그토록 찬성을 했었는데!"

"그렇고말고. 솔랑주와 클레징게르의 결혼에 대해서는 자네만이 아니라 상드 부인 이외의 모든 사람들이 다 반대했지. 물론 나도 그랬어." 들라크루아는 여기에서 겨우 말을 보탰다.

"응."

"빚이 많다는 것도, 방탕하다는 것도 모두 처음부터 알고 있던 일이 아닌가."

"그래…… 그렇지만, 그런 말을 하면 안 돼. 맞는 말이지만, 그래도 그런 말은…… 그건 지금 그녀에게는 가장 상처가 될 말이야. 특히 나처럼 **세상 물정 모르는 사람**에게 그런 말을 듣는다면 굴욕감까지 느낄 거야…… 게다가…… 큰 실수였다고 생각하긴 해. 하지만 나는 그녀가 그렇게 되어버린 이유를 알 수 있을 것도 같아. 확실하게 설명할 수는 없지만, 그저 어쩐지……”

들라크루아는 입을 다문 채 몇 번이나 고개를 끄덕이며 그의 얼굴을 바라보았다. 쇼팽은 마치 겁에 질린 듯 한 차례 눈길을 마주쳤을 뿐 멍하니 시선을 무릎 위에 떨구었다. 무릎 위에는 펼쳐진 편지지들이 자랑하듯 서로 얼굴을 내밀고 있었다. 그는 가만히 있을 수가 없어서 별 의미도 없이 그것들을 한 장 한 장 뒤적였다. 그러다 첫 장이 나오자 잠시 그것을 바라보고는 이윽고 결심한 듯 전부 모아 원래대로 접어 봉투에 넣었다.

“……이제 슬슬 실례해야겠네.” 그렇게 말하며 쇼팽은 회중시계를 꺼내 슬쩍 쳐다보았다. 사실은 아무것도 보고 있지 않았다. 단지 몸짓이 필요했을 뿐이었다. “여행 준비로 바쁠 텐데 시간을 빼앗아서 미안하네.”

“아냐, 괜찮아. 좀더 느긋하게 얘기해도 돼. 내일 출발해도 상관없으니까.”

“그렇지만 이제 이야기도 충분히 했고…… 게다가 뭐랄까, 마음이 좀 정리된 것 같아.”

“나라도 괜찮다면 언제든 다시 찾아줘.”

“그래, 고마워.”

“이 일에 관해서는 나는 자네가 옳다고 생각해.”

사실은 ‘나는 자네 편이야’ 라고 말하려고 했다. 그러나 좀더 중립적인 입장을 취해야 그가 기대기 쉬울 거라는 생각에 그 정도로만 말해두었다.

쇼팽은 그의 말에 용기를 얻으면서도 노골적으로 한편이 되어주는 것은 역시 불안했다.

"고마워. 그렇지만 그녀 앞에서는 아무 일도 없었던 것처럼 해주게. 내가 상의하러 왔었다는 얘기도 하지 말았으면 좋겠고……"

들라크루아는 그의 말뜻을 충분히 이해했다.

"그래, 입 다물고 있지, 아무것도 모르는 척."

"고마워. 그녀가 파리에 없는 사이에 **동맹국**을 늘려놨다는 식으로 오해하면 공연히 일이 더 틀어질 테니."

"음, 그렇지." 들라크루아는 조금 전의 모습에서 어쩌면 그가 이미 상드 부인과의 이별을 결심한 게 아닐까 하고 생각했었지만, 그 말을 들으니 아무래도 그렇지는 않은 모양이었다. 편을 가르면 대립은 명백해진다. 그것은 그가 원하는 바가 아닌 듯했다.

"노앙에는 갈 건가?"

"아니, 지금은 갈 생각이 없어. 적어도 솔랑주가 파리에 돌아올 때까지는."

"그래, 나도 가지 않기로 하지. 사실 샹로제에서 이것저것 해야 할 일이 많아서 지금으로서는 노앙에 가기가 힘들어. 나까지 휩쓸리기 싫기도 하고. 나 혼자 찾아갔다가 정말로 **동맹**을 맺으러 온 줄 알면 곤란하잖아?"

"응…… 나도 되도록 거리를 두고 싶어. 지금은 그저 태풍이 진정되기만을 기다리는 수밖에."

쇼팽을 문 앞까지 배웅하며 들라크루아는 다짐이라도 하듯 다시 한번 "정말 어려워할 것 없어. 언제라도 이야기를 들어줄 테니 찾아와" 하고 말했다.

쇼팽은 그런 말투에서 그가 진심이라는 것을 느꼈다. 감사 인사를 건넨 후 사륜마차에 올라타고는 어떤 말로 헤어져야 좋을지 몰라 신호라도 보내듯 웃음을 지어 보였다. 들라크루아도 마주 웃어주며 "조심해서 가게" 하고 일부러 평범한 인사를 건넸다.

"그래, 자네도 잘 다녀와."

쇼팽도 그렇게만 대답했다. 그 이상은 말이 나오지 않았다.

31

쇼팽의 생각에는 변함이 없었다. 그는 다음날 솔랑주에게 짧은 승낙의 편지를 썼고, 그녀가 부탁한 대로 라 샤트르의 여관에 자신의 마차를 보내주었다.

그리고 며칠 뒤, 마차가 솔랑주에게 도착했을 즈음에 이번에는 상드 부인 앞으로 편지를 썼다. 며칠 간격을 둔 것은, 미리 알리면 딸이 마차를 받기 어려운 상황이 될 것을 우려했기 때문이었다.

편지에는 필요한 내용만 간단히 적었다. 노앙에서 있었던 클레징게르와의 일에 대해서는 관여할 생각이 없다. 그러나 솔랑주는 모른 척할 수 없다. 딸이 생활 면에서나 생리적인 문제에서 가장 도움을 필요로 하는 때에 어머니가 그토록 냉담한 태도를 취하는 것은 잘못이라고 말하지 않을 수 없다. 그리고 이번 일도 지금까지와 마찬가지로 시간이 해결하도록 맡겨두어야 할 것이다……

예전처럼 망설이면서 몇 번씩 고쳐 쓰는 일은 없었다. 흥분하지도 않았다. 이상할 만큼 침착하게 생각한 것을 있는 그대로 썼다. 지금까지 이런 식으로 그녀에게 정면으로 반대한 적은 없었다. 그것이 어떠한 결말을 초래할지 그는 더 생각하지 않았다. 예감이 몰고 온 절망의 거대함이 도리어 현실감을 없애버렸다. 믿기 힘들었다. 믿지 않으려고 했는지도 모른다. 이 편지가 그녀를 자극하리라는 것을 잘 알면서도, 그저 막연히 이 편지 뒤에도 둘의 관계가 여전히 이어질 것이라고 상상했다. 모든 구원의 길이 끊어진 사람이 돌발적으로 어떤 기적 같은 희망을 품어보듯이, 그도 불안이 극에 달한 나머지 오히려 묘하게 낙관적인 희망마저 품고 있었다.

편지를 받은 상드 부인은 그 내용에 놀랐고, 동요했고, 엄청난 분노를 느꼈다. 배신당했다고 생각했다. 쇼팽이 자신의 생각에 반대하리라고는 꿈에도 생각해보지 않았다. 그렇게 세세하게 편지를 써보내지 않았던가. 설마 그걸 이해하지 못했을 리는 없었다.

노앙에서 홀로 지내는 고독이 그녀를 괴롭히고 있었다. 답장이 오지 않아 내내 불안했었다. 날마다 우편배달부가 올 때면 현관까지 달려갔다. 다시 건강이 나빠진 걸까. 그런 걱정에 휩싸여 지냈다. 걱정하는 것 말고는 마음을 다스릴 방도가 없었다. 그렇게 간절히 기다린 끝에 겨우 도착한 편지가 이것이었다.

건강이 나빴던 것도 아니었어, 하고 상드 부인은 생각했다. 처음부터 노앙에 올 생각이 없었던 거야. 간절하게 기다리는 연인의 마음도 모르고. 자기를 믿고 이제나저제나 기다리는 연인의 마음을 짓밟아버리고!

그녀는 냉담하기 짝이 없는 편지의 문투를 참을 수 없었다. 자신은 이렇게 가슴 아파하고 있는데, 침착한 투로 그럴싸한 설교를 늘어놓는 그가 진심으로 어리석게 여겨졌다. 어머니로서 가져야 할 마땅할 태도라고? 이런 말에 어떻게 웃지 않을 수 있을까! 그가 대체 뭘 안단 말이지? 어머니의 무엇을! 언제나 무상의 애정을 쏟으면서도 때로는 잘못을 엄하게 꾸짖어 미움을 사는 역할도 감내해야 하는 그 힘든 사명에 대해, 그가 대체 무얼 알고 있단 말인가!

'어처구니가 없어! 그 사람이 이런 말을 할 자격이 있어? 다른 사람도 아닌 그가! 아이들을 키우는 데 지금까지 아무것도 하지 않았던 그가! 그러고도 양심의 소리에 충실히 따르고 있다고 생각하는 걸까? 잘못된 어머니를 바로잡아야 한다고 생각하면서? 아아, 착각도 유분수지, 솔랑주의 술수에 고스란히 넘어가고서는! 어리석어, 정말 어리석어. 구제할 길이 없을 만큼! 이제 와서 새삼스럽게 아버지입네 하고 그애들에게 돈을 빌려준 뒤드방 남작과 똑같아! 배 아파가며 낳아서 남의 손에 맡기는 일 한 번 없이 내 젖을 먹여 오늘날까지 온갖 고생을 다해 키운 친딸에게 그런 봉변을 당한 어미의 비참한 심정을 한 번이라도 생각해봤을까? 그걸 생각하면 다정한 위로의 말이라도 건네주는 게 옳은 일이 아닌가. 나를 사랑한다면, 진심으로 나를 생각한다면! 그런데 거의 모욕에 가까운 이런 편지를 보내다니! 지금껏 내가 그 사람을 위해 얼마나 헌신적으로 정성을 쏟았는데! 병이 들어 괴로워할 때도, 작곡이 잘 되지 않아 고민할 때도 얼마나 성실하게 그 사람을—까다롭기로는 둘째가라면 서러운 덩치 큰 어린아이 같은 그 사람을 얼마나 성실하게 돌봐줬는지 알기나 하는 걸까? 그런데 결국 이렇게 은혜를 원수로 갚다니! 그 사람이야 괜찮겠지. 어차피 남이니까. 아이들에게도 그때그때 그저 좋은 척만 하고 있으면 되겠지. 아무 책임도 없으니까. 그렇지만 나는 어떻게 되지? 앞으로 아이들을 어떻게 대하란 말인가? 어머니로서의 위엄은 어떻게 돌이켜야 하지? 솔랑주는 이제 내 말 같은 건 듣지도 않을 거야. 이번 일을 좋은 예로 삼아서. 어째서 그런 걸 모를까? 그 사람은 어머니로서의 내 체면을 뭉개고 입장을 짓밟고 권리를 빼앗았어! 어떻게 이런 짓을 용서할 수 있지? 그 사람은 내가 아니라 솔랑주를 택했어. 나를 버리고 솔랑주를 선택한 거야. 그게 그 사람의 본심이야. 내내 가슴속에 감춰왔던 본심이었어! 그래서 상황을 냉정하게 보고 올바른 판단을 내렸다고 생각하는 거지. 처음부터 이런 결말을 예상하고 있었다고 말하고 다닐 테지. 그래서였어, 그래서 들라크루아도 마리도, 아무리 기다려도 답장을 보내지 않았던 거야! 그렇게 모두가 그 사람 편을, 결국은 솔랑주 편을 들면서 나를 비난할 셈인 모양이지? 아아, 어떻게 이럴 수가! 진실이 이토록 허약하다니! 정의가 이토록 무력하다니! ……절대로 용서할 수 없어. 이런 편지를 쓴 이상 그 사람도 그만한 각오는 했겠지. 좋아, 나도 바라던 일이야. 이젠 끝이야. 모든 게 끝이야. 구 년 동안의 헌신 끝에 맞이한 결말이 이거란 말인가? 이것이 만약 신의 뜻이라면, 정말 어처구니가 없어!'

상드 부인은 쇼팽에게 보내는 편지에 이런 생각을 모조리 써넣은 다음 마지막으로 분명하게 이별의 말을 덧붙였다.

쇼팽은 그녀의 그런 반응을 받아들였다. 자신이 쓴 편지의 내용과 그것을 읽었을 그녀의 모습을 상상해보면 다른 결말은 있을 수 없다는 생각마저 들었다. 예상했던 일이었다. 그러나 그동안 지나칠 만큼 준비해와서 이제 익숙하게 느껴질 법도 한 절망이, 막상 직면하자 도저히 견딜 수 없는 것으로 느껴졌다. 아무 근거도 없는 희망을 자신이 얼마나 간절하게 믿고 있었는지 그제야 비로소 깨달았다. 또 마지막 순간까지 자신이 그녀를 얼마나 깊이 사랑했는지도……

세상이 핏기를 잃은 듯 하얘졌다. 모든 소리가 무한히 멀어져

가는 것만 같았다. 몸뚱이만을 이곳에 남긴 채 끔찍하고 어두운 심연으로 떨어지는 느낌이었다. 아무 생각도 할 수 없었다. 그저 끝났다는 실감만이 이명(耳鳴)처럼 그의 내부에서 괴롭게 헐떡이고 있었다.

32

프레데리크 쇼팽과 조르주 상드의 관계가 파국을 맞았다는 소문은 무더운 8월 텅 빈 파리에서부터 시골 피서지에 있던 사람들 사이에까지 금세 퍼져나갔다. 소문은 가을에 들어선 뒤에도 전혀 진정될 기미를 보이지 않더니 결국 사교계의 계절이 시작되는 연말까지 여기저기에서 숙덕거리는 소리가 들려왔다.

남편들이 개혁연회*에 대한 따분한 토론을 하는 동안 그 부인들은 이 가십거리로 즐거운 시간을 보낼 수 있었다. 얼굴을 마주하기만 하면, 쇼팽 씨가 너무 가엾어요, 그렇지만 이번 일을 계기로 그 뻔뻔스러운 여자의 족쇄에서 풀려나겠지요, 라며 서로 고개를 주억거리곤 했다. 대부분은 쇼팽에게 동정적이었다. 이 일이 터진 뒤로 상드 부인이 한 번도 파리로 돌아오지 않았

---

* Banquets réformistes. 프랑스 7월왕정 말기에 왕조 내 반대파에 의해 선거법 개정을 목적으로 시작된 집회.

던데다, 쇼팽이 보내준 마차를 타고 돌아온 클레징게르 부부가 보란 듯이 어머니의 험담을 퍼뜨리고 다닌 것도 적잖이 영향을 끼친 결과였다.

쇼팽과 절친한 프랑숌 같은 이는 당연히 그의 편이었지만, 오래 전부터 두 사람을 함께 알고 지내던 사람들까지 이번 일에 관해서는 거의 쇼팽 편을 들었다.

결국에는 상드 부인이 쇼팽을 차버린 모양새로 끝났다는 것이 그가 동정을 사는 원인이 되었다. 그 이유라는 것도 너무 한심하다는 의견이 지배적이었다. 구 년을 사귄 사이였으니 복잡한 속사정이 많기는 했겠지만, 그래도 기껏 솔랑주에게 마차를 빌려준 것 때문에 왜 그렇게까지 분개하는지 모두들 이해할 수 없었다. 그녀를 무시하고 한 일도 아니었다. 사전에 양해의 편지까지 보냈다. 임신한 몸으로 쩔쩔매고 있는 연인의 딸을 모른 척할 수 없었다는 쇼팽의 이유는 충분히 이해가 갔다. 자신이 보여주지 못한 다정함을 연인이 그런 식으로 보충해주었으면 도리어 감사해야 할 일이 아니냐고 하는 이들도 있었다.

애초에 모녀간의 싸움 정도에 발끈하여 딸을 내쫓은 상드 부인의 행동에 모두 어처구니없어하는 기색이었다. 그렇게까지 하지 않아도 될 일이었다. 첫 임신이니 딸도 뭐가 뭔지 몰라 초조했을 것이다. 공연히 화가 나는 일도 많았으리라. 어머니라면 그런 것쯤은 너그럽게 참아줄 수도 있지 않은가. 그러한 쇼팽의 견해가 거의 일반적인 것이 되어 있었다.

물론 모녀간의 싸움에 클레징게르가 깊이 관여되어 있다는 사실에 대해서는 모두가 안타깝게 생각했다. 그러나 그 점에 있어서도 상드 부인은 동정을 얻을 수 없었다. 사람들의 생각은 똑같았다. 처음부터 뻔히 예상된 일이었다. 다르팡티니 같은 이는 노골적으로, 그러니까 그 결혼은 안 된다고 했지 않느냐는 태도였다. 다른 사람들 역시 내심 자업자득이라는 생각을 금할 수가 없었다.

게다가 솔랑주가 "우리끼리니까 하는 이야기지만요……"라며 여기저기 흘리고 다닌 상드 부인과 보리와의 관계에 대한 소문도 사람들의 빈축을 샀다. 다들 그럴싸한 이야기라고 생각했다. 그럴 리 없다고 부정하는 말은 어디서도 나오지 않았다. 공식적으로는 마차 사건을 이별의 이유로 내세웠지만 실상은 그것을 핑계로 새 연인을 맞아들이려는 것이었다고 믿는 이들도 적지 않았다.

친구들은 제각기 입장을 정리했다.

그지마와 백작은 적극적으로 쇼팽을 옹호하고 나서며, 이번 일을 계기로 상드 부인과 절교하기로 결심했다. 오래 전부터 쇼팽에 대한 그녀의 태도가 영 마뜩지 않았다. 마치 어린애 다루듯 하며 도무지 경의를 표하려는 구석이 없었다. 지금까지 아무 말 없이 참아온 것은 공연히 참견했다가 두 사람 사이가 틀어질까 걱정해서였다. 그런 걱정이 사라진 지금, 자신을 상드 부인과 이어줄 것은 아무것도 없었다. 처음에 그가 쇼팽을 알게 된 것은 그녀의 소개를 통해서였다. 그러나 일이 이 지경에 이르자 그지마와 백작은 십 년 넘게 사귀어온 옛 친구를 버리고 마땅히 사랑받아야 할 동포의 편이 되기를 주저 없이 선택한 것이다.

로지에르 양은 그렇게까지 노골적으로 쇼팽 편을 들지는 않았다. 그러나 상드 부인에게 자주 보내던 편지가 점점 껄끄럽게 느껴지기 시작했다. 상드 부인이 동의를 구하는 듯 쇼팽에 대한 비난의 편지를 자꾸 보내오는 것도 난처하기만 했다. 답장을 쓰기가 영 내키지 않았다. 전혀 그럴 생각이 없는데도 반강제로 쇼팽을 험담하는 일에 가담하는 것 같아 떨떠름했다. 당연히 동의해줄 것이라는 투의 상드 부인의 문투에도 반감을 느꼈다. 그런 변화를 알아차렸는지 이윽고 상드 부인 쪽에서도 편지를 보내지 않게 되었다.

마를리아니 백작 부인은, 상드 부인이 자신을 두고 솔랑주와 한편이 되어 여기저기 좋지 않은 소문을 퍼뜨리고 다니는 장본인이라는 식으로 말했다는 소리를 듣고 잔뜩 화가 나 있었다. 솔랑주가 파리에서 쇼팽 다음으로 의지하는 이가 그녀였고 어머니의 가혹한 처사를 크게 떠벌렸던 곳이 그녀의 살롱이었던 것은 사실이지만, 그렇다고 그것만으로 자신을 지목해 비난하는 것은 어이없는 착각이었다. 11월에 접어든 후로도 상드 부인이 여전히 쇼팽의 험담으로 가득 찬 편지를 보내오는 것은 자신을 믿고 속마음을 털어놓으려는 것이 아니라, 자신을 한편으로 끌어들여 입막음을 하려는 것이라는 생각이 들었다. 그러자 상

드 부인의 편지가 우스꽝스럽게만 여겨졌다. 그렇다고 이번 일
로 상드 부인과의 우정을 끝내버릴 생각까지는 없었다. 대부분
의 다른 사람들도 마찬가지였다. 가끔씩 쇼팽을 동정하고 상드
부인이 딱하다는 이야기를 나누면서도 사태가 가라앉을 때까지
잠시 지켜볼 생각들이었다.

비아르도 부인의 경우는 사정이 조금 달랐다. 그녀는 쇼팽에
대해서는 변함없는 경애의 마음을 품고 있었고 이번 일에 대해
서도 충분히 동정을 표했지만, 그것 때문에 상드 부인의 신뢰
를 잃는 것만은 절대로 피하고 싶었다. 그녀는 상드 부인에 대
해 우정과 더불어 감사의 마음도 함께 지니고 있었다. 자신의
성공은 상드 부인의 도움 없이는 불가능했다는 것을 그녀는 결
코 잊지 않았다. 솔랑주에게는 처음부터 아무 동정심도 없었
다. 가는 곳마다 떠들고 다니는 소문들도 분명 제멋대로 지어
낸 이야기일 것이라고 생각했다. 쇼팽에 대한 동정은 버림받은
자에 대한 그것이었지만 더 크게는 솔랑주에게 속아넘어간 자
에 대한 동정이었다. 그녀는 그런 생각으로 두 사람 사이를 원
래대로 되돌리려 노력했다. 쇼팽도 마찬가지로 피해자다. 그는
이번 일에 대해 미움도 분노도 아닌 슬픔을 느끼고 있을 뿐이
다. 그래서 비아르도 부인은 자신이 머물고 있던 드레스덴에서
상드 부인에게 편지를 보내 그런 점을 이해시키고 결코 쇼팽이
솔랑주 편을 들어 어머니를 비난한 것이 아니라고 납득시키려
했다. 어떻게든 의심을 풀어주기 위해 상드 부인이 크게 신뢰

하고 있는 남편 루이 비아르도에게도 편지를 쓰게 했다. 상드 부인은 그런 두 사람의 편지를 받고 분명 다른 사람들보다는 사정을 잘 알고 있다고 생각했지만, 역시 쇼팽을 용서할 마음은 들지 않았다. 나이도 먹을 만큼 먹은 어른이 열아홉 남짓한 딸아이의 교활한 말에 놀아난 것이 잘못이다. 아니, 어쩌면 딸아이의 말에 놀아나는 척하는 것인지도 모른다고 생각했다. 그것을 구실로 그 동안 자신에게 쌓인 불만을 털어놓고 싶었을 것이다. 애인보다도 아름답게 성장한 젊은 딸에게 음험하게도 자꾸 마음이 쏠리는 자신을 정당화하고 싶었던 것이다. 그런 생각까지 들었다.

들라크루아는 샹로제에 도착해 자리가 잡히자 이런저런 이유를 들어 노앙으로의 초대를 거절하는 편지를 썼다. 쇼팽의 염려를 떠올리며, 어색하지 않은 투로 그녀의 처지를 배려해주는 말도 썼다. 결국 이별을 피하지 못했다는 슬픈 소식과 함께 이미 여기저기에서 이 일을 둘러싼 갖가지 소문이 떠도는 것을 들라크루아도 알고 있었다. 그중에서 특히 사람들의 관심을 끈 것은 상드 부인이 헤어진 연인에 대해 그 결점을 어떤 식으로 논하는가 하는 점이었다. 수많은 남자들과 염문을 뿌리고, 헤어진 다음에는 가차없이 상대를 폄하하는 것은 그녀가 항례처럼 해온 일이었다. 그녀가 쇼팽이 병약한 탓에 칠 년 동안이나 처녀와도 같은 생활을 강요당했노라고 떠들고 다닌다는 이야기가 화제가 되기도 했다. 모두들 그 험담의 잔혹성에 분개했다. 가령 사실이라 해도 결코 입 밖에 낼 이야기가 아니었다. 이런 이야기를 쇼팽이 들으면 얼마나 가슴이 아플까 하고 모두가 걱정했다. 한편으로는 그가 모르는 곳에서 이토록 수많은 소문이 떠돈다는 것이 가엾기도 했다. 그는 상드 부인이 직접 건넨 말만으로도 크게 낙담했다. 들라크루아가 샹로제에서 다시 파리로 돌아온 뒤에 쇼팽이 예의 편지를 마지막까지 읽어주었는데, 당초 생각했던 것보다 훨씬 추악한 내용이어서 들라크루아는 슬픔이랄 수도 없는 강한 분노를 느꼈다.

그는 그 분노의 이유를 몇 번이고 생각해보았다. 잘못에 미추의 구별이 있다면, 그것은 분명 가장 추악한 종류의 잘못이었다. 그는 이제껏 상드 부인의 그런 면은 거의 알지 못했다. 의외였던 만큼 불신이 가슴속에 한층 깊이 뿌리를 내렸다. 여자로서의 약함과 고뇌를 보란 듯이 섞어가며, 자신의 입장을 피해자로 과장하여 독선적인 논리를 펼치고, 소설이나 철학서 어딘가에서 그대로 인용한 듯한 장광설을 구구절절 늘어놓은 편지였다. 모든 것이 연극적이고 혼란스러웠다. 이성적인 상태가 아니라는 점은 분명했다. 펜끝에 담긴 열기가 너무도 과격해서 사실의 설명뿐 아니라 딸 부부의 비열함을 호소하는 대목조차 신뢰가 가지 않았다. 자신에게 보낸 편지를 읽었을 때 싹텄던 동정심도 전혀 느껴지지 않았다. 오히려 그렇게 사람을 구분해가며 전혀 딴판으로 편지를 써보내는 놀라운 솜씨에 싸늘한 기분으로 감탄할 뿐이었다. 클레징게르에 대한 대목에서는 이제 와서 새삼 무슨 소리인가 싶었다. 적극적으로 나서서 그런 위인을 딸과 결혼시킨 사람은 다른 누구도 아닌 그녀 자신이었다. 무엇보다 용서하기 힘든 것은 쇼팽에 대한 모욕적인 비난들이었다. 그것은 설령 애정이 식었다 해도 결코 나올 수 없는 잔혹한 것이었다. 이제까지 농담으로만 들어넘겼던 상드 부인의 연인에 대한 야유들이 전혀 다른 모습으로 다시 떠올랐다. 사실 그녀도 그저 농담으로만 한 말이었을 것이다. 그러나 마치 사막의 식물이 땅속의 수맥을 찾아내 거기에서 끌어올린 물로 스스로를 적시듯이, 그런 말들 또한 그녀의 마음속 가장 깊은 곳에 뿌리를 내리고 무언가를 그 말의 여운 구석구석에 퍼뜨리고 있었던 것이 아닐까?

편지를 읽는 쇼팽의 모습이, 오래 전에 연인이 낭독하던 『루크레지아 플로리아니』를 웃는 얼굴로 듣고 있던 모습과 겹쳐 보였다. 그때부터 쇼팽은 이미 깨닫고 있었던 것이 아닐까? 그리고 그런 마음을 누구에게도 밝히지 못한 채 혼자 고민해왔던 것이 아닐까?

지난번에 그가 이 편지를 차마 읽지 못했던 심정을 충분히 이해할 수 있었다. 종말의 예감이 이미 그 문면에 짙게 드러나 있었다. 한 구절 한 구절이 길게 그림자를 드리우고 있었다. 상드 부인의 생각이 남김없이 드러난 그림자였다. 황혼 무렵에 사람보다 더 크고 길게, 또한 애매하게 비치는 그림자처럼 그것은 말 그 자체의 한없이 늘어진, 그러면서도 황량한 모습을 보여주고 있었다. 연애의 태양이 머리 위에서 찬란하게 빛날 때, 말들은 그 그림자를 발치에 조그맣게 가둬두고 있었으리라. 그러다 해가 기울고 밤이 다가오자 미처 수습할 수 없는 기다란 모습으로 표출된 것이다……

쇼팽은 상드 부인의 마지막 편지를 받은 뒤 의외로 많은 이들에게 그 사실을 밝혔다. 사태가 회복될 전망이 있다면 결코 그러지 않았을 것이었다. 사실을 공공연히 말해버리는 것은 스스로를 돌이킬 수 없는 상황으로 몰아넣는 일이었다. 그래도 상관없었다. 어차피 이제 돌이킬 수 없다. 끝난 것이다, 모든 것이. 만에 하나 두 사람이 화해하고 다시 함께 생활한다 해도 그것은 결코 예전과 같은 안식을 가져다주지 않을 것이었다. 서리를 맞은 풀이 내부에서부터 파괴되어 햇빛에 서리가 녹은 뒤에도 원래의 푸르름을 되살리지 못하듯이. 그리고 그런 것보다 우선은 편안해지고 싶었다. 모두 밝혀서 형틀에 묶인 듯 답답한 가슴을 풀어버리고 싶었다. 말의 경박함이 그 무거운 괴로움을 은밀하게 가져가줄 것만 같았다. 남들 앞에 드러낼수록 고뇌의 각이 닳아 무뎌지는 것 같았다.

모두가 당연한 듯 자기편이 되어주는 것이 기뻤다. 이제까지 얼마나 불합리한 인내를 강요당해왔는지 새삼 깨달았다. 그러나 상드 부인의 편을 들 수도 있었을 사람들까지 그런 식으로 송두리째 자기편으로 끌어들여버린 것이 마음에 걸렸다. 그녀의 고독을 생각하고, 그녀가 자신의 **회유** 수완에 냉소를 흘릴 모습을 생각하면 가슴이 아팠다.

사실 상드 부인은 고독했다. 예년과는 달리 아라고를 제외하면 파리의 친구들은 아무도 노앙을 찾아주지 않았다. 그 외의 내객이라고는 10월 말에 마치니가 이틀간 머물다 간 것뿐이었다. 편지도 점점 줄어들었다. 모두 한결같이 쇼팽 편을 들고 있었다. 솔랑주의 엉터리 같은 말을 믿고 자신을 지독한 악당처럼 여기고 있는 것이었다. 억측이 그녀를 급격하게 갉아먹고 있었지만, 그래도 파리에 나갈 생각은 없었다. 스카르 도를레앙에는 이제 돌아가지 않을 작정이었다. 쇼팽과는 얼굴을 마주치기도 싫었다.

클레징게르 부부는 파리에서는 피해자로 받아들여졌으나, 엄밀히 말해 연민을 산 것은 아내인 솔랑주뿐이었다. 클레징게르는 어떤 이에게는 피해자의 한 사람으로 인정받았고 또 어떤 이에게는 모든 악의 근원으로 여겨졌다. 쇼팽은 그들 두 사람을 다정하게 맞이했다. 이번 조치에 대해 허풍스럽게 감사를 표하는 클레징게르에게도 그다지 차가운 태도는 보이지 않았다. 솔랑주는 마침내 파리에 돌아왔다는 안도감과 흥분에 싸여 노앙에서의 소동에 대해 숨 돌릴 틈도 없이 떠들어댔다. 쇼팽의 사륜마차를 타고 남편과 함께 라 샤트르를 뒤로할 때 배웅을 위해 연도로 달려나온 삼백여 명이나 되는 사람들 앞에서 "오늘은 내 인생 최고의 날이에요!" 하고 외쳤다는 이야기까지 했다. 흥분한 나머지 어머니와 보리의 관계에 대한 말까지 언뜻 내비쳤다. 쇼팽은 그 이야기에 크게 동요하는 자신을 막을 수 없었지만, 분명 사실일 것이라는 생각이 들었다. 헤어진 연인이 최소한 고독만이라도 자신과 공유해주기를 바랐던 은밀한 기대는 그렇게 무참히 배신당했다. 상드 부인도 자신과 마찬가지로 이별 때문에 깊은 슬픔에 빠져 있으리라. 연인이 더이상 곁에 없다는 사실 때문에 고뇌하리라. 그런 생각이 그를 위로해주었다. 그러나 이미 두 사람은 같은 시간을 살고 있지 않은 듯했다. 그녀는 두 사람의 관계를 벌써 과거의 것으로 딛고 넘어서서 새로운 또다른 지금을 새로운 또다른 연인과 함께 살고 있다. 하지만 자신은 여전히 그녀에게 버림받은 과거를 살고 있다. 그런 생각이 또다시 그의 번민을 키웠다. 보리의 얼굴이 수없이 뇌리를 스쳤다. 그의 품에서 황홀해하고 있을 그녀의 표정이 떠올랐다. 가슴이 쥐어뜯기는 듯한 기분이었다. 그런 비열한 상상을 하는 자신이 저주스러웠다. 이것으로 그녀를 완전히 포기할 수 있다. 그렇게 수없이 스스로에게 되뇌었다. 그 외에는 다른 방도가 없었다.

한 달이 지나자 쇼팽도 이별에 대한 이야기는 거의 하지 않게 되었다. 누군가 물어보면 이미 아무 감정도 없다는 표정으로 담담하게 자신의 생각을 털어놓았다. 8월의 자신을 돌아볼 때마다 그 꼴사나운 모습이 부끄럽기 그지없었다. 쓸데없는 말들을 너무 많이 쏟아낸 것 같았다. 친절하게 귀를 기울여주던 친구들에게 마치 동정을 구걸하듯 고민을 늘어놓던 자신의 모습이 비참

하게 떠올랐다. 그런 후회와 함께 적막감이 그를 이 화제에서
차츰 멀어지게 했다. 이별의 홍분에서 깨어나자 혼자가 되었다
는 사실이 절실하게 다가왔다. 지금까지도 노앙과 파리로 떨어
져 지낸 일이 많았다. 그러나 지금은 그때와는 전혀 다르다는
것을 깨닫는 데는 그리 많은 시간이 걸리지 않았다. 일상의 모
든 장면에서 그녀의 부재가 느껴졌다. 누구에게도 이야기할 필
요가 없어지고 보니 일상이 너무도 따분했다. 몇 달 전까지만
해도 그토록 노앙에 가기를 망설였던 자신의 모습이 거짓말처
럼 느껴졌다. 이 집에 시간과 단둘이 남겨졌다는 것이 무엇보다
괴로웠다. 괴로움을 견딜 수 없어 항상 레슨 학생이 끊이지 않
도록 시간을 조정했다. 물론 이번 일에 관해서는 온 파리를 다
뒤져도 그녀들만큼 사정을 잘 아는 이들은 없었다. 모두 쇼팽의
마음속을 짐작하며 마치 자기 일처럼 가슴 아파했다. 자신들이
내는 사례비만큼 우선적으로 그를 걱정해줄 특권이라도 부여받
은 듯한 모습이었다. 그중에서도 몇 년 전부터 그의 지도를 받
고 있던 제인 스털링 양의 열성이 특히 눈에 띄었다. 그녀는 이
백 년에 걸친 인도 무역으로 막대한 부를 쌓은 스코틀랜드의 명
문 스털링 가 출신이었다. 아버지 제임스는 그 재산으로 에든버
러에서 은행을 경영하고 있었다. 그녀는 두 자매 중 동생으로,
여태 미혼인 채 파리에서 꽤 오랫동안 살고 있었다. 언니인 캐
서린은 스코틀랜드의 또다른 명문가인 어스킨 가의 제임스와
일찌감치 결혼했지만 결혼생활 오 년 만에 남편과 사별하고 영

국에서 살고 있었다. 스털링 양은 이따금 그 언니와 함께 쇼팽의 집을 방문했고, 그때마다 열심히 영국 행을 권유했다. 스털링 양 또한 상드 부인과 마찬가지로 쇼팽보다 여섯 살 연상인 마흔셋이었다.

레슨이 없는 날이라도 마음만 먹으면 얼마든지 시간을 때울 수는 있었다. 각 방면에서의 초대가 끊임없이 날아들었다. 사람들은 어떻게 해야 그가 초대에 응하는지 잘 알고 있었다. 사치스럽게 꾸민 모임이어도, 시끌벅적한 자리여서도 안 되었다. 낯선 사람들의 동석을 최소한으로 줄여서 그가 피곤해하지 않을 자리를 준비하는 것이 무엇보다 중요했다. 한번은 지라르댕 부인의 초대를 받아 샤요의 집에 영매(靈媒)를 구경하러 가기도 했다. 또 어느 날은 페리에르에 있는 로스차일드 남작의 저택에서 며칠 동안 아무것도 하지 않고 빈둥거리기도 했다. 그런 생활을 두 달이나 계속하자 결국 허탈해져서, 사교계가 재개되는 겨울의 방문과 함께 완전히 자택에 틀어박히고 말았다.

혼자만 세상의 흐름에 뒤쳐지는 것만 같았다. 정치에는 원래 별 관심이 없었지만 상드 부인과 헤어진 뒤로는 더욱더 그쪽 방면과 소원해졌다. 정치가의 뇌물 수수 소문을 들어도, 지방에서 소요가 빈발하고 있다는 이야기를 들어도 아무런 느낌이 없었다. 어쩌면 의식적으로 피하는 것인지도 몰랐다. 정기적으로 진찰을 하러 오는 주치의 몰랭 박사에게서, 재작년부터 이어진 불황 때문에 의사들까지 직장을 구하지 못해 곤란한 지경이라는 이야기를 듣고는 "그렇다면 저도 이런 유복한 의사 선생님이 아니라 좀더 가난한 청년 의사에게 제 귀중한 병을 봐달라고 해야겠군요"라고 농담을 던졌다. 솔직히 전혀 실감이 나지 않았다. 괜히 해본 소리가 아니라면, 유행성 감기가 맹위를 떨치고 콜레라의 공포가 만연해 있는 상황에서 의사들이 돈을 못 벌 리가 없었다. 게다가 병에 무슨 불황이나 호황이 있겠느냐고 생각하다가 그런 자신의 생각이 소박하기 짝이 없다는 것을 깨달았다. 돈이 없는 이들은 의사의 진찰도 받지 못한 채 죽어가고 있는 것이다. 그렇게 생각하면 새삼 자신이 얼마나 편안한 처지인지 느껴졌다. 아닌게 아니라 한창 때와 비교하면 레슨 학생도 많이 줄어들었다. 그러나 생활이 궁핍할 정도는 아니었다. 마침 지난여름에 작품 63번 세 개의 마주르카, 작품 64번 세 개의 왈츠, 작품 65번 첼로 소나타 세 작품을 예전처럼 프랑스의 슐르생제 사, 영국의 웨셀 사, 독일의 브라이트코프 운트 헤르텔 사에 넘긴 참이었다. 게다가 노앙에 가기 위해 준비했던 비용이 그대로 남았기 때문에 도리어 다른 때보다 여유가 있었다.

쇼팽은 세상의 정황을 따져보기보다는 친구들과 자신의 처지를 비교해보곤 했다. 모두들 다른 사람을 돌아볼 여유가 없을 터였다. 차르토리스카 대공비는 병으로 누워 있었다. 그지마와 백작은 좋지 않은 투자에 손을 댔다가 파산 직전의 상태에 빠져 있었다. 마를리아니 백작 부인은 자신이 맡아 돌보기로 한 형부 엔리코를 9월 말에 병원에서 잃은데다 비탄에 잠길 틈도 없이 성악 교사인 남편과의 별거 소송이 최종 심리에 들어가 있었다. 들라크루아는 천장화의 완성을 목표로 날마다 하원에 출근하다시피 하고 있었다. 구트만은 연주 여행중이었다. 그리고 상드 부인조차도 『악마의 늪』의 불법 복간을 둘러싸고 문예가협회와의 재판에서 패소하는 와중에서도 『주르날 데 데바』지에 신작을 연재한다는 예고를 싣고 있었다.

홀로 실연의 슬픔에 젖어 있는 자신이 너무도 바보같아 작곡에 손을 대보기도 했지만 결과는 신통치 않았다. 어떤 선율을 떠올려봐도 지금의 비참한 심경이 그림자를 드리우고 있는 것 같아 불쾌했다. 그런 일은 예술가의 수치였다. 뮈세의 시라도 붙여 익명으로 팔아먹으면 뜻밖의 큰 성공을 거둘 우스운 작품이 나올 것 같아 지레 두렵기까지 했다. 죽음에 이른 백조가 아름다운 소리로 운다는 속설대로 고뇌와 역경이야말로 아름다운 음악을 빚어내는 것이라는 근거 없는 몽상에 빠져 있는 모든 이들에게 그것이 얼마나 잘못된 생각인지 알려주고 싶은 심정이었다. 노앙의 평온이 자신의 창작에 얼마나 큰 도움이 되었는지를 새삼 실감했다. 가장 훌륭한 작품은 모두 노앙에서 씌어졌다. 가장 비참한 선율 하나조차도 노앙의 정적이 있었기 때문에 나올 수 있었던 것이었다. 그것을 잃어버린 지금, 과연 다시 새로운 곡을 쓸 수 있을까. 그런 불안이 수없이 가슴을 스쳤다.

건강도 좋지 않았다. 날이 추워지면서 다시 기침이 나고 숨쉬기가 힘들어서 고통에 시달리는 시간이 많아졌다.

가끔 솔랑주에게 편지를 썼다.

젊은 신혼부부는 9월 중순에 남편의 생가가 있는 브장송으로 떠나 두 달여를 그곳에서 보낸 뒤, 남편은 파리로 돌아오고 아내는 출산 준비를 위해 뒤드방 남작이 있는 기유리로 떠났다.

여전히 빚에 몰려 꼼짝도 하지 못하는 형편이었다. 브장송으로 출발하기 전에는 쇼팽에게서 오백 프랑을 빌려갔다.

클레징게르는 아내의 예상 밖의 낭비벽에 그만 두 손을 들고 국민군에 입대하는 한편 다음해의 관전 출품작 제작에 정열을 쏟고 있었다.

쇼팽은 솔랑주의 부탁으로 이따금 그가 보초 근무를 서는 튀일리 궁에 격려차 나가보곤 했다.

저녁에 만날 때는 같이 식사를 하러 가기도 했다. 함께 팔레 루아얄에 나가 육칠십 프랑 정도 하는 레스토랑에서 배불리 먹여주었다. 계산은 당연히 쇼팽이 했다. 클레징게르는 이런 좋은 음식은 웬만해서는 구경도 못 한다며 허겁지겁 접시를 비웠다. 아예 쇼팽이 남긴 것까지 먹어치웠다. 어리다고는 해도 자신과 겨우 네 살밖에 차이가 나지 않는 그의 식욕에 쇼팽은 눈이 휘둥그레졌다. 하지만 그리 밉지는 않았다. 저절로 피식 웃음이 나왔다. 어차피 제대로 맛을 음미할 수 없을 거라고 생각하니 단골로 다니던 '그랑 베푸르' 같은 고급 식당을 피한 자신의 현명함이 감탄스럽기도 했다.

마주 앉아 이야기를 나누다보니 이상하게도 예전의 미움이 엷어지는 듯했다. 신뢰하고 우정을 쌓을 만한 상대라고는 생각하지 않았다. 그러나 솔랑주가 어째서 이 남자에게 끌렸는지 알 것 같기도 했다.

식사중에는 주로 군대 근무의 불만과 제작중인 작품에 대한 이야기를 들었다. 클레징게르는 자신의 작품이 얼마나 걸작의 예감으로 가득 차 있는지를 의기양양하게 떠벌리며 "내년 관전에서는 반드시 일등을 할 겁니다. 그래서 저 쩨쩨한 장모의 코가 납작해지도록 보란 듯이 성공할 거예요! 빚 문제라면 이제 걱정할 것 없어요. 그 작품 하나면 그놈의 빚 따위는 다 갚고도 남아돌 만큼 돈이 들어올 테니까!"라고 엉뚱한 기염을 토했다.

쇼팽은 이유야 어쨌건 그가 그렇게 술과 도박을 끊고 일에 열중한다는 점에서 희망을 가졌다. 그리고 기껏 싹튼 그의 의욕을 꺾지 않기 위해 "기대하겠네"라며 감탄하는 표정으로 이야기를 들어주었다. 그래도 상드 부인에 대해 험하게 말하는 것에는 몇 마디 주의를 주었다. 자네는 솔랑주와 어머니가 화해할 수 있도록 도와야 하는 입장이다. 그러니 어머니의 험담을 하는 건 신중을 기해야 한다. 만에 하나 솔랑주가 그런 말을 입에 담더라도 자네가 잘 달래서 생각을 고쳐주어야 한다. 행여라도 한편이 되어 어머니를 나쁘게 말해서는 안 된다. 그렇게 클레징게르를 나무랐다. 보호자 같은 말투에 상대의 기분이 상하지 않도록 조심스럽게 말하려 애썼다. 클레징게르는 그 정도는 알고 있다는 투로 선선히 고개를 끄덕였다.

클레징게르는 자신들 부부가 파리에서 받은 동정이 쇼팽에 대한 그것을 간접적으로 얻은 데 불과하다는 사실을 잘 알고 있었다. 자칫 쇼팽을 적으로 돌렸다가 앞으로 얼마나 큰 불이익이 발생할지는 더 생각해볼 것도 없었다. 솔랑주에게 서슴없이 오백 프랑을 빌려준 것만 봐도 그가 앞으로도 계속 힘이 되어줄 생각이라는 것을 알 수 있었다. 연장자랍시고 설교를 늘어놓는 것쯤은 얼마든지 들어주자. 그의 기분을 상하게 하는 일만은 어떻게든 피해야 한다. 그것은 솔랑주도 몇 번이나 당부하던 것이었다.

무엇보다 처음부터 쇼팽에 대해서는 아무런 원한도 없었다. 까다로운 구석이 있어서 어쩐지 대하기 힘든 사람이었고 자신을 별로 탐탁해하지 않는다는 것도 알고는 있었지만, 그렇다고 특별히 미워할 만한 이유는 없었다. 상드 부인과는 절대 다시 화해할 수 없음이 분명한데도 그런 진지한 얼굴로 충고하는 그의 모습은 우스꽝스럽다기보다 오히려 가련하기까지 했다.

'그런 다 늙은 여자를 어지간히도 감싸고 도는군. 버림받은 마당에 아직도 미련이 남았나? 정말 안됐어. 나는 자기 기분을 풀어줄까 하고 얘기한 건데! ……하긴, 그런 얘기에 냉큼 달려들지 않는 점이 이 사람의 만만치 않은 면이기도 하지. 상드 부인이라면 좋아라 하고 맞장구를 쳤을 텐데! 단순하니까, 그 여자는. 중년 여자의 신경질이란 정말 어떻게 해볼 수 없는 거라니깐! 그런 여자가 뭐가 좋다고 이러는 거지?'

실제로 딸 부부와 어머니의 관계는 여전히 험악했다.

솔랑주는 기유리로 향하는 도중에 석 달 반 만에 노앙에 있는 어머니를 찾았지만 둘 사이에 화해의 기미는 전혀 없었다. 딸 쪽에서 먼저 사죄할 마음은 처음부터 없었다. 다만 서로의 마음이 이어질 만한 일이 생겼으면 좋겠다는 막연한 기대는 있었다. 서로 얼굴을 마주하고 보면 어색하게나마 상대를 배려하며 웃을 수 있을지도 모른다. 파리에서는 어떻게 지냈느냐고 어머니가 은근히 걱정해주며 몇 마디 말을 붙일지도 모른다. 그렇게만 해준다면 자신도 입이 열려 이런저런 이야기를 할 수 있으리라. 어려운 가운데서도 가정을 지키려 한창 작업에 몰두하고 있는 남편의 모습을 알려주면 사위에 대한 어머니의 불신을 조금이나마 풀어볼 수 있을지도 모른다…… 아니, 솔랑주의 기대는 실은 그보다 훨씬 큰 것이었다. 어쩌면 모두 없었던 일로 하고 관대하게 맞아줄지도 모른다. 지금껏 끝끝내 느껴보지 못했던 어머니로서 마땅한 애정의 충동에 의해! 내가 내 발로 먼저 찾아가는 것이다. 그것만으로도 충분하지 않은가. 그것만으로도 내 심정을 알아차리고 다정하게 맞아줄 것이다. 그런 얼토당토 않은 기대를 솔랑주는 분명하게, 그리고 스스로 깨달을 수 없을 만큼 은밀하게 품고 있었다. 그런 기회가 찾아와준다면 분명 자연스럽게 자신이 먼저 사죄의 말을 꺼낼 수 있을 것이다. 그리고 그것이 받아들여지기만 한다면 지금까지 이상으로 어머니를 사랑할 수 있을 거라고 예감했다.

그러나 그런 해결은 결코 상드 부인이 원하는 것이 아니었다. 딸과 화해하고 싶은 마음은 있었다. 그렇지만 극적인 화해를 위해서는 딸의 사죄와 함께 반드시 저 가증스러운 사내와의 절연이라는 조건이 갖춰져야 했다. 어머니의 그런 단호한 태도를 접한 솔랑주는 눈앞에 붉고 검은 어둠의 장막이 드리워지는 듯한 실망감을 맛보았다. 그 고집과 혹박(酷薄)을 용서할 수 없었다. 솔랑주는 자신의 몽상이 배반당한 것을 어머니의 배반으로 혼동했다. 자기 마음대로 품었던 커다란 기대를 마치 어머니가 미리 약속했었던 것처럼 착각했다. 그러고는 곧바로 냉담해져 이런 비정한 어머니에게 잠깐이나마 희망을 품었던 자신의 어리석음을 진심으로 조소했다. 완전히 변해버린 자신의 방이 그 생각에 더욱 박차를 가했다. 어머니는 자신이 집을 떠난 사이 일층 방을 미련 없이 정리해버리고 그 자리를 둘로 나누어 작은 연극 무대를 만들었다. 한쪽은 객석, 한쪽은 무대였다. 화장실은 분장 대기실로, 침실은 악단 자리로 탈바꿈했다. 자신의 방이 생전 본 적도 없는 낯선 인간들에게 짓밟히고 어지럽혀지는 모습에 솔랑주는 너무도 분해 눈물마저 글썽였다. 어머니의 무신경한 행위에 깊은 원망이 쌓였다. 자신이 돌아올 곳은 이제 없다. 그건 물론 알고 있었다. 그러나 그것을 이렇게 잔인한 방식으로 똑똑히 보여줘야 한단 말인가? 남편의 아틀리에로 쓰려고 점찍어두었던 방도 그새 랑베르가 차지하고 있었다. 모리스는 낭패감에 어쩔 줄 모르는 여동생을 차갑게 외면했다. 여기오는 게 아니었어…… 후회에 빠진 딸의 모습에 상드 부인도 조금 불쌍한 생각이 들어 스카르 도를레앙의 방을 쓰는 게 어떻겠느냐고 제안했다. 쇼팽이 파리에 있는 이상 상드 부인은 다시는 그곳에 가지 않을 것이었다. 솔랑주는 그 제안을 차갑게 거절하며 쏘아붙였다.

"어머니의 그런 고마운 말씀을 지금까지 몇 번이나 들었는지 모르겠네요. 하긴 말이야 무슨 소린들 못 하실까."

이날 솔랑주는 노앙의 저택이 아닌 라 샤트르의 친척집에서 묵었다. 다음날, 그래도 딸이 걱정된 어머니가 경제적인 문제로 할 이야기가 있다며 다시 불러들였을 때도 솔랑주는 마치 자기 부부가 먹고사는 데 문제가 있다는 듯한 말투라며 어머니의 후의를 받아들이지 않았다.

그해에 두 사람이 만난 것은 이 두 번의 기회가 마지막이었다.

쇼팽은 솔랑주의 편지를 통해 이런 이야기를 들었다. 그때마다 그는 클레징게르에게 건넸던 충고를 스스로 지키려는 듯 애써 그녀를 달래며 화해의 희망을 버리지 말라는 편지를 열심히 써보냈다.

상드 부인에게서는 아무런 연락도 없었지만, 단 한 번 로지에르 양을 통해 서신을 주고받을 기회가 있었다. 노앙에 피아노를 빌려주었던 카미유 플레옐이 두 사람의 이별 소식을 전해듣고는 피아노는 어떻게 할 거냐고 쇼팽에게 물어왔기 때문이었다.

쇼팽은 그에게 임대료는 자신이 지불할 테니 계속 상드 부인이 쓸 수 있게 해달라고 답했다. 그렇게 정리할 생각이었다. 반환하라고 하기가 망설여졌다. 또 이런 처리를 통해 자신은 상드 부인에게 아무런 미움의 감정도 없다는 뜻도 전하고 싶었다. 이런 사소한 일 때문에 두 사람이 함께 보낸 시간들을 기억 저 깊은 곳에 가두어버리는 일 없이, 이따금 돌이켜 그리워할 아름다운 추억으로 가슴에 담아두기를 바랐다. 편지로 직접 그런 이야기를 전할 수는 없었다. 글로 쓰기에는 너무도 엉뚱하고 볼품없고 초라한 말이었다. 무언가 다른 자연스러운 방법으로 전하고 싶었다. 그 역할을 피아노가 해줄 것이라고 생각했다. 그것은 우연이 가져온 문제이고 우연이 만들어낸 해답이었다. 이 기회를 통해 자신의 마음을 드러내고 그것을 상드 부인이 받아주길 바랐다. 아무 말 없이 조용히 받아주길 바랐다.

미련이 남았다고 생각할까봐 플레옐에게는 웃으며 이렇게 말해두었다.

"내가 공들여서 고른 최고의 피아노니까, 그녀도 싫다고는 안할걸요?"

얼마 후 쇼팽은 로지에르 양을 통해 상드 부인이 플레옐 사 앞으로 그 피아노를 반송하는 수속에 들어갔다는 소식을 들었다. '쇼팽이 나를 위해 피아노 임대료를 지불하는 것은 조금도 원하지 않습니다. 나를 미워하는 사람에게 한 푼이라도 부담을 끼치고 싶지는 않습니다'라는 것이 편지에 적힌 그녀의 대답이었다.

그 말을 어떻게 전해야 할지 몰라 머뭇거리는 로지에르 양을
보고 쇼팽이 먼저 입을 열었다. 굳이 들을 필요가 없었다. 듣지
않아도 알 만한 일이었다.

"괜찮아요. 그쪽의 뜻이 그렇다면 따르도록 하지요. 어떻게
되건 나는 상관없으니까……"

상처입은 자존심과 온몸이 가라앉는 듯한 실망감에 쇼팽은
일부러 별일 아니라는 듯이 대꾸했다. 그리고 뭔가 한마디 위로
를 해주려고 애쓰는 로지에르 양에게, 그 입을 막으려는 듯 일
별을 던지고는 고개를 숙이며 웃어 보였다.

33

외젠 들라크루아가 맡은 하원 도서관 천장화가 드디어 완성
이 머지않은 것 같다는 이야기는 여름을 지날 무렵부터 화단 여
기저기서 오고갔지만, 가을이 깊어가면서 점차 그 목소리가 커
지더니 11월도 중순을 넘겨서는 일부 발판 해체 작업이 시작된
것 같다는 소식이 전해지자 술렁거림이 최고조에 달했다가, 그
뒤로는 거꾸로 숨죽인 은밀한 여운만이 이 소문을 지배하게 되
었다. 기대를 품는 이들과 경계하는 이들이 똑같은 긴장의 강도
를 공유하고 있었다. 제작과정은 일반에게 공개되지 않았지만,
먼저 완성된 큐폴라에 가득 찬 이십 매의 팡당티프를 본 고티에

등 몇몇 사람들에게서는 벌써부터 그 경탄할 만한 완성도를 두고 그가 제작한 장식화 중에서, 아니 지금까지 프랑스에서 제작된 모든 장식화 중에서 최고라는 소리가 터져나왔다. 완성 전의 이런 평판은 작자의 기대를 훨씬 뛰어넘는 것이었다. 찬미자들은 공개일을 기다리다 못해 상상 속에서 미리 수없이 감동할 연습을 했다. 적대자들은 대수롭지 않게 무시하면서도 불안을 감추지 못했다. 그리고 내무성 미술국 직원만이, 어찌 됐건 연내에 일이 끝나기는 할 모양이라며 가슴을 쓸어내렸다.

12월에 들어서자 마침내 화가 본인에게서 정식으로 완성 보고가 들어왔고, 그달 22일부터 일부 관계자들을 시작으로 본격적인 공개에 들어간다는 결정이 내려졌다.

첫 공개 전날인 12월 21일, 들라크루아는 아침부터 초대장을 쓰느라 정신없이 바빴다. 명단은 이미 작성되어 있었다. 주요 정치인들과 미술 관계자들은 내무성에서 초대장을 보내기로 했기 때문에 그는 그 외의 사적인 지인들에게 보내는 편지를 썼다. 평론가로는 토레와 고티에를 비롯한 오랜 지지자들, 화가 동료들 중에는 디아즈 드 라 페냐, 토마 쿠튀르 같은 각자 화풍을 달리하는 기예의 젊은이들을 초대하기로 했다.

마음에 들지 않는 고지식한 평론가들은 아예 처음부터 부르지 않기로 마음을 정했다. 그것만으로도 연장자나 동세대 평론가들의 이름이 모조리 후보에서 빠져버리는 바람에 들라크루아는 저도 모르게 쓴웃음이 나왔다. 연륜이 짧은 삼류 문사들도 논외였다. 그러다보니 결국 그보다 열두어 살이나 젊은 평론가들밖에 남지 않았다. 신선한 감식안을 지닌데다 그에 걸맞은 발언력까지 갖춘 삼사십대의 평론가들—즉 토레나 고티에 등이었다.

이들 세대의 자신에 대한 지지는 평론가뿐 아니라 화가들도 마찬가지였다. 드 라 페나와 쿠튀르 역시 그 세대의 화가들이었는데, 그들을 초대하는 것은 토레나 고티에를 초대하는 것보다 더 적극적인 의미가 있었다. 들라크루아는 현재 자신의 화업이 어느 위치에 있는지 확인하고 싶었다. 벌써 오십 줄에 가까운 나이가 되어, 항상 저 너머에 있으리라 생각했던 노경(老境)도 어느새 바로 눈앞으로 다가와 있었다. 그들은 이른바 새로운 재능이었다. 그리고 새로운 까닭에 보수적인 화단에 항상 물의를 일으키는 재능이었다. 그런 그들에게 자신의 작품이 여전히 신선한 자극일 수 있을까. 여전히 어떤 미래를 예고하는 것으로서 자리잡고 있을까. 그것을 확인하고 싶었다. 예전에는 다름아닌 그 자신이 하나의 새로운 재능이었다. 신선하고 야만적이며 무지(無知)하고, 또한 용서받을 길 없는 재능이었다. 그런 새로움이 과연 얼마나 진실한 것이었을까. 그가 미워하고 또 그를 미워했던 동시대의 무수한 화법과 결국에는 아무런 차이가 없는, 그저 한 시대에만 사랑받는 그런 것이었을까. 아니면 티티안의, 라파엘로의, 루벤스의 그것처럼 그의 뒤에 오는 이들은 누구나 일단 그의 화법을 통과하지 않고서는 그림을 그릴 수 없을 만큼 본질적인 변화를 가져온 것이었을까. 그는 자신의 온 몸과 마음을 기울여 완성한 이 작품을 젊은 화가들에게 내밀어 그것을 명백히 가리고 싶었다.

화단의 초대자들 앞으로 보내는 편지를 다 쓰고는 잠시 휴식을 취한 후에 식사를 하고, 오후에는 오전에 쓴 초대장을 제니에게 들려보내놓고 그 사이에 나머지 친한 지인들에게 보낼 초대장을 썼다. 같은 내용이었지만 이쪽은 한결 마음이 편했다. 조각가 다비드 당제나 앙투안 프레오 같은 면면들도 포함되었다. 그들은 동업자이기는 하지만 서로 활동 무대가 다른 탓에 스스럼없는 우정을 유지할 수 있었던, 어찌 보면 묘한 관계의 친구들이었다. 쇼팽 같은 보통 친구들은 다음 기회에 초대하기로 했다. 포르제 남작 부인과도 나중에 둘이서만 보러 가기로 약속했다.

초대자 명부에 도장을 찍으며 혹여 빠뜨린 사람은 없는지 생각하다 비요를 깜빡 잊었다는 것이 문득 떠올랐다.

'분명 굉장히 화를 낼 테지. 자기한테만 초대장을 안 보냈다고……'

그런 생각을 하니 저도 모르게 얼굴에 환하게 웃음이 번졌다. 마침 그때 제니가 돌아왔다.

"왜 그러세요, 혼자 웃으시고?"

방 안에서 혼자 웃고 있는 그가 이상했던지 그녀가 걱정스러운 얼굴로 물었다. 그런 그녀의 모습이 또 우스웠다.

"아니, 드디어 다 썼다 했더니만 가장 중요한 비요를 깜빡 잊었더라고. ……그런데 그 친구가 왜 자기한테만 초대장을 안 보냈느냐고 화를 낼 모습을 생각하니까 자꾸 우스워서…… 놀랐나? 일을 너무 많이 해서 머리가 돌아버린 건 아니니까 걱정하지 마."

"그렇다면 다행이네요. 지금 선생님께서 정신병원이라도 들어가셨다가는 저는 당장 길거리에 나앉을 판이니까요. 아아, 다행이에요."

"뭐야, 나를 걱정해서 그런 게 아니었나?"

"글쎄요, 요즘 경기가 워낙 안 좋으니까요."

들라크루아는 웬만해서는 농담 같은 건 하지 않는 그녀가 진지한 얼굴로 그런 소리를 하는 바람에 순간 진심으로 받아들여야 하는 게 아닌가 하고 망설였다. 그러나 그의 그런 낭패한 모습에 바로 그녀가 배를 부여잡고 웃음을 터뜨렸기 때문에 가까스로 안도의 한숨을 내쉬었다.

'웬일로 농담을 다 하지? 밖에서 무슨 좋은 일이라도 있었나?'

그런 야박한 농담은 제니가 아니고서는 할 수 없는 것이었다. 조금이라도 나쁜 마음을 감추고 있다면 어떻게 그런 말을 이토록 재미있고 편하게 할 수 있을까. 아무런 망설임도 없었다. 정말 자신이 정신병원에 들어간다 해도 그녀는 분명 지금과 다름없는 헌신을 보여주리라. 아무리 고독한 임종의 순간을 맞이하더라도 자신 곁에는 분명 그녀의 모습이 있으리라. 그런 생각을 하니 새삼 제니에 대한 친애의 정이 깊어지는 것 같았다.

"갑자기 쌀쌀맞은 소리를 하는 통에 잠시 가슴이 덜컥했네. 그런데 이야기를 듣고 보니 새삼 내가 주인이라는 자각이 드는군 그래." 그도 마찬가지로 오랜만에 장난스러운 농담으로 맞받았다. "월급 준 만큼 톡톡히 부려먹으려고 조금 있다 다시 편지 심부름을 보낼 테니 그리 알아요! 비요에게 갈 초대장만 쓰면 되니까, 잠깐 기다려주겠지? 아, 그렇군, 그 동안에 커피를 넣은 쇼콜라도 한 잔 얻어마셔볼까?"

"네, 잘 알겠습니다. 물론 제게 주시는 월급만큼 톡톡히 부려먹으셔야죠."

제니는 신바람이 나서 주방으로 향했다.

그녀는 그의 얼굴에 이제야 겨우 웃음이 돌아온 것이 기뻤다. 최근 몇 달 동안은 그녀 역시 번민에 휩싸여 지내야 했다. 작업장에서 돌아오면 지칠 대로 지쳐 식사도 하는 둥 마는 둥 그대로 잠자리에 드는 그를 그녀는 항상 안타까운 마음으로 바라보곤 했다. 아무것도 해줄 수가 없었다. 자신의 무력함을 한탄하며 그저 지켜보는 수밖에 다른 방법이 없었다. 걱정이 되어서 이것저것 말을 건네보기도 했지만, 도리어 괜한 신경을 쓰게 하는 것 같아 죄송스러웠다. 초췌한 얼굴에 억지로 웃음을 띄우는 그의 친절한 배려가 가엾고 딱했다. 어째서 좀더 능숙하게 그를 도와주지 못할까. 그런 생각에 나날이 안타까움만 쌓였다. 마음을 풀 길이 없어 때로는 기도 대신 분노가 치밀었다. 무리한 일정을 강요하는 관청의 공무원에게, 새 작업의 의뢰인에게, 방문자에게, 날씨에, 그의 지병에, 그리고 무엇보다 자기 자신에게.

그러던 그가 마침내 원래의 모습을 되찾아 웃는 얼굴을 보인 것이다. 그것이 그녀는 너무도 기뻤다. 마치 긴긴 겨울 동안 집 안에 갇혀 지내던 끝에 맞이한 봄 같았다. 이제 그렇게 고통스러워하는 모습은 지켜보지 않아도 된다. 이제 그렇게 속을 끓이지 않아도 괜찮은 것이다.

사실 작업은 진작에 끝났었는데, 흥분이 길게 이어진 탓인지 일 주일가량이나 여전히 불안해하는 모습이었다. 참고 있었던 피로가 한꺼번에 몰려온 것 같기도 했다. 그녀가 기대했던 환한 표정은 좀처럼 보이지 않았다. 이렇게 편안하고 느긋한 표정을 보인 것은 불과 며칠 전부터였다.

제니가 쇼콜라를 준비하는 동안 들라크루아는 비요에게 보내는 편지를 썼다. 비요만은 다른 사람들보다 더 이른 시간에 나오라고 해서 특별히 해설까지 해줄 생각이었다.

다 쓴 초대장을 하나로 묶어 쇼콜라를 내온 제니에게 건네주었다.

"휴, 마침내 잡무에서 해방되는군."

"작업도 다 마치셨으니 이제 좀 편히 쉬셔야지요."

"그렇군, 안 그러면 제니가 또 걱정할 테니까."

"제가 걱정하는 거야 뭐 괜찮지만요."

"음, 아무튼 이제 좀 편안해졌어. ……또 이렇게 일거리를 안겨서 미안하지만, 한번 더 다녀오겠어?"

"그럼요, 바로 다녀오고말고요."

"이건 마시고 가도 돼."

"아뇨, 저는 괜찮아요."

"그래? 그럼 잘 부탁해. 비 오기 전에 어서 다녀와요." 그렇게 말하며 창가로 다가가 바깥을 내다보았다. "아직은 괜찮긴 한데……"

"네, 내일까지는 날이 맑아야 할 텐데요."

"내일은 아무래도 비가 올 것 같아. 다행히 올해는 별로 춥지 않아서 눈까지 내리지는 않겠지만…… 그래도 다들 와주겠지?"

"물론이지요! 비 조금 오는 것 정도야 아무것도 아니죠."

"그러면 좋겠군. 그리고 자네에게도 가까운 시일 안에 꼭 보여주려고 해."

"저는…… 네, 꼭 보고 싶기는 하지만…… 폐가 되지 않게 나중에 시간 날 때 보여주셔도 괜찮아요."

"그래, 날짜는 다음에 다시 정하기로 하지. 자, 그럼, 미안하지만."

제니를 보내고 혼자 남은 들라크루아는 늘 하던 대로 벽난로 앞에 앉아 붉은 담요를 두른 채 남은 쇼콜라를 천천히 마셨다.

'오랜만에 마시니 역시 맛있군. 이번 가을에는 정말 많이도

마셨지. ……그러고 보니 쇼팽에게도 이 방법을 권했었는데, 마셔봤을까?'

쇼콜라에 두세 스푼의 커피를 섞어 마시는 것은 이번 가을에 그가 한번 시험해보고는 마음에 쏙 들었던 새로운 발명이었다. 그후로는 제니가 어이없어할 만큼 애호가가 되었다.

'한동안은 거의 매일같이 마셨어. 그리고 기침을 가라앉히는 감초 뿌리도…… 그것도 과자점 것보다 식료품점의 큼직한 게 더 효과가 있다고 매번 제니가 가서 사오곤 했지. 그런데 그게 정말 잘 들었어. 조제핀의 감기까지 나았으니……'

멍하니 그런 생각을 하고 있으려니 기억 속에서 두 가지 맛이 뒤섞이면서 이번 가을의 기억들이 줄줄이 이끌려나왔다.

'쇼콜라 한 잔 마실 때마다 이런 기억들이 죄다 떠올라서야 도저히 못 견디지…… 한동안 이것도 못 마시겠군……'

8월에 샹로제에서 다음해 관전에 출품할 〈라라의 죽음〉과 주문받은 〈메키네스의 위병소〉 복제 작업 등을 해버린 덕분에 기분이 새로워져 파리에 돌아온 뒤로 잘 익은 과실 같은 여름의 끝자락을 정력적으로 하원 도서관 작업에 쏟을 수 있었다. 하루하루 깨닫는 기술적인 발견이 정열을 자극했다. 결코 여유가 있다고는 할 수 없었지만 곧 완성할 수 있다는 실감은 충분히 느껴졌다. 그러나 그러던 9월 13일, 그는 베르사유에 나갔던 길에 갑작스런 고열로 쓰러지고 말았다. 그리고 10월 4일까지 꼬박 삼 주일를 병상에서 애만 태우며 헛되이 보낼 수밖에 없었다.

발열의 원인이 과로라는 것은 스스로도 알고 있었다. 그전부터 몇 번이나 그런 조짐이 보였었다. 충분히 잠을 자도, 음식에 신경을 써봐도 별 효과가 없었다. 면도를 하려고 거울 앞에 서면 초췌하기 이를 데 없는 자신의 얼굴이 한심하기만 했다. 푹 쉬고 싶었다. 그러나 일정이 휴식을 허락하지 않았다. 제작에 대한 욕구가 한창 활발하던 참이었다. 그것을 발산하는 데 익숙해져 있던 터라 출구가 없어지면 욕구가 마구 날뛰는 바람에 가슴이 더욱 답답했다. 그래서 어쩔 수 없이 무리에 무리를 거듭하게 되었다. 자신이 점점 닳아가는 듯한 느낌이 들었다. 그럴수록 몸은 점점 더 무거워졌다. 승합마차 안에서 가만히 눈을 감으면 졸음과는 또 다르게, 일종의 마비처럼 의식이 희미해지는 것이 느껴졌다. 저 먼 곳이 부옇게 다가들면서 그 속에서 방금 보았던 경치의 보색(補色)이 어둠에 등불을 밝히고 선 것처럼 묘하게 번뜩였다. 작업을 마치고 센 강변에 서면 강물의 흐름에 빨려드는 듯한 착각에 휩싸였다. 자칫 방심했다가는 그대로 빠져버릴 것 같아 가까이 다가갈 수가 없었다. 겨우 집으로 돌아오면 의자에서 꼼짝도 할 수 없었다. 육체보다 오히려 정신의 허덕임 때문에 숨이 찼다.

전에 없이 자신을 혹사한다는 것은 알고 있었지만, 그래도 피곤이 너무 심해서 혹 나이를 먹은 탓은 아닌가 생각하기도 했다. 생각하면 당연한 일이기는 했다. 그러나 사실 나이를 실감하기 시작한 것은 의외로 극히 최근의 일이었다. 일기를 쓰겠다는 생각을 한 것 자체가 그 가장 큰 증거인지도 몰랐다. 인간은 아마도 평생에 두 차례에 걸쳐 깊은 내성(內省)을 하는 것이리라. 한창 청춘을 구가할 때, 그리고 노경이 시작되는 때. 즉 세계를 알기 직전과 지나치게 알아버린 직후, 그 두 차례에. 그렇게 생각하니 이십대에 자신이 어째서 그토록 일기를 필요로 했는지, 그리고 왜 그것이 청년기의 종언과 함께 버려지고 오랜 세월 중단되었다가 이제 와서 새삼 재개되었는지 알 것도 같았다.

몸이 회복되고 나서 일 주일 동안 작업을 한 뒤에 다시 이 주일쯤 샹로제에 들어가 정양했다. 날이 추워지자 더욱 건강에 신경이 쓰였다. 천장에 휘날리는 먼지와 벗겨 떨어지는 도금 가루들 때문에 기침이 멈추지 않았다. 자나깨나 그림에 대한 생각이 머리에서 떠나지 않았다. 손을 꼽아가며 완성될 날을 확인해봐도 마음이 편해지지 않았다. 일단 계획을 세우면 엄수할 자신은 있었다. 그러나 뜻하지 않게 찾아드는 병마만은 어찌할 도리가 없었다. 친구들을 만나면 곧잘 한숨을 섞어가며 "아직도 여전히 아틸라에게 쫓기는 신세라네"라고 농담을 하곤 했다. 한바탕 웃고 나면 조금 마음이 풀리는 것 같았다. 그리고 아무 소용도 없다는 것을 알면서도 내친김에 이런저런 괴로움을 털어놓기도 했다.

11월에 들어 마침내 작업이 막바지에 접어들었을 무렵에는 그를 유난히 사랑해주던 숙모 펠리시테 리즈네르 부인의 부음을 접하고 다시 한동안 붓을 놓아야 했다.

결국 완성을 확신한 것은 12월에 들어선 뒤였다.

벽난로 앞에서 그런 기억들을 되짚어보며 들라크루아는 마침내 천장화가 완성되던 날을 생각했다.

그날의 기쁨이 구 년이라는 세월에 걸친 엄청난 노동의 대가로서 적합한 것이라고는 생각되지 않았다. 그것은 거의 김이 빠진, 기쁨 같지도 않은 기쁨이었다. 정말로 끝난 것일까? 지금의 이 별스러울 것도 없는 한 번의 붓질이 정말 마지막 가필인 것일까? 그런 의심이 그를 사로잡고 놓아주지 않았다. 발판에서 내려와 전체를 조망해보았다. 그리 나쁘지 않다는 생각은 들었다. 다시 한번 발판에 올라가 마음에 걸리는 곳을 고치고 난 뒤에 이번에야말로 정말 끝이라는 생각을 하며 붓을 내려놓았다. 훌륭하게 완성되었다고 생각했다. 그렇지만 전혀 불안하지 않은 것은 아니었다. 아무래도 너무 서두른 게 아닐까? 제작중에도 끊임없이 그를 괴롭혔던 의심이 다시 머리를 쳐들었다. 며칠 지나서 다시 보면 또 여기저기 마음에 들지 않는 부분이 눈에 띌지도 모른다. 그것이 또다시 며칠을 들여 대대적인 수정을 해야 하는 것이라면?

어쨌거나 일단은 끝났다. 그날 그가 집으로 가져온 것은 그런 자그마한 안도감에 불과했다. 그리고 며칠 뒤 다시 도서관에 나가 더이상 수정할 필요가 없다는 것을 확인하고 나서야 드디어 직원에게 남은 발판을 해체해도 된다는 허가를 내렸다.

드디어 끝났다. 그 순간에야 분명하게 느꼈다. 뒤를 이어 솟구쳐오른 감개가 없었던 것은 아니다. 그러나 그것도 어딘지 작위적인 것만 같았다. 으레 기뻐해야 한다는 생각 때문에 억지로 기쁨을 쥐어짜는 것만 같았다. 왜일까? ……참으로 기묘한 의심이었다. 본래 느꼈어야 할 기쁨은 어쩌면 그날과 오늘 사이의 아주 작은 틈새에 떨어뜨리고 말았는지도 모른다. 결국 더이상 수정한 것은 없다. 처음으로 완성을 실감한 날에 작품은 이미 완성되어 있었다. 그것을 믿지 못한 탓에 기쁨은 연기되었다. 그리고 다음에 방문했을 때는 이미 늦어버렸던 것이다. ……아니, 사실은 이런 게 아닐까? 이 황홀과도 같은, 정체를 알 수 없는 이 나른함이야말로 대작을 완성한 뒤에 느끼는 감동이 아닐까? 현실에서 상상력이란 으레 환멸의 어머니인 법이다. 나는 있지도 않은 미래를 바라며 과도한 기대를 품었던 것인지도 모른다. 그 기대야말로 작위적이었던 것이다. 나날의 가혹함과 약속된 미래의 영광 사이의 너무도 큰 부조화에 괴로워하며 나도 모르게 그것을 점점 화려하게 채색했던 것이리라. 눈이 어지러울 만큼 휘황찬란하게, 아름답게. 그리고 거기에서 너무 많은 것을 길어올리고 말았다. 미리 그 맛을 다 보고 말았다. 미처 손에 들어오기도 전에 지나치게 사랑하고 즐겼기 때문에 막상 손에 넣고 난 지금은 완전히 닳아빠지고 금칠은 벗겨져 있었던 것이다…… 그런 것일지도 모른다……

쇼콜라 잔을 테이블에 내려놓고 들라크루아는 창가에 서서 밖을 내다보았다.

비는 아직 내리지 않았다. 태양은 납빛 구름 너머로 슬쩍 비칠 뿐이지만 지금이라면 밖에서 들어오는 빛으로 도서관 천장화를 볼 수 있을 것 같았다.

아직 실감이 나지 않는 거야. 외투를 가지러 침실로 향하면서 그는 생각했다. 대작을 완성하고 난 뒤에는 항상 이랬다. 물론 이번만큼 큰 작품을 제작한 적은 없었다. 이토록 고심한 적도 없었다. 그러니 더욱더 뭔가 특별한 감개가 필요했다. 그간의 고심에 적합한 깊은 감개가. 그러나 그 실감은 훨씬 뒤에야 찾아오는 것인지도 모른다. 너무도 큰 것이어서 그만큼 더 오만하게, 더 천천히. 지금은 아직 무언가가 그것을 가로막고 있는 것이다.

제니에게 메모를 남겨놓고 그는 승합마차 정류장까지 걸어갔다.

갑자기 다시 도서관에 가볼 생각이 든 것은 내일 공개를 앞두고 발판 철거가 잘 되었는지 확인해보고 싶었기 때문이었다. 그러나 그런 건 여태 전혀 신경쓰지 않던 일이었다. 사실은 뭔가 다른 이유가 있을 터였다. 스스로도 정확히는 알 수 없었다. 그저 이런저런 생각을 하다보니 답답해서 집에 가만히 있을 수가 없었던 것이었다.

그날 이후 그는 한 번도 도서관에 발을 들이지 않았다. 물감의 건조상태도 제자에게 살펴보라고 부탁했다. 그는 걸음을 옮기며 캔버스가 열기 때문에 찢어지는 바람에 오르페우스 그림을 송두리째 못 쓰게 되었던 때를 떠올렸다. 추가 보수에 대해서는 지난

여름에 그간 미지불된 화료를 청구하면서 슬쩍 말을 꺼내봤지만, 짐작했던 대로 보기 좋게 각하되었다. 이제 그런 치명적인 사고가 또 일어날 리는 없었다. 그런 걱정은 하지 않았다. 그러나 완성도에 대해서는 아직도 불안한 마음이 없지 않았다. 마지막 날, 분명 만족하고 돌아왔었다. 그러나 날이 갈수록 차츰 그 만족에 의심이 싹텄다. 어쩌면 피곤함이 억지로 만들어낸 만족은 아니었을까? 발판까지 치워버린 지금에 와서 다시 뭔가 흠을 발견하기라도 하면 어쩌지? 타블로처럼 언제라도 다시 수정할 수 있는 작업이 아니다. 나 자신이 발견한 결점을 앞으로 영원히 사람들 앞에 내보여야 하는 것이다! 내 부족한 재주가 백 년 뒤의 화가들에게까지 비웃음을 사게 되는 건 아닐까?

그러나 마차에 오르자 단순히 그런 위구심 때문에 지금까지 그곳을 멀리한 것은 아니라는 확신이 들었다. 분명 불안하기는 했다. 실패한 곳이 발견될까봐 두려웠던 것은 사실이었다. 그러나 다른 한편으로는 자신이 완성한 작품에 대해 오만에 가까운 절대적인 자신감을 가지고 있었다. 화단뿐 아니라 파리 전체가 이 작품에 탄성을 지르는 모습을 자신 있게 그려보기도 했다. 그런데도 불안했다. 끔찍할 만큼 불안했다. 무엇을 두려워했던 것일까? 무엇이 나를 그곳에서 멀리 떼어놓았던 것일까?

그는 한동안 자신의 머릿속에 수없이 오갔던 일련의 사색을 떠올렸다. 지금에 와서 새삼 가지게 된 불안이 아니다. 사실은 언제나 그곳을 두려워했다. 한 번도 용감하게 작업에 뛰어든 적이 없었다. 답답함과 태만한 기분에 싸여 건강이 좋지 않다는 것을 유독 심각하게 느끼곤 했다. 작업 자체가 싫은 것은 아니었다. 일단 손을 대면 열정의 노예가 된 듯 정신없이 작업에 빠져들었다. 시간이 지나가는 것조차 잊어버릴 만큼. 그리고 오히려 일상의 시간에서 지나치게 일탈해버리는 것이 괴롭게 느껴질 정도였다.

내가 그 의미하는 바를 이해했었을까? 애초에 어떻게 그런 일이 일어날 수 있을까? 지금도 또렷이 기억한다. 이십대에 나는 일기에 이렇게 썼었다. '나의 하루하루는 결국 언제나 똑같다. 결코 손에 넣지 못할 것에 대한 한없는 욕망. 채워지지 않는 공허. 우리를 끌고 가려는 시간에, 그리고 우리의 영혼에 덮개를 씌우려는 쾌락에 최대한 대항하기 위해 어떻게든 창작을 해야 한다는 참을 수 없이 강렬한 생각……' 그 무렵부터 나는 하나도 변하지 않았다. 이 비참한 생활에서 아무 것도 얻는 것 없이, 그러면서도 거기에서 떨어지지 않으려고 몸부림을 치고 있다. 이 모순을 어떻게 이해해야 한단 말인가?

얻는 것이 없다. 분명 그럴지도 모른다. 그러나 그 실망은 자신이 그야말로 노력해서 얻어낸 것이 아니었던가? 그 일기는 이렇게 이어졌다. '그리고 거의 언제나 품고 있는 일종의 철학적인 평정, 괴로움에 대비하여 자질구레한 일에 초연해지기 위한.' 나는 생활을 사랑하지 않았다. 그러나 그것은 예술을 사랑하기 때문에 스스로 선택한 어쩔 수 없는 길이었다. ……아니면 그 반대였을까? 생활을 사랑하지 않았기 때문에 예술을 사랑한 것일까? 생활에 패배했기 때문에 예술로 도피한 것일까?

코앞에 닥친 기한에 쫓기면서도 그는 가끔씩 작업에 들인 세월을 헤아려보곤 했다. 아까운 무엇처럼 그 한순간 한순간을 되짚어보곤 했다. 창작은 많은 시간을 요구했다. 물론 다른 즐거움은 모두 빼앗겼다. 그러나 정말 그것뿐일까? 단지 그것뿐? 작품은 이미 완성되었다. 거기에는 이미 특별한 시간이란 없다. 그런데도 나는 아직 거기에 차마 발을 들이지 못한다. 어째서일까? 장소의 문제가 아니라고 생각했었다. 시간이 문제라고만 생각했다. 그 점에서 발이 걸렸던 걸까? 역시 장소가 문제였던 것일까? 아니, 처음부터 그 둘에는 아무 차이가 없는 게 아닐까?

하원에 도착하자 낯익은 수위가 "엇, 내일 아닌가요?" 하고 말을 걸어왔다. 들라크루아는 퍼뜩 정신을 차리고 멈춰 서서 "아, 아뇨, 갑자기 걱정이 돼서……"라며 피식 웃었다. 수위는 그의 말에 딱하다는 듯 쓴웃음을 지으며 "수고가 많으십니다" 하고 애정을 담은 경례를 붙여주었다.

건물 안에 들어가서도 외투는 놔두고 모자만 벗어 옆구리에 꼈다. 바람을 쐬며 걸어왔더니 기침이 나왔다. 장갑을 벗고 입을 막자 손바닥에서 가죽 냄새가 풍겼다.

국회 개회를 며칠 앞둔 관내는 아직은 고즈넉했다. 아무도 없는 회의장 옆을 지나 곧장 도서관으로 향했다. 입구에서 책을 안고 나오는 의원인 듯한 사내와 스쳤지만 다행히 그가 마지막

이용자인 모양이었다. 도서관 안에도 사람의 자취는 없었다.

입구에 들어서자마자 그는 마지막까지 작업했던 북쪽 반원개 쪽을 돌아보았다. 발판은 깨끗이 정리되었고 위쪽 책장에 씌웠던 덮개와 바닥 깔개도 모두 치워져 있었다. 모든 것들이 사라진 풍경이 그의 눈에 새롭게 비쳤다. 갑자기 천장이 한층 높아진 것 같았다. 그대로 촛불에 드러난 천장을 따라 시선을 옮기다가 이번에는 남쪽 반원개를 바라보았다. 그리고 다시 천천히 천장 전체를 바라보며 한참 동안 그 자리에 우두커니 서 있었다.

천장은 남북 양 끝에 각각 하나씩 지름 1098, 높이 735센티미터의 반원개가 있고 그 사이 약 55미터에 걸쳐 다섯 개의 큐폴라가 이어지는 구조였다. 큐폴라의 내부에는 꼭대기 부분에 하늘을 나타내는 하나의 원이 있고 그것을 둘러싸듯이 황금빛 아라베스크로 가장자리를 두른 가로 291, 세로 221센티미터의 육각형 팡당티프가 사방으로 한 장씩 배치되어 있었다. 장식 의뢰는 그 다섯 개 큐폴라의 팡당티프 전부에 대한 것이었고, 두 개의 반원개 장식을 포함해 총 스물두 개의 작품으로 천장 전체를 채운다는 계획이었다.

작업을 시작하면서 그는 먼저 이 대작을 통합할 수 있는 하나의 대주제를 고민했다. 의원 도서관이라는 이 건축물을 상징하는 데 가장 잘 어울리는 주제는 무엇인가? 정치의 발생을 촉진하고 그의 존속을 끊임없이 요구하는 문제는 무엇인가? 그 해결

책을 모색하기 위해 이토록 엄청난 지혜의 집적 장소를 필요로 하는 그 문제는 무엇인가? 그 문제야말로 끊임없이 이행하는 시간의 흐름을 견디며 이 건축물의 견고함과 영구히 함께할 주제라고 생각했다.

그가 선택한 것은 질서와 무질서의 대립이라는 주제였다. 이것은 그가 모든 진보주의에 저항해 그 해결 가능성을 결단코 믿지 않기로 결심한 문제였다. 인간이 아무리 계몽되어도, 문명이 아무리 진보해도 완전한 질서 아래 지배되는 세계는 절대 실현될 수 없다. 인류는 여태 살인 하나 극복하지 못하고 있지 않은가. 해결은 결코 바라지 않는다. 그리고 해결되지 않기 때문에 그것은 작품의 생명을 영원히 신선하게 유지해주는 주제일 터였다.

그는 그 총괄적인 주제를, 천장을 반으로 나누듯이 마주 보고 있는 반원개의 장식을 통해 표현하기로 했다. 즉, 남쪽 반원개에는 무질서에 대한 질서의 찬란한 탄생을 표현한 〈그리스에 문명을 전하는 오르페우스〉를, 북쪽 반원개에는 질서에 대한 무질서의 폭압적인 침략을 표현한 〈이탈리아를 유린하는 아틸라〉를 각각 배치했다.

〈그리스에 문명을 전하는 오르페우스〉는 예술이 최초로 인간에게 주어졌을 때 그 놀라움이 황홀로 바뀌는 순간을 포착한 작품이다. 누구도 음악이라는 것을 알지 못하던 인간들, 시를 쓴다는 것도 노래를 부른다는 것도 알지 못하던 인간들의 한복판에서 이방인 오르페우스가 몸에 걸친 푸른 옷을 우아하게 젖히고 앉아 수금(竪琴)을 연주하기 시작한다. 경이감이 순식간에 사람들을 휩싼다. 오른편 안쪽에는 대지를 경작하는 두 마리의 수소를 몰면서 의아하다는 듯 서로 마주 보는 두 사내. 그 곁에는 겁에 질린 듯 얼굴을 가렸지만 그 손가락 사이로 살그머니 음악이 들려오는 곳을 향해 시선을 던지는 여인. 왼편 끝에는 숲속에서 뛰어나오다 황급히 몸을 돌리는 켄타로우스. 오른쪽 끝에는 무성한 갈대잎 그늘에서 은밀하게 정황을 살피는 물의 요정 나이아스. 왼편 앞에는 초라한 움막에서 머뭇거리며 얼굴을 내미는 노인. 무관심한 척하면서 슬쩍 귀를 기울이는 청년. 가운데 안쪽에는 끌어안은 두 남녀. 저 먼 곳에서는 서둘러 달려오는 사람의 그림자…… 매혹에 빠져 누가 끌어당기기라도 한 듯 모여든 자들이 무릎을 꿇고 오르페우스의 주위에 둘러앉아, 어느새 경계의 눈을 감고 머리를 숙인다. 어머니는 등에 업혀 장난치는 아이를 어르면서도 온통 마음을 빼앗긴 채 음악에 빠져든다. 수렵의 수확을 어깨에 메고 돌아오던 사내들은 그것을 내던지고, 혹은 그 무거움조차 잊은 채 이 신비한 쾌감에 몸을 맡긴다. 그들은 이제 몸에 걸친 사자 모피의 용맹을 자랑하지 않는다. 그 사자와 벌였던 격투의 기억을 자랑하지 않는다. 그저 미지의 젊은이가 걸친 옷의 아름다운 푸른빛을, 거기에 눈부시게 새겨진 금빛 자수를 부러워할 뿐.

초록빛 대지 위에 반짝이는 그들의 갈색 피부는 그날까지 끝끝내, 찬란하게 빛나는 태양빛을 받아 수목이 가지를 살찌우고 잎을 무성하게 키우듯, 자연의 은총에 풍성하게 살이 오른 육체의 곡선을 그려내는 것밖에는 아무것도 알지 못했다. 그것은 땀 흘리고 그을리고 더럽혀지고 깨끗이 씻겼다. 그들은 그림자인 형의 윤곽처럼 하나의 덩어리로서 이 세계에 무방비로 노출된 맨살이었다. 그 내면에 단지 맨살의 무한한 집적밖에 없다는 것을 고스란히 드러내는 맨살이었다. 그리고 이제 그들의 피부는 처음으로 세계를 향해 비밀을 가지게 된 것이다.

그것은 경계가 되고 덮개가 되었다. 그들은 그 피부의 내부에서 정체를 알 수 없는 무언가를 느꼈다. 육체보다 더 깊은 곳에서, 육체를 통과해 다가오는 그 무언가를 느꼈다. 그것은 육체마저 삼켜버리고 피부 바로 밑에 광대한 틈을 만들었다. 비밀은 말하자면 그 틈이었다. 그들의 피부는 이제 결코 맨살이 아니었다. 그대로 다 보이는 것이 아니었다. 그들은 음악과 함께 변했다. 그들의 피부는 이 세계가 기억하지 못하는 새로운 긴장에 전율했고, 그들의 비밀을 확연하게 했다. 나무마다 잎은 다시 젊음을 얻어 빛을 내고, 호수는 하늘을 비추고 사람들의 육체를 띄워올렸다. 케레스와 아테네는 오르페우스가 연주하는 음률에 이끌려나와 청랑(晴朗)한 하늘을 날았다. 두 여신은 지상의 변화를 알아보았다. 그리고 이 땅을 축복하고, 그들에게 예술과 평화를 가져다줄 강림의 때를 살피고 있다……

〈이탈리아를 유린하는 아틸라〉는 세계에 가득 찬 그러한 희망을 전면적으로 부정하기 위해 그려진 작품이었다.

화면은 오른쪽에서 왼쪽으로 빠르게 가로지르며 전개된다. 오른쪽에는 침입자인 훈족. 왼쪽에는 뿔뿔이 달아나는 이탈리아인들. 그리고 가운데는 말을 타고 무기를 높이 치켜들어 부족을 통솔하는 아틸라.

혼란은 용서 없이 대지를 질주한다. 문명에 의해 태어나고 성장한 모든 것이 분쇄되고 유린되며, 폭력이 해일처럼 덮쳐든다. 달리는 말 위에서 능숙하게 활을 쏘는 자. 죽은 자의 베어낸 목을 높이 흔드는 자. 뿌연 모래먼지를 가르고 타오르는 화염 연기를 젖히며 수컷의 고함을 내질러 그들의 야생성을 오로지 돌진에만 쏟아붓는 젊은이. 뿔뿔이 흩어져 달아나는 자들은, 어떤 이는 여자를 등에 업고 어떤 이는 지팡이를 짚고 필사적으로 대지에 발을 구른다. 웅변의 여신은 쓰러져 옷이 마구 흐트러진 채 폭도들의 발에 짓밟히려 하고, 예술의 여신은 공포에 휩싸여 뒤를 돌아보며 도움을 청하듯 하늘 높이 팔을 쳐든다. 선봉에 선 아틸라는 안장도 없이, 미친 듯이 날뛰는 백마에 걸터앉아 머리에 쓴 늑대가죽을 휘날리며 파괴의 열정에 온몸을 내맡긴다.

음악은 포효에 삼켜지고 시는 통곡으로 변한다. 악(惡)이 일어나 날뛰고, 혼돈의 불길을 구석구석까지 뻗어나간다. 침입자들은 자연의 분노 그 자체처럼 인간의 삶을 모조리 잿더미로 되돌리며, 아득히 먼 곳까지 무(無)의 지평을 펼쳐나간다. 그것은 단지 이 그림에 묘사된 이탈리아뿐 아니라 들라크루아가 맞은편 반원개에 그린 것 전체를 분쇄하는 힘이며, 팡당티프의 다양한 장에서 죽음이라는 모습으로, 혹은 윤락이나 추방과 같은 모습으로 인간에게 엄습하는 모든 것, 그 근원에 존재하는 힘이었다.

그렇게 남북으로 대치하는 두 개의 반원개 사이에 나란히 이어진 다섯 개의 큐폴라에는 전체를 통괄하는 주제에서 비롯된 '시' '신학' '법률학' '철학' '과학' 이라는 다섯 가지 주제가 북쪽부터 차례로 적용되었다. 이는 일반적인 서적 분류법에 대응하는 한편, 자연상태로부터 문명화된 세계로 이전하는 인간의 삶 자체를 일관된 전개로 나열한 것인데, 계몽주의풍의 역사철학과는 달리 각각의 팡당티프에 그려진 제재는 역사적인 시간의 전후에 구애받지 않고 사실과 신화의 구별도 따지지 않았다. 그 점은, 북쪽 반원개에 그려진 〈이탈리아를 유린하는 아틸라〉가 역사적인 사실에 바탕을 두고 있는 반면 남쪽 반원개에 그려진 〈그리스에 문명을 전하는 오르페우스〉는 신화에 바탕을 두고 있는 것, 나아가 양자간에 시간적 선후관계를 따지자면, 후자 쪽이 오히려 뒤의 시대에 속한다는 것에서도 잘 나타나 있다.

그러한 의도를 보다 명확하게 드러내기 위해 들라크루아는 굳이 '과학' 큐폴라를 제1큐폴라, '시' 큐폴라를 제5큐폴라라고 명명했다.

다섯 개의 큐폴라에 부여된 주제는 그 각각에 딸린 네 장의 팡당티프에 의해 표현되었다.

첫번째 '과학' 큐폴라의 팡당티프에는 남동쪽으로 바위 위에 앉아 거센 바람에 옷자락을 펄럭이며 베수비오 산의 분화를 뚫어져라 관찰하는 대(大) 플리니우스와 그의 뒤를 따라 불안에 떨면서도 기록의 펜을 멈추지 않는 젊은 노예, 그리고 그쪽을 바라보며 급한 손짓으로 주인에게 피난을 애걸하는 또다른 노예를 묘사한 〈대 플리니우스의 죽음〉. 남서쪽으로는 정복지에서 알렉산드로스 대왕에게 자연사 연구를 위해 동식물을 구해오라는 명령을 받은 몇 명의 병사들이 진귀한 종류의 수산양과 가젤 같은 동물들을 차례차례 아리스토텔레스 앞으로 끌고 오는 광경을 그린 〈알렉산드로스 대왕이 보낸 동물을 기록하는 아리스토텔레스〉. 북동쪽으로는 히포크라테스가 그를 만류하려고 팔을 내민 두 사람의 사자와 무릎을 꿇고 애원하는 노예 청년에게 등을 돌린 채 페르시아 제국의 왕이 보내온 산더미 같은 보물을 거절하는 〈아르타크세르크세스의 선물을 거절하는 히포크라테스〉. 그리고 북서쪽으로는 허리를 깊이 숙인 채 사색에 빠진 아르키메데스의 상반신과 그의 등뒤로 다가드는 로마군 병사의 치켜올려진 창이 비극적인 성 안드레 십자가 같은 대각선을 이루고 있는 〈아르키메데스의 죽음〉.

이어서 두번째 '철학' 큐폴라의 팡당티프에는 마찬가지 순서로, 노경의 침식을 받아 반맹이 된 헤로도토스가 노예와 지팡이의 도움을 빌려 『역사』 집필을 위해 멤피스에서 마기의 고대 전통을 취재하는 모습을 그린 〈고대의 현왕들에 대해 질문하는 헤로도토스〉. 두 남녀가 지팡이에 턱을 괴고 무릎을 꿇은 채 밤하늘의 별을 관찰하는 〈천문학을 창시하는 칼데아의 목자〉. 피소의 음모에 가담했다는 이유로 네로에게 자결을 명령받은 세네카가 친구와 황제의 명령을 전하러 온 두 사람의 백인대장이 지켜보는 가운데 팔에서 피를 흘리며 바위동굴 안에서 최후를 맞이하는 〈세네카의 죽음〉. 마을에서 멀리 떨어진 한적한 강가의 나무 그늘에서 사색에 잠긴 소크라테스와 그 배후에서 춤추는 고독과 내성의 구현체인 순백의 다이몬을 그린 〈소크라테스와 다이몬〉.

중앙부의 세번째 큐폴라는 '법률학'. 깊은 숲속 잔디밭에 누운 제2대 로마 왕 누마 폼필리우스가 님프 에게리아와 이야기를 나누는 〈누마와 에게리아〉. 제단에 목 잘린 양을 바치고 스파르타 법률의 수명을 묻는 리쿠르고스와 '레트라'의 신탁을 내리려는 피티아를 그린 〈아폴론의 무녀에게 신탁을 받는 리쿠르고스〉. 귀향한 전(前) 시칠리아 총독 베레스의 부당 착취를 손수 수집한 엄청난 증거물을 내보이며 고발하는 키케로와 그의 변론에 귀를 기울이는 민중을 대치시킨 〈베레스를 탄핵하는 키케로〉. 아테네 시민의회의 소란과 야유에 동요하지 않기 위해 바다의 굉음을 마주하고 변론을 훈련하는 데모스테네스를 그린 〈해변의 데모스테네스〉.

네번째 큐폴라는 '신학'. 성전세를 바치기 위해 물고기 아가

미에서 은전을 끄집어내는 베드로와 깜짝 놀라 모여든 사람들을 그린 〈조세의 은화〉. 막 자른 머리를 들여다보는 살로메와 그것을 불쑥 내밀고 있는 사형집행인, 그리고 계단 아래 목이 잘린 세례자 요한의 유체가 쓰러져 있는 〈세례자 요한의 참수〉. 낙원 추방을 선고받고 얼굴을 가린 채 비탄에 잠긴 아담과 탄원하듯 뒤를 돌아보는 이브, 등뒤에서 불의 검을 들고 그들을 몰아내려 케루빔이 쫓아오는 〈아담과 이브〉. 유프라테스 강가에 앉아 머나먼 고향을 그리워하는 세 부자의 고독을 담은 〈바빌론의 포로〉.

그리고 북쪽 끝에 있는 다섯번째 '시' 큐폴라의 팡당티프에는 페르시아군을 무찌른 마케도니아 왕이 다리우스 3세의 유품인 보물상자에 호메로스의 시편을 담으라고 병사에게 지시하는 〈알렉산드로스 대왕과 호메로스 시편〉, 아우구스투스의 명령으로 모국에서 추방당한 오비디우스와 그에게 말젖과 나무열매를 주는 스키타이인 가족을 그린 〈추방당한 오비디우스〉, 스승인 켄타우로스의 등에 올라타 활을 당기는 소년 아킬레우스의 힘찬 모습이 미래의 용맹을 예고하는 〈아킬레우스의 교육〉, 헬리콘 산에서 양을 치는 젊은 날의 헤시오도스에게 시의 신이 영감을 내리는 〈헤시오도스와 뮤즈〉.

……천장을 올려다보던 들라크루아는 주변에 가득 넘치는 기묘한 충실함에 말을 잃었다. 그것은 단단하고도 굳건하며 이제

는 절대적으로 그를 거절하는 잔혹한 충실이었다. 실패의 불안은 순식간에 자취를 감추었고, 애초에 그런 의심을 품을 권리마저 빼앗으려는 듯 오만하고 불손하게 그를 내려다보고 있었다.

무엇인가가 그를 강하게 내리쳤다. 그것은 거의 꼼짝도 할 수 없을 만큼 거대한 무엇이었다. 그 충격이, 이곳에 발을 들이기 전의 그와 이후의 그 사이에 깊은 균열을 만들며 그를 그 자신으로부터 고립시켰다. 어깻죽지에 수없이 전율이 일었다. 그것은 불붙은 얼음처럼 파문을 넓히며 목을 타고 뺨으로 올라왔고, 돌연 잠잠해지는가 싶더니 다음 찰나에는 어느새 양 무릎을 훑고 빠져나갔다.

엄청난 위기를 맞닥뜨린 듯한 신비한 초조감. 시선을 거두고 그만 땅에 무릎을 꿇고 말 것만 같았다. 몸 안쪽으로 펼쳐진 빈 공간이 생생하게 느껴졌다. 그것은 머리 위에 펼쳐진 작품의 크기만큼이나 차츰 넓어지고 깊어졌다.

도서관 한가운데로 걸음을 옮겼다. 그늘에 숨어 있던 부분이 서서히 모습을 드러냈고, 대신 이제껏 눈에 비쳤던 부분이 대부분 모습을 감추었다. 한번에 전부를 볼 수는 없었다. 한눈에 담기에는 너무도 거대한 작품이었다. 일단 시선을 떨구고 잠시 뭔가 생각하는 듯한 자세로 서 있던 그는 이번에는 오른편으로 자리를 옮겨 〈그리스에 문명을 전하는 오르페우스〉가 그려진 반원개 앞에 멈추어 섰다.

둥글게 열린 조그만 창 너머로 회백색의 하늘이 보였다. 그곳으로 비쳐드는 건조한 햇살 아래, 그림 속의 하늘은 저 끝까지 맑게 개어 테살리아의 산들을 환하게 비추었다. 화면 전체가 스며들듯이 그의 눈동자에 와 닿았다. 휘황찬란한 눈부심. 그것은 회화가 지금껏 결코 손에 넣지 못했던 종류의 밝음이었다. 몇백 년 동안 현실을 동경하고 질투하여 끝내는 현실이 거꾸로 인간을 질투하게 만든, 인간의 손으로 만들어낸 선열한 밝음.

전율이 한층 부풀어오르며 샘물처럼 용솟음쳤다.

뒤를 돌아보자 건너편에 조그맣게 북측 반원개가 보였다. 그리고 그곳에서부터 몇 겹의 큐폴라가 이어지면서 머리 위까지 거대하게 펼쳐졌다.

모두 스무 장에 달하는 팡당티프를 위해 그가 준비한 제재는 수적으로 엄청난 것이었다. 수많은 문헌을 섭렵했고, 거기에서 알게 된 것들을 모두 쏟아부었다. 필요한 것의 몇 배를 준비한 끝에 나머지는 여지없이 내던졌다. 희박(稀薄)과 산만(散漫)은 모두 몰아내려 애썼다. 어떤 그림도 한 폭의 독립된 타블로보다 못한 것이 있어서는 안 되었다. 부분은 하나의 완성된 전체이면서 동시에 전체의 완성에 없어서는 안 될 중요한 부분이어야 했다. 감상자의 눈이 어떻게 초점을 맺건 항상 새로운 만족을 얻을 수 있도록 해야 했다. 수적인 증대가 개개의 농밀함을 손상시키지 않고 도리어 더한 농밀함을 만들어내야 했다. 확장을 통해 새로운 응축을 얻어내야만 했다.

그는 그 속에 〈세네카의 죽음〉과 〈조세의 은화〉처럼 루벤스의 작품에서 직접 제재를 취한 것을 몇 작품 포함시켰다. 그것은 루벤스에 대한 한없는 경애를 담은 동경과 도전의 증거이며, 또한 이 나라의 화단에 다시금 단호하게 영원히 루벤스를 새겨놓겠다는 확신에 찬 선언이었다.

그는 큐폴라 하나하나마다 그 아래에서 걸음을 멈추고 시간을 잊은 채 자신의 작품을 바라보았다. 세부를 자세히 들여다보고 부분을 바라보고 전체를 조망했다. 구도의 안정, 선의 정확함, 대비의 효과, 색채의 적절함, 색조의 조화, 터치의 생생함…… 모든 것이 하나가 되어 주제의 표현에 남김없이 기여하고 있었다. 화기(畵技)는 이미 화기이기를 멈추고 **자연**의 새로운 살덩이처럼 결합된 꿈틀거림이 되어 있었다. 그것은 틀림없는, 감각이 알고 있는 현실이었다. **그림보다 빠르게** 보는 이를 꿰뚫는 현실이었다.

화가의 흔적은 털끝만큼도 남아 있지 않았다. 모든 창의성은 그림 속의 운동에 삼켜져 마치 증발하는 땀처럼 사라졌다.

상상력은 이웃처럼 손에 와 닿고, 이웃에게 이끌리듯이 저 너머로 사라졌다. 화면과 실내는 같은 공기가 교차하고 같은 공기를 호흡했다.

다양함의 도취가 한없이 쏟아졌다. 시선의 미묘한 움직임만으로도 수없이 많은 새로운 세계가 펼쳐지면서 그를 해방시켰다. 시간과 공간이 고스란히 잘려나와 이곳에 봉인됨으로써 순화되었다. 각각의 광휘는 엄격한 균형을 유지하여 그 세계의 내부를 지키면서, 동시에 아라베스크의 틀을 뛰어넘고 큐폴라의 틀을 무너뜨리며 어느새 저 너머에서 서로 결합되어 하나의 거대한 전체로서 머리 위를 지배했다. 그것은 원초의 크로노스, 바로 그 거대함이었다. 크로노스 그 자체처럼, 무한히 세계를 뒤덮은 엄청난 거대함이었다.

시선은 압도되어 그 무게를 실감했다. 큐폴라를 지날수록 화가의 얼굴은 점점 더 초췌해졌다. 성공의 실감은 고통과 닮아 있었다. 가슴이 먹먹해서 몇 번이나 발을 멈춰야 했다. 피로가 다시 잠을 깬 듯 점점 커졌다. 지금이야말로 그를 마지막 소진으로 몰아넣겠다는 듯.

……그렇게 한 시간이 넘게 혼자 천장에 시선을 던지고 서 있었다. 그는 모든 팡당티프를 확인한 다음 마지막으로 〈이탈리아를 유린하는 아틸라〉가 그려진 북쪽 반원개 아래 섰다.

저물어가는 희미한 빛 속에서, 그 그림의 생생한 열기만이 어둠에 대항하며 불쑥 떠올라 있었다.

……고요했다. 코에서 새어나오는 희미한 숨결과 목을 타고 넘어가는 맑은 침. 외투 깃에 뒷머리가 스치는 소리와 두어 번의 기침. 오로지 그 소리만이 그의 귀를 울렸다.

뒤를 돌아보며 그는 다시 한번 천장 전체를 조망하고 건너편 반원개를 바라보았다. 그리고 마지막으로 가장 격렬한 전율을 느꼈다.

"잘 그렸어……"

탄식과 함께 저도 모르게 그런 혼잣말을 흘렸다.

이제야 마침내 모든 것을 이해할 수 있을 것 같았다. 이제껏 자신을 괴롭혀왔던 것, 자신을 두렵게 해왔던 것 모두가 바로 이때를 기다려 드디어 분명해진 것만 같았다. 어째서 자신이 이곳에 오기를 망설였는지, 어째서 그것이 지금까지 감춰져 있어야 했는지……

이 경탄할 만한 대작을 만들어낸 것은 두말할 것도 없이 그 자신이었다. 손가락 두세 개를 묶어놓은 정도의 작은 붓으로 몇 겹이나 수없이 붓질을 하면서 마침내 이 거대한 천장 전체를 이토록 선연한, 이토록 찬란한 색채로 가득 채운 것은 다른 누구도 아닌 그 자신이었다. 그것을 생각하면 감동하기보다 오히려 아연했다. 자신의 이 조그만 몸뚱이 속을 이렇게 거대한 것이 지나갔다. 그리고 이제 그것은 자신의 몇백 배나 되는 크기로 완성되어 이곳에 펼쳐져 있다. 그 기묘한 사실이 그에게 절망과도 같은 전율을 느끼게 하는 것이었다.

나는 줄곧 이 엄청난 소진의 요구에 끊임없이, 아낌없이 응해온 것이다……

그는 지금처럼 작품이 단연코 화가 자신이라는 것을 느낀 적은 없었다. 그리고 지금처럼 그것이 그와는 아무런 관계도 없는, 이해할 수 없는 타자라는 것을 느낀 적은 없었다. 그것은 화가의 목숨을 탐함으로써만 스스로의 생명을 획득하고, 그에게서 빼앗은 시간에 의해서만 영원을 묶어둘 수 있는, 화가와는 결코 운명을 함께하지 않는 어떤 것이었다. 탐욕스럽게 그를 먹어치우고 살이 오를 대로 올라 더이상 그를 거들떠보지도 않는 어떤 것이었다. 스스로가 태어나기 위해 냉혹하리만큼 그를 이용하고 또 이용해 마침내 빈 껍데기가 되면 미련 없이 내던져버리는 어떤 것이었다! 그 동안 소비된 세월로 인해 그가 잃어버린 것은 현재만이 아니었다. 자신이 가진 모든 현재를 다 바쳐도 채워지지 않을 엄청난 부채처럼 미래까지 미리 앞당겨 잃어버린 것이었다. 빼앗긴 것은 향락의 시간만이 아니었다. 그의 생의 시간 그 자체였다. 그리고 깎여나간 그 흔적을, 화가는 오로지 자신을 내던지는 **또 하나의 생**이 그가 부재하는 미래에서 지속되기를 꿈꾸는 것으로써만 위로받아야 했다. 얼마나 허망한 일인가!

이토록 큰 희생을 강요당해야만 하는 일이었을까? 이토록 아낌없이 내주고 빼앗기지 않으면 안 되었나……?

그는 자신에게 남겨진 엄청난 낭비의 흔적에 정신이 아득해졌다. 육체는 피폐할 대로 피폐해져 있었다. 그러나 그곳 이외에 그가 살 곳은 없었다. 그는 그런 그의 대지와 더불어 살지 않으면 안 되었다. 뿌리째 약탈당해 바짝 여윈 자신을, 다시금 제 손으로 경작하고 제 손으로 열매를 거두어야만 했다. 그리고 그 수확 역시 용서 없이 빼앗기고 말리라.

그런데도 나는 예술을 사랑하며 살 수 있을까? 이제까지와 마찬가지로, 미움 한 번 품는 일 없이……?

고독이 어느새 슬그머니 다가와 그의 어깨를 조용히 감싸안았다. 그것은 결코 따뜻함을 느끼게 해주지 않았다. 그저 이를 악문 듯한 은미(隱微)한 웃음의 기척만을 온몸에 전해줄 뿐.

홀로 서 있는 화가를 남겨두고 저 먼 곳에서부터 황혼이 무뚝뚝한 사무원처럼 서둘러 천장에 덮개를 씌우고 있었다.

그는 꼼짝도 하지 않았다. 그저 저 먼 곳에 시선을 던진 채, 눈동자에만 희미하게 힘을 담고 물끄러미 그 어둠을 응시하고 있었다.

지은이 **히라노 게이치로**

1975년 6월 22일 아이치 현 출생. 명문 교토 대학 법학부에 재학중이던 1998년 문예지 『신조』에 권두소설로 전재된 장편 『일식』으로 제120회 아쿠타가와 상을 수상하며 데뷔했다. 장편소설 『달』 『얼굴 없는 나체들』 『결괴』 『형태뿐인 사랑』, 소설집 『센티멘털』 『방울져 떨어지는 시계들의 파문』 『당신이, 없었다, 당신』, 그 외 『문명의 우울』 『책을 읽는 방법』 『소설 읽는 방법』 등이 있다.

옮긴이 **양윤옥**

일본문학 전문번역가. 히라노 게이치로 『일식』의 번역으로, 2005년에 일본 고단샤가 수여하는 노마문예번역상을 수상했다. 그동안 번역한 책으로는 히라노 게이치로의 『일식』 『센티멘털』, 미시마 유키오의 『가면의 고백』, 마루야마 겐지의 『무지개여, 모독의 무지개여』 『납장미』, 아사다 지로의 『철도원』 『칼에 지다』 『슬프고 무섭고 아련한』 『장미 도둑』, 그외 『1Q84』 『도쿄타워 — 엄마와 나, 때때로 아버지』 『약지의 표본』 『너덜너덜해진 사람에게』 『붉은 손가락』 『남쪽으로 튀어』 『유성의 인연』 등이 있다.

문학동네 세계문학

장송 1

1판 1쇄 2005년 10월 24일 ㅣ 1판 4쇄 2017년 7월 28일

지은이 히라노 게이치로 ㅣ 옮긴이 양윤옥 ㅣ 펴낸이 염현숙
책임편집 조연주 이상술 양수현 ㅣ 저작권 한문숙 김지영
마케팅 우영희 정진아 김혜연 ㅣ 홍보 김희숙 김상만 이천희
제작 강신은 김동욱 임현식 ㅣ 제작처 한영문화사(인쇄) 경일제책사(제본)

펴낸곳 (주)문학동네
출판등록 1993년 10월 22일 제406-2003-000045호
주소 10881 경기도 파주시 회동길 210
전자우편 editor@munhak.com
대표전화 031) 955-8888 ㅣ 팩스 031) 955-8855
문의전화 031) 955-8896(마케팅) 031) 955-2684(편집)
문학동네카페 http://cafe.naver.com/mhdn

ISBN 89-546-0059-X 04830
       89-546-0058-1 (세트)

www.munhak.com

주요 등장인물

프레데리크 쇼팽 (1810~1849) 작곡가, 피아니스트

외젠 들라크루아 (1798~1863) 화가

조르주 상드 (1804~1876) 소설가, 쇼팽의 애인

모리스 뒤드방 (1823~1889) 상드의 아들

솔랑주 뒤드방 (1828~1899) 상드의 딸

오귀스틴 브로 (1824~1905) 상드의 양녀

오귀스트 클레징게르 (1814~1883) 조각가, 솔랑주의 남편

카지미르 뒤드방 (1795~1871) 상드의 법률상 남편

페르낭 드 프레오 솔랑주의 전 약혼자

조제핀 드 포르제 (1802~1886) 들라크루아의 애인

제니 르 기유 들라크루아의 사용인

프레데리크 비요 (1809~1875) 동판화가, 들라크루아의 친구

장 바티스트 피에레 (1795~1854) 들라크루아의 친구

오귀스트 프랑슘 (1808~1884) 첼리스트, 쇼팽의 친구

아돌프 구트만 (1819~1892) 쇼팽의 제자

카미유 플레옐 (1788~1855) 악기상

마리 드 로지에르 (1805~1865) 쇼팽의 제자이자 친구

제인 스털링 (1804~1859) 쇼팽의 제자

루드비카 옝제예비초바 (1807~1855) 쇼팽의 누나

보이치에흐 그지마와 (1793~1871) 쇼팽, 상드의 친구

샤를로트 마를리아니 (1790~1850) 쇼팽, 상드의 친구